努尔哈赤

白山黑水走出的开国之主

立清 / 编著

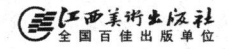

江西美术出版社
全国百佳出版单位

图书在版编目（CIP）数据

努尔哈赤：白山黑水走出的开国之主 / 立清编著. -- 南昌：江西美术出版社，2020.1（2022.3重印）
ISBN 978-7-5480-6856-3

Ⅰ.①努… Ⅱ.①立… Ⅲ.①传记文学—中国—当代 Ⅳ.①I25

中国版本图书馆 CIP 数据核字（2019）第 022763 号

出品人：	周建森		
企　　划：	北京江美长风文化传播有限公司		
责任编辑：	楚天顺　朱鲁巍	策划编辑：	朱鲁巍
责任印制：	谭　勋	封面设计：	韩立强

努尔哈赤：白山黑水走出的开国之主
NU'ERHACHI: BAISHAN HEISHUI ZOUCHU DE KAIGUO ZHI ZHU

编　　著：立　清

出　　版：江西美术出版社
地　　址：江西省南昌市子安路 66 号
网　　址：www.jxfinearts.com
电子信箱：jxms163@163.com
电　　话：010-82093785　　0791-86566274
发　　行：010-58815874
邮　　编：330025
经　　销：全国新华书店
印　　刷：北京市松源印刷有限公司
版　　次：2020 年 1 月第 1 版
印　　次：2022 年 3 月第 2 次印刷
开　　本：889mm×1194mm　1/32
印　　张：23
ISBN 978-7-5480-6856-3
定　　价：48.00 元

本书由江西美术出版社出版。未经出版者书面许可，不得以任何方式抄袭、复制或节录本书的任何部分。
版权所有，侵权必究
本书法律顾问：江西豫章律师事务所　晏辉律师

前言

> 黑水白山尽血腥,
> 先人遗甲起哀兵。
> 汗王纵使承天命,
> 未破当年宁远城。
>
> ——富察·鹤年先生作《清帝十二咏之一·太祖努尔哈赤》

爱新觉罗·努尔哈赤,1559年生于明建州左卫(今辽宁新宾县西南)一个满族(女真族)奴隶主的家庭里。其祖父觉昌安,其父塔克世,都曾先后担任过明朝的官职,史籍中有的说是"都督",有的说是"都督佥事"。明万历十一年,明军攻破古埒城,斩杀当地的城主、觉昌安的孙女婿阿太章京。当时觉昌安、塔克世正在古埒城,一并遭了池鱼之殃。时年二十五岁的努尔哈赤,为报父、祖之仇,以十三副先人遗甲起兵,开始了他的戎马生涯。

起兵之初,努尔哈赤并没有把兵锋直指明廷,而是采取了迂回的策略,先进行了统一女真诸部的战争。表面上,他仍臣服于北京城的万历皇帝,曾经亲自进京向明帝献过贡品,许诺为明守边,并因守边有功,被授予武二品的龙虎将军散官虚衔。

经过三十多年的东征西杀,努尔哈赤先后统一了建州女真、海西女真、东海女真和黑龙江女真,在此基础上,形成了军政合一的八旗制度，女真人空前强大和统一。1616年，努尔哈赤五十八岁的时候，在赫图阿拉城（即兴京）建立了女真少数民族政权——大金，史称后金，努尔哈赤成为"覆育列国英明汗王"，建元天命。

天命三年，努尔哈赤开始向明朝宣战。他公布了《七大恨》的檄文，以示师出有名。八旗儿郎挥师南下，短短八九年间，抚顺、清河、开原、铁岭、辽阳、沈阳、广宁等明朝在辽东辽西的军事重镇先后落入后金军队之手，特别是著名的萨尔浒战役，使明、后金之间的力量对比、战争态势发生了根本性的转折，后金势力开始上升，而明朝则一天天转为守势。

努尔哈赤所向披靡，马鞭几乎指到了山海关。但就在这时，六十八岁的马上皇帝努尔哈赤，在宁远（今辽宁兴城）遭到了明大将袁崇焕的顽强抵抗，兵退盛京（今辽宁沈阳），不久，忧郁成疾，死于背痈。这一年是明天启六年，金天命十一年，1626年。努尔哈赤死后第三年，葬于福陵。庙号为"太祖"。谥号最初为"武皇帝"，后改谥"高皇帝"，历代不断加谥，最后的谥号是："承天广运圣德神功肇纪立极仁孝睿武端毅钦安弘文定业高皇帝"。

努尔哈赤创建的后金，在他死后十年，便改国号为"清"，因此，努尔哈赤不仅是名义上的，也更是实际上的清朝奠基人，是清代"第一帝"。

本书对努尔哈赤四十余年的战斗经历，作了详尽的描述，在尊重历史真实的前提下，并采官史、野史，力图向读者奉献一部既有历史借鉴作用，又有文学美学价值的可读性、可信性皆备的历史小说。书中人物栩栩如生，故事情节曲折跌宕。从血染黄沙的征战搏杀，到春意躁动的闺中逸闻；从皇族贵胄的玉食锦衣，到市井小民的野趣俗情；从女真的衍演兴盛，到明廷的没落衰败，均有力透纸背的笔墨渲染，令人在开卷掩卷之中，得到有益的启迪与收获。

目录

第一章　吞红果孕女真始祖　宿黑店遇汉家遗贤

东边遥天之下，长白山青黛朦胧。山这边的一泓碧水畔，芳草萋萋，燕语呢喃，惹得少女佛库伦春情萌动。而她与仇家之子的一次野合，竟使得女真这个剽悍的民族，从此崛起在辽东大地上…….. 2

第二章　拜高人九鼎山学艺　射猛虎佟家庄招亲

秀姑娘偷眼去觑那努尔哈赤，见他浓眉凤目、虎背熊腰，真正是一位少年英雄！看他方才在虎口之下搭救自己的情形，不光箭法神奇，那两膀也该有千斤之力！若是被他搂一下，那会是怎样的感觉……..22

第三章　归故里重返建州卫　起哀兵血洗图伦城

努尔哈赤手捧先人遗留的盔甲，心头滴血，二目喷火，他仰天长啸，发出气贯长虹的复仇誓言："先祖、先父为大明忠心戍边，却被奸人陷害惨死，此仇不报，誓不存于天地之间！"....42

第四章　嫁爱女收忠勇门婿　除内奸诛叛逆堂叔

龙敦跪在地上一把鼻涕一把眼泪，哭得努尔哈赤心中酸楚。周围的将领却个个义愤填膺，面带不平之色。努尔哈赤只好摇摇头，双手一抱拳："为了女真大业，就请堂叔吃这一刀吧……" 64

第五章　破坚城军师下泻药　越重垒主帅运轻功

洞城城主扎依海一手捂着肚子，一手颤巍巍举起大刀，哇哇怪叫着要跟努尔哈赤拼命。努尔哈赤用钢枪轻轻架住对手的大刀，款款说道："你吃了俺建州的巴豆，还有力气上阵厮杀吗？" 86

第六章　鸭绿江野梅归后帐　古勒山大军抵前锋

努尔哈赤闻到她身上有一股异香传来，不觉心底掀起波澜，叫道："福晋如此豪饮，不用大碗，岂不委屈了她的海量！"一连碰了三碗，那福晋已醉成一摊肉泥。努尔哈赤道："抬进后帐，我给她醒酒！" 104

第七章　两城主因奸起内讧　一将军携贡谒昏君

望着太和殿宝座上冠冕堂皇、装腔作势的万历皇帝，新封的二品龙虎大将努尔哈赤不由得心中好笑，他暗暗说道："你这昏君，还当真指望我努尔哈赤为你去守边镇土？别做美梦了！" 131

第八章　讨辉发数奸淫罪恶　征乌拉恨反复行径

努尔哈赤手指辉发部长拜音得里厉声骂道："你杀害祖父，奸淫祖母，亲手杀死七位叔父，还将生身之母赶出家门，你是猪狗不如的畜生！你多行不义必自毙！众将官，与我攻城！"……151

第九章　兴战衅叶赫嫁老女　食诺言建州缢舅兄

即将自焚的锦台什，对城下的皇太极说道："你我名为甥舅，实是敌国，今我叶赫都城将破，我身为部长，岂能独活？但愿你能念及亲情，留我一子半孙以存叶赫血脉，我心愿已足！"……173

第十章　惺惺惺英雄表降意　色迷迷淫徒肇祸端

此时正是六月天气，四个姑娘又是一色的紧身衣服，苗条的体态，丰满的胸脯，令雅尔拜雷欲火难禁，还考虑什么后果？他淫笑道："叫吧，叫吧！叫来天王老子也挡不住我这努尔哈赤的亲侄子！"……189

第十一章　结姻盟纳原上美女　乞救兵舍墙外红花

努尔哈赤醉眼看那新娘，果然天姿国色，美人垂蜘颈，粉面泛桃红，正含三分春意，愈觉秀色可餐。这一夜温存，让年过半百的努尔哈赤遍体通泰："科尔沁草原的女儿家，味道就是不一样！"……205

第十二章　刑乌牛六盟友歃血　走青海一部长丧生

低回沉远的号角,在草原上呜咽吹响。对着乌牛白马血淋淋的首级,建州和内喀尔喀五部的使者们歃血为盟:"愿永为兄弟之邦,征明则同兴兵马,议和则共偃旗鼓。倘若背盟,如此牛马!"..222

第十三章　献利刃效曹氏故伎　得宝弓兆金国新生

挖着,挖着,忽然露出来一张大弓。弓有两人多高,弓弦如古藤粗细,弓背上刻着"大金收国宝弓"六个大字。努尔哈赤惊喜道:"大金镇国宝弓重现于世,当真是上苍要再振我女真雄风吗?"..242

第十四章　秉公心额亦都诛子　宣七恨后金汗伐明

都城南郊祭天台上,香烟缭绕,鼓乐震天。努尔哈赤带领文武官员三跪九叩,向苍天祈祷。读祝官站在台上,朗声诵读起那《七大恨》的文来:"后金国天命汗王努尔哈赤,谨昭告于皇天后土……"..262

第十五章　施重贿偷关亏细作　袭强敌劫营赖军师

三更时分,努尔哈赤全身披挂齐整,带领众贝勒、各大臣,各统旗下健儿,悄无声息地来到明营前面。建州兵突然齐齐发一声喊,顿时火光四起,战马嘶鸣,刀枪高举,熟睡的明营转眼成了杀戮场……..276

第十六章　买人头高悬万金赏　彰天讨轻分四路兵

二十多年不曾临朝理政，万历皇帝对朝中大臣的面孔都觉得很陌生了。他翻了一眼那奏本的大臣，阴沉着脸问道："努尔哈赤是什么东西？一个区区的建州胡虏，也值得朕用如此重赏来买他的人头？"……………………………………………292

第十七章　杜太师急进如电掣　马秀士速溃学兔脱

被努尔哈赤称作杜太师的总兵官杜松对副将的劝阻，置之一笑，轻蔑地说："天兵义旗东指，谁敢抗颜？当今之计，只有衔枚疾进，又有什么师期可谈！"说罢，连盔甲也不穿戴，便一马当先跃进了浑河……………………………………310

第十八章　乔明将刘大刀被斩　困中营朝鲜兵请降

刘綎越战越勇，一百二十斤重的镔铁刀，上下翻飞，刀光闪闪。大贝勒与四贝勒以二敌一，仍是汗流浃背，气喘吁吁。这时，一员明将飞马驰来，喝道："刘将军，我来助你！"手起刀落，竟砍向刘大刀！……………………………………330

第十九章　守家园百姓能喋血　泄怨恨八旗竟屠城

后金军攻占开原之后，努尔哈赤纵兵大肆烧杀掳掠。范文程担心士卒杀人过多，激起民变，遂向汗王进言。不料烂醉如泥的努尔哈赤却两眼一瞪："我军攻城死伤无数，杀几个蛮子解解气又有什么？"……………………………………346

第二十章　叠死兵为梯攻铁岭　斩逃将作样慑军心

月色昏暗，八旗兵卒正按照努尔哈赤的命令，把白天战死同伴的尸体向铁岭城下搬运。一具、两具……一个更次过去，随着尸体不断堆积，铁岭城外竟出现了一座座由阵亡将士遗体筑成的人梯！ ································ 365

第二十一章　忤阉竖临阵黜良将　慢强寇出战失坚城

阅兵大员姚宗文斜了一眼熊廷弼："这礼单上的物品可是九千岁点了名要的，熊大人还是照办的好，否则……"熊廷弼心中狠狠骂道："魏忠贤你这误国惑君的阉竖！俺做的又不是你九千岁的官！" ································ 382

第二十二章　武状元赴难拼一死　文御史报国不独生

一名兵卒来报："禀汗王：刚才那个被救醒的大明巡按御史张钧，回到衙署以后，又一次悬梁自缢！"努尔哈赤不禁喟然长叹道："大明如果都是这样的文臣武将，我大金几时才能打进山海关？" ································ 400

第二十三章　旧经略重出山海关　假巡抚单丢广宁城

靠着卖身投靠魏忠贤以假进士身份在官场青云直上的广宁巡抚王化贞，看着气势汹汹攻到城下的八旗兵马，出征时的豪情顿时化为飞烟："大丈夫不与建酋争一日之短长，本抚还是快跑吧！" ································ 415

第二十四章　强剃发逼百姓造反　暗宿娼使四王受责

众百姓定睛看时，只见降了后金的辽阳通判黄衣，剃掉头发，光着前额，披了大红蟒衣，手里敲一面铜锣，沿街边走边喊："大金汗王有令：留头不留发，留发不留头！剃头当顺民喽！"………………………………………………………… 434

第二十五章　陶教头相助缪家寨　吴侠客大闹镇江城

"咱要是不下去，岂不是让你小瞧了咱？"那人一边说着，一边猫腰从地上薅了几把草，捆成几个草把儿，往水里一扔。然后一纵身，双脚踩着草把，嚓！嚓！嚓！就从水上面漂过来了……………………………………………………………453

第二十六章　丧股肱痛哭五大臣　泄机密暗下七步倒

秋风瑟瑟，黄叶飘零。白发蓬松的努尔哈赤，一边用颤抖的双手轻轻抚摸开国五大臣的灵牌，一边老泪纵横地哀号着："扈尔汉、安费扬古，你们一个个都走了，朕的宏图大业靠谁来实现？"…………………………………………………… 474

第二十七章　怀二心为奸佞游说　锁九门阻忠良进言

孙承宗已到通州的消息，好似一声惊雷，吓得魏忠贤面色如土。一向养尊处优惯了的他，顾不得已是午夜，急急忙忙亲自叮嘱京城九门守官："谁敢放辽东经略孙承宗进城，我杀他的全家！"……………………………………………… 494

7

第二十八章　笑恶奴出手不如犬　恨蠢材缩头恰似龟

听到孙承宗被罢免、辽东经略换人的消息，后金举国欢庆："这下汗王可以睡个踏实觉了！高第那个蠢材，既不能文又不能武，手握重兵却只知道缩起头来当乌龟！大明，你不完蛋还等什么？"...515

第二十九章　阻孤城汗王尝败绩　娶残花御弟鸣不平

袁崇焕指挥士卒，把柴草和芦花被褥浇上油撒上火药丢下城去，再丢下火把。顿时，城下一片火海，烧得攻城的后金兵扭头就跑。明军乘机发炮，正击中努尔哈赤，只听他大叫一声，昏死过去……..537

第三十章　褫兵权露兄汗心臆　审弓箭察弟王肝肠

辰时光景，只见努尔哈赤骑在白龙马上，后面跟着四名侍卫，正信马由缰，缓缓而来。突然，弓弦一响，"嗖"地一箭射来。努尔哈赤听见弓弦声响，便知林中藏有刺客，急忙伏身马背，拍马疾驰……...553

第三十一章　赐鸩药汗王杀胞弟　悬鸳帐皇子娶婶娘

阴暗潮湿的黑牢里，形容枯槁的舒尔哈齐叹一声道："汗王哥哥要我死，我又如何能活？只可怜我那娇妻，不知落在他们父子谁的手里了！"说罢，从大将何和理手中夺过浸满鸩药的馒头，大口吞咽……..574

8

第三十二章　不肖子无良行淫事　新储君有意庇恶朋

安文子疾步上前,揭下新娘那红布盖头,色眯眯细看时,哪里是什么公主,正是前日被自己强奸后上吊自杀的扈米拉!只听扈米拉厉声喝道:"安文子,你这无耻的畜生,还俺的命来!" ……………………………………………………………590

第三十三章　行笼络诱众弟盟誓　犯诅咒欲老父归天

太子褚英跪下去叩了几个响头,捧起一道写满咒语字的符,嘟嘟囔囔念了半天,在香烛上点着了撒向天空。然后又从香案下取出一个酷似努尔哈赤的小木人来,用银针恶狠狠地扎了上去! ………………………………………………………………612

第三十四章　纵毒蛊纷争后妃宠　荡淫心秽乱母子伦

乌拉大妃手里捧了一大盘西瓜,袅袅走到大贝勒代善跟前,娇声道:"乖儿子,这是妈妈特意给你留的,快尝尝合你口味不?"说着,顺手把胸衣的纽扣又松了一个,半个肥硕的胸脯几乎递到了代善脸上…… ……………………………638

第三十五章　无奈何行八王共治　有机谋思一马独先

努尔哈赤大手一挥:"八王共治是朕多年来苦思冥想想出的唯一办法,只有这样,我大金才能防止一人独断!"说着,他转向皇太极:"今后,若再发现你耍花招、弄权术,决不宽恕于你!" ……………………………………………………654

9

第三十六章　立储君实难甄优劣　征蒙古正宜示恩威

听阿敦这么一说,大贝勒代善没了主张,心慌意乱地问道:"俺的处境到底有啥危险?"阿敦凑到代善面前,轻声但却一字一句地说道:"为了争夺储君位置,皇太极、莽古尔泰、阿敏准备杀掉你!" 671

第三十七章　患痈疽更兼乱方寸　恶面目尤其坏心肠

德格类和皇太极互不相让,在汗王驾前争得脸红脖子粗。病体强撑的努尔哈赤心烦意乱,大喝道:"同胞手足之间非要闹到这个地步吗?你们怎么争吵都没用,谁能打进山海关,谁就是大金汗王!" 690

第三十八章　后金汗归天留大憾　皇太极矫旨殉遗孀

努尔哈赤背上痈疽疼得剜心般难受,浑身烧得滚烫,呼吸之气竟然炙手可热。努尔哈赤明白,这是自己最后的日子了。他形容可怖地喷出一口黑血,不甘地哀号道:"上苍,你就这样收走你的儿子吗?" 705

第一章
吞红果孕女真始祖
宿黑店遇汉家遗贤

东边遥天之下，长白山青黛朦胧。山这边的一泓碧水畔，芳草萋萋，燕语呢喃，惹得少女佛库伦春情萌动。而她与仇家之子的一次野合，竟使得女真这个剽悍的民族，从此崛起在辽东大地上……

号称"天下第一关"的山海关，此刻，正如一头巨兽，当道而蹲，虎视眈眈地遥望着辽东大地。

然而，辽东的白山绿水，却似乎并不曾被那代表着大明天子无远弗届的威严的雄关所震慑，依然自顾自地散发出勃然的生气。长白山，照旧巍峨耸立；鸭绿江，照旧激荡奔涌，就连山水之间的鸟儿，也还是欢啭飞舞。这一切，仿佛都在向那雄关、向那雄关身后的朱元璋的后人们宣示着"天高皇帝远""帝力于我何有哉"的悠然野趣。

骤然，在这白山绿水间，响起了一串银铃般的声音："喂——哟哟哟哟……"

随着美妙的声音，山谷中婷婷袅袅飘过来三位妙龄女子。她们无拘无束地嬉笑着，互相打趣着，全不似汉家闺秀那般谨言慎行。

果然，这三位妙人儿，正是布库里山的女真族少女，布尔胡里寨寨主干木儿的三颗掌上明珠。

这三位女真少女，一个赛一个地出色，特别是那三妹佛库伦，更是美若天仙，百里闻名！

三姐妹嬉耍倦了，便懒懒地斜卧在如茵的绿草上，香汗，如断了线的珠串儿滴滴答答地从粉颊上滚落，溅在不知名的野花上，连那野花儿也较往日更显芬芳呢！

二姐眼尖，一眼望见了不远处的一泓清池，便叫道："大姐、三妹，好一池清水，咱们去玩水吧！"

大姐当即响应，拉着二姐便飞了过去。

片刻间，衣裙饰物全都零乱地抛在池边，两具妙不可言的胴体，如美人鱼一样滑入了碧波。

当真是沉鱼落雁，大姐、二姐的娇躯，在碧波中游弋起伏，羞得连水中的小鱼儿也躲得远远的，不敢与她们的雪肤比滑腻，不敢同她们的玉体赛姣柔。

姐妹俩却浑然不觉，只是尽情地戏水，时而潜入池底，时而浮上水面，惹得一池碧水波光粼粼！

玩耍多时，二姐突然叫道："三妹呢？怎么不见三妹下水？"

大姐一甩秀发，举目望去，果见三妹佛库伦正呆呆地坐在池边绿茵上，两只乌黑的大眼睛直愣愣地凝视着山林深处。

二姐也见到了三妹那副沉思的神态，她悄悄地对大姐说："咱们偷偷过去，把她推下水！"

大姐毕竟年长几岁，又是出了嫁经了事的，她若有所思地说："二妹，你难道没有发现三妹近来有什么不对头吗？"

"有什么不对头？我看不出来！"二姐虽然前不久也说定了婆家，但到底没过门儿，还是个姑娘家，不明白大姐话中的意思。

大姐见对二妹说不明白，便招呼二妹悄悄涉水上岸："走，过去看看！"

姐妹二人就这样精赤着身子上了岸，无声无息地走到了三妹身后。

三妹佛库伦却仍旧沉浸在她自己的世界中，丝毫不觉身后来了两个"美人鱼"，口中仍在喃喃念道："乌拉特……乌拉特……"

"乌拉特"三个字刚一钻进姐妹俩的耳朵，便如晴空炸了一个响雷！

这乌拉特是三姐妹父亲仇家的儿子，他的父亲，便是梨皮峪的寨主猛哥。

乌拉特生得虎背熊腰，两膀有千斤之力，从小学得一身好武艺，马上百步穿杨，水中空手抓鱼。

三姐妹父亲的寨子，经常与乌拉特父亲的寨子械斗，虽说起因都是些小事，可塞外民族生来勇猛好斗，小事也能引起大战，十三年来，仇恨一点一点积累，终于闹到刀兵相见、水火不容的地步。

每次械斗，双方都要死伤不少人，特别是对方有乌拉特这个二十一岁的勇士，布尔胡里寨的损失总是要大一些，以至于布寨的孩子们一哭闹，只要在他们耳边说一声"乌拉特来了"，哭的顿时不哭，闹的也立刻止闹！

可现在，三妹口中念叨着"乌拉特"的时候，眼神是热切的，玉胸是起伏的，脸上也堆满了桃花！

二姐是个急性子，尖叫道："乌拉特？那个凶神在哪里？"

三妹佛库伦猛然惊醒，双肩一颤，拼命摇着头，大眼睛惊恐地望着二姐："不，不！他不是凶神，他不是……"

大姐止住二妹，和风细雨吹向三妹的心田："三妹，不要怕，跟姐姐们说，你和乌拉特之间到底发生了什么？说不定，我们还能帮你们什么忙呢！"

佛库伦听了大姐的话，惊恐的神态淡了些，但仍然使劲摇着头，半晌，才从贝齿间挤出一句话来："你们帮不了我的……"

急性子二姐大叫起来："谁说的！那乌拉特有什么了不起？敢欺负我三妹，我非杀了他不可……"

话没说完，只见佛库伦骤然跪倒："二姐，我求你，不要杀他！我肚……"

大姐此时已全都明白，她用纤手抚住佛库伦的秀肩，轻声但却清楚地问："你爱上了他？"

"嗯。"

"你跟他有了那事？"

"……嗯。"

"不是他强迫的？"

"是……不是！"

二姐被最后这个答复搞蒙了："是就是，不是就不是，怎么是不是的！"

大姐生气地瞪了二妹一眼："别这样！三妹一定有难言之隐，不好意思明说。"她转过头去征询似的问三妹："是这样吗，三妹？"

是啊，佛库伦怎么好意思把三个月前那件事从心里端出来呢，她毕竟还是个待字闺中的姑娘啊！虽然说三个月前，她的处子之身就已半夺半献地归了乌拉特，但她又怎么说得出口呢？

三个月前，佛库伦独自一人骑马出游，也是到了这个地方，她见春水初起、绿草乍萌，便下马在池边独坐赏景，一时忘情，竟到了黄昏时分。

见夕阳西斜，她才想起要上马回寨，谁料一匹黑马骤然驰到跟前，从马上跳下来一个强健的青年，正是乌拉特！

虽说长辈们有不解的冤仇，但青年人，特别是青年男女之间，却并不是那么冰炭不容，何况，一个是远近闻名的勇士，一个是闻名远近的美女！

不过，一开始时佛库伦还是存有戒心的，她一面不失友好地向乌拉特微微一笑，一面快步走向自己那匹小红马。

可她的微笑太迷人了，乌拉特的心潮一下子就汹涌澎湃了，他以为，佛库伦的微笑是表情的坦露，是鼓励他采取行动的动员令！

于是，乌拉特的双臂紧紧地环住了佛库伦的纤腰，男人味十足的粗急的呼吸，让佛库伦的蜡项发痒，更让她的芳心发烫！

而当乌拉特使劲把她的身体扳转过来，使她不得不正面朝向这个实际上自己心仪已久的男人的时候，她的心已经开始融化了。

噢，乌拉特！他的双唇是那样热情，他的胸膛是那样结实，他的眼睛是那样地放出灼人的光芒，他的动作又是那样地狂放而直接！

佛库伦被整个地征服了，从她的心灵，直到她的肉体……

半推半就,最强健的小伙子与最美丽的少女就这样共同度过了人生最美妙最激情最让人难以忘怀的时刻!苍天无语,大地无语,芳草无语,碧波无语,人无语!

"可是,纸是包不住火的呀!"大姐的话,一下子把佛库伦从美好的回忆里拉回到冷酷的现实中来了。

大姐的眼光是敏锐的,自己隆起的小腹,渐粗的腰肢,肯定已经让大姐心如明镜了,那么,爹娘那等老辣之人,更是瞒得今朝瞒不过明日啊!

怎么办?怎么办?坐在绿茵上,佛库伦无助地望着两个姐姐,一脸的愁容,让人心碎。

姊妹三人,挖空心思,终于编造了一个荒诞离奇的故事,告诉她们的父母说:

有一天,姐妹三人到山涧里洗澡,正当她们洗得高兴的时候,突然从云天之外飞来一只大天鹅,嘴里叼着一颗红果。

那天鹅飞到涧边上嘴一张,那红果不偏不倚,正好落在佛库伦穿的绿裙子上面。

等她们三人洗完澡,上岸穿衣服时,佛库伦一眼就看见了那颗红果。只见那红果红艳艳的,圆溜溜的,可招人喜爱啦!

佛库伦把红果捡起来,一股特别的香味,直扑鼻孔。她不由得自言自语地说:"奇怪,这是什么果子呢?这么好看,又这么香?"

佛库伦手捏红果儿,一边观赏,一边嘴里叨咕着,不由自主地伸出舌头一舔,嚯!还挺甜呢,顺手就放在嘴里。顿时,她感到满口香甜,咕噜一下,就咽到肚里。

哎呀!万万没有想到,从此,佛库伦就怀了身孕。

千木儿老两口听了这段"天方夜谭"似的故事,如同坠入五里雾中,迷迷糊糊,似信非信。但是活生生的现实摆在面前:

一向天真活泼的佛库伦,现在竟变成一个大腹便便的孕妇,他们不得不信以为真。

又过了一段时间,十月期满,佛库伦一阵剧烈疼痛之后,只听哇哇数声,大清帝国的创基祖出世了。佛库伦父母以为女儿无夫而孕,定然是天物出世,非等闲之辈,心中非常欢喜。

谁知那小东西竟是世代仇人的真种。

再说佛库伦生下的那男孩子,也真讨人喜欢。他浑身洁白肥胖,长得天庭饱满,地阁方圆,啼声宏大,食量惊人。佛库伦替他起名叫布库里雍顺,姓爱新觉罗。在《清史稿》一书中记载道,他是满人的"始祖"。

再说佛库伦自从生下布库里雍顺,一年多以后,便背着父母,瞒着两个姐姐,独自到山林里寻找乌拉特去了。

再以后,音信全无,传说他俩住在山林深处,安享鱼水之乐。

也有人说:他俩已离开布库里山林,到远处谋生去了。

究竟他俩身归何处,人们至今也无从知道。

满洲人从小就习骑射,善游猎,使拳弄棒,尚武之风盛行。

长到十五六岁的布库里雍顺,整日带领一帮小朋友,在山林里打雪仗,玩游戏。他们斩木为兵,揭竿作旗,相互厮杀,声震山林。

一天,有个白胡子老爷爷告诉他们说:"这条河的那一头,有一个三姓地方,那里不只好玩,还等着你们去治乱呢!"

大家听了,都嚷着要去。布库里雍顺不作声,只是想着那老爷爷的话。过了好一会儿,他才说:"咱们编个筏子坐着去!"

大家一听,可高兴了,就到林子里去砍树了。第二天,大家拿来了绳子,把砍倒的树捆起来,一排排、一层层地连起来,倒真编成了一个偌大的木筏。推下河里,怪平稳的。

那些孩子胆子小,不敢上去。布库里雍顺不害怕,他坐在筏子上十分高兴,岸上的人们见了,拍手大笑,祝贺孩子们的成功。

正笑着,陡然一阵风起,河中掀起巨浪,波涛澎湃,木筏也身不由己,箭也似的,随风向下游窜去。

布库里雍顺在筏子上吓得心胆俱裂,不省人事,倒在筏子上,听凭激流把筏子送往远处。

不知过了多长时间，那木筏流到山涧的转弯处，一个急转身，流入溪内，速度也就慢了下来。

这里群山环抱，梨树葱郁，溪水长流。那木筏就停在溪水边上。布库里雍顺在筏子上昏睡着，动也不动。

说来也巧，这会儿从南岸姗姗走来一个妙龄女郎，头上挽着高高的发髻，玳瑁做的首饰在阳光下闪闪发光。她那白嫩纤细的小手里提着一个小木桶，慢慢地走到溪边，扶着一棵梨树，弯下腰正准备提水，转眼瞥见一只筏子停在溪水边上，上面还躺着一个十七八岁的少年。

那姑娘细看，见那男子长得很魁伟，只是两眼紧闭，额角上挂着被风吹干的几道汗痕，他的嘴唇在上下翕动。

那姑娘将布库里雍顺大声喝醒，隔着岸问道："你是什么地方的野人，敢如此大胆，到俺三姓地方来？"

布库里雍顺赶忙答道："俺是布库里山南面布尔胡里寨的人。俺是俺母吞食仙果生的，今年十八岁。因为坐筏子玩耍，不慎被风浪吹到此地。还望姑娘搭救，俺将终生不忘姑娘的大恩大德。"

姑娘听了，说道："那你是天生的人喽！俺回家让父亲来救你。"说着一笑而去。

这姑娘名叫博喜，母亲早逝，父亲白哩，是三姓地方的首领。此人忠厚老实，对寨子里的人管束不严，这三姓之间勾心斗角，互相残杀，连年殴斗，闹得鸡犬不宁。

博喜姑娘自从母亲去世，跟着父亲长到二十岁，还未曾找到一个称心的郎君。上门提亲的人不少，博喜一个也相不中。往往花前月下，伴着孤灯残烛，独自悲叹。

如今长得一表人才的布库里雍顺自天而降，走进她的生活，便不知不觉将平日抑郁不得伸的热情，统统搬到布库里雍顺身上去了。赶回家中，她对父亲言道："女儿在溪边提水，忽然筏子漂来，上面有一男子，自称是天生的。请父亲去搭救他上岸，把他请到俺家里来。"

白哩忙带了众人，来到溪边，果然见一个少年坐在筏子上发怔。

白哩大声说道："你就是天生的那个人吗？"

布库里雍顺急忙起身答道："俺乃布库里雍顺，从布尔胡里寨到此。"

白哩忙与众人合力拢了筏子，将布库里雍顺救上岸，并请到自己家中。

晚上，白哩杀猪宰羊，酒席款待。三姓地方的头面人物，都来庆贺。大家开怀畅饮直到深夜才散。

布库里雍顺住在白哩家里，每天除练习拳棒以外，常常同他的心上人——博喜姑娘在一起。初一、十五，河边、地头，两人的身影经常合拢在一起，相爱的感情一天比一天热烈。他们二人相处得这么和谐，白哩老人也看出来了，心里也着实喜爱这个小伙子，便选了一个黄道吉日，将女儿嫁给了布库里雍顺。

当上新郎没几天，一件更大的喜事便降到布库里雍顺的头上：寨民们共同议定，推举布库里雍顺为三姓地方的贝勒。

布库里雍顺再三推辞，却架不住老百姓的拥戴，一千多寨民们不由分说，把他拥上台，纳头就拜，齐声欢呼贝勒。

布库里雍顺自当贝勒以后，严以律己，为三姓地方制定各项戒规，寨民们若有违犯，按章惩罚，毫不留情。

布库里雍顺把布尔胡里的先进耕作方法传扬开来，亲自带领寨民们打井、挖沟，兴修水利。

农闲时，布库里雍顺组织男子学武练兵，制造枪刀弓箭，做好防卫准备。他让博喜带领女子们到山林里采药、挖参，医治疾病，减少死亡，增加人口，鼓励生育。

不到两年，三姓地方经过布库里雍顺的精心治理，很快富庶强盛起来。

为了施展雄心大志的抱负，布库里雍顺又在三面靠山、一面临水的阿朵里修建了一座新城。他亲自设计画图，建成了贝勒府、练兵场、瞭望台等重要设施。城内街道纵横，四通八达，四座城门,高大壮观,城墙坚固厚实。三姓地方的老百姓通通搬到阿朵里新城里来。一时之间,市井繁荣,人烟稠密,阿朵里居然成了一座偌大的城池。

许多年以后,布库里雍顺贝勒与博喜福晋相继去世,由小贝勒继任,一代一代地相传不绝。

当孟哥帖木尔继任阿朵里城贝勒时,更加强盛。明朝永乐皇帝害怕他生事谋乱,就把阿朵里改为建州卫,封贝勒为都督,子孙世代承袭。每年,皇帝发给金银布匹绸缎,是为定例。孟哥帖木尔便成为建州卫的第一代都督,也是满人记入史书的"肇祖原皇帝"。

孟哥帖木尔死后,传位于"兴祖直皇帝"福满;福满年老,传位给董山,以后又传位给"景祖翼皇帝"觉昌安。这时,都督府已从阿朵里迁移到赫图阿拉,后又称兴京,在今辽宁东部的新宾境内。

在觉昌安当建州卫都督时,附近的大小部落,全被他征服了,势力更加强大,苏克素浒河以西二百余里的地方,全部归建州卫管辖了。

建州卫都督觉昌安共生五子,长子礼敦巴图鲁,次子额尔衮,三子界堪,四子塔克世,五子塔克偏古。

五个儿子个个刀马纯熟,四儿子塔克世略具谋略,有些头脑。觉昌安便把都督大印传给塔克世。

再说建州指挥使王杲,常指使军队扰乱明边。为此,觉昌安曾多次规劝过他,王杲却置若罔闻。

明朝派驻抚顺的总兵官李成梁,也同王杲谈过此事,王杲仍然坚持不改。他生情残暴,荒淫成性。平日,仗着自己有几千军队,到处打家劫舍,奸淫掳掠,无恶不作。

且说古埒城周围的老百姓,受不了王杲的欺压,又不敢到他的儿女姻亲建州卫塔克世都督那里去诉说,只得成群结队去抚顺关总兵衙门里告状。李成梁对王杲劫掠明朝边民的行为,也早有不满了,遂与南关哈达部的王台定计,诱杀了王杲。

李成梁上奏明朝皇帝,皇帝封王台为龙虎将军。

建州卫老都督觉昌安,得到王杲被王台诱杀的消息之后,叹了一口气说道:"这是他多行不义的应得下场。"

塔克世新做了都督,有权有势,比做小贝勒时风光得多。于是兴高采烈,天天与部下将领议论公事,常到教练场去检查训练情况。

一天,塔克世正在教场练兵,忽然探马跑来报告说:"哈达部王台联络抚顺关总兵李成梁,准备打古埒城。图伦城主尼堪外兰也被他们拉拢去参加了。"

听到消息,塔克世半信半疑,正准备回府与父亲商议对策,突然侍卫前来报告:"古埒城告急,老都督的孙婿阿太章京派人来请救兵了。"

塔克世这才相信那消息确实可靠,急忙回府向父亲禀报情况。

老都督觉昌安听到孙婿被困、古埒城告急的消息以后,急得六神无主,两眼圆瞪,遂安排五子塔克偏古守城,自己披挂整齐,与塔克世一起到教场点齐兵马,浩浩荡荡杀奔古埒城而来。

且说那古埒城乃弹丸之地,人口稀少,兵微将寡,城墙又矮又薄,怎能挡得住王台与尼堪外兰的两支军队的攻击!

正当阿太章京急得如热锅上的蚂蚁团团乱转之时,忽听城外炮响震天,建州卫的救兵到了!

白发苍苍的老都督觉昌安,率领都督塔克世,因救孙婿心切,手挥大刀,见人便杀。王台与尼堪外兰的兵马,因为早有准备,以逸待劳;建州卫的队伍,一路上人不停步,马不停蹄,早已是人困马乏,怎么能打得过王台的兵马?

双方一阵厮杀,建州卫的兵马,反被杀得落花流水,大败而回。

觉昌安让塔克世清点人数,已损失一半以上。

觉昌安正在军帐闷闷不乐,塔克世进来说:"图伦城主尼堪外兰前来求见父亲。"

觉昌安一听，气愤地说："他来干什么？把他杀掉算了！"

塔克世以为不然，说道："尼堪外兰是贪利小人，他既来见，难道会有歹意吗？你既不愿见他，让俺去见他。"

觉昌安听了儿子的话，觉得似乎也有些道理，便道："那就让尼堪外兰进来！"

等塔克世走远之后，觉昌安心里想：尼堪外兰太狡猾，这次来见俺，也许是来帮忙，等俺救出阿太章京夫妻，再杀这个忘恩负义的人也不迟。

觉昌安正在想着，只见塔克世领着尼堪外兰进来了，未等觉昌安说话，那尼堪外兰先已双膝跪下，说道："老都督在上，晚辈这边有礼了！"

觉昌安立即向尼堪外兰问道："你为什么联络李成梁，听从王台的指挥，无端发兵攻打古埒城？"

尼堪外兰忙叩头不迭，道："俺确实不知道古埒城主与您老人家是亲戚，如今知道了，俺已向总兵大人建议，他已答应退兵。"

尼堪外兰说到这里，又神秘地往前凑了凑，对觉昌安说道："今后，老都督若能让古埒城主向明朝皇帝年年进贡，岁岁去朝，大明皇帝将封您老人家为龙虎将军。"

觉昌安连忙问道："你这话可当真？"

尼堪外兰连声发誓道："俺若哄骗您老人家，愿死于乱刀之下。"

老都督听了，非常喜欢，忙派人准备酒菜，准备好好款待尼堪外兰。

尼堪外兰却说道："俺军务在身，改日再来叨扰吧。明天傍晚，请老都督带兵进城，俺的兵马一定退出五里之外。"

尼堪外兰说完之后，便告辞上马而去。

到了第二天夕阳西下的时候，觉昌安传令兵马进城。果然看见尼堪外兰的军队已完全撤走，并撤退到五里之外的地方。

觉昌安与塔克世兴奋极了，便带领兵马，进到古埒城里，见到阿太章京夫妇，大家心里都非常高兴。

阿太章京一面备酒为老都督接风解乏，一面犒赏兵士，都吃得酒醉饭饱以后，才各自休息。

半夜时分，忽听喊杀连天，炮声震动天地，建州卫的士兵从睡梦中被惊醒，也不知道从什么地方来了那么多的人马，半睁着惺忪的睡眼，迷迷糊糊地被砍了脑袋。

觉昌安与塔克世父子俩，衣服还未穿齐，敌兵就杀进来了。二人慌忙应战，他们挥着大刀，杀退一批又一批敌人。

黑更半夜，敌兵又多，父子俩很快便被冲散。建州兵抵挡不住，被杀得四散奔逃。

在混战中，塔克世被乱兵所杀，阿太章京夫妇早被砍成肉酱。老都督觉昌安见大势已去，只得眼睛一闭，拿刀往自己脖颈上一抹，一阵凉风过顶，这赫赫有名的老都督竟身首异处，与世长辞了。

这时候，尼堪外兰得意扬扬地骑着一匹高头大马，来到古埒城主阿太章京的府中，先计点本部的兵士，只损失了几十个人；后计点觉昌安的兵马，这一夜共杀伤八百多人。

尼堪外兰将俘获的建州卫兵马，改编为图伦城的军队，都归自己统领。

他又派人打扫战场，盘查府库，挑选美女，将古埒城所有值钱的东西，抢劫一空。

再说尼堪外兰唱着凯歌，正得胜班师之时，忽然探子前来报告说：

"建州卫老都督觉昌安之孙、塔克世之子——努尔哈赤领着兵马，前来报父祖之仇，他已经攻占了图伦城，军队正往这边杀来！"

尼堪外兰一听，忽然想起来了——

这个努尔哈赤，不就是那个南山学艺、北山打虎、脚心长七颗红痦子的"野猪皮"（满语里"努尔哈赤"就是"野猪皮"的意思）吗？想到这里，尼堪外兰只觉得头脑一蒙，差点栽下马来。他心里说："这个努尔哈赤力大无比，武艺超群，俺哪里是他的对手！"

努尔哈赤就是建州卫老都督觉昌安之孙、塔克世之子。

塔克世共生五子，长子努尔哈赤，次子舒尔哈齐，三子雅尔哈齐，这三个儿子是塔克世的大福晋喜塔拉氏生的；第四子巴雅齐，是二福晋纳喇氏生的；第五子穆尔哈齐，由宠妾所生。

那二福晋生得标致狐媚，深得塔克世的宠爱。大福晋体弱多病，生下三个儿子之后，便一病不起。在喜塔拉氏病得奄奄一息时，曾拉着塔克世的手说："善待野猪皮，让他有出息。"原来，喜塔拉氏生产努尔哈赤前夕，梦见一个披野猪皮的人告诉她说："红瘄长脚心，必定坐龙廷。"醒来以后生下了努尔哈赤，因此得名。又见孩子右脚心上确实长了七个红瘄子，塔克世欣喜万分，觉得这孩子将来必有出息。以后又听人说，古书上就有"脚踏北斗"的话，也是指脚心长红瘄子的人，于是更加看重努尔哈赤了。

说来有些神奇，努尔哈赤从小就与众不同。跟同年龄孩子相比，他的身材高大，体格健壮，长得凤眼大耳，仪态庄重。他说话声音洪亮，那炯炯有神的目光中迸射出智慧和顽强的气质。

长到六七岁时，努尔哈赤跟别的孩子一样，开始习射了。他常常跟小伙伴们聚在一起，做射击的游戏：每人出箭两支，束为一簇，各人站在三十步远的地方，依次射击，谁射中了，谁就得箭，以此为乐。努尔哈赤每次都得箭最多，因为他射中的次数比别人多。毕竟生长在都督世家，努尔哈赤整日在使枪弄棒的人中间厮混，初步学到一些轻功武打，拳脚功夫也非一般孩子所能及。

八岁开始，塔克世让他在家塾里读书，时间虽不长，已能认识不少汉字，对蒙古文、朝鲜文也略知一些。这些都使他在众多孩子中间鹤立鸡群，成为小朋友们尊崇的偶像。可是后母的寡恩，加上父亲惯听老婆话，自然是缺少了对努尔哈赤的关心。在生活的逼迫下，小小年纪的努尔哈赤常常爬山越岭，出没在原始森林里，去采集松子、人参、木耳、蘑菇和猎取野禽等，然后再随同管家将这些山货送往抚顺、宽甸、清河等市出售，作为家中生活费用的部分来源。

这一切，使努尔哈赤在艰苦的磨炼中较早地成熟起来，养成了勤奋、谨慎、机警、善于思考等优点,尤其是在抚顺等马市交易中,他接触到了许多来自四面八方的汉人、蒙古人。与这些商人长期交往,他的交际面日益广泛,见识也日益增多,视野逐渐开阔。汉族人民的生活习俗、文化生活等,在努尔哈赤的心目中,逐渐打上了深深的烙印。

努尔哈赤小小年纪干着跟大人一样的劳动,纳喇氏仍不满意,经常在塔克世面前说他的坏话,让他终日得不到好脸色。

家中没有温暖,就到外面寻乐趣。一天,他跟几个小朋友一块闲唠嗑,各人说将来打算干什么。有的说想当将军,有的说想做买卖,还有的说想当教书先生。

这时候不知道从哪儿走来一位白胡子老头,听了孩子们的议论说:"不管干什么,都得精啊!三百六十行,行行出状元。"

说完,这白胡子老头就问努尔哈赤:"你想干什么?"

努尔哈赤瞅瞅天,又看看地,反问老头:"你猜呢?"

老头看这小孩挺机灵,说:"你瞅瞅天地,莫非你想当管理天地的帝王?"

"俺是想改天换地。"努尔哈赤一本正经地说。

老头又说道:"看你人不大,口气倒不小。想改天换地你有什么本事?"

"俺百步穿杨,百发百中。"

"还有什么本事?"

"俺双手能拿动二三百斤重的东西。"

"还有什么本事?"

"俺会使枪弄棒,打拳踢脚。"

"好,就请你在这儿亮几手。"

努尔哈赤就走下场子,打了两路拳。

"你这几招都平平常常,成不了什么大事。"

努尔哈赤一听,马上急了:"老爷爷,那就请你教教俺们吧!"

"俺也不行,你想学真本事,就去找九鼎山八宝洞的七星长老。"

努尔哈赤急忙走过去,拉着白胡子老头的手问道:"老爷爷,那九鼎山在哪儿?"

"那九鼎山俗名南山,离此地有一千余里,从这往正南方向走,能看到大海,就到了。"老头儿说完,飘然而去,那一副仙风道骨的模样,不由让人联想到玉皇大帝驾前的太白金星老人。

第二天,东方刚露出鱼肚白,努尔哈赤就悄悄地骑上马,带了些干粮和银两,匆匆上路了。一路上,努尔哈赤可吃了不少苦头。年仅十三岁的孩子,一人一骑,每天晓行夜住,饿吃干粮,渴饮泉水。在那荒山野岭、人迹罕至的地方,有蛇蝎蚊蝇的叮咬,还有狼熊虎豹的威胁。面对这些艰难险阻,若没有顽强的意志,是经受不住考验的。

一天晚上,努尔哈赤住进一家黑店,被掌柜的用蒙汗药麻倒,掏光了他身上的银子,又用破席子卷了扔到河里。

也是努尔哈赤命不该绝,这工夫正碰上打鱼的老两口,到镇上看完病往回走,见上游漂来一个席卷子,赶忙打捞上来,一看里面卷着一个年轻人。

老头一摸心口,忙说:"还活着呢。"又对老伴说:"咱买的药里头,有两味能解毒,快拿来给他喝。"

夫妇俩忙着给努尔哈赤灌药,又把他脸朝下放在铁锅底上控干肚子中的水,好歹算是救过来了。

努尔哈赤醒过来以后,又哇哇地吐了好几口水,看见面前两个老人,心里一发热,眼泪不知不觉地流了下来,哽咽着说:"俺这是怎么啦?"

老头说:"你是被人害了,又被扔到大河里,让我们救上来了。"

这时候,努尔哈赤才回忆起来,自己在店里吃了蒙汗药,赶忙翻身爬起,跪在老两口跟前,说:"多亏大爷、大妈救我一条命,俺这辈子也忘不了你们的恩情。"

那妇人忙拉起努尔哈赤问道:"你是哪里人?是来干什么的?"

他便竹筒倒豆子,一五一十说了一遍。

老两口听了，劝说道："你的身体被折腾得这样，走不了多少路的，先在俺们家休息一阵子，等身体恢复了再走吧。"

努尔哈赤心里想：天下的好人还是多。就不再说什么，便随他们一块回家了。

搭救努尔哈赤的夫妇俩，本是河北大名府人氏。老头名叫张一化，举人出身，有功名的，原是大名府的一个文学博士，因得罪了知府大人，被迫出逃，途中独生儿子病死了，便来到这老河口子靠打鱼为生。

今早他们到五十里外的镇上去看病，顺便买些药回家；又因这河里经常有人药鱼，张一化到底是有知识的人，多一个心眼，就买了一些解药，正巧搭救了努尔哈赤的一条命。

再说努尔哈赤在张一化老人家里养息身体，发现屋里桌子上堆了许多书籍，又听老人谈吐不俗，便知老人不是一般打鱼人。每天茶余饭后，努尔哈赤跟老人拉起家常话，渐渐熟悉起来。身体稍一恢复，就主动帮助老人做事。

张一化的三间草屋建在大山脚下，大河从屋门前流过，正是依山面水的好住宅。只是屋上的草有好几处已被风吹去，若不修葺，下雨会漏的。努尔哈赤见院里有现成的干草，便动手上房子去修理。那院子是用木棍钉起来的，有几处脱落了，风一吹便东倒西歪，快要坍倒了。努尔哈赤砍来树棍，重新钉牢。他见院里的柴火也不多了，就拿起砍刀，去山上树林里砍树枝，不一会儿工夫，一大捆干树枝背回来了。

傍晚时分，老两口打鱼回家一看，屋里屋外收拾得干干净净，笑得合不拢嘴。

吃晚饭时，努尔哈赤跪在张一化跟前，恳切地说道："大爷，我求您一件事，想请您老人家教我学汉文。"

张一化看着努尔哈赤，笑眯眯地说："起来吧，孩子。俺看出来了，你是一个有志气的年轻人。咱们同是炎黄子孙，汉满一家嘛！孔夫子说：'有教无类。'你想学汉文，我一定教你。"

从此以后，每天晚上张一化教努尔哈赤认汉字，讲解华夏发展的历史。从秦始皇统一六国，讲到朱元璋建立明王朝；他盛赞西汉的"文景之治"和唐朝的"贞观之治"，贬斥当今朝廷腐败、奸臣当道的黑暗现实。一连几个晚上，张一化讲当年孙武帮助吴王阖闾训练女兵、孙膑帮助田忌赛马、马陵道的孙庞斗智、张良在桥上见黄石公、韩信胯下受辱等历史故事，努尔哈赤听得入了迷，使他大开了眼界。故事中的英雄人物、丰富的战例、用兵的神奇，以及治国安邦的道理，都极大地吸引着他，并给他以极大的启示。

由于努尔哈赤天生聪敏、睿智，领悟力强，汉文学习大有长进，不到半年时间，他就能单独读书。张一化桌子上的那一堆书，他都读过一遍，特别喜欢读《三国演义》《水浒传》等章回小说。书中的英雄好汉，都是他心目中的榜样。

有一次他问张一化："大爷，像汉高祖、明太祖，原先都是出身低微的人，后来都统一了天下，成为开国皇帝。这是什么原因？"

张一化告诉他："简单讲是他们能乘时而出、艰苦奋斗的结果。他们都能团结人，善于用人，终于成就了平定天下的大事业。"

这些帝王将相的传奇事迹对努尔哈赤来说，不仅增广了见闻，扩大了视野，也丰富了斗争经验，坚定了他克服困难的决心和勇气，对他以后成就大业无疑是极大的鼓舞和召唤。

努尔哈赤向张一化夫妇辞别时说："你们是俺的再生父母，俺当永志不忘！俺今年十三岁，十三年后俺来接你们。"

张一化拉着努尔哈赤的手，动情地说："姜子牙年过八十还登台拜帅哩，俺今年五十有二，再过十三年，也不过六十五岁，还可以为你牵马提镫呢。"

张一化说着，从怀里掏出一包银子说："这点碎银子带着留路上用，从这老河口再往南走一百五十里，便能看到大海，那九鼎山就在大海边上。"

努尔哈赤又跪在两个老人面前，磕了三个头，站起来，接过银子说:"恭敬不如从命,请两位老人家多多保重!"

张一化夫妇齐声说道:"俺们等着你!"

努尔哈赤从老河口张一化家告辞出来,重新踏上去九鼎山的大道。离老河口很远了,他还在想着在那里半年的生活、学习,以及所受到的教育。

他觉得张一化老人是他的第一个汉人老师,是一个难得的人才。将来想干大事业,需要很多各种各样的人才。俗话说得好:独木难撑大厦。俺要像汉高祖刘邦那样,把萧何、张良、韩信、樊哙那样的人才,都团结在自己周围;绝不能像项羽那样刚愎自用,连一个范增的意见都听不进去。这两个人就是俺的两面镜子,俺要终生以他俩为鉴。

努尔哈赤想着、走着,不知不觉一百五十里路一天多就走完了。现在大海就在眼前,他一口气跑上九鼎山,来到洞门前,使劲敲击着洞门。

不一会儿,洞门"霍"的一声开了,从门里走出一个小和尚,冲努尔哈赤一作揖:"小施主,敲门有什么事?"

努尔哈赤忙施一礼,说:"小师兄,俺叫努尔哈赤,是来学艺的,要拜见七星长老,请通禀一声。"

"你稍等一会儿。"

小和尚进去不大工夫,出来说:"长老让你进去。"

努尔哈赤随着小和尚进了洞门,开始在通道里摸着黑走,约走了百十步远,便觉豁然开朗起来,眼前是一个偌大的院子,两边院墙高约丈余,后面还有两进深的大殿。原来那洞门开在山脚,通道则从山肚里穿过,真是巧夺天工。

他一边看着想着,一边随小和尚来到大殿里。只见一个须发皆白的老和尚坐在上边。

努尔哈赤慌忙走上前去,双膝跪倒,连磕了三个响头,说道:"长老在上,俺努尔哈赤不远千里,前来拜师学艺,请长老收下俺这个徒弟。"

"你是从哪儿来的？是怎么找来的？"

努尔哈赤听了长老的问话，又朝前爬了一步，赶忙说道："俺是从阿朵里城来的。路上的情况，说起来真是一言难尽。"努尔哈赤便把一路上的千辛万苦从头到尾叙述了一遍。

长老听了后又说："学艺不易呀，你小小年纪，能吃得了苦吗？"

努尔哈赤扬起了头说："请长老放心，俺不怕吃苦。为了能学到武艺，俺什么苦都不怕。"

长老看看努尔哈赤，想了一会儿，说道："那就试试吧！你先干些杂活，磨炼磨炼。"就把努尔哈赤收留下了。

第二章

拜高人九鼎山学艺
射猛虎佟家庄招亲

秀姑娘偷眼去觑那努尔哈赤，见他浓眉凤目、虎背熊腰，真正是一位少年英雄！看他方才在虎口之下搭救自己的情形，不光箭法神奇，那两膀也该有千斤之力！若是被他搂一下，那会是怎样的感觉……

这七星长老已九十高龄，仍然精神矍铄，宝刀不老。此人天文、地理、兵书、武艺，样样精通，算得上一个武林奇才。这次努尔哈赤来投奔八宝洞学艺，长老见他心地虔诚，并未以他是满人拒之于师门之外，也想借此将平生所学传授给后代，于是欣然收下这个关门徒弟。

半年来，他见努尔哈赤什么活儿都干，打柴、种菜、烧香、敬佛、扫院子，没有他不干的，而且每样活都干得认真，令人满意。平日，则安安分分，勤勤恳恳，从不偷懒。因此，他打心底里喜欢这个徒弟。

七星长老就教努尔哈赤学习十八般兵器。半年以后，长老看他进步不小，十八般兵器已练得滚瓜烂熟，又拿来几本兵书，教他布阵、打仗、用兵的战略战术。

这样又过了半年，努尔哈赤求七星长老说："请师傅教俺造炮的方法。"长老就教他造榆木炮。先把榆木掏空，装上火药，试放几次，努尔哈赤觉得杀伤力不大。长老又教他造石炮。先将石头凿成炮筒，装进火药，在火药外面再装上铁沙子、铁蛋子。这石炮能打几里路远，劲儿可不小，杀伤力比榆木炮大好多倍。可是努尔哈赤还觉得不如铁炮劲大，便请师傅教他造铁炮的方法。长老见他态度虔诚，学得认真，就把造铁炮的方法也传授给他了。

就这样，努尔哈赤在九鼎山八宝洞跟七星长老学了三年，可谓上晓天文，下知地理，十八般武艺样样精通，还学会了造炮，以及用兵打仗的方法，练成了一身真本事。

七星长老这才让他下山，谆谆告诫说："学武的要讲武德。不要以力服人，要以理服人。不要轻易杀生。"

努尔哈赤恋恋不忍去，流着泪请求留在师傅身边。但长老执意要他下山，并说："将来若能成就大事，千万不要忘记对老百姓讲仁义。"

努尔哈赤记住了师傅的教诲，又去和小师兄辞行，转回来给师傅磕了几个头，与七星长老洒泪而别，下山了。

努尔哈赤的父亲塔克世，他那两只耳朵如面蚕豆，专听二福晋纳喇氏的话。大福晋病死以后，纳喇氏一手遮天，在家里说一不二。平日，少不了常在塔克世面前说努尔哈赤兄弟三个的坏话。努尔哈赤去南山学艺的事，塔克世知道以后，直气得暴跳如雷，说努尔哈赤不把他这个父亲放在眼里，扬言回来以后一定要把他赶出家门。于是那两个弟弟倒霉了，父亲和后妈对努尔哈赤的气，全都发泄到他俩身上去了。几年后，努尔哈赤从南山学艺归来，塔克世一见，不问青红皂白，迎头就骂，一顿训斥之后把他们兄弟三人赶出家门。觉昌安虽觉不妥，但碍着儿媳妇纳喇氏从中作梗，也不好出来拦阻，只好暗中给了些银两，嘱咐兄弟三个出门在外要事事小心。兄弟三人带着简单的行李，出城而走。

兄弟三人走了一日，不觉来到三岔路口，三人坐下，努尔哈赤掏出祖父给的银两平均分了，又抱在一起大哭一场，之后，三人站起身来，各奔前程。此时努尔哈赤十七岁，舒尔哈齐十五岁，雅尔哈齐十三岁。

且说努尔哈赤顺着山路往北走，时值暮春天气，因为关外的春天来得迟些，仍是春寒料峭，努尔哈赤却走得满身大汗。他索性把外衣脱了，将行李包裹重新整理停当，腰挂弓箭，大踏步继续赶路。

抚顺关正北二百五十里，有一个佟家庄园。庄主佟千顺，年已七十开外，平日乐善好施，为人忠厚和善，方圆几十里未得到他周济的人很少，人称佟大爷。这佟家在关外也是一个大族，家资巨富，单是高粱田就有五百多顷。庄园中间一个偌大的四合院，砖墙瓦顶，又高又大。院子四周围着一条护庄沟，沟宽五丈五，沟里水清流急，这是长白山天池里流下来的活水。在护城沟的两旁，长着一排排桃树，间栽一排排柳树。每年清明前后，桃花飘香，柳絮飞舞，景色宜人，真是天然佳境。庄园的大门朝南，门楼上"佟家庄园"四个大字，写得苍劲饱满，是专门到抚顺关请名人题写的。大门外的护庄沟上架起一座吊桥，可以随便起落。吊桥的前面，有一个十亩地大的广场。庄内的牛羊马近一千头，长工短工三十多，还有十个护庄队员。

这佟大爷共生五个女儿，一个男孩。女儿都已出嫁。儿子佟山，活到三十五岁，病死了，媳妇只生一个女儿，今年十八岁，名叫春秀，家里上下人等都叫她秀姑娘。这秀姑娘从小娇生惯养，长得细皮嫩肉，高挑的身材，爱穿紧身衣服。平日骑马射箭，使枪弄棒，都有几下子。十岁时祖父请来一个教书先生教她读书，念了两年她死活不读了。这几年她见祖父年纪大了，父亲又不在人世，便经常帮助祖父照管田庄的事情，深得佟大爷的欢喜，也算是佟家的掌上明珠了。

这一天早上，秀姑娘突然心血来潮，非要去北山打猎不可。这北山乃长白山的一个余脉，山高林密，自然景色十分优美。林中山鸡、野兔随处可见，梅花鹿也不少，不过黑熊、老虎也时有所见。所以到北山打猎的人，往往成群结队，单身个人很少有敢去的。

佟大爷听说宝贝孙女要去北山打猎，心想是拦不住的，忙叫护庄队嘎拉队长来，让他带领十名护庄队员跟随秀姑娘去，一定要保证秀姑娘的安全。其实秀姑娘想去打猎只是个借口，去游山玩水，散散心，才是真意。姑娘大了，不愁吃，不愁穿，主要心思还不是想找个如意郎君？但是，这两年来佟家提亲的人倒也不少，可是想娶她当妻子的人，并不是相中了她，而是看上了佟家庄园。这使她很恼火，一想起来便气得浑身发颤。祖父和母亲都知道她的心事，但南北东西，哪有合适的人选呢！昨天夜里半宿未睡着，今早起来后心里特烦闷，便灵机一动，去北山打猎，来刺激一下。

秀姑娘准备停当以后，去跟祖父、母亲打了个招呼便出发了。嘎拉队长带着十名护庄队员紧随其后。出了庄门，秀姑娘骑着马一路奔驰，护庄队员在百步之外跟随着。

庄园距离北山十五里路，马跑起来一会儿工夫便到了。在林子里转悠了半天，秀姑娘打了十几只山鸡，还打到一头梅花鹿。眼看太阳快要下山了，突然有人喊道："不好了！老虎来啦！"随着这一声呐喊，那斑斓猛虎带着风声从山坡上蹿了下来。

秀姑娘赶快转头看去，那猛虎正往她这边窜来，一时又慌又急，拉紧马缰绳想催马逃跑，可那马却不听使唤，站在原地直打转转。慌乱之间，禁不住脱口喊道："救命啊！"

姑娘的喊声未绝，只见一个年轻人飞也似的跑过来，一伸手抓住马缰绳，那马立刻安定下来。随后那年轻人不慌不忙，转身搭箭，"飕"———一箭射中那猛虎的左眼。

那猛虎疼得咆哮吼叫，蹿起一丈多高，跌在地上，又拼命挣扎起来，朝着秀姑娘扑过去。

那马又跳，又咴咴叫着，在这千钧一发的节骨眼上，只听弓弦一响，"飕"的一箭，又射中了猛虎的右眼。

猛虎的两只眼里插着两支箭，疼得直蹿，又跳又叫。那青年毫不怠慢，又搭箭弯弓，"飕"的一声，再射出第三支箭。这一箭正好射中猛虎的前腿窝，那是猛虎的心脏部位。这一次那猛虎不再挣扎，扑通一声栽倒在地上，抽搐几下，一蹬腿就完蛋了。

这时，秀姑娘才长出一口气，放下心来，翻身下马，也顾不上姑娘的羞涩，赶忙向那年轻人道谢，说道："请求这位大哥一定到俺家去，俺要好好报答你的救命之恩。"

那年轻人正是努尔哈赤。他打算到抚顺关去，不曾想迷失了方向，走到北山老林里来了。

这时大家来到那猛虎跟前，努尔哈赤把那三支箭拔了出来，在猛虎身上擦干了血迹，指着猛虎说："别看它张牙舞爪的，它还是怕这个。"努尔哈赤摇着手中的三支箭，又把它们插在箭囊里。

秀姑娘叫嘎拉让出一匹马来给努尔哈赤骑。努尔哈赤不好再推辞了，就与秀姑娘并马而行。护庄队员一齐动手，将那死虎抬到马上，随着秀姑娘、努尔哈赤一起往回走。

秀姑娘转脸向着努尔哈赤说道："俺都吓糊涂了，还不知大哥家住哪里，姓啥名谁呢？"

"俺是建州卫人，名叫努尔哈赤。"

"俺叫佟春秀，住在佟家庄园。喏，快到了。"秀姑娘自报家门，用手指着不远处的庄园。两人说着话，马已上了吊桥，进入大门，在院子里下了马。

佟大爷正在左等右盼，未等祖父说话，秀姑娘一头扑在祖父怀里哭着说："俺今天差一点被猛虎吃了！若不是这位努尔哈赤大哥救了俺，爷爷你就见不到孙女了。"

佟大爷忙走到努尔哈赤跟前："多谢小伙子救了俺孙女。走，快到屋里坐。"

佟大爷听孙女讲述完射虎经过后，对努尔哈赤说道："你的箭法这么高明，真是难得呀！"随即摆下酒席，为努尔哈赤接风洗尘，也为秀姑娘压压惊。酒桌上共四个座位，佟大爷坐上座，努尔哈赤为客座，秀姑娘及其母尤拉氏为陪座。

酒至半巡，尤拉氏问及努尔哈赤的父母情况，他没有说实话，只告诉他们说自己的父母早已去世，自己孤身一人流浪在外，连个立锥之地都没有。

秀姑娘听了赶忙接过去说："努尔哈赤大哥，俺家就是你的家。你救俺一条命，俺要好好报答你的救命之恩。以后你就住在俺家吧!"

佟大爷点了点头,说:"俺孙女说得对,以后就住在俺家,哪里也别去了。"散席后,佟大爷派人单打扫了一间上等客房,请努尔哈赤住下。

第二天早上,努尔哈赤刚起床就听到秀姑娘的声音:"努尔哈赤大哥,俺们到广场骑马去!"

秀姑娘穿着玄色的旗袍,高底的粉鞋,翠绿色的裤子,头上挽着高高的髻,脸上擦了些粉,洁白如玉,颊上染了胭脂,似桃花般的红,那弯弯娥眉下的杏子眼,把瓜子脸衬托得分外秀丽。

努尔哈赤看得发怔,把个秀姑娘臊得大红着脸。大凡男女单独见面,又在青春萌动阶段,似这般眉目传情,已是七八分的味道了。还是秀姑娘先打破沉默:"俺的努尔哈赤大哥,咱们走吧!"说罢便伸出白嫩小手,拉着努尔哈赤的胳膊往外走去。

二人并肩走出庄园大门,来到吊桥上面,只见桥下拴着两匹马,一匹枣红马,一匹大白马。努尔哈赤向秀姑娘说道:"女孩子洁白无瑕,你骑大白马吧。""男子汉心红志坚,你骑枣红马。"二人你恭他敬,说说笑笑,来到马前,遂各自翻身上马,沿着广场的跑道,策马扬鞭,飞驰而去。远远看去,广场上似有两朵云彩在飞速地跑着,一前一后,一白一红,在跑道上空飞舞,引得庄园里的人们出来观看。

二人骑了一会儿马,便来到护庄沟畔的桃树下休息。那桃花正在含苞欲放,白色的花骨朵儿上孕着粉红嘴儿,缕缕香气弥漫在空气中,令人备感惬意。努尔哈赤从喷出黄嘴的柳枝上,拧出一截柳管,放在嘴里吹着,那悠扬的笛声,忽高忽低,一顿一挫,引来许多不知名儿的山雀,跳跃枝头,叽叽喳喳,与那笛声相应和,动听极了。这会儿,秀姑娘斜倚在桃树枝旁,她那秀丽的面庞,婀娜的腰肢,与那桃花苞儿相互映衬,真是"人面桃花相映红"。努尔哈赤看着眼前的这幅美景——桃花美人图,真想扑上前去,搂住那桃花般的美人,来个颠鸾倒凤。古诗说:心有灵犀一点通。那秀姑娘此时也在悄悄地觑着努尔哈赤,见他浓眉凤目,伟岸的身躯,联想北山林中救自己的场景,不光那箭射得神奇,那马儿狂跳着打转,自己怎么也拉不住,他却一伸手就勒住马头了。他那两膀该有千斤之力吧!若是让他搂一下,那……想到此秀姑娘不由得腾地一下脸又红了。

正当二人各自想着心事时,佟大爷派人来叫他们回去吃饭,饭后各自回房休息。单说努尔哈赤躺在床上,不免翻来覆去,心事上涌。他想着自己本是堂堂都督的儿子,又是一个长子,到南山七星老人那里学到了一身武艺,将来至少也是个建州卫的都督,可是受继母虐待,弄得无处容身,东飘西荡。本想去抚顺关投奔李成梁,混个一官半职,以后再图进取。现在遇到了佟大爷这个好人,还有秀姑娘昨天对他的那神情,心里也确实舍不得离开,何况这庄园地处僻远山区,若想成就大事,倒是屯兵积粮的好场所。如此前思后想,直到四更多才蒙眬睡去。

那边春秀姑娘也在想着努尔哈赤,只是碍着少女情面,不好主动开口,直到三更多天,还抱着枕头缠绵在绣床上呢。

这佟大爷心中也有打算。他见到努尔哈赤以后,真是从心底高兴,心想若能配自己的孙女儿,真是天生的一对。这两天他留神细看,开头见他们俩不好意思说话,后来熟了,便没话找话,像有点情投意合的样子。

于是他便把自己的想法告诉了寡媳,尤拉氏开始不愿把掌上明珠嫁给一个天涯浪子,但是她架不住公公的反复劝导,佟大爷拍着胸脯说:"努尔哈赤肯定不是常人。他曾到南山学艺三年,那一身的好武艺,将来准有出头之日。俺将他入赘过来,把全部家产传给他,以后他能不养咱们老,给咱们送终吗?"

尤拉氏听公公的一席话,也确实在情在理,其实她对努尔哈赤也非常满意,又是女儿的救命恩人,女儿的心事她也洞察了七八分,知道春秀已相中了努尔哈赤,自己还有啥理由去横挑鼻子竖挑眼呢?于是她也顺水推舟,答应下这门亲事了。

努尔哈赤入赘佟家,小两口恩恩爱爱,日子过得祥和平静。隔了一年,佟大爷去世,努尔哈赤就独掌家财。他生性好友,仗义疏财,又有一身武功,聚集了许多少年英雄,大有孟尝君食客三千之概。

光阴荏苒,夏去秋来。佟家庄园前面的广场上,每年中秋来临时,都要举行赛马,或是射箭,或是打擂等活动,引得周围青年男女争相参与,热闹异常。努尔哈赤心想,这是结识天下豪杰的极好机会,便决定举行射箭比赛。遂派嘎拉通知管家认真准备。

不几天工夫,中秋来临,正是秋高气爽,日暖风和。努尔哈赤带着护庄队员来到广场,抬眼一看,一座高大的帅台引人注目,那台口横幅上写着"射箭比赛大会"六个大字,两旁的台柱上贴的对联是:"曾向山中射虎","惯从风里擒杨"。那台下已是人山人海,人们穿着五颜六色的服装,嘻嘻哈哈,人声喧闹。

按照往年的老规矩,帅台上竖着三面旗帜。那黄旗摆动三下是准备比赛的信号;绿旗摆动三下,是比赛开始;红旗摆动三下,比赛停止。这是多年来约定俗成的,任何人都必须遵守执行。

在广场的中央竖立两根木杆,上面横着的木杆上挂着三个彩色绣球。参赛者在百步之外三箭全中的得头奖;射中两个的,得二等奖;射中一个的,得三等奖。奖品为:一等奖品虎皮坎肩一件,猎枪一杆,弓箭一副;二等奖品鹿皮背心一件,猎枪一杆;三等奖品猎枪一杆。这些奖品全由佟家庄园提供。今年,努尔哈赤为招揽人才,结识英雄,另外规定:凡得奖的人均可享受佟家庄园的三天酒宴。这些内容早已告示出去,十乡百里的青年全已知晓。每年参加比赛的多是男性青年,所有女性都是两旁的看客。

努尔哈赤抬头看看已爬上山坡的太阳,告诉嘎拉说:"时间不早了,开始比赛吧!"只听得台上的十面大鼓擂得震动天地,人们都在盯着台上的黄旗。不久,台下的人喊道:"黄旗摆动了!""比赛快要开始了!"

这时候,比赛场地附近,参加比赛的射手们,都在凝神屏气地看着台上,又过一会儿,绿旗连续摆动三次,比赛正式开始了。只见一个人骑马进入比赛场地,他身高八尺开外,面圆耳大,唇润口方,腮边长满络腮胡须,威风凛凛,相貌堂堂。他纵马在场上绕了一个半圆,然后把缰绳搭在马鞍鞒上,左手拿起弓,右手搭上箭,对着那绣球方向不经意地觑了一眼,"嗖"的一箭射去,一个绣球"刷"地飞了。台下人们一片喝彩声。那人不慌不忙,转过马头,又背身一箭射去,又一个绣球飞下。人们的欢呼声还未停下,那人又发第三支箭,第三个绣球也被打下了。于是掌声、笑声、欢呼声此伏彼起,经久不息。人们都说:这是旗开得胜,开门红!

参加比赛的人,一个接着一个,一连赛了两天半,共有一千一百二十五个人参加比赛,其中得头等奖的二十六人,得二等奖的五十三人,得三等奖的八十一人,获奖的共一百六十人。大会发奖完毕,参加比赛的和看比赛的观众,齐声请求庄园主人献艺。

俗话说:艺高人胆大。努尔哈赤面含微笑,骑马入场,告诉人们他射的是挂绣球的绳子。只见他从容不迫地连射了三箭,三根挂绣球的绳子都被射断,广场上爆发出雷鸣般的欢呼声。

人们久久不愿散去,又要求他表演武功,努尔哈赤为了给人们助兴,也是想顺便显示一下实力,于横杆下纵身一跳,腾空将三个绣球牢牢挂在两丈多高的横杆上,表现出他非凡的轻功。人们欢呼着,雀跃着,把努尔哈赤托起来,举得高高的,表示对他无比的钦敬和仰慕之情。

比赛大会结束之后,一百六十名获奖的人,在佟家庄园里连续喝了三天的庆功酒。那个旗开得胜的获奖者,名叫额亦都,家住长白山脚下,幼年时期家中遭到不幸,父母双双遇害,他自身也险些被杀,多亏邻人相救,才得幸免于难。当他十三岁的时候,不忘双亲的血仇,亲手杀了仇人之后,投奔到姑母家。这次来参加射箭比赛,是他听说努尔哈赤南山学艺、北山打虎的事迹后,慕名而来，一心想结交这个朋友。三天酒宴中间，他多次找努尔哈赤谈心，认为这个人有头脑，不只是武功高强，将来必有出息，坚信跟随他可以有出头之日。于是酒宴结束前，他倡议推选努尔哈赤为头，以后都要听从他的指挥。一旦有事，大家都要齐集佟家庄园。每年农闲时候，都来庄园会聚，切磋武艺，学习练兵布阵。在大家群起响应之后，为了显示真诚，又歃血盟誓。

在三天酒宴之后，有六个人留了下来，他们是额亦都、安费扬古、费英东、扈尔汉、何和理，还有一个中原来的汉族朋友叫洛寒。努尔哈赤提议说："俺们仿效三国的刘备、关公、张飞桃园三结义，怎么样？"六人拍手赞成，于是在庄外的桃柳林中，摆下乌牛、白马等项祭礼，焚香盟誓，结为兄弟，愿扶助努尔哈赤，共同成就大事。之后，七人在一起谈兵论武，使枪耍刀，努尔哈赤将南山学来的武艺，陆续传授给六位弟兄，他们成为肝胆相照的密友。

射箭大会之后，努尔哈赤名声大震，那南山学艺、北山打虎的事迹蜚声百里之外。俗话说：人怕出名猪怕壮。好名声也给他招来了许多麻烦。

一天，庄园外面来了一个人，指名道姓要跟努尔哈赤比武。努尔哈赤走出门外一看，只见那人身高九尺以上，豹头大眼，满脸胡须，一身蒙古人装束。努尔哈赤邀请他到庄园里喝茶，他却说："听说你武功高强，俺是来和你比武的。"努尔哈赤说了一些谦让言辞，那人竟然喊道："来，来，来！俺和你大战三百回合！"

努尔哈赤只得奉陪，他见来人使一杆长枪，便从兵器架上也拿来一杆长枪。走下场地，努尔哈赤朝那人一拱手："师傅请教。"

那人一看，恨不得一口吃了他，便横枪刺去，二人枪来枪往，交起手来。大约四五个回合，努尔哈赤跳出圈外，说道："师傅暂歇，我有话说。俺一向倡导以武会友，虽然欲见本事高低，但刀枪本是无情之物，只宜杀贼灭寇，不能损伤自己。一旦有个闪失，轻则伤残，重则致命。我以为，可将咱们的枪头去掉，各用毡布裹上，再蘸上石灰粉。比赛起来，各人身上的石灰点多的，为输。不知师傅以为怎样？"

那人虽喊啰唆，但还是照着做了。又各自上马，来到阵前。只见那人跃马挺枪，直刺努尔哈赤。这边努尔哈赤心里也有些气恼，觉得此人真不识抬举，需要教训一下。想到这里，也拍动坐下马，抬起手中枪，左挡右突，那枪被他使得如出水蛟龙，眼看那人只有招架之势没有还手之力了。

站在一旁观阵的额亦都、安费扬古等人说："那人要战三百回合，恐怕五十回合不到就要败下去了。"正当他们在小声议论时，那人自己也觉得不是努尔哈赤的对手，不过总想找个机会能猛刺一枪，来个败中取胜。哪知努尔哈赤越战越勇，那杆枪使得上下翻飞，左右逢源，简直滴水不进，不给一点下手的机会。但是那人仍不死心，瞅准机会，用尽吃奶的力气，一枪刺去，不料努尔哈赤早有防备，身子一闪，来个顺手牵羊，一把抓住那人腰带，轻轻提将过来……

且说比枪的那人原是蒙古王爷的侍卫，名叫帖木儿克，因调戏公主获罪，逃命到长白山下。听说佟家庄园举行射箭比赛，来迟两天，未能赶上，又听说努尔哈赤武功高强，心想自己有些武艺，也未必差于他。这回一交手，方知努尔哈赤是名不虚传。被生擒下马以后，仍不服气，还要比箭。帖木儿克自恃从小擅长射箭，一定能赢努尔哈赤，就坚持要比。

努尔哈赤问他如何比法？帖木儿克又心中无数，额亦都在一旁走上前说道："你先射努尔哈赤三箭，以后他再射你三箭。"二人同意，各将防护牌绾在臂上，准备比赛。

只见努尔哈赤拍马望南而去，帖木儿克纵马从后赶来，将缰绳搭在马鞍鞒上，左手拿起弓，右手搭上箭，拽得满满的，向着努尔哈赤后心"飕"地一箭。努尔哈赤听到背后弓弦响，霍地一闪，来个镫里藏身，那第一箭便落空了。

帖木儿克见第一箭未射着，心想还有两箭呢，又忙去壶中取第二支箭，搭上弓弦，看准努尔哈赤后心再射一箭。听到第二支箭来，努尔哈赤不再镫里藏身，眼看那箭飞驰而来，他也取弓在手，用弓稍微一拨，那支箭就被拨到旁边草地里去了。

帖木儿克见第二箭又未射中，心里有些慌了，觉得这第三箭再射不中，那可真完了。于是帖木儿克取箭在手，低头闭目祷告一番，然后把箭搭在弓弦上，扣得满满的，尽平生气力，直瞪瞪地看着努尔哈赤的后心窝子，一箭射去。努尔哈赤听到后面弓弦响，转回身，在鞍上把那箭顺手抓在手里，然后丢在地上。

现在轮到努尔哈赤射了，只见帖木儿克忙丢下弓箭，拿起防护牌，纵马望南而去。努尔哈赤在马上把身一纵，略微将脚一拍，那马泼剌剌地从后面赶去。他把弓虚扯一扯，帖木儿克在马上听到身后有弓弦响，扭转身来，就拿防护牌去迎，只接个空。心中很不高兴，认为努尔哈赤不会射箭。

正当帖木儿克胡思乱想之时，努尔哈赤早向壶中取出箭来，搭弓在弦上，心中想道："射中他后心窝，就会伤了他的性命。俺和他又没有冤仇，何必下此毒手！只射他不致命处罢了！"只见努尔哈赤左手如托泰山，右手如抱婴孩，所谓弓开如满月，箭去似流星，说时迟，那时快，一箭正中帖木儿克左肩，那帖木儿克躲闪不及，翻身落于马下，额亦都等人忙去救护，七手八脚将他送回佟家庄园。

帖木儿克在佟家庄园养伤，努尔哈赤多次亲临床前看望，说了好多抚慰的话，又嘱咐家人用上等饭菜招待，加上用药及时，不久箭伤便全好了。帖木儿克一再请求留在努尔哈赤身边，甘愿"牵马提镫"，努尔哈赤看他诚心想留，又见他诉说以往的过失时痛哭流涕、真心悔过的样子，就决定给他改过的机会，希望他浪子回头。这且不提。

再说努尔哈赤与佟家小姐春秀姑娘，结婚两年来，小夫妻情好如初。自佟大爷去世以后，努尔哈赤管理庄园外务，一切内务全部落在春秀一人身上。前次射箭比赛，费用全由庄园开支，又喝三天宴酒，奖品也比往年高级，虽然花费银钱不少，春秀都是全力支持。努尔哈赤心中高兴，难免夜夜都有床笫之欢。

如今那春秀已怀孕八月有余，正是便便大腹，努尔哈赤每晚回房，只能耳鬓厮磨、抚慰一番。春秀是一个聪明女子，她已看出丈夫难耐寂寞的难言之隐。

正当她愁眉紧锁、心事重重之时，侍女芳哥进来送参汤，她眼睛一亮，计上心来。原是她看到芳哥那苗条的身材，高耸的胸脯，特别是那双弯眉下秋水一般的杏眼，更能勾人魂魄。春秀心想：让她去陪他一个月，等俺生产满月以后，再把她送出去也就完事了。

于是拉着芳哥的小手问道："你今年十几岁了？"

"俺十七岁。"

"哟，俺和努尔哈赤结亲也是十七岁。俺想求你一件事，请帮俺——"讲到此，似乎不好明说，便附在芳哥耳边小声嘀咕了几句，只见芳哥脸一下红到脖梗。

作为侍女的芳哥，在那个时代就是奴隶，主人无论要她怎样，只有唯命是从。芳哥出去以后，春秀命人在她的隔壁收拾了一间房子，铺上新被褥。当晚努尔哈赤回屋，春秀便如此这般地说了一遍，努尔哈赤嘴上说"不能这样"，心里却是万分感谢，称赞春秀是贤良女子。

且说佟氏生下一个女儿，因为全身肤色如玉，便起名白玉。现在佟氏已满月净房，便与努尔哈赤商议芳哥去向之事。努尔哈赤想把芳哥送予帖木儿克做妻子，佟氏春秀满口答应，第二天就给他们办了喜事。

光阴似箭，秋去冬来。一天，额亦都、安费扬古等人向努尔哈赤说道："冬闲快到了，练兵将要开始，兵器不足，怎么办？"

"俺也正想此事。昨天听春秀说家中银子不多了，不如送一百匹马到抚顺马市去，再买些兵器运回来，这行不？"

大家都说可以，谁去呢？额亦都说："俺和你一起去。俺在抚顺马市认识几个人,还有点交情哩。"

努尔哈赤说:"可以。"又对安费扬古说:"你们在家守住庄园,俺们几天就回来了。"第二天,他们就赶着马上路了。

由佟家庄园到抚顺关整整二百五十里路,因为他们赶着一百匹马,路上麻烦事多,耽误时间就长一些,本来两天的路程,可能要走四天。第三天傍晚,他们在山里一个镇子上住下,店铺老板将马匹关在马厩之内,随即端来热汤热水,让他们住进一间整洁的屋内,并又送上香喷喷的饭菜,招待十分殷勤。晚饭后努尔哈赤与额亦都拉起闲话。他们一说一听,不觉已是深更半夜了,正要休息,忽听马厩里有响动,二人慌忙穿衣出房,到马厩一看,丢了二十多匹马。二人忙去询问店铺老板,才知道马被一伙女强盗抢走了。

额亦都一把抓住老板的领口,追问是怎么被抢去的?

老板被他抓得连气也吐不出来,讷讷地说道:"俺们……俺们附近,有……一伙女强盗,非常厉害,她……她们来到俺们……店铺,赶着马就……就走了!"

额亦都又追问道:"这个女强盗叫什么名字?住在哪里?"

老板仍然浑身发抖,断断续续地说:"她叫……叫白雪公主,住……住在东边的燕王洞!"

额亦都扭头对努尔哈赤说:"大哥,你留在这里,我跟他去把马追回来!"又对那老板说:"你带俺前去找着她,俺就饶了你!"

老板吓得缩成一团,赶忙说道:"俺带你到洞门口,俺不进去。"

额亦都说:"行啊!只要你带俺到她的洞门口就行了。"额亦都心里想:这女贼不简单啊!随手拿了一根四尺长的粗绳子,跟在老板后面,径直去了。

大约走了三里路,店铺老板指着前面的高山说:"那就是燕王洞的所在。"额亦都对老板说:"你在这里等着,俺上去看看。"

他一个人飞身跃上了高山。只见山上建有围墙,围墙里面似乎有灯火,并能听到有敲梆子的声音。他便纵身跳过围墙,刚一落地，即被一棍打来，险些被击中头部。他就地一滚，立即一跃而起，用绳鞭掸去。说来也巧，那绳子像条金蛇，一下便将对方的棍子缠住了。他用劲一拉，对方连棍带人跌倒在地，接着那人发出一声尖叫。

原来那叫声，是个呼救的信号。顷刻之间，十几个女强盗一齐拥出来，她们手里拿着刀，举着火把，将额亦都团团围在中心，用刀向他猛砍。他站在人群中央，一面不停地转身，一面用绳鞭抵挡。他手中那根绳鞭，真像一件法宝，绳头击在对方的手腕上，手腕立即麻木，不由得将手一松，刀便落在地上了。

不一会工夫，额亦都没费多大力量，便将女强盗手中的单刀，全都打落地上，一个个抱住手腕子发愣。这时候，屋子里面又冲出来一个女强盗。只见她披着白绸子风衣，身穿白色紧身衣裤，腰间扎着一根大红飘带，手持双刀，倒也十分俊俏。看上去，她的年龄约有二十岁左右，亭亭玉立，倒竖着柳眉发问："哪里来的野人，敢闯俺的山洞？"

额亦都心想：这女子就是那白雪公主无疑了。他也未搭话，立即向屋檐飞去。他站在屋檐上，用手招了招，对下面喊道："你敢上房来和俺较量吗？"他想试探一下女贼有无轻功，以便临时拟定制敌方案。

那女贼虽然练成了一身武艺，擅使双刀，但未练过轻功，无法跳上房去。可是她并不服输，仍然娇滴滴地喊道："有本事，你就下来吃俺两刀！"

额亦都知她不会轻功，心里更加踏实了，随即从口袋里摸出两个小石子，对准那女贼的两只手腕弹去。忽听"噹"的一声，女贼双手中的钢刀便同时跌落在地面。

额亦都随即从屋檐上一跃而下，忙将手中的绳鞭，对准女贼的双腿掸去。那根绳鞭正好缠住她的双腿，额亦都稍微用力一带，女贼便立脚不稳，扑倒在地了。

那个女贼主竟是个知趣的女子。她自量不是对手，便施礼道：

"这位大哥,请你手下留情,恕俺鲁莽,容俺把话说明。"

原来这女贼是个汉人,名叫莫小倩,十八岁,沈阳人。她父亲曾中过武举,做巡防道台的官,武艺高强。可他的上级巡抚是个贪官,屡次向他索取钱财,而且胃口越来越大。她父亲为人耿直,一向廉洁自爱,并无积蓄,因而无法满足那巡抚的需求,终于被巡抚陷害入狱,病死在狱中。母亲闻讯,气得自缢身亡,留下小倩无依无靠,漂泊异乡。

幸而小倩小时候曾跟父亲学些武艺,尤其擅使双刀。为了发泄她对贪官污吏的不满,就在燕王洞一带落草为寇。不过她这强盗与众不同,专抢贪官污吏和土豪劣绅的钱财。一般老百姓的东西,分文不取。所以当地人们称她为义盗。附近一带受冤遭难的无辜女子,都主动前去投奔她,从而势力越来越大。这次盗马,主要是想增强脚力,以便到远处官绅那里抢劫。

那莫小倩一边诉说,一边哭泣。额亦都看着她那雨打梨花的娇态,不免产生怜惜之情,随即说道:"你是逼上梁山的,但这总不是久远之计。"

莫小倩听额亦都这么一说,又举目细看面前这个男人,他长得憨厚朴实,倒也不丑,单是他一身非凡的武功,真令人仰慕。遂试探性地说:"感谢大哥的关心,不知大哥干啥营生,俺想跟随大哥牵马提镫,服侍大哥一辈子……"说到这里,脸也红了,头也低下来了,两只小手在不停地揉捏衣角。

额亦都说道:"这事以后再说,你先将俺的马送回去,容俺跟大哥商量后再答复你。"

在努尔哈赤同意后,莫小倩随他们一起往抚顺去。一路上鞍前马后,莫小倩忙得辛苦。努尔哈赤也非常高兴,答应回到佟家庄园就为他们办喜事。

不久,他们赶着马队来到抚顺,进入马市。那老板一看来了这么一大群马,以为生意上门、银钱快要到手了,满脸堆笑地走上前来,一见到额亦都,慌忙上前拉住手问长问短。

额亦都介绍说:"这是俺大哥努尔哈赤。"又指着马市老板说:"他是抚顺马市的老板哈布里。"

老板哈布里对努尔哈赤说:"额亦都是俺的救命恩人,今晚俺在店里为你们摆酒接风。"

努尔哈赤说:"不劳你破费了,这酒应该由俺来请,往后还要靠老板多多关照啊!"

三人一边说着话,一边来到马群跟前,莫小倩过去与额亦都说话,努尔哈赤对老板说:"她是俺小妹,来抚顺玩耍。"接着四人便去店里喝酒,这且不提。

再说那抚顺关总兵李成梁,准备冬季练兵,需要购一百匹战马,他的副将黄宜厚几天前到马市去了趟,见那些马多是瘦弱老迈,不堪军用,正为此事着急。今天傍晚时分,有人送信给他,说马市又来一批好马,让他明日去看。饭后,黄宜厚换了身漂亮衣服,将头梳理得油光闪亮,口头上说是去府城回报购马事情,骨子里是想见那总兵大人的六姨太。

原来那总兵李成梁已四十开外年纪,家有六房太太,大老婆年老珠黄,为人也还厚道,对丈夫娶小老婆不大过问,整日有人陪着打牌就行了。那五个小老婆个个二十上下的年龄,打扮得妖里妖气,每晚都想叫李成梁到自己那里去,唯有六姨太例外,有句话叫作"年三十晚上杀个鳖,有那碗菜也可,没有那碗菜也行",六姨太就是这个意思。再说那个黄宜厚,别看他尖嘴猴腮,别人都喊他"黄一猴",可六姨太喜欢他。府里上下人等都知道他和六姨太不清楚的事,只瞒着李成梁一个人。

黄一猴进得总兵府将马的事禀明,总兵大人说:"明天咱们一块去看看。"

第二天,李成梁带着黄副将以及护兵一行十几人来到马市,那黄一猴直着嗓子便喊开了:"李总兵大人到了,你们老板呢?"

哈布里一听说李总兵来了,忙得三步并作两步,慌里慌张地跑到李成梁面前,连连施礼,说好话。自古以来商怕官,因为做官的有权有势,得罪了当官的,轻者罚钱,重者不让你干,取消你经商的资格。哈布里久在商场,哪能不知道这些。

李成梁进了马市,东张张,西望望,终于发现了刚来的那群马,走到跟前一看,匹匹膘肥体壮,毛色油光闪亮,确是好马。转过头来问哈布里:"这群马有多少匹?"

"一百匹。"

"俺全买下了。这马是谁卖的?"

"佟家庄园的努尔哈赤。"

李成梁一听,忙又问道:"是不是南山学艺、北山打虎的努尔哈赤?"

"正是他。"

"你把他叫来见俺。"

努尔哈赤见了李总兵说:"大人叫俺来有何吩咐?"

"听说你武艺高强,俺想请你帮助训练兵马,你可愿意?"

努尔哈赤说道:"感谢大人的信任,就怕俺不能胜任。"

李成梁哈哈大笑,又对努尔哈赤说道:"你的马俺全要了,等一会儿你跟俺到府里取银子去。"说完,就领着人回府了。

努尔哈赤对额亦都交代了几句之后,也不得不去总兵府里取马钱。

说来也巧,努尔哈赤的二弟舒尔哈齐早已来到李成梁麾下,当了一个小头目。努尔哈赤到总兵府里去领取马钱,迎头就撞见了舒尔哈齐,兄弟二人抱头痛哭,后来李总兵知道了,又让兄弟二人到客厅叙话,对努尔哈赤说道:"给你一个月时间,让你回家,安排好家务,就回来当俺的教官。"

努尔哈赤未说什么,就取了银子,跟额亦都、莫小倩一起踏上回佟家庄园的大路。不几日,他们三人便回到庄园。

努尔哈赤将佟氏叫来,让她操办额亦都、莫小倩的喜事,自己又同额亦都、安费扬古等人商议打造兵器、冬季练兵的事。

安费扬古说道:"从这里往东走一百五十里,有一座怀凤山,那里有一户吴姓人家，全家人都以铸铁为业，会打造各种兵器。俺们把他全家请来，不就行了吗！"

大家都说这办法可以，努尔哈赤便让安费扬古和洛寒一起去。

他又对额亦都说："俺要去抚顺关总兵府，这冬季练兵的事就交给你了，遇到什么困难，就坐下来一起想点子。"

额亦都、费英东、扈尔汉、何和理，还有帖木儿克，都点头答应，说："你就放心地去吧，庄园里有俺们这些人，出不了事的。"努尔哈赤又对佟氏嘱咐一番，叫她有事多同那几个弟兄商议，夫妻二人洒泪分手。

努尔哈赤来到抚顺关总兵府，李成梁派黄副将为努尔哈赤安排上等房间住下，晚上又专备酒宴为他洗尘，舒尔哈齐也被请来作陪。

酒席中间，李总兵说："这次招五千新兵，全靠你训练了。为了减轻你的负担，俺让你弟弟舒尔哈齐做你的助手。希望你们兄弟二人，齐心合力，把这五千兵训练好。到时候，俺一定重赏你，再写表上奏皇帝，封你个一官半职，也可以封妻荫子啊！"

这一席话说得倒也中肯，努尔哈赤与弟弟舒尔哈齐即离座施礼，表示感激。

一天练兵以后，努尔哈赤到哈布里那里去闲串门，正坐着说话，忽听院子里有人说："海达万汗王台要攻打古埒城，还要偷袭建州卫哩。"

努尔哈赤不觉大惊失色，连忙向哈布里告辞，说有要事向李总兵回报，便速回总兵府，找到弟弟舒尔哈齐，二人一商量，决定马上回佟家庄园。临走之前，他们在桌上留下一张字条，说庄园有急事亟待回去解决，来不及禀报，请总兵大人海涵云云。二人准备停当，连夜骑上快马，向佟家庄园奔驰而去。

第三章
归故里重返建州卫
起哀兵血洗图伦城

努尔哈赤手捧先人遗留的盔甲,心头滴血,二目喷火,他仰天长啸,发出气贯长虹的复仇誓言:"先祖、先父为大明忠心戍边,却被奸人陷害惨死,此仇不报,誓不存于天地之间!"

努尔哈赤与弟弟舒尔哈齐一夜马不停蹄,人不下鞍,于第二天午后回到佟家庄园。

额亦都、安费扬古、扈尔汉、费英东、洛寒、帖木儿克等齐集前厅,努尔哈赤把在抚顺关听到的消息转告大家,又说:"俺们在路上喝茶时,又听人说王台联络了李成梁、尼堪外兰一起攻打古埒城,然后再攻打建州卫。"

说完之后,大家"丈二和尚摸不着头脑",努尔哈赤珠泪涔涔,诉说了自己的身世:"俺是建州卫现都督塔克世的儿子,俺的祖父便是觉昌安老都督,俺弟兄三人,受继母虐待逃将出来。"说罢呜呜哭了起来,舒尔哈齐也泪流不止。

努尔哈赤又接着说道:"若不去建州卫报告,又担心古埒城的姐姐、姐夫受害,更害怕建州卫吃亏。"

额亦都说:"俺的意见是大哥先去建州卫看看情况,俺们在家抓紧打造兵器,训练兵马,准备军粮、军衣,双管齐下。"

努尔哈赤听了非常满意,决定自己先去建州卫。

一夜无话,第二天努尔哈赤辞别众弟兄,直奔建州卫而来。在路上听到祖父和父亲已带领大军前去援助,心中稍微安定一些。

几天后,努尔哈赤来到了建州卫,进了都督府,放眼四顾,百感交集。当年被赶出家门时,才十三岁,如今已二十五岁,是两个孩子的父亲了。听说努尔哈赤回来了,全家老小,一齐迎了出来。纳喇氏看他在外十多年,混得不错,也深感内疚。

又去拜见了伯父、叔父、伯母等。那大伯母最疼爱他,当年,去南山学艺时,路费、干粮全是大伯母帮他准备的,这是努尔哈赤终生不会忘记的事情。大伯母留他在家里住了三天。他想到古埒城去一趟,全家都表示赞成。正准备来日早晨动身,忽然接到祖父和父亲、姐夫、姐姐的死讯,他不觉大喊一声,晕倒在地,众人连忙救醒,方才止住悲哀。

他招呼全家人一起商议复仇之事,并到教场检点军马,仅有七百人。他向全家告辞,又连夜赶回佟家庄园,见了佟氏和众位弟兄,把古埒城已被攻陷,祖父、父亲、姐夫、姐姐全都遇难的情形说了一遍,大家又忍不住哭泣一番。

当天晚上,佟氏凑了好几万两白银,全部交与努尔哈赤。额亦都与安费扬古等忙于招兵买马,也召集了三百多人,努尔哈赤心想,这三百多人,连同建州卫的七百多人,共有一千多人马,也还说得过去。兵书上说:兵贵精,不贵多。和弟兄们一商量,就与佟氏告辞说:"成败在此一举。如能成功,俺同你共享荣华富贵;一旦失败,俺就不回来见你了。"

努尔哈赤带领三百多人马,星夜兼程地来到自己的诞生地——建州卫都督府,与建州卫的七百人马合在一块,经过连续几天的训练,已成为一支不可轻视的复仇队伍。

努尔哈赤下令召开声讨尼堪外兰的誓师大会。在会上,努尔哈赤声泪俱下,历数尼堪外兰出卖建州卫的叛逆罪行,让兵士知道:尼堪外兰原是一个普通百姓,是他的祖父——老都督觉昌安让尼堪外兰当上图伦城主。尼堪外兰不思报恩,却恩将仇报,勾结海达万汗王台、抚顺关总兵李成梁里应外合,用欺骗手段,诱杀了他的祖父觉昌安、父亲塔克世和姐夫、姐姐全家;又将他祖父觉昌安为人如何忠厚善良等大加颂扬,让一千多士兵们听得群情激愤,热血沸腾。额亦都、安费扬古等众人又不停地带头呼起口号,教场里充溢着报仇雪恨的气氛。

接着努尔哈赤拿出祖父觉昌安老都督、父亲塔克世现都督遗留下的十三副盔甲，分发给额亦都、安费扬古、扈尔汉、费英东等众将领穿上，拜过天地，立下誓言，一声炮响，一千多兵马浩浩荡荡，直奔图伦城而去。

那图伦城本是尼堪外兰的老窝，不久前尼堪外兰带兵去攻打古埒城时，将大部兵马带走了，城内只留二三百兵士守城。

努尔哈赤兵马来到图伦城下，打听到城内空虚，便令额亦都带兵攻城。那额亦都是一名猛将，发动的攻势相当凌厉，未等努尔哈赤来到城下，图伦城已经被攻陷。努尔哈赤先进了尼堪外兰的府第，把他眷属的脑袋砍下来，祭了祖父、父亲、姐夫和姐姐。

事情办完之后，又传令兵马向古埒城进发。走了十几里路，便撞见尼堪外兰的兵马。这尼堪外兰听到快马报说图伦城已被努尔哈赤攻占，忙传令兵马后退，他自己跃马向前。

努尔哈赤见敌军纷纷后退，忙向前追去。忽然敌军内跑出一骑，打着"尼堪外兰"的旗帜。努尔哈赤认得此人就是尼堪外兰。俗话说：仇人相见，分外眼红。努尔哈赤恨得咬牙切齿，举枪迎面搠来。

尼堪外兰笑盈盈地说道："你的祖父、父亲都被俺略施小计，败在俺的手下死了；你的姐姐、姐夫也死了；你的建州卫、宁古塔，也快要投降俺了。你这个乳臭未干的毛孩子，俺还放在眼里吗？你为何要打下俺的城池？快快下马投降，俺饶你不死。你若糊涂顽固，就别怪俺绝你建州卫的根株了。"

努尔哈赤听了尼堪外兰的恫吓，直气得三尸神暴跳，七窍里生烟，咬紧牙关骂道："你这负心贼！你是一个忘恩负义的小人！俺祖父待你那么宽厚，你却恩将仇报，对他暗下毒手！俺要挖你的心，吃你的肉，替俺祖父报仇！俺奉劝你不要得意，回去看看你的图伦城，看看你的父母、妻子。"说着就是一枪刺过去。

尼堪外兰听到城内眷属性命不保，也大怒起来。他仗着自己有数千兵马，忙令兵士上前迎敌。其实，尼堪外兰虽有六七千人，却有五千人是建州卫的降兵。仗一打起来，他们见到努尔哈赤英勇无比，都倒戈过来。眨眼之间，尼堪外兰的队伍里不战自乱，溃不成军。尼堪外兰一见败局已定，慌忙掉转马头，落荒逃生。图伦城兵士也被杀得死的死，降的降，那些金银美女也被努尔哈赤收了回来。可怜尼堪外兰空费了一场心血，只落得孤家寡人，逃往浑河部的嘉班城去了。

努尔哈赤复进图伦城，下安民告示，命令城内外军民降者免死。一时之间，军民人等听到这一号令都来投降。努尔哈赤也息兵一天，犒赏将士，然后带兵回建州卫，一面派额亦都等人训练兵马，一面亲自到明朝的辽东都司处诘问："俺祖父和父亲对明朝一直忠顺，为什么被杀？"

明朝自知理亏，一面免去抚顺关总兵李成梁的职务，怪他多事，惹出麻烦；一面派人赶紧找出觉昌安和塔克世的遗体，送往建州卫。

不久，辽东都司通知努尔哈赤，让他承袭都指挥使的职衔，并赏给他敕书三十道，马三十匹，建州卫都督策书一函，龙虎将军印一颗。

第二天，建州卫都督府门前都扎起白布，上下人员，都穿了白袍，挂了重孝。努尔哈赤穿了麻衣，到码头去迎接祖父和父亲的灵柩。哭拜已过，心中稍微得到一点安慰。但是大仇未报，他心中总是不高兴，于是同额亦都、安费扬古等众弟兄整日招兵买马，大修武备。

由此可见，父祖被杀这件事，在努尔哈赤的人生道路上，是一个转折点。他从一个身处深山老林的佟家庄园的主人，一跃而成为建州卫的都指挥使，这为他未来的事业创造了有利的条件。而且由于这一事件，他被推入同大明王朝进行对抗的境地。

努尔哈赤在建州安定下来后，第一件大事是报父祖之仇，他前往明辽东都司，向当地官员要求说："杀俺父祖的原因，是尼堪外兰的唆使。你们把他捉拿给俺，俺就甘心了。"

明朝官员很不满地说:"前因误杀了你的祖父和父亲,所以朝廷给你敕书、马匹,又赐以都督敕书。这事已经了结。现在你还这样无休止地要求,俺们将要帮助尼堪外兰在嘉班筑城,让他当你们建州女真的首领。"

努尔哈赤没有想到会得到这样的回答,他怀着十分愤慨的心情,回到了赫图阿拉。由于明朝官员声言要扶持尼堪外兰,使附近的一些女真部落归附了他。那尼堪外兰有恃无恐,竟派人胁迫努尔哈赤向他投降。

努尔哈赤非常生气,对来人说:"尼堪外兰曾是俺父亲的部下,反让俺服从他,岂有此理!他是杀害俺祖父和父亲的罪魁祸首,不报此仇,誓不罢休!"这时候,努尔哈赤已清醒地意识到,他要报父祖之仇,要维护和扩大自己的地位,不能指望明朝皇帝,而要靠自己的力量。

恰好苏克素浒河部萨尔浒城主卦喇的弟弟诺米纳,也跟尼堪外兰有矛盾。他串联附近嘉木湖寨主噶哈善、沾河寨主常书及常书的弟弟杨书等人,一道来投努尔哈赤。他们对天发誓,要联合起来,共同抗击尼堪外兰。为了加强这种关系,努尔哈赤还把他的妹妹嫁给了噶哈善。

努尔哈赤为报父祖之仇,于明万历十一年八月再次整顿军马,前去进攻逃往嘉班城的尼堪外兰。原先约定诺米纳率兵来会合,共同去攻打嘉班城。可是同族中就有人反对他的这一举动。努尔哈赤的堂叔龙敦,就是这样一个人。他暗地里对诺米纳的弟弟奈喀达说:"大明朝要支持尼堪外兰,准备在嘉班筑城,让他当建州女真的首领,而且海达万汗王台也在帮助他,你们跟努尔哈赤一起去攻打尼堪外兰,是很危险的啊!"奈喀达把这些话告诉了诺米纳。诺米纳确实有些害怕了,便背叛了盟誓,反而转向尼堪外兰。

努尔哈赤是一个认定了方向、不达目的永不回头的人。他坚信自己起兵是正义的,而正义的事业,无论古往今来,任何人也反对不了。即使诺米纳变卦投敌,他仍然率兵前去奔袭嘉班。没有料到诺米纳和奈喀达兄弟,给尼堪外兰通风报信,使他得以逃跑。努尔哈赤随后率领军队继续追击,直到抚顺城南的河口台地方。

守台官军看出尼堪外兰不会有什么作为,就不愿接纳他,派兵前去阻止他入台。当时努尔哈赤不知道内情,怀疑官军是出来帮助尼堪外兰的,就未敢贸然上前对垒,便命令兵士退到远处,扎下营寨。

当天夜里,尼堪外兰的部下见尼堪外兰势穷力竭,走投无路,便前来投奔努尔哈赤。并透露了大明官军出台的真情。尼堪外兰发现众叛亲离,心想不能在河口台避难,又急急忙忙逃往鹅尔珲城去了。

努尔哈赤两次发兵猛攻和追捕尼堪外兰,但是都没能得手。他内心十分恼恨诺米纳兄弟。他不止一次地想过,若是强行攻取诺米纳兄弟的萨尔浒城,恐怕难以取胜。

正在无计可施的时候,诺米纳派来使臣,对努尔哈赤威胁说:"浑河部的杭嘉、札库木两处,不许你军侵犯。棟嘉、巴尔达两城是俺的仇敌。你若取此二城,就送给俺,否则不许你的兵马经过俺的边境。"

努尔哈赤听了使者的传话,更加气愤。嘉木湖寨主噶哈善,沾河寨主常书、杨书听了诺米纳的话,也怨恨他们兄弟二人霸道无理,便去主动为努尔哈赤出谋说:"若不先破诺米纳,俺们必然迫于他的势力,前去归附。"可见那时,诺米纳已经成为努尔哈赤复仇和统一建州的障碍了。不除掉诺米纳,既难越过他的境界去擒拿尼堪外兰,报父祖之仇,也难以号令周围各部。

可是当时努尔哈赤的力量却弱于诺米纳,如以力强取,很难有成功的把握。因此努尔哈赤与噶哈善、常书、杨书三位首领取得一致意见,即表面上迎合诺米纳的心意,建议合兵一处,共同前去攻打巴尔达城。

诺米纳得到确信后,认为努尔哈赤已经就范,双方联合起来共同打自己的仇敌,心里非常高兴。两军集结以后,努尔哈赤以诺米纳的盔甲、枪刀等军器较多为由，让诺米纳的兵士先攻。诺米纳害怕先去打前锋吃亏，死也不肯同意。

努尔哈赤又提出，你的士兵既然不愿意先攻，可以把你的盔甲、兵器借给俺的军队，这样，此城一定可以攻破。诺米纳没有识破他的计策，一味想贪小便宜，就将全军的盔甲、器械统统交出来了。

努尔哈赤急令士兵披甲戴盔，手持武器，全部武装起来。接着努尔哈赤一声令下，就将诺米纳等杀死，命令大将安费扬古率军回师，夺取诺米纳的本部萨尔浒城。顿时全城陷落，努尔哈赤立刻入城，安顿军民，对投降的人不加杀害。夫妻离散的，让他们团聚，仍让他们居住在萨尔浒城。这次智取诺米纳的萨尔浒城，壮大和武装了努尔哈赤的军队，为他进一步统一建州各部，追杀尼堪外兰，采取更大的行动，扫清了障碍。

努尔哈赤同尼堪外兰的斗争，既是报私仇，也是争夺建州女真的统治权。在那各部蜂起、你争他夺的情势下，要达到这个目标，将会遭到来自各方面的反对和竞争。这些反对者或竞争者，有外部拥兵称雄的部落酋长，也有家族内部一些不愿努尔哈赤得势的人。他们看到努尔哈赤的势力有所增长，深怕养虎贻患，就迫不及待地要同他较量。

其中，有个叫理岱的，是浑河部兆嘉城的头领。他伙同几个头领，勾引哈达兵，劫掠了努尔哈赤所属的瑚济寨。理岱居然引狼入室，不能不激起努尔哈赤的义愤，他决定讨伐理岱。

大明万历十二年正月，努尔哈赤经过充分侦察和准备，亲自率领大军两万人，去攻打兆嘉城。兆嘉城建在山上，四面高山拱卫，只有一路相通，易守难攻。努尔哈赤派额亦都为开路先锋，洛寒与帖木儿克搬运粮草。

大军刚到半路，突然下起大雪，那鹅毛般的雪花，漫天飞舞，北风吼叫着，更增加了行军的困难。前面探马回来报告："前面是噶哈岭，大雪已经封山，找不到路径。"

努尔哈赤说:"告诉额亦都将军,要自己开路,坚持行军。"努尔哈赤说完,随即下马步行,走到队伍前面,拿把铁锹,亲自挖雪开路。那些士兵看在眼里,心里说:连努尔哈赤都下马挖雪开路,俺们还犹豫什么!大军挖雪开路,遇水搭桥,冒着大雪,顶着寒风,坚持行军,很快来到夹山口,停了下来。

努尔哈赤命令埋锅做饭,然后找到额亦都、安费扬古二人,又认真商议晚上的行动,安费扬古说:"俺已选好人员,只需——"下面的话声音很小,不一会儿,三人各回住处不提。

且说兆嘉城内的理岱,前天就探听到努尔哈赤要来攻城,他对部下说:"城上多运滚木、礌石,增加弓箭手人数,白天晚上都要加强巡逻,不能粗心大意。努尔哈赤一向勇猛不怕死。那额亦都轻功厉害,能飞过几丈高的围墙。"说完之后,又转脸向夹山口的胡兰队长说:"那夹山口是俺们的第一关口,一定要小心,山口两边要增加人员埋伏,注意隐蔽,不能让努尔哈赤发现。可以砍些树木、野草放在掩体周围,既可以挡风防冻,又能保护自己,何乐而不为呢。努尔哈赤必然要经过那里,等走近了再放箭,争取把努尔哈赤射死,至少要射伤。你们要争取立头功,老子一定重重赏你。"之后,理岱又布置伙头军抓紧准备,明早五更准时开饭,"误了点,老子砍你的头!"一切安排妥当,理岱心想:来吧,努尔哈赤!俺让你站着来,横着回去!

天交半夜,北风刮得更猛,雪也越下越大了,那满山遍野全被雪盖着了,放眼看去,就是一个银色的世界。山在雪被下睡着了,树在雪被下睡着了,那冻枯的野草也在雪被下睡着了。

可是努尔哈赤却睡不着,他在帐里来回踱着方步,像有所思,又像在等待什么人来。一会儿,额亦都来了,安费扬古也来了。三人见面没有招呼,更没有问候,只是会心地一笑。

努尔哈赤小声问:"准备好了?"

安费扬古也小声说:"都准备好了。"

额亦都神秘地说:"那山口两边他们埋伏不少的人马,可能是怕冷，担去许多柴草，又扛去好多木头，都被咱们的细作看到了。一旦点着火，那不是帮咱的忙吗？"

听了额亦都的话，三人同时笑起来，声音虽不大，但笑得开心。之后安费扬古先出去了，额亦都跟着也出去了，努尔哈赤看着他们的背影，心里不由得冒出一句：他俩真是俺的左膀右臂啊！

夹山口本是南北走向，安费扬古从北面点火，借着呼呼的北风，那火越烧越旺。尽管到处是雪，但火一烧着了，雪便化得厉害，雪下的枯树野草，见火便烧着了，于是山口两边大火熊熊地燃烧起来，驻军的几间茅草屋子很快被火包围起来。山口本来有几个巡逻兵在来回走动，一见到处是火，早吓得不知跑到哪里去了。可怜山口两边掩体里的士兵，他们正呼呼大睡着，忽被通红炙人的大火烧醒，忙得一团糟。有的连裤子也未来得及穿上，便跑到雪地里。但是到处是烧着的火，有的衣服烧着了，在雪地滚着，大多数被烧死了，跑出的也都冻死了。那胡兰队长根本未跑出屋子，就被大火烧成了一堆黑焦炭，去到枉死城里领重赏去了。

正当大火烧得呼呼作响的时候，额亦都又带着五百人马冲杀出来，他们在火烧过的地方捡拾着刀枪、盔甲，以及还未烧坏的弓箭等兵器。轻而易举地消灭了夹山口的人马，努尔哈赤随即挥师继续前进，天刚放亮，那兆嘉城便被围得水泄不通。

城内理岱还未起床，就听见从山下传来震天动地的喊杀声，他气急败坏地叫来侍卫："夹山口那里怎么了？"

那侍卫赶快回答："天亮前夹山口就被努尔哈赤烧光了。一队人马一个也没有回来，想是都被烧死了。俺来几次，都喊不醒你，看你醉成那样，怎能喊醒呢？"

理岱把侍卫一脚踹倒，披上皮袍，慌里慌张地来到城头，向下一望，不由得倒抽一口凉气，只见满山遍野都是努尔哈赤的人马，他们打着鼓，喊杀声摇撼着山谷。

理岱大步来到城门楼上，见那守城的将领也罕正在烤火呢。不由得心里生起无名火来："城下喊杀震天，你在这里烤火，真悠闲啊！"

也罕见理岱来了，赶忙解释："别看他们在喊，却没有攻城的行动。俺想，这是努尔哈赤的计谋，他善于偷袭，说不定今夜要来攻城。"

理岱听了，不以为然地说道："那不一定吧！白天也不能麻痹啊！"说罢，又恶狠狠地警告他："你不要在这里得意，丢了城，老子饶不了你！"一甩袖子，走了。

那也罕心里老大不高兴：俺在为你筹划守城的办法，你不但不领情，反来打击俺，恫吓俺！这真是狗咬吕洞宾，不识好人心！

努尔哈赤、额亦都、安费扬古等在山下指挥士兵攻城，他们用的是疲敌战术，把士兵分成两拨，一拨在城下叫喊，敲锣打鼓地佯作攻城姿态；另一拨到营房休息。两个时辰过后，两拨人员对换，如此轮番进行，而城头理岱的守军则由于长时间处于紧张戒备状态，被弄得精神疲惫，穷于应付。一天下来，有的连晚饭也不想吃了，倒头便睡。

那也罕开始还乱喊乱骂，叫士兵千万不能睡觉，过一会儿，他见城头上的士兵，有的靠在城墙上就睡着了。还有的站着打盹儿，他也没有法子。转念一想，你理岱在床上搂着小老婆睡大觉，还动不动要杀这个，砍那个，这种人不值得替他卖这个命！

也罕正在城垛边上胡思乱想，忽见城下有人影一晃，只听"唰"一声响，接着一道白光闪过，只觉后颈上凉气袭人，"不准动！不许说话！"也罕心里明白："这是努尔哈赤的人！"接着不远处又上来一个，就着月光看见那人从怀里取出绳子，一头拴在城垛上，另一头丢下城去，不一会儿，只听"唰"上来一个；"唰"又上来一个……

那人压低声音，用命令的口气对他说："快去把城门打开！"

也罕大胆地问一句："请问，你是不是额亦都将军？"

"是又怎么样？少废话！快去开城门，不然，俺可要——"

话未说完，也罕忙说道："别，别，别杀俺，这就去给你开

51

城门。"

额亦都看他还老实,就把刀从他脖颈上拿下来,拉住他的一只胳膊,往城门走去。这时候城下烟火大作,只听"轰"一响,城门旁的城墙被炸开一个缺口。"俺们的大炮响了!"额亦都情不自禁地喊了一句。

原来,前几天努尔哈赤担心攻城有困难,便利用晚上时间,连续筑了几个石炮。这石炮炸城墙也厉害,怪结实的城墙,一炮能炸开一个口子,可见威力不小!接着,轰!轰!轰!一连几炮,那城墙倒了一大片,努尔哈赤带领人马,如潮水般涌向城里。顿时,喊杀声震天动地,兆嘉城里的兵士已无力抵抗,纷纷缴械投降。不一会儿,安费扬古押着理岱走过来。

战斗一结束,额亦都把也罕带到努尔哈赤面前,向他介绍说:"此人名叫也罕,是理岱的守城将官,城门是他帮着打开的。他要求留在你的帐下听用,俺的意见是:先让他负责将毁了的城墙修复起来,然后再说。""好吧,就照你的意见办。"也罕感谢不杀之恩,爬起来高高兴兴地去找人修城墙去了。

努尔哈赤把理岱带回赫图阿拉,部下纷纷建议杀死理岱,以儆戒那些对努尔哈赤怀有二心的人。但是努尔哈赤耐心说服部下,陈说利害,免除理岱一死,对他作宽大处理。这种宽大态度,使一些反对者受到感化而回心转意,倒向了努尔哈赤。然而有的人仍然执迷不悟,继续跟他作对。还有那个龙敦,他恶习不改,唆使努尔哈赤的异母弟弟巴雅齐,谋杀了努尔哈赤的妹夫噶哈善。

事情还得从头说起:努尔哈赤的堂叔龙敦,向来与努尔哈赤面和心不和,经常在人前背后说他的坏话。努尔哈赤与诺米纳联合起来去攻打尼堪外兰时,他从中挑唆,使诺米纳弟兄背盟不来,导致与努尔哈赤关系的破裂,最后诺米纳被努尔哈赤消灭就是上了龙敦的当而导致灭亡的。

努尔哈赤消灭了诺米纳弟兄,又攻陷了兆嘉城,势力更加强大,这使龙敦更加不安起来。他一计不成,又施一计。在努尔哈赤攻破图伦城，赶走尼堪外兰以后，一共有三个部落首长与他结盟，除诺米纳弟兄以外，还有嘉木湖寨主噶哈善、沾河寨主常书及其弟弟杨书等人。当时他们对天盟誓，要联合起来，共同抗击尼堪外兰，为了加强这种关系，努尔哈赤还把他的妹妹嫁给了噶哈善。诺米纳弟兄因受龙敦的挑唆而导致灭亡以后，噶哈善曾为此训斥过龙敦，说他无事生非，离间诺米纳与努尔哈赤的关系坐山观虎斗等，因此龙敦非常嫉恨噶哈善。噶哈善为人忠厚耿直，打起仗来英勇善战，成为努尔哈赤的助手。这更使龙敦怀恨在心，时刻窥测时机，企图置噶哈善于死地。

一天龙敦邀请巴雅齐喝闲酒，在喝到所谓"八老爷不当家，九（酒）老爷当家"之时，龙敦这个老奸巨猾的家伙，又故伎重演，施展开他拿手的离间术。他首先挑拨巴雅齐对努尔哈赤的不满，造谣说：努尔哈赤非常恨你的生母纳喇氏，经常在人前背后说他小时候如何被纳喇氏虐待，怎样把他兄弟三人赶出门外等，又说努尔哈赤曾在几处都扬言要对他巴雅齐进行报复。

巴雅齐一听，心里哪能受得了，肚里的酒精直往上涌，一下冲到了脑门上，口里就骂开了："老子不怕他努尔哈赤，早晚老子非宰了他不可！"

老龙敦连忙过来捂住他的嘴说："别嚷嚷，他的耳目众多，不能黄鼠狼还未打，就惹了一身臊呀！"接着又哭丧着脸诉苦道："现在好人做不得呀！前次俺为你多说了一句公道话，差点惹下大祸。"

巴雅齐急忙问他是怎么一回事，龙敦却又故意卖关子，吞吞吐吐，摆出一副欲言又止的为难表情。引得巴雅齐心急火燎，非要他说出来不可。可龙敦还是不说，直到巴雅齐再三要求，他才面带愁容，十分为难地说："巴雅齐呀，俺不是不想跟你说，实在是俺担心那俩家伙知道了，会饶不了俺啊！现在你硬要俺说，俺拼上这条老命不要，也要把这公道人当到底！不过，俺还得提醒你一句，你可不能太莽撞，绝不能像个炮仗，点火就炸啊！"

巴雅齐一听说两个人，更是急不可耐，一心想打听出是哪两个家伙！这时的巴雅齐，就差未给他龙敦跪下了。

老于世故的龙敦看看火候已到，才装着十分神秘的样子说："那天，在三皇庙俺亲耳听到噶哈善向努尔哈赤说你对他有二心，建议努尔哈赤及早对你下手等。俺当时说了句公道话，那噶哈善恨不能当时把俺活活吞了，并向俺挥着拳头。恫吓俺说：'你要把这事告诉巴雅齐，就连你一起干掉！'"

巴雅齐不听犹可，一听到这些话，腾地站将起来，跟跟跄跄地要去和噶哈善拼命，被龙敦抢上一步抱住，急忙提醒他说："你怎能拼得过他！"接着意味深长地告诫他说："俗话说：君子报仇，十年不晚！性急喝不得热稀饭，真想找噶哈善算账，俺有个主意。"他走到巴雅齐跟前，对着他的耳朵，小声地嘀咕了一会儿，只见巴雅齐喜笑颜开地说："好！俺听你老龙敦的。"说完，一溜歪斜地打着酒嗝儿，离开龙敦家。

再说噶哈善此人生性耿直，为人忠厚，自从他与诺米纳弟兄、常书、杨书一起与努尔哈赤发誓联合以来，从多方面维护努尔哈赤，后来又做了努尔哈赤的妹婿，更是肝胆相照，唯努尔哈赤的马首是瞻了。龙敦离间诺米纳与努尔哈赤的关系，自己却坐山观虎斗，坐享渔人之利。噶哈善从心里瞧不起龙敦，以为这是小人所为，平日很少搭理他。古人说："宁得罪君子，不得罪小人。"此话有些道理，一介武夫的噶哈善却忽略了这一点，终于招来了杀身之祸。

一天傍晚，噶哈善从努尔哈赤那里议事回来，巴雅齐从斜刺里迎了过来，亲热地寒暄着："妹夫，好久不见了，到俺家喝两杯去。"

噶哈善一看是巴雅齐，打心里不大乐意，但碍于亲戚情面，只好搭讪着说："谢谢四哥，你是知道的，你妹妹劝俺戒酒了。"

"别听她那一套！走，到俺家坐一会儿。"说罢，连拉带抱地把噶哈善弄到家里。

噶哈善没有办法，只得随巴雅齐进了院子，他心里倒真有点儿纳闷，这四舅子今天为什么如此热情。平日，他对巴雅齐的游手好闲、不务正业甚为反感，心里不由得盘算起来，既硬要俺来，俺就顺便说说他，因为俺们毕竟是郎舅关系呀。想到这些，也就心情放松了一些。

　　进了巴雅齐家的大门，两人边喝边谈起来。二人你一杯，我一杯，不一会儿，一坛酒便喝完了，巴雅齐赶忙进屋又拿来一坛，二人斟满杯子又喝起来。

　　噶哈善站起来说："俺出去方便一下。"

　　巴雅齐忙上前拉着他说道："院子里有茅房，家里又无别人，你就别出去了。"

　　噶哈善一个人去茅房，巴雅齐紧走几步回到屋里，急忙从口袋里摸出一个白纸包子，迅速将里面的砒霜倒进噶哈善的酒杯里，又晃了一晃，然后若无其事地走到院子里，心里说：俺正愁没机会下手呢？真是天要灭你！

　　二人重新坐下喝酒。巴雅齐多次招呼吃菜，频频举起酒杯，要与噶哈善一饮而尽，可叹那噶哈善心实如铁，岂能察觉巴雅齐暗藏的杀心，他拿起酒杯，一饮而尽，巴雅齐忙站起来说："俺也去方便一下。"由于紧张，被门槛绊了一下，差点栽倒。噶哈善一见，不知巴雅齐为什么有些失态，正想着，肚子有些疼了，而且疼得像有什么拽着肠子一样，他马上意识到不好，便赶忙站起身来想往外走，哪知那砒霜的威力发作起来，疼得他一头栽倒在门槛边上。

　　巴雅齐站在院子里，眼看着噶哈善在喘息、挣扎，不一会儿，身子一挺，呜呼哀哉！巴雅齐走到近前一看，那噶哈善二目圆睁，咬牙切齿，七窍流血而死了。

　　当天夜里，巴雅齐把噶哈善的尸体用一块大石头坠着，丢到门前的水井里。回到屋子里，赶忙收拾停当，连夜骑上快马，直奔马尔墩城而去。

　　且说噶哈善的妻子一直等到半夜，也不见他回来，以为在努尔哈赤那里议事，也就自己先躺下睡了。第二天起来一看，噶哈善一夜未回，正在疑虑之间，忽听家人前来报告："噶哈善将军掉到水井里，被人打捞上来，已经去世了。"他妻子一听，如五雷轰顶，哭号着往水井前跑去。

这噩耗不胫而走，努尔哈赤赶到噶哈善遗体前，看着他未合的眼睛，流血的七窍，知道是被人暗算了。他为失去一个忠诚的助手而痛哭。

不久，有人报告说那天傍晚看见巴雅齐拉噶哈善去他家喝酒，几处一对证，确定无疑是巴雅齐干的。又有人反映说：巴雅齐于第二天清晨就骑上马，带着行李，往马尔墩城方向去了。为了证实这个情况，努尔哈赤又专门派人到马尔墩城去调查。去人回来报告说："巴雅齐已在马尔墩城入伙了。"

明万历十二年六月，努尔哈赤为了替噶哈善报仇，亲自带领四百兵士，去攻打由巴雅齐、萨木占、纳申和完济汉所控制的马尔墩城。

此城依山建筑，三面是陡峭的悬崖，一面是一马平川的草地。城在高高的山坡上，坚固险峻，难于攻取。这次出兵努尔哈赤只带安费扬古一个将军，留下额亦都在家守城。士兵虽然只有四百人，似乎有些少，不过都是顶盔贯甲的勇士。努尔哈赤与安费扬古认真观察了地形，又走访了许多当地的住户，都说只有从这一马平川的草地可以进城，那三面无路可以进城。

正在迟疑之时，有一位老农民挑着一担柴走过来。努尔哈赤看那农民年纪大了，就快步走过去，把他的担子接过来自己挑着，一直将那担柴送到老农家中。老农民非常高兴，赶忙用茶水招待努尔哈赤、安费扬古几个人。努尔哈赤问老农民从后面能不能进城？那老人不做正面回答，笑眯眯地说："常言道'车到山前必有路'，人到山前就无路了？"接着又说："那三国的诸葛孔明，入川时走的路，就是那难于上青天的蜀道呀！"努尔哈赤与安费扬古告辞老人时，老人拿出一根长约二丈开外的绳子，一头拴住一个带三只钩子的铁蒺藜，嘱咐说："也许对你们有用。不过上山时要胆大心细！"

回到营寨，努尔哈赤让安费扬古领五十人，从城后面的峭壁悬崖间，寻间道进城。自己从那一马平川的草地正面进攻。他以战车三辆开路，齐头并进，步兵随后。因为通往城下的道路非常狭窄，只能一车独自前进，另外两辆车跟在后面。当接近城墙时，城上滚木、礌石如暴风雨般抛下，结果有两辆车被砸毁，士兵不得不躲到车后面，不能前进了。

努尔哈赤一看进攻受挫，遂奋勇当先，运用轻功，飞身跃至城下，隐蔽在一个枯木桩子后面，拉弓待敌，以寻找战机。忽然，他见到纳申站在城上指挥守军，努尔哈赤一箭出手，只听"嗖"的一声，箭穿透了纳申的耳朵，直刺他的面门，疼得纳申哇哇乱叫，被士兵抬走了。以后努尔哈赤又连续发了四箭，射倒四个士兵，于是当官的再不敢到城上来了，守城的士兵也吓得慌慌张张。努尔哈赤乘机指挥军队后撤，并当机立断，命令士兵改近攻为远围，断绝城中的水道。这样的连续围困，致使城中缺水严重，人心惶惶。

第四天深夜，城内大火冲天，浓烟四起，努尔哈赤知是安费扬古已经进城了。于是乘城内混乱、守备松弛的机会，努尔哈赤急令攻城。他自己率先冲到城下，因此士兵士气高昂，奋勇登上城头，经过一阵大刀砍杀，城上守军四散奔逃，萨木占与巴雅齐被乱刀砍死，纳申、完济汉匆匆忙忙弃城逃入界凡城。

万历十三年二月，努尔哈赤率领五十人，其中有二十五人披甲，前去攻取界凡城。这次是准备偷袭的，只带精干的五十人。不料界凡城有了准备，努尔哈赤就放弃了攻城，准备带领军队回营。

正当这时，从城里冲出来一支数百人的队伍，他们是界凡、萨尔浒、董嘉和巴尔达四城的首领，从努尔哈赤的背后追来。在界凡城南的太兰庙附近，追兵赶上了努尔哈赤，他们的前锋是纳申和巴穆民二人。努尔哈赤英勇无畏，他一见是马尔墩城的败将纳申，就单骑拨马相迎。二人没有搭话，便拼杀起来。纳申想用刀砍断努尔哈赤的鞭，但是很快便落空了。二人只交手一个回合，努尔哈赤手疾眼快，将七星长老教给他的"鞭里藏刀"的招式使了出来。纳申来不及提防，努尔哈赤一刀砍去，纳申从肩背处被砍成两段，像两截断木，扑通一声倒下马来。

那巴穆民一跃马，挺枪进入阵地，企图用枪来挑努尔哈赤，只见努尔哈赤将战马一个转身，"嗖"一箭飞出，巴穆民应弦落马，死于马下。

兵士们见两个主将，一对儿身亡；又见努尔哈赤武艺超群，个个心寒胆怯，不敢向前交锋了。努尔哈赤心想：虽然杀死他们两位大将，暂时镇住了眼前的四百兵，但是自己仅带五十人，也是兵单力弱；何况战马已经疲乏了，怎能再战。便设计脱身，遂命令士兵佯装以弓拂雪，做寻找箭头的姿态，缓缓撤退而去。而他自己则率领随从七人，退到一个隐蔽的地方，故意露出帽子上的缨子，让盔甲也亮出来。纳申的部下深知努尔哈赤一向用兵多诈，就真的认为前边有伏兵，哪里还敢轻举妄动！一直等到努尔哈赤退得无影无踪，方敢前去将纳申的尸体运回去。

在回兵途中，碰到完颜部的孙扎秦光衮，他向努尔哈赤借兵攻翁鄂洛城。努尔哈赤心想：既然已带兵到此，不如乘此机会去平定一方。何况人家向俺借兵，是对俺的信任，不能让人家失望呀。于是他答应了孙扎秦光衮的要求，命令部队连夜急行军，向翁鄂洛城进兵。

谁知孙扎秦光衮的侄儿不同意他向努尔哈赤借兵，一得到努尔哈赤进兵的消息，急忙跑到翁鄂洛城报告了消息。翁鄂洛城主得知大军将至，立即整顿军马，登上城头，当努尔哈赤兵临城下的时候，城上早已严阵以待了。

努尔哈赤心想：既来之，则安之。为朋友两肋插刀，这是俺的为人信条。现在只有以死相拼了。于是努尔哈赤急忙挥军攻城。霎时燃起大火，城楼与城周围房屋，顷刻之间变成一片火海。

借着浓烟掩护，努尔哈赤纵身一跃，登上一处房顶，跨着屋脊，率先进攻，居高临下，连续射击，一连射倒城内好几个人。城内有一个神箭手名叫鄂尔果尼，窥见努尔哈赤，向他暗发一箭，射中努尔哈赤。那箭镞已穿透甲胄，伤肉一指深，顿时鲜血直流。努尔哈赤将箭拔出，强忍着伤痛，抬头看见城内有一个人奔到烟囱背后，便迅速用拔出来的那支箭，搭弓便射，恰巧正中那人的腿部，只见那人接着便从烟囱上掉下来，倒地而死。

城中另一名善射者，名叫洛科，冷不防，又向他暗发一箭，正中他的脖颈，因颈下有锁子甲围领，使得箭镞卷如钩状。努尔哈赤一咬牙，使劲一拔，带出两块血肉，血流如注。将士们想登上屋顶救护，努尔哈赤唯恐城里敌人知道他负伤，气焰会更加嚣张，遂拒绝将士们前来救护，一手挂弓，一手捂住伤口，自己走下房来。由于流血太多，还未站稳，已忽地昏倒在地，大家慌忙替他包扎。那一夜，他连续昏迷过去四次。众将只好放弃了攻城，吹螺收兵。

努尔哈赤养好箭伤，又率领大军去攻打翁鄂洛城。努尔哈赤派额亦都带一支人马从后面攻城，他自己从正面打响。士兵们在震天战鼓声中，奋勇争先。

城内守兵前次已领教了努尔哈赤的厉害，心里十分畏惧，一见又来攻城，赶忙集中全城兵力，来正面防守。额亦都见后面空虚，便急忙带领士兵破城而入，首先放起一把大火，喊杀进去。前面将士听说敌军从后面攻入，吓得不知所措，城上守兵混乱不堪，很快便溃逃了。

城破以后，那两个神箭手鄂尔果尼、洛科双双被俘。众将士见了他们，都气愤难捺，一致主张：杀了报仇，以解心中之恨。努尔哈赤一听，连忙摇头，然后微微一笑，劝阻众位将领说："这两个人射俺致伤，是两军交锋，各为其主啊！何况锋镝之下，谁不想夺魁？前次争战，他们是为自己的首领尽忠，理应如此，他们没有什么错。今天，俺不但不杀他们，还要重用！改日，两军相战，他们必然成为俺们的战将，难道不替俺杀敌吗？对于这样有才能的人，如果死在战场上，都犹为可惜；今天俺若杀了他们，不是更为可惜！"努尔哈赤说完，当即做出决定：任命鄂尔果尼和洛科为牛录额真（建州官名）。

明万历十二年九月，努尔哈赤派兵去攻打董鄂部。

这董鄂部位置在董鄂河流域，与苏克素护部为邻。这年九月，努尔哈赤得知董鄂部发生内乱，便立即召开军事会议，讨论征服董鄂部的问题。

大部分将领认为这是攻打董鄂部的天赐良机。努尔哈赤也说道："现在秋高气爽，人壮马肥，再加上董鄂部内乱未平，俺不先去讨伐它，等它内部统一之后，必然会来讨伐俺，到那时不是晚了吗？"于是，他亲自率领五千精兵，携带蟒血毒箭，直抵董鄂部部主阿海巴颜的驻地永吉达城下。

阿海巴颜五十多岁，年轻时候长得英俊潇洒，骑马射箭、使枪弄棒都有些功夫。他父亲老阿海做董鄂部首领时，为永吉达城的老百姓做了不少好事。比如地租税收得很轻，马牛羊的头税要得更少，他自己过日子也很朴素。老阿海的妻子郎拉为人贤惠，好周济穷困百姓。她为老阿海生了两个儿子，长子阿海英夫，次子就是这个阿海巴颜。

前年老阿海去世了，按传统规矩，阿海英夫承袭部落首领，做了永吉达城的城主。这阿海英夫跟他父亲长得一模一样，为人做事也像他父亲那样忠厚。老百姓说："小阿海比他父亲更厚道！"所以永吉达城这两年平安无事，加上风调雨顺，老百姓家里牛羊成群，马棚里的马都多得拴不下了。真是家家富裕，人人安康。

阿海英夫的弟弟阿海巴颜，跟他哥哥大不相同。虽是同一父亲，一母同胞，阿海巴颜却刁钻顽劣，为人刻薄，整日花天酒地，无恶不作。据他们家的管家说："府里二十多个女佣人，凡有些姿色的，他都占了。"永吉达城里的年轻女子，一听说阿海巴颜的名字，无不心惊肉跳，谁个还敢见他！俗话说：狼有狼群，狗有狗党。阿海巴颜也有一帮哥们打手，整日跟在阿海巴颜后面，串街溜巷。饿了到饭店里一坐，吆五喝六，大嚼大咽，闹得乌烟瘴气，临走时一个子儿也不给；一旦谁家招待不周，还要把店砸得乱七八糟，然后扬长而去。要是哪家的大闺女、小媳妇被他瞧上了，定要被打手们弄去，让他玩够了，然后放回去拉倒。

　　老阿海活着时候，也曾听说阿海巴颜的一些劣迹，也知道他在府里与那些女佣人一起鬼混，多次教训他，甚至也打骂过不止一次。老阿海去世了，他哥哥当了城主，他心里不服：为什么俺不能当城主？不就是因为你比俺早生两年！为此事他曾去跟他老娘吵了一架。他竟然当着老娘的面质问："为什么不让俺早生出来？"他老娘气得当时就昏倒了。

　　阿海英夫跟弟弟一块长大，从小就事事让着他，从未跟他计较过。当了城主以后，他起早贪黑地为全城老百姓操劳，哪有闲工夫管他！于是阿海巴颜越玩越劣、越闹越凶了。

　　一天晚上，阿海英夫找他弟弟阿海巴颜去了。哥哥说："大家都反映你不正干，老百姓都——"未等哥哥说完，阿海巴颜把脸一变："谁说俺不正干？都说你正干，是吧？俺要当城主，俺也正干！""你凭什么当城主？""你凭什么当城主？"兄弟二人争吵起来。那阿海巴颜早有夺权的野心，这会儿又在气头上，他一个冷不防，从腰间拔出短剑，照着哥哥的肋下就是一刀。阿海英夫做梦也不会想到，自己的亲弟弟会对自己下毒手！由于剑刺得重，刺得深，血流如注。"你……你……"阿海英夫未说完，便一头栽倒，再也爬不起来。

　　阿海巴颜赶忙叫来他那班哥们死党，将他哥哥的尸体擦洗干净，连夜装在棺材里面。然后派人把部落里几个管事的头头叫来，向他们宣布："阿海英夫得了伤寒症，不治而死。因为怕传染开去，只能连夜埋葬。"那些人看看阿海巴颜的身边，那班哥们狗党个个凶神恶煞，虽然明知阿海英夫死得不明不白，也不敢蹦半个"不"字，只得唯唯诺诺，听凭阿海巴颜的摆布。

　　再说阿海巴颜刺死他哥哥阿海英夫当上城主不到三天，就有人来报告:"建州卫的都指挥使努尔哈赤带领大军五千,前来攻城,快到城下了。"那阿海巴颜一听,吓得六神无主,战战兢兢地派人将那几个头人叫来说:"一定要把城守住,不然,俺就要杀你们!"

在头人中,有个叫哈麦龙的,能骑善射,武功非凡,他站起来说:"把教场里的四千兵,全带到城上去。分段把守,派专人负责。再多运些滚木、礌石,加强警戒,昼夜轮班守城。量他努尔哈赤也很难打进来。"

听了哈麦龙的一席话,阿海巴颜高兴起来,马上宣布道:"哈麦龙是守城的总指挥,全城人都得听从他的调遣。"又转脸对哈麦龙说道:"谁若不听,就把他砍了。若是打败努尔哈赤,俺一定重重赏你!"

自此永吉达城的守卫由哈麦龙全权负责,阿海巴颜仍然过着骄奢逍遥的快活日子。

第四章
嫁爱女收忠勇门婿
除内奸诛叛逆堂叔

龙敦跪在地上一把鼻涕一把眼泪,哭得努尔哈赤心中酸楚。周围的将领却个个义愤填膺,面带不平之色。努尔哈赤只好摇摇头,双手一抱拳:"为了女真大业,就请堂叔吃这一刀吧……"

再说努尔哈赤统率五千兵马,来到永吉达城下,见到城门紧闭,城上守兵忙着搬运礌石滚木,防守甚严。他心里有些纳闷,前日听探马回来报告:阿海巴颜刺杀了他哥哥阿海英夫,自己做了永吉达城主,城里乱糟糟的,守城之事无人过问。现在看城头的防守情况,似有能人在指点,还不能掉以轻心哩!便在营帐里召集众将领开会,讨论攻打永吉达城的问题。

忽然侍卫进来报告:"洛寒回来了!"

努尔哈赤一听,赶忙站起身,问道:"洛寒在哪里?张大爷接来了吗?"

话音未落,只听:"老朽来了!"一位精神奕奕的白胡子老人站到努尔哈赤面前,他仔细一看,不是别人,正是他朝思暮想的张一化老人。

努尔哈赤大喜,一步上前,搂住老人,施了拥抱礼,急着问候:"大爷可好!可想死俺了!"

"俺也想你呀!"努尔哈赤赶忙招呼人准备酒饭,要替张大爷接风洗尘。

张一化忙摆手说:"别急,俺不饿,俺想先听听那永吉达城的情况。"

努尔哈赤知道老人的脾性,就将永吉达城近几天来在防守上的变化介绍一遍。

张一化听了，稍一沉思，站起来拉着努尔哈赤就往外走，边走边说："俺先去看看！"努尔哈赤向额亦都、安费扬古等一招手，他们也赶忙跟在后面。

这永吉达城建筑在董鄂河的河湾里，三面临水，一面平川地是城内出入的通道。若是站在董鄂河的上游，往永吉达城看去，正是居高临下。

努尔哈赤与张一化等人来到城西北的紫霞山上。这紫霞山属长白山的余脉，是周围最高的一座山，那滚滚东流去的董鄂河，便发源于紫霞山的峡谷里。他们站在山头向下一望，那永吉达城宛如一个婴儿的摇篮，躺在董鄂河的怀抱里。正当他们俯瞰着永吉达城，突然乌云密布，一阵风吹过，下起了小雨。张一化抬头看看天空，又扭头看一眼永吉达城，意味深长地说："这是一场及时雨哩！"

回到营帐里，各人落座以后，张一化笑了一笑，说道："你可记得，十三年前，在俺家里看过《三国演义》中的'关云长水淹七军'的故事吗？这永吉达城地处水湾地方，当前中秋刚过，正是秋雨连绵季节，若是把董鄂河上游的几处河口堵住，等天一放晴，那蓄满水的堤坝一决开，永吉达城里将是一片汪洋。这几天，咱们要隐秘地做两件事：选派几十个精干的士兵，由一员将领带着，到董鄂河上游把各个河口堵住，不能离开，直到破堤后才能走；派二百人带着大刀、斧子、绳索，到附近林子里砍树做筏子。等到永吉达城一片汪洋之时，咱们就坐着筏子到永吉达城里活捉阿海巴颜吧。"

大家听了，都说"好计，好计"。努尔哈赤笑着说："生姜还是老的辣嘛！"张一化又接着说："俺是双手空空来的，这就算是俺的一份见面礼！"

当天夜里，雨下得更大了。次日清晨，努尔哈赤派安费扬古带领五十人，前去董鄂河上游，堵塞河口。又命令洛寒带领二百人，到附近林子里砍树做筏子。二将领命而去，暂且不表。

再说永吉达城里,阿海巴颜看到天降大雨,高兴得了不得,他对哈麦龙说:"再过几天,努尔哈赤人没有粮吃,马没有草喂,让他去喝董鄂河的大水吧!俺看他怎么来攻城!"

哈麦龙却不以为然地说:"俗话说得好:狗急还跳墙呢!千万不能小看那努尔哈赤,此人有勇有谋,还应谨慎为好。"

阿海巴颜把嘴一撇,有些不耐烦地说:"你也不要长他人的志气,灭咱们的威风!他努尔哈赤有什么了不起,咋咋呼呼来攻咱的城,都好几天了,连个屁也未敢放!这回俺倒要看他有什么能耐?"正说着,有个打手前来报告:"你嫂子——不!是那胡拉氏已经弄来了,请你去看看。"

哈麦龙一听就明白了,马上向阿海巴颜告辞,回城上去了。

阿海巴颜也不强留,心里说:还想教训俺呢!你也不撒泡尿照照自己的影子,你是什么东西!要不是努尔哈赤来攻城,老子早治你了!

阿海巴颜一路想着对哈麦龙的不满,便来到后院,见房里的胡拉氏在满脸泪痕地哽咽着。阿海巴颜紧走几步来到胡拉氏的对面,笑眯眯地说:"胡拉嫂子,不要过分难过。大哥死了,还有小弟陪你呢!"

他见胡拉氏掏手帕,赶忙将自己的香手帕送过去。胡拉氏将身子一扭:"谁稀罕你那脏手帕!俺不许你污辱英夫,他是好人!"

"好人?哈!哈!哈!好人不长寿!你要是随了俺,天天让你吃香的,喝辣的,好衣服任你穿。俺这永吉达的城主也让你当半个家!怎么样?"

那胡拉氏一听,号啕大哭起来:"你大哥尸骨未寒,你就来欺负俺,你是畜生!俺就是死了,也不随你!"

阿海巴颜一听,非常恼火,用手指着胡拉氏喊道:"俺就不信邪!再厉害的女人到俺手里,她都得服服帖帖地让俺玩个够。不信的话,咱骑驴看唱本——走着瞧!"说罢,大手一挥:"来人!"两个打手进来了。

阿海巴颜指着胡拉氏吼道："快把她捆在床上！"两个汉子如老鹰抓小鸡似的，将胡拉氏四肢分开，捆在床上，退到门外去了。胡拉氏还在骂不绝口，阿海巴颜狞笑着走向前去……

大雨一连下了三天三夜，永吉达城里城外，到处是沟满河平。

努尔哈赤的营帐安在一个小山坡上，看看天已放晴，又与张一化亲自到董鄂河上游察看蓄水情况，安费扬古告诉他们说："这几道河口的大水放下去，那永吉达城必定是一片汪洋。"

他俩听了，心中十分高兴。又到林子里去，看洛寒的筏子做了多少。

洛寒说："现在做成三十只大木筏，每只上面可坐二十五人，合计能装七百五十人左右。若是不够用，还可以做几只。"

张一化说："够了，足够了！"

他俩回到营寨，已是上灯时分。随便吃了晚饭，努尔哈赤即召开全体将领会议，他将放水攻城的计划又作了部署，即派额亦都到安费扬古那里去协助放水。又吩咐帖木儿克到洛寒那里去，把筏子都集中起来，做好下水的准备。一切部署完毕，他拉住张一化说："俺们看看去！"

哈麦龙自那天从阿海巴颜那儿回到城上，左思右想，总觉得替这种人面兽心的人卖命，实在不值得！于是守城的事儿就没有前几天认真了。

这天晚上，他正在胡思乱想，忽然听到城下如万马奔腾，急忙走出屋外一看，"啊呀！"他大叫一声，"了不得了，大水冲来了！"

只见四面八方，大水骤然而至，那轰轰的水声，如雷霆万钧，呼啸着往城墙上冲。守城军士吓瘫了，有的在城上东蹿西跳，如无头苍蝇。不一会儿，一大片城墙坍倒了，大水从外面往城里冲来。那些老百姓有知道早些的，赶忙爬到屋脊上，或是树上。来不及的，被大水冲得无影无踪。

那阿海巴颜刚将捆在床上的胡拉氏衣服扒掉，正在专心欣赏胡拉氏那迷人的胴体，还未来得及干那颠鸾倒凤的勾当，就被撞进门来的几个打手拉了过去:"城外大水冲进了城,你还不快走!"

阿海巴颜一听,如丈二和尚——摸不着头脑,心里非常糊涂:城外的大水怎么能冲进城里来?未等他问出声来,只听门外传来乱糟糟的人喊声,马叫声,狗吠声,乱成一片。不一会儿,那无孔不入的大水已冲进了屋子,眨眼之间,没过膝盖,漫过房檐,一座永吉达城变成了汪洋世界。

努尔哈赤与张一化、额亦都等乘着木筏,来到城里。有人报告说:阿海巴颜已经淹死,那个负责守城的哈麦龙已经投降。一会儿,安费扬古押着哈麦龙走来,努尔哈赤看他膀阔腰圆,浓眉大眼,长得一表人才。就问他一些情况,哈麦龙都如实报告。

努尔哈赤说:"俺不杀你,还想重用你。你愿意吗?"

哈麦龙赶忙跪下磕头,感谢不杀之恩,说道:"俺情愿替你效力。"

努尔哈赤对哈麦龙说:"俺现在派你做永吉达城主。等大水过后,你要帮助老百姓重建家园,将永吉达城管理好。可不能学阿海巴颜。若不听俺的话,准饶不了你!"

哈麦龙感恩戴德,高高兴兴地走了。

努尔哈赤与张一化、额亦都、安费扬古等人,回到营寨,带领军队,高唱凯歌,回到建州府。

第二天,努尔哈赤吩咐杀猪宰牛,犒赏将士,庆贺胜利。自此,建州董鄂部已被消灭,成为努尔哈赤的属地了。在庆功宴上,努尔哈赤宣布:张一化担任军师职务,大小将士一律听从他的指挥调动。

一天,浑河部安图瓜尔佳城城主希姆的弟弟希沙前来求见。据希沙反映,希姆整日沉湎于酒色,不问政事,老百姓怨声载道。特来请求努尔哈赤统兵前去征讨,他情愿做内应。努尔哈赤让他先在馆舍休息几天,研究决定后,再通知他。

努尔哈赤与张一化、额亦都等商议,额亦都首先发话:"今年咱们征讨理岱,占领了兆嘉城;又攻取了马尔墩山寨;不久前又消灭了董鄂部,占领永吉达城,可以说战事频仍,人马疲劳。眼前是冬季快到，不久就是冰天雪地，粮草运输都有困难。不如待来年春暖花开、人强马壮之时，再去征讨。浑河部还有一个播一混寨，可以一石二鸟，将浑河部彻底消灭。"

安费扬古也觉得额亦都讲的有道理。

张一化说："利用冬闲季节，养精蓄锐，也是正事。还要招兵买马，扩充兵力，加紧操练，尤为重要。"

努尔哈赤告诉希沙，让他回去以后加紧暗中准备，网罗人才，切不可打草惊蛇。来年春季，定带兵前去征伐。希沙高高兴兴地走了。

努尔哈赤又将招兵买马的事，统统交予张一化负责，让洛寒、帖木儿克协助。张一化命人做一大木牌，上书"招兵买马"四个斗大的金字。不几日工夫，便招了一百多人，这且不表。

再说额亦都与安费扬古二人负责训练兵马，每日教场里喊杀震天，士兵们情绪激昂，练得有声有色。一天，额亦都家人来教场唤他回去，说是夫人病重，要他回去。

那莫小倩自与额亦都结亲之后，恩爱无比。每次出战归来，莫小倩都亲手替他解去盔甲。若有伤处，便调药敷擦，按摩揉敲，竭诚侍候。额亦都也非常感激。只因莫小倩得一恶病，那阴道里面长了一个肉瘤，且渐长渐大起来。莫小倩真是哑巴吃黄连——有苦说不出来。那地方有毛病，向人启齿都为难，更不好去看医生，只能任其发展。近日以来，那肉瘤已有饭碗大小，胀得小腹疼痛难忍，不能走路，连茶饭也好几日不进口了。额亦都虽百般爱怜，也无能为力。今天莫小倩已昏迷多次，才让家人唤额亦都回家。心想活不多久了，想再见丈夫一面，死也甘心。

额亦都到床前一看，莫小倩已奄奄一息。她见是丈夫来了，费劲地伸出手来，握住额亦都的手，断断续续地说："俺对不……起你，未能给……给你生个儿女……"额亦都哭得泣不成声，连安慰她的话也说不出来了。不一会儿，莫小倩两腿一蹬，死了。

努尔哈赤知道了这事，回家和妻子佟氏商议后，决定将大女儿穆库什嫁给额亦都。努尔哈赤请张一化做媒，很快办了喜事。

再说浑河部安图瓜尔佳城主希姆，今年四十五岁，娶了五个老婆，但一个孩子也没有。据知情人说，这是希姆喝了阴阳水造成的。说希姆与他堂妹妹从小一块长大，到了十五六岁时，都已略知风月之事。一个夏天的中午，他们到山林打猎，二人乘机偷吃了禁果，从此而后，来往甚密。他那堂妹担心自己怀孕，就让希姆喝了阴阳水。说来那水也真是灵验，希姆喝过之后，与他那堂妹妹暗中来往了五六年，一直也未怀孕。以后，她出嫁了；他也结亲了，而且娶了五个妻子，却没有一个怀孕的。

可是希姆并不了解内情，他不知道是因为喝下阴阳水所造成，还总是埋怨妻子：俺那牝鸡总不下蛋！并扬言说：俺一定要娶个能"下蛋"的。

有了这个想法，希姆在平时就留心了。有一次他有事到弟弟家，希沙不在家，弟媳阿丹出来接待，他见阿丹长得俏丽，虽是两个孩子的少妇，其风韵不弱于二八少女。回到家里，再看那五个妻子，没有一个能与阿丹相媲美。自那以后，他总是耿耿于怀，心里不爽快。他想：俺这一城之主，却找不到一个满意的妻子，实在可悲可叹。转而一想：自己的亲弟弟，又不是外人；何况俺连一个蚂蚱大的儿子也没有，将来这一城之主的位置还不是你希沙的？

说来也巧，那天兄弟二人在一块喝闲酒，希姆转弯抹角，将自己的想法告诉了弟弟希沙。当时希沙一听，可气坏了！你当哥哥的怎能如此荒唐，就把酒杯一推，站起身来，拂袖而去。

希姆见弟弟不愿意，心里想：一不做，二不休，迟动手，不如早动手。就派几个人到希沙家里，对阿丹说城主找她有事，要她马上过去。

阿丹哪知底细，就稍作打扮，跟着来人来到希姆府里。希姆早有安排，阿丹一到，就被领进一间暗室。到了晚上，软硬兼施，强行占有了阿丹。那边希沙见妻子一夜未归，便找到哥哥府里，都说昨晚就回去了。希沙心中明白了七八分,但是光急没有用,只好忍气吞声。常言道:田地、老婆不让人。这夺妻之恨,希沙怎能不雪!出于万般无奈,他才去找努尔哈赤。现已冬去春来,努尔哈赤该不会再推辞了吧?

其实努尔哈赤根本不是推辞,他早就想吞并浑河部了,只不过未抽出手来。现在是春回大地万物复苏的好时节,便去找张一化商量。张大婶三年前就病故了,那老人一个老鳏夫如何生活?努尔哈赤便将远房的寡婶介绍给老人。既有烧火做饭的,又有床头煨脚、平时作伴的,张一化非常感激,老夫少妻,日子过得挺和美。二人见面,一讲明,同时发出爽朗的笑声,他俩想到一块去了,真是英雄所见略同啊!

正当他们议论如何去攻打浑河部的时候,有人前来报告:"浑河部的希沙前来求见。"

张一化朝努尔哈赤会心地一笑,风趣地说:"来得早不如来得巧!"

二人来到府里,见了希沙,努尔哈赤先问希沙:"你看怎么去攻打?"

希沙说:"你们的队伍先隐蔽在城外的山谷里,等到天黑以后,俺从城里接应,将城门打开,不就行了吗?"

张一化说:"城里没有反对的人吗?"

"不会有的。他整日整夜地琢磨着搞女人,又到处树敌,谁不恨他!"希沙说得很恳切。

努尔哈赤想了一会儿,又同张一化小声说了两句,便转过脸来对希沙说:"现在是三月中旬,俺的军队在这个月的最后一天晚上攻城。若未出什么差错,俺们在举火把三次后发起战斗,你可以把城门打开,与俺们配合起来。"

送走希沙,努尔哈赤与张一化认真做攻打浑河部的准备工作,这且不提。

再说那个专讲努尔哈赤坏话的龙敦,平日正事不干,两只眼睁瞪得大大的，就瞅着努尔哈赤找毛病。最近他又发现希沙连续两次来找努尔哈赤，先是到处打听希沙来的目的，接着就派人将消息送给了希姆。

希姆派人将希沙叫来，问道："你两次去找努尔哈赤，干什么呢？"

希沙说："俺没去。谁见俺去的？"

希姆见他不承认，更加怀疑了，说道："你还想赖，现有龙敦的信在此！"

希姆将龙敦的来信挥了一挥，问道："你不讲实话，俺饶不了你！"

希沙不理他，后来希姆恼火了，打了希沙，将希沙关起来，并加强了守城工作。

希沙被关了半个月。他计算一下，还有三天就是月底了。他心里想："一定要出去。俺这条命，反正是豁出去了！唯一的出路，便是逃！"希沙不顾身上的伤痛，咬紧牙关，从牢房的后窗户里跳了出去。趁着黑夜的掩护，希沙来到城墙下边，找个隐蔽的地方藏了起来。

等了好长时间，希沙听到城外有了响动，这时已半夜了。他见守城的士兵都睡得死猪一般，便悄悄来到城上。突然之间，希沙看到城外有一火把连续挥了三次。忙下城去，趸到城门处，把那大门栓一拉开，两扇城门"哗"地开了。努尔哈赤向希沙招了招手，表示感谢，然后大喊一声："冲啊！"潮水似的士兵涌进城来，很快攻进希姆的府第，未等他穿好衣服，就把他捆了起来。这场攻城的战斗，未伤一兵一卒，顺利结束了。

努尔哈赤、张一化、额亦都等众将领来到希姆的大厅。大家坐下以后，安费扬古押进希姆，只见这位安图瓜尔佳城主光着脊梁，只穿一个裤头，被五花大绑着，低头站在那里。

希沙拿着龙敦写给希姆的密信，来到大厅，交给了努尔哈赤。努尔哈赤气愤地说道："这老不死的太不像话了，等回去再跟他算账！"

努尔哈赤又对希沙说:"从现在开始,你是安图瓜尔佳城主,你哥希姆由你处置。希望你依靠全城老百姓,把安图瓜尔佳城建设好。以后有工夫俺再来看你。"说罢,遂与张一化、额亦都等带领军队出城,往浑河部的另一个城池播一混寨进发。

播一混寨寨主塞拉夫年方三十有四,武功高强,曾到西山朝真洞跟乌龙大师学过武艺,十八般武艺,样样精通。他的弟弟塞克祥也有武功,两膀有千钧之力。弟兄二人镇守住播一混寨,虎视着周围各部落,时有兼并之意。

努尔哈赤的崛起,两兄弟已风闻在耳,听说南边的董鄂部去年已被他消灭了。前天他又未伤一兵一卒,拿下了安图瓜尔佳城,让希姆的弟弟希沙做了城主。老百姓都说努尔哈赤的军队是王者之师,歌颂他有王者之风。兄弟二人正在府中议论,侍卫前来报告说:"努尔哈赤的军队快到寨前了。"

塞拉夫说:"都说努尔哈赤的武功非凡,俺想跟他先比试一下,看他有无真本事。"

塞克祥也说:"此人手下有个叫额亦都的,能征善战,武艺高强,俺也想跟他较量一番。"

"他们能赢了咱,咱就跟着他干;他若输给咱,就要听咱的。走!到寨前看看去。"弟兄二人说着来到寨子门楼上面。

再说努尔哈赤带领军队,在路上走了两天,便来到播一混寨前。这是明朝万历十四年的五月,天气凉爽,正是春末夏初,不冷不热的好季节。他们的队伍刚停下,侍卫前来报告说:"播一混寨主派人来求见。"

努尔哈赤说道:"让他进来。"

那使者进帐,来到努尔哈赤对面,施礼后说道:"俺寨主听说阁下武功厉害,甚想领教一二,不知愿意与否,请给俺寨主回话。"

努尔哈赤听了,反问使者:"不知如何比法?"

那使者说:"俺寨主说了,你若赢他,就服从你指挥;他若赢了你,你要听他使唤。怎么样?"

努尔哈赤满口答应。那使者又说:"俺二寨主要跟额亦都比试,不知额亦都敢不敢应承?"

未等努尔哈赤开口,额亦都高声回答:"俺应承,愿意同你们二寨主切磋。"

努尔哈赤对使者说:"请转告你们两个寨主,明天咱在你们寨子前面等他。"

第二天上午,努尔哈赤带着张一化、额亦都、安费扬古等将领,往播一混寨前的空旷地方走去。营帐及士兵全由洛寒、帖木儿克等负责。

再说播一混寨的两个寨主,也装扮停当,随身带了几个侍卫,向寨门前走来。双方见面一抱拳,塞拉夫抡起铁拳就向努尔哈赤的头上打去。努尔哈赤把头一偏,拳落空了。塞拉夫一连三拳,都被他躲过。塞拉夫心中甚觉奇怪,怎么他连一拳也不回俺呢?心中暗想:"莫非他果真是'徒有虚名'?"又用八卦掌劈去!

努尔哈赤被逼得没有办法了,若再不回敬一下,怎好领教塞拉夫的功夫呢!他含着微笑,喊了一声:"得罪了!"说也奇怪,只听一声巨响,那塞拉夫突然像倒柴一样扑倒在地,一动也不动了。

隔了好一会儿,努尔哈赤上前将塞拉夫扶了起来。只听塞拉夫说:"俺还没有弄清,你是怎么将俺打倒的?俺要拜你为师,学你这手本领。"

努尔哈赤哈哈大笑,说道:"有什么本事供你学啊!俺是偶然将你绊倒的。"这时,塞克祥已走上前,要跟额亦都比试了。

额亦都见塞克祥膀大腰圆,迈着虎步,向他走来。他也迎上前去,你来我往,两人穿梭一般,连续交手了五六个回合,不分胜负。

塞克祥见额亦都防多于攻,并且步法轻快灵活,难以得手,遂改用"神风劈掌",上下左右,劈掌呼呼,旋转有声,直取额亦都。那额亦都上下纵跳,左滚右伏,纷纷闪开。随即他一个冲天空翻,腾空五尺多高,只见额亦都在空中,伸开双腿,如同一把剪刀,直朝塞克祥剪去,这一绝招叫"二郎飞剪"。说时迟,那时快,扑通一声巨响,塞克祥竟被踢倒在地,像一棵大树倒下。之后,塞克祥赶忙爬将起来,上前拍着额亦都的肩说:"好身手,俺算服了!"

这时候,努尔哈赤和张一化等忙走上前来,拉着两位寨主,邀请他们到营帐里休息叙话。大家在酒桌上觥筹交错,开怀畅饮。

塞拉夫说:"今后俺兄弟二人就跟定你了!一切全靠你关照啦!"

努尔哈赤说道:"你那播一混寨也需有人管着,先让二寨主随俺去罢!以后非你去不可时,俺再来请你,好不好?"

塞拉夫说:"好哇!俺听从你的安排。"

第二天,塞拉夫带着弟弟塞克祥,又送来一百匹马、五十头牛、二百只羊,还有大米、白面等,对努尔哈赤说道:"这就算是俺的一点见面礼吧!"又转过头来告诉塞克祥说:"那五百人马你也带去,以后俺再训练一批。"

努尔哈赤大手一挥:"后会有期!"遂命令队伍回赫图阿拉。

努尔哈赤下一步准备去攻打哲陈部的托漠河城。出兵之前,他与张一化、额亦都等商议,为了安定后院,决定认真处置龙敦的问题。

在一次大小将领会议上,努尔哈赤派人把龙敦叫来,问他:"你知罪吗?"

龙敦老奸巨猾,装作无事的姿态。当努尔哈赤拿出他写给希姆的亲笔信时,龙敦沉不住气了,便演了一出自打自哭的闹剧,妄图用眼泪去获得努尔哈赤对自己的怜悯与宽恕。

努尔哈赤又问他:"是谁指使巴雅齐毒死噶哈善的?"

龙敦开始不承认,装糊涂,后来终于老老实实交代了事情的经过。

努尔哈赤向愤怒的大小将领摆了摆手,高声说道:"论关系,你是俺的叔父,俺祖父与你父亲是一娘同胞的亲兄弟。平时俺对你不薄,至今俺也不明白,你为什么总跟俺过不去!你反对俺已达到丧心病狂的程度,你已欠下四条人命:诺米纳弟兄两个、噶哈善和巴雅齐。这次希沙又差点被你用借刀杀人的毒计害死!更重要的是,因为你的离间挑拨,使俺们多死了那么一些人,给俺们的事业带来多至几倍的干扰和麻烦。这个损失,你那把老骨头能偿得完吗?对你这样罪大恶极之人,若不严厉处置,怎么去儆戒他人!俺现在不得不宣布:把他拉出去砍了!"

恶贯满盈的龙敦,被努尔哈赤处死了,人们都说:"龙敦是一个头上长疮、脚底流脓的坏蛋,该杀!该杀!"

努尔哈赤消除了内部的叛逆龙敦之后,又率领军队五千人去攻打哲陈部的托漠河城。

托漠河城主苏拉西与他同父异母的弟弟苏拉文之间有矛盾,兄弟二人在部落里各拉一派,互相争斗,相持不下。努尔哈赤派理岱去游说苏拉文,劝其归降。理岱通过上次教育,已有悔改表现,这次让他前去,给他立功赎罪的机会,也体现出努尔哈赤用人之长、不计前嫌的宽大政策。

托漠河城主苏拉西与苏拉文,是一父两母的兄弟。老苏拉在世时,宠爱苏拉文的母亲乌丹。老苏拉临死前,曾嘱咐托漠河城正将官阿宋说:让苏拉文承袭托漠河城主。说完一命归天了。当时苏拉文到巴尔达城卖马去了,不在城内。托漠河城副将官格下平时与苏拉西相交甚笃,来往频繁。苏拉西与格下经过一番策划,将正将官阿宋杀死,承袭了托漠河城主。等苏拉文回到城里时,承袭仪式已举行过,苏拉西正式当了城主。

俗话说:"要想人不知,除非己莫为。"半个月刚过,苏拉文便知道了全部内情,心里很不是滋味,总想伺机找他哥苏拉西的麻烦。一天,他正坐在家里想心事,家人来报告说:"门外一男子求见。"

苏拉文来到门口一看,马上认出是理岱,便热情邀入,理岱献上厚礼,寒暄一番之后,二人落座推杯换盏。

喝酒时,理岱装作无意的样子,扯到努尔哈赤要出兵攻打托漠城的消息。

苏拉文十分惊诧，忙问："老兄此话当真？"

"那还有错，明后天就要兵临城下了。"

苏拉文把酒盅一推，"兄长先喝着，小弟少陪，一会儿再来给兄长敬酒。"说着，站起身来要走，理岱上去一把拉住："你去哪？"

"俺去给大哥递个信儿，好让他做好守城的准备。""贤弟也太死心眼儿！他对你无情无义，你倒真心帮他呀！"

一句话说得苏拉文又重新坐下来，理岱接着又说道："俺倒有个主意。这托漠河城主本来应该是你，是你哥用手段夺去的！俺以为你——"他说到这里，走到苏拉文跟前，附在他耳边轻轻说了几句，苏拉文脸色陡地一变，"不行！那俺不成了叛徒！"

"什么叛徒！你哥抢夺你的城主位置，算是正人君子吗？其实压根儿就未跟你讲兄弟情分！"

这时候，苏拉文的心腹爱将何矮人进来报告说："城主带五百兵士往嘉哈去，与章佳、巴尔达、萨尔浒、界凡四城主会合，狙击努尔哈赤的军队，快要出发了。"

苏拉文将理岱的意见转告于何矮人，想听听他的意见。

何矮人当即说道："努尔哈赤前途无量。我方虽然五城联合，群龙无首，各自为政，如何能打好仗！"停了一下，看着苏拉文又说："当前，先找条退路要紧！依俺的意见，你现在就去找城主，让他留下一部分兵马守城。提醒他不要带众多兵马去送死，保住自家城池最要紧。"在何矮人鼓动下，苏拉文真找城主去了。

最后苏拉西城主只带二百人马前去，留下三百人马，交予苏拉文守城。理岱与苏拉文约好时间、暗号，便离开托漠河城，迎着努尔哈赤的队伍，加速前去。

再说努尔哈赤率领军队赶路，一天来到浑河边上，突然乌云四起，狂风大作，下起了倾盆大雨。一时之间，浑河被上游来的山洪冲破了堤岸，河水泛滥起来，挡住了去路。努尔哈赤心想：这五千人马何时才能渡过河去？脑海里又现出了"兵贵精，不贵多"的名言。他当机立断：命令大部分兵卒撤回寨子，只带领绵甲兵五十人,铁甲兵三十人,以轻装简从的策略,很快渡过浑河,兵抵嘉哈寨。

这嘉哈寨,属哲陈部管辖。寨主苏古赖虎,一面派人守住寨门,不准出战,一面秘密派精干使者去请援军,将努尔哈赤仅带八十人的消息告诉给托漠河、章佳、巴尔达、萨尔浒、界凡的五个城主。这五个城主觉得努尔哈赤仅有八十人的队伍,容易对付,这机会难得。于是五城主各带二百人,合兵一处。凭借浑河、南山、界凡山,三处连成一线,联军的士气旺盛,严阵以待努尔哈赤。

努尔哈赤的军队抵达嘉哈寨前,见寨门紧闭,便运用声东击西策略:自己带领五十绵甲兵于寨前骂阵挑战,纵火烧其寨门;额亦都带领三十名铁甲兵从后山突入寨子。那寨主苏古赖虎正与士兵在寨前把守,未想到后院出事。额亦都带领三十名铁甲兵来到后山寨墙下,纵身一跳,上了寨墙,丢下绳索,三十名铁甲兵陆续进入寨子,大火一放,烟尘四起,苏古赖虎惊慌失措了。

努尔哈赤见寨内火光四起,知道额亦都得手了,便运用腾跳蹿跃的轻功,来到寨门前,弯弓搭箭,将门楼上的士兵一连射倒几个,他身后的绵甲兵见努尔哈赤奋勇当先,也勇气百倍,迅速赶到寨门前面。此时寨内喊杀声震动天地,苏古赖虎稍一迟疑,被努尔哈赤一箭射死,守寨士兵一哄而散。

努尔哈赤带着五十名绵甲兵,一鼓作气冲进寨主府第,乱砍乱杀起来。额亦都也从后院一路冲杀到前院,两人合兵一处,八十名士兵一个不少,二人大喜。随即派人准备饭菜,大家饱餐以后,正准备继续行军之时,探马回来报告说:"托漠河、章佳、巴尔达、萨尔浒、界凡五个城主带兵,在浑河、南山、界凡一线,抄咱们的后路,准备袭击咱们。"

努尔哈赤一听非常着急,他心里想:出发前俺就担心这步棋,曾留下后哨章京能古德,在后边探听消息,他为什么不及时来报告呢?遂暂时退兵。

原来那章京能古德探听到消息以后,即向努尔哈赤飞马报信,因为走错了路,没有找到努尔哈赤的军营。结果五城兵马猝然而至,大敌当前,努尔哈赤的族弟扎亲、桑古里二人,见对方兵多势盛,吓得惊慌失措,连忙解脱甲胄,企图临阵脱逃。在他们的影响下,其他军卒也畏敌不前。正巧努尔哈赤赶到,看见这一情景,异常气愤,声色俱厉地责备扎亲、桑古里说:"你们平日在家,每每称雄于乡里,今天遇见敌人,为什么解甲?"

扎亲、桑古里兄弟二人低头不语。努尔哈赤说罢,一马当先前去砍杀敌兵。但五城兵马人多势众,难以攻进阵内。努尔哈赤忙驱马回营,率领二弟穆尔哈齐及两名包衣(侍卫)杨布禄、厄林刚,共计四个人,奋勇向前,冒着如雨的飞矢,冲入敌阵,当即杀伤对方二十多人。

因为五城兵马统帅不一,各个城主都想保存自己的实力,不肯向前。他们看到努尔哈赤来势凶猛,箭无虚发,难以抵挡。霎时间五城兵马阵脚大乱,纷纷争着渡过浑河去逃命。努尔哈赤看见敌兵溃退,就乘势竭力追击,杀死敌兵很多。那七十六名士兵,看见努尔哈赤四人打退了敌人,也奋力追杀上来。待努尔哈赤喘息稍定,五城兵马已大部分逃过了浑河。他重整盔甲,振奋精神,又连续追杀四十五人,与弟弟穆尔哈齐一直追到了界凡山的吉林崖。这时候,努尔哈赤登崖遥望,敌兵十五人奔崖而来。他急忙取下盔缨,隐蔽起来,等待着敌人。当那股敌人逼近时,他用尽平生之力,射出一箭,敌军中为首的那个头目箭穿脊背死去。穆尔哈齐也发射一箭,又射死一人。其余的敌人见头目已死,吓得四散奔逃,几乎全部坠崖而死。努尔哈赤获得了全胜。

"两军相逢,勇者胜"。勇敢是战胜强敌的法宝,也是努尔哈赤的重要性格。浑河之役中,面对十倍于己的五城兵马,努尔哈赤毫无畏惧之心,创造了以少胜多的奇迹。他自己说:"今日之战,以四人而败八百之众,此天助俺以胜之也!"这不仅为浑河之役染上了夸张的笔墨,而且涂上了神秘的色彩。

再说理岱从托漠河城苏拉文家告辞出来,沿途打听,一路紧追慢赶,终于找到了努尔哈赤,将苏拉文的情况作了汇报。努尔哈赤听了十分高兴,拍着理岱的肩膀,笑着说:"你立了功啦!俺得谢谢你。"随即摆酒为理岱庆功。

第二天拂晓,努尔哈赤又挥师进发,往托漠河城奔去。那苏拉西城主在浑河之役中,逃跑在最前面,到托漠河城下,正想叫人开城门,突然发现城头上旗帜换成努尔哈赤的了!一眼看见弟弟苏拉文站在城头上,与何矮人在说话。苏拉西放开喉咙喊道:"打开城门,放俺进去呀!"

苏拉文也喊道:"俺已将托漠河城献给努尔哈赤了!"

苏拉西这才醒悟过来,气得咬牙切齿地骂道:"你这苏拉家的叛徒!"随即拉开弓弦,照苏拉文一箭射去。未承想,何矮人站在旁边,一抬手,就把那支箭接在手中。几乎同时,只见他袖子一甩,口里喊道:"去你的吧!"苏拉西还未看清是什么甩下来了,便觉心口一阵疼痛,一头跌下马来,气绝身亡。原来何矮人从袖中甩出的是把短剑,苏拉西被穿胸而过,死了。

努尔哈赤收服了哲陈部所属的托漠河城以后,派苏拉文担任托漠河城主,让理岱、何矮人随军出发,去攻打鹅尔浑城。

这鹅尔浑在浑河北岸,距明朝边境较近,易受明军庇护。在明朝万历十一年五月,努尔哈赤刚起兵时一举攻克了仇人尼堪外兰的老窝——图伦城,尼堪外兰孤身一人逃往嘉班城,以后又从嘉班城迁徙到鹅尔浑,并筑城驻居。努尔哈赤心急如焚,恨不能一步跨到鹅尔浑城,将尼堪外兰砍成肉泥。再说尼堪外兰来到鹅尔浑城之后,依靠明军的力量,修筑了城墙,定居下来。他怎么也没有想到努尔哈赤会发展得这么快,势力会这么大。据说他已攻下托漠河城,正向这里进发,俺这弹丸之大的鹅尔浑城,怎能阻挡得住。还是"三十六计,走为上",去到明军那里,要求政治庇护的权利。他想好了,就丢下年轻的妻子,一溜小跑地来到明朝边将王廷山那里。那王廷山也不是没有一点头脑,他亲眼看着努尔哈赤的势力日渐强大起来,况且留着尼堪外兰也没多大用处了,只能得罪努尔哈赤。王廷山心里一合计,为了不让事态扩大,还是抛弃尼堪外兰合算。于是通知守门士兵:"不准尼堪外兰进来!"

再说努尔哈赤带兵星夜兼程,很快赶到鹅尔浑城。一声号令,万弩齐发,城上那几个守兵慌忙逃窜,努尔哈赤一马当先,攻进城内。他亲自带人搜捕尼堪外兰,可是查遍全城,连个影子也未见到。

有人报告说:"尼堪外兰逃跑了!"努尔哈赤赶忙追去,他登城遥望,见城外逃跑的四十余人中,为首一人头戴毡帽,身穿青绵甲,怀疑他就是尼堪外兰。俗话说:仇人见面,分外眼红。努尔哈赤拍马舞刀,单枪匹马,直冲而去。此时,逃跑的那人见有一骑猛追过来,便回首开弓放箭。努尔哈赤只顾追仇人心切,一不注意,被射中肩膀,那箭穿肩透镞,血透盔甲。但他全然不顾,驱马向前,虽身陷重围,仍奋死力战,射死八人,砍杀一人。在余下的人溃散以后,努尔哈赤才返回鹅尔浑城。

当他得知尼堪外兰被明军保护起来的消息时,一时被愤怒的乌云遮住了理智之光。努尔哈赤因仇恨而失去了理智,连续杀死城内十九名汉人,对被他俘虏的六名中箭伤的汉人,又把箭镞重新插入伤口,让他们带箭去向明朝边将传信,索要尼堪外兰。

其实,明朝边将王廷山根本未打算庇护尼堪外兰,就派人通知努尔哈赤说:"尼堪外兰既然投归于俺,怎好把他交出来?你可以来这里处置他。"开始,努尔哈赤有些怀疑,以为王廷山在捣鬼。来人看出他的疑虑,忙解释说:"你自己不愿意去,可以派人去,随你的便。"努尔哈赤这才派部将斋萨,带兵四十人,前去抓捕尼堪外兰。

尼堪外兰听说斋萨来了,慌得走投无路,见旁边有个台堡,企图上去躲藏。没有想到台堡里的明军不让他上,还把梯子撤去。他绝望了,这时斋萨等人赶到,一刀把他砍死。

除掉尼堪外兰,终于报了"父祖之仇",努尔哈赤了却一桩心愿。他掉转兵锋,又率领军队,去攻打哲陈部的克山寨。

再说那克山寨,建筑在一座山岗上。环寨是一圈石头围墙,高约二丈以外。前后两座寨门,一座在寨前,一座在寨后。两座寨门前各设一座吊桥,连接着寨门。寨门里面是一偌大庭院,两边设有四十余座枪架,插着明晃晃的武器。再后是大厅,厅后有东西跨院。寨主阿尔太住东跨院,他娶了六个妻子。大老婆给他生了两个儿子,长子阿尔龙,三十岁;次子阿尔虎,二十六岁,都已成亲。他们都是武艺高强,十八般兵器样样精通。还请了一个武功教师,名叫呼拉天,外号铁臂师爷,两膀有千斤之力,善使一根重约二百斤的铁棒,厉害无比。阿尔龙兄弟俩住西跨院。后院还有两进深的院落,住着呼拉天和五百名寨兵。据何矮人介绍说:克山寨据险防守,攻打需要小心。若从前门打,全是错杂难认的山路,盘陀曲折,宽窄不等。周围布满陷阱,一旦坠入,将被毒蛇活活咬死。只有遇着白杨树才可转弯,方是生路;如果没有白杨树,千万直走,不能旁行,否则便是死路一条。山寨后门外,地势开阔,可以作为厮杀的战场。

努尔哈赤听了何矮人的介绍,心里说:它就是一座铁寨,俺也要把它熔化掉!便命令军队离寨五里外安营。

第二天,努尔哈赤带领众将士,来到克山寨后门前,传下话去:让寨主阿尔太出来说话。不一会儿,寨门大开,一员老将骑马走在前面,后面两个年轻将领与一中年人紧随其后,他们走下吊桥,来到努尔哈赤对面。

那阿尔太把手中马鞭一指说道:"来者可是努尔哈赤?你为什么来犯俺山寨?"

努尔哈赤提马上前,说道:"你们哲陈部多年来仗着人多势众,抢俺牛羊,杀俺牧民,犯下累累罪行。还不快快下马受死,更待何时?"

那阿尔太虽然年过半百,仍然壮得像头野牛,手中银枪一拧,向努尔哈赤便刺。

这边努尔哈赤不慌不忙，举起大刀，往上一迎，只听"嘟当"一声，阿尔太那枪差点从手中滑落。阿尔太感到手心发麻，心里说：努尔哈赤力气不小哇！二人一枪一刀，来来往往，斗了六七个回合，直累得阿尔太气喘吁吁，大汗不止，眼看要败下阵去。
　　他的长子阿尔龙赶忙上来搭救。这边额亦都也拍马迎着阿尔龙战到一处。阿尔虎带马上前，安费扬古也挺枪顶了过去。再说阿尔太自觉体力不支，忙调转马头往回逃跑。努尔哈赤也不追赶，他放下大刀，取下背后弓箭，"嗖"一箭射去，正射中阿尔太背部，只见他大口一张，吐出一口鲜血，栽下马去。那武功教师呼拉天忙催马过去抢救，被何矮人半路拦住，厮杀起来。额亦都与阿尔龙战了十五六个回合，那阿尔龙一见父亲中箭，心中一惊，肩膀被额亦都刺了一枪，慌忙勒转马头逃回阵去，阿尔虎见父亲中箭，哥哥败阵，哪还有心思再打下去，赶忙逃回阵去。鸣金收军。那武功教师与何矮人打得难解难分，一听收兵信号，将手中钢叉架住何矮人的大刀，说道："俺明日再战！"何矮人随口说道："为什么要等明日！"话未说完，左手握刀，右手一甩，只听"叭"一把短剑从袖口飞出去，正中呼拉天的右手腕。那武功教师"哎呀"一声，钢叉从手中跌下，慌忙勒转马头，逃回阵去。
　　这开头一仗，努尔哈赤获得了全胜。晚上他召集额亦都、安费扬古、何矮人等将领计议，准备半夜偷袭克山寨，将其一网打尽。
　　且说克山寨里，阿尔太虽被士兵救回寨去，但那箭头都是蛇毒浸泡过的，毒性早入骨髓，未有两个时辰，便中毒死去了。阿尔龙肩膀负伤，呼拉天手腕中了一剑，阿尔虎忧心如焚，赶忙写了两封书信，分别派人送往巴尔达和洞城去请救兵。自己虽没有负伤，自忖也非安费扬古的对手，直到三更时分，才迷迷糊糊地睡去。
　　努尔哈赤派额亦都、何矮人领一百人从克山寨前门突入，他自己带领安费扬古等由后门进攻。那何矮人在前边带路，循着白杨树走去，确实山道崎岖难行，有几个士兵贪走近道，跌入陷阱，被毒蛇咬死。他们来到寨门前时三更已过。额亦都与何矮人都会轻功，二丈高的寨墙，他们纵身一跳，便到墙顶，丢下绳索，士兵们一个个如蛟龙出水，"唰唰"都翻过寨墙。寨内因为白天吃了败仗，死的死，伤的伤，晚上的防卫也疏忽了。那阿尔虎也未顾得上查夜，护寨的士兵见头儿查得不紧，也就贪睡去了。不一会儿，前院大火熊熊，"劈里啪啦"，烧得房倒屋塌。额亦都、何矮人手挥大刀，见人就砍。可怜那些熟睡的士兵，未来得及穿上衣服，就已人头落地。阿尔龙、阿尔虎、呼拉天听到前院一片喊杀声，都手持兵器向前院跑来。那后门的守卫也就松懈了，努尔哈赤带领士兵，高举着火把，撞开大门，一路砍杀进去。他们见到额亦都、何矮人与阿尔龙、阿尔虎、呼拉天杀在一处。努尔哈赤拿起弓箭，朝着三个敌人"嗖！嗖！嗖！"一连三箭，三人连续倒地，何矮人又上去每人给补了一刀。士兵们一见寨主都死了，便放下兵器，投降了。

第五章
破坚城军师下泻药
越重垒主帅运轻功

洞城城主扎依海一手捂着肚子，一手颤巍巍举起大刀，哇哇怪叫着要跟努尔哈赤拼命。努尔哈赤用钢枪轻轻架住对手的大刀，款款说道："你吃了俺建州的巴豆，还有力气上阵厮杀吗？"

努尔哈赤在追杀尼堪外兰时，曾受伤三十多处。从克山寨回师赫图阿拉后，箭伤复发，不得不寻医吃药。在这年的八月，听说巴尔达城闹内乱，遂派额亦都率军两千人，前往讨伐。

且说巴尔达城主安塞罗宝文，年近六旬，膝下二子一女，全由结发妻子纳西氏所生。后来纳西氏年老色衰，安塞罗宝文又连续娶了三个小老婆。这三个女人个个生得如花似玉。在巴尔达城里，她们的美貌堪称前三名。但是老夫少妻，自古以来容易出事。安塞罗宝文长子安塞儿章，已年近三十，忠厚和善。从记事开始，帮助父亲料理城内政务，机敏能干，深得老安塞的喜爱。二子安塞儿俊，从小长得乖巧伶俐，能言善道。十四岁时就与府里丫头佣人乱搞两性关系。女儿安塞儿美长得也还聪明美丽，对大哥安塞儿章比较敬重，不喜欢二哥安塞儿俊的轻薄浮浪。老安塞给二子一女都办完了亲事。安塞儿章夫妻俩和和美美，相敬如宾；安塞儿美的丈夫是一位带兵的将领，名叫阿贺夫，为人耿直，有正义感，与安塞儿美感情甚笃，小两口结婚两年，从未红过脸。只有安塞儿俊夫妻俩争争吵吵，那女子名叫噶玲儿，性格文静，不好奢靡，对丈夫的淫逸无度很反感，以致夫妻经常反目。而安塞儿俊并不寂寞，还在他成亲之前，就与那三个后妈勾搭成奸了。

这年夏天，老安塞与那四城主联兵狙击努尔哈赤失败回来，一路的惊吓与劳累，使他染上疾病。他担心一病不起，便将两个儿子叫到跟前，嘱咐说："安塞儿章从小跟俺管理大事，熟悉政务，做城主最合适。"说完，又对安塞儿俊说："你要认真辅助你哥，做他的好助手，不能跟他捣乱，添麻烦。"

又过一个多月，安塞罗宝文真的去世了。在为父亲办丧事期间，安塞儿章忙得不可开交，要管城主的事，还要办父亲的丧事，累得焦头烂额。而安塞儿俊却很快活，整日钻在府中，与那三个小妈鬼混。反正父亲不在了，他可以无所顾忌地和她们调情。一天，安塞儿俊正搂住他四妈亲嘴时，被安塞儿章看到了，当即痛斥他一顿。事后，安塞儿俊越想心里越不服气：俺搂她亲嘴，关你屁事！她又不是你老婆，更不是你的亲娘！真是狗拿耗子——多管闲事！他一路发着牢骚，来到四妈房里，一起骂安塞儿章不是东西。过了一会儿，那两个女人也姗姗而来，在三个坏女人的教唆下，安塞儿俊下决心要搬掉这个绊脚石！

一天下午，三个小女人一起来到安塞儿章的家里，说有要事要见他。其实她们明知安塞儿章不在家中，却故意来找他。临走时交代一句话给安塞儿章的妻子：晚上安塞儿章无论如何要去她们那儿，因为她们有重要事情要同他说。未出她们所料，安塞儿章刚一回家，他那贤良的妻子就催他去三个小妈那里。那安塞儿章是个忠厚本分的人，他哪能以最坏的恶意来推测那三个女人呢？安塞儿章去了，却再也没有回来……他是被那三个女人用绳子活活勒死的！他死后她们却扬言："安塞儿章是在调戏四妈时，被佣人看见，自觉不能见人而上吊自杀的！"

安塞儿章死后，安塞儿俊做了城主。巴尔达城老百姓敢怒而不敢言，唯有安塞儿美跑到府里哭了一场，将那三个小女人痛骂一顿，又当着安塞儿俊的面，讲了些含沙射影的话。那阿贺夫也不好说什么。这件人命冤案就这么风平浪静地过去了。

再说努尔哈赤派大将额亦都率军二千人，前去攻打哲陈部巴尔达城。额亦都让何矮人带一支人马从巴尔达城后面攻入，以举火为信号，往城里攻杀。他自己带其余人马正面攻城。时已三更，人马来到城下。城上守城人员正睡得死猪一般。额亦都率领精悍士兵，首先蹿上城去，一阵砍杀，守城兵士才在一片惊慌中拿起兵器。只见额亦都立在城墙上，奋力砍杀。那飞蝗般的箭矢向他射来，他无所畏惧，挥刀迎击，毫不退缩。此时，有几支箭从他大腿穿过，贯入墙缝中，使他行动不得。额亦都伸刀砍去，箭矢立刻被斩断，他就带着箭杆继续追杀敌人，而且愈战愈勇。不久，城里起火，何矮人带着人马从城里杀来。守城士兵一见，腹背受敌，不敢恋战，四散溃逃。额亦都身受五十多处箭伤，坚持战斗，终于攻下巴尔达城。

额亦都贴出安民告示，盛赞努尔哈赤的英明睿智，宣布阿贺夫担任巴尔达城主，并诛杀安塞儿俊和那三个小女人，为安塞儿章伸张了正义。老百姓拍手称快，齐颂努尔哈赤的功德无量。一切安排好之后，额亦都胜利班师，努尔哈赤带领众将士，敲锣打鼓，亲自来到赫图阿拉城的郊外迎接，行拥抱礼。在犒赏将士的同时，努尔哈赤另杀两头牛赐宴，把从巴尔达缴获的栗色名马，配上鞍辔，赏给额亦都，并赐号"巴图鲁"。在满语中，这"巴图鲁"是"勇士"的意思。"勇士"额亦都在巴尔达战役中，以"受透皮肉伤五十处，且红肿伤处甚多"，一举攻破巴尔达城，终于获得全军最高礼遇和奖赏。

努尔哈赤经过几个月的休养治疗，箭伤全好，他让额亦都在家休息治伤，自己带领两千人马，星夜兼程，去讨伐哲陈部的最后一个部落——洞城。建筑在山坡上的洞城，背靠馒头山。半个山坡被凿成一排排石洞，洞深数丈，宽约二丈有余。里面冬暖夏凉，风沙吹不进，雨雹淋不进。人住在里面清洁安静，可以延年益寿。环洞筑有二丈多高的城墙，全用大石块垒叠砌成，坚固厚实。城里有练兵场，大约十亩方圆。有蓄水池，池水清澈如镜，由山头众多泉水引来，供城内人马饮用。还有养马棚、羊棚、牛棚、猪圈，以及鸡、鸭、鹅栖息的场所。与平地上的城池一样，应有尽有。只是牧场和庄稼地全在山下谷地。城内百姓日出以后，到山下放牧，或是耕种；日落时候，返回城内。山歌缭绕，胡笛悠扬，宛然世外桃源的佳境。

洞城的城主名叫扎依海，今年六十二三岁，身体仍然壮实如牛。此人心性刚直，不苟言笑，善使弓箭，刀马纯熟，在洞城百姓中威望甚高。哪家发生争吵，或有相互殴斗的，他一去，话出即止；否则必将惩戒。他的惩戒方式也特别，将违犯的人绑在城门里面一根特别竖立的大木头上，让早晚出入城门的人，对犯者的脸上吐一口唾沫。往往有违犯的人被吐得痰迹斑斑，不堪入目。用这种惩戒方法，倒也奏效，一年中也不过一二次罢了。扎依海生有一子二女，年龄尚幼。因为他在五十岁之前尚未完婚，坚持锻炼童子功。后来洞城众首领再三劝他成家，扎依海才与城中一少女结婚。

洞城带兵的首领共有五个。他们名叫扎依山、扎依水、扎依河、扎依云、扎依霞，都是扎依海五十岁之前收养的洞城的孤儿，经他抚育长大，又亲自教给他们武艺。认真地说，他们是半为养子，半为徒弟。有了这层关系，五首领对扎依海是令出必行，言听计从。洞城共有五百士兵，他们农忙种田，农闲时练兵。个个弓马纯熟，十八般兵器样样精通。打起仗来，一个对十个也不在话下。

努尔哈赤带领军队，来到洞城前五里下寨。早有探子将洞城情况尽数介绍，努尔哈赤对张一化等说："据传扎依海治兵有方，咱们看看去！"遂走出营门，来到洞城对面一座小山上，张目一看，见那城门紧闭，城上旗帜飘扬，人员走动频繁，防守极为严紧。城内练兵的喊杀声，传出城外，山鸣谷应。那一排排山洞，层叠到半山坡上，整齐划一，煞是好看。张一化指着洞城背后的馒头山说："咱们到山顶上瞅瞅。"努尔哈赤点点头，便绕开洞城，从侧面爬到山顶。从山顶向下俯视，那偌大的洞城活像一个大盘子躺在馒头山的山坡上。他们顺着山坡下行，看到星罗棋布的山泉下面，都连着竹筒，把那汩汩的泉水引向城里。张一化向山泉

89

一指，脸对着努尔哈赤说："在这上面能否作篇文章？"努尔哈赤一笑说："俺也正想这事呢！"他们一边说着，一边走下山来。晚上，张一化向努尔哈赤建议说："那泉水是洞城的命脉。若截断它，城里有蓄水池，恐短时间不能制服他们。俺想，建州盛产巴豆，这东西吃下去便腹泻不止。可以派人连夜回建州去，若是快马，一夜可回。将巴豆放入泉水里，定流入蓄水池。不出三天，全城的人都会拉肚子。那时，不需要拼杀，洞城唾手可得。"努尔哈赤当即派洛寒带五个士兵，骑上快马，奔建州而去。第二天东方刚放亮，洛寒就取巴豆回来了。努尔哈赤忙派人将巴豆砸碎，研成粉末。又派安费扬古带领五个人，悄悄从侧面上山，把巴豆撒入每个山泉。说来也怪，那巴豆入水以后，自动溶化，顺着竹筒往洞城流去。

洞城扎依海城主见努尔哈赤兵临城下，却按兵不动，正在纳闷，忽见扎依河来报："上午发现有四五个人在后山坡上鬼鬼祟祟。从衣着上看，像是努尔哈赤的人。"扎依海马上说道："那努尔哈赤一向用兵多诈，你们要多加小心，防止他夜里来偷袭。今晚开始，要加强夜班巡查，绝不能麻痹大意，让努尔哈赤钻了咱的空子。"讲到这里，扎依海将脸转向扎依河说："他们到后山坡去，是不是想在水上掐俺的脖子。一旦断了咱的水源，三天以后，城里人心就乱了，还怎能打仗！赶快通知老百姓，家里可以多储些水，把能盛水的东西，都装上水！"

扎依海让百姓多储些水的命令下达以后，洞城里面可热闹了，提桶的，挑担的，端盆的，家家洗缸刷坛子的，蓄水池边人头攒动，城里几条道路上车水马龙，人流不断。这已是傍晚时候，安费扬古带人去撒巴豆，已整整一天了，那巴豆全在蓄水池中。城里老百姓运回去的水里，无疑是溶化了巴豆的水。扎依海的储水命令，倒是帮了努尔哈赤的大忙了。当天夜里，满天星斗，正是那"已凉天气未寒时"。城墙上守卫的士兵来来回回在走动，不一会儿，就有人喊道："俺的肚子这么难受，得快下去。"那边也有人喊道："俺已拉了一遍，现在又要去拉。"于是城墙上的守城士兵一个个都屙了稀屎，有的已经直不起腰了。城里那些老百姓也是一样，当夜就开始拉肚子，男的，女的，老的，小的，一齐喊，一齐拉。连那扎依海也坚持不住，一夜拉了三次……

　　第三天早上，努尔哈赤派安费扬古、何矮人、洛寒等，各带五百兵马，将洞城包围起来，不准放走一人。努尔哈赤自己和张一化带着五十人，来到营门前，向城里一看，尽管那城头上的旗帜仍在迎风招展，但看那些守城的士兵，已明显地无精打采了。他们来到城门下面，派人传下话去："让扎依海出来说话。"不一会儿，城门"哗"一声，两扇大门大开，扎依海虽然顶盔贯甲，穿戴整齐，但那精神总是不济，一夜拉了三次肚子，再刚强的汉子也会垮的，何况年过六旬的扎依海。未等努尔哈赤开口，扎依海大刀一挥，说道："努尔哈赤，咱们井水不犯河水，你为啥来打俺洞城？"努尔哈赤笑道："你这人真是不识时务！天下之大，有德者居之。俺已并吞了董鄂部、浑河部、哲陈部，只剩你洞城了。俺要统一建州，你能阻挡得住吗？俺今天不跟你斗，因为你是带病之身，你还是回城里好好想想，你们全城的人都吃了俺建州的巴豆，还有劲跟俺比吗？还是早投降的好！"扎依海听了，大吃一惊，心里说："难怪俺一夜拉了三次。若是真吃了他的巴豆，那就麻烦了！"嘴里骂道："你这兔崽子真卑鄙，俺跟你拼了！"说罢带马上前，挥大刀向努尔哈赤砍来。努尔哈赤用钢枪一架，哈哈大笑道："俺放你一条生路，赶快回城去罢。"扎依海哪里服气，继续抡大刀砍杀起来。努尔哈赤心想："要教这老家伙尝尝俺的厉害，他才服气哩！"想到这里，右手使枪，左手摘下马鞭，照扎依海右臂"唰"一鞭打去，只听"不好"！扎依海在马上差点跌下来，赶忙勒转马头回到城里，脱下甲胄，露出右臂，看是马鞭打伤。心里想：若是钢鞭，这只胳膊就得残废了。都说努尔哈赤厉害，果然是实。他不用钢鞭打俺，又不追俺，这是要放俺生还哩！难道他——正想着，侍卫前来报告："五个首领肚子痛得厉害，夜里拉了几次,现在还在拉,请示寨主怎么办？"

果见五个徒弟都手捂肚子走了进来,他们看到扎依海的右臂负了伤,忙说:"不该出阵,肚子不好使,怎能打仗！"扎依海见到这般情况,不得不说:"努尔哈赤若来攻城,俺们无力抵抗,怎么办？"几个徒弟只好说:"老百姓也屙得受不住了,士兵们也叫苦连天的。这个仗不能打了。不如俺们跟他谈判吧！"扎依海正巴不得他们说出这句话,就随口答应道:"是啊,不如跟努尔哈赤谈判！""俺去谈。"大徒弟扎依山说。扎依海想了一下,对扎依山说:"只要不攻城,条件都好接受,俺还要为老百姓着想哩！"

中午时分,扎依山忍着肚子疼,来到努尔哈赤营帐。努尔哈赤要求洞城归建州统一管理,五个首领要随他出征,城主仍由扎依海担任。这三项条件都不苛刻,扎依山全部答应。第二天,扎依海带着五个徒弟来到努尔哈赤营帐,大家握手言欢。张一化忙叫人将两麻袋绿豆抬出来说:"这绿豆熬汤,喝下去能止泻,请收下。"第二天,努尔哈赤率领军队回建州,洞城那五个首领也随军离开了洞城。扎依海送良马五百匹,牛三百头,羊四百只。那五百士兵,扎依海留下二百,另外三百人也让努尔哈赤带走了。

从此,哲陈部全被努尔哈赤吞并了。

所控地域不断扩大,努尔哈赤的声誉也威震女真各部。原建州五部,除完颜部还未统一之外,比较强大的部落都已降服,还有几个地处偏僻的部落尚未归顺。一天,努尔哈赤与张一化等议论派兵去讨伐这些小部落时,额亦都说:"当年在佟家庄园举行射箭比赛,获得第一名的,有三人先后回到原部落里去了。他们是苏完部的费英东,浑春部的何和理,雅尔古部的扈拉汉。"努尔哈赤一听,高兴起来,笑着说:"整日忙于军务,俺倒把这三个人给忘了。当时咱们都是八拜之交哩！"额亦都说:"听说何和理的浑春部势力强大,他是部长,让俺去把他们都招来吧！"努尔哈赤非常高兴,当晚为额亦都备酒送行。

萨尔浒城主乌稀里,原已归顺努尔哈赤,后在巴尔达、托漠河两城主的拉拢下，组成"五城兵马"，参加了浑河之役。不久，托漠河、巴尔达两城相继被努尔哈赤收服，乌稀里害怕起来，担心努尔哈赤早晚会来报复。常言说得好："什么药都能买到，只有后悔药买不到。"乌稀里这一阵子寝食不安起来。一天，侍卫进来报告："有一个名叫洛寒的人前来求见。"宾主略叙寒暄后，洛寒开门见山地问道："建州五部除去完颜部以外，全被努尔哈赤收服，萨尔浒城这弹丸之地，还能阻挡住努尔哈赤的大军么？老弟有什么打算？"乌稀里一听，慌忙双膝跪下，向洛寒哭诉起来："前次在抚州贩盐时，幸亏老兄救俺一命，小弟方有今日。现在俺又将大祸临头，还望兄长再拉小弟一把。"说罢泪流不止。原来乌稀里在抚州做贩盐生意时，曾得罪当地流寇头子老龙头。那天老龙头带着人去抓乌稀里时，双方打得甚是厉害，乌稀里眼看就要吃亏。正巧洛寒与几个弟兄贩马路过那里，他一听老龙头是土匪头子，在欺侮一个名叫乌稀里的贩盐商人。二话没说，与弟兄们下马就帮乌稀里打起来。那老龙头一看自己不是对手，忽哨一声，慌忙逃窜而去。乌稀里从那以后就认识了洛寒，他们在滦州煤市、建州马市上，都见过几次面。后来洛寒追随了努尔哈赤，就再没有见到乌稀里。在浑河之役时，他才知道乌稀里当了萨尔浒城主。再说那乌稀里本是一个盐贩子出身，有时也兼贩马匹。五年前的一天，他贩马经过南山坳时，见几个恶棍在调戏一个年轻姑娘。他挺身而出，一顿拳脚把那几个恶棍打跑了。那姑娘是附近萨尔浒城主苏舍拉夫的小女儿，名叫哈利喜。哈利喜被救后，死活要乌稀里到萨尔浒城去，说要好好报答他。乌稀里只好去了，见到苏舍拉夫以后，苏舍拉夫便要乌稀里留下来，做他的女婿。又过两年，苏舍拉夫病重期间，嘱咐乌稀里当他的继承人。由于苏舍拉夫没有儿子，只有两个女儿。大女儿已远嫁到蒙古去了，只有哈利喜在身边。乌稀里便顺理成章地当了萨尔浒城主。从一个盐贩子一跃而成为部落长，他怎能忘记当年的救命恩人洛寒呢！

再说洛寒见乌稀里哭得伤心，赶忙将他扶了起来，劝说道：

"事情还有回转的可能。前次你带兵参与浑河之役,背叛了努尔哈赤,这就是你不应该做的事。最近,努尔哈赤准备兴兵前来讨伐,俺再三向他说明咱们的关系,他才答应俺暂不发兵。但有一个条件,要你说服章佳、界凡两个部落长,一齐归顺方可。否则定发大军,前来征剿。"洛寒停了一下,又看着乌稀里说:"据说章佳、界凡二部都听从你的指挥,若是这样,也不难办。"乌稀里听了,忙说:"感谢兄长再次救俺,俺将终生不忘!至于章佳、界凡二部,俺去说服他们,争取三部一起归顺吧!"

第二天,乌稀里往章佳、界凡去了,到傍晚时分才回来。笑嘻嘻地告诉洛寒:"他们答应了。明天俺陪你到章佳、界凡二部去,算是收降他们。"一夜无话,次日二人骑上快马,往章佳、界凡两地去,暂且不提。

再说额亦都晓行夜宿,不几日便来到苏完部。与费英东老朋友见面,自有一番亲热,不用细表。谈到与努尔哈赤联合问题,费英东不加思索地说:"那当然,你不来俺也要去的。"次日饭后,额亦都、费英东骑上快马,往浑春部驰去。不到一天工夫,二人来到浑春寨何和理家中。何和理祖父名克辙巴颜,父亲额勒吉,哥哥屯珠鲁世。原先是何和理哥哥担任部落长,以后他哥哥屯珠鲁世见弟弟何和理比自己能干,就把这部落长让给何和理了。由于何和理勤奋能干,浑春寨很快强盛起来,所谓"兵马精壮,雄踞一方"。额亦都提出联合问题,何和理欣然应允,并说:"当年在佟家庄园,咱们都立下誓言,要辅佐努尔哈赤成就大事业。俺不会变心的。"在谈到雅尔古部时,何和理说:"扈尔汉没有问题,他父亲扈拉胡也会支持,他的兄弟扈尔虎不同意,在他宗族内部也还有人反对。这事要谨慎处理。"费英东说:"咱三人先去看看再说,只要扈尔汉愿意,那就好办。"当晚无话,次日早饭后,三人骑马向雅尔古部奔驰而去。不要一天时间,他们便来到扈尔汉家中。

再说扈拉胡部落长兄弟六人,扈拉胡为长子,二弟扈拉西,三弟扈拉长,四弟扈拉树,五弟扈拉太,六弟扈拉春。父亲扈拉张五在世时，兄弟六人被周围部落称为六只虎，因为他们都有武功，老二扈拉西在兄弟六人中功夫最厉害。他以脚力擅长，碗口粗细的树干，他一脚踢去，拦腰两断。扈拉张五去世前，担心兄弟争位，先让扈拉胡当了部落长。为此，扈拉西耿耿于怀，总是不大服气。父亲去世以后，他联络下面四个弟弟，经常对扈拉胡寻衅发难。每次，扈拉胡都忍让在先，宽厚在后，不动声色。扈拉西也终无办法。再说扈拉胡有子二人，扈尔汉是长子，大老婆生的。大老婆病故，扈拉胡再娶，生下扈尔虎。这扈尔虎从懂事开始，就常跟二叔扈拉西学武练箭，形影不离，如父子一般。扈尔汉为人忠厚耿直，有勇力，爱箭术，与二叔扈拉西等面和心不和。扈拉胡面对家族内部的反对势力，经常是哑巴吃黄连——有苦说不出。

额亦都、费英东、何和理到来后，扈尔汉欣喜万分，一谈到联合之事，他说："俺和父亲都乐意，以二叔为首的反对派，坚持不同意。看来这场分裂已迫在眉睫了。"费英东说："他有什么了不起，不就是脚上有点功夫吗？"四人正在你一言他一语地议论，扈拉胡突然进来了。他告诉大家说："俺老二听说额亦都功夫厉害，想跟你切磋切磋。他定在明天中午到教场比试，怎么样？"说罢，看了看额亦都。费英东说："跟他比！你那'绵里藏针'，还怕他踢吗！"扈尔汉说："单纯比武没什么，怕是项庄舞剑吧！"何和理说道："既要比，就奉陪，俺们还怕他吗？跟谁比都可以。不过，也要多长个心眼，有备无患嘛！"扈拉胡走后，四人小声嘀咕一会，便各自休息。

次日中午，教场上摆着两排桌子板凳，两边兵器架上插满了刀枪剑戟，在阳光下闪出耀眼的光芒。不一会儿，扈拉胡陪着额亦都、费英东、何和理、扈尔汉来到教场，坐在一边椅子上。扈拉西、扈拉长、扈拉树、扈拉太、扈拉春、扈尔虎也随着进场，坐在另一排桌子后面。扈拉胡看到两下人员都已来到，便宣布比武开始。扈拉西便走下场子，这边额亦都也离座进场。来到扈拉西对面,额亦都一抱拳说:"俺没有什么本事。听说二叔脚上功夫挺厉害,你就用脚来踢俺的腹部吧!"扈拉西一听,笑眯眯地说:"俺的脚虽不重,但也有九百斤。如果你的腹部受得住俺这一脚,那俺就甘拜下风!"额亦都站好后,对扈拉西说:"好吧!你的脚重九百斤也好,一千斤也好,你现在就来踢吧!"只见扈拉西运足了气,抬起右脚,对准额亦都的肚子上一脚踢去。说也奇怪,扈拉西的脚尖,在额亦都的腹部一连踢了几下,好像踢在棉花絮上一样,软绵绵的。额亦都喊道:"二叔,你为什么不用力啊?"扈拉西心里有些恐慌,又用力踢了几脚,额亦都纹丝不动,似乎没有发生任何事情似的。最后,额亦都喊道:"二叔,你要站稳些啊!"说罢,他将肚子一鼓,只听"啪"的一声,扈拉西顿时四脚朝天,跌倒在地。

就在扈拉西倒地后的一刹那间,忽听"嗖"一声,一把短剑向额亦都飞来,这是扈尔虎根据扈拉西的安排,掷向额亦都的。哪知额亦都早有防备,只见他上身稍一动作,伸手将那把短剑接在手中,纵身跳到场地一边。那倒在地上的扈拉西当即喊道:"还不动手,更待啥时!"扈拉西喊声未落,扈拉长、扈拉树、扈拉太、扈拉春、扈尔虎一齐跳下场子,将额亦都围在中心。这一下可气坏了扈拉胡,他大声喊着:"住手!"一边走下场地。未等他走几步,那扈拉西一个箭步跳过来,二话没说,迎面就是一拳。再说费英东他们几个,一见那边动手,赶忙也跳下场地,打将起来。扈尔汉一见扈拉西抢拳向他父亲打来,急忙一个纵身,蹿到父亲前面,与他二叔交起手来。且说额亦都一见他们无礼,也就不再犹豫。虽然是赤手空拳,站在几个人中间,任凭他们拳打脚踢,额亦都也不还手,只用身子不停地左右摇晃,任何人的拳脚,也挨不到身体。最后,只见额亦都的双手像风车一样飞转。他的手触到了谁的身上,谁就脚站不稳,颓然倒地,无一幸免。扈拉西等见拳脚上胜不了,便从兵器架上抄起刀枪家伙,拼命砍杀起来。扈尔汉见对方拿起刀枪,便走向那口大钟,用铁棍敲了一下,从教场两边屋子里突然冲出五十名侍卫，手挥大刀，一齐向扈拉西等砍杀起来。这时候，扈拉胡想阻止也不行了，他站在那里急得直搓手，毫无办法。扈尔汉指挥着侍卫，不一会儿，将扈拉西、扈拉长、扈拉太、扈拉春、扈尔虎五人砍得血肉模糊，全都死了。

扈拉胡一见，顿时号啕大哭。费英东、何和理等上前劝解。扈尔汉说道："他们是有预谋的。俺不杀他们，俺就要被他们杀掉。这只是他们应得的下场！"扈拉胡见人已死了，哭也无用，遂派人收殓尸身，准备安葬。扈尔汉对他父亲说：你留下守着寨子，五百兵马俺准备带走四百，留下一百守寨。等俺跟着努尔哈赤打出天下，成就大业时，再来接你。那扈拉胡听了，也只得同意。额亦都与费英东、何和理、扈尔汉约定时间，一起起程，自己先回建州，便向大家告辞。

且说努尔哈赤自额亦都、洛寒二人走后，他与张一化一块谈论兵法，学习古代的历史典籍，有时去教场看安费扬古等指挥练兵的情况。日子过得很快，不知不觉已过去了两个月。这一天，他正在大厅看《三国演义》，近侍来报告说："洛寒回来了！"努尔哈赤赶忙合上书本，说道："快让洛寒进来！"只见洛寒风尘仆仆地走了进来。洛寒把萨尔浒、章佳、界凡三部情况向努尔哈赤作了汇报。正当他们说话的工夫，外面有人喊道："咱们的巴图鲁回来了！"话音刚落，额亦都也一路风尘地回来，努尔哈赤更加欣喜，忙叫人准备酒菜，为二人洗尘。额亦都将费英东、何和理、扈尔汉三部的情况一五一十作了介绍，并说他们三人带着兵马随后即将赶到。努尔哈赤听了，更加欢喜。当晚备酒宴为洛寒、额亦都洗尘。

又过了两天，萨尔浒部乌稀里部长、章佳部喀尔拉夫部长、界凡部霍依列部长带着各部的兵马、礼品，全数送到。努尔哈赤带着张一化、额亦都等众将士，迎了出来。只见马车拉的，骆驼驮的，黑压压一大片。那乌稀里、喀尔拉夫、霍依列三部长见到努尔哈赤赶忙行大礼，表示认罪，又说了一些感激的话。努尔哈赤让他们放下包袱，同心协力，共图大计。正在说话的时候，外面有人喊着："费英东他们也来了！"努尔哈赤又带领众人迎了出来，只见费英东、何和理、扈尔汉三人并肩走来。努尔哈赤激动地走上前去，各行了拥抱礼。自从佟家庄园一别，已有七八个年头了。那时的英俊少年，如今已是青年小伙子了。三部共带来兵马近五千人，牛羊等近万头。努尔哈赤万分高兴，吩咐杀猪宰牛，连续喝酒三天，以示庆贺。

休息了几天，努尔哈赤召集众将领开会，他说道："原来的建州五部，已统一了苏克素浒部、董鄂部、浑河部、哲陈部，还有西边的完颜部未能统一。当下正是秋高气爽、人强马壮之时，俺打算带领五千兵马，派费英东、扈尔汉做开路先锋，前去讨伐完颜部，明早起程，请诸位将士准备一下，随俺出征。"完颜部，又名王甲城，位于赫图阿拉的西面，背靠长白山的余脉仙女峰，董鄂河由城前流过。

完颜部平日不与周围部落往来，靠围山打猎，兼种些庄稼，过着封闭的自给自足的生活。部长戴度墨尔根，今年已六十多岁，为人苛刻、自私，有武功，擅长弓马。城内有兵马五百余人，由他的两个儿子戴度昂和戴度岗统领。一天，侍卫向戴度墨尔根报告："努尔哈赤带领五千军马，前来讨伐。"戴度墨尔根一听，吓得大惊失色。他心里想：这努尔哈赤如此厉害！他已吞并了苏克素浒部的所有部落，又占领了董鄂部、浑河部、哲陈部，现在又来攻打俺。俺怎么办？他召集两个儿子来研究，戴度昂说："努尔哈赤带来五千兵马，俺连五百还不足，其中还有老弱病残的。依俺说，不如跟他谈判，投降算了。"二儿子戴度岗不愿意投降，他说："一仗未打，就举起了白旗，也太让人耻笑了。"戴度墨尔根随即听从戴度岗的意见，准备坚守。他心里想：你努尔哈赤远道而来，粮草一完，你还能攻城吗？他亲自上城布置守卫事宜，让多运些礌石、滚木。把老百姓家的弓箭，全都集中到城上。夜里轮班巡查，防止偷袭。

且说努尔哈赤率领军队，来到董鄂河边，驻扎下来。他带领将士们到一座小山上，朝完颜城一看，董鄂河紧靠完颜城流过，心里说：若是从正面攻城，将是背水作战。若是从后面攻城，山又太高，大股人马不便于通过。若是从两边攻，山道也狭窄难行。他正在沉思，猛然抬头，见张一化面带笑容，遂问道："军师有何高见？"张一化说："还用你的老办法打，最稳。"一伸手拉着努尔哈赤接着说："咱们回去再详谈。"这时候，夕阳已经西下，晚霞红光耀眼，预示明天又是一个晴朗的日子。

次日饭后，努尔哈赤召集众将领开会，派安费扬古带五百人马从正面佯攻，要把声势造得大大的。派额亦都、费英东带领五百人马从左边攻城。派何和理、扈尔汉带五百人马从右边攻城。努尔哈赤自己与何矮人带五十人由后山攻城。张一化、洛寒等领其余人马守寨。分派已定，各自做事。且说安费扬古带着人马来到城下，进攻的大鼓敲得震天响，可吓坏了城上的守卫兵士。安费扬古将五百兵士分作两班，轮流呐喊，声震天地，弄得城上守卫人员精神疲劳。由于正面佯攻，那戴度墨尔根马上把守卫的重点放在前面。再说努尔哈赤和何矮人一身轻装打扮，带领五十人，绕道从后山攻城。他们攀悬崖，爬绝壁，运用人顶人的方式，搭成人梯，数丈高的绝壁也难不倒他。努尔哈赤与何矮人怀揣绳索，运用轻功，若猿猴般纵跳蹿跃，很快来到城墙下边。由于正面佯攻甚烈，左右两边也已开战，城后几乎无人防守。这给他俩造成非常有利的形势，很快翻过城墙。于是到处点起火来，一路呐喊着砍杀进去。那些老百姓哪见过这样的阵势，吓得没命地藏躲，有的还喊道："不好啦！努尔哈赤从后面杀进来了！"这么一喊，连守城的士兵也惊恐不安，稍一迟疑，左、右两边的攻城队伍很快越过城墙，杀进城内。正面的安费扬古见城后面火起，左、右两边也已攻进城去，正面守卫松懈，随即带领人马冲到城门下面，一阵砍杀推撞，城门终于开了。那五百兵马佯攻半日，早已摩拳擦掌，急于杀敌立功，现在机会来了，正如下山的猛虎、出水的蛟龙，一路砍杀过去，城内的士兵、百姓，四处逃窜。那戴度墨尔根父子早被乱兵所杀，安费扬古让俘获的士兵认真查找戴度墨尔根父子的尸体，费了好长时间，才在城墙一角找到。努尔哈赤与众将领齐到城内练兵场上会合，点查人员后，仅伤亡十几个士兵，却换回了一座偌大的城池。他命人贴出安民告示，收降士兵，查点府库，打扫战场。并宣布不准惊扰老百姓。又派雅尔哈齐暂时驻守完颜城，要求抓紧清理工作。然后带兵出城，与张一化等回师建州，这是明朝万历十六年九月。

努尔哈赤于明朝万历十一年（1583年），以报"父祖之仇"为借口，于建州起兵攻打尼堪外兰，攻取图伦城。然后，万历十二年（1584年），征服董鄂部。万历十三年（1585年），攻占浑河部。万历十五年（1587年），攻取哲陈部。直到万历十六年（1588年），占领完颜部。努尔哈赤用五年多的时间，以武力统一了除长白山三部以外的建州五部，势力逐渐强大起来。为了选择一个既隐蔽又便于出击的新基地，建筑一个新的都城已成为急切的需要而提到议事的日程上来了。

一天，努尔哈赤带着张一化、额亦都等，骑着马，在周围转了大半天，终于在赫图阿拉城西南八里处的虎拦哈达南岗上选中了地址。这里东依鸡鸣山，南傍哈尔撒山，西偎烟筒山，北临苏克素浒河邵苏正department支流——加哈河与索尔科河，即二道河之间三角形河谷平原南缘的虎拦哈达上。在它的东、南、西三面都是悬崖绝壁，仅西北一面开阔。东有首里口即硕里口河，东北流入索尔科河；西北有二道河，注入加哈河。索尔科河与加哈河交汇后，在此流入苏克素浒河。此地称做赫图阿拉，的确地势险要，进可以很快地出击，退也能迅速地坚守。于明朝万历十五年开始兴筑赫图阿拉城，仅半年时间，就建造成功。新的赫图阿拉城，分为三重，第一重为栅城，以木栅围筑城墙，城周略呈圆形，似比金太祖阿骨打当年栽柳禁围的"皇帝寨"更为严谨。栅城内为努尔哈赤行使权力和居住之所。城中设有神殿、鼓楼、客厅、楼宇和行廊等建筑。楼宇高二层，上覆鸳鸯瓦，也有的盖草。墙抹石灰，屋柱与房椽全有彩绘。第二重为内城，周围二里多，城墙以木石杂筑，有雉堞、瞭望楼。内城中居民百余户，由努尔哈赤"亲近族类居之"。内城东西，盖有大堂一所，既可以大会议事，祭奠天地、祖宗，也可作为娱乐场所。第三重为外城，周约十里，城墙"先以石筑，次布椽木；又以石筑，又布椽木，如是而终。高可十余尺，内外皆以黏泥涂之。"没有雉堞，也没有射台、隔台与壕沟。"外城门以木板为之，又无锁钥，门闭后，以木横张"。在外城门上设坨楼，盖之以草。外城中居民三百余户，由努尔哈赤诸将及族属居之。外城外居民四百余户，由军人、工匠等居之。当时赫图阿拉城居民总数约一千多户，人口近万人，成为当时建州女真的政治、经济和军事中心。

一天，张一化军师领着额亦都、安费扬古、费英东等众将领，来见努尔哈赤，他们一致请求努尔哈赤在新的都城赫图阿拉"自中称王"。张一化军师说："当前的建州女真已非昔日能比，它不仅基本统一了原建州五部，地域扩大，人口增多，特别是咱们已拥有一支战无不胜、攻无不克的两万余人的军队，战将如云，战绩辉煌。你应顺潮流而居之，应诸将之请求而应之。何况'王侯将相，宁有种乎！'这是你责无旁贷的！"努尔哈赤只好答应下来，于是"上始宅国政，禁悖乱，戢盗贼，法制以立"，同时建立一支纪律严明的军队。为能与称王相适应，又制定了初具规模的礼仪，在努尔哈赤出入城栅时，在城门设乐队，吹打奏乐，以显示威严。此时努尔哈赤二十九岁，已生五子、二女，共娶妻妾五人：佟氏春秀、钮祜禄氏、兆佳氏、富察氏、伊尔根觉罗氏。

再说努尔哈赤称王不久，未承想那患难相逢、恩爱情深的佟氏——春秀姑娘，竟一病奄奄。努尔哈赤如何不伤心失意？终日里陪在炕上，问茶问水。到了临终的时候，佟氏紧紧握住努尔哈赤的手，说道："俺同你十年来的恩情，这时要永诀了。回想起来，俺佟氏毁家助你，幸你此时能振兴祖业，也不亏佟家一笔资财！也不亏俺祖父和俺的一番心血！俺死后，郎君正当身强力壮之时，幸勿为俺悲伤,要以你的大事为重。那富察氏青春玉貌,郎君可立为福晋。俺一生得事英雄,死亦无憾。不过苍天若再寿俺几年,能使俺见到郎君建成大业,那更是死得瞑目。"说着淌了几滴眼泪。努尔哈赤想起十年前那一番情景,已泣不成声。旁边的侍女们想起佟氏福晋的好处,也都是珠泪暗弹。大家再抬头向佟氏看去,那佟氏已直挺挺地香消玉殒了。努尔哈赤哭得死去活来,胜如祖父之丧。一时间,全府挂孝祭奠,七日之内不许任何人动一点乐器,唱一句歌。过了十几天,才将丧事办完。努尔哈赤把富察氏纳为福晋。

一天,努尔哈赤正在客厅与军师张一化议事,忽然近侍走来报告:"明使前来慰问。"努尔哈赤忙与张一化出门迎接。那明朝万历皇帝听说努尔哈赤统一建州的活动,心里有些不放心,便派来使臣,表面上是来慰问,实际是来察看。努尔哈赤先陪着使臣,骑马到城里各处转转,然后在大厅里设下马宴,热情款待。酒宴中间,努尔哈赤说道:"俺五年多来,替朝廷守边,保守天朝地界九百五十里,对于朝廷恭谨忠顺,就跟大明的边城相比,俺也毫不逊色!"说得使臣无言以对。宴散席之前,努尔哈赤又说:"希望使臣老爷回朝以后,将俺忠顺朝廷的情况表奏皇帝,让他老人家也知道俺的情况,俺的心愿也就满足了。"第二天,努尔哈赤的弟弟舒尔哈齐又恭请使臣到自己家里赴宴。第三天,使臣临走时,努尔哈赤又赠送大马一匹,人参二十斤。并亲自率领诸将五十余人,在城外二三里处设帐幕,举行饯别酒宴,款待十分丰厚,以表示努尔哈赤对朝廷的恭顺和至诚。万历十七年九月,明朝皇帝下圣旨,将努尔哈赤由都指挥晋升为都督金事。并对努尔哈赤赞不绝口,说他恭顺朝廷,大有哈达万汗王台的风度。

自此而后,努尔哈赤借着都督地位,打着明廷的旗号,"挟天子以令诸侯",大肆炫耀于东方女真各部。他采取阳做明朝官员,暗自发展势力的两面政策,从而避开明廷的注意,使自己的势力逐步壮大起来,成为当时女真各部中显赫一时的风云人物。

第六章
鸭绿江野梅归后帐
古勒山大军抵前锋

努尔哈赤闻到她身上有一股异香传来，不觉心底掀起波澜，叫道："福晋如此豪饮，不用大碗，岂不委屈了她的海量！"一连碰了三碗，那福晋已醉成一摊肉泥。努尔哈赤道："抬进后帐，我给她醒酒！"

万历十九年正月，努尔哈赤开始了统一长白山三部——鸭绿江部、纳殷部和朱舍里部的战争。首先开始对鸭绿江部展开了进攻。那鸭绿江是中国与朝鲜的界河，当时的朝鲜是明王朝的属国，要向明朝皇帝年年进贡，岁岁称臣。朝鲜若是发生内乱，明朝皇帝可以派军队前去平定；一旦朝鲜受到敌国侵略，明朝也会派军队前去援助。在鸭绿江的北岸，有一片地方居住着女真人，称做鸭绿江部。部长名叫苏拉古，今年已六十多岁了，娶妻胡佳氏，生有二子一女。长子苏乃喜，为人忠厚老实，娶妻林喇梅，生得俏丽多情。次子苏乃义，聪敏俊美，从小被誉为"美男子"，因为年龄尚小，还未娶亲。这鸭绿江部本是建州女真的后裔，只是偏在东方。它与北边的纳殷部、朱舍里部统名之长白山部，但鸭绿江部与它们很少往来。平日靠狩猎、捕鱼为生，也兼种些庄稼。男女从小喜欢骑马射箭，游泳划船，所以这里的人无论男女，他们的马上功夫、水上技能都是"狗撵鸭子——呱呱叫"。到了秋天，苏拉古部长因病去世，按规定，长子承袭部长职务，部落里的几个首领，为苏乃喜举行了仪式，祭告天、地、祖宗以后，正式做了部长。林喇梅也就是福晋夫人了。这林喇梅是朝鲜族人，她们世居长白山下，与鸭绿江部的女真混居在一块。她还有一个妹妹名叫林喇桂，姊妹俩好似一对玉人，天生鸭蛋脸，不施脂粉

104

也雪白滋润。那弯弯的眉儿,笼着一双杏眼,若是看你一眼,准把你的魂勾去。一次打猎,苏乃喜为追一只鹿,在深山老林里迷了路。也是天缘凑巧,偏偏林喇梅也在山内打猎。两个人在深山里相遇,从来佳人爱才子,相互一见钟情。后来苏乃喜向父亲吐露了真情,苏拉古派媒人去说合,两家愿意,遂办了喜事,小两口恩爱万分,朝夜不离。前几天,纳殷部和朱舍里部派使者把苏乃喜叫了去,要鸭绿江部与他们联合起来,共同对抗努尔哈赤的并吞。苏乃喜坚持不愿参加,他说:"俺鸭绿江部从来独立自主,不与外部联合。努尔哈赤若来侵犯,俺们将誓死保卫自己的领地。有一句名言:'不愿屈服生,宁愿站着死。'俺就这么定了。"苏乃喜拒绝参加联盟,遂回到了鸭绿江部。他将谈判的事项跟部里几个首领通报以后,要求他们做好防御事宜,便回到府里。林喇梅见丈夫回府,满心欢喜,忙上前拉着他的手嘘寒问暖。苏乃喜说道:"这两天为着联盟的事,闹得俺头昏。"说着,向林喇梅身边靠去,说:"你这两天冷清吗?"林喇梅听了,将嘴一撇说:"部长大事要紧,怎能顾得俺冷清不冷清呢?不过,你三夜未回府里,俺也三夜未曾合眼。"说着,一手掠着鬓儿,向丈夫溜了一眼,那粉脸上顿时飞起两朵红云,低着头弄那衣角,现出一种妩媚的姿态。苏乃喜看了,忍不住搂在怀里。林喇梅笑了一声,将粉脸凑在丈夫的脸上,亲热了一番。随后摆上酒菜,小两口便浅斟细酌起来。俗话说:"一日不见,如隔三秋。"他俩分离了三日三夜,都是心旌摇摇的,正有情趣,忽然走进一个俊美的小伙子。苏乃喜一看,是他十五岁的小弟苏乃义,随即说道:"小弟,快坐下,来喝杯酒。"苏乃义就坐在下首,喝起酒来。与兄嫂正在饮酒,苏乃义就听侍女们喊道:"桂姑娘来了!"乃义忙转过身来看去,只见喇桂花枝招展,姗姗而来。她见到乃义,不禁盈盈一笑,那雪白的脸上现出深深的酒窝,低低叫一声:"哥哥。"乃义也急忙说道:"姐姐请坐。"喇桂便挨着姐姐坐下,见面前的盘子里有鲜果,便顺手拿一只递给乃义,乃义忙起身接着,在喇桂臂膀上一擦,觉得细腻如酥，不觉心中一动。喇桂也有察觉，就急忙转过脸去。此时，乃喜喝得醉眼蒙眬，又见乃义和喇桂两个人，一个妩媚，一个清秀，俩人真像一对儿。便笑着向喇梅说："你看喇桂，和俺小弟配起来，倒是一对佳偶呢！"喇梅笑了一声，说道："喇桂今年十五岁了，小弟也是十五，同岁，两个配起来，可真好哩！"说着，拉着乃义的手，紧紧一握，笑眯眯地问道："好小弟，你爱她吗？俺把她给你好吗？"乃义天生的乖巧，忙不迭地点头称谢。这时，喇桂也坐在旁边，心里虽然也深爱着乃义，但姐姐当面把自己的终身许配给乃义，心里总是不好意思，脸上一阵发烧，赶忙起身跑出去了。当下，乃义和喇桂的婚事算是定下来了。第二天，部长便吩咐腾出一所房子，准备为乃义和喇桂举行盛大婚礼。接着，又派人到四处采办嫁妆。这事忙了几个月，还不曾完备，又过了一阵子，总算办齐了。这天，府门前大街上，车水马龙，拥挤不堪，站满了看热闹的百姓。着一身新衣服的苏乃义，挽着林喇桂，从祝贺的人丛中走过，人们向他俩撒去鲜花，以示祝福。看看天色已晚，到了合卺吉时，行了合卺礼，进了洞房。苏乃义放眼向林喇桂看去，见她身穿一件礼服，越发娇艳动人。于是二人携手同入罗帏，其恩爱绸缪，不再细述了。

　　再说努尔哈赤率领军队，来到鸭绿江部的城外五里处驻扎下来。只见城墙坚固，全用清一色的大块花岗岩石垒叠而成。城外有壕沟，沟宽水深。城门处安装了吊桥，城门上有箭楼。城墙上守卫士兵在来回走动，说明守卫已经加强。这是一座建筑在河川平原上的石头城。努尔哈赤派人前去喊话，让苏乃喜部长出城搭话。不久，城门大开，驰出一匹骏马，后面跟着一群人。那马上坐着的便是苏乃喜，只见他一身戎装，左边背箭，右边挎刀，倒有些凛凛威风。努尔哈赤带着张一化、额亦都等迎上前去。"那来的可是苏乃喜部长？""正是在下。你就是不久前在赫图阿拉称王的努尔哈赤吧！俺倒想问你一下，你带着大军来到俺这穷乡僻壤，有何公干？"努尔哈赤说道："据说苏部长是一个直爽厚道的人，你不愿参加纳殷部、朱舍里部的三部联盟。不知苏部长可曾想过没有：咱建州女真应该统一起来，不能再受外族的欺侮了！"苏乃喜一听，有些不耐烦地说："你所说的统一，就是听你的指挥。""古人说：天下之大，有力者据之，有德者居之。俺已统一了建州五部，现有兵马两万余人，战将百员，这统一的潮流你能阻挡得住吗？咱们都是女真的后裔，为什么要兵戎相见呢！请苏部长三思而后行。"苏乃喜说："请容俺考虑，明日回话。"他说完之后勒转马头回城去了。努尔哈赤等也回营休息。

再说林喇梅福晋在府中听说努尔哈赤带领上万大军前来攻城，吓得六神无主，忙派人叫来苏乃义与林喇桂小夫妻俩，正在商议着，苏乃喜回来见他们三人愁眉苦脸的样子，就说道："努尔哈赤的军队，兵临俺的城门口，他劝俺投降。若是跟他打起来，俺势单力孤，又怎是对手！若是投降，又怕他提出苛刻条件，不能接受。俺是左右为难啊！"听了丈夫的肺腑之言，林喇梅说道："明天让俺去会会他，摸摸他的底，再见机行事。"苏乃喜道："让你到两军阵前去，俺怎能放心得下？""别婆婆妈妈了。俺去怕啥？自古就有花木兰从军、穆桂英挂帅的事迹。你就放心让俺去吧！"苏乃喜看着妻子的认真样子，只好苦笑一下，无可奈何地答应了。一席无话，次日饭后，林喇梅披挂整齐，翻身上马，苏乃喜陪着妻子，来到城门口，嘱咐说："要小心谨慎为是。""放心吧！"林喇梅只带几名侍女，出了城门，走下吊桥，只见对面有几个人向她张望，便拍马迎了上去。她看见中间的那个人，长得不胖不瘦，体格壮健，鼻子又直又大，脸盘又黑又长。他头戴貂皮帽，身穿五彩龙纹衣。心想：这人该是努尔哈赤吧！遂勒住马头问道："努尔哈赤将军，俺是苏乃喜部长的福晋，因俺丈夫昨日回城后偶染风寒，身体不适，未能前来与将军会晤，深致歉意，妾身这边有礼了！"林喇梅讲到此处，双手抱拳，以示道歉。再说努尔哈赤与众将士，见城里出来一位女将，虽是一身戎装，却掩盖不住那艳丽的娇容。等她来到近前，又听了她那一阵莺声燕语的表白，大家一时愣住了。努尔哈赤心想：这深山沟里倒飞出了一只五彩凤凰！他镇静一下情绪，朗声说道："难得福晋亲自出城，失敬，失敬。不知福晋与苏部长对贵部的何去何从作何打算？""努尔哈赤将军，依你看呢？"努尔哈赤马上听出了弦外之音——这是要俺提出条件了。于是说道："福晋若有诚意，请到俺营帐详谈。"

　　林喇梅福晋带着几名侍女，随努尔哈赤进了军营。落座后，努尔哈赤即吩咐准备酒宴。不一会儿，酒菜端上来了，努尔哈赤让福晋坐在客座上，自己坐在一张黑漆椅子上，诸将佩剑卫列两旁。宴会开始了，大厅内外吹洞箫，弹琵琶，拍手唱歌，以助酒兴。努尔哈赤频频举杯，为部长福晋的到来干杯。林喇梅也多次为努尔哈赤的盛情款待，表示感谢，多次干杯。等酒过数巡后，努尔哈赤眯着蒙眬的醉眼，斜睨着林喇梅说："俗话说：酒后吐真言。俺不妨跟福晋直说了。俺的目标不仅是统一建州五部，统一长白山三部，俺还要统一海西四部，还有那东海女真、黑龙江女真、野人女真，要把全体女真族统一起来。让女真族不再受外族欺侮，让女真族扬眉吐气于神州大地！"讲到这里，他又看着林喇梅那酒后桃花般的俏脸，继续说道："至于鸭绿江部，只要真心真意跟着俺，不接受任何部落的联盟，俺不要你们的一兵一卒，一草一木。"林喇梅听到这里，一块大石头落地了，马上站起身来，说道："咱们为努尔哈赤大王的雄心壮志，干杯！"她离开座位，来到努尔哈赤对面，与他碰了杯，然后一饮而尽。努尔哈赤闻到她身上有一股异香传来，不觉心底掀起波澜，叫道："福晋如此豪饮，不用大碗，岂不委屈了她的海量！"话音刚落，两大海碗香醇扑鼻的美酒，端了上来。二人含着微笑，一连碰了三碗。努尔哈赤打着踉跄，回到座位上。那位福晋刚一抬腿，一头栽下去，旁边的侍女急忙扶住，已醉成一摊肉泥了。努尔哈赤朝贴身近侍努下嘴，说道："抬到里面床上去，快给她喝醒酒汤！"……

　　次日饭后，林喇梅带着侍女要回城里去，努尔哈赤握着她的小手说:"不知将来还能有幸与福晋邂逅吗?"林喇梅说:"有缘千里来相会。只怕将来你努尔哈赤不认识俺这山沟里的女人呢!"努尔哈赤看着林喇梅苗条的背影,心里想:俺中了"美人计"吗?林喇梅回城以后,苏乃喜部长带着部落里的几位首领,邀请努尔哈赤与将领们进城赴宴,被努尔哈赤谢绝了。下午,城里送来干鱼五千斤,马五十匹,牛五十头,人参二百斤,貂皮五十张等礼物。努尔哈赤收下礼物以后,便通知队伍做好准备,明日起程,前去征伐纳殷部和朱舍里部。当晚赫图阿拉城留守张一化军师派人来,说道:"叶赫、哈达、辉发部等遣使者到都城索取土地。"努尔哈赤一听,十分气愤地说:"他们为啥向俺索取土地?俺的土地全是用鲜血和生命换来的,一寸也不能给他们!"遂改变计划,部队暂时不去攻打朱舍里部和纳殷部。努尔哈赤又带领兵马,星夜兼程,回都城赫图阿拉去了。

　　努尔哈赤统一建州女真的神速,震动了东方各部,首先是海西四部,那海西女真,主要有叶赫、哈达、辉发和乌拉四部。他们分布在松花江流域的广大地区。叶赫居住在叶赫河(今通河)一带,因地得名。由于地处镇北,并控制女真人来往镇北关的贡道,所以又称做北关。哈达居住在哈达河流域,也因地得名。由于控制女真人来往广顺关的贡道,地处开源的东南,所以又称做南关。这四个部落原名扈伦四部,因为明朝称它们为海西卫,所以称为海西扈伦四部。在四个部落中间,叶赫与哈达邻近开原,控制贡道,得天独厚,势力比较强大。早先王台时,哈达的势力最强,曾一度号令海西各部。万历十年(1582年),王台病死,哈达陷入内部纷争而逐渐衰落。叶赫乘机而起,扩展势力,称雄海西,成为努尔哈赤统一道路上的主要障碍和竞争者。再说叶赫部长布寨和纳林布洛,越来越感到一个强大的统一的建州女真,对叶赫将构成严重的威胁。他们如坐针毡,琢磨着对付努尔哈赤这股新兴势力的办法。他们力图趁努尔哈赤羽翼未丰之时,限制它,削弱它,乃至扼杀它,才无后患。但是,无故不能发兵,遂想出下书的计策,借些因头,作为发兵的话柄。于万历十九年正月,派伊勒当、阿拜斯汉两人,去赫图阿拉城给努尔哈赤下书。

叶赫部的两位使者伊勒当和阿拜斯汉,二人来到客厅,见努尔哈赤端坐一把黑漆木椅上,头戴貂皮帽,身穿五彩龙纹衣,黑脸,大脸盘,鼻直口方,身材高大结实,年纪不过三十岁上下,两旁站满了佩刀带剑的卫士。看去威风凛凛,气宇不凡。二人心里不免有点发怵,但自恃叶赫强大无比,也就壮起胆子走向前去,很随便地给努尔哈赤施了一礼,说道:"咱俩奉叶赫部大部长纳林布洛的差遣,前来下书。请努尔哈赤都督拆阅。"旁边走出一卫士,接过书信,交给努尔哈赤。他接过书信,展开一看,那信上写着:"叶赫部大部长纳林布洛,致书建州都督努尔哈赤麾下:乌拉、哈达、叶赫、辉发、建州,言语相通,势同一国,难道应该有五个王吗?现在所有领土,你们占有的多,俺们占有的少,可把你们的额勒敏、扎库木两个地方,任选一个让给俺们……"

努尔哈赤看到这里,不由得怒气上冲,将来书扯得粉碎,掷还两个使者,并义正词严地回答说:"俺们是建州,你们是扈伦,你们地方大,俺们不应该要;俺们地方大,你们也不能强取。何况土地比不得牲畜,岂有随便分给别人的道理!"努尔哈赤强忍着怒火,命令左右卫士,逐出使者。伊勒当、阿拜斯汉二人抱头鼠窜而去。

努尔哈赤于次日出城阅兵,并在全体将士大会上,再次重申军队的纪律。他说:"服从命令的,受到奖励;违犯或是不执行命令的,要受处罚。"他要求将士们一定要具备勇敢精神,要熟谙弓马技艺。除练习刀、枪、骑、射外,还要进行"水练"和"火练"——练习跳涧的,叫做水练;练习越坑的,叫做火练。并提出:优秀者受奖赏;怯劣者斩首。号召全军将士,加强训练,提高军队素质,时刻准备着消灭一切来犯之敌。

两位使者回到叶赫，将努尔哈赤的言语一一传达，纳林布洛听了，勃然大怒道："努尔哈赤吃了豹子胆啦，敢说这样的大话，俺明天就带兵去消灭他！"那两个使者说："请部长不可轻视努尔哈赤，此人有万夫不当之勇，他手下还有几十员大将，不容易对付呢！"纳林布洛却不以为然地说道："你们休长他人的志气，灭自己的威风。看俺略施小计，就能把努尔哈赤这个乳臭未干的小儿治服！"为了显示力量，纳林布洛决定对努尔哈赤再次进行威逼。

　　有一天，纳林布洛召集有哈达、辉发使者参加的三部会议。决议实行以多压少，共同对努尔哈赤施加政治压力。叶赫部纳林布洛派遣使者尼喀里、图尔德，哈达部猛骨孛罗派遣使者岱穆布，辉发部拜音达里派遣使者阿拉敏比，共四位使者，一同到建州的都城赫图阿拉去挑衅，要求会见努尔哈赤。建州以礼迎接，努尔哈赤设宴款待来使。席间，叶赫部使者图尔德说："临来的时候，俺叶赫大部长有话让俺来说。但是，俺担心说出来会触怒都督阁下，因而不敢轻易出口。"听了图尔德的话，努尔哈赤不卑不亢地笑道："你们的大部长有话要你说，与你有何相干？俺怎么能责怪于你呢？你们的大部长有恶言相告，俺努尔哈赤自有恶语相答。这是礼尚往来罢了。"于是图尔德放开胆子说道："俺们大部长说：'不久以前，俺部向你索取土地，你不给；命令你归顺俺叶赫，你也不从。两部若是成了仇家，只有俺们的兵能进入你的地界，谅你们的兵未必敢踏上俺们的领土。'"努尔哈赤听完以后，非常生气。只见他一闪身，"唰"的一声，抽出了雪亮的大刀，只见寒光一闪，"咔嚓"一声，眼前的桌子被劈成了两半。霎时，众人吓得目瞪口呆。只听努尔哈赤斥责说："你们的主子兄弟二人，什么时候曾经亲自统兵与强敌交马接刃，碎烂过盔甲，经过一战？过去哈达部猛骨孛罗、歹商叔侄相扰为乱，就像两个童子玩嘎拉哈（嘎拉哈是猪羊小腿关节上的一块骨头，满族儿童将其涂色为游戏的工具）一样，你们的主人乘乱图利，难道视俺如他们那样容易对付吗？你们部的四周只有边墙能阻挡俺的兵马吗？俺白天不能前往，夜间也能去，你们的主人能把俺怎么样？你们的主子只知道口出大话，那无济于事。岂不知过去俺父祖被官军误杀了，朝廷给俺敕三十道，马三十匹，还送回灵柩，授俺都督敕书，又封俺做都督金事，给年例赏银八百两，赏给蟒缎十五匹。你们主人的父亲也被官军杀了，至今他的尸首，你们找到了吗？……"三部落的使者面无人色，呆呆听着，不敢答话，灰溜溜地跑回去了。

　　在四方会议上，努尔哈赤针锋相对，无情地揭露了叶赫部首领色厉内荏的本性，他还把这些意思让张一化写成书信，专门派遣手下人阿林察持书前往叶赫部，并命令阿林察说："你到叶赫部，当着纳林布洛兄弟的面，诵读这封书信。如果害怕不敢读的话，那不必回来见俺。"阿林察领令走了。努尔哈赤这一行动，无疑是向叶赫首领表明：俺建州有勇气，也有能力接受你们的挑战。努尔哈赤已预感到势态的发展，他跟叶赫等部的战争是不可避免的了。

　　四方会议的情况，叶赫部大首领布寨很快就知道了。阿林察当面读书信的意思，他也深有所悟。听阿林察念完后，布寨劝解说："这事俺已经都知道了，何必再念给俺弟弟听呢？"但阿林察坚持说："努尔哈赤都督命令俺面对两位部长读信，若不见到那纳林布洛的面，把信读给他听，俺回去难以复命。"听了阿林察的话，布寨部长再三劝解说："俺弟弟纳林布洛言出不逊，你的主人恨他。你的话诚然有理，但是恐怕俺弟弟听了这封信，会有伤于你。"说罢，遂将那封书信放在案头上，坚持让阿林察返回赫图阿拉去。

　　叶赫部长布寨、纳林布洛本是堂兄弟二人。布寨为人比较忠厚，处事比较平和。其弟纳林布洛性暴粗野，刚愎自用，且贪恋美色。其父扬佳努死后，后母季吉喇氏年轻美丽，纳林布洛公然娶来做妾。季吉喇氏为纳殷部公主，其妹季米喇氏长得更漂亮。

纳林布洛听说后，多次索亲，纳殷部只好答应，将季米喇氏送给纳林布洛。以后叶赫部每遇事情，纳林布洛就让纳殷部充当马前小卒，任意驱使。朱舍里部为了攀附纳林布洛，也将公主胡康里氏送给纳林布洛做妻子，希望叶赫部能够保护自己，对抗努尔哈赤的讨伐。纳林布洛也乐于接受，整日与三个年轻女人一起厮混。

纳林布洛对努尔哈赤使尽了讹诈与压服的手段，总不能奏效，便只有诉诸武力。狡猾的纳林布洛决定先对努尔哈赤进行试探。有一天，他纠集纳殷部、朱舍里部的五百兵马，与自己带的一千人合在一起，乘夜袭击了建州东界叶臣所居住的一个屯寨。这天晚上，寨主阿拉罕正为儿子阿太兴办喜事，全寨人都参加了喜宴，喝得人人大醉，寨门守卫松懈，纳林布洛乘机偷袭得手。他一撞进寨主家里，把新郎阿太兴一刀刺死，见新娘那英氏长得俏丽，遂命卫士带回。他又将寨主阿拉罕捆在柱子上，活活烧死。见阿拉罕小女儿阿玛长得好看，也叫卫士带回去。然后命令士兵一把大火，将寨子烧成灰烬。他将掳来的美女金银，装载上车，赶着马牛羊等，得意洋洋地往回走。走了几步，又转过身来，望着冲天的大火，狞笑着说："让努尔哈赤这个'常胡之子'去大发雷霆之怒吧！"在纳林布洛眼里，出身于"都指挥使"家庭的努尔哈赤，只不过是平平常常的一般女真人，与出自世代相传的名门大首领家庭的自己，怎能并肩为伍！其实，寨子上空的大火刚刚燃起，努尔哈赤便得到了准确的报告。他没有"大发雷霆之怒"，却很平静地说："现在去追击也来不及了。"然后稳坐在楼上，又说道："任他们劫去罢！'多行不义必自毙'。不过，哪有水能透山、火能逾河的道理？"有人报告说："朱舍里和纳殷也派了兵。"努尔哈赤说道："朱舍里、纳殷应是俺建州的属部，他们胆敢远结他部，前来劫俺屯寨，真是自不量力，如水必定下流一样，这两部终将归俺。"

纳林布洛等人的政治攻势、领土要求和劫掠村寨的种种活动，加剧了他们与努尔哈赤之间的紧张关系，战争的阴影出现了。

万历二十一年（1593年）六月的一天，叶赫部纳林布洛纠合了哈达、乌拉和辉发的四部兵马五百人，突然袭击了建州的村寨。努尔哈赤闻讯后，亲自统兵五百人来援。纳林布洛等听到努尔哈赤来了，急忙带兵逃走。努尔哈赤带着五百兵马一直追到哈达部富尔佳齐寨。由于寨门紧闭，纳林布洛又不出战，努尔哈赤只好回军。为了引诱敌人进入埋伏圈内，努尔哈赤施展"引蛇出洞"战术，让步兵、骑兵先行，独自一人殿后，以引诱敌人追来。纳林布洛果然中计，他见努尔哈赤一人在部队最后边，便带领轻骑士兵五十人猛追过来。这时候，努尔哈赤回头一看，追兵飞驰而来。跑在最前面的那个人，向努尔哈赤举刀猛砍。他看来人快到近前，回身便是一箭，正中那个人的马腹。只见那马一跃而起，骑者翻身落马，慌忙逃窜。另外三人联骑举刀杀来，突然努尔哈赤的坐骑因受惊吓，长啸一声，一下子跳起来，差一点将努尔哈赤掀下马来。那三个人一见努尔哈赤战马受惊，并力带马向前，正当这万分危急时刻，安费扬古纵马迎了上去，飞快挥刀，将三人全砍于马下，使努尔哈赤脱离了危险。努尔哈赤凭着熟练的骑技，依靠右脚扳鞍的技巧，重新上马。他发现纳林布洛正在不远处准备向他发射，急忙抢先发射，纳林布洛的战马中箭倒地。这时候，纳林布洛的仆从慌忙将自己的战马让给主人，使纳林布洛得以逃窜。

努尔哈赤化险为夷以后，又率领马兵三人，步兵二十人，杀向敌群中。纳林布洛逃跑以后，敌人慌乱起来。努尔哈赤乘势猛砍猛杀，杀得敌人落荒而逃。这一仗，建州兵取得完全胜利。共杀敌十二人，获盔甲六副，马十八匹。这一场富尔佳齐的追击战，吹响了古勒山大战的螺号，揭开了建州与叶赫等九部联军之间的战争序幕。

且说努尔哈赤与军师张一化、大将额亦都等商量，仗是越打越大了，现有的兵器、盔甲、马匹、粮草等，均供不应求，急需补充,这是刻不容缓的事情。他们研究决定,把原先的兵器场扩大十倍,派人广招技术人才,增加设备,提高质量,迅速打造出一批兵器、盔甲等。马匹、粮草的购买,将士服装的制作,全由洛寒负责操办。军队的扩编与训练,由额亦都与安费扬古两位大将负责。为了提高警戒,加强保卫,马上组建侍卫队,由费英东任侍卫队长,并负责组建。为了战争的需要,要加强对敌人的侦探工作,成立侦探队,由何矮人任队长,并负责组建。为了接受以叶赫为首的海西四部的挑战,努尔哈赤殚精竭虑,调动一切积极因素,率领五十余名战将,在赫图阿拉厉兵秣马,严阵以待,这且不表。

再说海西四部在富尔佳齐一战,又告失败,更加恼怒起来。以叶赫部布寨、纳林布洛为首,纠集哈达部长孟格布禄、乌拉部长满泰之弟布占泰、辉发部长拜音达里四部;蒙古科尔沁部的翁阿岱、莽古斯、明安部长,还有锡伯部、卦勒察部;长白山朱舍里部的裕楞额,纳殷部的搜稳、寨克什,共九部,结成联盟,合兵三万,分作三路,向建州佛阿拉,摇山震岳一般而来。这支由叶赫部统率的九部联军,他们没有从对建州政治失算和军事受挫中汲取教训,想以九部联军的强大兵力,制服建州的努尔哈赤,来实现其称雄女真的目的。

努尔哈赤听说以叶赫为首的九个部落组成联合大军,将要进攻建州,心里有些吃惊。便召集军师张一化、大将额亦都、安费扬古等,认真商讨对策,积极做好战前准备。一天夜里,哨探兀里堪急忙跑来报告说:"九部联军于傍晚时分,自扎喀尖(今辽宁新宾上夹河乡五龙村西南山上)东进,入夜以后已抵达浑河北岸。那里到处是密集的营火,多得好像天上的繁星。他们埋锅做饭时,炊烟四起,缭绕于空中。现在敌军已吃过饭,继续行军,浩浩荡荡,遮天蔽日,气势甚大。估计现在已越过沙济岭,正向古勒山而来。预计敌军将在明日拂晓前到达咱的边境。"

努尔哈赤听了,命他继续去探听消息,然后又急忙召集军师张一化、大将额亦都、安费扬古等人,努尔哈赤向众人说:"从表面看来，当前的形势比较严重，似乎对咱们不利。其实，看问题应该从实际出发。俺倒认为，目前的形势对俺十分有利。第一，明朝皇帝正忙于朝鲜事务，无暇考虑咱们这边；第二，叶赫、哈达又屡遭重创，元气已大伤，还未能得以恢复；第三，这天然的地形对俺十分有利。兵法上说：'夫地形者，兵之助也。'这良好的地利，咱们不用，实在可惜。"努尔哈赤说罢，便拿出军用地图来，指着古勒山的位置，向大家介绍说："这古勒山位于苏克素浒河南岸，扎克关西南，图伦城东南，在治城（今新宾满族自治县）城西一百里古楼村界内，苏子河贴其背下流，水势至此甚大，山路纵横，四面断崖峭壁，中间一条狭路。"努尔哈赤根据古勒山的险隘地形，进行了军事部署：在敌兵来路上，道旁埋伏精兵；在高阳崖岭上，安放滚木礌石；在沿河狭路上，设置横木障碍。布置就绪后，待天明率军出战。他让大家回去休息，自己也就寝酣睡起来。福晋富察氏见他酣睡，十分惊慌，忙把努尔哈赤推醒，又埋怨又心疼地说："起先，你听说九部发兵攻俺时，你终日心神不宁；如今，已经大军压境，你竟然睡起大觉来了。你是昏庸了，还是吓傻了！"

努尔哈赤听了富察氏的话，勉强睁开眼睛，笑着说："害怕的人还能如此安睡？前日，敌兵来与不来，难以料定，所以当时俺心神不定。现在俺已得到确实消息，他们又能把俺怎么办？平心而论，俺若有对不起叶赫部的事，老天爷一定讨厌俺，俺心里也不踏实，就会害怕的；现在俺按照老天爷的指示，去安定疆土，他们不高兴俺，反纠集九部的兵马，来谋害俺这个无错的人，俺相信：老天爷不会保佑他们的！"努尔哈赤说完之后，又呼呼入睡了。

第二天拂晓，吃过早饭，努尔哈赤率领诸王、大臣，来到内城东面的大礼堂祭奠天地。努尔哈赤拜过以后祝愿说："皇天后土，上下神祇，努尔哈赤与叶赫部，本无衅端，守境安居，彼来构怨，纠合兵众，侵凌无辜，天其鉴之。"拜过之后又祝愿说："愿敌人垂首,我军奋扬,人不遗鞭,马无颠踬,惟祈默佑,助我戎行。"努尔哈赤借天神威灵,发布临战檄文,鼓舞军队的士气。然后披挂整齐,统率兵马出征。

不久,派出去的侦骑兀里堪回来报告:"俺抓住叶赫部的一名小头目,经过审讯,他供出了九部联军的一些情况:叶赫部的布寨、纳林布洛部长共率领一万兵。哈达部的孟格布禄部长、乌拉部的布占泰部长、辉发部的拜音达里部长,三部兵马合在一起一万。蒙古科尔沁部翁阿岱、莽古斯、明安,锡伯部、卦勒察部和长白山部的纳殷、朱舍里部的兵马合在一起一万人。三路九部兵马,合在一起共三万大军。"听到兀里堪的报告,将士们吓得脸都变了颜色。

努尔哈赤看出了将士们的心思,大声说道:"你们不必担忧!俺的军队将不同他们苦战,俺们将以守险待战,诱敌深入。他若来战,俺必迎头痛击;他若不来,俺将分兵袭击他们。"接着,努尔哈赤又提醒将士们,不要被所谓九路兵马的来势汹汹所吓倒,他继续说下去:"敌军首领很多,指挥不一,都是一些乌合之众。临战必将退缩不前,各部会互相观望、互相推诿。那领兵在前的,必定是头目。咱们的原则,是先伤其头目,敌兵必然溃散。俺们的军队虽然少一些,但集中全力,出其不意,攻其不备,必能大获全胜。"

努尔哈赤向将士们分析了己之所长:立险扼要,以逸待劳。敌之所短:头目甚多,乌合之众。他又制定了战术原则:据险诱敌,伤其头目,集中兵力,奋勇合击。这样一讲,就安定了军心,激励了士气。最后,努尔哈赤传下命令:"建州的所有将士:口衔枚,马勒口,准备迎接一场血战。"

努尔哈赤统率军队向西急驰,行进到扎克城以东郊野。这时候,扎克城守将鼐护山坦前来报告说:"叶赫兵于辰时已经来到,大批敌军包围了扎克城。由于地势险峻,一时不能攻下来。又去攻黑济格城,仍然受挫,敌人伤亡不少人马。"哨探郎特里也来报告说:"敌兵已在扎立营寨,开始搬运粮草了。"努尔哈赤听后,下令安营扎寨。此时,双方对阵,九部联军打前阵的,是北关叶赫兵,其攻击方向是浑河北岸,决战于扎克城至古勒山一带。

从两方投入的兵力看,九部联军要实现一举"荡灭"建州的计划,必须先在古勒山决战,并取得胜利,才能向建州都城赫图阿拉进击。可是九部联军尽管在兵力上占优势,但临战则处于情况不明、盲目进战的状况。这样一来,努尔哈赤就初步掌握了战场上的主动权。

次日早晨,双方交战一开始,建州兵没有全部参战。叶赫部的主帅布寨、纳林布洛率兵只围攻黑济格城,整整攻了一天,却毫无进展。布寨和纳林布洛求胜心切,连攻两城都未拿下,大军受阻,急烦难捺。第二天又进行更猛烈的攻击,建州守城将士损失较多,战局不妙。

努尔哈赤得到消息,及时带兵增援,来到了古勒山。面对黑济格城结阵,与众将领一起整顿守城兵马,严阵以待。同时,派遣大将额亦都统领精锐骑兵百人,前去黑济格城下挑战。这时,联军正值攻城不下,士卒损伤甚众,各部头目竭力保守实力、进退维谷的时候,叶赫部布寨得知建州出兵挑战,便一马当先,急速率兵迎击。两军各自列队,额亦都用大刀一指,喝道:"俺额亦都刀下不斩无名之鬼,来将赶快报上名来。"布寨催马出阵,大声说道:"额亦都!你这乳臭小儿,俺且问你,为啥跟在那努尔哈赤屁股后面干坏事?俺九部人马一定要打到建州去,活捉努尔哈赤。你还是赶快下马投降,俺还能放你一条生路。"额亦都听了,故意气他,激他:"你这匹夫!狗嘴里吐不出象牙来,你那兄弟纳林布洛丧失人伦,娶后妈做妻子。又纠集九部人马,无端挑衅,你也为虎作伥。你死到临头,还不下马受死,更待何时!"布寨气得红了眼,大刀一挥,向额亦都砍杀过来。额亦都用大刀架住,又说:"你们九部兵马,是乌合之众,人心不齐,俺劝你还是放聪明点,赶快'鸡蛋长爪子——连滚带爬'吧!"布寨气得肺快炸了,忙说："少废话，看刀！"又是一刀砍来。额亦都跟布寨战了几个回合，拨马佯装败阵而走，嘴里还喊着："量你也不敢追俺，你爷回去休息了——"布寨一听，更是火上浇油，拍马追来。这时候，在后面为他哥哥观阵的纳林布洛，不知是计，见到建州兵败，便一挥大刀，命令联军一起追杀过去，一直追到古勒山下。额亦都回马连续砍杀九人，又返身飞速转入山中不见了。联军以为建州兵无力相对抗，是败阵而逃，各部便各自争功，蜂拥而上，包围了古勒山。他们背向浑河，仰面冲击，拼力进攻。原先埋伏在山坡上的建州兵，居高临下，全力抵抗。山上滚木礌石齐下，喊杀震天，战斗进行得十分激烈。

正当两军搏战到白热化时，叶赫部布寨、纳林布洛指挥军队冲向建州阵地。其余各部兵马也随着拼杀过来。形势相当危急，努尔哈赤慌忙命令放滚木礌石，于是山上木石俱下。布寨只顾砍杀，来不及躲避，战马被滚木击倒，他还未来得及爬起来，只见建州甲士武谈，迅猛扑去，骑在布寨身上，将他砍死。纳林布洛看见兄长被杀，惊呼一声，昏倒在地。叶赫兵见到他们的部长一个被杀，一个昏倒，皆恸哭失声，无心恋战。他们急忙救起纳林布洛，调转马头，夺路而逃。于是，联军斗志大减，在建州军冲击下，坚持不住，各自夺路奔逃。因为古勒山下临河，河边一片沼泽，山路崎岖，沿江狭窄，骑不成列。蒙古科尔沁部长明安由于慌不择路，在河滩上"马被陷，弃鞍，赤身体，无片衣，骑骣马"，狼狈逃命。

努尔哈赤见联军败退，便令吹螺号，纵兵奋力追杀，沿路伏兵四起，建州兵卒势如猛虎下山，扑向联军。可怜三万联军，拥挤在狭小的山谷小路上，首尾如长蛇，拥挤中有落江而死的，有人马践踏而死的。九部联军溃败的惨象，惨不忍睹，兵马填江，尸积莽野。努尔哈赤的追兵，如风卷残云，直达百里的哈达部柴河寨南的渥黑运地方，由于天黑和叶赫布扬古部长的阻截，建州军才收兵回营。

古勒山之役，努尔哈赤获得了完全胜利。建州军斩杀叶赫部长布寨及其以下四千余人，俘虏乌拉部长满泰之弟布占泰，缴获战马三千匹，盔甲一千副。古勒山之役，努尔哈赤据险诱敌，"先斩蛇头"，纵向强击，横向卷击，集中兵力，以少胜多，大败九部联军。古勒山之役表明，叶赫部长布寨不是努尔哈赤的对手。布寨之死，不仅是其个人的悲剧，而且是海西女真扈伦四部各部首领的影子。

著名的古勒山之战，是明代女真各部统一战争史上的转折点。它打破了九部军事同盟，改变了建州女真和海西女真的力量对比，表明女真政治中心由海西而转为建州，成为扈伦四部灭亡的决定点。努尔哈赤自此"军威大震，远迩慑服"。他利用古勒山之战后的有利形势，对扈伦四部——哈达、辉发、乌拉、叶赫展开攻势，远交近攻，先弱后强，精心策划，各个击破。

在古勒山之战以前，努尔哈赤对建州的统一战争已基本完成了，只剩下长白山部的朱舍里和纳殷部。战后，努尔哈赤的兵势大盛，他决定首先扫除残部，完成建州的统一事业。古勒山战役刚刚结束，努尔哈赤就于十月亲率大军五千兵马，去讨伐朱舍里部。这是万物成熟的季节，由于关外的冬天来得更早些，早晚已有冰冻了，有些地方已经下雪。那巍峨高峻的长白山里，不再是葱郁的绿色世界，朔风一吹，漫天的落叶，纷扬飘舞，给人以萧瑟凄冷的感受。

朱舍里部长裕楞额，在古勒山战役当中，多亏那匹乌龙骓的四条长腿跑得快，才未把这条老命送到浑河里喂鱼。叶赫部长布寨从马上栽下的情景，是他亲眼看到的，当时他就在离布寨百十步远的一块大石旁边，现在回想起来，还真得感谢那块大石呢。那如雨的矢石从山上落下来，他有幸未被击中，全靠那块大石替他挡着。不过，他带去的五百人马，只回来一百多点。他心里说："让那三百多个冤魂去找布寨，不，还是应该去找纳林布洛算账罢。"每想起这些，他就不由得想起了送给纳林布洛做妻子的胡康里氏。其实,胡康里氏不是他的女儿,是他表兄图鄂西的女儿。纳林布洛多次派人向他索要闺女裕娜,裕楞额实在不愿意将十五岁的裕娜往火坑里送,才用移花接木的方法,让胡康里冒充裕娜。在古勒山战役爆发前,纳林布洛曾以十分不满的语气对他说:"你那胡康里已不是处女了,还往俺这里送,俺叶赫成了垃圾堆了。"若不是古勒山战败,纳林布洛是不会跟他甘休的。

胡康里氏的父亲图鄂西是裕楞额部长姑生舅养的亲表兄,也是他主要的带兵将领。一天,裕楞额到图鄂西家有事,无意中瞅见了表嫂胡卡里氏长得颇有姿色,回来以后心里总是想着她那倩影。一天,他准备了一些上好的人参,让图鄂西给纳林布洛送去。从朱舍里部到叶赫部,骑上快马也得近两天的路程。裕楞额将图鄂西支派走以后,便去撩拨表嫂胡卡里氏。裕楞额来到图鄂西家,看门人要去通报,他说:"不必了,这是俺表兄家,俺自己进去吧!"再说那胡卡里氏,她不是朱舍里部的人,她的父亲名叫武扬哈,是纳殷部的一个带兵头目。一次图鄂西在长白山里打猎时,遇上了胡卡里氏,二人一见倾心,种下了爱根,各自回家,说服家庭以后,二人成亲。婚后只生一女,名胡康里氏,母女俩长得一模一样。那胡卡里氏也会打扮自己,乍看去,母女如同姐妹俩。

那裕楞额部长,年过四十,已娶了六个妻子,却还不满足,还经常在外面拈花惹草。这会儿,裕楞额进了图鄂西家的院子,见表嫂不在屋里,只有两个小丫头佣人在玩石子。她们一见是裕楞额来了,吓得忙跪下去行礼。裕楞额问:"你家女主人哪去了?"两个小丫头说:"往后边园子里乘凉去了。"裕楞额便向园子走来。走到一片槐树下面,树荫罩地,只见荷花池边的方湖石上,表嫂正光着洁白的身体,背着脸,坐在那里冲凉呢。

裕楞额隐身树后,看表嫂坐在湖石上洗澡。不多一会儿,胡卡里氏转过身来又洗一会儿,然后揩过周身,慢慢地梳妆起来,穿好衣服。裕楞额看了表嫂周身的妙处,不禁魂灵儿早已飞向天外,如呆子般站在那里。还是胡卡里氏眼尖,见槐树下隐隐有人站着,便站起来走近那林子。当她走到裕楞额面前,他还呆若木鸡地站在那儿。胡卡里氏生气地说道:"你也太不像话!俺在这里洗澡,你躲在那林子里作甚?"裕楞额听到表嫂责怪他,忙笑嘻嘻地说道:"表弟实在不知表嫂在洗澡。"说到这里,兜头一揖说:"表弟这边有礼了!"胡卡里氏赶忙还礼说:"这大热天气,图鄂西又不在家,部长到俺家有什么事?"裕楞额见胡卡里氏刚洗了澡,美得如出水芙蓉,方才又瞧见她身上许多妙处,忍不住心魂荡漾,遂说道:"表嫂,你让俺想得好苦!"胡卡里氏听了,晓得裕楞额不怀好意,急忙说道:"你表兄不在家,俺要回屋里去有事。"因为裕楞额是表弟,又是部长,不好顶撞,她只想乘隙溜走。但裕楞额哪肯放行,忙抢前一步,一把搂住胡卡里氏的细腰,嘴里说:"俺为了表嫂,这几天想得吃不下饭,部里事也不想管,表嫂今天定要开恩,依了俺,俺死也瞑目。表嫂今天不依俺,俺就搂着表嫂不放哩!"胡卡里氏又窘又怕,身子索索乱抖,低着头不作一声。那裕楞额是调情的老手,他知道表嫂已有四分答应,急忙趁此机会,把表嫂抱起来放在那大青石板上。于是一个半推半就,一个趁热打铁,在那荷花池边的青石板上,成就了好事。事过之后,天色已晚。裕楞额临走时说:"俺明天这时候再来!"

　　大凡这样的偷情男女,一旦有了第一次,便像那打开闸门的洪水,一泻千里,什么力量也阻止不了。裕楞额与胡卡里氏越来越舍不得离开。于是一场"勾结奸夫,谋害本夫"的冤案发生了。不久之后,就在古勒山之战的前几个月,裕楞额又派图鄂西送贡品给纳林布洛。见到纳林布洛以后,图鄂西便被抓起来,说他是努尔哈赤的奸细。图鄂西还想辩驳,纳林布洛拿出裕楞额的信来,对他说:"是你部长让俺办的。"蒙在鼓里的图鄂西,临被杀头的时候,也不知道自己的亲表弟为啥要害他的命。

　　图鄂西死后,裕楞额干脆住在胡卡里氏那里,两个人俨然夫妻一般。胡康里氏这时也十五岁了,长得和她母亲一样姿色俏丽。

小小年纪,更显得比她母亲还要轻佻、风骚一些。裕楞额看在眼里,心里嘀咕着:"这小笋鸡也吃得着了!"一天,三个人一起饮酒,裕楞额把母女俩都灌醉,轻而易举地占有了胡康里氏。胡卡里氏知道以后,只能"哑巴吃黄连——有苦说不出"。时间不久,纳林布洛又派人来,向裕楞额要他女儿裕娜,裕楞额便将胡康里氏顶替裕娜送到了纳林布洛那里,自己仍然与胡卡里氏一起花天酒地。

十月的一天,裕楞额正在胡卡里氏那里喝酒,侍卫跑来报告:"努尔哈赤亲自率领大军五千,已在城外五里处扎营。"裕楞额吓得两腿乱颤,让侍卫扶着他,回到府里去。他马上召集带兵将领开会,这时在裕楞额的脑海里,突然闪现出图鄂西的形象来,心里不免有些后悔,觉得要是这位表兄还在的话,倒是一员守城的干将。裕楞额强打精神,安排了守城的各项事宜。天将明时,才迷迷糊糊地睡去。后来不知怎么努尔哈赤派人把他叫了去,对他说:"听说你女儿裕娜长得天姿国色,美丽无比。那就把裕娜送给俺当小老婆吧,以后俺就不攻你的城了,你裕楞额还做朱舍里部的部长罢!"他听了以后,可高兴了。心里想:幸亏未把裕娜送给纳林布洛,若是——裕楞额觉得有人推他,一翻身坐了起来,睁眼一看,原来是侍卫站在床前。那侍卫见主人醒来,赶忙报告:"努尔哈赤在城下叫你说话。"听了侍卫的话,赶忙穿上衣服,向门外一看,已是日上三竿了。忙去洗把凉水脸,想清醒一下头脑。洗脸时,才意识到夜里做了一个梦,努尔哈赤要裕娜做小老婆的话,是梦中的事。不过,话又说回来,努尔哈赤若是真要俺裕娜,俺也乐意给他,只要不杀俺,还让俺做部长,俺什么都——

裕楞额正想着,已来到城楼上,他朝下一看,黑压压的兵马,明光闪亮的枪、刀,在阳光下发出刺眼的亮光。在迎风招展的"帅"字旗下,努尔哈赤头戴黑色貂皮帽,身穿五彩龙纹衣,骑着一匹赭红色的高头大马,两边几十员大将簇拥着,威风凛凛,杀气腾腾。裕楞额又向前挪了挪身子,向努尔哈赤说道:"尊敬的努尔哈赤将军,俺裕楞额这边有礼了!"说罢,双手抱拳,深深一揖。努尔哈赤一听,说道:"裕楞额!俺且问你:你本是建州女真的后代,为啥要去投靠叶赫?"裕楞额一听,心里说:"哪壶不开,他单提哪壶!"但是,努尔哈赤的问话,他不敢不回答:"过去的事,全归俺错。你大人有大德,更有大量,就放俺这一回罢!"努尔哈赤又说道:"俺还要问你:你亲自带兵,跟着纳林布洛,去偷袭俺建州的村寨,屠杀自己的同胞,奸淫自己的姐妹,焚烧房子,抢劫财物。这都是为什么?纳林布洛给了你什么好处?"

听了努尔哈赤连珠炮似的发问,裕楞额只得说道:"努尔哈赤大王!过去俺千错万错,都是因为俺狗眼看人。您老人家这次饶了俺,从今往后,俺裕楞额永远跟着你。请你给俺一个立功赎罪的机会。"努尔哈赤紧接问道:"裕楞额!你打算怎么立功?怎么赎罪?"这一下,裕楞额又被问住了。他心里想:这努尔哈赤果真厉害,能文能武,能说会道,比那纳林布洛难对付十倍。问俺"怎么立功赎罪",这话里的意思是不是想要俺女儿裕娜呢?在这地方俺也不好明说呀!想来想去,还是觉得讲不出口,不如再摸摸他的底,探探他的口风,然后见机行事罢!于是裕楞额反问道:"请大王吩咐,你要俺怎么立功赎罪,俺都答应。只要能给俺一条生路,您老人家叫俺头朝东,俺再不敢头朝西了!"俗话说"杀人不过头点地"。这裕楞额的认罪态度也够老实了。努尔哈赤接着说道:"裕楞额!你听着:俺给你提三条:第一,打开城门,交出兵器,交出兵马;第二,打开府库,让俺派人清查物资财产,清点马、牛、羊等;第三,让出部长职位,由俺任命,你自己要在家蹲着,等候处置。"努尔哈赤讲到这里,停了一下,继续说道:"这三条意见,你回去考虑。三天后,来答复俺。否则,俺要攻城,那时,俺就要严惩不贷,不要说俺事前没有跟你讲明白。"

裕楞额回到府里,真是"斑鸠打烂蛋——咕嘟着嘴了"。心想:这些日子,部里几位带兵的将领,都远远地躲着俺,没有一个来帮俺出谋划策的。都怪那该死的图鄂西,自他死后,几位将领都不满意,都说图鄂西死得冤枉,说什么"赔了夫人又送命",这不是戳俺的脊梁骨吗?真混蛋!裕楞额想着想着,突然,一拍大腿,该找"那个人"去!俗话说"人到弯腰处,不能不弯腰"。能屈能伸,才是大丈夫所为嘛!于是裕楞额午饭也顾不得吃,就径直出了府门,来到地牢门口,让狱卒打开牢门,他头一低进去了。里面黑漆漆的,尽管在牢房东南角上,有一盏油灯,但那灯花只有黄豆粒那么大,如萤火虫似的。这里地面潮湿,气味难闻,呛得他喘不过气来。他站在屋里瞅了好一会儿,才在西墙脚下面一摊烂草上发现了"那个人"。

"那个人"是谁?他名叫译登巴尔,原是朱舍里部的兵马总头目。此人文武都来得,部里四五个将领全听他的指挥,连裕楞额的表兄图鄂西也很敬重他。因为他反对裕楞额背叛建州女真实行"一边倒"的政策,不愿意听从叶赫部的纳林布洛的指挥,多次带领朱舍里部的几位将领给他提意见。裕楞额非但不听,反诬他里通努尔哈赤,并将他关进地牢。

译登巴尔早认出裕楞额了,说道:"俺早就对你说过:'有那么一天,你会来找俺的!'怎么样?你现在到了穷途末路了吧!"听了译登巴尔的话,裕楞额说道:"还有一条路。俺来请你出去,再一起谋划吧!"译登巴尔坐在烂草上未动,不动声色地说:"出去可以,谋划也可以。你必须当众承认你错,并说明是俺正确。不这样做,俺不出去。"裕楞额说:"可以。"遂转过身去,对门外的侍卫说:"你去叫各位将领来这里!"不一会儿,门外一片杂乱的脚步声,由远而近,几位将领都来了。这时候,裕楞额清清嗓子,说道:"俺对不起诸位,尤其是对不起译登巴尔将军。你曾多次规劝过俺,不要俺一边倒向叶赫。俺那时听不进你的话,铸成今天的大错。俺裕楞额在此向大家道歉,并向译登巴尔将军谢罪。请求诸位将军群策群力,助俺过此难关,俺将终生不忘!"

听了裕楞额的话,译登巴尔说:"你再向大家讲清楚,你表兄图鄂西是怎么死的?"裕楞额早已一身大汗,听译登巴尔问"图鄂西是怎么死的？"他头脑嗡地一下，差点栽倒，只好振作一下，装作与己无关地说："他得罪了纳林布洛，俺也阻止不了。"说罢两手一摊，摆出一副无可奈何的样子。听了裕楞额的辩解，那几个将领很不满意，有的干脆质问他："真的与你无关？图鄂西的妻子胡卡里氏、女儿胡康里氏，你与她们什么关系？那胡康里氏怎么到叶赫去的？……"未等大家讲完，裕楞额急忙说："好了，这些俺都负责。等过了这一关，俺一定认罪，替图鄂西昭雪就是了。"这时，译登巴尔手扶墙想站起来，两个将领忙上前搀扶，他站立起来说道："好吧！出去以后，咱们大家去查清事实，再做处置吧！"

译登巴尔与几位将领出了地牢门，径直往府里走去，裕楞额在后面跟着。大家进了客厅，落座以后，边喝酒，边说话儿。裕楞额将努尔哈赤的三个条件复述一遍。最后，他磨蹭了好长时间，才将他的"美人计"说了出来，请大家商量，特别是译登巴尔，裕楞额知道，译登巴尔与努尔哈赤曾经有过交往。他希望译登巴尔最好亲自去与努尔哈赤谈判，去实施他的"美人计"计划。译登巴尔看了一眼裕楞额，又望望诸位将领后，说道："你让俺去，俺是什么身份？俗话说：'名不正，则言不顺；言不顺，则事不成。'俺现在上无片瓦，下无立脚之地，一身的囚服，满身的污臭，咋去！"将领们说："要恢复译登巴尔的总兵马身份；生活上，他孤身一人，要多方照顾。"裕楞额马上说："这好办，这好办！"于是，凡是译登巴尔提出的要求，裕楞额竭力办到，暂且不叙。

次日早上，译登巴尔披挂整齐，骑上马，带着几个侍卫，辞别了几个将领，又跟裕楞额打了个招呼，便出城门，下吊桥，来到努尔哈赤军营前面。他向守门军士说："请向努尔哈赤大王、额亦都将军传话，就说'故人译登巴尔求见'。"努尔哈赤想了一会儿，没有回想起来，遂向额亦都说："哪个译登巴尔？俺想不起来了。"额亦都便将译登巴尔当年在佟家庄园参加射箭比赛的情况介绍一遍,又告诉努尔哈赤说:"此人文韬武略,甚有才华,又是咱少年朋友,今日来投,不可慢待。"努尔哈赤听了,笑着点了点头,便与额亦都一起,来到营门迎接。译登巴尔一见努尔哈赤、额亦都同时出来迎接,不胜惊喜。三人携手入帐,各叙这十几年的经历。译登巴尔讲到自己被裕楞额囚禁、妻死儿亡的境况时,努尔哈赤气得咬着牙说:"这匹夫太可恶!"译登巴尔又将裕楞额派他来实施"美人计"的情况一讲,惹得努尔哈赤哈哈大笑:"这裕楞额也太小瞧俺努尔哈赤了!他想陷俺于不仁不义的境地,俺饶不了他!"努尔哈赤遂让译登巴尔留下来,又叫来安费扬古、何和理、费英东、扈尔汉等,都是佟家庄园时代的少年朋友,晚上他们喝酒叙旧,直至深夜。次日早上,译登巴尔要回城里去。额亦都说:"那'美人计'你如何打算?"译登巴尔说:"中午时分,俺大开城门,让兵马进城,好好慰劳一番。现在,俺有了这个,"说着他拍了拍胯旁挂着的佩刀,"就不怕他裕楞额不听话了。"遂跨上马,往城里驰去。

译登巴尔回到城里,裕楞额急忙迎上前来询问:"谈得怎么样?"译登巴尔告诉他:"一切顺利。"让他去抓紧办喜酒,准备中午迎接努尔哈赤与将士们进城。裕楞额高兴极了!他急急忙忙回到府里,吩咐管家:"抓紧时间杀五十头肥猪,五十头大牛,杀一百只羊,还有鸡、鸭、鱼、蛋等。一定要把喜酒办成宴会似的,菜要丰盛,酒要大量。"裕楞额跑到刚才打扫过的新房一看,忙说:"这墙壁还要再刷一遍,一定要四面挂白,不能马虎。床上的铺盖要柔软、暖和。那床似乎短了一些,因为努尔哈赤身躯高大。赶快让木匠拆下来,重新做加长的。"

译登巴尔见裕楞额忙着去安排喜酒的事情,就去找那几个将领,其中有一个名叫武拉夫洛的,为人很忠厚,他跟译登巴尔关系最好。二人找了一个僻静地方,小声密语地谈了很久,才各自走开,分头行动。临近中午了,译登巴尔带着几位将领,来到城门前。守门士兵一见总兵马带着将领来了,都赶忙退到一边去了。

译登巴尔遂让士兵把城门打开，放下吊桥，欢迎努尔哈赤大军进城。努尔哈赤与额亦都、安费扬古等大将走在最前面，译登巴尔与那几位将领迎出城外，大家说说笑笑，一同进城。城里的士兵列队于大道两边，手拍巴掌，以示欢迎。看热闹的老百姓也来了不少，挤在城里士兵背后，男女老少，都是欢天喜地的样子。过了好长时间，五千兵马都进了城。瞧热闹的老百姓都跟在兵马后边，来到训练广场。广场正面的点将台上，放了两排桌椅，中间一把椅子特大，据说那是老部长裕楞嘎咚坐的。不一会，译登巴尔引着努尔哈赤等登上了点将台，努尔哈赤坐在那中间的大椅子上，其余将领都在两边落座。在他们的背后，立着两排卫士，个个身背弓箭，腰挂佩刀，虎视眈眈。

　　突然，老百姓中间欢呼起来，只见译登巴尔站到台口，向外一招手，厉声喊道："把老匹夫押上来！"喊声未落，裕楞额被反剪双手，五花大绑，由武拉夫洛押着，一步一步走上台口的旗柱下边。那裕楞额低着头，拉长着脸，像霜打后的茄子，蔫不唧的。台下发出一片欢呼声，在欢呼声中努尔哈赤走向台口，朗声说道："咱们都是建州女真的后裔，咱们的祖先很久很久以前，就生活、劳动在这块土地上。他们勤劳、聪明、善良，用自己的双手建设家园，创造财富。他们不畏强暴，坚决反抗外族的侵略与奴役。这是咱建州女真的宝贵传统，咱们一定要继承下来，并发扬光大下去！

　　"咱建州女真共八部，已经统一了七部，它们是苏克素浒部、董鄂部、浑河部、哲陈部、完颜部、鸭绿江部、朱舍里部。还有一个纳殷部尚未征服，俺明日就带兵前去讨伐。一个民族，同一个家庭一样，俗话说：家里不和外人欺。所以本族不和外族欺。咱建州女真一定要团结起来，心往一处想，劲往一处使，大家拧成一股劲，谁也不敢欺侮俺们，建州女真受奴役、遭压迫的时代，一去不复返了。

　　"像裕楞额这种人，是咱建州女真的败类，他像毒瘤一样，出卖咱民族的利益，破坏咱民族的团结，必须像清除毒瘤一样，将他清除掉。常言道：亲不亲，家乡人；甜不甜，故乡水。让咱们建州女真团结得像一个人一样，对一切损害、分裂咱建州女真的行为展开进攻，对一切妄图奴役、侵略咱建州女真的外族势力要坚持反抗，直到取得胜利。"

努尔哈赤讲完之后，台下掌声雷动，欢呼声震天动地。译登巴尔、武拉夫洛等朱舍里部的几个将领，押着裕楞额向广场一角的斩头台走去。穿着黑色长衫的刽子手，将裕楞额绑在一块厚木板上，举起大砍刀，用力向下一剁，顿时，一束红光窜过，那裕楞额还未来得及哼一声，人头已经咕噜噜滚了好远……

努尔哈赤与译登巴尔商量一下，朱舍里部暂时由武拉夫洛担任部长，并负责清理府库，处理善后各项事情。译登巴尔向努尔哈赤说："纳殷部的首城佛多和山，易守难攻。纳殷部的搜稳部长诡计多端，副部长寨克什也很会用兵打仗。"努尔哈赤听了，说道："在古勒山之战中，他们带领五百人马前去，未与俺照面就逃之夭夭了。可见这两个家伙多么狡猾！不过，俺这些日子身上总感到不大舒适，可能是在古勒山战役中劳累过度，未能及时得到休息。这次讨伐纳殷部俺想派额亦都为统帅，你与安费扬古任先锋，希望你们协力同心，迅速攻下佛多和山首城。"额亦都与译登巴尔、安费扬古等将领，带领五千兵马，浩浩荡荡，日夜兼程，往长白山三部的最后一部纳殷部，奔驰而去。

第七章
两城主因奸起内讧
一将军携贡谒昏君

望着太和殿宝座上冠冕堂皇、装腔作势的万历皇帝，新封的二品龙虎大将努尔哈赤不由得心中好笑，他暗暗说道："你这昏君，还当真指望我努尔哈赤为你去守边镇土？别做美梦了！"

明万历二十一年十一月，努尔哈赤命大将额亦都做统兵元帅，译登巴尔、安费扬古为前锋，带领人马五千，前去讨伐纳殷部。努尔哈赤因为鞍马劳顿，过于疲乏，稍感身体不适，便与费英东的二百轻骑卫队一块，离开了朱舍里部，往鸭绿江部驰去。再说鸭绿江部苏乃喜兄弟俩，娶了朝鲜女子林喇梅姐妹俩，四个年轻人，两对小夫妻，日子过得美满幸福。一天，四个人到南山打猎，苏乃喜为了追赶一只受伤的梅花鹿，来到山林深处，突然一群狼出现在他马前。苏乃喜弯弓搭箭，"嗖"地一箭射去，正射中那头狼的胸部。大凡与狼群打过交道的猎人，对狼群都有些畏忌，尤其是那头狼，更是惹不得。古今中外，狼的凶残本性，人所共知，那头狼就更加凶残了。只见那中箭的头狼，大嗥一声，猛蹿上来。苏乃喜忙挥刀砍去，那头狼的两只前腿又被齐斩斩地截断。那畜生一头扑倒，两眼发出逼人的绿光。它伏在地上，连续嗥叫了几声，这是复仇的信号。骤然之间，从周围树丛中一下窜出十几只狼来。它们一齐发出"呜呜"的怪声，瞪着绿眼，张着大嘴，那锋利的牙齿还不时地上下锉动，发出"吱吱"的响声。苏乃喜固然吃惊不小，那马儿更是吓得咴咴长啸。四面全是狼，逐渐向苏乃喜靠近，想跑也难冲出狼群。那马只在原地打着响鼻，两只前蹄不住地刨地。这时候，那只中箭，又被刀截去两只前腿的头狼，不知哪里来的那么大的野劲，一下子扑向马后，大嘴咬住了马尾巴。顿时，那马就尥起了蹶子，一连尥了好几个，苏乃喜终于被掀了下来。那头狼虽然被马的后蹄踢得老远，但还不住地发出信号。狼群见苏乃喜被马摔下来了，像是有知似的，更加疯狂地发出那"呜呜"的怪声，步步朝苏乃喜逼近。有人说，马能救助主人，可是，苏乃喜的马却四蹄撒开，连蹿带跳，弃主而逃，只可怜那苏乃喜部长，被狼群撕得骨肉分离。当苏乃义与林家姐妹赶到的时候，苏乃喜已被噬得只剩一堆血淋淋的骨头。那头狼尽管受了重伤，两条前腿也只剩半截，却不知去向。有人说：是狼群把它驮走了。

俗话说："天有不测风云，人有旦夕祸福。"原来的四个年轻人，如今少了一个，三个人心里都不好受，特别是那林喇梅福晋，原来的夫妻感情那么和谐、如胶似漆，现在苏乃喜殁了，她才二十五岁，就孀居起来，林喇梅怎能不心痛如焚。一连几天，她茶饭不进，觉也不睡，就坐在那里垂泪。苏乃喜死后，苏乃义继承他哥哥做了部长。白天，他忙着处理公务，夜晚与林喇桂一起陪着林喇梅流泪。一天早上，林喇桂"啊呀"一声，扑到姐姐怀里，说道："姐姐，你不能再这样下去了！"林喇梅无可奈何地叹了口气，不住地喃喃自语："俺该怎么办？俺该怎么办？"

林喇桂一听，突然跑过来，俯在姐姐耳上，小声说道："姐姐，你不要再难过了。俺想跟乃义商议一下，让俺俩轮流陪着他……"未等妹妹说完，林喇梅忙说："你胡说什么？""俺不是胡说。这是俺三个人之间的事，又不让外人知道。俺今晚就同他说，明天就……"姐姐不让妹妹再说下去了。当晚，林喇桂在枕畔跟苏乃义一说，苏乃义说道："就怕嫂子她……"喇桂说："没有问题吧！不过，你要耍点嘴皮子，费点软功夫。"乃义笑着点了点头，喇桂忽然像想起什么似的，用手指着乃义的眉心，警告说："成了以后，你不能把俺给撇下了！""那怎么会呢！蟋蟀都恋原配的，何况咱们是结发夫妻。"

到了次日晚上掌灯时分，苏乃义在妻子喇桂的一再催促之下，来到了嫂子住处。乃义进门前,想看看嫂子在做什么,就将窗纸舔个小洞,从小洞向屋里一看,见嫂子坐在桌子旁边,托着香腮,痴痴发愣。细细看去,嫂子虽未打扮,仍然掩盖不住她那魅人的风韵。

乃义在院子里故意咳嗽一声,然后掀开门帘走进了屋子。喇梅见他真的来了,倒有些难为情的样子,脸上泛起微微的红晕。喇梅正想说话,乃义已抢前两步,扑通跪在嫂子面前,流着泪说:"哥去了,俺也没别的办法,只能这样安慰你。何况嫂子太年轻,又这么美丽,早就令俺神往了。"说着,双手抱住喇梅的两条腿,继续说道:"嫂子若不答应俺,俺今晚就不活了。"喇梅怎么也未想到乃义用这种方式来求她,赶忙将他扶起,又用自己的手帕为他擦去眼泪,苦笑着说:"该死的,你叫俺怎么办?"乃义一听,急忙抓住嫂子的小手,哀求着说:"你就依了俺吧!哥在泉下若是有知的话,他也会赞成俺这样做。"说完就搂住喇梅,吻了起来……如此过了半年多,乃义对喇梅的感情越来越浓挚,而对喇桂却逐渐冷淡起来。很快,喇桂便察觉到了,但这是隐情,只好埋在肚里。有时乃义到她这边来,喇桂和他在被窝里,难免露出了醋话。开始,乃义还矢口否认,以后就反唇相讥,林喇桂听了以后,直气得眼冒金星,差点儿就昏过去了。她一翻身坐了起来,将被子一掀,喊道:"你给俺滚出去!"两个人光着身子在床上争吵起来。吵着吵着,林喇桂上去一把抓住苏乃义下身的那玩意儿,用力一拽,只听苏乃义"唉哟"一声,一头扑到床下,再也没有爬起来。林喇桂一见,顿时吓坏了,只觉得头脑一阵晕眩,也扑倒在地……

林喇梅正睡得香浓之时,忽然女佣人来敲她的房门,嚷着让她快起来,说"部长那边出事了",叫她快去看看。林喇梅心里想:能出什么事呢?当她进了屋子一看,小两口全光着身子,倒在地上。她急忙上前一摸二人胸口,已经浑身冰凉,断气多时了。她俯下身子,一眼瞅到苏乃义下身那玩意儿,还在汩汩往外淌血,上面现出明显的五个指痕。聪明的林喇梅顿时明白了,她不禁冒出一句:"该死的丫头!"

"这事怎么办?如何向部落里的人交代?……"林喇梅在屋子里来回走着,想着。她停下来,将府里所有的知情人全部叫来,说道:"这事儿谁也不准说出去。"她又派人将二人的尸体抬上床,并且为他们穿上衣服,盖上被子,锁上门。她回到自己屋里时,天已快亮了。她终于想出了办法,这事只能由他来处置。接着,她告诉那几个知情的女佣人说:"部里有人来找部长,就说部长生病,你们自个儿看着处理罢。"布置完以后,她让佣人牵过她的大白马,身背弓箭,腰挂佩刀,又叫了两个男佣人跟着,三匹马,出了城门,沿着去朱舍里部的大道,飞马疾驰。

再说努尔哈赤带着费英东和二百轻骑卫队,顺着去鸭绿江部的大道,忽快忽慢地走着。中午时分,他们正准备找个饭店停下来吃午饭。费英东向前一指,说道:"前面来了三匹马,一女二男。"说着已快到近前了,努尔哈赤留神一看,那不是她吗?忙催马上前,林喇梅也认出了来人正是努尔哈赤。二马一交首,林喇梅翻身下马,这边努尔哈赤也下了马。努尔哈赤话未问出口,只见林喇梅一头扎进努尔哈赤的怀抱里,哭了起来。努尔哈赤一边抚慰,一边替她擦着泪水,问道:"发生了什么事?快告诉俺,俺一定给你做主!"费英东急忙取出两块软垫,放在道旁,然后与卫队退到旁边去。二人坐在软垫上,林喇梅从苏乃喜被狼群所害,讲到苏乃义夫妇双双身亡,哭着讲着,讲完之后,也哭成个泪人儿。努尔哈赤心疼地说:"你应怜惜身子。人死了,不能复活,只有节哀为上。"他又审视了林喇梅一会儿,心里说:连遭灾难,风韵犹存。此女真是天生尤物。不觉心动,二人便在道旁重温旧情一番。

事毕,二人上马回鸭绿江部。林喇梅命人准备酒菜,并派管家收拾一套房子,给努尔哈赤休息,晚上,林喇梅侍候努尔哈赤洗漱完之后,努尔哈赤拉着她说:"俺这次来鸭绿江部,借休养为名，实际是想来看看你这位福晋的。不承想你连遭祸祟，真不忍心提出与你再……"林喇梅忙用手捂住他的嘴，不让他说出口，就一头扑在他的怀里。

次日上午，努尔哈赤召集部里几个头目开会，说道："你们鸭绿江部祸不单行，灾难连出。苏乃喜部长为狼群所害，苏乃义部长又染上伤寒死亡。这部长谁承袭？他们都无子侄，部里不能没有部长。俺以为，你们的林喇梅福晋，倒有男子的气度。先让她当部长，以后若有合适的人，俺再任命。"部里的头目，谁敢不同意，何况林喇梅的为人，就是干练，办起事来，头头是道，真是巾帼英雄、女中丈夫。从此，鸭绿江部的部长是女子担任，城里上上下下，各方面管理得井井有条。老百姓高兴地说：咱们的女部长比当年的男部长干得更出色。

努尔哈赤在鸭绿江部，每天的生活，多由林喇梅亲自侍奉，给他照顾得非常满意，闲来二人也去南山跑马射猎，出双入对，俨然夫妻一般，暂且不表。

却说额亦都、译登巴尔、安费扬古等率领军马，日夜兼程，很快来到纳殷部的首城佛多和山。纳殷部有两个部长，一个名叫搜稳，另一个名叫寨克什。搜稳管南城，寨克什管北城。原来这首城佛多和山，就是一座山城，偌大的城墙绕山一周。这山东西走向，将城一分为二，山南为南城，山北为北城。两城之间街道纵横，四通八达，这城只设两门，南城门和北城门。城墙高大、厚实。城上有门楼，高大、壮观。还建有瞭望台等。因为城在山下，城内房屋都建在山坡上。人坐在家里，门一开，就可以居高望远，山下景致，尽收眼底。城内有人口一千多户，原有兵马五千人。在古勒山之战中，搜稳和寨克什带去五百兵马，死伤过半，剩下的逃得无影无踪。二人未敢冲到阵前，便慌忙逃遁，绕了好大弯子，才死里逃生，回到纳殷部。部长府建在山顶，南北两处。搜稳在南城，住南府；寨克什在北城，住北府。兵马也各在南北两个营地驻扎，各有训练场。严格地说，是两座城，只不过南北之间没有城墙隔开罢了。

搜稳今年五十二岁，娶妻叶哈丽儿，生有一子一女。儿子名叫搜拜特来恩，三十岁，妻子胡利莎，貌美，是叶赫部长布寨的女儿。父子二人都有武艺。搜稳性格孤傲，嗜酒如命，有海量。每次喝起来都用大碗，连喝十多碗酒不醉，只是小便不止。有人说他尿酒，也许喝多了，肠胃一时来不及吸收，便排泄出来了，也未可知。搜稳的女儿胡娜佳，十八岁，长得俏丽，性格文静，与嫂子胡利莎志趣相投，俨如姊妹，被人们誉为"城内二美"。

寨克什今年四十四岁，先娶妻莱西尔，生二女，后又连续娶了四个，每人生一女，至今无子。前面两个女儿，大的名叫赛昂克娅，十五岁嫁予纳林布洛做福晋，后因难产，死了。次女赛喜柳娅，十五岁时又被纳林布洛娶去。后四个女儿，年龄尚小，有的还在襁褓中。寨克什早年时曾学过武功，刀马纯熟，与纳林布洛关系密切。他为人专横，好大喜功，与纳林布洛一样爱美色，互为狼狈。因他没有儿子，整日苦恼，到处寻医求药，仍然无效果。有一天，来了个游方的郎中，寨克什向他请教。那郎中告诉他说："这不需要吃药，不是病。只要将夫妻间的房事，减少三分之二，过一段时间，则可生儿子了。"寨克什按郎中讲的，真的减少三分之二，可过了不久，他实在忍受不住，便中断了这种让人"守活寡"的节欲疗法，所以至今没有生儿子。有一次，他在叶赫纳林布洛那里，听说女人屁股大能生儿子。回来后，他细看五个妻子，除大老婆屁股稍大些，那四个年轻的妻子，屁股都是削溜溜尖。他越看越气，嘴里还不停地骂着："……老子未娶到一个屁股大的！"五个妻子听了，都莫名其妙地看着他，以为寨克什得了神经病。一次，他到搜稳家去，见到搜稳的儿媳胡利莎，不光人长得美貌，那屁股也不小。他羡慕极了。当时若不是搜稳在座，他真想上去摸摸胡利莎那肥硕的屁股。还有一次，他到南城有事，见到了搜稳的女儿胡娜佳。那闺女正十七岁，长得美丽苗条。她那杨柳腰儿只有一把粗，但屁股却大。若能娶过来，准能生一串儿子。不久，他托纳林布洛为他向搜稳提亲，反遭搜稳一顿奚落："俺不能让女儿嫁给一个没有阉割干净的骟马！"因为当地人把不生儿子，光生女儿的人叫做骟马。

闲话少叙。再说搜稳、寨克什二人，从古勒山逃回，并没有幡然悔悟，仍旧保持与纳林布洛的密切关系。他们梦想再过一年半载，还要与努尔哈赤进行较量。回到首城佛多和山，将刀枪入库，马放南山，垫高枕头，一连睡了好几天。搜稳仍一天三喝，一次一坛子酒。整日喝得醉眼蒙眬的，晕晕糊糊。寨克什则窜小巷，溜大街，整个北城被他跑个遍，目标就是寻找屁股大的小媳妇、大闺女。

也是活该有事，这日上午，寨克什让侍卫抬了几坛酒，来到南城搜稳府里想跟他畅饮一回。进门一看，搜稳还在呼呼大睡，酒还未醒呢。一抬腿，往后院走去，说来也巧，搜稳媳妇胡利莎到北城她姑娘家走亲戚去了，搜稳妻子叶哈丽儿回娘家去。整个后院，只有胡娜佳一人在学着绣花。寨克什一见，喜出望外，心里想："俺先把生米煮成熟饭，不怕他搜稳不认俺这门亲事。"遂一头闯进屋子，随手将门关住。胡娜佳一见，不禁慌张起来，忙说："你关门干啥？"寨克什说道："你不必慌张，今天不由你不答应了。"说完，一步抢前，将胡娜佳搂住，抱到床上，顺手扯下裙子。胡娜佳竭力反抗，终因力气太小，眨眼之间，被寨克什剥得一丝不挂。寨克什担心她喊出声来，就用手帕塞在她嘴里。然后恣意轻薄。看着胡娜佳雪白肥嫩的屁股，寨克什不禁抱着亲吻起来。可怜一个十八岁的少女，被寨克什连续蹂躏了三次，身心受到严重摧残。事后，寨克什心满意足地回到客厅，听说搜稳的酒还未醒呢。寨克什便将酒留下，带着侍卫回北城去了。

再说胡娜佳悲愤欲绝，忍着痛楚，穿上衣服，回到房中。越想越哭，又羞又恨，哭了一会儿，听到院中有说话声，知是母亲和嫂子回来了。急忙写了几个字在一张纸条上，便解下带子，悬梁自缢而死。叶哈丽儿与胡利莎回府后，不见胡娜佳，便让佣人寻找。见到屋门紧闭，一呼不应，两呼、三呼仍是不应，便撬开房门，向里一看，吓得说不出话来。顿时间，满屋子哭声。有人告诉搜稳，他听了大吃一惊，出了一身冷汗，才算酒醒。来到后院，搜稳见到那张字条："寨克什奸俺三次，无颜活下去。"恨得他把牙都咬碎了。马上吩咐："备马，抬刀！"搜稳披挂整齐后，跨上青鬃马，手执大刀，奔北城而去。儿子搜拜特来恩，见父亲一人一骑闯去，担心吃亏，随即到教场点齐一千人马，自己也披挂起来，追赶父亲而去。南城的将领阿骨打力等五人，一听说事情原委，也披挂起来，跟着搜拜特来恩，望北城飞马驰去。

　　寨克什从搜稳家回到北城府里，高兴地喝起酒来，当他端起第二杯酒时，只听一阵杂乱的马蹄声，由远而近。他抬起头一看，那搜稳横眉立目，用刀一指，骂道："俺跟你这畜生拼了！"搜稳大声骂着，从马上跳下，把缰绳一甩，挥刀就砍。寨克什急忙躲过，一纵身蹿到窗台上，用力一踢，把窗子踢飞了。他跳下窗台，向厅前大院跑去，因为那里有兵器架，寨克什刚跑出大厅，就与迎面追来的搜拜特来恩打个照面。"你这畜生，往哪里跑？"搜拜特来恩边骂，边拧枪刺去，寨克什惊魂未定，一边闪躲，一边走向院中的兵器架。不一会儿，南城阿骨打力等五员将领也手拿兵器赶到，很快将寨克什围在中间。这时，寨克什手无寸铁，只见他一猫腰，纵身一跳，从一个将领头上蹿去。又连跑带跳地蹿到兵器架前，顺手抄起一把大刀，喊道："不怕死的上来！"搜拜特来恩与阿骨打力等，也不搭话，一齐跟寨克什斗在一处。

　　再说搜稳见寨克什从窗口逃走，赶忙追出来，他追到前厅院里，见到搜拜特来恩与阿骨打力围着寨克什打斗，他站在廊柱边上，拿起弓箭，对准寨克什的面门，"嗖"一箭射去。那寨克什一听弓弦响，忙把头一偏，左边耳朵被射飞了。寨克什"哎哟"一声，再不敢恋战，将身子一纵，跳上院墙，一眨眼工夫，跑得没影了。搜拜特来恩忙追出门外，见到北府已被围得水泄不通，便命令道："一定不能让他跑掉！"搜稳见寨克什中箭逃跑，知道儿子已派兵包围了北府，随即转身入内，将寨克什的五个妻子，一刀一个，全部杀死。然后，放起火来。那寨克什中箭以后，用手一摸，左边耳朵没有了，半个面部血流不止，疼得几乎晕倒。他站在屋顶一看，围墙周围全是南城兵马，估计跑不出去了，就蹿下屋子，由客厅后面潜入暗室，隐藏起来。他心里想：这暗室里连口水都没有，若是逃不出去，必将死在这里。决定天黑后，再想办法逃出去。

且说北城也有五员将领，正当搜稳他们围着寨克什拼杀之时，五个人一块计议说："寨克什罪有应得，咱们不该过问。"便按兵不动。任凭南城兵马去寨克什府里杀人，他们只装不知。且说搜稳将北府的财产、房屋一火焚之，便来到府门外面，对搜拜特来恩和阿骨打力等说："这里已烧得差不多了。那畜生会轻功，天黑以后更抓不住他。他中箭以后也活不长久，俺那箭矢浸过蛇毒，五天之内不及时解毒，必死无疑。咱们撤吧！"又接着说："俺去找伍胡里去！"这伍胡里便是北城的主将官。搜拜特来恩与阿骨打力等，带着兵马回南城，暂且不提。再说搜稳来到伍胡里家，受到伍胡里一家人的热情抚慰，并以酒食款待。搜稳说："北城请伍胡里将军统领罢！俺早晚也要杀那畜生，为俺女儿报仇雪恨！"说罢，告辞出来，回南城去了。

再说额亦都、译登巴尔、安费扬古等带领兵马，来到纳殷首城佛和多山，下令将首城四面包围，不准放跑一人。然后，埋锅造饭。不一会儿，哨探兀里堪前来报告说："城里今天闹了大半天……"他将北城部长寨克什的恶行一五一十作了详细报告。额亦都等听了，非常兴奋，说道："那咱们就趁着这浑水去抓王八吧！"众将领听了，大笑不止。晚上，额亦都与译登巴尔、安费扬古商议了一下次日攻城事宜，即分头巡营去了。

暗室里的寨克什，两顿没吃东西，又饥又渴。那箭伤疼得半个身子发麻，他意识到箭矢上可能有毒。心里想，若不及时解毒，恐怕活不了三天。可府内大火烧得劈里啪啦，他在暗室里不敢轻易出来。直至天已三更，才从暗室里踅了出来。府里颓垣断壁，烧得漆黑一片，心里一阵凄凉。他担心周围有埋伏，只得溜着墙根走，如夜行的饿鼠，东嗅一下，西嗅一下，走了好长时间，才来到城墙下边。他蹲在城墙脚下，忽然想起：北门外不是有一块胡萝卜地吗？此时正是十一月份，萝卜还未收哩，现在去拔几个充充饥，好去叶赫部找纳林布洛！于是，寨克什再次振作起来，将吃奶的劲儿全使上了，爬到城墙上面，一纵身跳了下去……

译登巴尔正在北门外巡哨，这里是何矮人与扈尔汉的阵地。他们三人在城墙脚下走着，突然，在前边十多步远的地方，从城上跳下一个人来。他们急忙过去，何矮人手执三环大刀，喝问："什么人？"寨克什一听，吃惊不小，这里还有人埋伏，俺的命该休矣。但是，他仍然爬起来想逃跑。只见何矮人纵身一跳，在空中双脚并拢，来个"顺水推舟"式，两腿用力蹬去。那寨克什又饥又渴又疲劳，怎能经受这一蹬！扑通一声，跌个狗抢屎。何矮人走到跟前，用一只腿踏着他的背脊，问道："你是什么人，老实报来，不然，俺就宰了你！"他说着，将三环大刀一挥，只听一声嚯啷啷……

寨克什被押进营帐，老老实实报出了真名实姓。三人看着他那没有左耳的丑形，忍不住笑出声来。寨克什再也顾不了什么，嚷着要吃饭，何矮人派侍卫弄饭来给他吃。饭后，把寨克什捆个严严实实，命令专人看着。额亦都听说抓住了一个"王八"，走来一看，说道："要看守好，别让他跑了。这家伙会轻功哩！等把搜稳抓住，由大王来一起处置。"

再说搜稳从伍胡里家出来，回到南城府里，就有探子向他报告说："努尔哈赤派额亦都为元帅，带领兵马五千，已经将俺首城包围起来。"搜稳一听，吓得两腿乱颤，心里说："来得这么快，努尔哈赤果真用兵神速！"搜稳让探子继续去探听消息，自己翻身上马，去北城伍胡里家。伍胡里告诉搜稳说："俺也才得到消息。"二人将守城的事情逐项做了安排，搜稳临走时，伍胡里说道："原来的建州八部,已被努尔哈赤统一了七部,只剩俺纳殷部了。"伍胡里说到这里,看一下搜稳,又接着说下去:"俺如今孤立无援,恐怕也难守住。"搜稳一听忙问:"你的意思是——",伍胡里说道:"你们与纳林布洛关系那么好,能否派人前去请他派兵支援一下。"搜稳忙说:"纳林布洛在古勒山战役中损失惨重,他哥布寨被杀,他自己现在病着,怎么去求他派兵?何况俺被围得水泄不通,怎能出得去人?"二人商量一会儿,也无办法,后来搜稳说道:"只怪俺当初糊涂,跟着寨克什后面去投纳林布洛,得罪了努尔哈赤。不然的话,俺——"伍胡里说:"俺想来想去,这孤军作战,死守城池,未必是明智之举,不如及早派人与他们谈判,拖一拖再说。"搜稳听了,说道:"这事由你派人去,俺在家等着。"说完就回南城去了。

次日早上,额亦都召集诸将领,发布了攻城命令。派遣译登巴尔、安费扬古等攻北城,命何和理、扈尔汉各带五百人从东西两面佯攻,其余将领随他去攻南城。额亦都带领诸将来到南城门外,让侍卫前去传话:"叫搜稳出城说话。"不一会儿,搜稳披挂整齐,带领儿子搜拜特来恩和阿骨打力等将领兵马五百人,骑马出城,下了吊桥,来到额亦都对面。搜稳用马鞭指着额亦都质问道:"你们无故兴兵,攻俺城池,乱俺人心,是何道理?"额亦都气愤地说道:"你真是个老混蛋!前次你跟着纳林布洛后面,无端侵犯俺建州,当时未能捉住你,让你苟延到现在。俺大王努尔哈赤以仁义治天下,受到建州各部女真的拥护,你还不赶快下马投降,更待何时?"那搜稳哪里肯听,遂向后面问道:"谁去将额亦都给俺捉来!"话音刚落,他儿子搜拜特来恩催马上前,拧枪就刺。额亦都举刀相迎,二人战到一处。不过三四个回合,额亦都运足气力,用刀使劲一拨,只见搜拜特来恩在马上一晃,差点栽下马来。说时迟,那时快,只见额亦都轻舒左臂,一把抓住搜拜特来恩的腰带,嘴里喊道:"还不给俺过来!"额亦都将那搜拜特来恩抓在手里,轻轻放在鞍前,勒马回阵,命士卒将那搜拜特来恩捆紧了。又带马出阵,用刀指着搜稳喝道:"还有不怕死的,赶快过来!"搜稳见儿子被擒,又气又急,拍马上来,与额亦都厮杀起来。额亦都心想:要让这老东西尝尝俺的厉害。遂用刀隔开搜稳的银枪,左手摘下钢鞭,迅速向搜稳的右臂打去,"唰"一声响,搜稳的右臂再也抬不起来,遂丢下银枪,伏在马鞍上,不要命地勒马跑回阵去。额亦都大刀一挥,将士一齐掩杀过去,直追至吊桥前边,才收兵回营。

再说译登巴尔与安费扬古带着兵马,来到北城,摆开阵式,让士兵骂起阵来。伍胡里与几位将领听了,很是气愤,便领几百兵马,出了城门,下了吊桥,来到阵前。译登巴尔出阵说话:"你们北城的寨克什已被俺擒获,捆在营内。你们几个人还能成啥气候,不如早日投降,还能有个出路,免得城破人亡,落个可耻下场。俺大王努尔哈赤为人宽厚,建州女真一定要统一,你们几个人能阻挡得住?"一席话讲得伍胡里几个将领,面面相觑,虽然表面不大好看,但他们心里都觉得这些话倒也是事实。伍胡里遂上前道:"俺们对建州没有成见,与努尔哈赤大王也无宿怨,只是南城搜稳原与纳林布洛交好,又带兵参加古勒山战役,恐怕努尔哈赤大王不容,俺们怎好单独行动。"译登巴尔听了,又说道:"俗话说:人各有志。你们若是真心归顺,俺大王一定欢迎,并给予宽大处置。至于搜稳,他跟你们不同,你为啥听他的指挥?"伍胡里立即说道:"今夜三更时分,咱将北城城门大开,任你们处置。南城的事,俺也不管它了。"译登巴尔一听,紧追着提醒说:"你可不能言而无信。""俺伍胡里说话,一言九鼎。现在回去,俺就把兵马整顿好,等候你们进城后使用。俺不会给搜稳送信的,请你们放心进城吧!"两方说定,遂各自收兵准备夜间行动。且说那搜稳中鞭回到城里,卸下盔甲一看,右臂受伤不轻,忙用金疮药涂了,但疼痛难忍。儿子又被擒获,生死未卜。妻子叶哈丽儿,媳妇胡利莎,哭哭嚷嚷。那搜稳心烦意乱,忙令人拿酒来,嘴对着坛口儿"咕咚咕咚",一连喝了满满两坛子,便倒在床上呼呼睡去。

且说译登巴尔与安费扬古回营以后,将伍胡里的情况与额亦都说了,额亦都说:"为了防止伍胡里有诈,你们只带领精干兵马进城,俺率领大队人马在城门下接应。一旦有事,俺随即带兵闯入,不怕他不答应。"他们商议完之后,各自歇息,到了三更时分,额亦都命令:"人衔枚,马勒口,做好攻城准备。"译登巴尔与安费扬古二将,带领二百轻骑兵马,来到北城门下,只见城门早已大开,吊桥也已放下,那伍胡里等将领立于吊桥旁边候着哩。译登巴尔、安费扬古等纵马进城,来到北城练兵场上,那两千兵马已整装待发。译登巴尔一见,自然十分高兴,遂将消息让人送予额亦都,并发布命令道:"今晚袭击南城,主要是去捉拿搜稳部长,不准侵扰百姓,也不准大声喧嚷,一定按命令行事。"说罢,便与安费扬古、伍胡里等,带着两千多兵马,悄无声息地向南城进发。不一会儿,来到南府门前,译登巴尔让安费扬古带兵包围了南府,自己与伍胡里等将领手提大刀,进了府内。因为有伍胡里带路,他们很快来到搜稳住处,只见他酒醉未醒,仍在沉沉大睡。译登巴尔命人将搜稳绑起来,又让伍胡里派人将南城守将阿骨打力等一齐叫来。顷刻工夫,阿骨打力等来到,见到搜稳被缚,只好投降。

天明以后,额亦都等统领兵马,鱼贯入城。伍胡里派人多杀牛、羊、猪等,慰劳将士。额亦都派何矮人去鸭绿江部报告努尔哈赤大王,并请前来处置寨克什、搜稳等。又派译登巴尔去清查搜稳的府库,接收两城兵马等。

努尔哈赤得到报告,即刻登程,临行时,应林喇梅请求,将何矮人留下替林喇梅训练女兵,又交代一番,然后与林喇梅告辞。这女人虽然感情丰富,风流浪漫,但也刚强义气,极重友情,她骑上大白马,送了一程又一程,直送至十里长亭。二人挥手告辞,四目相顾,两情依依。万语千言,尽在不言中。

努尔哈赤从鸭绿江部来到纳殷部。进城以后,见街道整齐,屋舍俨然，百姓安居乐业，心里甚是高兴。努尔哈赤鼓励伍胡里说："听说你为人忠厚，作风正派，这佛多和山的部长你暂时当着。要抓紧做好善后事情，经常关心百姓疾苦，认真训练兵马。不久之后，俺要去征服海西四部，让满洲大地上的所有女真人全部统一起来。北城府第已被搜稳焚烧了，那就不要再建了，由你一人负责，你要好自为之啊！"那伍胡里千恩万谢，不必赘言。

努尔哈赤虽然已经建国称汗，"自中称王"，但是对待明朝皇帝仍然以建州首领的身份出现。所谓建州国、女真国等称谓只对内使用，不对明廷使用。凡是有要事，明廷派使臣前去宣谕，努尔哈赤作为朝廷所封授的边臣，仍然恭谨从命。

从万历十七年（1589年）九月，努尔哈赤接受明廷敕命，晋升为都督佥事以后，他借明廷的威望，抬高自己，逐步增强了势力，扩大了影响。古勒山之战以后，他的声誉更高，建州以东的女真各部首领或自动前来归附，或相继被他征服了。女真民族出现了明显的归一趋势。明廷鉴于努尔哈赤忠顺，守边劳苦有功，决定晋升努尔哈赤为龙虎将军，位居散阶正二品加授官。

精于韬晦之术的努尔哈赤深知，要实现统一女真各部的目标，必须避开明廷的军事干涉，创造一个有利于自己的环境，因此努尔哈赤除了对建州内部加强统治以外，对明廷继续采取忠顺守边、称臣纳贡的方针。

万历二十一年（1593年）春天，经过近半年的准备工作，一支进京朝贡的队伍组成了。努尔哈赤让汉人出身的洛寒，担任向导；由费英东为队长，选拔了五十名武功比较好的侍卫，作为警卫。贡品有虎皮十张，豹皮十张，熊掌十对，鹿皮三十张，黑貂皮二十张，人参二百斤，名马二十匹，珍珠五十斤，还有大量的榛子、松子、干蘑菇等。努尔哈赤又向张一化请教了有关礼节的一些知识，便起程上路。

众人一路奔波，无非是晓行夜宿，这都不表。这一日，贡队人马终于见到那巍峨高耸的城楼——被誉为天下第一关的山海关。

那绵延万里的长城，像一条巨龙，横卧在华夏大地上。这龙头便是那为世人瞩目的山海关。努尔哈赤站在关前，不禁遐思悠悠。千百年来，关外有多少人觊觎着中原大地，但是在这"一夫当关，万夫莫开"的雄关面前，只能望关兴叹，无能为力。今天，俺努尔哈赤进关，是带着"贡品"才能进去；有朝一日，俺一定用枪刀、用战马冲破这天下第一雄关。俺一定要主宰中原大地，俺一定能够主宰中原大地！

进了山海关，努尔哈赤等一边走，一边观察沿途景物，不知不觉便进了北京城。从街道的繁华景象，到屋舍的建筑特色，都使这群关外的女真人频频顾盼，目不暇接。同时，这支穿着富有特色的进贡队伍，也吸引了许多人竞相争睹。有好事者竟趋前询问："你们是哪个族的？""送什么宝贝给皇上的？"努尔哈赤听了，心里既兴奋，又感到自豪。自己小时候，因母亲去世早，受后母的气，几乎在流浪中死去。后来借着佟家的财势，才立住了脚跟。为报"父祖之仇"，他身经百战，满身伤痕，简直九死一生！后来他一点一滴地壮大自己，一寨一部地吃掉敌人，终于强大起来。但是如何处理与明朝的关系？这严肃的课题摆在他努尔哈赤面前，也是他长久以来心中的大事业成败的关键。一向老谋深算的努尔哈赤，终于决定阳做明朝官员，暗自发展势力的两面政策，从而避开了明朝皇帝的注意，顺利完成了对建州女真的统一。这是俺努尔哈赤的胜利！

努尔哈赤走在京城大街上，让思想的野马纵情驰骋，不知不觉间，他的进贡队伍已来到午门前。洛寒走来告诉他："现在已过了上朝时间，有事可以去击那大鼓。"努尔哈赤走到那面大鼓前，拿起鼓槌："咚，咚，咚……"他一连敲了好几下。那守门的禁卫军过来问道："何事击鼓？"努尔哈赤遂趋前答道："俺是建州龙虎将军努尔哈赤，前来向皇上进贡。请替俺传报一下。"那禁卒又去向他的头目报告；小头目又向大头目报告；大头目又向更大的头目报告……最后，终于将"建州龙虎将军努尔哈赤前来进贡"的消息，传到万历皇帝的耳里。原来那万历皇帝正与贵妃娘娘在调情呢。万历皇帝听了，不觉说道："那建州乃不毛之地，女真人披鹿皮，吃兔子肉，穷得连裤子都没得穿，有啥东西来贡的？"只见贵妃娘娘樱桃小口一撇，说："亏你还是皇上，那女真人有珍珠、熊掌，特别是那黑貂皮，简直是价值连城。还有那人参，若是熬成汤，你天天喝两碗，力气准比现在要大十倍！"贵妃娘娘见下边跪着的太监捂着嘴巴笑，那下半截话儿就未说出来。

那万历皇帝一听，才如梦方醒似的，说道："对，对，对！寡人想起来了，是那么一回事，娘娘说得在理。"于是对那传话的太监说："那就让那——"，皇上又忘记名字了，下面跪着的太监反应快，接口说："努尔——哈赤。"皇上说："就让那——哈赤把贡品送进来吧！"

那太监急忙站起来，走到殿外台阶上，喊道："传努尔哈赤——上殿！"下面一层层喊下去："传努尔哈赤——上殿！""传努尔哈赤——上殿！"……努尔哈赤手捧礼单，一步一个台阶，上了殿。到了太监站的地方，便跪了下来，一连磕了几个头向万历皇帝施了君臣礼，说道："建州龙虎将军努尔哈赤为感谢皇上天恩庇护，特敬献贡品，祝皇上万岁，万岁，万万岁！"努尔哈赤将礼单双手捧到齐眉，那太监接过礼单看了一遍，遂递给贵妃娘娘。贵妃娘娘一见，忙俯在皇上耳边说道："贡来的全是好东西！那珍珠和黑貂皮，全归俺了。其余的东西，俺一样不要！"皇上对努尔哈赤说："你一路辛苦了。朕收下你的礼品，先赐你御酒五坛，宫菜二十碗。先到馆舍歇息，到京城玩耍玩耍，过几天，朕还要赏你呢！"那传话太监遂派一名小太监，领努尔哈赤去御库送交贡品。之后，再领着努尔哈赤去馆舍住下。那小太监刚走不一会儿，只听外面一声炮响，连珠串似的走进百十个人来，当先一位差官，骑了一匹白马，手中捧着黄绫的圣旨，口中高呼："建州龙虎将军努尔哈赤接旨。"努尔哈赤听了，急忙摆了香案，面朝北，跪下来。那差官将圣旨展开，一字一顿地念道："建州龙虎将军努尔哈赤为送贡品，千辛万苦而来，特赐御酒五坛，宫菜二十碗。以兹嘉奖。钦此。"努尔哈赤忙说："遵旨！"一连磕了几个头，才爬起来。回头一看，真的是五坛御酒，一拉溜放在那里。还有一个大菜盒，他走到近前，揭去盖子一看，里面摆着二十碗鸡、鸭、鱼、肉等宫菜。

努尔哈赤高兴得心花怒放，赶忙叫来费英东、洛寒等，说道："俺们也来尝尝皇上赏的御酒和宫菜！"他们又送两坛御酒给侍卫们去品尝。一夜无话，次日上午，努尔哈赤带着费英东、洛寒等，到城里玩了半天。中午，他们特地去饭馆品尝了具有北京风味的菜肴。以后又到书坊买了几十张地图，才回到馆舍休息。

第六天中午，传令官来通知努尔哈赤："建州龙虎将军到午门外接旨。"努尔哈赤听了，忙整理好衣冠，骑上马，往午门驰去。那传达圣旨的差官，一见努尔哈赤来到午门，遂张口喊道："建州龙虎将军努尔哈赤接旨！"努尔哈赤急忙走上前。面对午门跪下来。那位差官朗声念道："建州龙虎将军努尔哈赤为人宽厚，聪明能干，对朝廷赤胆忠心。十多年来如一日，守边认真，并能听从边境大臣指挥，又能团结女真各部。功勋卓著，难能可贵，又不辞劳苦，亲送贡品来京。其精神、品貌都是女真人的榜样。特赐给白银一千两，蟒缎五十匹，白绫五十匹。以兹奖励。钦此。"努尔哈赤忙说："谢主隆恩！"又连续磕了几个头，命费英东等将皇上赏赐的这些东西装起来，驮在马背上，遂沿着来路，回赫图阿拉去了。

这次朝贡回来之后不久，努尔哈赤就遇到了一个棘手的难题："渭源事件"。万历二十三年（1595年）夏天，建州女真鸭绿江部的林喇梅的娘家侄儿林果雄，在一天夜里，带着一部分老百姓，越过鸭绿江，潜入朝鲜边民崔万里家，将其女儿崔善玉劫持出来。后被发现，两下殴斗，致伤人命。矛盾上升到两部落之间，林喇梅遂派人到赫图阿拉送信，朝鲜边民崔万里也派人到平壤汇报，于是建州与朝鲜之间弩张剑拔，大有一触即发之势。

因为这事发生在朝鲜边境的渭源地方,以后竟酿成了建州与朝鲜王国之间的所谓"渭源事件"。

"渭源事件"发生不久,朝鲜王国竟于一天夜里,派遣军队五百人,过江偷袭了鸭绿江部。结果双方互有伤亡,只是林喇梅的父亲被朝鲜士兵杀死,造成了建州与朝鲜王国之间的所谓"渭源之仇"。努尔哈赤得到林喇梅送来的消息之后,准备借此机会,对朝鲜王国采取军事报复行动。朝鲜王国得到努尔哈赤将要出兵的消息,遂派遣使臣何世国,在代表国家与建州交涉的同时,要求明朝留驻朝鲜王国的练兵游击宣谕建州,不要与朝鲜王国为敌,不能将事态扩大。但是纠纷愈演愈烈,努尔哈赤积极调兵遣将,又广集兵匠,打造兵器。在建州与朝鲜王国之间的矛盾不可调解的时候,万历二十四年(1596年),明廷派遣一位官员,朝鲜王国派遣两位官员,率领二百人,出使建州。

二月初二,明廷所派官员余希元等渡过鸭绿江,向建州进发。初五日,努尔哈赤派遣康古里,前去中途问安。又令张海、额驸何和理,统领骑兵三百,侍卫保护。张海等于道旁跪见"天朝"使臣,然后随行。余希元对张海说:"承蒙你们都督厚意,前来迎接。但是路途遥远,草料不便,兵马不必随行了。"张海领命撤去。初六日,努尔哈赤令八将率领轻骑六七千人迎接于途。初七日,距建州都城佛阿拉三十里,努尔哈赤与弟舒尔哈齐率领骑兵三四千前来迎接。见面时,余希元在马上举手相揖,下马赴宴,酒行三杯之后起程。又走了二三里,有骑兵四五千人排列道路左右。距都城十五里,又有步兵万人,列队相迎。

明朝使臣入城以后,努尔哈赤设下马宴,热情款待。酒宴中间,努尔哈赤说道:"俺保守天朝地界九百五十里,管事十三年不敢扰边,对于朝廷恭谨忠顺。俺与朝鲜王国本来没有衅端,朝鲜老百姓被日本浪人追赶到这里。俺将日本浪人打跑,对朝鲜人发给衣食,还送回朝鲜的满浦镇,俺努尔哈赤在学好人,做好事,十分明显。去年'渭源事件'发生之后,本该结束,朝鲜王国却派兵偷袭俺鸭绿江部,杀俺许多人,这倒是他们的过失了。若是没有余老爷宣谕到此,俺与朝鲜王国的关系怎么能维持到今天?俺努尔哈赤素有名声,从来不贪财货,不要手腕。恳请余老爷回去提本上奏皇上,知道俺努尔哈赤恭顺,俺的心愿也就满足了。"

由于明朝使臣余希元的调处,建州与朝鲜王国之间避免了一场战争,"渭源之仇"也只好不了了之。但是,明朝与朝鲜王国的使臣,已明显感觉到,这种欢迎仪式,与其讲庄严、隆重,不如说示威、炫耀。所以他们在回国时,朝鲜的两位使臣向余希元说:"如今的努尔哈赤已经咄咄逼人了。"

第八章

讨辉发数奸淫罪恶
征乌拉恨反复行径

努尔哈赤手指辉发部长拜音得里厉声骂道:"你杀害祖父,奸淫祖母,亲手杀死七位叔父,还将生身之母赶出家门,你是猪狗不如的畜生!你多行不义必自毙!众将官,与我攻城!"

努尔哈赤与朝鲜王国修好以后,暂时没有后顾之忧了,便决定征讨海西四部。在古勒山战役之后,女真内部形成了新的力量对比,海西四大部中,叶赫、乌拉部势力强盛,哈达、辉发部势力相对减弱了,形成了建州、叶赫、乌拉"三足鼎立"的局面,而三者之间,又以建州与叶赫的矛盾最为尖锐。在这一形势下,努尔哈赤采取"远交近攻"的策略。所谓远交,主要是针对乌拉部、科尔沁蒙古、东海各部和朝鲜王国。所谓近攻,主要是与叶赫部争夺哈达、辉发部和直接攻击、掠夺叶赫部。正是在这一战略思想指导下,努尔哈赤开始了统一海西四部的战争。

哈达部原先居住在松花江海西地区。哈达,在满语里意思为山峰、石崖。因此,哈达以住山城而得部名。当时,明朝人称之为南关,而女真人称之为哈达。哈达部南徙至开原广顺关外,居住在哈达河(今清河)流域,也有一部分居住在柴河一带。它东邻辉发,西至开原,南接建州,北界叶赫。哈达部的治所,是坐落在哈达河北岸的哈达城。

哈达部民,姓纳喇氏。部民南迁后,过着定居、农耕的生活。明朝万历初年,哈达万汗王台任哈达部长。其时,哈达势力最为强大。王台对明朝忠顺,他诱杀王杲以后,万历二年,明廷封他为都督,加一品勋阶,敕他为龙虎将军。那时,王台想依靠明朝势力,统一女真各部,但是明廷却坚持"分而治之"的方针政策,并不予以支持,使王台在内外交困、忧病交加中死去。那是万历十年,正是努尔哈赤起兵前一年。

王台有六个儿子,长子扈尔干,次子三马兔,三子熄太,四子纲实,五子孟格布禄,六子康古六。王台死时,他的二、三、四子都已早死了。所以长子扈尔干继为哈达部长。但是康古六不服,整日与扈尔干磕磕碰碰。原先王台娶妻二人,第一个妻子生了四个儿子,后三个早死,只有扈尔干一人。在王台的势力最强盛之时,叶赫部长清佳努,将他的妹子名叫温姐的,嫁给王台做妾。那温姐长得肤若白玉,貌比天仙。嫁给王台时,温姐年仅十六岁,而王台已六旬开外。

王台死前,温姐就曾经勾引过扈尔干。扈尔干性格正直、忠厚,论年龄,他比后母温姐还大三岁。一天午后,温姐突然来到扈尔干的住室里,见他正在床上睡午觉,便主动脱去衣服勾引扈尔干。扈尔干严辞拒绝,并痛斥她丧失理智。王台死后,扈尔干不准温姐接触外人。这位年仅二十六岁的孀妇,竟与比她小五岁的康古六勾搭成奸。这康古六人高马大,性格剽悍。一次,他正在屋内洗浴,温姐来了,二人遂脱衣上床。从此,夜夜欢聚。这事传到扈尔干耳里,他把康古六叫去,狠狠训斥一通。那顽劣不驯的康古六,环眼一瞪,吼道:"你那部长不该你一个人当,咱都有份。"扈尔干听了,气得肺都快炸了,马上反驳道:"你算什么东西?你是老爷子在世时,与野女人胡搞生下来的!你有脸跟俺相比吗?俺警告你,若再与温姐胡闹,俺就杀了你!"这可把康古六镇住了,所谓邪不压正,一点不错。那康古六吓得鸡蛋长爪子——连滚带爬,一下子跑到叶赫部去了。

叶赫部长清佳努,见康古六逃到叶赫部来,心里想:"这个人头脑简单,又是个好色之徒,可以利用他,让他与扈尔干斗,以削弱哈达力量,到了适当机会,咱就可以把那哈达灭掉。"想到这里,就派人把康古六叫来,并对康古六说:"你与扈尔干本是兄弟,都有继承权,为什么部长由扈尔干一人当呢?他又把你赶出来了,这扈尔干也太残忍了，怎能将自己的亲弟弟赶出来呢？你来到咱叶赫，孤身一人，也怪可怜的。俺打算把女儿嫁给你，你以后要好自为之！"

扈尔干受人挑唆，于万历十一年八月，带兵抢劫建州努尔哈赤所属的瑚济寨，被大将安费扬古领兵追杀几十里，回到哈达城，不久病死。他的五弟孟格布禄十九岁，承袭了哈达部长、龙虎将军、左都督之职位。康古六得到扈尔干的死讯，更是万分喜悦，立即回到哈达，又与温姐搞在一起。不久，康古六竟娶温姐为妻。又从叶赫把那新娘子接来，仍不能满足他那罪恶的淫欲，与孟格布禄商议，把扈尔干的儿子歹商新娶的妻子夺取过来，共同打击歹商。于是哈达被康古六搅得混乱不堪。

叶赫部的清佳努、扬佳努两位部长，准备派兵袭击哈达，清佳努的妻子出来劝阻道："你刚把女儿嫁给康古六，孟格布禄还是你的外甥，怎能去攻打呢？"妻子的话气得清佳努胡子都翘起来了，他骂道："你懂得什么！姻亲只是外交手段，女人不要参政，滚回屋里去！"万历十一年，叶赫部乘哈达部的王台、扈尔干两丧连报之机，先后纠挟恍惚太、瓮阿岱率领兵马去攻掠哈达。叶赫兵抢劫财物，焚烧房屋，掳掠妇女，无恶不作。

明朝辽东巡抚李松、抚顺关总兵李成梁遵循对女真"分而治之"的方针政策，对叶赫兴兵攻掠哈达的行为十分不满，遂派兵拦劫，一举斩杀清佳努与扬佳努兄弟二人，才使哈达免遭覆灭。但是哈达部仍然四分五裂，内讧加剧。叶赫部清佳努的儿子布寨、扬佳努的儿子纳林布禄分别继任叶赫部长，又于万历十五年，乘哈达内部混乱、内讧加剧的机会，纳林布禄派恍惚太带兵攻哈达，大肆掳掠财物，焚烧村寨，哈达部民苦不堪言。不久纳林布禄病死，其弟锦台什继任叶赫部长。这锦台什比纳林布禄更加仇视哈达，万历二十七年五月，锦台什统率兵马五千再次进攻哈达。在此内讧外扰的情况下，哈达无力抵抗。孟格布禄万般无奈，就送三个儿子到建州，作为人质给努尔哈赤，来向建州借兵。

努尔哈赤见孟格布禄送来三个儿子做人质，心里非常高兴。他对哈达南关的沃土，早就垂涎了。由于建州的部长越来越多，土地贫瘠，粮料不足，若能占有南关的沃土，真是如虎添翼。另一方面，哈达部地处建州出入的咽喉，并吞哈达以后，可以将建州的领域向外推进二百多里，逼近叶赫部的边境。一旦哈达部落入叶赫手中，建州将面临门户之患。于是，努尔哈赤满口答应，立即派遣大将扈尔汉、噶盖二人，领兵两千去援助哈达部。叶赫部锦台什得知后，十分惊惧，遂写了一封书信给孟格布禄，来离间他与建州的关系。努尔哈赤获得哨探报告，十分气愤，认为孟格布禄反复无常，于九月份，发兵讨伐哈达部。舒尔哈齐率先请战，愿意当先锋，努尔哈赤命他领兵一千先行。

　　且说舒尔哈齐带领兵马，来到哈达城下，看到城头军旗招展，布满了守兵，并有一支兵马前来迎战。舒尔哈齐胆怯了，不战而退。回来向努尔哈赤报告说："哈达部有兵马前来迎战。"努尔哈赤一听，非常生气，喝问道："这次出兵难道是因为城中无备才来的吗？你打了多少年的仗，不懂得'兵来将挡'的道理？现在你害怕，就把兵带到后边去！"努尔哈赤说罢，便拍马舞刀，奋勇向前。因为舒尔哈齐的军队挡住了去路，努尔哈赤不得不统率兵马绕城而行。这时，城上的孟格布禄见有机可乘，遂命守城士卒弓弩齐下，滚木、礌石一齐向努尔哈赤袭来。但是他无所畏惧，依然指挥兵马攻城。一见孟格布禄，努尔哈赤骂道："你这不守信用的小子，俺饶不了你！"孟格布禄自知没趣，也不予搭理，只是命士卒矢石齐下。由于舒尔哈齐贻误了战机，挫伤了士兵的锐气，建州军损失惨重。

　　为了迅速攻破哈达城，努尔哈赤及时调整部署，采用四面包围、重点进攻的策略，争取先突破一点，再逐步延伸，扩大打击面。由于哈达部兵力不足，指挥又不统一，人心混乱等，稍一松劲，努尔哈赤趁机带着军队日夜猛攻，经过六昼夜的激战，终于攻陷哈达城。大将扬古利率先跳上城头，生擒了孟格布禄，之后，孟格布禄匍匐进见努尔哈赤。努尔哈赤亲手给孟格布禄松了绑，又将自己的貂帽和豹裘赐给了孟格布禄，并将他带回赫图阿拉监养起来。于是哈达部原所属城寨完全降服。努尔哈赤对哈达的器械、财物、妻子秋毫无犯，所有的降民一律编入户籍，迁之以归。

灭亡哈达以后，努尔哈赤与军师张一化、大将额亦都等商议，以为明朝皇帝必然震怒。张一化说："俗语云：'先下手为强，后下手遭殃。'孟格布禄最忠顺朝廷，深得明廷的信任，留着他，终有祸患。不如找个罪名，就地——"努尔哈赤点了点头，说道："军师言之有理。"遂宣布孟格布禄罪名：曾奸污部民妻子五十余人，生活腐化，淫恶成性，不杀不足以平民愤云云。努尔哈赤命令：出布告，公诸世人。将孟格布禄处死。

不久，明廷派遣使臣前来责备努尔哈赤，并扬言要停其贡赏。努尔哈赤十分恐惧，立即去向边官悔过，答应归还孟格布禄的次子革把库及其部众一百二十家，以女儿莽古吉嫁给孟格布禄长子武尔古岱。在明廷逼迫下，努尔哈赤于万历二十九年（1601年）七月，在抚顺关外杀白马发誓："辅佐武尔古岱，保守哈达各寨。"但时过不久，努尔哈赤又以北关叶赫部侵扰南关，武尔古岱自动来投为口实，完全占领了哈达部。这是努尔哈赤实施近攻之策的第一步。

哈达灭亡以后，明朝失掉南关，海西四部被打开一个缺口。努尔哈赤吞并哈达，是他统一女真各部道路上的一块里程碑——"自此益强，遂不可制"。他的下一个争夺目标，将是辉发部。

夺取辉发部对于建州极为重要。这一方面可以剪除叶赫部的一个臂膀。同时，也可以打开去乌拉部的通道。切断了乌拉部与叶赫部之间的经济联系，有利于建州的经济发展和繁荣。因为黑貂等名贵产品由黑龙江南北，即所谓"江夷"地方和东海虎儿哈部南运，多受乌拉部控制。乌拉部是货物的中转站，既集中"江夷"的东珠、紫貂等土产，又将关内的布匹等物品供应东海各部。如此贸易往来，途经辉发部，运往开原，使沿途各部都得到好处，而获利最大的是叶赫部。打掉辉发部，就等于砍断了叶赫部的重要经济命脉，使叶赫部经济变得萧条。因此，攻取辉发部对于努尔哈赤统一东北地区具有重要的战略意义。也是他实施近攻策略的第二个重要步骤。

辉发部先世居住在松花江与黑龙江交汇处。明嘉靖年间，其首领星古力率部民移居渣鲁地方，七传至王机砮。王机砮收服邻近诸部，势力日盛，于辉发河畔扈尔奇山筑城以居，辉发部由此兴盛。

"辉发"为满语发音，译为汉语意思为"野茶汁"，青色，可作染料。以意推求，辉发河水色青，似野茶之汁，故以此作为部落名称。辉发部的地理条件，既有利于他们在这里生息繁衍，又限制了其拓展。它临山依水，水草肥美，物产丰饶，宜农宜牧，或渔或猎；凭山筑城，形势极险，城下临水，易守难攻。它东面和南面是建州，西与哈达、叶赫为界，北面连接乌拉，左右为分水岭和长白山所阻，介于哈达、叶赫、乌拉和建州四强之间，难以发展。

辉发部长王机砮，为人机敏，有谋略，他当部长四十余年，与周围部落之间关系融洽，友好往来。他的五个妻子分别来自乌拉、叶赫、哈达、建州，第五个才是辉发本部落人。共有八个儿子，前四个妻子，每人生两个，第五个妻子扈拉嫁给他时，王机砮已七十一岁，扈拉才十六岁，成亲一年零二十一天，王机砮便寿终正寝。

王机砮长子纳喇虎，三十岁时无病而死，生子拜音得里。老二纳喇龙，为人忠厚善良。老三纳喇海，生性嗜酒，好殴斗。老四纳喇河，性格倔强，好多管闲事，有正义感。老五纳喇熊，性格文静，内向，是八兄弟中文化水平最高的。老六纳喇水，聪明能干，手巧心灵，王机砮在世时，最疼爱他。老七纳喇星，是兄弟八人中武功最好的。老八纳喇山，遇事稳重，善思考。王机砮生前曾多次对别人说：老八最有出息。

王机砮的长孙拜音得里,父亲死时他才十二岁,因为他母亲噶得丽颇有姿色,当时不到三十岁,王机砮不让她改嫁,就变成他实际上的第六个妻子。也许是环境造成,拜音得里从小成熟的早,父亲死后,他苦练武功,随着一个叫黎德力拉的师傅学武艺。这黎德力拉曾在关内混过十几年,学得一身武功,什么南拳北腿、少林、武当,各派都能来得。师徒俩感情融洽,形影不离。那黎德力拉早就在心里想着拜音得里的母亲噶得丽。其实噶得丽年纪轻轻,怎能守得住?王机砮虽说十天半月来一次,那只不过是"水过地皮湿"。她当然也在想着膀大腰圆的教师爷黎德力拉了。所谓"心有灵犀一点通",二人都有意,不久便成就了好事。

久而久之,拜音得里有些察觉,知道他师傅跟他母亲已经有那个事了。但是他原谅了他们。母亲那么年轻就守寡,也着实令他同情;至于师傅,他也不忍心怨恨他,有那么好的武功,什么样的女人找不到?这都是为了俺呀!他只是装作不知道。有时他竟然想跟师傅说:"你们别偷偷摸摸的,干脆成亲吧!"但是,他总是说不出口,有几次都是话到嘴边又咽了回去。令他不能容忍的,是他发现祖父也来跟他母亲胡来!他心里说:你那么大岁数了,自己有五个老婆,最小的扈拉这么年轻,比俺还小两岁,你还来——从此,他对祖父就不像过去那样尊重了。

一天午后,他和师傅正歇晌,见师傅睡得鼾声如雷,自己总是睡不着,心里觉得热得难受,便走到院子里树荫下,还是不行,到处是热浪滚滚,就信步来到后花园里。猛抬头,见扈拉一个人坐在葡萄架下乘凉,便走了过去。来到近前才发现,她穿的外衣都已脱去,放在身旁的石凳上。他不由得心里怦怦直跳,急忙折回头来,刚走几步,脑海里便闪出那淫邪的念头——也跟她亲热去!

当拜音得里再转回来,那激动的脚步声,已使她转过身来。一见到拜音得里来了,扈拉忙站起来说道:"快来吧,这里好凉快!"遂将身子向边上挪一下,给拜音得里让个空儿。二人并肩坐在石凳上。拜音得里整日跟师傅学武艺，从未接触过异性。虽然十九岁了，还保留着童子之身。此刻，他坐在一个半裸的女子面前，离得那么近，看得那么真切，再也遏制不住那蒸腾的欲火，两只眼睛贪婪地从上到下，又从下往上，看得扈拉也沉不住气了。她从拜音得里的目光里，受到了鼓舞，得到了力量，这力量能冲破一切障碍。何况坐在身边的这个男人，她曾经不止一次地想到过他。此刻，他就坐在自己身边，怎能再失之交臂！于是，她身子一歪，就倒在拜音得里的怀里了。他也顺手搂住她……

俗话说："若要人不知，除非己莫为。"这两对交叉的婚外恋，那兄弟七人很快便知道了。他们气得咬牙切齿，但是无能为力。他们多次策划于密室，准备在老爷子倒下那一天，一定要动手。可是他们也不得不面对现实，黎德力拉的武功，他们七个人中，没有一个是对手！何况那拜音得里的功夫也不差。兄弟七人一边策划，一边在寻找着机会，这且不提。再说那扈拉，自从与拜音得里成就好事，简直使她欣喜若狂。一个七十多岁的老朽，一个十九岁的小伙，怎能相比呢？她忘不了拜音得里给她的快感，她恨不得一天到晚躺在他的怀里。这几天，她有事无事总想到拜音得里那里去，哪怕是同他讲一句话也行，甚至能看上他一眼，也感到满足。

扈拉一再跑来纠缠，黎德力拉也明白了。他注意到：拜音得里这几天也是心神不宁，再也安不下心练武功了。更使他警觉的，是那七兄弟的反常表现。他们一见到自己，就不声不响地一个一个地溜走了，再也不像往日那样，在一起无拘无束地谈话、说笑了。于是他准备访察一下。一天夜里。他穿上夜行服装，运足了气，施展了轻功，来到纳喇龙家的屋顶上。他伏在瓦楞沟里，侧耳细听，屋里没有人说话。他飞身走向另一处所，来到纳喇海家，刚在屋顶停下，就听见纳喇海在大声说话："哪有孙子承袭祖父的职位，只有儿子承继父亲的职位！到了老爷子归天时，你们不愿讲，俺来讲！俺就不信，胳膊能扭过大腿！七个叔叔斗不过一个侄儿？俺就是不信这个邪。"接着有人说话，只是声音太小，听不清楚。只听到"小畜生""小妖精"什么的，又等了一会儿，见弟兄几个，一个一个地走了。黎德力拉便也穿墙过院，展开纵跃腾跳的功夫，不一会儿，便回到了拜音得里屋里，遂将听到的那段话学了一遍。拜音得里听了，说道："这七个老家伙，全是绊脚石。到时候，若想顺利，必须提前动手。他们既不讲仁，俺还讲义干什么？"

王机砮部长虽说七十多岁了，由于天天喝参汤，嚼熊掌，吃鹿肝，保养得好，仍然耳不聋，眼不花，头脑清楚，力壮如牛。身边五个妻子，加上噶得丽，在这六个女人中间，他最喜欢的就是扈拉和噶得丽。这天他又来到了扈拉门口，见门未关严实，只是虚掩着的，便推门进去。就在这一刻，他看到了两个赤身露体的人紧紧地搂在一起，随即本能地往后退去。后退时候，他看清了，那男的是他的长孙拜音得里，那女的自然是这位老人十分喜欢的那位少妻扈拉。

老人震怒了，猛吼一声："畜生！"拔出宝剑就向孙子刺去。拜音得里急忙躲闪，嘴里喊道；"爷爷！你听俺解释。"老人也不搭话，一连几剑，都被拜音得里闪过。老人一个转身，又向扈拉刺去，嘴里喊着："刺死这个小贱人！刺死这个小贱人！"吓得扈拉一边叫着，一边向拜音得里身后躲去。拜音得里血液沸腾，心一横：俺一不做，二不休，宰了他再说！想到这里，一步抢前，看老人的剑已到眼前，就一脚踢去。只听"嗖"的一声，那剑就飞到旁边了。拜音得里又连着一脚，正踢在老人的小腹上，老人"哎哟"一声，向前扑倒，连脚都未蹬一下，便气绝而死。扈拉看老人死了，吓得伏在拜音得里怀里，抽抽嗒嗒地哭起来。突然，房门又开了，黎德力拉走了进来。拜音得里正无主意，一看师傅来了，急忙上前说道："师傅，你看怎么办吧！"他一边说，一边指着老人的尸体。黎德力拉遂走到尸体边，伸手将老人翻个脸朝上，只见老人呲牙咧嘴，怒睁着两只大眼，一副死不瞑目的表情，扈拉一见，又吓得"哇"的一声，双手捂脸，再也不敢看了。还是师傅有经验，他用手掌轻轻抚着老人面额，向下一摩挲，那眼便合上了。再用手指将嘴唇慢慢合拢起来，不一会儿，嘴巴也闭上了。只是那门牙露出一点，也就算了。黎德力拉与拜音得里将老人的尸体抬上床去，用被子盖上，一切收拾得干净利索。最后让扈拉去噶得丽那儿，不要出来随便乱跑，又嘱咐几句，见扈拉走后，才拉住拜音得里，关好门走了出来。

次日早上，黎德力拉与拜音得里起来漱洗后，吃了饭，将短剑等暗器揣在身上，来到王机莟每天议事的客厅里坐下，若无其事地等着那七位兄弟的到来。不一会儿，院子里响起了脚步声。他们抬头一看，见是纳喇龙来了。拜音得里站起来，喊道："二叔来得早！"话刚落音，黎德力拉的短剑已插进他的肋下。可怜忠厚善良的纳喇龙连哼也没来得及哼一声，便一头扑倒，死了。二人迅速将尸体抬到墙角，用席子一盖，又转回来刚将地上的血迹擦完，老四纳喇河进来了。拜音得里走到他四叔身后，用短刀猛地扎向腰部，纳喇河猛一转身，见拜音得里手拿明晃晃的短刀，正待质问，黎德力拉一步蹿到他背后，一剑刺进肋下，纳喇河又栽下去，死了……就这样，他们进来一个杀一个。因为事前没有征兆，兄弟七人都被他们活活杀死。

中午，拜音得里召开会议，说祖父与七位叔父突然得了传染病，全都死了，他承袭部长职位，希望各位将领、寨主，各在其位，仍谋其政，齐心协力把辉发部治理好。大家听了，全都瞠目结舌，过了好长时间，才恍然明白。你看看我，我看看你，再看那黎德力拉，大家知道他武功厉害，谁也不敢说什么，各自散去。

拜音得里和黎德力拉见众人安定下来了，也将提着的心放了下来。扈拉干脆住到拜音得里屋里去。拜音得里为了报答黎德力拉在急难中的鼎力相助之恩，遂直截了当地对他师傅说："你到母亲那里去住罢！"黎德力拉当然乐意，于是两对婚外恋，终于变成两对合法婚姻。这且不提。

再说那七家办完丧事之后，真是打落了牙，还要往肚里咽，气难出啊！但是又有什么办法？于是七家商议之后，连夜收拾细软，于三更天时，贿些钱给守城的士卒，仓皇逃往叶赫去了。等到拜音得里知道以后，他们已逃得很远，追不及了，只得由他们去吧！后来有人来向拜音得里汇报说："那七个寨主也准备叛逃哩！"他与黎德力拉商议后，将七个寨主的儿子集中起来，一齐送往建州，乞请努尔哈赤派出一支援军，来镇压那些叛逃者。

努尔哈赤与军师张一化、大将额亦都等商议，派大将扈尔汉率兵一千人，前往辉发。拜音得里领着建州援军，连续攻破几个叛变的村寨，及时安抚稳定住了那些企图逃往叶赫部的部民。完成任务以后，扈尔汉带着兵马，胜利返回建州。努尔哈赤派大将何和理前去辉发部扈尔奇山城，联系两部结盟之事，但是拜音得里迟迟不予答复，也不接见。何和理住了几天，回到赫图阿拉，将情况向努尔哈赤作了汇报，努尔哈赤听了以后，对拜音得里这种过河拆桥的背信弃义行为，深为不满，但是他隐忍未发，打算等过一段时间再说。

拜音得里利用努尔哈赤的援军稳定住叛逃村寨以后，便对黎德力拉、各寨主等说道，根据当前形势，辉发部被夹在叶赫与建州之间，倾向哪一部，都会遭到另一部的袭击。不如中立于叶赫与建州之间，既不与两部中的任何一部结盟，也不得罪于两部。黎德力拉说："这样下去，也有两部都被俺得罪的可能。当前，建州努尔哈赤兵强马壮，刚消灭了哈达部，处于上升期。叶赫部自从古勒山战败，元气大损，处于衰败状态。不如先与建州结盟，谅叶赫也不敢贸然来侵。"众寨主都支持这个意见，但拜音得里固执己见。

一天，叶赫部纳林布洛派使者来到扈尔奇山城，告诉拜音得里说："你能从建州撤回人质的话，俺就把叛逃来的你那七个叔叔家的亲属、部民全部归还给你。"拜音得里一听，十分高兴，遂派人准备酒菜，招待叶赫部使者。并准备派人前去建州努尔哈赤处，去索回当人质的七个寨主的儿子。黎德力拉听说以后,立即来找拜音得里,说道:"叶赫的纳林布洛诡计多端,不可轻信他的谎言。你不要急着去建州索回人质,免得又获罪于努尔哈赤。可以再向叶赫使者提出,让他们先将叛逃去的人送回,咱们再去建州,索回人质,也为时不晚。"但拜音得里仍不听劝告,坚持派人去建州向努尔哈赤索回人质。

次日早上,黎德力拉又赶到拜音得里处苦劝道:"若再坚持去建州索回人质,后果将得罪双方,不久之后必然给辉发带来城破人亡的严重恶果,那时你到什么地方去安身呀?!"拜音得里听了,恼羞成怒,拍着案子说道:"若不是看在师徒情分上面,俺早把你宰了!"黎德力拉不再多言,心里说:"竖子不足与谋,必将招来杀身之祸!"遂发誓再不见拜音得里了。黎德力拉回去向噶得丽辞行,说明情况后,噶得丽竭力挽留,劝他说:"不要冲动,等俺再去劝说一下。"

拜音得里见母亲来了,心中更加不满。未等母亲说话,他就说道:"你是帮助你那位老相好的,继续阻止俺向建州索回人质的吧?"噶得丽听了,气得说不出话来。走到儿子面前,"啪"打了拜音得里一个耳光,拂袖而去。噶得丽回到住处,与黎德力拉收拾了一下,不声不响,出城而去。拜音得里担心他们去投建州,立即派五百兵马,前去追赶。兵马临走时,他吩咐道:"要死的,不要活的。"兵马直追到建州边界,也未见到他们的影子。后来有人说黎德力拉与噶得丽二人去长白山深山老林隐居了。

且说拜音得里自从黎德力拉与母亲走后,再没有人在他耳边说三道四,他倒觉得更加自由随便了。扈拉为他生了个儿子后,拜音得里逐渐对扈拉有些厌倦,又去另觅新欢。一天,他借口到村寨巡视,带着二百名侍卫,将七个村寨的寨主家里看了一遍,发现两个寨主的女儿长得俊俏,遂与二女的父亲打个招呼,即命侍卫将她们送回府里。自此以后,拜音得里经常在扈尔奇山城里面"巡视",有标致少女,即让侍卫带回,供他取乐。辉发部民敢怒而不敢言。

再说拜音得里派往建州去的使者，将七个寨主的儿子领回以后，又将他们转送到叶赫部去了。纳林布洛得到人质以后，兴奋地对部下说："这乳臭未干的小子好对付！"遂食言背约，根本没有返还辉发部的叛逃人员。拜音得里受到纳林布洛的欺骗，心中十分不满。但又没有力量对付叶赫部，于是又派使者到建州去，让使者转告努尔哈赤说："俺部长拜音得里非常后悔、自责，过去他误信了叶赫部纳林布洛的话，受骗上当了。如今还想依靠大王来维持辉发部的现状。并请求大王把你准备嫁给常书的女儿，改嫁给俺部长为妻。恳请大王应允。"努尔哈赤说："能后悔、自责，也是好事。古人言：'亡羊补牢，犹未为晚'。问题是：可真是后悔，说话一定要算数。站着翻身、言而无信的人，必然自食恶果！"努尔哈赤为了争取辉发，孤立叶赫，便解除原来准备将女儿嫁给常书的婚约，改许给拜音得里。努尔哈赤让辉发使者回去复命，让拜音得里尽快办理婚事。可是事过不久，拜音得里又担心与建州联姻，会得罪叶赫部，遂背约不娶。

努尔哈赤非常生气，再次派遣使者何和理前往辉发。何和理传达努尔哈赤的话，责备拜音得里说："你曾经帮助叶赫部两度侵犯俺的边境，今天又聘女不娶，道理何在？"拜音得里掩饰说："俺质子于叶赫部，等到他们回来，立刻就往建州去迎娶。"何和理听了，只得回到赫图阿拉，向努尔哈赤转告了拜音得里的许诺。努尔哈赤仍在耐心等待。

但是，拜音得里另有打算。他在辉发部内认真动员，大兴土木，决定将扈尔奇山城另加两层，使扈尔奇山城变成一座有着内、中、外三层的城池。由于扈尔奇山城是凭山建筑的，所以石头好取。拜音得里野蛮地驱赶辉发部民，上山采石，男女老少，齐集山上，挑的、抬的，还有扛的、搬的，连天加夜地抓紧修城。三个月过去了，在扈尔奇山城外面，又加上了两层。

拜音得里自以为筑城三层，已成铜墙铁壁，易守难攻，遂撕毁了与建州的婚约，建州与辉发两部的战争，已经不可避免了。

拜音得里反复无常，不守信约，努尔哈赤决定发兵前往讨伐。多次担任使者去辉发扈尔奇山城的何和理说："扈尔奇山城依山凭水，如今又筑城三层，的确易守难攻。但是，拜音得里因此而麻痹松懈，对咱来说，又易于攻取。俺以为，先派人以商人模样，进入扈尔奇山城，可以分几批去，以做内应。然后突然袭击。用这种内外夹攻的计策，定能奏效。"努尔哈赤拍手赞好，遂请军师张一化具体安排人员，分期分批去辉发部。

次日上午，军师张一化选出二百人为精干队伍，十几个人为一伙，扮做生意人模样，或担，或背，带着货物进入扈尔奇山城，潜伏在城内。先后派出十几批，他们进入山城以后，以出售货物，或是联系生意为借口，四处活动，详细了解城内防卫情况，待时而动。万历三十五年（1607年）九月，努尔哈赤亲率轻骑兵马三千人，随营八十八员大将，日夜兼程，疾驱辉发扈尔奇山城。原来七八天的路程，只用六天就赶到了。

攻城之前，努尔哈赤让人传话给拜音得里，叫他出来说话。等了好长时间，拜音得里才来到城头。努尔哈赤用大刀一指说道："拜音得里！你两次兵助叶赫，如今又背约不娶，如此背信弃义，愚弄于俺，实为罪不容赦。现在俺亲率大军前来讨伐，你还不快快下城投降，更待何时！"拜音得里听了，也觉理亏。但是他仍然为自己辩护，他说道："努尔哈赤大王，请你息雷霆之怒，俺在叶赫的压力之下，才这样做的。你若怪俺，实在冤枉俺了。你若能退兵回去，俺再想办法弥补以往的过失。"努尔哈赤一听，更是反感，马上说道："你还在耍手腕来愚弄俺，你是个什么东西！你杀害祖父，奸淫祖母，亲手杀死七个叔父，甚至将你的生身之母也赶出家门，你是猪狗不如的畜生！你在辉发城里作恶多端，辉发部民都恨透了你。俺来攻城之日，正是你丧身之时。众将官，攻城！"

三千轻骑兵，喊杀声震天动地，鼓声如雷。城内预先进城的二百"商人",立刻响应,霎时间,城内大乱,杀声、喊声,响成一片。努尔哈赤带头猛攻,八十八将带领三千士卒,拼命攻城。由于内外夹攻,战不多时,城门大开。努尔哈赤率领轻骑兵,如风卷残云,冲入城内。那八十八将,挥着大刀,随后紧冲,见人就砍,辉发的守城士兵,被杀得四散逃奔。战不多时,扈尔奇山城完全陷落。作恶太多的拜音得里,死于乱刀之下,连他的儿子也未能幸免。

辉发灭亡了。努尔哈赤"屠其兵,迁其民",带着战利品,又把统一海西的重点转向乌拉。

这乌拉部,姓纳喇氏,居住在乌拉河(今松花江上游)流域,因滨乌拉河,故名乌拉。乌拉为满语语音,汉意为江或河。同哈达部依山而为部名一样,乌拉部临河而为部名。乌拉部城为首领布颜所筑,位于乌拉河东岸,与金州城隔河相望,相距二里。其地在今吉林省吉林市北七十里处乌拉街满族乡。乌拉部盛时疆域,东邻朝鲜,南接哈达,西界叶赫,北达牡丹江口及其迤北迤东地带。在海西四部中,至努尔哈赤兴起时,乌拉疆域最广,兵马最众,部民最多,治城最大。乌拉在海西四部中,离建州最远。所以在古勒山之战以前,努尔哈赤忙于建州内部的统一,同乌拉的联系和矛盾较少。自古勒山战后,努尔哈赤的铁骑驰出建州,踏向海西。但建州东北为辉发,西北为叶赫,西为哈达,他为了不使自己四面受敌,就远交近攻,争取乌拉。在古勒山之战中,乌拉部长满泰之弟布占泰被努尔哈赤俘获以后,在赫图阿拉留养三年。满泰曾多次派遣使者,到建州请求赎回布占泰,都遭到努尔哈赤的拒绝。满泰又以马百匹,请求赎回布占泰,努尔哈赤始终不答应。年复一年,满泰无可奈何,只好把布占泰的家属二十多口人都送往建州。布占泰在赫图阿拉期间,努尔哈赤加以优待,还将他弟弟舒尔哈齐的女儿嫁给布占泰做妻子。

乌拉部长满泰,此人胸无大志,目光短浅,且嗜酒好色。他有妻子八人,却还不满足,经常在外寻花问柳。部民中若有俏丽女子被他撞见，必然要想方设法，弄来玩乐。即使有夫之妇，满泰也不予放过。

万历二十四年七月的一天，满泰父子去乌拉部的苏斡延锡兰地方修边筑壕时，见到附近村寨中有两个少妇长得俊美，父子俩一直尾随她们至家，强行奸淫之后，又恣意轻薄。两个少妇的家人无比愤怒，将满泰父子按在床上活活砍死。满泰的叔父兴尼雅见满泰父子已经被杀，布占泰又远在建州，便想乘机担任乌拉部长。

满泰的女婿拉布泰，是乌拉部有威信的将领，立即赶往建州，向努尔哈赤说明情况，他说："乌拉将要发生内乱，请大王放回布占泰，让他回乌拉去承继部长职位。"努尔哈赤遂让布占泰回去。走前，努尔哈赤对他说："你布占泰在赫图阿拉近四年了，俺对你已经够意思了。俺希望你能与俺一条心，让乌拉与建州永远交好。"布占泰听了，赶忙跪下，哭着说："你对俺有二次再生之恩，恩犹父子，俺终生不忘。你又将亲侄女嫁给俺做妻子，使俺更加感激。俺回去若能承继部长，一定用实际行动报答你对俺的恩情，让乌拉与建州世代交好。"

努尔哈赤派遣煌占、斐扬古二人护送他回去。兴尼雅见布占泰安全回来，又想谋杀他，幸亏煌占与斐扬古二人把守门户甚严，使兴尼雅没有下手的机会。兴尼雅的阴谋未能得逞，远投叶赫部去了。布占泰承袭兄位，做了乌拉部的部长。这一年的十二月，布占泰为了感激努尔哈赤，以成婚姻之好，又送妹妹滹奈给努尔哈赤的三弟舒尔哈齐为妻，以续友好情谊。布占泰结交建州的目的，还在于增强自身的声望，发展和壮大乌拉的势力。万历二十六年（1598年）十二月，布占泰部长又率领三百多人，前来朝见努尔哈赤。建州即将舒尔哈齐女儿额实泰配给布占泰为妃，并送给盔甲五十副，敕书十道，以礼相待。从这以后，建州与乌拉两部通过多次联姻，较长时期保持了友好和睦的关系。万历二十九年（1601年）一月，布占泰送女儿给努尔哈赤为妃，并要求努尔哈赤再许配一女给他为妻。努尔哈赤慨然应允,又将舒尔哈齐的另一个女儿娥恩哲,于万历三十一年(1603年),送往乌拉部成婚。于是两部关系,进一步交好。

从布占泰被擒,到努尔哈赤第二次把舒尔哈齐的另一个女儿嫁给布占泰,这十年期间,努尔哈赤用恩养、宴赏、婚媾、盟誓等手段,对乌拉实施"远交"的计策,从而腾出手来,对哈达、辉发采取"近攻"的政策,并终于获得成功。哈达部与辉发部相继被建州灭亡,充分体现了"远交近攻"计策的聪敏睿智与切实可行。但是布占泰对努尔哈赤虽感不杀之恩、扶卫之助,却是外亲内忌,内心深处并不服输。布占泰担任乌拉部长之后,迅速整顿内部,施展谋略,妄图东山再起,形成乌拉、建州、叶赫三部鼎立的局面。不久之后,布占泰西连蒙古,南结叶赫,东略六镇——今天朝鲜咸镜北道的会宁、稳城、钟城、庆源、庆兴和茂山。布占泰仍然梦想着能与努尔哈赤争雄。

对于朝鲜王国六镇周围的女真人,布占泰也想如努尔哈赤的办法,收为羽翼。努尔哈赤于万历二十六年(1598年)夏天,派兵收服内河路、安楚拉库路;第二年,又派兵收服窝集、虎尔哈等部,大有吞并东海各部之势。在短短时间内,几乎把朝鲜会宁以西的各部女真,都收归了建州,兵力大为增强。对此,乌拉布占泰心急如焚,生怕东海各部都被建州夺去。所以万历三十一年(1603年)九月,布占泰兵分三路,以两路向钟城进攻,将东海钟城近地的女真各部"焚荡无遗",当时乌拉兵铁骑如云,戈甲炫耀;钟城上空,烟火涨天,杀声动地。这一次布占泰俘获牛马五百余头匹,男女人口数以千计。同年十二月,又以大兵向稳城女真进攻,并直捣庆源周围,大肆掳掠而归。

万历三十二年(1604年),布占泰声势日隆,"极其嚣张"。万历三十三年(1605年),布占泰出兵攻陷距钟城十八里的潼关。万历三十四年(1606年)七月,布占泰的兵锋所至,已达悬城女真各部了,并且水陆并进,人、畜、谷物等尽行掠取、迁移。万历

167

三十五年（1607年）正月，又发兵攻取瑚叶路（今俄罗斯东滨海省境内达乌河流域）诸部。一个时期以来，六镇周围及其东北各部女真都听从布占泰的号令。

乌拉布占泰在军事上一系列的胜利，早已引起努尔哈赤的密切关注。凡是布占泰的动静，无论事情大小，努尔哈赤都侦察入微，并及时向明朝广宁总兵通报。目的是既取得边官的信赖，也为自己采取军事行动寻找借口和扫清障碍。乌拉部与建州部在东海女真问题上，已经酝酿着一场大的冲突。万历三十四年（1606年）十二月，乌拉派兵围悬城诸处藩部，大肆纵火抢掠。这悬城地域即瓦尔喀所居斐优城一带。斐优城主策穆特赫因受布占泰兵害，遂亲往建州拜谒努尔哈赤说道："俺部遥远，不得已归附了乌拉部。希望大王派兵前去接取家眷，俺愿意来建州生活。"努尔哈赤一听，高兴地说："建州欢迎你来。至于派兵问题，俺已决定，不久将会成行。"

万历三十五年（1607年）三月，努尔哈赤派遣他弟弟舒尔哈齐，长子褚英，次子代善，大将费英东、扈尔汉等，率领兵马三千人，向斐优城进发。由于斐优城临近朝鲜的悬城，建州兵到达斐优城以后，把城周围屯寨的居民近五百户，全部收来。同时致书朝鲜王国边镇官员，说明这次出兵没有侵犯王国的意思，相反，还归还了部分被掳来的朝鲜王国的人口，表示友好。书中希望将进入朝鲜王国的女真人送还给建州部。努尔哈赤的这一外交行动，进一步为建州进军扫清了道路，使朝鲜王国边防军保持中立。

舒尔哈齐等收取五百户以后，命令费英东、扈尔汉先率兵三百，护送先行。当护送队伍走到钟城地界时，突然受到百名乌拉兵的阻截，处境十分危急。费英东、扈尔汉立即采取紧急措施，一面急令五百户结阵于山巅，即朝鲜人所称的乌碣岩，以一百兵守卫。另以二百兵与乌拉兵相对峙。与此同时，又派人立即驰报后继部队舒尔哈齐等。舒尔哈齐临阵与常书和纳各部率兵止于山下,畏葸不前。

再说乌拉部统兵大将为布占泰之叔博克多和大将常柱、胡里布等。乌拉部以一万人马对建州三千人,以为必胜无疑。又见舒尔哈齐率兵马停下,更助长了他们的轻敌情绪。次日早上,博克多派大将雅可夫等出阵挑战。建州大将扬古利出阵迎敌。二马相交,刀枪并举,几个回合,雅可夫被扬古利一刀斩下马来。费英东、扈尔汉与扬古利一起杀入乌拉阵中,连续杀死多人,迫使乌拉兵往后退去,最后两军各自隔江扎营。傍晚时分,舒尔哈齐率领后继部队赶到,大家欢跃振奋,士气大振。

次日上午,建州兵马与乌拉兵马,在图们江畔钟城附近的乌碣岩展开大战。两军一接战,乌拉大将博克多父子率先冲阵而出,猖狂地喊道:"建州小贼听着:你们别想从这乌碣岩下过去,老实投降,才是你们唯一的出路。"代善一马来到阵前,高声喝道:"你乌拉早是俺的手下败将,你那首领布占泰的命还是俺建州大王赏给他的哩!你们父子二人也不过替布占泰送两条命罢了!"博克多恼羞成怒,拍马上前,对准代善就是一枪刺去。二马盘旋,枪刀碰撞得叮当脆响,那博克多哪是代善的对手,战不几合,被代善生擒过来。再说博克多的儿子胡达利,与费英东战到一处。那费英东的一把大环刀,舞将起来,只见刀不见人。胡达利内心十分惧怕,这费英东果真厉害,看不见人,让俺怎么再战下去。正当胡达利犹豫之时,费英东的大环刀一挥,胡达利人头滚下,无头尸体扑通栽下马来。乌拉的次将常柱、胡里布也连续战败,被扈尔汉、褚英分别擒住。乌拉的士兵见主将被杀,次将被擒,便无心恋战,纷纷溃退下去。这时候费英东、扈尔汉、扬古利一见乌拉兵退,便拍马冲上去,他们左砍右杀,骁勇无比。褚英与代善,各带兵马,从两翼夹击,杀得乌拉兵四散奔逃。

自午前开战,到日暮时分,建州兵奋勇拼杀,愈战愈勇;乌拉军将死兵败,土崩瓦解。当时风雪交加,殷红的鲜血,染红了雪地。乌拉兵丢马匹,弃器械、尸体狼藉,不计其数。这次乌碣岩大战，建州兵如摧枯拉朽，乌拉兵仅死于朝鲜王国境内的就近三千人。战死在女真地方的，也有五六千人。合计有七八千人。建州俘获马五千匹，盔甲五千副，取得重大胜利。

大军胜利凯旋，回到赫图阿拉。努尔哈赤万分高兴，决定奖励众将，各赐以名号。舒尔哈齐被赐名为达尔汉巴图鲁（蒙古语，意思是"荣誉的勇士"）。长子褚英，奋勇作战，赐名为阿尔哈图图们（蒙古语，有智谋的万户）。代善与其兄并力杀敌，擒斩乌拉主将博克多有功，赐名为古英巴图鲁。

乌碣岩大战，使乌拉与建州两部的力量对比，发生了有利于建州的变化。建州兵势之盛，雄于诸部，各部女真纷纷归附。乌拉部的士气大挫，从此，对建州兵不敢轻易撄其锋了。

在乌拉与建州矛盾日益尖锐的情况下，布占泰深感力量不足，便与叶赫部进一步携手，与科尔沁蒙古密切关系，以对抗努尔哈赤。这消息很快被努尔哈赤知道，他心里很不高兴。万历三十六年（1608年）三月，努尔哈赤令长子褚英、侄儿阿敏等率兵五千人，前去攻击乌拉部的宜罕山城。宜罕山城，是乌拉的粮仓和兵器库的所在地。布占泰派他的儿子阿尔泰镇守着。布占泰把从六镇掠掳来的马匹、羊、牛、谷物等，全储存在宜罕山城里。努尔哈赤决定还用攻打辉发扈尔奇山城的计策，先派几批精干的士兵，扮做商人模样，然后做内应。当褚英、阿敏带领兵马来到城下的时候，城上方知是建州的军队。褚英一声令下，五千兵马喊杀震天，他们冒着如雨的箭矢，奋力攻城。阿尔泰慌忙上城，指挥守城士兵，用滚木、礌石打击建州兵马。由于城内的精锐全部集中在城上，那些"商人"便从城内不同的角落里蹿出来，他们将谷物仓库点着了火，又去把牛棚、羊圈、马棚等全烧着了。这一下城里可热闹了，大火一烧起来，马、牛、羊、人也全都跑出来了，真像开水里的饺子，上下翻滚，乱七八糟。城上的守城士兵一看，城内四处起火，到处是人喊马叫。那阿尔泰一看，以为是有人背叛他，稍一迟疑，扮做"商人"模样的建州士兵，便冲上城头，一刀砍去,那阿尔泰的人头落下了。于是城门大开,褚英、阿敏等,率领五千兵马,如风卷残云,一下子冲进城里,一阵乱砍乱杀,宜罕山城被攻破了。褚英等速战速决,斩杀了一千多人,缴获盔甲三百副,宜罕城被烧成一片废墟。他们又将城里的人、畜等都收拢过来,带回建州去。布占泰得到消息后,急忙与蒙古科尔沁的部长翁阿岱合兵一处,尾追了二十余里,但始终未敢交战,眼睁睁地看着建州兵凯旋返程。

第九章

兴战衅叶赫嫁老女
食诺言建州缢舅兄

即将自焚的锦台什,对城下的皇太极说道:"你我名为甥舅,实是敌国,今我叶赫都城将破,我身为部长,岂能独活?但愿你能念及亲情,留我一子半孙以存叶赫血脉,我心愿已足!"

万历三十六年(1608年),乌拉兵败于宜罕山城,非常害怕,为了缓和关系,表示友好,布占泰再次派使者前往建州,恳请努尔哈赤许配亲女为婚,并发誓:"若是得到努尔哈赤的亲生女儿,将永远依赖建州为生。"努尔哈赤又答应了布占泰的请求,将亲生的女儿穆库什给布占泰为妻,以结其欢心。其目的,仍是想通过政治联姻的关系,交好乌拉,以图貂、珠的利益。结果却使努尔哈赤大失所望。因此努尔哈赤指责布占泰七次背盟。同时,建州独占了北方貂、参、珠之利,使叶赫人大为不满,便将努尔哈赤已聘的叶赫老女,转嫁给乌拉的布占泰,来挑起乌拉部与建州部之间的冲突。而布占泰早已内心倾向于叶赫部,对于建州压低貂、参价格,不给平价,很有怨气。又知道那位叶赫老女是当代的绝色,叶赫部又主动送来衣服、鞋子等物,便对建州三女逐渐疏远了,并以鸣镝射努尔哈赤之女。建州三女不肯受辱,向努尔哈赤诉苦。加上布占泰又两次与建州争夺东虎尔哈部,这就导致了两部进行最后的较量。

且说那个年已三十三岁、尚未出嫁的叶赫老女,她串连着哈达、辉发、乌拉、叶赫、建州和蒙古的戏剧性关系,真是今古奇闻。

当初,努尔哈赤打败九部联军以后,取得古勒山战役的全面胜利,双方不得不进行休整,和平在一段时期成为各部的共同需要了。尤其是叶赫部的布寨被杀,损失惨重。他弟弟纳林布洛为了兄长的惨死,昼夜哭泣,饮食不进,久郁成疾。乌拉布占泰刚从建州回到乌拉,也无战心。于是万历二十五年(1597年),叶赫、乌拉、哈达、辉发四部遣使到建州,向努尔哈赤赔礼道歉,表示今后愿意结亲和好。因此叶赫布扬古主动将妹妹布喜娅玛拉(即所谓叶赫老女)许配给努尔哈赤为妃,努尔哈赤当即答应,并备送了聘礼。这亲事算是订下了。那时,布喜娅玛拉年仅十五岁,但她长得亭亭玉立,如出水芙蓉。洁白的面庞,弯弯的细眉,瓜子脸颊上,笑靥长留,一副天生的美人坯子。

俗话说:"古今美人多磨难。"布喜娅玛拉的遭遇更是坎坷。与努尔哈赤订婚不久,她哥哥布扬古就悔婚,使她闺留在叶赫娘家。万历二十七年(1599年),叶赫纳林布洛攻打哈达,并想一举吞并它。哈达部长孟格布禄送三个儿子到赫图阿拉去做人质,向建州请求出兵援助。努尔哈赤随后派大将费英东和噶盖带领二千人马帮助哈达,并驻防在那里。纳林布洛害怕了,他不愿意让哈达倒向建州一边,就设计离间他们的关系。后来纳林布洛通过明朝开原通司,致书哈达孟格布禄说:"你如果从建州撤回人质,并将费英东、噶盖捆绑送来,把建州那两千兵马消灭掉,俺就把布喜娅玛拉嫁给你做妻子,两部重修旧好。"孟格布禄当即答应,但机密泄露,这事激怒了努尔哈赤,他立即出兵哈达,攻破南关,哈达遂被努尔哈赤吞并了。

万历三十五年(1607年)辉发部拜音得里,曾向努尔哈赤请求赐婚,既获允准,却背约不娶。拜音得里听说布喜娅玛拉天姿国色,艳美绝伦,便派使者往叶赫求娶。叶赫纳林布洛正想离间建州与辉发之间的关系,便答应拜音得里的请求,愿意将布喜娅玛拉嫁给他。努尔哈赤以背约不娶为借口,出兵辉发,并一举将其吞并。于是布喜娅玛拉的婚事又搁浅下来。

万历三十五、三十六年,乌拉部长布占泰在乌碣岩、宜罕山城两次大战中,都被努尔哈赤打败,心中仍不服气,又与叶赫串通一气,共同对抗建州。叶赫又主动提出将那已聘给努尔哈赤之老女布喜娅玛拉再送给布占泰为妻。由于布喜娅玛拉乃当代绝色美女，谁人不晓，布占泰本是好色之徒，当然乐意，遂应下这门亲事。却又中了叶赫离间建州与乌拉的计策，激起努尔哈赤对乌拉的愤怒。

万历四十年（1612年）九月二十二日，努尔哈赤亲率三万大军，借口布占泰屡背盟约，急速向乌拉进兵。努尔哈赤坐在黄罗伞下，顶盔贯甲，骑着大白马，鸣着号角，击鼓向前，以示军威。第五子莽古尔太、第八子皇太极随军出征。远远望去，建州军队盔甲鲜明，纪律严整，真是兵雄马壮。二十九日抵达乌拉境内，沿着乌拉河而下，直达乌拉大城的河对岸列阵。乌拉布占泰见建州兵骤然而来，决定不与努尔哈赤决战，采用白天出兵袭击，夜间收兵休息，以疲劳建州兵卒的战术。努尔哈赤传令先将乌拉大城周围的各个小城攻占，以孤立乌拉大城。又令士卒纵火，把沿河六城的房屋、谷物全部焚毁。

乌拉布占泰见沿河六座城寨全被焚烧，财物粮食尽被烧毁，接着又有五城失守，而建州还没有退兵的意思，十分着急。布占泰连续三次派遣使者前来求和，努尔哈赤都不予接见。布占泰只好亲自率领六员大将，乘独木船来到乌拉河中流，叩头请求建州兵熄灭烧粮之火，撤退围城之兵。努尔哈赤身披明晃晃的盔甲，胯下骑着大白马，从军营中走出来，步入乌拉河，水至马腹，站立河中。布占泰看见努尔哈赤亲自出营，慌忙叩头，恳求说："乌拉部就是恩父的部。乌拉的谷，也是恩父的谷。请不要再焚烧谷物。"听了布占泰的话，努尔哈赤强压怒火，严厉地责问布占泰道："布占泰！你在战场上被擒获，俺赦你不死，从宽厚养款待，放你回乌拉并扶你做了部长。俺把三个女儿嫁给你作为妻室。你曾七次立下誓言，说俺对你'天高地厚'，可你竟变了心，欺骗、蔑视俺努尔哈赤。你七次违背誓言，两次袭击并掳掠俺属下的虎尔哈路。你布占泰扬言要强娶俺给过聘礼的叶赫女子。俺的女儿是嫁给你做福晋的，岂是你用鸣镝射着玩的吗？俺的女儿如果做错了事，你可以向俺明说。俺爱新觉罗的人，没有挨打的先例。百世以前，你不知道，还情有可原。十世、十五世以来的事，你也不知道吗？如果有动手打俺爱新觉罗的先例，那你是正确的。俺兴兵到这里，难道是没有缘故的？如果没有那种先例，你布占泰为什么要用鸣镝射俺女儿哩？她死后还要蒙受被鸣镝射过的恶名吗？古人说：'人若折名，甚于折骨'。这次出兵也是迫不得已，俺努尔哈赤并非乐意兴兵动武之人。听说你欺辱俺的女儿，俺才提兵到此。"

布占泰听了，忙着叩头说："这事可能有人进了谗言，故意离间俺父子的关系，使咱们不和睦吧！俺在水上，下有龙神共鉴。"布占泰讲到这里，他的部将拉布太插话说："大王有如此之怒，只派一位使者前来责问就可以了，何必兴师动众？"努尔哈赤听了，非常生气地说："拉布太！俺的部下难道缺乏像你这样才能的人，用你来喋喋不休？辱射俺女儿的事，难道还用俺再查吗？娶俺聘过的叶赫女子，事已属实，不必再问。这乌拉河难道没有结冰的时候？俺的兵哪有不再来的道理。到那时，你拉布太能挡住俺的刀吗？"布占泰听后，大惊失色，制止拉布太说："无须多嘴！"这时布占泰的弟弟喀尔喀玛感到事已难于分辩，就恳求说："请大王宽恕原谅可否？听大王一言而定。"

努尔哈赤最后说道："你布占泰若真的没射俺女儿，没有谋娶俺的约婚，可将乌拉部众大臣和你的儿子，送来俺建州部作为人质。否则，没有凭信。"说完转身回营去了。努尔哈赤将大军留驻乌拉五天，在乌拉河边鄂勒珲通呼玛山下做木城（今伊通县赫尔苏城）屯兵千人。

万历四十一年（1613年）正月，努尔哈赤见布占泰不仅不送人质到建州，反而将女儿萨哈连、儿子卓启奈和十七大臣的儿子准备送往叶赫部，并决意聘娶叶赫老女，囚禁建州二女，因而大怒，亲自统率大军，再征乌拉。因为哨探侦知乌拉部将于十八日送质子去叶赫部，所以他们十七日提前一天抵达乌拉境内。乌拉兵不能抵抗，建州军连续攻下孙扎泰城、郭多城、鄂膜城，当夜军队屯驻于郭、鄂二城（诸城皆在吉林城东北三五十里地）。

正月十八日，布占泰统兵三万，出富尔哈城迎战。努尔哈赤手下众将纷纷求战。努尔哈赤说："两国交兵，必然是俺与众将领身先士卒，俺不是怕战，而是惜爱众将，恐怕有一两个受伤。"众将领闻言，极为感动，求战情绪更高。努尔哈赤见此便进一步激励说："承蒙上天保佑，俺自幼在千军万马之中，孤身冲突，矢刃交加，身经百战，从无惧色。今天，将何所畏惧。"说罢，努尔哈赤顶盔贯甲，将要率先出战。全军上下，顿时欢声如雷，人人披甲待战。努尔哈赤决定破敌于城下，下令说："若是击败敌军，可以乘势先夺城门。"

再说乌拉城高大坚固，城临松花江东岸。周围十五里，四面有门。内有小城，周围二里，东西各一门。有土台，高八尺，周围百步。这时，布占泰已经统率三万大军，严阵以待，两军已经逼近，建州兵下马相持。初战时，两军弓箭手对射，矢如风发雨注，声如群蜂聚集。杀气凌云，战鼓如雷。努尔哈赤环顾众将以后，拍马舞刀，猛然杀入敌阵，众将领各统亲军，奋力冲杀。那坚甲利剑，铁骑驰突。建州军鼓勇进击，乌拉军拼死力敌。建州军潮水般的冲击，致使布占泰三万大军顷刻大乱。兵溃如山倒，乌拉兵纷纷弃甲丢戈、四散奔逃，顷刻，尸横遍地，血洒原野。建州兵越过优尔哈城，乘胜进夺乌拉城门。布占泰次子达穆拉率兵守城，拒门坚御。代善之军，最为奋勇。大将安费扬古首先冲到乌拉大城前，竖起云梯，率先登城。待努尔哈赤杀到城下时，乌拉大城已经攻破。安费扬古迎接努尔哈赤从容入城，坐在西门城楼上观战。这时，建州各路兵追杀乌拉兵于旷野，布占泰全军崩溃，损兵折将十有七八，只率领百名亲兵，勉强脱身逃回。在慌乱之中，刚到城下，见城上建州大旗迎风飘扬，他大惊失色，正想拨马脱逃，被代善的兵团团围住。布占泰见自己兵少势单，无心恋战，杀开重围，夺路而走。亲兵又折损大半，最后收集逃兵近千人，向叶赫部逃去。这一战，建州杀乌拉兵以万计，得甲七千，其他各种器械不可胜数。战后，屯兵十天，犒赏各军将士，编户万家，乌拉部至此灭亡。始建于明代永乐五年（1407年）的乌拉部，历时二百零六年，传九代，十个部长，终于灭亡了。努尔哈赤在"砍倒"乌拉部这棵大树之后，又马不停蹄地兵指海西四部中的最后一部——叶赫部。

话说叶赫，为满文语音，其汉意译为盔顶。叶赫部名称的来源，或因其居住山城，城高似盔顶而得名。叶赫河也因其部民居于河畔而得名。叶赫部地近镇北，向明朝贡，取道镇北关，所以明称为北关。它东邻辉发，南接哈达，西南临开原，西接蒙古，北与乌拉相近。叶赫部长有清佳努、扬佳努，依山势险峻筑二城——清佳努居西城，扬佳努居东城。叶赫西城，临水依山，位于叶赫河（今寇河）北岸三百米处山坡上。城依山兴筑，故称叶赫山城。城墙由土石混杂一块筑成，分为内、外两城。外城周约五里余，依地势围筑。内城修在外城中东南部的平顶山丘上，随地势围筑，呈不规则形，周约近二里。在西城东四里处，为叶赫东城。它北临叶赫河，南依岭岗。城依山岗建筑，城墙也由土石混杂一起筑成。还有木栅城墙，共为四重城。外城面水依山，形势优越，周长约七里。它的中部偏南为内城，内城兴建在一个凸起的台地之上，高出地面约十米，再筑以高耸墙垣，显得更加突兀险峻、伟岸壮观。它周长近二里，墙随地形，很不规整。外城之外，内城之内，各筑木城，以增加防御能力。

万历十一年（1583年），清佳努、扬佳努乘哈达王台、扈尔干两丧连报之机，先后纠挟恍惚太、瓮阿岱万骑攻掠哈达。哈达兵败之后，叶赫大肆焚掠哈达各城寨财物。哈达部长孟格布禄迫于无奈，只得向明朝驻辽东巡抚李松求助。明廷坚持用女真牵制女真的策略，向叶赫提出警告，并以停止贡市相威胁，仍无济于事，叶赫继续对哈达抢劫不断，于是明巡抚联络抚顺关总兵李成梁、备御霍九皋等，一起计议，命令一千人马解甲易服，埋伏于镇北关内。然后引诱清佳努、扬佳努到镇北关去。二人领兵马三百余人入关。突然之间，信炮齐鸣，伏兵四起，遂斩杀清佳努及其子兀孙孛罗、扬佳努及其子哈尔哈麻，那三百多兵马一个也没逃脱，全部丧生。与此同时，抚顺总兵李成梁听到信炮声，率领精兵一千余人，驰往叶赫城，斩杀叶赫兵千余人。在李松、李成梁的攻杀下，叶赫人再不敢对哈达骚扰了。

　　清佳努子布寨、扬佳努子纳林布洛分别承继叶赫部长。兄弟二人又在谋划对哈达用兵的事，消息很快传到抚顺关李成梁处。万历十六年（1588年），李成梁又带领兵马一千人，兵临叶赫，布寨慌忙弃西城，逃往东城，与纳林布洛合兵一处，紧闭城门，不予应战。李成梁又指挥兵马包围了东城，只见城上矢发如雨，滚木礌石一齐打下，李成梁的兵马死伤很多。一连攻打两日，仍未攻下，在滚木礌石打击之下，兵马无法前进。李成梁随即下令收兵，用大炮轰击。只听"轰！轰！轰！"一连几炮，城内火光四起，浓烟滚滚，号哭之声，远传数里之外。李成梁又让士卒将大炮抬高位置，继续向城中轰击，不久，布寨和纳林布洛二人出城下马，匍匐悲号，请求李总兵高抬贵手，不要再打炮了，总兵大人若能饶恕以前的罪过，就愿意和南关（哈达）分敕入贡，决不再犯南关。听了叶赫两位首领布寨和纳林布洛的请求，李成梁总兵答应了，撤兵回抚顺关去了。

　　布寨和纳林布洛又一次受到明廷抚顺关总兵李成梁的重创，元气再损；恰在这时，努尔哈赤已统一建州女真。但叶赫二部长对建州的实力估计不足，在劫寨和谈判失败之后，纠合九部联军，发动古勒山之役。布寨在古勒山下丧身，纳林布洛多次派遣使者前往建州，索讨其兄布寨的尸体。努尔哈赤把尸体砍下一半，让使者带回。于是北关叶赫部与建州努尔哈赤便结下了不共戴天的仇恨。不久，秉性刚暴的纳林布洛，因念兄仇，昼夜哭泣，不进饮食，郁郁成疾，后来死去。布寨子布杨古、纳林布洛弟锦台什继为部长。

万历二十九年（1601年），努尔哈赤的侧妃，叶赫扬佳努的幼女——孟古病危，思念其母，努尔哈赤派人前往叶赫部，恭请锦台什送孟古母亲前来建州，以便让其母女能在临终前见上一面。可是，锦台什执意不肯。只派孟古原来的乳母丈夫南泰前来探望。努尔哈赤对此大为不满，两部的关系又进一步恶化了。

三年以后，努尔哈赤对叶赫部实行报复行动。万历三十二年（1604年）正月初八日，努尔哈赤亲自率领大军三千人，前去攻打叶赫部，连续攻下二城七寨，掠回叶赫部民两千多人，牛羊上万头。从这以后，两部之间冲突迭起，矛盾更加尖锐。

万历三十七年（1609年），努尔哈赤在统一海西三部之后，兵势日盛，便想一举扫平叶赫部。但他过高估计了建州的兵力，低估了叶赫部精锐骑兵的战斗力。当努尔哈赤及其弟舒尔哈齐兄弟统率建州兵全员出征叶赫部时，叶赫锦台什、布扬古两首领指挥本部骑兵出城列队迎战，两军相对，大战于旷野，战斗十分激烈。

因为叶赫的骑兵比建州的骑兵勇猛，建州的步兵比叶赫的步兵善战，两军互有长短。在一般情况下，建州兵畏惧叶赫骑兵。而叶赫兵正是以己之长，攻建州兵之短。经过一番厮杀，建州兵抗不住叶赫轻骑的冲击，纷纷溃败。叶赫骑兵紧随其后追杀，努尔哈赤一时不能左右战局，大败而归。舒尔哈齐中箭负伤，族众多人战死，兵将死伤过半，甲胄、器械几乎全部损失。回到赫图阿拉，努尔哈赤大为恼怒，决意报复。他立即命令工匠日夜打造兵器，下令征调洪丹、土乙其等五个部落的士兵，以备十月再战。

叶赫部长锦台什、布扬古，深知努尔哈赤不会就此罢休，遂把建州将再次出兵报复的事报告给明廷。辽东官兵鉴于叶赫部的恳求，又联合蒙古各部，想进行干涉。努尔哈赤得到消息之后，不得不转攻为守，将兵力全部集结起来，布防在赫图阿拉以外三十里的瑷阳、宽甸以及西部抚顺一线，增设路障，以防敌兵的偷袭。正在这个时候，建州内部有个额驸，即乌拉部满泰的孙子，暗通叶赫与明廷，准备内应，被努尔哈赤破获。经过认真审讯，将所有的参与者一网打尽，全部斩首示众。在内外矛盾重重的情况下，努尔哈赤加强防守四十多天，只好暂停对叶赫部的征战，命令士兵各归田里。

再说建州与叶赫的军事冲突刚刚平息，叶赫布扬古又向努尔哈赤发出挑战的信号：居然又把布喜娅玛拉许配给蒙古煖兔首领的儿子名叫吉赛的。这使努尔哈赤怀恨尤深。

万历四十一年（1613年）九月六日，努尔哈赤亲自统率大军四万人，前去突袭叶赫部，有璋城、吉当阿城、乌苏城、雅哈城、赫尔苏城和敦城、喀布齐赉城、鄂吉岱城等大小十九座城寨被攻克。努尔哈赤大获全胜而归。

叶赫部蒙受了惨重的损失，倍加警惕，时刻备战，以致居无宁日，时有危机之感，锦台什便去向明廷申诉。万历皇帝派遣使臣前往建州，警告努尔哈赤：不准许再向叶赫部进兵！

此时，喀尔喀蒙古也发兵掠夺叶赫部，使叶赫部雪上加霜，部民普遍无粮下锅，纷纷逃奔建州而去，连锦台什的从兄也跑到努尔哈赤那里去了。努尔哈赤对于投奔建州的叶赫部人，尽心抚慰，发给口粮、耕牛和种子。明廷见叶赫景况不妙，急忙采取措施，借给叶赫部豆、谷等一千石，供给大锅六百口，并任命游击官马时楠、周大歧等，带领枪炮手一千人，分别驻守叶赫部的东西二城。叶赫部的人心这才稳定下来。努尔哈赤见明军驻守叶赫部，形势对自己不利，便放弃了攻取叶赫的计划，送书给抚顺游击，申诉出兵讨伐叶赫的理由，以解明朝边将的疑惑。

万历四十三年（1615年）五月，叶赫部布扬古再次向努尔哈赤发出挑战信号——把妹妹布喜娅玛拉正式许婚予蒙古煖兔的儿子吉赛。还捕捉了建州六个人。明廷警告布扬古，认为他这样做会引起冲突。但布扬古觉得有明廷依靠，便有恃无恐了，根本不听劝告，于同年七月，送妹妹去蒙古成婚。于是这位叶赫老女——当代绝色美人布喜娅玛拉，在其婚姻一变再变，受聘二十年之后，如今已三十三岁了，才出嫁蒙古。婚后未及一年，便一命呜呼，香消玉殒了。

努尔哈赤乘叶赫老女与蒙古人成婚的机会，发兵三千，屯驻南关旧地，摆出一副厮杀的架势。明廷见形势危急，一面多方调兵，一面进行调解。努尔哈赤为形势所迫只好暂时息兵。这严峻的现实告诉努尔哈赤：统一战争的关键，已经不是简单的征讨叶赫部的问题，而是转变为如何对待明廷的问题了。努尔哈赤虽然眼睛盯着北关叶赫部，恨不得一口吞下去，但又担心明廷干涉。而假若长驱深入明境去攻城略地，又怕叶赫抄自己的后路，难于收拾，颇有后顾之忧。因此，不得不暂时放弃攻取叶赫部的计划，尽力与明廷周旋，以求进取。事实上，努尔哈赤这时已经垂涎辽沈了。

万历四十七年（1619年），努尔哈赤再次发兵攻打叶赫。正月初二日，努尔哈赤命代善率领十六员大将，兵马五千，驻守扎喀关，防备明军偷袭建州。自己亲率倾国之师，初七日深入叶赫界。建州兵攻克亦特城、粘罕寨，一路烧杀劫掠，直至叶赫城东十里，俘获大量部民、畜产、粮食和财物，尽焚叶赫城十里外之大小屯寨二十余处。叶赫向明廷求救，明朝驻开原总兵马林率合城兵驰救。为避免两面受敌，努尔哈赤命令班师回赫图阿拉。

这一年八月，努尔哈赤再次兴兵伐叶赫，他立下誓言说："此去攻打叶赫部，不获全胜，决不再回赫图阿拉！"遂命大将额亦都等领前锋军，扮为蒙古兵，驰投锦台什驻地东城。命代善、阿敏、莽古尔泰、皇太极等率护军健骑，扬言征讨蒙古，绕路潜行，直投布扬古驻地西城。努尔哈赤自己亲率八固山额真，直督大军，随后进围锦台什的都城。大军于万历四十七年（1619年）八月十九日出发，即断绝往来信息。

叶赫锦台什部长的驻地东城，又称叶赫山城，依山修筑，坚固险要。它原为锦台什之兄纳林布洛住地。自开原总兵马林带兵前来相助，努尔哈赤迅速撤走以后，半年多来，建州与叶赫之间没有发生冲突，锦台什好些日子没有操练兵马了，整日在府里与几个妻子寻欢作乐。八月二十二日上午，城头守将阿巴什尔发现建州军假扮蒙古人的装束兵临城下，慌忙来向锦台什报告，锦台什大吃一惊，遂亲上城头仔细观看，只见城下旌旗辉映，刀枪闪耀，人马多如蚁群，把东城围得水泄不通。这时候，想到明廷边将那里送信，已很难走脱了。只得布置守城事宜，命令全城警戒，抓紧增加城上的滚木礌石。他又登上瞭望台，看到相距四里的西城也被包围了，心想：这努尔哈赤也太猖狂了，你把俺叶赫看得太容易对付了！俺叶赫有精锐的骑兵，前年你努尔哈赤已吃过俺一次败仗了。这次俺一定要叫你有来无回！

　　次日早上，锦台什、布扬古各统兵马出城，鸣角操鼓，准备迎战。建州军盔甲鲜明，刀枪林立，鼓声大作，震荡河谷。只见努尔哈赤身披盔甲，胯下一匹大白马，坐在黄罗伞下，两眼炯炯，盯视着叶赫军。锦台什拍马上前，指着努尔哈赤说道："你屡次掠俺城寨，劫俺部民与财物，与那强盗无异！这次俺要叫你活着来，抬着回去！"努尔哈赤说道："海西四部，俺已统一了三部。你锦台什忘记自己是女真的后裔，却去拜倒在明朝边将的脚下。你忘记了父仇，背叛了女真的利益，是个十足的女真族的败类！还不赶快下马，打开城门。俺一向宽待投降人员。若是执迷不悟，必做俺刀下之鬼。"锦台什一听，气得咬牙切齿，遂指挥精锐骑兵，如大风扬起，冲向建州军队。在努尔哈赤身后，额亦都急忙指挥一队步兵迎了上去。他们高举着明晃晃的大刀，呐喊着，迎上前去。叶赫的骑兵队伍刚冲过来，只见额亦都指挥步兵，大声喊道："砍马腿，先砍马腿！"于是上千把明亮的大刀一起挥向叶赫骑兵，那马儿正跑着，没有想到被大刀砍伤了腿儿，有被砍断了的，有被砍伤的；前面倒下了，后面也跟着翻了过去。叶赫的精锐骑兵遇到了劲敌，不得不中途而返，锦台什见骑兵冲杀不过去，只得命令鸣角收兵，回到城里，忙叫紧闭城门，加强守卫。代善等率领护军包围布扬古所住的西城，努尔哈赤率额亦都等指挥兵马包围锦台什所住的东城。

建州兵马连日攻城，城上箭矢如雨落下，滚木礌石纷纷向建州兵马打来。建州军伤亡不小，但士气一直很高。锦台什的东城被围以后，建州兵便将栅城用火烧毁，一时火光四起，浓烟滚滚，吓得东城的守卫士兵仓皇败退。建州军齐声呼喊："锦台什快投降！"锦台什大声答道："大丈夫与其投降，不如战死！"在锦台什鼓舞下，东城士兵誓死抵抗，坚守着内城。努尔哈赤见叶赫军负险顽抗，遂激励将士道："今日再攻不下来，俺就撤兵回去了！"建州军齐声喊道："愿赴死战！"努尔哈赤令士兵登上云梯，冒着纷纷箭矢，迅速登城。于是城上射矢镞，推下滚木巨石，砸死砸伤建州军无数。努尔哈赤又命令士兵挖地道，一直挖到城下，使城墙下陷。费英东和军士们冒飞矢，迎礌石，奋力攻城，终于登上城头。建州军拥入内城厮杀，叶赫军四面溃散。锦台什见内城被攻破，遂携妻子与幼子登上禁城八角楼。

　　因为锦台什是皇太极的舅父，皇太极从西城拍马而来，向锦台什劝降。锦台什对皇太极道："听到你说收养的一句誓言，舅父俺就下来了；如果说不收养，要杀俺，怎么能下去呢？死就死在家里罢！"皇太极对锦台什说："舅父的生杀全由父王决定！"锦台什又请求让近侍阿尔塔石往见努尔哈赤，观察其脸色后再决定。阿尔塔石被允准带至努尔哈赤面前，努尔哈赤怒数其罪责以后，以鸣镝射之。阿尔塔石回去后，锦台什仍不投降。皇太极再派锦台什子德尔格勒至台楼下劝降。锦台什始终不答应。皇太极要将德尔格勒缚而杀之，努尔哈赤说道："子招父降而不从，父之罪也；父当诛，勿杀其子。"锦台什三次拒降，建州军持斧砍断台楼的柱子。这时候锦台什的妻子拉着儿子沙浑下台楼投降。锦台什走投无路，对皇太极说道："大丈夫岂肯受制于人！外甥若能想着你母亲和几个舅舅的感情，并能让俺的子孙得以幸存，俺的心愿已足了。俺不再苟活着了！"锦台什说完，遂拿起弓箭，将把守台楼的叶赫士兵射死，急忙走进内室里，想纵火把自己烧死。这时候，建州士兵已赶到，又把锦台什救出来。努尔哈赤得知消息以后，便让人把锦台什勒死了。

东城被攻破,建州兵把西城围得铁桶一般,布扬古急忙派遣他的堂兄弟吴达哈领兵去巡查四门,那吴达哈见大势已去,遂携妻孥,开门出降。代善等长驱而入,除布扬古还坚守着住所外,整个西城全部被建州军占领。

代善让布扬古投降,但是布扬古因疑惧而不敢出来。于是代善用刀划着酒,对布扬古发着誓说道:"你们投降了,俺再杀你们,俺就会像那酒一样;俺已立下誓言,又饮了誓酒,但你们仍不投降,那你们就自己负责了。你们不投降,俺攻破了城,一律格杀无赦!"

代善自饮誓酒一半,命士兵送给布扬古饮另一半。于是布扬古打开居所大门投降。代善带着布扬古去见努尔哈赤。"罪人布扬古给大王谢罪来了!"布扬古走到努尔哈赤面前,双膝跪下,向努尔哈赤磕了几个头,又继续说道:"请求大王宽恕俺的罪过,能饶俺不死。"努尔哈赤听了,没有搭话,沉默了一会儿之后,鼻子里"哼"了一声,没有让布扬古站起来,便朗声说道:"俺有三件事搞不明白,想请你布扬古告诉俺。一是关于你父亲布寨的死,究竟是谁的责任?你必须说老实话。否则,俺饶不了你!"布扬古只得老实作答:"俺父亲与俺叔父纳林布洛无故制造事端,纠合九部兵马与大王作对,战败身死,罪有应得。父亲刚死时,俺一时想不开,曾一度埋怨过大王。特别是你把他的尸体劈成两半,只给俺一半,俺那时有些恨你。现在这事已过去许多年了,俺已不再恨你了,还提它干啥呀?"

努尔哈赤听了,又继续说道:"照你这么说,你不怨恨俺。那布喜娅玛拉原是你主动许下的婚事,俺也及时下了聘礼,你当时也收了聘礼。后来,你一再悔婚,又把布喜娅玛拉许配给哈达、辉发、乌拉,最后嫁给了蒙古人。这又是为什么?"

布扬古脸红脖子粗,嗫嚅半天才说道:"这些都是俺的错。只有请求大王宽大为怀,饶恕俺吧!"努尔哈赤冷笑一声,说道:

"都是你的错,说得好轻松!"他看一眼布扬古,又接着说道:"万历二十五年,你主动派人到建州,将婚事与俺订下来。直到万历四十三年,把你妹妹布喜娅玛拉嫁给蒙古人,这中间拖了近二十年。原来是一个天真烂漫的十五岁的少女,后来竟变成一个三十三岁的'老女'了。一个女人的婚事,竟然拖延了近二十年,从古到今,有过几例?"

努尔哈赤又说道:"你我都是女真人的后代,为何不能坐在一起协商问题。俺统一了建州女真,你们起劲地反对,拼命地要扼杀俺。可你们自己,却去跪倒在异族统治者脚下,并勾结他们来杀害自己的同胞。明廷杀你祖父的仇,不思去报,却对俺努尔哈赤无缘无故地怨恨、仇视,干出亲者痛、仇者快的蠢事。这是背叛民族的行为!俺的目标不仅是统一建州女真,俺还要向明王朝挑战,俺要与明王朝争个高下!"

说到这里,努尔哈赤心里说:海西四部已被俺全部吞并了,留着你布扬古有什么用呢?要给你吃穿,还要派人守着,一旦有个风吹草动,你布扬古又会兴风作浪的。因为你布扬古是一条冻僵的蛇!想到这里,努尔哈赤厉声说道:"直到此时,你布扬古还在藐视俺,回答的几个问题言不由衷,避重就轻,甚至向俺行的跪拜礼节也不够恭敬。这怎能让俺信任你,饶恕你?锦台什已经死了。你们互相勾结,狼狈为奸,现在,给你一个机会,让你们一起去罢!"努尔哈赤说完,向身旁的卫士一挥手,那跪伏在地上的布扬古,被两个卫士架出去,缢死了。

再说努尔哈赤占领叶赫东西二城以后,周围凡属叶赫的城寨,全都投降了。明廷游击马时楠帮助叶赫守卫东西二城的一千人马,也全部被消灭了。努尔哈赤同叶赫打交道,历时三十六年,终于将共传八世、十一个部长的叶赫部灭亡了。叶赫灭亡了,明朝失去了北关。叶赫部民被迁徙到建州,编入户籍,成为努尔哈赤的臣民。

努尔哈赤曾目睹建州女真首领两例失败的教训——王杲生活

荒淫、纵兵犯边，被明廷斩首示众；尼堪外兰仰承鼻息，终被明廷唾弃。努尔哈赤则采取阳做明廷官员，暗自发展势力的两面政策，从而避开明廷注意，完成了对建州女真的统一。

努尔哈赤不是凡夫俗子、平庸之辈，他的目标是推翻大明王朝。为此，他要有一个巩固安定的后方，要扩大兵源的基地。于是努尔哈赤又开始了对东海女真的战争。

第十章
惺惺惺英雄表降意
色迷迷淫徒肇祸端

此时正是六月天气，四个姑娘又是一色的紧身衣服，苗条的体态，丰满的胸脯，令雅尔拜雷欲火难禁，还考虑什么后果？他淫笑道："叫吧，叫吧！叫来天王老子也挡不住我这努尔哈赤的亲侄子！"

东海女真，居住在黑龙江支流松花江和乌苏里江流域以及乌苏里江以东滨海地区。东海女真主要有三部：渥集部、瓦尔喀部、库尔喀部。渥集部历史久远，主要居住在松花江和乌苏里江汇流处以上、两江之间。它东濒乌苏里江，西接乌拉部，南界朱舍里部等，北邻使犬部。瓦尔喀部主要居住在图们江流域及乌苏里江以东滨海地区，东迄海滨及沿海岛屿之地。库尔喀部的居住区域，东邻渥集部，西接索伦部，南界乌拉部，北抵萨哈连部。

万历二十四年（1596年），努尔哈赤派大将费英东率兵马一千人，"初征瓦尔喀，取噶嘉路"，揭开了统一乌苏里江流域及其以东滨海地区的序幕。瓦尔喀部民多以打鱼、耕种为生。部长拉古力，四十多岁，为人忠厚，对部民爱护备至。会治病，经常出外采集中草药，义务为有病部民医治，深得部民爱戴。有兵马四百余人，他们农时耕种，闲时捕鱼，战时集中打仗。带兵将领名叫嘎利鄂，使一杆丈八长矛，有万夫不当之勇。他嗜酒如命，有海量，能喝两坛酒不醉。部民们叫他"酒将军"。

费英东带领一千兵马，来到瓦尔喀寨城门前挑战。拉古力把"酒将军"嘎利鄂请来。嘎利鄂说："让俺出城与那建州小蛮子大战三百回合。"拉古力说："不能硬拼，应以智取为主。"嘎利鄂遂披挂整齐，带了四百名兵马，出了城门，来到费英东对面，战在一处。二人战了五十多个回合，不分胜负。拉古力担心嘎利鄂有失，便鸣角收兵。回到瓦尔喀以后，拉古力送来美酒两坛，这是对嘎利鄂的奖赏。

次日早上，费英东与嘎利鄂各自出阵，见面也不搭话，便又斗了起来。约打了四十多个回合，费英东虚晃一刀，见嘎利鄂一愣神的工夫，勒马便往海边丛林逃去。嘎利鄂喊道："看你个小蛮子往哪里逃！"一边喊，一边拍马追去。嘎利鄂赶进林子里，正在树下东张西望，只听哗啦一声响，从树上撒下一张特大的鱼网，把他紧紧地网在中间。树上一连跳下十几个士兵，将那网一拉，嘎利鄂连人带马一齐倒下。上去几个士兵把嘎利鄂捆紧，送到营里。费英东一见，忙叫士兵为他松绑，并摆上酒菜，二人喝着酒，叙着话。嘎利鄂是名副其实的"酒将军"，三杯酒一下肚，话便多起来了。他说："俺见你费英东也是条汉子，你对俺有情，俺也要对你有义。让俺回去劝劝拉古力部长，前来投降算了。"费英东说道："听说你们部长也是个好人，部民都说他爱民如子，又会治病。俺也想会会他，交个朋友。"

酒罢，嘎利鄂果然说动拉古力来降，在费英东的劝导下，拉古力愿意随他去建州，当一名随军医生。瓦尔喀部长由嘎利鄂接任。

万历二十六年，努尔哈赤派其五弟巴雅喇、长子褚英和将领噶盖、费英东等，领兵马一千人，征讨安褚拉库路（今松花江上游二道江一带）。

巴雅喇大军来到安褚拉库路，安下营盘，埋锅做饭。次日早上，巴雅喇带领将士到安褚拉库路寨前挑战。巴雅喇用手中刀一指，喊道："让路长巴图鲁出阵说话。"巴图鲁手拿一柄五股钢叉，带着兵马一头冲进建州军内，那钢叉上下翻飞。眨眼之间，被钢叉一连戳死五六个人。噶盖手挥大刀，迎了过去。二人战到一处，约斗了十几个回合，费英东也拍马过去，双战巴图鲁。不一会儿，费英东瞅准机会，三环大刀一下砍在巴图鲁的马股上，那马疼痛难忍，便尥起蹶子，把巴图鲁掀下马来。噶盖催马上前，大刀一挥，巴图鲁的人头已落地。

巴雅喇和褚英指挥兵马掩杀过来。建州军如出水蛟龙，把安褚拉库路的兵马杀得落花流水。巴图鲁的儿子巴图耶夫刚想逃回寨子，谁知褚英马快，一刀将他斩于马下。安褚拉库兵马所剩无几，建州军一鼓作气，冲进寨子里去，安褚拉库路被征服。

巴图鲁父子一死，安褚拉库路所属的二十多个屯寨全部来降，连内河路（今松花江上游一带）也同时被收服过来。努尔哈赤赐巴雅喇为卓礼克图，褚英为洪巴图鲁。噶盖、费英东等均有赏赐。

万历二十七年（1599年）正月，东海渥集部虎尔哈路路长王格、张格归附努尔哈赤，贡纳"黑、白、红三色狐皮，黑白二色貂皮"。自此，渥集部之虎尔哈路每年交纳贡献。他们中的部长博济里等六人求婚，努尔哈赤认为他们是率先归附建州，将六位大臣之女分别嫁给了他们做妻子，以联姻方式巩固建州女真与东海女真的关系。

万历三十五年（1607年）正月，东海女真瓦尔喀部斐优城主策穆特赫至建州，对努尔哈赤说道："我等因离建州太远，不得已才归附乌拉；但乌拉布占泰对俺虐待厉害，现在请求搬到建州来。"努尔哈赤随即派兵前去接他们到建州。途中，受到乌拉布占泰派去的军队阻截，两军进行了乌碣岩大战。努尔哈赤获得全胜，遂乘胜夺取高岭会宁路，打开通往乌苏里江流域及其以东地区的大门。此后，建州以宁古塔（今黑龙江省宁安）为基地，向北往黑龙江中下游，向东往乌苏里江流域胜利进军。

在乌碣岩之战以后，渥集部的赫席里、俄漠和苏鲁和佛讷赫拖克索三路，仍然服从乌拉布占泰。努尔哈赤于万历三十五年（1607年）五月，派巴雅喇、额亦都、费英东、扈尔汉等统兵一千，征讨东海渥集部，攻取赫席里、俄漠和苏鲁和佛讷赫拖克索三路，获人畜两千而回。

万历三十六年（1608年）九月，渥集部虎尔哈路派一千兵马，突然袭击宁古塔城。宁古塔城守将萨拉乌率领兵马五百人，出城迎战。虎尔哈路长伍裘喇出阵，被萨拉乌几个回合就斩于马下。虎尔哈路兵马见路长被杀，遂败回，萨拉乌率领五百人马乘势追杀过去，生擒其首领十二人，斩杀一百多人，缴获马四百匹，盔甲一百副。虎尔哈路被收服。

万历三十七年（1609年）十二月，努尔哈赤在收伏邻朝鲜而居住的瓦尔喀部之后，命令扈尔汉统兵千人，去攻伐渥集部的溥野路。"溥野"在满文里意为射雕人的隐身穴。它的位置在珲春东北，乌苏里江上游支流瑚叶河（今俄罗斯滨海地区刀毕河）一带。溥野路的部民以狩猎为主，农耕次之。溥野人打仗英勇，敢于硬拼，扈尔汉用二百兵马引诱溥野人五百进入埋伏地区，然后聚而歼之。又以一千兵马，俘获溥野两千人，并缴获马五百匹，盔甲三百余副。因为这一仗胜利，扈尔汉被赏给甲胄、马匹，并被赐号达尔汉侍卫。

万历三十八年（1610年）十一月，渥集部的那木都鲁、绥芬、守古塔、尼马察四路的首领康果礼、喀克都里、昂古、明噶图等归附建州。努尔哈赤又派额亦都攻取雅揽路（今俄罗斯海参崴，又名符拉迪沃斯托克），"获人畜万余而回"。

万历三十九年（1611年）七月，努尔哈赤派他第七子阿巴泰和费英东、安费扬古等带兵一千人，征讨渥集部的乌尔古辰、木伦二路。乌尔古辰路在兴凯湖东北入乌苏里江处。木伦路因穆棱河得名。阿巴泰带兵来到乌尔辰古路寨门前，乌尔古辰人紧闭寨门，不予理睬。阿尔泰、费英东、安费扬古各带兵马从三面攻城。安费扬古用火烧毁木制寨墙，守寨士兵便跑了。安费扬古带领兵马，一拥而入，乌尔古辰投降。木伦人见乌尔古辰被消灭，也主动投降，这一仗俘虏一千人。

同年十二月，努尔哈赤派何和理、额亦都、扈尔汉率兵马两千，前去征伐东海虎尔哈部的扎库特城。此城在图们江北岸，珲春河、海兰河之西，距珲春城一百二十里。扎库特城依山建筑，面对图们江，是个易守难攻的石城。城墙既高又厚，全用大块石头垒叠砌成。城主海喇尔英勇善战，为人耿直。何和理、额亦都、扈尔汉商议，准备用偷袭的办法攻城。当时正是十二月份，滴水成冰的季节。由于夜间太冷，城上的守卫比白天松懈得多。何和理他们三人，由额亦都带二百轻装士兵，先从城后突入，在城内纵火。何和理由正面攻城，扈尔汉从城东攻城。城的西面是绝壁悬崖，夜间不易攀登，城内人也不敢由城西逃跑。当夜三更时分，额亦都带着二百个轻装士兵，从后山摸到城下，攀援入城，到处纵火。城外两支人马，见城内火起，攻城更加紧急。额亦都带领二百人，在城内纵火后，就往城门口冲杀，从两面夹击守城士兵。尽管守城军民顽强抵抗，却经不住建州军的奋力拼杀。扎库特城被攻陷后，城内被杀死一千多人，俘获兵马两千余人，缴获马匹近千匹，盔甲三百余副，并招抚城周围地区五百多户居民。

万历四十二年（1614年）十一月，努尔哈赤派费英东、扈尔汉等带领兵马一千人，前去攻伐锡林路。在满语里，"锡林"意为铜。它的位置在锡林河流域，因河得名。锡林河在海参崴之东，雅兰河以西，南流入日本海。锡林树木茂盛，森林资源丰富。林内野兽众多，部民狩猎为主，间作农耕，从事渔业的也不少。路长索卡列夫，身长两米以外，体重三百多斤。平时出门两匹马换着骑，力大无比。一顿饭能吃两只猪腿，一斗米的饭。每日以酒当茶，酒量如海。

费英东、扈尔汉等带领两千人马，来到锡林路寨门前列阵挑战。索卡列夫披挂整齐，带着五百骑兵，来到阵前。索卡列夫手使一把三棱大砍刀，重二百多斤。背上有弓箭，腰上挂着短剑，靴筒里还插着两支镖。他见努尔哈赤的队伍军容整齐，盔甲闪着亮光，两员将领都是年轻英俊的小伙子，便大声喝道："呔！那两个建州的小南蛮，俺锡林没有到建州去惹你们，何必兴兵跑这么远来打俺？"费英东拍马上前，说道："你锡林与俺建州都是女真人的后代。努尔哈赤是所有女真人的大王。只要你们拥戴努尔哈赤大王，服从他的指挥，俺们就可以免动干戈。"

索卡列夫听了，冷笑一声，说道："努尔哈赤到处炫耀武力，欺凌弱小。俺锡林从不做霸道事情，只求安居乐业，幸福安康。你们二位，在家搂着老婆孩子快活，有何不好？何苦拿着刀枪，跑这么远来这里拼杀,替努尔哈赤卖命?……"

未等索卡列夫说完,费英东拍马上前,举起三环大刀,对着索卡列夫就砍将下去。那索卡列夫也不生气,不慌不忙,用三棱大刀往上一迎,只听"锵啷啷"一声爆响,费英东的三环大刀被架开了。二人你来我往,战到七八个回合,累得费英东气喘吁吁,只有招架之功,没有还手之力了。索卡列夫说道:"你不是俺的对手,快回去吧!"三棱大刀用力一挥,费英东的三环大刀被削去半截。费英东急忙勒转马头,准备逃跑。就在这时,索卡列夫拔出一支镖来,随手一掷,正中费英东那匹战马的粪门。只见那马长嘶一声,往前蹿去,差一点把费英东摔下马来。扈尔汉急忙拍马上前,挺手中钢枪,对准索卡列夫的心窝就刺。索卡列夫见那枪头已刺到面前,他用右手拿刀,抽出左手,一把抓住那枪头,往怀里一拽,嘴里喊道:"还不过来吗?"扈尔汉双手握枪,用尽平生气力,也拽不住了。只得手一松,勒马往回跑。索卡列夫又不慌不忙,把扈尔汉的钢枪往地上一扔,又顺手拔出一支镖来,向着扈尔汉的马屁股投去,不偏不倚,正投中那马的粪门。只听那马长嘶一声,猛一下蹿跳起来,也差点把扈尔汉摔下马来……

二人兵败回到建州,将故事说与努尔哈赤,努尔哈赤说:"他不伤你二人,伤你们的马,说明此人并不愿与俺为敌,"说到这里,向额亦都问道:"你曾到过那边,可认识此人?"额亦都说:"俺不认识。译登巴尔在锡林待过几年,他也许认识,也未可知。"

译登巴尔说道:"是索卡列夫,这人力大无比,咱们都不是他的对手。不过,俺与他还是八拜之交呢!让俺去试一下。"努尔哈赤说道:"此人的嗜好是什么?"译登巴尔又笑了,他说:"索卡列夫有六个妻子。"译登巴尔把索卡列夫的一些情况,向努尔哈赤介绍一遍,又说:"此人无拘无束惯了,他不会来赫图阿拉的。让俺去劝劝他,不要挡大王的道,让他臣服纳贡就行了。不知大王意下如何?"

努尔哈赤是个十分珍惜人才的首领。于是他说道:"让俺同你一块去！"译登巴尔说："也好，去争取一下也没有坏处。"次日早上，努尔哈赤带着译登巴尔、费英东，一起上路。不几日，便来到锡林。译登巴尔让努尔哈赤在营帐休息，自己径直去锡林寨前，向守门士卒说道："请传话：故人译登巴尔求见。"不一会儿，索卡列夫来了，一见译登巴尔，抢前一步，搂住译登巴尔说道："兄弟这几年哪去了？可把你大哥想坏了！"

译登巴尔忙说道："别搂得这么紧，你把俺搂得出不来气！"说得索卡列夫大笑不止。二人携手进寨，来到索卡列夫的客厅。寒暄一会儿以后，译登巴尔便将这几年去建州的情况介绍一遍，索卡列夫一听，笑着说："啊！俺知道了，你不是来看望俺这当大哥的，你是当说客的。"说完，又笑了起来。索卡列夫让人摆上酒菜，二人边喝边谈。

索卡列夫禁不住老兄弟的说服，又敬慕努尔哈赤为人，最终答应只称臣纳贡，自己不听宣调。

努尔哈赤听了译登巴尔的传话以后，未表示什么异议，他心里说：只要称臣纳贡，不反对俺，也就行了。次日早饭后，译登巴尔又去锡林寨，中午在索卡列夫府里喝酒，直到傍晚才回营。第二天上午，锡林寨送礼物来了。那使者将礼单交过来，传到里面，努尔哈赤一看：马二百匹，咸海鱼一千斤，牛二百头，谷物一千石。看完礼单，努尔哈赤笑着说："给的不少，以后需要兵马的时候，还请大力支持。"使者说："没有问题，俺路长说了，'随要随到，绝不失信'。"自此，努尔哈赤又收服了锡林路。

万历四十三年（1615年）十一月，努尔哈赤派遣额亦都、噶盖等，领兵两千，去征伐额黑库伦部。渥集部的额黑库伦部民，住在东边的东海之北，即今俄罗斯乌苏里江以东滨海地区纳赫塔赫河地方。建州军兵分两路并进，来到额黑库伦寨前，额亦都带兵攻前门，噶盖带兵攻后门。只听螺号声声，建州军在两位将军带动下，奋勇当先，冒着寨墙上的礌石、滚木和如雨的箭矢，越过三层壕，把栅墙拆除，然后纵火烧房子。火光熊熊，浓烟滚滚。

守寨士兵见了，心胆俱寒。额黑库伦寨遂被攻陷，歼灭寨内兵马五百人，俘获马匹一千匹，盔甲二百副，并从额黑库伦迁走部民二百户，移居建州。

万历四十五年（1617年）正月，努尔哈赤派穆哈连带兵一千人，收服东海虎尔哈部民。六月八日，穆哈连"带来千户，男二千人，六千余口"。努尔哈赤亲自出城迎接，并命搭八个凉棚，摆二百桌酒席，杀二十头牛，款待穆哈连及归顺的各部大小首领。

努尔哈赤对东海女真前后用兵近三十年，基本上统一了东海女真。在东起日本海，西迄松花江，南至摩阔崴湾，濒临图们江口，北抵鄂伦河，这一广大疆域内，基本上统一了东海女真诸部，并取代明朝而实行统辖。而东海女真也向努尔哈赤岁岁入贡，完全臣服。

努尔哈赤又把兵锋指向了黑龙江女真。黑龙江女真为"野人"女真的另一支，因居住在黑龙江流域而得名。黑龙江女真包括虎尔哈部、萨哈连部、萨哈尔察部、使犬部、使鹿部和索伦部等。在这一地区，有水量丰沛的河流，广阔的草甸，蓊郁的丛林，茂密的灌木。在杨树、柳树、松树和桦树的林荫中，散布着女真人、达斡尔人、鄂温克人、鄂伦春人、费雅克人和索伦人的屯寨。他们靠狩猎、畜牧、采集、种植或捕鱼为生，有的还采集东珠。

万历四十四年（1616年），努尔哈赤发兵征讨萨哈连部。萨哈连部因居住在萨哈连乌拉流域而得名。在满语里，萨哈连是"黑色"的意思，乌拉为"江"的意思。萨哈连乌拉，即黑龙江，又名"黑水"。萨哈连部居住在黑龙江中游流域，东至乌苏里江口，接使犬部，西邻索伦部，南至虎尔哈部，北面是使鹿部。当时，萨哈连部共有三十六个屯寨。

萨哈连部长名叫兀里求思，今年五十五岁，娶妻四人，每人生一女儿，长得花容月貌，一个比一个漂亮。

一天，姊妹四人到西山打猎，在林子里遇到来黑龙江女真部落收购东珠的建州商人。他们是奉努尔哈赤命令，收购东珠准备赴京城送贡品的。这群商人一行二十人，头目是努尔哈赤的一个远房侄儿,名叫雅尔拜雷。此人三十四五岁,是个好色之徒。他一见四少女的俏丽面貌,就上前搭讪,并指使众人缠着不放。说来也巧,前边不远处有一草棚,是打猎人搭的临时住所。雅尔拜雷走进去一看,屋里没有人,见地上铺着干草。他心里说:何不把那四个妞儿弄来玩玩。于是他让随行人员把四个姑娘都捆在草棚前边的树上,准备痛快地乐一下。见雅尔拜雷这么做,太不成样子,随行的噶达尔劝他说:"这样做的后果你考虑没有?咱们临来时大王一再嘱咐,不要惹麻烦吧!"雅尔拜雷这时候魂儿已不在身上,早被那四个姑娘吸引去了。任凭你用九头牛,也拉不回来的。此时正是六月天气,四个姑娘又是一色的紧身衣服,苗条的体态,丰满的胸脯,令雅尔拜雷欲火难禁,还考虑什么后果?雅尔拜雷将四个姑娘一个个剥得一丝不挂,一个一个地糟蹋,这且不提。再说萨哈连部长兀里求思,这些日子一直心神不宁。努尔哈赤将海西四部吞并之后,又把东海女真收服了。兀里求思还清楚地记得,小时候听老人说:东海女真与黑龙江女真,全是"野人"女真的后代,元朝灭亡以后,他们受大明王朝的管辖。现在明朝官吏腐败,朝廷无能,没有力量来过问他们,刚刚过两年安稳日子,建州的努尔哈赤又插了进来。听说努尔哈赤打着统一女真族的幌子,行征服奴役之实。兀里求思已去了虎尔哈部、使鹿部、使犬部,昨天又去了萨哈尔察部,想让大家联合起来,统一行动,阻止努尔哈赤的兼并,但是,兀里求思见大家不热心他这倡议,一赌气便回来了。中午又喝了些闷酒,想抄个近路回萨哈连部。正在马上晕晕乎乎地走着,突然听到一片女人的哭喊声。他心里想:这里林深草密,哪来女人的哭声?另外,在这片山林里,只有萨哈连部里的人常来,到底发生了什么事?他对后面的几个侍卫说:"过去看看!"他们一拍马,向哭声处跑去。

那四个姑娘一见父亲来了,慌得哭喊起来,上前伏在兀里求思膝下。兀里求思怎么也不能想到这四个赤身裸体的姑娘,竟然是自己那花枝招展的四个女儿。他大喝一声:"畜生!"从腰间拔出腰刀,对着雅尔拜雷的心口就刺。一连几刀,雅尔拜雷躺下去了。兀里求思这才给四个女儿松了绑绳,又拿来了衣服。从女儿口里,兀里求思知道那个畜生还有一群同伙,他心想:该不会走远的。随即提着腰刀,带着侍卫,找了好一会儿,才在一棵大树下面,发现他们都在沉沉大睡。于是兀里求思与侍卫们大开杀戒。一刀结果一个,这些人全被杀死了。兀里求思与侍卫浑身溅满血迹,成了血人。

兀里求思回到萨哈连部,立即派人把建州来的人全部捉来,一个不漏。约有两个时辰,来萨哈连做生意的建州商人,全被逮来,近五十人。兀里求思也未说多少话,命令全部拉去杀了。这四十多人一齐乱喊叫,不知怎么得罪了部长,大家要求会见兀里求思部长。但是,兀里求思不愿见他们,只是吩咐侍卫:"快快杀了。"在四十多人中间,有九人脱逃。他们全是有些武功的,挣断绳索,逃回赫图阿拉。努尔哈赤于六月二十八日得到这一消息,但不知是由于他的侄儿雅尔拜雷所造成。以致努尔哈赤气得很厉害,反以为是萨哈连部仇视建州人呢!因此努尔哈赤立即下命令:"派兵征讨!"

七月一日,努尔哈赤发布命令:"挑选强壮的马一千匹,并放在田里养肥。"七月九日,又下命令说:"选派会制造独木船的士兵六百人,去兀尔简河的发源地——深山密林中,抓紧时间,制造独木船二百艘。"

十天以后,一切准备停当,努尔哈赤发布出兵命令:"派达尔汉侍卫扈尔汉、巴图鲁安费扬古率兵两千人,到兀尔简河后,领兵一千四百名,乘独木船二百艘前进;另外六百名骑兵在陆上行走。"他们当日出发,第八天到达制造独木船的地方。扈尔汉和安费扬古率兵乘坐独木船在乌拉河上前进,骑兵在陆上奔驰。第十八天,前进的水陆兵会合。又走了两昼夜,八月十九日到达目的地。他们袭击了萨哈连部民居住在河北岸的十六个屯寨,经过短时间的战斗,全部夺取过来。

那居住在河南岸的十一个屯寨,也没有准备,建州军很快袭击得手,全部夺取了。由于兀里求思的及早准备,萨哈连部剩余的九个屯寨，都加强了戒备，有兵马守卫。扈尔汉与安费扬古把营盘扎下，让士兵饱餐以后，当夜三更天，二人带领一千人马，突然发起攻击。他们先纵火烧毁寨门，经过激烈拼杀，兀里求思抵挡不住，未来得及勒转马头，便被扈尔汉一刀砍下马来。萨哈连士兵一看兀里求思被杀，遂四散奔逃。扈尔汉、安费扬古指挥军队掩杀过去，天未大亮，萨哈连部在江南岸最后的九个屯寨也被征服过来。这一路破屯拔寨，共夺取萨哈连三十六个屯寨。到了晚上，他们在萨哈连江南岸的佛多罗寨驻营。据说：萨哈连江和松阿里江，往年都在十一月十五日至二十日后才结冰。但是努尔哈赤出兵萨哈连部，这两条江在十月初就结冰了。所以萨哈连部的部民都说："这是老天爷对努尔哈赤大王的宠爱！"十一月七日，扈尔汉、安费扬古带着缴获来的五百匹马、一百余副盔甲，四十名路长等，回到赫图阿拉。

努尔哈赤收服萨哈连部之后，又移兵萨哈尔察部。萨哈尔察部民居住在牛满河（今布列亚河）地区。萨哈尔察，在满语里是"黑色貂皮"的意思。部长名叫萨哈全，此人虽然年纪不满三十，但为人忠厚，遇事谨慎，萨哈全继任部长仅仅半年时间，萨哈尔察部面貌大变，部民安居乐业。建州军兵临寨门的时候，他召集各屯寨主开会，征求大家意见。各屯寨主说："你看怎么办，俺都支持你。"萨哈全说："努尔哈赤已统一建州八部，又征服了海西四部，又吞并了东海女真。不久前又征服俺的邻部萨哈连部，俺这萨哈尔察部不过弹丸之地。若和努尔哈赤斗，真像鸡蛋碰石头，不会有指望的。俗话说：识时务者为俊杰，俺不是他的对手，还打什么？让老百姓安度日子罢！"各屯寨主都赞成萨哈全部长的话，有的说："以前俺年年岁岁都向明朝纳贡。以后咱归顺了建州，就向努尔哈赤交纳贡品，不要再买明朝的账了。"于是萨哈尔察部主动归附建州。不久努尔哈赤听说萨哈全还未结婚，就主动把女儿嫁给他。于是萨哈全成了额驸（驸马）。

努尔哈赤又派兵去征讨黑龙江下游地区的使犬部和使鹿部。

使犬部的居住范围，大致在乌苏里江下游地区，松花江与黑龙江汇流处以下沿混同江两岸和使鹿部接壤。使犬部主要分作三路，奇雅喀喇路、赫哲喀喇路、额登喀喇路。这里包括达斡尔人、赫哲人、鄂伦春人、鄂温克人等。他们家家畜犬，而且数量很大，一户能畜养几十只，甚至几百只。使犬部因以得名。犬的主要食物是鱼，也食野兔、田鼠等。犬被用来狩猎、拉船和拖爬犁。夏季逆水而进，用犬拉纤行船；冬季冰雪狩猎，用犬拖曳爬犁。犬在使犬部的部民中有着特殊的地位。他们的习俗是不吃狗肉，不穿狗皮，甚至把狗当做图腾而加以崇拜。

使犬部长布哈也夫，四十多岁，妻子佟丽娜，生两个女儿，布洁尼和布洁尼娜。大女儿布洁尼十八岁，小女儿布洁尼娜十七岁。都生得亭亭玉立，月貌花容，又能歌善舞。两个女儿全都许配给赫哲路长的儿子布拉琼尼，正等着完婚办喜事。

努尔哈赤于万历四十四年（1616年），派大将费英东等带兵两千人，攻伐使犬部。一连几天的急行军，建州的兵马来到使犬部的奇雅喀喇路。布哈也夫刚把两个女儿的喜事办完，探马就来报告说："努尔哈赤派两千兵马，前来攻讨，大兵快到奇雅喀喇路。"布哈也夫立即召开各路长会议，布置防卫事项。他在会上说："努尔哈赤兵势强大，俺使犬部各路兵马总共只有一千多人，不一定能阻挡住。但是，咱也不能束手投降。部民们供给咱们吃穿用，总不能大兵一来，就竖起白旗。俗话说：养兵千日，用兵一时。当前，是咱们效力的时候。各路兵马要认真组织，同他们打几仗。实在不行，再归顺他努尔哈赤，也没有什么丢人的。那海西四部比咱们强大得多，也被他吞并了。另外，有了努尔哈赤的保护，俺就不用再向明朝进贡了。"会后，各路长才回去。建州大军已到达使犬部的奇雅喀喇路，路长巴雅奇夫，手使一根大铁棍，重约二百五十斤，他腰上还挂有两根钢鞭，善于用棍里藏鞭，将对手打败。

费英东领着兵马来到奇雅喀喇路寨门前挑战。巴雅奇夫也带着五百兵马，出了寨门，迎着建州军立下阵脚。费英东用三环大刀一指，喊道："来将叫什么名字，俺刀下不杀无名之鬼。"巴雅奇夫拍马上前，说道："俺乃奇雅喀喇路长。你这个小南蛮，有什么本事敢说大话，让俺来教训你一下。"说着大铁棍举起，对着费英东的面门砸来。费英东看那铁棍来得有力，不敢用大刀去架，遂侧身躲过。他正准备举起他的三环刀砍去时，那铁棍又横扫过来，急忙勒马闪过。巴雅奇夫见他无力招架，遂说道："你这娃娃不是俺的对手，俺不忍伤害你。放你回去，让努尔哈赤来！"费英东一听，十分恼怒，也不搭话，挥刀就砍。二人战到一块，约斗了七八个回合。巴雅奇夫用右手使棍，抽出左手，从腰间拔出三尺多长的钢鞭。他心里想：这一鞭打去，这小家伙就活不成了，俺何必结下这冤仇！不如警告他一下，让他知道厉害为好。遂来个棍里藏鞭，挥起钢鞭，对准费英东战马的屁股，用力抽去。只听"啪"的一声，那马长叫一声，连尥两个蹶子，差一点将费英东掀下马来。巴雅奇夫哈哈大笑，再举棍来打时，费英东已勒转马头，收兵回营去了。

次日早上，费英东又去寨门前挑战。巴雅奇夫说道："昨日俺已警告过你，你却执迷不悟。俺今日可就不客气了！"费英东说："少废话！"说着举刀就砍，二人斗了七八个回合，费英东勒马便跑，巴雅奇夫见他不回军营，却往山林逃去，以为他慌不择路，遂拍马追去。他心里想：看俺抓个活的！费英东跑进林里，一转眼不见了。巴雅奇夫正在林边看时，又见费英东拍马回来，斗几个回合，又勒转马头向林子里逃去。巴雅奇夫气恼起来，拍马追进林子里面。费英东在前面跑，巴雅奇夫在后面追，正追着，巴雅奇夫眼看就可以用钢鞭打到，便按下铁棍，摘下腰上的钢鞭，正准备挥鞭时，却听到树上"哗啦"一声响，一张大网把他连人带马一起网住了。接着周围树上跳下几十个兵士，将那网一拉，巴雅奇夫人仰马翻，被那大网缠得紧紧的，动弹不得。只见费英东也骑马回来了，指挥士兵把巴雅奇夫捆了，收兵回营去。

士兵把巴雅奇夫五花大绑，推到费英东帐下。费英东急忙站起来，亲自替他解开绑绳，说道："老将军受惊了！"巴雅奇夫说道:"要杀就杀,何必这么做作!"费英东急忙说道:"老将军误会了。俺努尔哈赤大王一向爱惜人才,从不滥杀无辜。来使犬部征讨,不是无故兴兵,是想安定后方,扩大兵源基地,准备不久的将来,就可以对明王朝开战了。老将军为人正直,武艺高强。咱希望能携起手来,同心协力,共同支持努尔哈赤大王,去推翻明王朝的统治。"费英东的一席话,说得巴雅奇夫心服口服。费英东遂吩咐摆酒,为老将军压惊。酒席间,费英东请巴雅奇夫前去劝说布哈也夫,让他及早归顺,免动干戈。巴雅奇夫答应前往。席散,费英东送巴雅奇夫至营门外,二人拱手告别。费英东说道:"某静候老将军佳音。"巴雅奇夫不回奇雅喀喇路,直接去见布哈也夫部长。

巴雅奇夫把费英东的话对布哈也夫传达一遍,接着说道:"努尔哈赤的兵马超过十万,俺还打什么!归顺了他,你还当你的部长,俺还当俺的路长。归顺明朝,也要纳贡。依俺看,敬奉谁都一样,何必拴在一棵树上呢!"布哈也夫听了,在屋里走了一会儿,终于横下心来,说道:"那就按你说的办吧!"

使犬部归顺以后,努尔哈赤又派遣译登巴尔带领五百人马,与费英东合兵一处,去攻讨使鹿部。使鹿部的居住范围,在使犬部之北和东,混同江下游以东滨海,包括库页岛全部。使鹿部包括费雅喀、奇勒尔、吉烈迷等路。这里森林资源丰富,盛产鱼类,气候较为寒冷。部民多"以养鹿为家畜",故称"使鹿部"。部长雅尔可夫,以善养鹿闻名全部落。平日,他以鹿肉为主要食品,力大无比。

万历四十四年(1616年),努尔哈赤派费英东和译登巴尔共带兵两千五百人,前往使鹿部。

费英东、译登巴尔来到使鹿部扎下营盘,二人商量攻城事宜。译登巴尔说道:"这里的人处事正直,守信用,不善于耍花招,为人很讲义气。"费英东听了,顺口说道:"末将年轻,阅历浅薄,译登将军经多见广,来这里全仰赖你了。"

二人正在商议,守门军士进来报告:"使鹿部雅尔可夫派使者前来求见。"费英东看了看译登巴尔，说道："请他进来。"不一会儿，费雅喀路长走了进来。他弯腰给二人施礼后，说道："使鹿部使者费雅喀路长，给二位将军请安来了！"

费英东与译登巴尔答礼后，请费雅喀路长坐下说话。费雅喀路长说道："二位将军带着兵马，不远千里来到俺使鹿部，有何要事？"译登巴尔道："建州努尔哈赤大王为统一女真各部，已花费几十年时间，现在只剩下使鹿部没有归顺。当前，明王朝已腐败不堪，不久之后，咱们将跟随努尔哈赤大王，向明朝开战，推翻其统治。以后有俺建州为你们撑腰，不要再向明朝交纳贡品，明朝也不敢再来骚扰你们了。如若不接受咱的意见，那就别怪俺不客气了，只能在战场上较量了！"

费雅喀路长说道："俺若归顺建州，明朝前来兴兵问罪，你们可能保护咱？"费英东一听，哈哈大笑道："不久咱建州将与明王朝开战。这里是咱的后方，明朝能越过咱们的兵马，到使鹿部来吗？这是万不可能的事情。你们大可放心，那明王朝也经不住咱打。在努尔哈赤大王率领下，咱建州军队所向披靡，无往不胜。咱说你不相信，就把眼睛擦得亮亮的，等着看吧！"

费雅喀路长也是个爽快人，马上答应了归顺建州。并代表雅尔可夫签了归顺字据。他向二位将军说："现在俺就回去向部长回报，并准备礼品，明日送来。"遂告辞出来，回使鹿部去了。

又过了两天，费英东、译登巴尔二位将军率领兵马，在返回赫图阿拉途中，将那黑龙江虎尔哈部一举消灭。这个虎尔哈部居住在黑龙江流域，人数少，寨子也小，怎能阻挡得住建州大军的攻击，仅半天时间，寨毁人亡，建州军满载着战利品，胜利凯旋。

第十一章
结姻盟纳原上美女
乞救兵舍墙外红花

努尔哈赤醉眼看那新娘，果然天姿国色，美人垂蝤颈，粉面泛桃红，正含三分春意，愈觉秀色可餐。这一夜温存，让年过半百的努尔哈赤遍体通泰："科尔沁草原的女儿家，味道就是不一样！"

努尔哈赤在收服东海女真、黑龙江女真之后，为了解除进军明朝辽沈地区的后顾之忧，打通从西北进入长城的走廊，他利用漠南蒙古同明廷的结盟与矛盾，各部之间的分裂与内讧，对于各部封建王公，有的分化瓦解，有的武力征讨，或者征抚并用，先后逐一征服了东部漠南蒙古。努尔哈赤曾说过：蒙古与咱们女真，语言虽各异，而衣饰风习，无不相同，是兄弟关系。征抚蒙古以后，既可以扩大兵源基地，又能稳定后方，这是一举多得的事情。

在明朝后期，蒙古已逐渐形成三大部：生活在蒙古草原西部直至准噶尔盆地一带的漠西厄鲁特蒙古；生活在贝加尔湖以南、河套以北的漠北喀尔喀蒙古；生活在蒙古草原东部、大漠以南的漠南蒙古。同明朝汉族聚居地带近邻的漠南蒙古，西北有游牧于黄河河套地区的鄂尔多斯，正北有住牧在山西偏关边外的归化城土默特，东北则有蓟辽边外的喀喇沁、察哈尔、内喀尔喀和科尔沁等部。漠南蒙古东西诸部，介于明朝和建州之间，其中有的部同建州接壤，建州最早就是与东部漠南蒙古诸部发生政治联系的。

努尔哈赤征服漠南蒙古，先从科尔沁部开始。漠南蒙古的科尔沁部在喜峰口外驻，牧于嫩江流域。它东西相距八百七十里，南北相距两千一百多里。它东邻乌拉，东南靠叶赫，西南面是扎鲁特部，南边是内喀尔喀部，北面是嫩江上游地区的索伦部。科尔沁部原是元太祖弟哈萨尔之后，与察哈尔部长期以来不和睦。

早在明朝嘉靖年间，察哈尔部长别勒台尔听说科尔沁部长铁木库泰尔有个妹妹名叫娜喇佑尼长得美艳无比，就派使者向铁木库泰尔提出聘婚。谁知娜喇佑尼名花有主，早已许配给叶赫部长，不久将要迎娶。

别勒台尔得报后，十分恼火道："不嫁给蒙古人，却要嫁给那叶赫女真人，真是胳膊肘往外拐！"本来察哈尔部与科尔沁部曾发生过摩擦，科尔沁兵力弱些，察哈尔兵力较强。科尔沁就与邻近的叶赫、乌拉结盟，来对抗察哈尔的侵扰。所以别勒台尔非常生气，就亲自带领一千骑兵，日夜兼行，赶到科尔沁部，乘着夜色，突然攻杀进去。科尔沁部铁木库泰尔仓促应战，差点送了性命。别勒台尔大获全胜，把娜喇佑尼拖抢到察哈尔部。当晚，别勒台尔细看娜喇佑尼，姿色也不过平平，遂留下过了两月有余，又派人把她送回科尔沁。此事激起科尔沁人的愤怒，铁木库泰尔随即派使者到叶赫、乌拉借来两千兵马，加上科尔沁的五千兵马，同去偷袭察哈尔部。

那天夜里，别勒台尔正搂着妻子睡觉，忽听外面喊杀声骤起，还未来得及穿上衣服，就被涌进来的科尔沁人刺死在床上。科尔沁人大肆烧杀掳掠，察哈尔损失惨重。从此，两部之间便结下不共戴天的仇怨。两年以后的一天夜里，察哈尔又以同样方式，偷袭了科尔沁部，也把铁木库泰尔杀死，将科尔沁洗劫一空。两部之间相互仇杀，一直持续了几十年。明朝万历年间，科尔沁部长明安带领部民，建筑城池，才逐渐安定下来。察哈尔部也建造城池，防止科尔沁的偷袭。于是两部相对稳定了一段时间。

科尔沁部明安部长，于万历二十一年受叶赫部之邀，参加九部联军进攻建州。先去攻打赫济格城，一天没有攻下来，遂陈兵古勒山。后来九部兵败，科尔沁部长明安被追得骑着裸马尴尬逃回，差一点送了性命。经过反省，明安部长纠正了以前与建州不接触的政策，主动邀约了喀尔喀五部派遣使者到建州去，以示道歉。努尔哈赤不计旧怨，亲自接见使者。

自此建州与蒙古诸部弃旧怨,结姻盟。万历四十年(1612年),努尔哈赤听说明安部长的女儿博尔济锦氏颇有丰姿,遣使欲娶之。明安部长遂绝先许之婿,送其女来。努尔哈赤高兴万分,以礼亲迎,大宴成婚。当时他年已五十四岁,博尔济锦氏年方十八岁。喝完喜酒,努尔哈赤迈着虎步,走进洞房,见新娘博尔济锦氏,果然天姿国色,面若芙蓉,肤如凝脂,一双慧眼,俏丽动人。美人垂蝤颈,粉面泛桃红,正含三分春意,愈觉秀色可餐。努尔哈赤虽年过半百,仍觉欲火难禁,浑身燥热异常,上前一把搂在怀里,一夜恩爱,曲尽绸缪。次日早晨,努尔哈赤即封博尔济锦氏为侧妃。

明安部长是蒙古王公中第一个与建州联姻者,但绝不是最后一位。不久后的万历四十三年(1615年)正月,努尔哈赤又娶科尔沁孔果尔部长的女儿齐尔拉尤氏为妻。这使建州与科尔沁之间的关系愈来愈密切。

努尔哈赤不仅娶科尔沁两部长的女儿为妻,他的儿子也相继纳蒙古王公的女儿做妻子,次子代善娶扎鲁特部钟嫩部长的女儿为妻,第五子莽古尔泰娶扎鲁特部纳齐部长的妹妹为妻,第八子皇太极娶科尔沁部莽古思部长的女儿为妻,第十子、十二子、十四子等也都娶了蒙古诸部长的女儿为妻。努尔哈赤在位时,与蒙古科尔沁联姻十次,其中娶入九次,嫁出一次。蒙古科尔沁诸部与建州努尔哈赤通过联姻,巩固同盟,以加强自己的势力,来对抗察哈尔部。

察哈尔部林丹部长,于万历四十三年(1615年)率领兵马一千人,攻讨科尔沁部。科尔沁探知消息,派部长明安的弟弟哈喇送五百匹从察哈尔部掠得的战马给建州努尔哈赤,请求派兵援助。努尔哈赤遂派大将费英东、噶盖等带五百兵马,前去援助。

次日早上,林丹率领兵马来挑战。见林丹兵马不过千人,费英东道:"待俺领兵出城去会会他,你们随后带兵马掩杀过去。准能杀他个片甲不留。"明安忙令大开城门,费英东、噶盖二人带着五百人马,来到阵前。林丹见是建州努尔哈赤的兵马,不免心中一惊,遂上前问道:"俺与建州素无瓜葛,何必带兵前来助纣为虐?"费英东拍马上前说道:"科尔沁是咱建州的盟友,明安部长是咱努尔哈赤大王的岳翁。你们察哈尔部无端兴兵,制造麻烦,真是欺人太甚!咱劝你早早收兵回去,以免伤了和气,俺这大刀可不是光吃素的!"林丹十分气愤,便挥动手中大铁锤,对准费英东的脑袋砸来。二人战到一处,刀来锤往,直杀得尘土飞扬,明安率领一千兵马冲向对方的阵中。林丹无心恋战,忙令收兵。费英东、明安两支兵马合在一处,如狂风骤起,林丹的兵马四散奔逃,死伤无算。

有几个首领反映,此次兵败,全因林丹的异母弟弟贝拉古走漏风声,建州兵马才能先期而至。贝拉古是林丹父亲别勒巴泽第二个妻子所生,比林丹小两岁,从小娇生惯养,性格顽劣,整日斗鸡走马,使枪弄棒,不求上进。别勒巴泽生前对他十分溺爱。林丹承继部长以后,百事待举,更无暇管他。贝拉古小时候,他父亲别勒巴泽曾替他请了一个师傅名叫朵朵木的,专门教他武艺。朵朵木是科尔沁属下杜尔伯特部人,为人很圆滑,见人三分微笑。部长府里上上下下,都说朵朵木为人忠厚,赢得一片赞扬声。不仅贝拉古对他敬若神明,连他那死去不久的父亲别勒巴泽也很尊重他。林丹承继部长以后,他经常提醒贝拉古说:"现在是你哥哥当部长,遇事要多长个心眼,哥哥与父亲还是有差别的。"贝拉古心中也有数,林丹的母亲去世较早,经常受到后母也即贝拉古母亲的冷遇。林丹作为长子能够承继部长职位,主要有两个原因:一是别勒巴泽无病而终,没有留下遗言;再一个是察哈尔部的几个首领对林丹的为人还是推崇的。若是没有这两条,贝拉古也有可能当上部长。

其实,林丹对这事心中也有数。当上部长以后,他表面上对贝拉古的放荡行为不闻不问,暗中却在窥伺着他和朵朵木的行动。他心里有盘算:你们只要不做损害俺这部长职位的事情,都可以不予追究。但是贝拉古年轻气盛，以为林丹胆小怕事，不敢惹他，便得寸进尺。一天，他突然心血来潮，对朵朵木说："师傅到杜尔伯特部去一趟，看他们可有诚意。能否觑个机会，咱们给他来一个里应外合。老是钻在别人裤裆里过日子，滋味实在不好受。"朵朵木听了，劝他说："要善于忍耐，不能操之过急。要像刘备那样精于韬晦，要善于隐蔽自己，不能锋芒太露。"贝拉古一听，着急地说："俺也不能按兵不动啊！你去一次探探口风，有何不可？另外，你也可以顺便去瞧瞧那老相好的呀！"

杜尔伯特部是朵朵木的故乡，他有一个表妹名叫速尔干。两人从小青梅竹马，只是由于朵朵木后来浪迹天涯，二人才未能终成眷属。这时候朵朵木儿时的情人——速尔干，已是杜尔伯特部翁果岱部长的第二个妻子。速尔干将朵朵木的情况，向翁果岱介绍以后，这位部长非常高兴，便热情接待了他。翁果岱向他了解了一些察哈尔部的情况，并希望他能为家乡做些贡献。朵朵木乘势提出贝拉古要他办的事情——希望杜尔伯特部颠覆林丹在察哈尔部的控制权，帮助贝拉古当上察哈尔部长。翁果岱说："你们都在林丹的身边，要置他于死地，还不是举手之劳。只是此事关系重大，有机会再去同明安部长商量一下。"这事情就这样暂时放下了。

朵朵木回到察哈尔部以后，贝拉古听了他的回报，很不满意。他说："俺们能不考虑后果，轻易下手杀他吗？那些首领能饶恕俺们？他们不肯帮助咱也就罢了，何必坑害咱，让咱去自投罗网？"二人弄得不欢而散。不过从这以后，贝拉古也主动去林丹处走走，有时林丹留他一块吃酒，贝拉古也不推辞。一天，贝拉古又来到林丹家，瞅个机会，给林丹下了毒，不料此事不凑巧，误将其侍卫毒死。此事引起林丹怀疑，便对贝拉古乃至朵朵木的行踪进行了监视。

科尔沁部长明安，从建州"朝贡"回来，听了杜尔伯特部长翁果岱的汇报，他说道："这是一个难得的机会呀！察哈尔部一直欺凌俺，亡我之心不死，你派一个人秘密去察哈尔部，与朵朵木联系一下，俺年底之前一定出兵，让他们做好接应的准备工作。"

翁果岱派到察哈尔部的人名叫兀哩突突，是他的远房侄儿，虽打扮成商人的模样，还是被林丹的侍卫队长认了出来。兀哩突突把明安、翁果岱的话传达以后，朵朵木告诉他说："林丹已经准备妥当，将于草枯前进攻科尔沁的杜尔伯特部，你现在立刻就回去，要他们提前行动，争取在七八月份发兵。"说完，朵朵木便送兀哩突突回科尔沁。再说贝拉古自从用"百步倒"未能药死林丹，心中紧张了许多日子，不敢再去府里见林丹。听朵朵木传达科尔沁年底前出兵的诺言，更不高兴，他向朵朵木说道："为什么不可以提前？真是坐失良机！"朵朵木向贝拉古提醒道："林丹准备在草枯前进攻杜尔伯特部，俺以为，这也是个机会，当他们把兵马带出去，乘着察哈尔内部空虚的时候，咱端了他的老窝。然后来个前后夹击，他首尾不顾，必死无疑。"贝拉古听了，高兴得直拍大腿，连说："好计策！好计策！"二人小声嘀咕了很长时间，才各自分手。

侍卫队长向林丹报告说："那人在朵朵木处过了一夜，次日早上就走了。"林丹说："这是来送信的。以后要特别留神，再有这样的人来，就把他抓起来审问，不能轻易放过。"再说兀哩突突回到杜尔伯特部，把"察哈尔部将于草枯前进攻杜尔伯特部"的信息告诉翁果岱。翁果岱听后心中不免惊慌，遂赶快去报告给明安部长。他们商量的结果，觉得提前出兵，没有必胜的把握；不如以逸待劳，抓紧训练兵马；再派人到建州去请救兵，来个两面夹击，争取把察哈尔一举歼灭，倒是稳妥的计策。于是科尔沁一面继续加紧训练兵马，一面在明朝天启五年（1625年）八月，遣使者送信到建州，报告"察哈尔部将于草枯前进攻科尔沁杜尔伯特部"，请求努尔哈赤届时出兵援助。

天启五年（1625年）十一月份，察哈尔部林丹派兵攻打科尔沁杜尔伯特部。发兵前，留下帖尔罕带领五百兵马守城，并布置自己的侍卫队长带领部分侍卫，监视贝拉古、朵朵木的行动。林丹走前，对帖尔罕、侍卫队长说："发现谋叛行动，立即关押，切勿贻误，更不能手软。"兵马昼夜兼行，很快来到科尔沁的杜尔伯特部，把格勒珠尔根城围得水泄不通。这时科尔沁的明安部长很快得到消息，急忙派遣次子哈坦巴图鲁台吉赴建州，向努尔哈赤告急。

林丹带领兵马，连续攻城，由于城墙坚固，加上滚木礌石的袭击，始终攻不下来。翁果岱的儿子奥巴台吉指挥兵士，严密防守。林丹在城下喊话说："咱们同是科尔沁的蒙古族，你们却投向女真族的努尔哈赤，送女儿给人家做妻子，送马匹让他们来践踏自己的同胞，订立屈辱的盟约，这是背叛行为。你们不以为耻，反以为荣，真是民族败类！"

奥巴台吉说道："努尔哈赤尊重俺们，从来没有欺辱俺。你们虽与俺同族，但是屡次侵犯科尔沁，杀害成千上万的科尔沁人。这是什么行为？"奥巴台吉话未说完，只听"嗖"的一箭射来，他赶忙低下头去，帽子上的红缨子立即被射掉。这是林丹身后的一位首领暗中发射的一箭。奥巴台吉的弟弟脱虎台吉大怒，立即请求出城交战。奥巴台吉阻止不住，为他擂鼓助威。只听鼓声大作，角号齐鸣，城门大开，脱虎台吉领着五百人马，冲出城门，来到阵前。林丹拍马上前说道："只要你们与建州废除盟约，断绝往来，俺们不咎既往，立即撤兵。"脱虎台吉道："俺与建州结盟，与你们察哈尔部有啥关系？你真是狗拿耗子——多管闲事！你们察哈尔部的事情，俺们科尔沁从未过问过，这是你们部的内政。你们又何必替咱科尔沁操心？"

林丹听了，话不投机，便拍马上前，挥起大铁锤，对准脱虎台吉的头顶就砸。脱虎台吉使动手中铁棍，迎了上去。于是二马盘旋，锤棍直撞得火星直冒，叮当作响。约战了十数个回合，奥巴台吉担心弟弟有失，就敲响铜锣，命令收兵回城。脱虎台吉便勒马而回，带领兵马进城去了。脱虎台吉对他哥哥奥巴台吉说："俺正想与他分个输赢，你怎么收兵了？"奥巴台吉说道："俺看天色已晚，因此收兵。明天再战罢！"兄弟二人领着兵马回府休息，不在话下。

林丹收兵回营以后,与众首领商议道:"明日俺再与他交战,将他引入那边林内。你们先去埋伏林中,到时一举把他拿住。"当下计议已定,便各自休息。次日早上,林丹又带兵来到城下挑战,脱虎台吉正要出城迎战,哥哥奥巴台吉连忙制止,说道:"兵法云:击其惰归,避其锐气。等一等再出战,让他们的兵士疲乏了,再出城交战,也为时不晚。"林丹在城下喊叫道:"你们若不出城交战,俺攻进城去,一定杀个鸡犬不留!"

脱虎台吉怎能听得进去?遂不顾哥哥劝阻,坚持出兵迎战。他又率领五百人马冲出城来,二人也不搭话,锤举棍迎,战到一处。双方鼓声如雷,震荡着山谷。两边士兵齐声呐喊助威。二人战到十余回合时,林丹虚晃一锤,勒转马头落荒而逃。脱虎台吉正想拍马追去,城上奥巴台吉喊道:"恐有伏兵,不必追赶。"脱虎台吉遂想收兵回城,只见林丹跑不多远,又回转马来,继续交战,林丹战不几合,又佯败逃走。惹得脱虎台吉怒气冲冲,恨得咬牙切齿地说道:"俺这次非把你捉住不可!"便拍马追了上去,尽管奥巴台吉在城上喊着,他只作未听到似的。眼看就要追进林子,脱虎台吉有些迟疑,心想:林里果有伏兵的话,俺还是不追的好。便勒转马头准备回城,不料身后林丹又催马追来。只得又跟他战到一处,没有几个回合,只听林子里一声呼哨响过,猛然冲出一队人马,迅速驰来,脱虎台吉被围在中心,左冲右突,上遮下拦,浑身几处受伤,已是招架之功不力,还手的机会更少了。正当危急之时,突然冲来一队人马。为首一员大将,乃是建州努尔哈赤麾下的扈尔汉,他提枪在手,一阵冲杀,挑死十几个察哈尔部士兵,强行冲进包围圈。接着,奥巴台吉也手挥大刀,杀入重围。林丹见科尔沁的救兵已到,无心恋战,于是收兵回营。

原来科尔沁的告急请求一提出,努尔哈赤即派遣他的儿子莽古尔泰和扈尔汉,率领精骑五千,前来格勒珠尔根城援救。建州军刚到城下,奥巴台吉急忙将脱虎台吉可能遭遇伏兵的情况,向他们介绍,莽古尔泰让扈尔汉去解脱虎台吉之围,自己则领着兵马冲入察哈尔部阵内。经过一阵冲杀,察哈尔部阵脚已乱,士兵四下奔逃。当林丹带兵回营时,又遇上莽古尔泰,双方又战了十多个回合,林丹自觉不是对手,便勒转马头逃去。莽古尔泰也不追赶,便与奥巴台吉一起,收兵回城。

  林丹回到营内,与众首领计点兵马,已损失近半数,只得怀着怏怏不乐的心情撤兵回察哈尔部。帖尔罕前来报告说:"贝拉古和朵朵木前来刺杀末将,已被俺擒获,现已关押。前日,俺审讯二人时,贝拉古已供认不讳,并承认那次曾用'百步倒'毒杀你;这次想乘着城内空虚,夺取部长职位。这计策由朵朵木设计。但朵朵木百般抵赖,死不认账。现在部长回来了,由你亲自处理罢!"林丹听了,心里反倒踏实起来。次日上午,他把部里的首领全部召集来,吩咐把二人带来。贝拉古见到林丹,忙不迭地磕头告饶,请求宽恕。他说道:"俺鬼迷心窍,也受朵朵木的挑唆,一心想谋害哥哥。那次往茶杯里投放'百步倒',就是朵朵木交给俺的毒药。这次也是朵朵木设计的方案。请求哥哥能看在死去的父亲的情面,赦俺不死,俺当终生不忘哥哥的恩情。"

  林丹听了,问朵朵木道:"你有何话讲?"朵朵木一直不说话,并立而不跪,惹得众首领非常气愤,大家说:"拉出去宰了!"林丹摇摇头,平静地说道:"你是科尔沁人,俺们都是蒙古人,自你来到察哈尔部,俺父子对你不薄,你为何要挑动弟弟与俺不和?并替他设计谋迫害俺?作为一个外部的人,来到这里应该自尊自重,为何不自量力,煽动你的徒弟干背叛他哥哥的事情?你至今还顽固不认账,以为俺不能处置你是吗?"林丹说到这里,朵朵木遂跪倒在地,哭着告饶道:"往日的事情,是俺对不住你。请求你大仁大德,放俺回科尔沁去!"

  林丹说:"救一人命,胜造七级浮屠,你是一个外部落的人,俺不杀你,但你要知足,以后不要再干坏事了。"遂放朵朵木回科尔沁去了。至于贝拉古,林丹说:"你想当部长,俺可以让你当。

但是你可有这个本事?古人说,人贵有自知之明。而你自己就愚蠢得很,其实你幼稚无知,差一点闯下大祸。即使你把俺毒死了,这些首领会支持你当部长吗?"那些首领听了,马上说道:"俺不同意他当部长。"林丹又说:"俺不杀你,量你也翻不了天!若再胡作非为,必将自食恶果!"

自这以后,察哈尔部不再有内乱的阴影,林丹一门心思去训练兵马,准备有朝一日,一定要同建州的努尔哈赤较量一番。

科尔沁的格勒珠尔根城解围之后,明安、翁果岱让奥巴台吉亲自到建州去,跪见努尔哈赤表示感谢。努尔哈赤将舒尔哈齐第四子图伦之女嫁给奥巴台吉做妻子。随后,努尔哈赤与奥巴台吉刑白马黑牛,祭告天地,盟誓结好。从奥巴台吉的誓词中,可以看出蒙古上层的纷争,以及奥巴台吉投附建州的原因。而努尔哈赤的誓词中,则明确地表示,他同奥巴结盟,是为了对抗察哈尔部,以及与察哈尔部订有盟约关系的明朝。从此,漠南蒙古的科尔沁部,便成为建州努尔哈赤的政治同盟和军事支柱。努尔哈赤采用分化抚绥与武力征讨的两手政策,在蒙古科尔沁部取得了成功。

漠南蒙古内喀尔喀部,原为达延汗第五子阿尔楚博罗特之后,因其子虎喇哈有子五人,故称喀尔喀五部。它主要驻牧于西喇木伦河和老哈河一带(今辽宁省阜新一带地区),东邻叶赫部,西接察哈尔部,北靠科尔沁部,南连明朝的广宁(今辽宁省北镇)。

明朝万历年间,喀尔喀五部为巴岳特、侉儿侉、扎鲁特、木伯哈、齐布什部,其中扎鲁特驻牧于开原西北新安关外,在喀尔喀五部中最为强大。部长吉赛自恃兵强马壮,"骑兵众,牲畜多",说自己并非一般人,是"天空之雄鹰,山林之猛虎",到处逞雄好胜,藐视各部,欺压劫掠,无恶不作。

万历二十二年(1594年),内喀尔喀部长老萨,与科尔沁部长明安最早遣使通聘努尔哈赤;不久之后,侉儿侉部长唠扎又向建州遣使往来。万历三十三年(1605年)巴岳特部长恩格德尔向努尔哈赤朝聘,献马二十二匹。由于喀尔喀五部之间,时而互相联合，时而彼此倾轧，争掠频繁，内讧不休，因而大大削弱了自身力量。努尔哈赤利用其内外之困，以及彼此间的矛盾，进行分化瓦解，逐步争取，以达到自己的目的。

万历四十五年（1617年），努尔哈赤为了进一步笼络恩格德尔，将弟弟舒尔哈齐第四女嫁给他做妻子，称巴岳特格格。恩格德尔成为努尔哈赤的额驸，受到特殊礼遇。但是内喀尔喀五部，在对待明朝与建州的态度上，并不能一致。有的对明朝既挟赏又靠拢，对建州努尔哈赤既恃强又仇视。扎鲁特部长吉赛，不理睬建州对内喀尔喀诸部初奏效验的瓦解，继续与后金对抗。他自恃兵强马壮，曾与明朝"三次立誓"，并夺取建州努尔哈赤已给聘礼的叶赫老女，又多次袭击建州屯寨，囚努尔哈赤的使者，使扎鲁特与建州关系紧张，呈现一触即发之势。

早在万历三十年（1602年），明朝驻广宁总兵官王在章，秉承明廷"以夷治夷"的政策，与扎鲁特部长吉赛打得火热，关系密切。为了支持吉赛，王总兵不断给吉赛送去各种兵器和盔甲，公开纵容吉赛对其他部落的劫掠行为。一天，内喀尔喀的齐布什部来向王总兵告状，说吉赛无休止地劫掠他们，请求明朝出兵，制止吉赛胡作非为。王总兵却对他们说："你们自己应该训练兵马，加强警戒，吉赛就不敢去了。"等齐布什的人走后，他立即将这信息告诉吉赛。于是吉赛又带兵去齐布什进行劫掠，将俘虏来的三十多人，全部放到油锅里烹死。对于那些年轻的妇女，吉赛让士兵剥去她们的衣服，围着火堆跳舞，然后任凭士兵去轮奸。在这次劫掠以后，齐布什部部民几乎全部逃离，迁徙到建州去了。

在明廷纵容之下，吉赛为所欲为。一天，侍卫进来回报说："木伯哈部长土谢图从科尔沁新得美人拉占施，此女姿色绝代。"吉赛一听，随即想出一个计策，佯称去木伯哈部贺喜。令部下把刀枪等军械包裹起来，分载驮在马上，说是贺喜的礼物。他带了兵士数百名，向木伯特进发。这内喀尔喀地方，本没有什么宫室城郭，即使是部长住所，也不过立个木栅，堆些土坯，围圈起来，便算是城了。吉赛来到木伯哈部，命人通报，土谢图赶忙出来迎接。二人坐下，喝马奶茶。吉赛说道："闻得贵部长新纳宠姬，特来道贺。"土谢图忙答道："不敢当！不敢当！小妾已娶来很多日子了。"吉赛又说道："敝处与贵部虽是近邻，有时也消息不通，直到近日方知，特备薄礼相赠，尚祈笑纳。"土谢图忙说道："何必客气，只是更不敢拜领了。"吉赛说道："贵妃艳名远噪，叨在邻谊，可否一容相见？"土谢图说："这有何妨。"说罢，遂叫爱姬出屋与吉赛见面。拉占施玉肌花貌，真有倾国之色。一张瓜子脸儿，两条柳叶眉，一张樱桃口，肤色莹润，乳峰高突。古赛一看，不觉心神摇曳，魂魄飞扬。随即定一定神，召部下把"礼物"送来，见包裹快要打开，喝声道："还不动手，更待何时？"只见吉赛的部下，取出家伙，寒光闪闪，全是刀枪。那土谢图也顾不得美人拉占施了，吓得转身就跑。拉占施正想也跟着逃走，被吉赛抢步上前，拦腰抱住，说道："还往哪里去？俺就是为了你才来的！"

吉赛带来的几百兵丁，手提大刀，见人就砍，杀得部民们大呼小叫，四下逃窜。他们趁势抢劫财物，把一个木伯哈部闹得天昏地暗。吉赛大手一挥："打马回城！"遂用被子将那拉占施一裹，交予侍卫说："让马驮回去罢！"

木伯哈部长土谢图，丢了妻子拉占施，部寨又被洗劫一空，心中非常恼怒。他先去巴岳特部，找到了恩格德尔，借了五百兵马，又去了侉儿侉部，唠扎早已去了建州，还未回来，部民大都投向建州去了，所剩下的部民已寥寥无几个了。齐布什部也与侉儿侉部的情况差不多，去了也借不到兵马。他又骑上快马，去了科尔沁部，向明安部长借了五百兵马。明安告诉土谢图说："你去建州向努尔哈赤请求派兵，他会答应的。"土谢图把两部人马一千人安排好以后，遂又去了建州。努尔哈赤热情接待了他，答应了他的请求，即派大将扈尔汉带兵五百，随土谢图去了内喀尔喀。

土谢图到处借兵，这消息很快被吉赛得知，他心里想：你去借兵，俺也去借兵。遂派一使者前往广宁，向王总兵求救。王总兵当即答应，对使者说："你先回去向吉赛部长报告，俺很快就派兵前去。"那使者便回扎鲁特部了。这里王总兵心想：让你们打一打，互相消耗一些兵力，也减少了俺的压力。这叫做"坐山观虎斗"罢！

木伯哈部长土谢图，领着借来的三处兵马，来到扎鲁特城下，扎了营盘，到城门口挑战。那吉赛见明朝救兵还未到，心想：让俺先去杀他一阵，也叫他知道俺吉赛的厉害。遂披挂整齐，带马过来，手提一把大刀，滚鞍上马，出了寨门，来到两军阵前。土谢图拍马上前，出口骂道："你这无耻的畜生，为何夺俺妻子，劫俺屯寨，杀俺部民？俺跟你拼了！"于是催马上前，举刀就向吉赛砍来。那吉赛笑眯眯地说道："你那美人，谁个不想！过几天，等俺玩够了她，自当奉还。你这人也太小气，为了一个女人，可值得到处去讨救兵？连一点男子汉的气概都没有！"说罢哈哈大笑，他见土谢图举大刀砍来，急忙用刀去迎。二马相交，斗到一块。只见刀来刀往，约战七八个回合，眼见土谢图不是吉赛的对手。阵中的扈尔汉看得明白，随即拍马冲出阵来，口里喊道："待俺来杀他！"土谢图见扈尔汉出阵相救，心中十分感激。他退回阵中，替扈尔汉擂鼓助威。那吉赛本有万夫不当之勇，但是平日贪恋女色，淫逸过度，与扈尔汉战了七八个回合，便气喘吁吁，力不能支了，眼看扈尔汉就要把那吉赛砍于马下。突然一声喊道："建州南蛮不要猖狂，俺林丹来也！"吉赛一听，察哈尔部长林丹来了！这太好了，遂又抖擞精神，与林丹一起，双战扈尔汉。扎鲁特部见有救兵前来，几个首领赶忙擂起鼓来，指挥军队，一齐掩杀过来。土谢图也拍马向前，双方兵对兵，将对将，一场混战，直杀得天昏地暗，尸横遍地。直至天黑，双方各自收兵。

且说吉赛领着林丹进寨，坐下后，吉赛说道："今日幸亏部长大驾光临，救俺一命，请受俺一拜。"林丹忙说："不必了！咱们有着共同的利益，他们也是俺察哈尔部的敌人。俺来参战，不是理所当然吗？"吉赛说："明朝广宁总兵已答应派兵来，至今没有来。

若不是阁下来得及时，差点送掉咱的性命。"林丹说道："也许他们有事耽搁了。不过，明廷一派军来，建州会立即退兵。"

吉赛忙令备酒，并让拉占施出来陪侍几杯。那林丹见了拉占施，也看傻了。心里说：这女人果真长得艳丽。他情不自禁地捏着拉占施的手腕说："今日之争，全是为了你呀！美人！"拉占施用那勾人魂魄的媚眼，朝林丹溜了过去，已将林丹的魂灵儿勾走了，于是他右手端起酒杯，伸开左臂一搂，将拉占施抱在腿上坐着。他把那杯酒，凑近她的朱唇，只听拉占施笑着说道："俺不会饮酒，稍尝一滴，便耳热头晕。"林丹说："你只管喝一口，没有事。"只见拉占施张开她那樱桃小口，皱着眉头，轻轻地在杯上呷了一滴，说道："辣得很呀！"林丹见她这副样子，更加迷人，急忙丢了酒杯，搂着亲了一个吻。一吻未完，又来一个……

次日上午，城外震天的鼓声、角号声、喊杀声，山鸣谷应，惊醒了林丹的春梦。有侍卫向吉赛报告说："城外又来骂阵，挑战了！"林丹听了，连忙纠正说："是来送死的！"说完，与吉赛相视一笑，随即草草吃过早饭，披挂停当，提刀上马，出了城门，来到两军阵前。

扈尔汉一催战马，来到林丹对面，说道："前次在科尔沁，俺饶你不死，放你回去。你却不思悔改，这次又来送死！看刀！"扈尔汉一边说着，一边举起大刀砍去。林丹急忙躲过，也举刀砍去。二人你来我往，约战了十几个回合。吉赛见林丹也不是扈尔汉的对手，遂鸣金收兵。扈尔汉与土谢图也收兵回营。

傍晚时分，广宁总兵派来一千人马，在城寨外面扎下营盘，林丹与吉赛把明朝将领迎进城内喝酒，又杀了几头牛、马等，送到军营里，去犒劳士兵。扈尔汉听到明朝已派兵来，遂对土谢图说："咱建州还未同明朝翻脸，不能与明军对阵。这一点俺来时大王已有交代，一旦明军来了，咱就撤军。不过，这不是怕明军，是不到时候，还未到翻脸的时候。请原谅了。"说罢，扈尔汉即命令兵马，快点准备，连夜撤回建州。

建州兵马撤回建州以后，土谢图把借来的兵马，送回各部，他自己也暂时留在科尔沁部，不再回木伯哈部了。

次日早上，侍卫向吉赛报告说："城外的军队全撤走了！"林丹和吉赛同时哈哈大笑起来。吉赛说道："你讲得一点不假，明军一来，建州就撤军了。看来，这棵大树咱们是靠定了！"

常言道："请客容易送客难。"吉赛这两天在心里盘算着：明军来了，虽未交战，一路兵马劳顿，总不能让人家空着手回去呀！送他们什么呢？牛、马都不多了，何况自己也要吃呀。眼看内喀尔喀的五个部，几乎快迁徙完了，侉儿侉、木伯哈、齐布什三个部的人快走完了。只有一个巴岳特部，油水也不大了。今后还到哪里去劫掠呢？想来想去，只有到建州的屯寨里去。不过，若是没有明军的支持，光是凭着扎鲁特部自己的力量，弄不好的话，很可能是"肉包子打狗——有去无回"呀！这是走钢丝的买卖，必须谨慎加小心才行。为了今后的方便，这次还是多送一点为好。绝不能"送殡打和尚——不图下次"呀。想到这里，他连忙喊来管家，吩咐他准备二十头牛、二十匹马。但是，那管家却说道："牛棚里只有十六头牛了。""那就送明军十五头牛吧！"吉赛说。

至于林丹，送他什么呢？牛没有了，马也不多了。即使送牛马给他，他也未必想要。看他那意思，只想要拉占施。这不是要自己的命吗？自己花了那么大的代价，才把她劫来，还未玩够。这些天，又是打，又是拼，差一点搭上这条命。就这样拱手让给他，实在舍不得。但是人家也够朋友，古人有句话："疾风知劲草，板荡识英雄。"若不是他来得及时，俺这条命早到阎王殿去报到了。给他吧，他林丹能为俺两肋插刀，俺还不能忍痛割爱吗！退一步讲，"三条腿的蛤蟆找不到，两条腿的女人有的是"。想到这里，他忽然忆起叶赫部的那位当代美女——布喜娅玛拉，至今仍未出嫁，何不派人前去求婚。说不定这拉占施比布喜娅玛拉要差得十万八千里呢！人家虽然是老女，但毕竟是未出嫁的处女呀！她拉占施再美，也不过是被人破了瓜的女人。想到这里，主意已定，就这么办了！

吉赛送走了林丹，立即派使者带上一大包珍珠、貂皮等贵重物品，去叶赫部求婚，叶赫部收下聘礼答应了。吉赛欣喜异常，急忙准备迎娶叶赫部的这位三十三岁的老处女。

万历四十三年（1615年），吉赛娶来了布喜娅玛拉。当他拉着新娘的玉手，进入洞房后，吉赛把这位三十三岁的当代美人——布喜娅玛拉，搂在怀里，细细看着，心里禁不住说道：果真名不虚传！尽管三十三岁了，仔细一看，竟如一名妙龄少女！只见她一对水汪汪的大眼，泛着勾心摄魂的秋波；白中透红的瓜子脸上，带着撩人的光束；鼻翼小巧玲珑，口唇殷红饱满；满头的秀发，散发着迷人的芳香；身段颀长，曲线优美，丰满苗条……

次日早上，管家来报告，牛已杀完，马也不多，粮食也快吃完了。吉赛说："你先到开原去买一些，以后咱们再想办法。"管家走后，吉赛把几个头目找来，布置夜里去袭击建州屯寨。吉赛说道："离咱扎鲁特最近的建州屯寨，是阿骨打拉寨。寨主兀巴尔登，原是东海女真一个部落的部长。归附建州以后，努尔哈赤派他担任阿骨打拉寨主。此人善于经营商业，常常来往于开原、抚顺间。寨里马牛羊众多，有兵马五百人。寨里守卫严密，夜里也不易攻袭。咱们白天先混进去十个人，以做小生意为幌子，今夜三更时将寨门打开，人马再突入。今夜目标是马、牛、羊，尽量不要杀人放火，行动要快。"说完，各头目分头行动。

第十二章
刑乌牛六盟友歃血
走青海一部长丧生

低回沉远的号角,在草原上呜咽吹响。对着乌牛白马血淋淋的首级,建州和内喀尔喀五部的使者们歃血为盟:"愿永为兄弟之邦,征明则同兴兵马,议和则共偃旗鼓。倘若背盟,如此牛马!"

且说阿骨打拉寨主兀巴尔登,奉努尔哈赤命令,去开原采购一批珍珠贡品。刚从开原回来,他儿子兀巴纳齐就向父亲回报这几天寨里发生的大小事情。听完回报,兀巴尔登说道:"俺明天要去赫图阿拉,向努尔哈赤大王报告这次购珠情况,对寨子的防卫事项,你要认真抓好,南蒙古的问题一解决,便要对明朝开战。俺这里是后方,一定要安定。所有的财产要保管好,对马匹更要专人负责,不要让它们瘦了。"父子二人说了一会儿话,各自休息。

扎鲁特部吉赛的大头目名叫阿喇拜,他带着十个人,扮作做小生意的商人模样,混进阿骨打拉寨子。傍晚时分,他们摸进一家小院,把这家的三口人全部捆上,用棉絮堵了嘴。一直挨到三更天时,他们才溜了出来,摸到寨门跟前,见守门兵士已睡熟,便悄悄打开寨门。那二头目名叫厄代生,他带领一百名精干人员。见寨门已开,便率领队伍一拥而入。由于白天早已摸清马、牛、羊的豢养地点,他们很快打开马棚、牛棚和羊圈。阿喇拜在前面引路,厄代生在后面跟着,他们赶着上千头马、牛、羊往寨外走。结果惊醒了守卫人员,于是格斗开始了。扎鲁特的百十人马,都是能斗敢拼的人,他们劫掠成性,善于夜间活动。阿骨打拉寨的守卫人员,从熟睡中惊醒,怎能阻挡得住阿喇拜和厄代生的攻击,眼睁睁地看着马、牛、羊被他们抢走。当兀巴尔登父子来到，扎鲁特人早已出城，看不见人影了。

兀巴尔登连早饭也未顾上吃，就骑上马往建州驰去。努尔哈赤听了兀巴尔登的回报，很气愤地说："这又是扎鲁特的吉赛干的！"他喝口茶，压下火气，心里说：还是"先礼而后兵"吧！遂派桑虎尔去扎鲁特一趟，索回马、牛、羊。桑虎尔临走前，努尔哈赤对他说："你说话的语气要重一些。他若不识趣，后果由他负责。当前，吉赛的唯一靠山，就是明朝。不过，明朝自己都腐败不堪，像只破破烂烂的大船，在风雨中飘摇，说不定哪一天船翻人亡，那时候，扎鲁特怎么办？"

桑虎尔见到吉赛，果然义正词严、声色俱厉地把努尔哈赤的话说了一通，谁知吉赛并不吃这一套，反把桑虎尔关了起来。

努尔哈赤得到桑虎尔被扣押的消息后，心中十分恼火，认为吉赛倚仗明廷的庇护，为非作歹，劫掠周围部落、屯寨，已是习以为常了。遂派噶尔泰再去扎鲁特部，向吉赛申明："五天之内放还桑虎尔，并送回马、牛、羊。否则，一切后果由他负责！"盼咐大将额亦都准备五千兵马，前往扎鲁特讨伐。而他自己则带着大将安费扬古等去抚顺关，向明廷总兵反映情况。抚顺关总兵王松听了努尔哈赤的谈话，心里说："俺何尝不知道这些，只是你努尔哈赤胸怀二心，明廷怎敢信赖于你？"但他嘴里却说道："有这样的事吗？"努尔哈赤说道："俺派去的使者桑虎尔被吉赛扣押在扎鲁特，俺又派噶尔泰前去交涉，若再被扣，俺只有兴兵动武了。"说完，他告辞出来，回到赫图阿拉。

噶尔泰来到扎鲁特部，三言两语都没说完，也和桑虎尔一样被关了起来。

扎鲁特部的几个头目，一起上前劝解，让吉赛把建州的两个使者，一齐放掉。但是吉赛听也不听，就径直回里屋去了。阿喇拜对那几个头目说："自从叶赫老女死后，部长的情绪总是不好，怎么办呢？看样子，努尔哈赤不会善罢甘休的。还应早向明廷提出救援为好。"

努尔哈赤得到噶尔泰又被吉赛扣押的消息，遂于万历四十七年（1619年）七月，亲自率领五千兵马征讨扎鲁特部。吉赛得知努尔哈赤派兵以后，一面派人去广宁请明廷派兵援助，一面带领兵马一万余人，埋伏在城外高粱地里，准备伏击建州军。当努尔哈赤的兵马走进伏击圈后，吉赛一声令下，万箭齐发，万马冲杀出来。仓促之间，努尔哈赤的人马损失不小。但是，身经百战的努尔哈赤，临危不乱，号召建州将士奋力杀敌。他自己虽然已六十一岁，仍然跃马挥刀，率先冲入敌阵。在他的带动下，建州将士人人争先，个个骁勇，杀得吉赛兵马狼狈逃窜。吉赛看到败势无法挽回，便领着部分人马逃回城里，大部分人马四散奔逃。建州军在努尔哈赤的指挥下，一方面包围了扎鲁特城，一方面派兵马继续追杀逃跑的吉赛军，直杀得尸横原野，血流成渠，一直追到辽河边上，捉到吉赛的两个儿子、两个弟弟、三个女婿等。

努尔哈赤又回军城下，派人向吉赛传话，让他投降。遭到拒绝之后，努尔哈赤亲自指挥军队攻城。由于城墙低矮，守卫士兵又少，建州军攻势猛烈，很快便攻进城去。吉赛被活捉，共俘获吉赛士兵两千余人，盔甲近千副。努尔哈赤命人打开牢房，放出桑虎尔和噶尔泰。阿骨打拉寨被劫掠来的马牛羊，已被杀了近半数。然后对投降的部民登记造册，迁往建州，编入户籍。对扎鲁特的征讨，努尔哈赤获得全面胜利。直到城被攻破，明朝也未派兵来救，使吉赛大失所望。

吉赛被擒之后，努尔哈赤没有杀死他。却命木匠为他定做了一个大笼子，把他囚进笼子里，关在城楼内，作为人质，以争取同该部结盟。两年后，吉赛长子吉喇西，以牲畜万头来赎吉赛，并送其二子一女为人质。努尔哈赤答应了他的请求，并与吉赛及其子盟誓。之后，努尔哈赤设宴赐赏，又命令众位将领送吉赛至十里以外。以后，又将吉喇西送来做人质的女孩吉郎娅，赐予代善为妻，结为姻盟。

努尔哈赤经过对喀尔喀各部落的笼络、瓦解、战争、联姻等手段，终于使内喀尔喀五部在政策上发生了重大变化，由联合明朝抗御建州，转变为联合建州对抗明朝。这集中地表现为建州与内喀尔喀五部的会盟。天命四年（1619年）十一月，努尔哈赤命令大将额克星格、绰护尔、雅西祥、库而和希福五人，携带誓词，与内喀尔喀五部的使者会于冈干色得里黑孤树处，对天刑白马，对地宰黑牛，设酒一碗，肉一碗，土一碗，血一碗，骨一碗，对天地盟誓曰："……战和同步——如征明，愿合议而征；如讲和，愿合议而和……"努尔哈赤的策略是建州与蒙古联合起来，共同对抗明朝。因此，与内喀尔喀五部的会盟，确是努尔哈赤对漠南蒙古政策的一个胜利。

漠南蒙古的察哈尔部，其"察哈尔"为蒙古语"边"的音译。因为它驻牧于辽东边外，以驻地近边而得部名。明万历三十二年（1600年），察哈尔部林丹继承部长职位。林丹驻帐于广宁以北，被其七世祖达延汗的幽灵所纠缠，力图继承大元可汗的事业，称雄蒙古。

当时，明朝、建州与察哈尔部，都想统一辽东地区。但建州努尔哈赤势力的扩张，直接威胁着察哈尔部。察哈尔部的强大，又妨碍了建州去征抚漠南蒙古。而在明廷看来，察哈尔部与建州相比较，主要威胁来自建州。因此，在明朝、建州和察哈尔部的鼎足矛盾中，明朝与建州的矛盾是主要的。建州为了对抗明朝，必须先征抚察哈尔部；而明朝为了对付建州，便利用林丹与努尔哈赤的矛盾，同察哈尔部联合抵抗建州的进攻。明朝联合林丹，共同抵抗建州，其条件是增加对林丹的岁币（明朝每年以赏赐的名义，给蒙古王公定额的物资和金银），并把原由明朝直接给予漠南东部蒙古各部落的岁币，转交给林丹控制。明廷每年给林丹银四千两，以后增加到四万两。

在建州努尔哈赤忙于统一女真各部之时，那时的察哈尔部实力雄厚。它的势力范围东起辽东，西至洮河，拥有八大部，二十四营,号称四十万蒙古。林丹帐房千余,牧地辽阔,牲畜孳盛,部众繁衍,兵强马壮,依恃明朝,对建州态度骄横。

林丹有个重臣名叫贵英哈,年约四十多岁,生得膂力过人,所有毒虫猛兽,遇着了他,无不应手立毙。在战场上,贵英哈能力敌千军。林丹对他言听计从,倚为股肱之臣。

一天,贵英哈向林丹提出:想娶他大女儿古喇喷为妻。林丹满口答应。其实贵英哈家中已有四个妻子,且年轻美貌。林丹知道这些,但他也了解贵英哈贪恋女色,为了笼络他,就把刚满十六岁的如花似玉般的古喇喷嫁给他。

林丹为了达到称雄蒙古的目的,仗着察哈尔部兵强马壮,曾几次带兵前去征伐科尔沁部,都因建州努尔哈赤对科尔沁的援助,使他一次次地大败而回。林丹对内喀尔喀五部的策略是"拉强打弱"。扎鲁特部是内喀尔喀五部中较为强盛的一部,林丹与其部长吉赛关系密切,来往频繁,共同依靠明朝,对抗建州的努尔哈赤。对其余的四部,林丹又亲自带兵进行劫掠,对俘虏来的部民,用毫无人性的油烹刑罚,予以杀害。妄图以此恫吓手段,反对他们与建州的联盟。结果事与愿违,却加速了他们倾向建州,最终整寨、整部地迁往建州,归顺了努尔哈赤。使林丹更为恼怒的,是他的盟友——扎鲁特部的吉赛,也被努尔哈赤捉住,被迫盟誓,投降了建州。于是漠南蒙古中的科尔沁部、内喀尔喀部都投向努尔哈赤的怀抱,成为建州的政治同盟和军事支柱。从而使察哈尔部更加孤立,陷入孤军与努尔哈赤作战的困境。

为了扩充势力,壮大自己,林丹又派使者到南面的喀喇沁去游说,也遭拒绝。林丹恼羞成怒,亲自带兵,连续几次劫掠喀喇沁的屯寨,牵走人家的马、牛、羊,又把部民绑起来,放到油锅里烹炸。这种暴虐无道的恶行,促使喀喇沁主动投靠建州。天启七年(1627年),喀喇沁部与建州会盟,双方"刑白马乌牛,誓告天地"。

林丹外部面临着四面楚歌,部内也处于分崩离析的境地。察哈尔部几十员将领，林丹只信任贵英哈一人。但贵英哈并不替他争气，只给他造成麻烦，甚至带来危机。

五路头目因受贵英哈污辱，去找林丹告状，反讨了没趣。五路头目一赌气，投奔建州，努尔哈赤热情接待了他们，并收在帐下听用。林丹的孙子扎尔布、色楞，对祖父宠信贵英哈不满，向林丹提出劝告，遭到林丹的鞭笞。于是二人双双逃往科尔沁部，又由科尔沁到了建州，向努尔哈赤行了"叩首礼"。努尔哈赤也把他们留在帐下听用。

明朝政治日趋腐败，万历皇帝朱翊钧有二十几年不临朝问政，高卧深宫之中。统治阶级内部主昏臣庸，宦官当权，腐败不堪。那万历皇帝挥金如土，奢靡无度，整日与宫女、太监厮混，一意吃喝玩乐。为了采办珠宝，用银多达二千四百万两。甚至宫女的胭脂费，每年也要用银四十万两。有人指出他的腐化堕落，已经达到"穷耳目之好，极声色之欲"的程度。对建州努尔哈赤的野心，在明廷大臣中早有人写成奏章，提请朝廷警觉，但一篇篇奏章如石沉大海。当努尔哈赤统一建州八部之后，又对海西四部进行征讨时，明廷大学士朱赓等向万历皇帝奏道："……建酋桀骜非常，旁近诸夷，多被吞并，恃强不贡……"建议明廷及早根除。但是万历皇帝一心沉迷声色，哪里听得进去。十年来，努尔哈赤对明廷的态度，逐渐地发生着微妙的变化。平日他虽然口称共守皇帝边境，然而与明廷的矛盾，却日益在加剧，逐年在激化。根据史料记载，万历二十四年（1596年），明官余希元出使建州的时候，努尔哈赤尊称其为"天朝老爷"，还发誓说："俺管事十三年，保守天朝边境九百五十里，不曾有二心。"然而，万历三十四年（1606年），余希元再次出使建州，规劝努尔哈赤与朝鲜王朝和解时，努尔哈赤不再把他当做十年前的余相公或"天朝老爷"了，而是在言辞举动方面多有不恭之处。后来建州又灭亡了辉发部，在乌碣岩大败乌拉兵，势力又有所增长，便对明朝停贡，从万历三十六年（1608年）起，长达三年之久。还声称要抢明朝辽东关市，派遣使臣进入北京……与明朝的矛盾愈演愈烈。明廷大臣中有人已经洞察到努尔哈赤"反形已著，变态已彰"了。当时，有见识的兵部尚书李化龙，在分析建州"列帐如云，积兵如雨，日习征战，高城固垒"的军事形势后断言："明朝无事，必不轻动；一旦有事，为祸首者，必此人也！"

努尔哈赤在打败内喀尔喀扎鲁特部之后，又派扈尔汉、噶盖等带兵三千人，前往察哈尔部征讨。林丹得到消息以后，遂派遣贵英哈率兵马两千，在察哈尔部的库滋里城迎战建州军。双方立住阵脚以后，建州军的大将扈尔汉出阵挑战。贵英哈披挂整齐后，出城门，下吊桥，来到两军阵前。这库滋里城是一年前刚筑成的石头城，它建筑在通往建州的必经之地——库滋里山口，进可以攻，退可以守，位置相当重要。

扈尔汉见库滋里城出来一队人马，为首一员大将，年约五十岁左右，虽然身躯高大，但体质不算健壮，脸色清癯，缺乏光泽。遂用大刀一指，喊道："呔！那来将报上名来，俺扈尔汉刀下不杀无名之鬼！"贵英哈一听，不禁哈哈大笑道："俺当是谁呢！你就是两次打败俺林丹部长的扈尔汉。今日碰到俺贵英哈了，算是你的死期到了！"扈尔汉一听，立即说道："俺且问你：你把五路头目的妻子，骗到家里，逼得人家无路可走，你的良心被狗吃了？今天俺饶不了你！"说罢，大刀挥了挥，对准贵英哈就砍。那贵英哈，也不搭话，举刀相迎，二人战马盘旋，斗到一处。两边兵马，各自擂鼓助威，震得山鸣谷应。约战了三十多个回合，不分胜负。贵英哈心想：这小蛮子刀法娴熟，果真厉害无比。俺若少了十岁年龄，准能擒他！

扈尔汉与他战了五十多个回合，还不见输赢，他心里说：给他一剑，让他知道厉害。想到这里，他手中的刀挥得更紧，简直是风驰电掣一般。贵英哈见扈尔汉的刀逼得更紧，也随着一刀紧似一刀。冷不防，扈尔汉从腰间拔出短剑，右手拿刀，左手一扬："看剑！"随着喊声，短剑已飞出去了。那贵英哈毕竟老奸巨猾，他见扈尔汉刀速加快，就怀疑可能有文章。等到扈尔汉扬左手时，他已注意了。见那短剑直向面门飞来，他把头一偏，躲过那剑。扈尔汉见短剑被他躲过，又拔出两把来，立即又扬左手，喊道："看剑！"这次贵英哈又想躲避时，扈尔汉却是虚扬左手，剑未发出去。晃了他之后，立即又扬左手，真的发出剑了，贵英哈猛吃一惊，见那剑已逼近了，便想用左手去接住。扈尔汉在他用手接剑的刹那之间，又扬起手来，发出一剑。这第三把短剑他再也无法躲避，正中右臂。只听"当啷"一声，贵英哈的大刀丢落，急忙勒转马头，拼命往城门跑去……

扈尔汉也不追赶，与噶盖收兵回营。次日上午，扈尔汉与噶盖带着兵马，先去城下挑战，见城门紧闭，高挂免战牌。知道贵英哈右臂受伤，不能出战。遂吩咐士兵攻城，由于城上礌石如雨、箭矢似蝗地飞下，不便硬攻，就命令士兵佯攻，以增加城内的消耗。

扈尔汉与噶盖商议以后，噶盖留下继续佯攻。他带领一千人马回营休息，准备夜里偷袭。这且不提。再说贵英哈逃回城里，发现右臂中剑处，肿得厉害，知道剑上有毒。幸亏他带有解毒药，赶忙敷上，疼痛方止。遂派人送信给林丹，让他再派将领前来协助守城。然后吊着胳膊，走上城头，布置守城事项。他向守城士兵说："这是佯攻。要注意节约弓箭，还有礌石、滚木之类。不能一听到喊杀声，便放箭，把滚木、礌石一齐打下去。"他又命令人争取多运些礌石、滚木，并加强夜里值班巡逻，发现偷袭，及时报告。布置完了，他才回去休息。

扈尔汉等到夜里三更多天时，带领一千兵马来到城下，悄悄地把云梯搭上城头，自己亲自率先攀梯而上。城上守卫兵卒白天累了一天，人困马乏，有的在打盹，有的呼呼沉睡，根本没有想到建州兵马夜里会来攻城。扈尔汉登上城头，一声呐喊，手挥大刀，人头落地。睡得迷迷糊糊的士兵，一见城上尽是建州兵，不敢恋战，吓得东奔西窜。扈尔汉一边砍杀，一边跳下城去，向城门处杀来。守门士兵急忙来拦截，怎能挡得住扈尔汉的大刀，慌忙丢下城门，逃之夭夭了。扈尔汉急令士兵去开城门，自己带领兵士杀向城里，把那些草房先用火点着。于是火光四起，烈焰冲天。原来这库滋里城分内外二城，外城虽用石块建筑，但城墙较矮，城上没有垛楼。内城也是石头建筑，城墙又宽又高，上有垛楼、瞭望所等设施。内城里面有粮仓、水井等，即使被围三四个月，也无问题。且说贵英哈在睡梦中被惊醒，知道建州军来偷袭。随即走上内城楼上，见火光四起，外城已被攻破，守城士兵大部分退到内城里面。建州军已攻至内城下面。这时候，贵英哈立即召集四门首领开会。他说："内城与外城四门之间，都有地下通道，现在建州军已进入外城，咱们可以从内城由地下通道出去，将外城四门紧闭，重新登上外城墙，用关门打狗的办法，采用内外夹攻战术，把建州军一网打尽。"四个头目听得目瞪口呆，他们都不知道这些情况，遂将士兵分派已定。贵英哈带着他们，来到四门城楼上，门左第五块石板下面即是地下通道的洞口。不一会儿工夫，四门首领各带五十兵士，由地下通道过去，重新占据外城城墙。这一切，建州军都蒙在鼓里，他们怎知自己被关在内外城的夹道里，处于内外被打的困境。扈尔汉正在组织士兵攻打内城，突然之间，只听得鼓声大作，喊杀声骤起，内外城上，箭如雨下，礌石、滚木一齐打将下来。顷刻之间，建州军死的死，伤的伤，一千人已损失一半，连扈尔汉自己也多处负伤。他心里十分纳闷，那外城早被攻破，守城的人员早已逃得无影无踪，如今怎么又出现那么多士兵？这些察哈尔人像从天上掉下、地下钻出的一般。他想来想去，甚觉有些蹊跷，忽然他一拍大腿，想起来了，可能是这样：在内外两城之间，定有地下通道！于是他当机立断，马上命令士兵：迅速集中兵力，攻击外城东门。在扈尔汉亲自指挥带领下，建州军一齐杀向东门，城上的滚木、礌石纷纷落下，尽管建州军死伤严重，仍然攻势顽强，他们深知：只有攻破东门，冲杀出去，才是唯一生路。扈尔汉率领残余士兵，终于将东门攻破，得以逃脱，等到噶盖带兵前来接应之时，他们已冲出城门，走上吊桥了。

　　回到营里以后，扈尔汉让侍卫查点人数，一千士兵，仅剩下五六十人了。他心里非常恼恨，埋怨自己太鲁莽了。噶盖劝他说："胜败乃兵家常事，何况咱不知道此城内设机关，城内有地下暗道。所谓不经一事，不长一智啊！"扈尔汉自己负伤数处，一边在营里治伤，一边修书，将攻城情况，报与努尔哈赤，让专人送往赫图阿拉。再说贵英哈见扈尔汉攻破东门，带领残余人员逃脱，遂盼咐四门首领，抓紧将外城修复好，并多运滚木、礌石，建州军马还会来攻城的。这时，侍卫进来报告说："部长亲自带领兵马，快进城了。"贵英哈急忙走出内城，往外城西门迎接林丹。刚到外城门下，见林丹骑在马上，带着一队兵马，后面跟着两员大将。贵英哈赶忙上前，扶林丹下马，又与二将见面，他们一个是部长的儿子额哲，另一个是大将格兀纳。贵英哈陪他们进入内城，把昨夜建州军马偷袭外城，几乎全军覆没，扈尔汉负伤后拼命脱逃的情况，向林丹等一一回报。惹得林丹畅怀大笑。他对贵英哈说："建这座库滋里城是由你提议，也是由你亲自设计建造的。这次建州已尝到咱的厉害，也让他们知道：咱察哈尔大有能人在！扈尔汉已受伤，咱也来个乘胜夜袭，活捉扈尔汉。"贵英哈听了，拊掌笑道："部长想得妙，咱今日夜里行动，包能取得全胜。"林丹问贵英哈道："你的右臂如何？可需要回去治疗？""不必了，在这里治吧！""这实在难为你了。"林丹转头对他儿子额哲、格兀纳说："你们二人要听从贵将军指挥，不能自行其是。"二人唯唯答应。贵英哈请林丹休息，自己带着二将去安排夜里偷袭建州的事。

　　且说扈尔汉、噶盖正在营中闲坐，探马来报说："察哈尔部长林丹带领人马两千，大将两员，前往库滋里城增援，快到西门了。"扈尔汉听了，说道："好罢，继续去探听消息。"等探马走后，扈尔汉对噶盖说道："林丹亲自带兵前来，又见俺攻城受损，伤亡惨重，说不定，今夜来劫俺营寨，也有可能。"噶盖听了，点头说道："那林丹善于劫掠屯寨，这是他的拿手好戏，将军想得有理。咱们来个将计就计，如何？"二人抚掌大笑，遂分派已定，只等天黑以后行动。再说林丹等，吃过晚饭，与贵英哈谈了一些部里的事情，不觉天已二更多，便传令今夜出城偷袭建州营寨，命令额哲、格兀纳二将带领兵马为左右二援，林丹自己带领兵马正面攻击，让贵英哈留下守城。趁着月色微明，林丹引军马从外城东门而出，径到建州军营寨前。遥望扈尔汉明灯蜡烛，正在帐中饮酒。林丹当先大喊一声，城头擂鼓为助，直杀入中军，只见扈尔汉端坐不动。林丹驰马来到面前，一枪刺倒，却是一个草人。心知中计，急忙勒转马头往回时，忽听帐后鼓声如雷，呐喊声突起。只见一员大将立马当先，拦住去路，他瞪圆大眼，声如洪钟，正是大将噶盖。噶盖挺枪跃马，直取林丹。二人在火光中，战到二三十回合。林丹只盼额哲、格兀纳二将来救，谁知二人的兵马已被扈尔汉领兵拦截，脱身不得。林丹不见救兵到来，正没奈何，又见身后兵马已被冲散，只得且战且退，孤身一骑逃回城里。又等一会儿，才见额哲、格兀纳二将，领着残余人马，盔歪甲斜地败回城中。林丹一见，劈头就骂，说二人不按预先吩咐前去接应，自己差点丢了老命。二将也诉说委屈，因为半路上被扈尔汉拦截，打了埋伏，也差点丧命。贵英哈连忙出来打圆场，笑着说道："胜败乃兵家常事。这次算是扈尔汉侥幸获胜，早晚必被咱们擒获，他是'兔子的尾巴——长不了'的。"一席话，说得林丹怒气才消，还是无限惋惜地说："俺本想今夜十拿九稳地能捉住扈尔汉，不承想偷鸡不成，反蚀了一把大米！真是老天不助俺呀！"贵英哈急忙命人摆上酒来，一边喝酒，一边商议守城事。

努尔哈赤得到扈尔汉的书信报告，得知察哈尔部库滋里城的情况，本想亲率大兵前去，怎奈这几日老觉身上不舒服，便命皇太极带领五千兵马，前往增援。不几日，便来到库滋里。扈尔汉、噶盖迎入帐里。二人把林丹前来夜劫营寨的事，介绍给皇太极听，大家笑得前仰后合。接着研究攻城方案，扈尔汉说："那两城暗道，是在地下，外城上肯定有出口，但不知设在何处。俺想，那外城低矮，容易攻取。若能攻取之后，留下重兵看守，那出口等于封死。再以外城为据点，对内城先用佯攻，消耗城内的箭矢、礌石、滚木等，然后再伺机攻取，将不会有多大闪失。"噶盖补充说道："只要外城的暗道出口堵死，城门畅通，俺就能出进自如，不致受到内外夹击，这暗道也就失去作用，没有价值了。"听了二人的建议，皇太极已心中有数，他问道："不知这暗道往外有无出口？俺攻内城时，即使把城包围起来，暗道若有往外的出口，他们仍可以通过暗道逃跑。"听了皇太极的话，扈尔汉与噶盖二人不免陷入沉思，他们原来都未曾考虑这个问题。皇太极又说道："往外若有出口，可能是在外城的西门外，因为这里直通察哈尔部。"听了皇太极的话，二人深受启发。扈尔汉说道："咱们在西门外再埋伏一支兵马，一旦发现出口，及时前去堵截，他们想逃跑，一个人也走不脱。"三个人制定出切实可行的攻城计划，准备明天攻城。一夜无话，次日早上，建州军马吃过早饭以后，便各自分头行动。皇太极、噶盖各领两千人马分别进攻东、北门，扈尔汉领一千人马攻西、南二门。

且说建州军马开始攻城，先从东门、北门打响。皇太极在东门外指挥兵马，先以佯攻开始，引得城上万弩齐发；后派士兵分散以云梯作爬城状，城上滚木、礌石纷纷打下；再以小股突击时，见城上的守势明显低落。最后，用集团式冲锋，很快奏效，城上的滚木、礌石稀稀落落。这时，皇太极率先登上城头，挥刀乱砍乱杀，守城士兵怎能阻挡得了？几十架云梯，一齐搭上城墙，建州兵勇猛异常，爬云梯飞快登上城头，鼓声、呐喊声，汇成一片。东门很快被皇太极攻破。

再说噶盖攻北门，与皇太极攻法大致相同，由于东门先已攻破，城上守卫士兵心便慌了，外城的四门守领慌忙退回内城，剩下的士兵怎敢恋战，呼哨一声，四散而去，有许多人竟举手投降。

噶盖立即向他们询问暗道出口，大部分士兵不知道，只有两个人曾经从暗道进出过。于是，噶盖让他们去寻找，过了好长时间，那两个投降士兵才找到出口。噶盖非常高兴，遂派人专门看守出口。把那石板压上几块大石头，再想从里面出来，比登天还难。噶盖又派那两个士兵到东门去，帮助寻找暗道出口，也终于找到。又用几块大石头，压住那出口上的石板。

且说扈尔汉攻打南门和西门时，不费吹灰之力，这两门几乎是察哈尔人故意放弃，还想用内外夹击的战术，"关门打狗"。扈尔汉登上外城，心里想：林丹的算盘打错了。俗话说："小两口打架——这一回不像那一回了！"噶盖也让那两个投降士兵，到西门、南门，分别寻找到暗道的出口，也用同样的方法，压上大石块，并派专人看管。接着，建州五千兵马，在皇太极、扈尔汉、噶盖带领下，将内城围得水泄不通。他们并不急着攻城，先将士兵分成几个小组，轮流看好四个外城大门，以及城上的四个暗道出口。扈尔汉另带一小股人马，驻扎在西门外，派士兵日夜巡查，防止察哈尔人通过暗道逃跑。

皇太极与噶盖经过认真布置以后，觉得外城方面已无问题了，遂传令攻城。一刹那之间，鼓声震撼着周围山林，喊杀声吓跑了林中的鸟兽。几千人马在外城里面呐喊起来，的确声势浩大，气冲霄汉！

皇太极与噶盖手举大刀，率先爬上云梯。于是百十副云梯一齐靠在高高的内城上面，士兵们如蚁般地蜂拥上前。四千人的喊杀声，将守城士兵吓得手忙脚乱。一架云梯倒下来，又一架云梯靠上去；一个士兵被砍下来，另一个兵士又上去。真是前仆后继，前拥后进。城上城下，死伤的人无数，尸首堆积得如柴草堆一样，鲜血流在地上，淌着，流成小渠……皇太极与噶盖身上，都是多处负伤。他们拼命、勇武的率先行动，鼓舞着士兵们去拼杀！内城被攻破了！建州兵马潮水般地涌进城去，又砍又剁，杀得城里的人们鬼哭狼嚎，一片叫喊声。

林丹、贵英哈等，见内城快要被攻破，贵英哈说："这城是俺亲口提议、亲手设计、亲自带领士兵建造的，俺要与此城共存亡！你们走罢！"林丹劝他说："俗话说：'留得青山在，不怕没柴烧。'你还是跟俺一齐走罢！"贵英哈仍然坚持不走，他又说道："俺已经心如铁石，决计不离开此城，请你们快走！"他又对格兀纳说："你要誓死保卫部长父子二人脱险。"说罢，立即打开暗道进口，要他们下去，又对格兀纳说："出口处那大槐树下有一匹建州的战马，你可以先出去，把战马弄到手，让他们父子俩骑上，你在后面掩护……"贵英哈站在内城楼上，早已瞅准了那匹马，它是扈尔汉的战马，正拴在那活口旁边的大槐树上。

皇太极与噶盖二人，在内城里面，一直未找到林丹他们，估计可能钻进了暗道。但内城里面的暗道进口，不仅他们找不到，连投降的察哈尔士兵也不知道。皇太极遂命令士兵从外城上的暗道出口进去，为万无一失，噶盖亲自领了二百士兵，进了暗道。再说林丹、额哲、格兀纳三人，带了五十人，从暗道里走出外城，来到出口前。格兀纳在前面，先把那大石板推到旁边去，由活口出来，就向那战马前跑去。林丹、额哲等紧随其后。且说扈尔汉领着几十人的一股人马，驻在路口守着，把战马拴在大槐树下，万万没有想到活口就在树旁百步远处。内城攻破时，天已傍晚。不承想，林丹他们已从活口出来，把他的战马抢去。建州的士兵一发现，当即呐喊起来。但是，等扈尔汉转过身来，林丹父子已跨上那匹战马，四蹄撒开，奔向大道去了。格兀纳领着五十名士兵，拦着扈尔汉厮杀起来。当格兀纳被砍倒，五十个察哈尔人被砍得七零八落时，林丹父子早跑得无影无踪了。再说噶盖领着士兵从外城暗道进入，走不多远，便遇到贵英哈带着的几十人。双方在暗道里砍杀起来，贵英哈的臂伤还未痊愈，怎是噶盖的对手，不久，便被噶盖砍倒在地。那几十名士兵，除死伤者外，全部当了俘虏。当噶盖领着士兵走出活口之后，扈尔汉正在那里悔恨自己粗心大意哩。后来皇太极来了，说道："莫急，他跑不了！

咱还要去察哈尔部的。让他多活几天吧！俗话说得好：'磨道里逮鸡——多转两圈子罢了'！咱迟早要把他抓住！"

建州军把营寨移到库滋里城。让士兵认真清理尸体，打扫战场。他们查点人数，建州军也伤亡近千人。察哈尔部约伤亡两千人，俘获两千余人，得盔甲两千余副，战马一千多匹。皇太极遂派人向努尔哈赤报告：库滋里城已拿下，林丹父子脱逃，人马正在休整。请再拨一些兵马前来，合兵一处，向察哈尔部进军！

不久，努尔哈赤又派大将扬古利带兵马三千人，前来助战。接着，又派科尔沁明安第五子巴特玛台吉前来库滋里城，负责管理这座以内外城闻名于漠南蒙古的石头城。

扬古利与皇太极、扈尔汉、噶盖合兵一处，四人带领兵马六千余人，浩浩荡荡，杀奔察哈尔城而来。再说林丹父子，骑上扈尔汉的战马，惶惶然如丧家之犬，一直跑回察哈尔城，林丹急忙召集各部首领开会，研究防守察哈尔城的事情。他要各部首领，有人出人，有马出马，有钱出钱，一定要倾其所有，千方百计，把察哈尔城守住。经过多少天的动员，软的、硬的办法都使出来了，才凑够四千多人马。他与儿子额哲一起，亲自下教场帮助训练。共有将领二十多人，贵英哈的女儿妮喇英哈坚决要求从军，为父报仇。林丹也只得同意。

这察哈尔城是三层的石头城。外城高有一丈五尺，城墙宽约三尺多。城外有护城河，河上架着吊桥。中城更坚固，里城是一座碉堡式的建筑，实际上是林丹的住屋。清一色的砖瓦结构，共有两层，地下有暗室，从暗室可以通往城外。中城里住着所有将领及其亲属。外城里全是兵马的住室。林丹认为：只要储备足够的粮食，俺守它一年半载，让努尔哈赤的兵马喝西北风去罢！他的战线太长，供给不上粮草，时间一久，咱不攻他，他自个儿就撤退了。

皇太极、扈尔汉、噶盖、扬古利领着六千兵马，赶到察哈尔城，安营下寨。次日上午，他们到城下挑战，只见城门紧闭，免战牌高挂。任凭建州军在城下叫骂,林丹在城里只作没有那回事似的。皇太极无法,只得与扈尔汉、噶盖回营,留下扬古利一人指挥兵士继续叫骂,城里总是不理。扬古利从士兵中,选出嗓门大的几个士兵,轮着叫骂。这可气坏了一员女将尼喇英哈,她向林丹说:"让俺出去会会建州军!"林丹阻止不住,只得给她五百人马,并派儿子额哲为她掠阵。

再说扬古利正在指挥士兵骂阵,忽听鼓声大作,城门大开,一女一男,两员将领出城来到两军阵前。扬古利遂催马出阵,用刀一指说道:"这两军阵前,是厮杀的战场,你一个黄毛丫头跑来作甚?赶快回去,让林丹出城!"尼喇英哈听了,杏眼一瞪:"你们建州兵马,无故讨伐察哈尔部,杀俺父亲,俺要为他报仇!"话未说完,举起手中刀,对准扬古利砍来。扬古利用刀去迎,忙说:"你父亲是谁?"姑娘不再搭话,连续举刀砍来。二人战了十几个回合,扬古利心想:这姑娘刀法娴熟,只是力气太小,让俺来教训她一下。遂将刀把握得紧一些,见姑娘刀来,用刀背向上使劲一迎,只听当啷一声,那刀便从姑娘手中飞出。扬古利禁不住哈哈大笑道:"俺不杀你!赶快回城去,叫林丹出来受死!"尼喇英哈听了,又羞又气,只得勒转马头回城去了。林丹见了说:"建州兵厉害无比,在库滋里城,你父亲也不是他们的对手。现在,只有加紧守城,不与他对阵,几天后他们就会撤兵了。"姑娘把嘴一撇,说道:"俺不服气,明天俺还要出城与他交战。"林丹听了,只得摇摇头,表示无可奈何。

次日,建州军马未来城下挑战。皇太极等四员大将,骑上战马,带了几十个精干骑兵,绕察哈尔城转了一个大圈子。他们遇到了几个打柴的樵夫,询问了察哈尔城的情况。回营后,四人商讨攻城办法。扈尔汉说:"在库里滋城咱收降一千多察哈尔士兵,咱想从中选出几十名可靠的,让他们回去做内应,咱再攻城就可以里应外合了。"皇太极他们说:"且试试看。"扈尔汉与噶盖二人骑上马,回库里滋城去了。再说尼喇英哈败回城中,心中总是不大服气，便与其他几位将领商议，准备夜间去劫建州兵营，若取得胜利，便可挽回败阵的面子。几个年轻人夜里三更多天，悄悄带着兵马，开了城门，向建州军营扑去。

且说皇太极与扬古利，待扈尔汉、噶盖走了之后，又谈了一会儿攻城的事情。皇太极说："林丹不出城交战，会不会伺机来偷袭俺。此人善于干劫掠勾当，扈尔汉他们又去了库里滋城，咱们得小心为好。"扬古利说："夜里咱俩轮流值班，上半夜是你，俺负责下半夜。并传令：人不卸甲，马不下鞍，一旦有事，咱也应付自如。"二人商议定了，就各自行动。

夜里三更多天，正是月黑风高的时候。扬古利被皇太极叫醒，便提刀在手，走出营帐，到各营看了一遍。正要回中军帐时，忽见流动哨兵气喘吁吁地跑来，急切地说道："俺见城门开了好长时间，是不是林丹出城来偷袭俺？请将军注意。"扬古利一听，马上警觉起来。连忙叫侍卫通知各营做好战斗准备。又转身入帐，把皇太极叫醒，二人上马。突然之间，营帐外面火光一闪，呐喊声骤起。二人拍马迎了过去，果然是城里派兵前来劫营。扬古利轻声向皇太极说了几句话，那劫营兵马便来到眼前。扬古利借着火光一看，为首的将领便是那女将，旁边还有几员年轻将领。他们一见建州军早有防备，便迟疑着不敢上前。扬古利大声说道："前日阵前，俺不杀你，你反来夜袭俺营寨，是何道理？"那女将也不搭话，举刀就向扬古利砍来，那几员将领也趁势围了过来。只见扬古利挥刀相迎，战不几合，忽听身后喊杀声起，皇太极带领兵马围了上来。这一下，那几个劫营的将领全被包围起来，不一会工夫，全被擒住了。他们带来的几百人马，除部分伤亡以外，都被俘获。

次日上午，扈尔汉、噶盖从库里滋城回来，带来了好消息。他们选了五十名降兵，已经回到察哈尔城去了。约好明晚攻城时，他们将城门打开，放建州军进城。皇太极与扬古利听了都很高兴，这且不提。再说林丹发现尼喇英哈等私自带兵偷袭建州营寨，心中非常恼怒。后来又得知全军覆没的消息,更加痛惜。正在嗟叹之际,守城将领来报:"库里滋城战败走失的几十名士兵,请求回城。"林丹听了,高兴地说:"让他们归队吧!"那将领又加了一句:"该不会有诈吧?""都是咱察哈尔部的人,有什么诈可言!"林丹以为兵马太少,让他们回来充实守城人员,也是好事,根本未引起他的怀疑。

再说建州军马,从库里滋城来到察哈尔城好几天了,求战不成,正急得心如火燎,忽听说夜里攻城,人人摩拳擦掌,准备好好厮杀一番。皇太极四员大将,每人带领一千兵马,从四门一齐攻城,留下两千兵马守营,以备不时之需。分配停当以后,晚上让全军饱餐一顿。捱到三更时分,各自分头带领人马,悄悄来到城下。那些回城的降兵,早已像鱼一样游到城门边上,一看守门士兵不多,便说道:"人家建州一万多人马,咱才几百人马;咱部长又是人家的手下败将,还打什么?不如打开城门,还能免去一死!"那守门士兵也就顺水推舟,说道:"要开,你们自己去开,俺没有责任。"于是城门被打开了。四个城门一开,建州四千兵马,在皇太极、扈尔汉、噶盖、扬古利的率领下,一路杀进去。那里城是林丹的住所,一般人不让进去,只有通过强攻。皇太极等四员大将商议,把士兵分成若干小组,用集团冲锋的方式,轮番攻,连续攻,四面开花,使林丹应接不暇。他们用草扎成火把,点着后,掷入里面,烧得防守士兵哇哇乱叫。天亮之前,终于攻进里城,只是不见林丹踪影。

建州军马开进察哈尔城,认真清查府库,安抚降民。共俘获察哈尔士兵近万人,得盔甲数千副,缴各种兵器一万余件,马匹、牛、羊一万余头。皇太极派降兵、降将带路,亲自率领一千兵马,追赶林丹父子。先赶至敖木伦寨,又攻进察哈尔所属多罗特部落。皇太极兵马过西喇木伦河,越兴安岭,又进至都勒河。林丹"星夜西遁",最后窜至青海大草滩,患痘症而死。

随着林丹的走死,察哈尔部被建州吞并。接着,漠南蒙古西部的鄂尔多斯部、土默特部等也相继降附建州努尔哈赤。自此而后，明朝失去北面屏障，边事越发不可收拾。

在征抚漠南蒙古的过程中，努尔哈赤的一个大手段是：不仅利用蒙古诸部部落长之间的矛盾，而且利用各部内首领之间的内讧，采取不同策略，加以区别对待，从而一个首领一个首领地、一个部落一个部落地降服。漠南蒙古降顺建州后，进"九白之贡"（白马八匹，白骆驼一匹），表示臣服。努尔哈赤收服漠南蒙古以后，不仅安定了后方，并打通了从西北进入中原的道路，改变了建州与明朝的力量对比，占领了更为广阔的地域，拥有了更为雄厚的兵源，在战场上取得了较为优势的地位。

第十三章
献利刃效曹氏故伎
得宝弓兆金国新生

挖着，挖着，忽然露出来一张大弓。弓有两人多高，弓弦如古藤粗细，弓背上刻着"大金收国宝弓"六个大字。努尔哈赤惊喜道："大金镇国宝弓重现于世，当真是上苍要再振我女真雄风吗？"

努尔哈赤统一女真各部，使满族迅速形成一个民族共同体。随之而来的是满族社会经济的大发展，人们越来越感到，没有本民族的文字，无论是公文往来，还是民间的文化交流，都很不方便。原先，建州给明朝和朝鲜的公文，全由军师张一化用汉文书写。张一化去世以后，有一个客居辽东的浙江绍兴人龚正陆，努尔哈赤让他掌管文书，参与机密，教子读书，被称为师傅。以后公文之类，全出自龚正陆之手。努尔哈赤会蒙古文、汉文，唯独缺少女真文字。所以，他在女真社会中的公文和政令，则先由龚正陆用汉文起草，再译成蒙古文发出或公布。因此，出现了女真人讲女真语、写蒙古文的现象，这种语言和文字的矛盾，已不能满足女真社会发展的需要，甚至已经成为满族共同体形成的一个障碍。努尔哈赤为了适应建州社会军事、政治、经济和文化迅速发展的需要，遂倡议并主持创制满文。

万历二十七年（1599年）二月，努尔哈赤命令当时建州最有学问的额尔德尼和噶盖负责这项工作。他俩接受任务以后，觉得有困难，向努尔哈赤说道："咱们学习和使用蒙古文，年代已久，现在要创制自己的文字，实在不容易啊！"努尔哈赤听了，想了一会儿，启发他们说："汉人念汉文，不识字的人都明白意思；蒙古人念蒙文，不识字的人也都懂。唯有咱们把自己民族的语言写成蒙文，不懂蒙语的人就一窍不通。为什么你们认为以本民族语言造字困难，反而把学习别的民族语言看做是容易的事呢？"

早在金代，金朝统治者曾参照契丹文字，创制过女真文，经历了元明两朝，到努尔哈赤兴起之前，女真文已逐渐废弃。那时，女真人不会女真文，书写一般都借用蒙文。因此额尔德尼与噶盖感受到有困难，也是情理中的事情。努尔哈赤进一步指示他们创制满文的方法："可以参照蒙文字母，结合女真语音，拼读成句，撰制满文。"并举例说："'阿'字下合一'玛'字，不就是'阿玛'（满语父亲）吗？'额'字下合一'默'字，不就是'额默'（满语母亲）吗？"于是额尔德尼和噶盖遵照努尔哈赤提出的创制满文的基本原则，仿照蒙古文字母，根据满人语音特点，创制出满文。这种草创的满文，没有圈点，后人称之为"无圈点满文"，或"老满文"。从此，满族有了自己的拼音文字。满文制成后，努尔哈赤下令在统一的女真地区施行。

与额尔德尼共同创制满文的噶盖，姓伊尔根觉罗氏，世代居住在呼纳赫部，曾跟随努尔哈赤南征北战，屡次立功，"位亚费英东"。此人文武全才，他精通蒙文、汉文，被努尔哈赤选中，命他与额尔德尼一起创制满文。一天，原哈达部部长孟格布禄的弟弟盛格布禄，来请噶盖去他家喝闲酒。由于噶盖的母亲原是哈达人，二人叙起来，还是表兄弟哩。

二人都是海量，你一碗，我一碗，一连喝了三大碗酒。正喝着，从里屋走出一个十八九岁的女郎。盛格布禄一见，赶忙喊道："来得好！来得好！"遂站起来介绍说："这是噶盖将军！"又转脸对噶盖说："她是俺小姨子兀拉胡娅。"这姑娘也很大方，走到酒桌边上，双手抱起酒坛，斜睨了一眼噶盖，说道："俺与噶盖将军初次相会，让俺先敬将军一杯。"噶盖是马上的英雄，年纪不过三十多岁，喝了几碗酒，略微有些醉意，见这姑娘长得艳丽，不免心旌摇荡。噶盖目不转睛地看，兀拉胡娅也以秋波送情，引得噶盖神魂飘飘。又喝了几碗，盛格布禄对噶盖说道："表弟若喜欢她，你就把她带回府去。"又喝了一会儿，席散之后，噶盖挽着兀拉胡娅要走。盛格布禄忙派人牵出两匹马来，让二人骑马回府。

噶盖家中只有一个妻子，双目失明，起居生活全靠女佣人帮助料理。噶盖把兀拉胡娅带回家，安置在一套房子里，到妻子房里照了一面，便出来去兀拉胡娅那里。这一夜如胶似漆不必细表。再说盛格布禄自从哈达被吞并、哥哥孟格布禄被努尔哈赤杀死之后，心中就一直咽不下这口气。住在赫图阿拉，时刻觉得像有人盯着他，在监视他的一举一动。他心里想：这亡国之臣实在当不得！这半年多来，他见到了原辉发部部长的儿子龙格儿，乌拉部布占泰的儿子布英迪南，还有叶赫部金台石的儿子穆拜里哈，大家都有相同的感受。他也曾想起过荆轲刺秦始皇的故事，对荆轲崇拜得五体投地。但是，平日哪有机会见到努尔哈赤呢？他知道，噶盖是一个勇冠三军的大将，现在又在创制满文，经常在努尔哈赤身边。他若能帮咱达到目的，要俺的脑袋，俺都会给他！于是，他设下了这个"美人计"。

又过了几天，盛格布禄把龙格儿、布英迪南、穆拜里哈约到家里，四个人关起门窗，整整密谈了一天，直到天黑以后，才各自离去。次日早上，盛格布禄与龙格儿去赫图阿拉城外虎喇特里寨去。他们进了寨子，向左拐了两个弯儿，进巷子第三个大门，便是原叶赫部长布扬古的小儿子布扬诺斯基的家。努尔哈赤攻讨叶赫时，布扬诺斯基与他母亲一起主动投降，受到宽大处理，留他一条命。但是不久之后，又借口说他太好动，在外面乱跑惹事，把他的左腿膝盖骨拿去，使他变成一个瘸子。盛格布禄与龙格儿直接来到屋里，见布扬诺斯基躺在床上，二人上前与他拥抱之后，叙了一会儿家常闲话。龙格儿俯在布扬诺斯基的耳上，小声嘀咕了一会儿。只见布扬诺斯基不声不响地，从床席下面拿出一把七星宝刀，递给龙格儿。这刀有三尺多长，四寸宽，刀的正面镶着七颗星，闪着熠熠光芒。刀的反面，刻有"叶赫熊"字样。据说叶赫部有个名叫"貔貅"的铁匠，擅长打刀剑。曾花十年的工夫，打出两把七星宝刀："叶赫熊"和"叶赫罴"。"熊"刀为雄，"罴"

刀为雌。两把刀都是削石如泥，剁骨如肉，锋利无比，世间少有。一日，从长白山上下来一只大棕熊，径直来到貔貅家里，把他妻子扛跑了。貔貅听说后，急忙拿了一把七星宝刀赶上去，对准那只棕熊的屁股攮了一刀，只听"扑哧"一声，那刀便扎进熊屁股里了。棕熊疼得大叫一声，把他妻子抛有一丈多高，摔下来跌死了。棕熊又转过身来，大嘴一张，把貔貅也衔在嘴里，屁股上带着那把刀，逃上长白山顶，无影无踪了。人们来到铁匠铺里，只剩下一把七星宝刀，是"熊"刀；"罴"刀被棕熊带走了。后来叶赫部长布扬古得到这把镌着"叶赫熊"的七星宝刀。他死后，这把刀由布扬诺斯基保存着。后来，努尔哈赤听说后，曾派人来讨过。布扬诺斯基谎称"城破时丢了"，未交给努尔哈赤。

盛格布禄与龙格儿带着七星宝刀，回到赫图阿拉城。他们准备佯装把这"叶赫熊"献给努尔哈赤，乘机将他刺死，为他们死去的父亲报仇。回到家，盛格布禄让龙格儿去与布英迪南、穆拜里哈联系，通知他们按预定方案进行。晚上，他来到噶盖家里，把自己的计划完全告诉给这位表弟，将那把七星宝刀拿出来，希望噶盖能帮助他完成这任务。噶盖说道："努尔哈赤有恩于俺，你不能陷俺于不仁不义之境，俺不能答应你的要求。这样吧，他每天中午都在客厅虎皮长椅上休息，你跟在俺后面进去，以后的事由你自己去做罢！"

次日中午，盛格布禄跟着噶盖进了汗王府，一前一后，走到客厅门前，噶盖向大门努一下嘴，使了一个眼色，便抽身回去了。盛格布禄走进客厅，见努尔哈赤躺在虎皮长椅上睡觉，就想拔刀去刺，又转而一想：这老贼力大无比，得靠近些再刺，遂又向前走了两步。这时候，努尔哈赤本来脸朝上躺着，又转脸向内。盛格布禄又想道："这老贼也真该死了！"急忙将宝刀拿在手中，正准备刺去，忽听身后有人说道："大王请起！"盛格布禄一惊，宝刀差点从手中掉下。他转身一看，正是噶盖。经噶盖一声喊，努尔哈赤遂翻身坐起。盛格布禄慌急之中，持刀跪下说道："七星宝刀,现已找到,特来献给大王!"努尔哈赤接过宝刀一看,刀面银光闪耀,刀锋极其锐利,果真是把宝刀。努尔哈赤让侍卫送给盛格布禄白银一百两。对他说道:"回去罢!安分过日子为好。"二人先出内城,噶盖遂去额尔德尼那里。盛格布禄直奔外城大门而去。龙格儿、布英迪南、穆拜里哈三人正在城外树林等他。他把经过情形说了一遍,四人一方面感到遗憾,一方面觉得形势不利,还是赶快离开赫图阿拉好,一旦努尔哈赤怀疑起来,想跑都跑不脱。龙格儿说道:"当前,知道咱们计划的还有两人,一是噶盖,另一个是布扬诺斯基。"盛格布禄说:"噶盖不会出卖咱的,是他带俺进去的。他一讲,就等于引火烧身。"穆拜里哈说:"布扬诺斯基该不会说出去的。""那很难说。如果努尔哈赤问他,就很可能会说出去的。""去把他干掉吧!以免留下后患。"大家商议,还是由盛格布禄、龙格儿去虎喇特里寨。四人又约好会面地点,便分手而去。盛格布禄与龙格儿快马来到虎喇特里寨,径入布扬诺斯基的家中。见家中别无他人,二人心中十分高兴,盛格布禄与他讲着话儿,龙格儿拔出刀来,从背后给了布扬诺斯基一刀,便倒下死了。二人急忙走出,上马而去。

  努尔哈赤见噶盖与盛格布禄走了之后,拿出宝刀翻过来掉过去地看着,心里十分喜欢,觉得这是真正的宝刀。高兴之余,猛然想起当时噶盖、盛格布禄的神色似有可疑之处,心中不觉沉思起来。这时候,皇太极来了,努尔哈赤把前后经过讲给他听,这皇太极虽然年轻,但聪敏过人,遇事善于动脑筋,深得努尔哈赤的喜爱。他想了一会儿,说道:"就噶盖而言,他说'大王请起',说明他不想行刺你,无论他是不是同谋。再说盛格布禄献刀,为啥要选在中午你休息时间来献?当时他极度慌张,本想行刺,因为噶盖一声喊,才改口说来献刀。这正如三国时曹操献刀给董卓时的情景一样。"努尔哈赤听了,说道:"我儿分析得有些道理。先把噶盖叫来诈他一下,就可以知道了。"皇太极忙说:"再派人前去盛格布禄家看看,他若不在家,或是逃出城去,必是行刺。"努尔哈赤遂让侍卫前去看看。

侍卫去了好一会儿，回来报告说："盛格布禄不曾回家，出城向西飞马而去。"皇太极听了，说道："盛格布禄心虚逃窜，必是行刺无疑了。"努尔哈赤忙让侍卫去叫噶盖到来。

努尔哈赤盛怒地等待着噶盖的到来。不一会儿，噶盖来了。努尔哈赤说道："俺如此重用你，你反想来害俺，你的良心让狗吃了！"噶盖慌忙跪下，哭告道："大王开恩，俺实在不忍心让你被刺，才急忙回来。当时，俺若不喊一声，盛格布禄行刺必成。"努尔哈赤听了，非常气愤地说："有人叛逆，邀你同谋，你却不及时向俺报告。反而引他来对俺行刺。怎能让俺对你宽恕？若是饶了你，今后怎么办？真是杀人可恕，情理难容啊！"说罢，遂叫侍卫："把噶盖押下去关起来！等把那几个叛逆分子一齐抓到，再处决罢！"噶盖大声哭着，嚷着，喊道："俺冤枉啊！俺冤枉啊！……"

努尔哈赤急命皇太极带精锐骑兵五百，速去追捕盛格布禄、龙格儿、布英迪南、穆拜里哈四人。盛格布禄等四人，连续跑了两天，看看天色已晚，前面有一个寨子，穆拜里哈说道："俺有个舅父在这寨里替寨主放马，去找他弄点吃的吧！"他舅父名叫尤敦西夫，热情地接待了他们。正在吃饭时候，有人来叫尤敦西夫说："寨主要你去哩！"那寨主原是东海女真的一个部落长，归顺建州后，努尔哈赤派他来这个库巴舍里寨当寨主，寨里人都叫他库里巴巴。寨主一见尤敦西夫就说道："赫图阿拉已发来文书，说有四个歹徒刺杀努尔哈赤大王，让俺协助拿办。听说你家来了几个人，你快去带来，俺盘问一下。"

尤敦西夫听了，吓得魂不附体，赶忙回来，把寨主的话说了一遍。四个人互相看了一会儿，没有了主意，盛格布禄说道："是福不是祸，是祸躲不过，走！俺去向寨主说去！"说罢，他拉住尤敦西夫往外就走。二人不一会儿来到寨主那里，盛格布禄抢先说道："俺是他外甥，是来看舅父的，怎么是刺客哩！"寨主说："不是来了四个人吗？都叫什么名字？等赫图阿拉的人认过以后，俺才能相信你的话是真是假呢！"盛格布禄一听，忙对尤敦西夫说："舅父，你去叫他们三人来，俺在这里与寨主叙话。"尤敦西夫已吓得六神无主，只得去叫。这里盛格布禄与寨主二人东扯西拉地叙谈起来，不一会儿工夫，穆拜里哈他们来了。盛格布禄唰地一下，拔出腰刀，对准寨主肋下就是一刀，那寨主连嗯也未来得及嗯出声来，便一头栽下去，死了。尤敦西夫一见，慌作一团，结结巴巴地说不成话来："你……你怎能……随便杀……杀人？"盛格布禄说道："俺不杀他，他要将俺四人全部送给努尔哈赤，俺们还能活吗？"穆拜里哈问他舅舅道："这寨里有多少兵马？带兵将领是谁？"尤敦西夫说道："有五百兵马，带兵将领是寨主的大儿子，名叫阿泰也嘎夫。"布英迪南说道："俺们把寨主的尸体藏起来，你快去把阿泰也嘎夫叫来！"正当阿泰也嘎夫一脚迈进门里，另一只脚还未迈进门槛之时，布英迪南、龙格儿同时将刀刺进他的左右肋下。可怜阿泰也嘎夫正当英壮之年，还弄不清怎么一回事，便咕咚扑地身亡。盛格布禄又对尤敦西夫说："你将马匹管理好，没有咱四人的吩咐，一匹马也不能让人骑走。"尤敦西夫身不由己，只得听从他们的支派。四人腰插佩刀，来到教场，将那钟声撞响。不久，兵马齐集场上，大家不知发生了什么事情。盛格布禄首先说道："我们是大明朝廷派来收服寨子的四位将领，所有人员都得听从将令，谁敢反抗，就像他们父子一样！"说罢，他把寨主父子俩的人头，悬挂在旗杆上。五百兵马看着鲜血淋淋的人头，谁不害怕？大家你看看他，他看看你，都是"哑巴吃扁食——心中有数"，谁也不吭一声。

正在这时，守门士兵跑来报告说："寨子东面有一支骑兵，正往寨子驰来。"盛格布禄即向龙格儿三人说："可能是赫图阿拉来的。咱们带着兵马，守好寨门，伺机把他们消灭掉，然后投明军去！"三人也只得听从，便令兵马守住寨门。再说皇太极领着五十名骑兵，一路追赶，马不停蹄，沿途打听，有人告诉他："有四个人往库巴舍里寨子来了。"皇太极遂紧追不舍，来到寨前下马。他见寨门紧闭,用马鞭一指,喊道:"让你们的寨主出来说话。"盛格布禄说道:"俺就是寨主,有什么话你就说罢!"皇太极虽然不认识盛格布禄,但却认识站在盛格布禄身后的布英迪南和穆拜里哈,心中明白了。他指着布英迪南说:"俺警告你,布英迪南!你若想留一条活命,就赶快出寨投降。不然的话,捉住以后就让你碎尸万段!"布英迪南正想说话,盛格布禄却说道:"你投降也是死,不如现在跟他拼了!"遂吩咐士兵大开寨门,带领五百人马,出了寨门,来到皇太极面前,立住阵脚。皇太极一见,便用大刀指着寨里的兵士说道:"你们不明真相,这四个叛逆阴谋刺杀咱家大王,逃跑到这里,俺是来追捕他们的。俺劝你们早早散去,免得受连累而死。他们四个人是'兔子尾巴——长不了的'。"听了皇太极的话,那五百士兵"嚯"地一下,逃回寨子去了,然后把寨门紧紧关了起来。皇太极一见,向剩下那四人大喝一声:"还不快快下马受缚,等待几时?"一边大刀一挥,指挥五十骑兵,"哗啦"一下子,将那盛格布禄四个人围在中间。皇太极手举大刀,将包围圈向中间收紧。那五十骑兵,个个瞪着双目,手举大刀,只待一声号令。四个人被围在中间,想跑也不能。只见布英迪南首先丢下腰刀,跳下马来;接着,穆拜里哈也下马了,龙格儿与盛格布禄见了,只得跳下马来……

皇太极进了寨子,又把尤敦西夫捉来,召开了全寨部民大会,宣布处死。让原寨主的小儿子库留西佳担任寨主,然后捆了盛格布禄四人,上马回赫图阿拉城。再说努尔哈赤,自从盛格布禄刺杀事件发生之后,便加强了警卫工作,对赫图阿拉城的巡防也有了布置。现在,内城不经许可,任何人也进不去;外城也不是容易进的,城里还有便衣巡查,遇见生人,随时可以拘查。努尔哈赤也变得深居简出了。一旦出城,都是前呼后拥,鸣鼓奏乐。不仅显示出威严,也增强了慑人的气势,逼人的力量。皇太极将四人带回赫图阿拉之后,努尔哈赤当众宣布他们的罪行,然后施予最重的刑罚——五牛分尸。噶盖也未能幸免于死,因为罪行轻些,

249

被用绳子勒死。五个人的人头,被挂在高高的旗杆上,一连示众了好多日子。

噶盖被杀之后,额尔德尼遵照努尔哈赤的指示,独自一人创制满文。此人是满族杰出的语言学家,姓纳喇氏,世代居住在都英额,少年时代以明敏闻名远近,兼通蒙古文和汉文。在投归建州后,被赐号巴克什。在满文里,巴克什是学者、博士的意思。努尔哈赤统一建州之后,得知额尔德尼的美好声望,几次派人邀请他出来做事,均遭拒绝。后来他亲自去拜访,额尔德尼才倾心归顺,额尔德尼随从努尔哈赤"征讨蒙古诸部,能因其土俗、语言、文字,传宣诏令,招纳降附,著有劳绩",深得努尔哈赤的赏识。噶盖被杀以后,额尔德尼独自一人撰制满文,每天废寝忘食,不辞劳苦。一日,努尔哈赤派人去叫额尔德尼。他放下手中的笔,跟来人进了努尔哈赤的客厅。进门以后,抬头一看,努尔哈赤正搂着新娶不久的大妃乌拉氏在调情。额尔德尼是一个十分严肃的人,见状转身就走,不顾努尔哈赤的喊声,坚持走了回去。努尔哈赤因此十分恼怒,以为额尔德尼太傲慢无礼,从此不再如往日信任他了,并逐渐疏远起来。

额尔德尼的妻子齐尔计吉光生病了。开始是腰病和脚病,非常疼痛。以后痛得更加厉害,整日不能下床,且日夜痛苦不堪。额尔德尼与妻子情笃恩好,不忍见贤妻遭此苦楚,便来向努尔哈赤请假,请求回家为妻子请医诊治。努尔哈赤说道:"你现在正撰制满文,这是公事;你妻子有病,是私事。不能因公废私呀!"额尔德尼说道:"那俺请求辞去公事。"努尔哈赤不禁大怒,说道:"胡说!你妻子死了,还可以再娶一个;你辞去公事,是对俺不恭、不忠的表现。对俺不恭、不忠,是叛逆行为。对叛逆行为的处置,你是知道的。为何要自寻死路呢?"额尔德尼竟不辞而别,回家为妻子寻医治病,日夜侍候妻子。努尔哈赤得知后,非常生气,竟派人把额尔德尼抓来,下令处死了。

额尔德尼死后,又派巴克什达海对额尔德尼临死前制成的无圈点的"老满文"进行改进。达海编制了"十二字头";在字旁各加圈、点;并固定字形,对字母的书写形式加以固定,使之规范化;又确定音义,改进字母发音,固定文字含义;还创制了特定字母,设计了十个专为拼写外来语(主要是汉语)的特定字母,以拼写人名、地名等。

经过达海改进后的满文,后人称之为"有圈点满文"或"新满文",于是满文较前更为完备。改进后的满文,按语言学音素来说,有六个元音字母,二十二个辅音字母,十个专门用做拼写外来语的特定字母,字母不分大小写,但元音字母以及辅音与元音相结合所构成音节,出现在词首、词尾或单独使用时,都有不同的书写形式。

满文的语法,名词有格、数的范围;动词有体、态、时、式等范畴。句子成分的顺序是:谓语在句子最后,宾语在动词谓语之前,定语在被修饰词语之前。满文的书写,字序从上到下,行序从左向右。

满文的创制和颁行,是满族文化发展史上的里程碑。从此,满族人民有了自己的文字,可以用它来交流思想,书写公文,记载政事,编写历史,传播知识,翻译汉籍。这不仅加强了满族人民的思想交流,而且促进了满汉之间的文化交流。满文撰制后在女真地区的推行,使女真各部和女真人民之间的交往更为密切,这对满族共同体的形成,无疑是一条重要的精神纽带。特别是建州的统治者,用满文翻译大量的汉文典籍,汲取中原封建王朝的统治经验与教训,加速了满族社会的封建化,促进了满族文化的进步。同时,满文记录和保存了大量的文化遗产,也丰富了中华民族的文化宝库。

努尔哈赤主持制定了无圈点老满文后,又创建了八旗制度。这种制度是政治、经济和军事合一的社会组织形式,是努尔哈赤对女真社会结构进行的大胆变革。原来,女真人出师行猎,不管多少人,一般都依照族寨而行,每十人中立一总领来约束。这个总领，女真叫做牛录额真（"牛录"即汉语"大箭"的意思，"额真"即汉语"主"的意思）。这种牛录制，本是临时性的军事或狩猎的组织形式，现在努尔哈赤的地盘大了，人马也多了，出现了一些混乱现象。几万兵马，儿子们争位，部将们争权，兵找不到帅，帅管不了兵，还常常自相残杀，弄得努尔哈赤十分头疼，寝食不安。

一天晚上，努尔哈赤坐在虎皮椅上，把豹皮披衫围在身上，仰靠在椅背上，闭目养神。努尔哈赤一向机警过人。自起兵以来，常常三五个月不脱衣甲，把他的盔甲放在河里洗，河面会漂浮出一层白花花的虮子来。却说努尔哈赤正在似睡非睡之间，突然听到远处有鸡叫声，忙睁开眼睛问身边的侍卫，他们也说刚才听见鸡叫了。他心里有些纳闷，半夜里怎么会有鸡叫呢？他骑上马带领几个随从，朝鸡叫的方向跑去。

跑着，跑着，鸡叫声没有了，却发现鸡鸣山下掇克河边的河滩上，闪出一片白光来。他向着白光，跑到跟前一看，那白光又不见了，只有河水在哗哗地淌，山风在呼呼地吹。努尔哈赤转身就往回走，还未走出多远，侍卫们在身后大喊："大王，快看，白光！"

努尔哈赤回头一看，果然河边又一闪一闪地亮起白光，便又返回去。可是到跟前一看，白光又没了。努尔哈赤非常纳闷，这白光究竟是从哪儿冒出来的呢？为什么一到跟前就没有了呢？看看天上，天上的月亮暗淡无光；望望河水，河水乌黑，闪不出光。那么，是不是河蚌神闪的光呢？又没看见。努尔哈赤害怕耽误明天打仗，想多歇歇，也没追究，就又往回走了。不料未走几步，侍卫们又大叫："那白光又出现了！"

"这回非要弄个水落石出不可！"努尔哈赤心里说。他回到河滩，找到刚才放白光的地方，就命令侍卫马上动手往下挖。侍卫们挖着，挖着，挖出了鹅卵石；再挖着，挖着，忽然露出来一张大弓。这张弓大得很，总有两人高。弓弦就像古藤那么粗，一个人根本拽不动，几个大小伙子好不容易才从坑里把弓抬出来。努尔哈赤接过弓,仔细一看,上边刻着"大金收国宝弓"六个大字。

努尔哈赤认出来了,原来这是完颜阿骨打的弓,"收国"是金太祖的年号,距当时已有近五百年的历史了。士兵们走上前,轮流试了试,没有人能拉得开。努尔哈赤拿到手里,大吼一声,一下就拉开了。一松弓弦,"嗡"的一声,就像山风一样响,足足响了半个多小时,仍有回声。

努尔哈赤得到宝弓以后,心中十分高兴,命人抬回城里去。众将士都来祝贺说:"今天得到金代开国的宝弓,这是咱们大王必定要得到天下的喜兆!"努尔哈赤非常高兴,吩咐人杀牛、宰马、杀鹿,全军祭天。

次日,努尔哈赤带领众将士祭天时,心里想:人少人心齐,人多人心杂。两只鸟儿能一起飞到一个林子里,百只鸟儿就不能都飞进一个林子里了。眼下数万兵马,怎么才能让他们像一张弓的响声一样,人多心也齐呢?

努尔哈赤想了想,有了主意,俺何不学金代的办法以颜色来分旗?金代是分五种颜色——红、黄、蓝、白、黑。红色代表太阳,黄色代表土地,白色代表水,蓝色代表天,黑色代表铁。但是铁又生于土,有了土就可以不要黑色了。这样,就只剩下四种颜色了。咱们女真人,靠天靠地,有水有日,就能发迹。那么,为什么不可以把军队按天、地、日、水分成四部来统辖?于是,万历二十九年(1601年),努尔哈赤把兵马编成黄、红、蓝、白四旗。

万历四十三年(1615年)十一月,除建州已完全统一外,海西四部中的哈达、辉发、乌拉也已统一。据史料记载,乌拉被俘卒骑"不下数万人"。后又征抚大量东海女真部民。因此建州幅员益广,步骑增多,"归附日众,乃析为八",除原有四旗,再增设四旗,共为八旗。即增编镶黄、镶红、镶蓝、镶白四旗,合称八旗。八旗分别由努尔哈赤和他的子孙们统领。他亲领两黄旗,次子代善领两红旗,第五子莽古尔泰领正蓝旗,第八子皇太极领镶白旗,长孙杜度领正白旗,侄子阿敏领镶蓝旗。

努尔哈赤把管辖下的女真人，统一组织起来，每三百丁编为一牛录，设牛录额真（佐领）一人，代子（骁旗校）二人，章京四人。四章京分领三百丁，编为四达旦。这是女真社会的基层组织。五牛录为一甲喇，设甲喇额真（参领）。五甲喇为一固山，设固山额真（都统）一人，梅勒额真（副都统）二人。固山，意为旗，每个固山各有特定颜色的旗。

八旗制度"以旗统人，即以旗统兵"，它军政合一，兵民合一。八旗丁壮，平时耕猎为民，战时则披甲从征为兵。由他们组成的八旗军队，有严明的纪律。努尔哈赤曾规定，行军时若地广则八固山并列，队伍整齐，中有节次；若地狭则八固山合一路而行，节次不乱。军士禁止喧哗，行伍禁止杂乱。作战时披重铠甲、执利刃者为前锋，披短甲、善射者自后冲击，骑兵列于别处，人不离鞍，随时准备策应。在努尔哈赤的卓越指挥下，这支军队具有强大的战斗力，成为建州政权的支柱。

八旗军是一支以骑兵为主的军队。虽然使用皮弦木箭，短剑钩枪，射程近，威力弱；但是它却以铁骑角胜。它的战马饲养也有特点，栏里不蔽风雪溽暑，不喂菽粟，而是野外牧放，能耐饥渴。出征时，兵士乘马，带上自备军器和数天干粮，驱骑驰突，速战速决；利用行军或战斗的间暇，脱缰放牧，不需后勤。兵皆铁甲，马也披甲，所以兵悍马壮。每当努尔哈赤下令吹角螺、鸣号炮、发动进攻时，八旗军的骑兵，冲锋、厮杀、摧坚、陷阵，铁骑奔驰，冲突蹂躏，无与争锋，所向披靡。

八旗军赏罚严明。努尔哈赤规定："从令者馈酒，违令者斩头。"战场上"敢进者为功，退缩者为罪。有功则赏之以军民，或奴婢、牛马、财物；有罪则或杀，或囚，或夺其军兵，或夺其妻妾、奴婢、家财，或贯耳，或射胁下"。因此八旗军临阵时有进无退。每次战后，"赏不逾日，罚不还面"，按功行赏，依罪惩罚。兵士们齐一心志，统一战力，奋勇征杀，以死相拼。

八旗军一向纪律严明。但是，努尔哈赤发现，城里的兵将纪律很坏。今天出城几个，明天出城几个；回城的时间也没有规定。他便仿照明军的云牌，挂在城楼上。军队一进城就敲，训练时也敲，敲起云牌，全城都能听到。努尔哈赤还规定：如果敲三下云牌，兵士不回答者，管城门的头目，就将士兵捆上，押在地牢里关他三天三夜。如果敲四下云牌还不关城门，管城门的士兵头目就要被撤。纪律一规定，赫图阿拉城各旗兵将谁也不敢违抗，太阳一下山，兵士们都赶紧回营，步调一致，再也不混乱了。

努尔哈赤平时很少穿豹皮帅服，喜欢穿猎装。有一天，他带领身边的随从们去打猎，想亲手给一个兵士的老奶奶打几只野鸡吃。这是怎么一回事呢？原来，有一天努尔哈赤巡视城防，见一个兵士在哭，一问才知道，那士兵家在董鄂部，与老奶奶相依为命。奶奶有气喘病，过去都是他打几只野鸡焙糊压成面，给奶奶冲水喝，才能挨过冬天。如今天气渐寒，担心远在数百里之外的老奶奶犯病，没有人打野鸡，这才啼哭。努尔哈赤就派人把他的老奶奶接来，可她孙子已经跟着部队出发了。努尔哈赤只好把那老奶奶留在王宫中奉养，自己亲自去打野鸡，给老太太治病。

努尔哈赤领着几个随从，出了赫图阿拉城，跑到很远的深山老林里，好不容易打到三只野鸡。天色渐暗，一行人拼命打马回城。刚刚跑到城门外，三声云牌已经敲过，城门关了。

守城的士兵头目未认出努尔哈赤，因为他穿的是猎装。按照规定，努尔哈赤与他的随从们，都被关进地牢里。随从的嘎什哈急忙走上前去要解释，努尔哈赤立刻拦住，不让他讲。

这一夜，宫中不见努尔哈赤回来，都急了。努尔哈赤的十几个儿子和百十位将领，赶忙派人四处寻找，直找到天大亮也未见到影子。后来听说昨晚有人因晚归被押进地牢，急忙跑去一看，果真是努尔哈赤，他们立刻把守城门的士兵头目抓起来，喝道："你好大的胆子，竟敢把大王关进地牢！"因此要杀了他。努尔哈赤急忙拦住，说道："你们不要杀他，规矩是俺定的，俺应当头一个遵守。他是按照俺的规矩执行，一点没错，他忠于职守，应该嘉奖。"

士兵头目一再磕头谢恩,怪自己有眼无珠,请大王赶快回去。可是,努尔哈赤不走,他让嘎什哈把野鸡带回去,先捎给那位士兵的老奶奶吃,由他一个人来代替他们蹲在地牢里受罚。

努尔哈赤说:"俺定的规矩,该坐地牢三天,就得坐三天。嘎什哈们是陪俺来的,当然应该由俺来替他们挨罚。"三天后,努尔哈赤走出地牢,提升那个守城的士兵头目为都城赫图阿拉的总管。

自从军师张一化去世后,努尔哈赤一直想再寻找一位足智多谋的先生为自己出谋划策,可是总也没找到。一天,大将安费扬古跟他说:"长白山下有位隐士,名叫苟得利,此人才智过人,上知天文,下知地理,还会降妖捉怪。明朝沈阳巡抚多次请他出来做官,都被他拒绝了。"努尔哈赤听了,心里十分高兴,赶忙派阿尔泰去请。

阿尔泰来到长白山下,找到了苟得利的家。可是连喊三遍,也不见回声,便闯进门去。进屋一看,一个相貌不起眼的小老头,躺在炕上,睡得正香哩。领路的人说:"他就是苟得利。"阿尔泰就上前叫他,可是,越叫他的鼾声越响,怎么也叫不醒。阿尔泰实在没有办法,既叫不醒,又怕耽误了时间,就赶忙跑回来,禀报努尔哈赤。他听了,心里很不高兴,气愤地说:"他正是俺要找的贤能之士。求贤要礼贤下士才行,他睡得正香,你怎么能叫他呢?这若得罪了贤士,岂不坏了俺的大业!快!推出去斩了!"

在场的将领赶忙出面劝解说:"一个平民百姓,派人抓来也就行了,何劳大王生气上火?"努尔哈赤说:"你们懂什么?俗话说:三军易得,一将难求。像苟得利这样的人才,当今世上能有几人?"说罢,他又派大将额亦都前往再请。次日,额亦都又去了苟得利家。这次额亦都来到长白山下,在村外就下了马,步行进村。来到他家门前,赶上苟得利正在后院菜园子里给大白菜浇粪水呢!额亦都未敢上前,只是站在栅栏外面观看。苟得利好像根本就未见到有人来似的,仍旧浇着粪水,当他浇到栅栏边上的时候，苟得利把大粪舀子扬得高高地，使劲一泼，那臭烘烘的大粪水一下子浇了额亦都半身。这时候，额亦都的随从们很不高兴，正想发火，见额亦都摆了摆手，示意他们不要讲话。额亦都随即上前，乐呵呵地说："老人家，想必阁下就是苟隐士了！咱努尔哈赤大王久闻阁下大名，知你才识过人，特派末将前来相请，如能前往建州，辅佐大王，乃天下大幸！老人家，你就不必亲手种菜了。"苟得利一听，哈哈大笑起来，笑罢，竟唱起自编的小曲儿："种菜，种菜，乐哉，乐哉！乐哉，乐哉，种菜，种菜！一身轻闲又自在！"……他一边唱，一边继续浇粪，再也不理额亦都了。

额亦都只得扫兴而返。努尔哈赤听了额亦都的回禀，捻须长叹说："看来，只有俺亲自前往了。"众位将领纷纷劝阻说："大王，此举不妥，区区隐士，何足挂齿，怎劳您的大驾。"

努尔哈赤说："当年刘备请诸葛亮出山，不惜三顾茅庐，历代传为佳话，俺去求贤，又有何不可呢？"

大将何和理也劝他说："大王也得考虑周全，今非昔比，这地方乃是叶赫地界，常有叶赫兵马过往，你身边又不便多带兵丁，倘若叶赫得知，岂不误了大事！"

努尔哈赤决心已定，满不在乎地说："那有何难？咱们改换装束前往，总该可以了吧！"

次日早上，努尔哈赤与何和理，又带一名随从，都打扮成商人模样，三往长白山。他们来到村前，努尔哈赤举目观看，果然是个好地方。村前有溪水长流；村后有长白山环抱，层林叠翠。努尔哈赤赞赏地念叨说："这里依山傍水，真乃是藏龙卧虎之地呀！"他们来到苟得利家门口，见屋门虚掩着，没有人在家。邻居的一个老人告诉他们："苟得利今早就出门了，说三五天以后才能回来。"

努尔哈赤扫兴地长叹一声，说道："咳！是俺努尔哈赤无德，否则，贤人为何不肯辅佐于俺？"

在回去的路上，努尔哈赤无心策马，信马由缰地往前走着。

走着，走着，冷不丁听见身后响起马蹄声。努尔哈赤回头一看，大事不好，一队叶赫兵马从后头追上来了。努尔哈赤急忙策马奔逃，那后面的随从正要抽出短刀，收马断后，不料，被叶赫兵一箭射于马下，当即身亡。又飞来一箭，正射中何和理的马屁股，那战马一声长嘶，便毛了，驮着何和理朝西边小路落荒而逃。这时，只剩下努尔哈赤一个人了。他两腿紧蹬马镫，趴在马背上，任凭战马狂奔。努尔哈赤只觉得耳边风声呼呼响，两旁树木往后闪，地上马蹄生烟。那队叶赫军还在身后穷追不放，一气追出几十里。

这时候，努尔哈赤被追到了一座高山脚下，他回头一看，叶赫兵越追越近。他心里想：骑马怕是逃不脱了，便弃马爬山。叶赫兵也弃马追上山来，眼看着就要追上了。努尔哈赤累得气喘吁吁，猛然看见不远的地方，似乎有个山洞，山洞口有个人，正在朝他招手，他也来不及多想，紧跑几步，闪进山洞。

努尔哈赤走进山洞一看，不觉大失所望，原来这山洞是个直筒子，里面根本无法藏身。再找刚才向他招手的那个人也没影了。就在这工夫，叶赫兵也追进了山洞，他只好把身子贴到洞壁上，紧紧地闭上眼睛，心中暗暗叫苦，难道咱大业未成，就这样一死吗？……

这时候，那叶赫兵距离努尔哈赤只有十几步了，山洞里咕嘟一下，涌进来一团浓雾，遮住了他的身影。叶赫兵摸索着穿洞而过，没找到努尔哈赤，便又追下山去。

工夫不大，浓雾散去，努尔哈赤看见有个小老头站在眼前，正是刚才招呼他进洞的人。他赶忙上前施礼说："莫非你是仙人，救了俺一条性命。"

"不！在下苟得利，在此恭候大王多时了。这里是个穿山洞，俺只是拨开堵住洞北口的灌木，让山雾从此穿过。"

"喔！原来如此。你就是苟隐士！好你个苟得利！你可苦煞本王喽！"说罢，努尔哈赤涕泪纵横，苟得利慌忙上前，双手扶住努尔哈赤，一再表示歉意，并决心跟随他去成就大业，可是他请求道："俺只愿做你的谋士，不求封赏。"

努尔哈赤答应了他的请求。以后苟得利帮助努尔哈赤出了好多点子，也称得上竭忠尽智了。在苟得利的帮助下，八旗制度进一步完善起来，他建议应以八旗作纲，把女真社会的军事、行政、生产统一起来，实行军事、政治、经济、司法和宗族等五种社会职能的一元化。女真各部的部民，按军事方式，分为三级，加以编制，使女真社会军事化。因此，在努尔哈赤统治时期，整个女真社会，就是一座大兵营。这也是努尔哈赤统治时期，当时女真社会的一个重要特征。

万历三十六年（1608年）以后，努尔哈赤已经有进兵辽东的计划。于是，他便注意积谷备战，以蜜充粮，贮谷实仓，决定暂时停止向明朝贡蜜。明朝的边官抚臣风闻此事，似信非信。并于万历四十二年（1614年）决定派人探明虚实。他们选中了辽阳材官肖子玉办这件事。此人本是个无赖之徒，为人很不正派。他自称是万历皇帝的宠妃——郑贵妃的表弟，到处招摇撞骗。他嫌出使建州，自己的官职过低，竟冒充都督，乘八抬大轿，到建州质问停贡之事。努尔哈赤通过眼线提供的情报，熟知辽阳情况，并得知肖子玉的根底，对于他伪称都督，盛陈仪仗，虚张声势地进入建州，先是不予理睬。肖子玉原是郑贵妃姨娘的表侄，这已是拐了两个弯子的亲戚，他却拉着郑贵妃娘娘的虎皮，威胁建州说："天使光临，大都督不出城来亲自迎接，有侮天朝。俺回去定向郑贵妃表姐禀告，必将问罪！"努尔哈赤听从了苟得利的建议：派来使臣，事关朝廷，不是肖子玉一人所为。便改变态度，按照礼节迎接朝廷使臣，亲迎肖子玉入宫，并且款待十分周到。于是肖子玉认为努尔哈赤盛情有礼，欣喜若狂。宴席上，他询问努尔哈赤说："近年以来，建州为什么不贡蜂蜜？"努尔哈赤应付说："本部的蜂蜜如天朝的五谷一样，天不由人，时令各异，丰歉不常。近五年以来，花疏蜂死，无蜜可贡。待花满枝头，丰年存蜜的时候，再按例朝贡。"并说："此等小事，何烦圣虑。"由于努尔哈赤从容不迫，随机应变，使不了解建州实情的肖子玉无言可对。宴后，努尔哈赤又以厚礼相赠，肖子玉非常高兴。回去时，努尔哈赤远路相送，与肖子玉并辔而行。分别时，努尔哈赤拍着他的肩头说："你是辽阳无赖肖子玉，竟敢伪称都督，身临俺的建州，不是俺不能杀你，也不是俺不能上奏皇上，而是为了'眼前留一线，日后好见面'。你回去以后代俺禀告抚台大人，深致敬意，并转告他们不要给俺找麻烦。"肖子玉听后，面红耳赤，连声诺诺，狼狈西奔。

明朝皇帝对建州努尔哈赤储粮备战的情况根本不予重视，那辽东的军备废弛更是惊人。

其实，万历皇帝朱翊钧哪有心思管这些？朝廷内部，宫廷纷争，"三案"迭起，已缠得他力竭精疲，直至他死后，案子还在牵牵连连，没完没了。

第十四章
秉公心额亦都诛子
宣七恨后金汗伐明

都城南郊祭天台上,香烟缭绕,鼓乐震天。努尔哈赤带领文武官员三跪九叩,向苍天祈祷。读祝官站在台上,朗声诵读起那《七大恨》的文来:"后金国天命汗王努尔哈赤,谨昭告于皇天后土……"

努尔哈赤统一女真各部之后,管辖地区日益扩大,人口不断增长,内外事务更加繁多。为了适应这一形势的发展,努尔哈赤于万历三十一年(1603年),从闭塞的旧老城迁到交通较为便利的赫图阿拉城。内城居住满族贵族统治者,外城驻扎军队,内外城之间聚居各种工匠和奴隶。该城人口迅速增长到五六万人,成为政治、经济和文化的中心。万历四十三年(1615年),努尔哈赤规定:"凡诸贝勒大臣,每五日集朝一次,协议国政,军国大事,均于此决之。"这种作为常例的联席议政形式成为最高咨询和决策机构。同时,努尔哈赤又挑选公正处理国事的人,充当八大臣和四十名断事官。并要求他们"勿索财物,秉公执法"。而且颁布法制,设理政听讼大臣五人、都堂十人,负责审理诉讼案件,每五日开审一次。先由都堂审问,然后报告五大臣,再由五大臣复查,并把情况上报诸贝勒,讨论议决。如果诉讼者不服,可以向努尔哈赤提出申诉,由努尔哈赤亲自审查,最后裁决。

万历四十四年(1616年)正月,正是过春节的时候,赫图阿拉城分外热闹,到处张灯结彩,人来人往,洋溢着热烈的节日气氛。连远处的群山也呈现出喜悦的神态:鸡鸣山昂首翘立,虎拦哈达雄姿挺拔,它们满身披挂银装,在苍松翠柏的掩映下,显示着蓬勃的生机。

城里军民都在庆贺新年的开始,而与新年一同给人们带来欢乐的,还有一件大事:正月初一这天,努尔哈赤正式称汗。登基典礼正式在内城隆重举行,以努尔哈赤的次子代善、侄阿敏、第五子莽古尔泰、第八子皇太极为首的八旗诸贝勒和大臣,率领众文武官员齐聚"尊号台"(相当于金銮宝殿)前,按八旗顺序站立两边。当努尔哈赤面向群臣就座时,八大臣从众人中走出来,手捧劝进表文,跪在前面,诸贝勒、大臣率众人跪在后面。侍卫阿敦立于汗的右侧,巴克什(文官)额尔德尼立于汗的左侧,从两侧前迎八大臣跪呈的表文。随后,额尔德尼站在汗的左前方宣读表文,上尊号为"奉天覆育列国英明汗"。读罢表文,努尔哈赤站起来,离开宝座,亲自拈香,向天祷告,带群臣行三跪九叩首礼。礼毕,又回到宝座,接受各旗贝勒、大臣的贺礼。全部仪式结束,举城一片欢腾。

从这天起,努尔哈赤建立了"大金"政权,年号"天命"。为了跟早先的金朝相区别,人们又称它为后金。后金是统治中国近三百年的清朝的前身,因而后金汗努尔哈赤也就是清朝的奠基人。后金政权的建立,是努尔哈赤艰难创业的结果。他从二十五岁那年起兵,到这年已经五十八岁了。三十多年来,他南征北讨,浴血奋战,在统一女真各部之后,又征抚了漠南蒙古,占领广阔的地域,拥有雄厚的兵力,很快发展成为与明王朝相抗衡的强大的地方势力。从此,努尔哈赤摆脱了原先对明朝的臣属关系,变为公开同明朝对抗。后金与明朝的矛盾逐渐上升为主要矛盾。

五大臣之一的额亦都,追随努尔哈赤东征西讨,三十多年来,几乎是"穆桂英挂帅——阵阵到"。他一向骁勇善战,挽十石弓,以少击众,所向克捷。额亦都每次"克敌受赐,辄散给将士之有功者,不以自私"。因此,努尔哈赤非常器重他,先把自己的族妹嫁给他做妻子,以后又把自己的女儿也嫁给他。并且让他参画机要,襄理国政。

额亦都次子达启,眉清目秀,齿白唇红,自小便深得努尔哈赤喜爱,让他进宫,与皇子、公主一块居住。七八岁时,他就能骑马射箭，使枪弄棒。他在宫里顶喜欢的人，是三公主莽古济。三公主是努尔哈赤继妃富察氏所生，生得妩媚动人。因为达启只小她五岁，从小两人便在一起。那时达启只有六七岁，莽古济也才十一二岁，两人都是小孩的性格，好得行卧不离，同床而睡。后来莽古济二十二岁，他十七岁，两人情窦已开。达启从小就脑瓜灵敏，日子多了，两人便情不自禁地做出风流事来了。不知怎地，这事儿忽被继妃富察氏晓得。她不敢向努尔哈赤报告，又不能让他们分开，真是"嘴里含冰块———一句话也不能说"。说来也巧，那哈达部长孟格布禄送他儿子吴尔古岱来建州做人质，富察氏便吹起了枕头风，她向努尔哈赤建议说："听说那吴尔古岱人长得忠厚老实，仪表堂堂。俺那莽古济也大了，为了交好哈达，不若让莽古济嫁给他罢！"努尔哈赤听了，搂着富察氏的细腰儿，笑着说："你想得周到，就照你说的办罢！"于是，第二天就把吴尔古岱与莽古济的喜事办了。

再说达启和莽古济得到消息以后，真如五雷炸顶一般。宫里的规矩全是努尔哈赤定下的，既不能公开哭泣，也不敢吵嚷，一旦让努尔哈赤知道他们之间发生那么一回事，达启也许不致丧命，莽古济是必死无疑的。所以二人相对无言，眼泪只能往肚里流。等到天黑以后，二人搂抱着哭了半夜，又小声地叙了半夜。他们海誓山盟，约好十天见一次面，风雨无阻，不见不散。反正吴尔古岱也住在内城里面，见面还是不难的。俗话说："棒打鸳鸯两分离"，这一对有情人，被活活拆散了！

莽古济出嫁以后，达启像无头苍蝇一般，到处乱窜，心神不宁，对什么都不感兴趣，对谁也不热情。在莽古济下面，努尔哈赤还有六个闺女，但达启对她们却冷若冰霜，见面时爱理不理的。只有努尔哈赤的养女，本是努尔哈赤弟弟舒尔哈齐的第四女，比达启小两岁，两人也还能合得来。在莽古济出嫁以后，她填补了达启内心的空虚，经常和达启在一块谈谈笑笑。

努尔哈赤共有十六个皇子，其中第九子巴布泰、第十一子巴布海是庶妃嘉穆瑚觉罗氏所生，与达启年岁相当，兴趣相投，常在一起玩耍。他们有三个同母的妹妹，其中穆库什是努尔哈赤的四女儿，下面还有第五女、第六女。一天下午，达启去找巴布泰、巴布海兄弟俩玩。进门以后，听到东厢房里有说话声音，随即走到门前，推了一下门，没有推开。就走到窗户前面，掀开布帘一角，向里一看，哎呀！是穆库什三姐妹在屋里洗澡哩！只见三姐妹都是一身雪白的皮肤，那穆库什年龄大些，就丰满得多，特别是两乳高耸，随着两臂的动作，在上下颤动，她那臀部也肥大得多。三姐妹洗着，一边说着闺房私事，还不时爆出银铃般的笑声，达启怎么也没有想到女孩子会在背后说出这些事来，不由得"噗哧"一声笑起来。这一下，可把屋里的人吓坏了！她们猛抬头，发现窗外有一个人头闪了一下，布帘子立即又耷拉下来。还是穆库什年龄大些，多长一个心眼，急忙走到窗前，掀起帘子向外一看，认出那背影正是达启。

那穆库什比达启大两岁，平日对达启颇有好感，总想跟他讲两句话，但是达启却不喜欢她，嫌她长得胖了，不苗条。自从那天看到她们洗澡的情景，达启倒觉得这姑娘皮肤也挺白，比那莽古济的皮肤还要细腻一些呢！穆库什这两天心里老是不安定，她以为达启是有意去看她们洗澡的，想了几天，她终于下定决心，要去见见达启。这天下午，她稍作打扮，悄悄来到达启屋里，只有他一人在床上躺着。达启一见，像是有点难为情，但很快便笑着说道："五小姐光临，俺这蓬荜生辉呢！""别这么酸溜溜地腻人了！俺今天来不为别的，单是为那天的事！你打算公了，还是私了？"达启道："公了怎样？""要是公了，俺就去跟父王说，你偷着去看俺姐妹三个洗澡，该当何罪？""那私了呢？""要是私了，你也……脱光衣——衣服，让俺——看看。"达启的脑瓜也聪敏，他马上知道穆库什的来意，遂笑着说："来罢，咱们——"话未说完，就去搂着她又是摸，又是亲……

俗语说得好："痴心女子负心汉。"那莽古济出嫁前一天夜里，与达启海誓山盟，相约十天见一面，现在已过去半年了，达启早把这誓约忘到九霄云外去了。她恨得咬牙切齿地说："俺从小把你带大，从十八岁开始，俺就把贞操给了你，你现在竟不理俺了——"其实，达启现在也够忙的，身边有两个女孩子轮流来与他幽会，哪有时间再去找已经出嫁的莽古济！

一天，莽古济回到宫里，来探望她生母富察氏的病情。抽了个空，她来到达启屋里，二人一见面，真是久别胜新婚，重温起旧日的情怀。正在难分难解之时，穆库什走了进来。两眼红肿的穆库什告诉他们："父王把俺嫁给布占泰了！"莽古济感慨地说道："咱们姐妹的命运一样的，都是父王政治联姻的牺牲品。没有办法，只有认命！"

莽古济怏怏而返，仍旧过着守活寡的日子。不久，吴尔古岱死了，努尔哈赤又让她改嫁，给蒙古敖汉部琐诺木杜棱做了妻子。而穆库什嫁给布占泰以后，由于乌拉与建州的关系不和，布占泰对这个已被破了瓜的女人从心底里厌烦，多次"欲射之以鸣镝"，过得很不幸福。

俗话说："没有不透风的墙。"达启在宫里的胡作非为，努尔哈赤已早有所闻。但是努尔哈赤对子女、宗族、亲戚一些人有一个原则，那就是只要不反对他，不干背叛他的事情，都可以迁就。平日，他对达启一贯迁就，以致过分溺爱姑息。他常说："年轻人，干些荒唐事，算不得什么。"

这天，努尔哈赤派侍卫来叫达启。达启已做好被训斥的思想准备，心里像装了个小鼓似的，噗嚓噗嚓地撞打个不停。见到达启来了，努尔哈赤笑眯眯地说道："年龄也不小了，以后该走正道了。你父亲跟着俺三十多年，南征北讨，他身上的伤疤比你的岁数还多一倍。我俩像亲兄弟一样亲密无间。当初，你父亲要跟俺走时，他姑母阻止他，不让他随俺走，你父亲说：'大丈夫生世间，能碌碌终乎？'后来便向姑母不辞而别。"

达启听了，忙说道："俺曾经听父亲说过这段历史。当时，他已认定：跟随你，必将能做出一番事业！"

努尔哈赤又接着说道："俺二十五岁起兵，你父亲那时只有二十二岁，比俺小三岁。攻打图伦城时，你父亲奋勇最先登上城头。以后，我们患难与共，同生共死。为了护卫俺的安全，他能整夜不睡觉，小心地守着俺，甚至夜间跟俺互换睡铺，来防止俺遭坏人的暗算。可见他对俺赤胆忠心，已达到忘记自己的境界。"

努尔哈赤娓娓而谈，言辞之中充满对额亦都的无限感激之情，然后话锋一转，对达启深情地说道："为了让俺两家的关系更亲密，俺决定将第五女兀库泽嫁给你。俺希望你们二人能把俺老一辈的情谊继承下去，并世世代代地发扬光大下去！"

达启听了，只觉头脑嗡地一下，心里说："完了，这一下可完了！"但是，他又没有勇气拒绝。正当达启胡思乱想之际，忽然听到努尔哈赤继续说道："你回家去一趟，将这事向你父母亲禀报去，让他们选择个良辰吉日，抓紧把喜事办了！"

达启只得连声答应，去向父母禀报此事。额亦都听了，当然高兴，随即脸色一变，告诫达启说："以前你在宫里胡闹的事情，俺不再追究了；今后你要改邪归正，若再顽劣胡来，俺可不饶你！"

不久，达启便正式迎娶了兀库泽，成了努尔哈赤的女婿。但是达启顽习不改，虽然于女色上收敛了些，却和皇子巴布海搞起"男风"之乐来，巴布海还因此染上了病。

额亦都知道这事以后，表面上不动声色，内心里却如沸点的开水，上下翻滚着。一天，他借着度假的名义，把全家人邀集起来，到赫图阿拉城外公园里，摆上酒席。正当酒喝到酣畅的时候，额亦都忽然站起身来，命令儿子们把达启捆绑起来。大家感到突然，同时又有些惊愕，一时吓得不知怎么办才好。这时候，额亦都非常生气，从身上亮出刀来，厉声大喝道："天下有父亲杀儿子的吗？可是这个逆子达启，整日游手好闲，淫恶成性，在宫里傲慢不驯，胡作非为，现在不把他除掉，他日必然背负国恩，败坏门户。谁若不听从俺的命令，俺这刀也将饶不了他！"大家听了，十分害怕，遂把达启拉进屋子里，用被子蒙上他的头，将他活活闷死。

杀死达启以后，额亦都回到城里，向努尔哈赤叙述了这事，并请求谅解。努尔哈赤听了，感到震惊，整日难过，一再批评额亦都，说他太过分了。多少天以后，努尔哈赤才逐渐平静下来，终于理解了额亦都杀死儿子的真正目的，是出于公心。于是更加赞叹额亦都的为人，认为他是为国为民，做到了深谋远虑，为了效忠自己，已忘记了儿女私情。真是一个顶天立地的汉子！

努尔哈赤建立后金国以后，比较重视立法治民。他对大臣们说："为国之道，存心贵乎公，谋事贵乎诚。立法布令，则贵乎严。若心不能公，弃良谋，慢法令之人，乃国之蠹也，治道其何赖焉！"他又说："生杀之际，不可不慎。必公平和气，详审所犯始末，方能得情。"

努尔哈赤要求各大臣每五天聚集一次，对天焚香叩头，再去审理衙门对各种罪犯进行审判。后金建国以后，时有受贿、荒怠之事，于是规定不许向有罪者索取银两，在审案时，也不许喝烧酒，吃佳肴。并明令允许各地部民到赫图阿拉告状申冤——如属实，给予免罪；如果是诬告，则予反坐处之。

在执法时，努尔哈赤强调要按法规办事。虽子、弟、侄、孙等，如有触犯刑律者，一律严惩不贷。一次，他的侄子济尔哈朗、宰桑武和孙子岳托、硕托，因取得扈尔汉分予的财物而获罪，努尔哈赤命他们在赫图阿拉的都堂衙门里，穿上女人的衣服——短袍、裙子，加以羞辱，并画地为牢，监禁三天三夜。他还亲自去斥责诸侄孙，向他们脸上啐唾沫。努尔哈赤如此大动肝火，故作姿态，显然想利用这件区区琐事，既惩儆子侄，又严诫诸臣。不过勋臣如罹重罪，则可用因军功而获得的免死券，得到赦免。

努尔哈赤对犯罪行为惩罚厉害，刑法极为残酷。一次，三个八旗士兵被蒙古人无故杀死。努尔哈赤得知消息以后，十分气愤，立即命令将犯人两手钉在木头上，两脚捆在驴腹下面，骑着驴子押解到赫图阿拉行刑。一天，阿纳的妻子用烧红的烙铁，去烫烙家婢的阴部。努尔哈赤得知后，命令刺穿她的耳、鼻。

另外，如男人盗窃，女人要规劝、告发；否则，其妻要脚踏赤红火炭，头顶炽热铁锅，处以死刑。一天夜里，伊兰奇牛录的工匠茂海，奸污编户汉人妇女。努尔哈赤命令将茂海杀死以后，碎尸八段，八旗每旗分尸一段，悬挂示众，以儆效尤。

努尔哈赤不仅重视立法布令，而且重视加强思想统治。

努尔哈赤模仿喇嘛教的教义，对广大后金部民们说道："所谓福，就是成佛。在今世苦其身，尽其心，那么在来世能生在一个好地方，福便得到了。"

为了崇奉喇嘛教，万历四十三年（1615年）四月，努尔哈赤授意在赫图阿拉城东高地上，修建喇嘛庙。用三年时间，建成七座大庙。

努尔哈赤一手握着法令权柄，一手捧着喇嘛经典，恫之以残酷刑罚，诱之以憧憬来世，恩威并济，软硬兼施，加强了对后金人民的统治。

万历四十四年（1616年）正月，努尔哈赤在赫图阿拉建元称汗后，花费两年多的时间，把主要精力放在整顿内部问题上。这时的后金，已基本统一女真各部，又征抚了漠南蒙古，扩大了兵源基地，稳定了后方。不仅地域扩大，人口也猛增起来，势力更加强盛。偏居辽东一隅之地，已经满足不了后金统治者增加财富和向外扩张的欲望。身为后金汗的努尔哈赤，追念金朝入主中原故事，反明的意图已昭然若揭。于是他把战略的重点，从女真内部的统一，开始转向外部，首先准备攻占明朝的辽东地区。

明朝政治日趋腐败，辽东军备废弛，客观上又对努尔哈赤战略的转移起了催化剂的作用。万历末年，土地高度集中，穷苦农民陷入水深火热之中。统治阶级内部，主昏臣庸，宦官当权，党争日烈，整个社会腐败不堪。万历皇帝挥金如土，奢靡无度。为了增加内库的收入，满足他穷奢极欲的生活，他还派出宦官，充当矿监、税监,到全国各地搜刮民脂民膏。太监高淮到辽东开矿收税,贪暴虐民,把辽东军民"逼上梁山",纷纷起来反抗。他拖欠建州的参钱、珠钱长期不还。为此,努尔哈赤曾经率领轻骑兵五千到抚顺关上挟赏,要求或给还参钱或将欠参钱的人交出来。明代辽东边官在进行贸易中,不是凌辱贡使,就是赏赐草率,拼命克扣,连努尔哈赤兄弟也不能幸免。这就使后金统治者不能正常获利。

万历四十四年起,辽东地区发生了严重的水灾,后金地区的情况尤为严重。尽管努尔哈赤积储有年,但是连年大灾,导致农业不收,羊牛瘟疫,造成饥寒交迫,老弱死于道路。努尔哈赤无可奈何,只好命令本部居民到朝鲜王国去就食。万历四十五年,后金全年缺粮,且逢大灾。若是出兵劫掠抚顺,既是建州统治者的求生之路,又可以使人马饱暖,缓解危急。这些因素,都促使努尔哈赤下定决心,采取军事行动。从时间的选择来看,既有历史的必然性,也有现实的偶然性。

万历四十六年(1618年,天命三年),后金国汗努尔哈赤传令各牛录额真,令其催促部民,用心喂好战马,整顿盔甲、兵械。四月初,动兵以前,颁布攻城策略,传令领兵的众贝勒、大臣说:"平日,咱们为人处事,应该以正直为主;战争时期,咱们要提倡智巧谋略。战争当中,每个人都能够做到不劳己,不损名,并能够克敌制胜。这样的人才能作为三军统帅。"

为了保证出师的胜利,努尔哈赤在战前还申明军纪,颁布"兵法",进行军事训练,修整器械等。他具体布置说:"每个牛录出五十个甲士,以十个甲士守城,四十个甲士出征。在四十个甲士中,以二十个甲士制造云梯两件,以备攻城之用。"为了蒙蔽明朝,一切准备工作都必须秘密进行。连伐木制造云梯的事情,也扬言是为了大兴土木,修建马棚之用,不准走漏一点风声。

努尔哈赤又向全体将领申明军纪。他说:"自出兵的那一天起,到班师回城止,任何士兵不准离开自己所在的牛录;谁若违抗命令,将严惩不贷。若是甲喇额真(即五牛录额真)不向所属军民申明汗的法令,罚甲喇额真和违抗的人马各一匹。若是甲喇额真已经申明了军纪,那就将违抗的人正法。"

他又对官兵作了具体指示。他说:"甲喇额真、牛录额真的职务非同一般,凡是汗所委托的人,不能胜任的可以自行引退;如果勉强接受了,则会率领百人,误了百人的事;率领千人,误了千人的事。各个大小官职,都涉及到国家大事,非同儿戏。"

在攻城的策略上,努尔哈赤又具体说道:"凡是攻城夺邑,如果有一两个人盲目地率先登城,那不值得赞扬,受伤、死亡也不给赏,不予记功。"这是他对那种脱离集体的个人英雄主义的否定。

他又说道:"凡是毁坏城墙的,给记首功,由固山额真记录下来。城墙破坏,固山额真吹响角螺,各处兵同时进战时,率先登城的人记大功。"

四月初,明朝抚顺关游击李永芳决定,于四月十五日在抚顺大开马市。这消息传到了后金后,以努尔哈赤为首的众大臣,欣喜万分,都认为攻明的最好时机已到。遂于四月八日,召开秘密的军事会议,研究军事形势和攻城部署。

会上,四贝勒皇太极积极主战。他说:"对明朝开战,必须先夺取抚顺城。因为此城是咱们出入的要路,也是通向明朝边关的门户。李永芳要大开马市,边备必然松弛。应该以精兵扮做商人,混入城中。一旦打响,可以内外夹击。抚顺城必将一举攻克。"

与会大臣都同意皇太极的意见,努尔哈赤又对皇太极的作战方案作了一些补充,并研究了四项具体措施:第一,用重金收买、引诱抚顺的兵卒,让他做向导。第二,派人鼓动西部宰赛、煖兔等蒙古二十四营到抚顺讨赏,以分散李永芳等人的注意力和官军兵力。第三,派遣汗的两个儿子前往广宁府,探听明军统帅部的意向及战备情况。第四,大造去马市经商的舆论,迷惑明朝的边官。计划议定后,努尔哈赤便命令众贝勒、各大臣分头布置执行。

万历四十六年(1618年,天命三年)四月十三日,努尔哈赤亲率二万兵马，决定誓师攻打明朝。他周身披挂，骑上战马，带领文武官员到天坛祭天，由司礼各官点蜡焚香，大家恭行三跪九叩首礼，努尔哈赤也跪在下面。读祝官站在台上，捧出那《七大恨》的文来。这《七大恨》原是努尔哈赤登上汗位、建立后金国之后拟就的。

文道："后金国汗努尔哈赤，谨昭告于皇天后土说：俺的祖父、父亲，未尝损害明朝边境的一草一木，而明廷无故生事于边外，杀了俺的祖父和父亲，这是一大恨。

"明廷虽然杀了俺的父亲和祖父，俺仍然愿意与其和睦相处。曾经与边官划定疆界，立石为碑，共同立下誓言：无论明朝人还是女真人，若是有越过各自边境的，看见了就应该杀。假如见而不杀，那么罪将波及不肯杀的人。明廷累次违背誓言，竟命令兵卒出边，去帮助叶赫部，这是二大恨。

"自清河城以南，江岸以北，明朝人每年偷过边境，侵夺女真地方。俺以盟言为据，杀了出境的人，理所应当。而明廷不顾盟誓，责备俺杀人，逮捕了俺派往广宁的大臣刚古里、方吉纳，以铁锁加身，迫使俺送去十个人，杀于边境。这是三大恨。

"明廷派兵出边，帮助叶赫，使俺已经聘定的叶赫老女，被转嫁给蒙古人，这是四大恨。

"俺数世耕种的柴河（今辽宁省开原东南柴河堡）、三岔儿（今辽宁省抚顺东北铁岭三岔村）、抚安（今辽宁省铁岭东南抚安堡）三路，女真人耕种的谷物，却不许收获，派兵驱赶。这是五大恨。

"明廷偏听叶赫部的话，以种种恶言诬害俺，肆意羞辱俺。这是六大恨。

"哈达部人，两次帮助叶赫部侵犯俺，俺发兵征讨，得了哈达部，明廷却令俺返还。后来，叶赫部又数次侵犯哈达部。天下各国，相互征战，哪有死于刀下的人再让他复活，已经得到手的人、畜返归的道理？作为大国的君主，应当做天下共主，怎么偏要与俺构怨！先前扈伦四部会合九路兵马攻打俺，俺不得不反击，并获得胜利。明朝皇帝却帮助叶赫部，是以是为非，以非为是，妄加剖断。这是七大恨。综上所述，对咱欺凌太甚，情所难堪。因此七大恨之故，是以征之。谨告。"

读后，众贝勒与各大臣皆呼万岁。角声响起，螺号嘹亮，催师出发。努尔哈赤离了天坛，上了骏马，将手中御鞭一指，那大队人马迅速向前移动。顿时，旌旗蔽日，枪戟如林，浩浩荡荡，杀奔抚顺关而来。大军行进三十里，兵分两路，到古勒山宿营。

这时，忽有一书生求见。努尔哈赤便令侍卫将他宣进来。侍卫怕是奸细，先将他周身搜查一遍，然后带进帐来。努尔哈赤见他相貌清秀，便问道："你是汉人还是满人？来俺这里干什么？"

那书生说道："鄙人姓范，名文程，字宪斗，沈阳人氏，原是北宋范文正公仲淹之后。自幼博览群书，天文地理无所不知，三教九流无所不晓，兵书韬略无所不精。十八岁即举秀才，后因屡次上书大明皇帝，明皇不用，落拓一生，无凭无藉。今因陛下崛起满洲，故不辞劳苦，不避斧钺，效法毛遂自荐，来见陛下。陛下如爱惜人才，下臣当尽毕生之力，上辅明主。"

努尔哈赤听了这番言语，语语中其心坎。便说道："贤士远道而来，是朕的幸运。目前，朕处正少一汉文先生，劳你任了此职，并拜为军师，参赞军机大事。"

那范文程听了，急忙叩首谢恩。努尔哈赤称他为"范先生"，各贝勒、大臣都称他先生，满朝文武对他十分敬重。

次日早上，努尔哈赤便问范文程说："抚顺关守将李永芳，这人本领如何？"

范文程道："无能之辈。"

"这么说，抚顺关能够一举攻下了？"

"以力服人，不如以德服人。陛下暂时不必用兵，先给他一封书信，劝他投降。他若投降，何必去拼杀呢？百姓岂不感激陛下的恩德？古往今来，建大业者，贵得民心；民心服从，大业即成。

务望陛下深思熟虑臣之意如何？"

努尔哈赤兴奋地说道："先生的话对极了！"他心里想：这人真有学问！出口成章，都是治国兴邦的大道理，俺以前从未听过这些话，真是一个难得的人才！

于是，努尔哈赤就让范文程写了劝降书，再命令士兵用箭射入抚顺城内。此且慢表。

再说兵马出发前，努尔哈赤派遣三皇子阿拜、四皇子汤古岱前往广宁城。他们于十四日夜间到达辽东总兵张承胤的府邸。二人献上礼物：黑貂皮两张，东珠五颗，人参十斤。总兵大人张承胤一见，笑得合不拢嘴，赶忙说道："承蒙令尊大人厚爱，本官不胜感激。今日府内无事，本官将奉陪二位畅饮几杯。"阿拜与汤古岱互相看了一下，高兴地说："难得总兵大人有如此雅兴，真是盛情难却，咱们只得遵命了。"

说话之间，酒席已摆上了。鸡、鸭、鹅、牛肉、羊肉、马肉、猪肉等，七碟八碗九大盆，满满一桌子。三人入座，推杯换盏，觥筹交错，喝到酒酣意浓之时，汤古岱遂问道："总兵大人，俺父亲的志向可不小呢！咱们屡次进谏，他就是听不进去。假如有一天他率领兵马向你们开战，咱不知总兵大人有什么计策？"

张承胤醉眼蒙眬地看了看他们二人，然后满不在乎地说道："咱大明是天朝大国，有雄兵百万在辽东镇守，有上将千员。你建州不过是弹丸之地，若想与俺交锋，不过是以卵击石，以肉投馁虎，有来无回罢了！至于你们的父亲，他虽然有些抱负，据俺所知，他对大明皇帝一向唯命是从，他不会轻举妄动、铤而走险的。所以俺无须多虑，根本不需要有什么计策，还是高枕无忧，当俺的总兵官罢！"

当夜，阿拜与汤古岱兄弟俩飞马赶回，向努尔哈赤报告了在广宁府的所见所闻。听了两个儿子的报告，努尔哈赤不禁哈哈大笑道："真是笨猪一头！大明皇帝不是明君，他任用的将领又怎能是明智之士？朱姓王朝该灭亡了！"

第十五章

施重贿偷关亏细作
袭强敌劫营赖军师

三更时分,努尔哈赤全身披挂齐整,带领众贝勒、各大臣,各统旗下健儿,悄无声息地来到明营前面。建州兵突然齐齐发一声喊,顿时火光四起,战马嘶鸣,刀枪高举,熟睡的明营转眼成了杀戮场……

李永芳在万历四十六年(1618年)于抚顺大开马市。他的四姨太王桂英,深受李永芳的宠爱。她利用枕头风,要求派她弟弟王戈胜去城门负责稽查工作,人称王头领。此人贪婪无比,才来城门不久,便见利就上,连蝇头小利也不放过。

努尔哈赤派译登巴尔扮做貂参商人模样,送重礼给守城王头领,因此得到王头领的欢喜,又请译登巴尔在城门楼上喝酒。二人喝得高兴,谈得也投契。译登巴尔说:"今后经济上若有拮据之时,你王头领只要提出,俺一定慷慨支援。三天之后,俺有十头骆驼要进城。上面装的全是珍珠、貂皮、人参等,还能没有银钱花?"

王头领一听,立即说道:"俺也请译登先生放心,今后有用得着俺的地方,俺也是说一不二的!在这抚顺关里,谁不知俺王大个?"说到这里,他又神秘地对译登巴尔说:"那李永芳是俺的姐夫哩!他最听俺姐王桂英的话。"

译登巴尔又说:"咱们虽是萍水相逢,却是一见如故,真有点相见恨晚啊!不过,这守门士卒甚多,早晚也许有你不在的时刻,俺只怕别人……"

未等译登巴尔说完,王头领已明白意思了,遂向外面喊道:"阿甲、阿王在哪里?"二人听到王头领叫他们,慌忙走进来,问道:"王头领叫咱们有什么事?"

"俺现在告诉你们：这位是俺最要好的朋友，以后不管什么时候、什么事情，只要他向你们提出要求，都要绝对照办不误！谁也不能拦阻，就说是俺的——命令！"

阿王、阿甲答应一声"是"，就走出去。译登巴尔心中已有数，又与王头领喝了一会儿酒，才告辞出来。他带着兀胥友进城，当晚就住在一家旅舍里。暂且不提。

且说努尔哈赤在兵马出发前，派总兵官麻承塔带领二百人扮做马贩子形象，赶着二百匹马，向抚顺出发。他们来到城门口，王头领让阿王、阿甲拦住，麻承塔随即上前搭话："咱们是贩马的商人，是来参加四月十五日马市的，请让咱们进城。"王头领也不好拦阻，麻承塔走到王头领跟前，伸手掏出五只大元宝，递到王头领手里，说道："这点薄礼，不成敬意，请笑纳。等咱卖掉这批马，再来补谢罢！"

王头领一见，觉得这马贩子出手也还大方，便笑眯眯地说道："请老兄进城，俺因公事繁忙，不能奉陪，等你老兄出城时，咱再备酒祝贺。"

麻承塔随即领着马群进了城，他们按照预先约定的暗号，不费劲地找到了译登巴尔。在译登巴尔引导下，他们安顿下来，给马匹喂上料，让那些马贩子——士兵休息以后，又与译登巴尔商议好次日的行动计划，才各自休息。

为了分散李永芳的兵力，努尔哈赤又派蒙古科尔沁贝勒明安前往西部，鼓动宰赛、煖兔等二十四营，前往抚顺索赏。于是在四月十五日，宰赛、煖兔等各部披甲戴盔五千余人，在辽河两岸下营，派出代表前往抚顺讨赏。

且说抚顺城游击李永芳。四月十五日早上，探马进来报告说："蒙古宰赛、煖兔等各部五千人马，都是顶盔贯甲，以战斗姿态，扎营于辽河两岸。他们准备到抚顺城来讨赏，似有进攻抚顺的迹象。"李永芳一听，大惊失色，又有侍卫前来报告说："城里今天特乱，建州来参加马市的人最多。他们昨天来了好几百人，赶了一群马来，约有二百余匹。有人传扬说：今天将有三千人的大市。弄得满城风雨，乱哄哄的。"

这些消息不断传来，弄得李永芳的心里也乱糟糟的。这工夫，又有侍卫前来报告说："城门乱得厉害，建州来的商人太多，人、马、车，挤得水泄不通。东城门的王戈胜头领与王命印千总官吵起来了，闹得挺凶，几乎要动武了。"

原来，译登巴尔带着那些装扮成参貂商人的士兵，来到东城楼上，对王头领道："城外俺的骆驼队快要进城了，请王头领把城门打开。"王头领准备去开城门，谁知城门已被千总官王命印看守住了，王头领再三说明，王命印总是置之不理，二人吵了起来。王头领说："你小小的千总官有啥了不起，俺要到姐夫那里告你一状，恐怕你就'吃不了——兜着走了'。"王命印却说："这守牢城门的指示，也是你姐夫向俺布置的，怎能随随便便地去开城门呢？"……

正当二人吵得不可开交之际，努尔哈赤的大队人马来到城下，并迅速地将抚顺城包围起来。此时，译登巴尔走下城楼，带着几个人，来到城门前，向阿王与阿甲走过来。

译登巴尔从兀胥友袋里掏出四只元宝，每人给了两只，说道："听王头领的，他让开城门，你们也没有责任，快去开吧！"

阿王、阿甲走到城门前，大声说道："王头领让俺打开城门，谁敢拦阻，俺就要砍下他的脑袋！"一边喊着，一边举起大刀。那些守门的士兵慌忙后退，谁不要性命呢！

于是城门大开，皇太极带领五千兵马，像潮水一样涌进城里。城楼上的千总官王命印一见，慌忙指挥士兵与建州军厮杀起来，城上城下，一片喊杀声。

这时，那些混进城的"商人"，个个抽出大刀，分头冲向四个城门。李永芳匆匆忙忙赶到城门前，指挥守城士卒阻止建州兵马进城。由于内外夹击，守城兵马被杀得四散奔逃。在相互厮杀中，千总官王命印、把总官王学道、唐月顺等率领部下奋力拼杀，都死于战场。此时,有一士兵手拿信件,交给李永芳。他一看,是努尔哈赤给他的劝降书,信中努尔哈赤以禄位相诱,以屠城相胁,恩威并用,敦促李永芳投降。

努尔哈赤见李永芳迟疑不降,遂命令八旗军竖梯登城,不久,兵士们攀梯上城,守军已无抵抗能力。

李永芳见大势已去,遂决定投降。他穿着官服,乘马出城。于是城上守卒也停止对抗。

这时候,后金镶黄旗固山额真阿敏,就领着李永芳来见努尔哈赤。

李永芳曾于六年前,同努尔哈赤在抚顺教场并马交谈过。现在他已是败兵之将,一见努尔哈赤骑在白马之上,正要下马,被努尔哈赤制止了,相互在马上拱手示礼。

努尔哈赤攻下了抚顺城,俘获官兵五百九十多人,抚顺军民死伤达两万人,被掠走一万余人。据清史稿记载,抚顺是后金(清)兵向明朝开战后掠得的第一座边城,而李永芳,则是明降将中的第一人。

后金国汗努尔哈赤,在明朝万历四十六年、后金天命三年四月十三日,宣布《七大恨》誓师伐明,亲自率领兵马三万余人,路上又得了范文程,利用皇太极"先潜入,后突出"的计策,里应外合,夹击夺城,一举攻破抚顺关,收降李永芳。努尔哈赤遂统兵进城,慰劳兵马。

努尔哈赤次子代善,奉命统领两红旗兵马,前去攻取东州(今辽宁抚顺东州村)。明朝东州城守将李弘祖,沈阳人氏,四十岁左右,为人耿直。此人有谋略,勇力过人。他曾多次建议李永芳与广宁总兵张承胤说:面对建州强虏,应加强武备,特别应组建骑兵队伍。要求改变行动慢、摆方阵的明军步兵。但是李永芳、张承胤均不予理睬。

东州城只有兵马五百多人,城墙又矮又窄,在抚顺被攻破之后,守城将士已心慌意乱。但是李弘祖却坚持守城。

李弘祖对官兵们厉声说道:"咱活着,是大明王朝的人;死了,也是大明王朝的鬼!人在,东州城也在。每个人都要准备与东州城共存亡!……"

代善领着两红旗兵马,七八千人,将东州城团团围住。代善先让士兵喊话,要李弘祖投降,喊了半天,无人理会。

他又让士兵喊话,要李弘祖出城说话,城上一点反应也没有。

代善又气又恼,遂命令士兵攻城。后金的两红旗兵马,架起云梯,拼命攻城。

此时角号声声,鼓声阵阵,城上城下,一片喊杀之声,两下拼杀得相当激烈。

由于城上礌石、滚木的打击,还有如雨的弓箭一齐飞下,红旗军士兵损伤严重,不得不暂停攻城。

代善与众将领研究以后,决定改变攻城策略。先集中两千兵马,用二十架云梯,重点进攻东州城的东门。当城内兵力调动以后,另三个城门再同时展开进攻。

攻城战斗重新开始。这一次由于集中力量攻击一门,城上防卫能力很快变弱了。李弘祖又匆忙调来另三处兵力,不久,那三个城门处也同时开始攻击。不一会儿工夫,四门皆被攻破,代善与众将领带领兵马,冲进城里,经过激烈拼杀,李弘祖战死,全城被后金兵马占领。

东城战斗结束,后金俘获二百二十多人。

努尔哈赤第五子莽古尔泰,率领正蓝旗兵马,前去攻打马根单城。此城守将李大成,带领兵马四百余人,把守四门甚严。

莽古尔泰的兵马来到城下,先让士兵休息,自己带着将领绕城观察地形。原来马根丹城依山面水,背靠青凉山。虽然峭石林立,但是由此入城较为容易。

当夜三更,莽古尔泰下达攻城号令。他先让费扬古带领精兵二百人,从后山突入城里,纵火为号,然后前面展开正面攻城。

莽古尔泰带领兵马,乘着夜色掩护,来到马根丹城下。约四更天，城内突然起火，喊杀声音响彻霄汉。费扬古带着二百精兵，从后山越墙而过，就城下放起火来。城内屋舍都是草顶，点火就燃。于是火势很快蔓延开来。浓烟滚滚，火光冲天。城内百姓哭喊着，到处乱窜。费扬古和他的二百精兵，手舞大刀，一路砍杀过去。那些手无寸铁的百姓，被砍杀的不计其数，他们跑着，喊着："不得了啦！建州兵杀来了！"

李大成听说城内火起，一边带兵前去救火，一边抵抗。突然，前面喊杀声骤起，李大成首尾受敌。由于莽古尔泰将云梯集中于正面，他们借着夜色掩护，很快登上城头。城上士卒人数又少，哪能敌得过如狼似虎的后金人马。

城门打开以后，蓝旗军蜂拥而入，杀进城里，马根丹城遂被攻破，李大成在乱战之中丧身。这一仗，马根丹城被俘一百六十多人。

且说努尔哈赤在抚顺城里，终日与范文程谈论国家大事，研究攻明方略。由于范文程引今论古，应对如流，把个努尔哈赤直喜得眉飞色舞，兴奋万分。从此，更加信任，事无巨细，全听范先生的主张。

不一会儿，战报送来：东州城、马根丹城相继攻破，加上抚顺城，三城共俘获明朝官兵近一千人。

以抚顺城、东州城、马根丹城为中心，旁及五百余座台、堡，后金地域从抚顺城外伸越百里，共俘掠人、畜近三十万。

四月十六日，努尔哈赤留兵四千人，命令将抚顺城拆毁。然后举兵到抚顺城东北的旷野，扎营于嘉班城。

次日，努尔哈赤召开全军大会，论功行赏，将人、畜分给有功将士。投降的百姓，共编了一千多户，全部迁到建州境内。

在众多俘虏之中，有山东、山西、苏州、杭州、易州、河东、河西等地的商人，计八路商贾十六人，分别赏赐路费，令他们各带《七大恨》书一份，返回家乡张贴。

努尔哈赤攻占抚顺、东州、马根丹三城后，把大批的人、畜、财物分赏出去。功大的多赏，功小的少赏，伤重的多赏，伤轻的少赏，战死的将士优赏。所得财物，连续分了五天，还余下许多。到二十日，只好将余财运回赫图阿拉去。这种按军功大小进行分配的方式，缓和了后金因灾荒缺粮而加剧的社会矛盾。

抚顺、东州、马根丹等城失守后，后金已把人、畜、财物分尽，明军还迟迟未动。其实，明朝的这些兵马，整整十几年不加训练，弄得刀也缺口，枪也生锈，士兵非病即老。着实不是后金精锐的敌手。

话说明朝的辽东巡抚李维翰，他自己不懂军事，只是发红旗催促广宁府总兵张承胤出战。这个李维翰，是万历皇帝李贵妃的侄子，本是秀才出身，仗着李贵妃的权势，当上了县令，后来又升为巡抚，到辽东上任。

不承想，到任才一年多，就遇到努尔哈赤攻破抚顺城。他已连续两次催促张承胤总兵去出兵援助，见其仍未行动，便骑上马，带了随从，直奔广宁府城而来。

再说总兵官张承胤，几年来兵马不练，平日毫无设防准备，一听到抚顺失守的信息，吓得大惊失色，手足无措。这才忆起数日前努尔哈赤派遣他的两个儿子前来，以看望为名，实则探听虚实，真是诡计多端！

这位总兵大人正在胡思乱想之中，突然侍卫进来报告说："辽东巡抚大人驾到！"

张承胤连忙整理官服，去迎接李维翰。

二人坐定后，李维翰开口问道："抚顺城已失守五天，大人为何迟迟不出兵？"

张总兵也只得如实相告：

"这里兵马不到一万，平时从未操练过，兵器不足，盔甲更少，战马少得可怜，平日连军饷还拖欠，至今未给齐。有时士兵还要饿肚子，能快得起来吗？"

"俗话说：'救兵如救火。'眼前有些困难，也要抓紧时间组织人马。再拖下去,皇上是要问罪的!"李维翰用"皇上问罪"相压了。

但是张承胤并不买账,他说:"谁着急,谁组织人马去打吧!反正这个烂摊子俺也不想收拾了。"

李维翰怕弄僵了不好收场,当前正是用武的时候,自己又不懂军事,只得缓和地说道:"以广宁为主,加上辽阳副将颇廷相、海州参将蒲世芳的兵马,已超过一万人。以大人的雄武声威,努尔哈赤哪是对手?"

张承胤苦笑着说:"大人不要给俺戴高帽子了!俺已过不惑之年,又是一身的病,平日哪有工夫锻炼?何况那些女真人善于骑射,战马又烈,他们的骑兵,速度快,力气大,倏来倏往,任意横行。咱们摆列方阵的步兵,就常常吃亏。"

"你也不要长努尔哈赤的志气,灭咱自己的威风。咱有大炮!据说,他们最怕咱的大炮。一炮发出去,就打死他们一大片!"

"大人有所不知,大炮的威力固然不小,但也有弊病:有时候,与后金兵马交锋之后,咱们还未来得及再装弹药之时,努尔哈赤的骑兵已冲进方阵里来了。稍不注意,大炮还未放出去,炮手的人头已被他们砍掉了!"

听了张承胤的一席话,李维翰也有了同感,觉得努尔哈赤是不好对付。不过,他当着这位总兵官的面,只得说道:"咱就不相信,它孙悟空能逃出如来佛的掌心?咱大明王朝就是如来佛!"

"努尔哈赤运用极为狡猾的两面政策,蒙住了咱大明朝廷和大臣的眼睛。这不仅使咱的军队三十多年来未对建州军进行过一次围剿,而且连蓟辽督抚三年前还说他如何如何'忠顺'哩!对咱们来说,这不能说不是一个悲剧!"

李维翰说:"请总兵大人不要再说了,咱心中也有数。当务之急,是怎样尽快组织兵马,迅速出兵,打败努尔哈赤的进攻。"

张承胤说道:"请巡抚大人明天把欠俺的军饷全部送来,后天咱们就出兵。"

李维翰说道:"怎能如此快,俺还要向上边催要。这军饷可不是说要就能到手的啊!"

张承胤说道:"俗话说:'兵马未动,粮草先行。'军饷怎能拖后呢?不吃饭,能去打仗么?"

李维翰有些急了:"这军饷未齐,不是俺扣下了,是朝廷未发。你张大人可不能以拖欠军饷为理由,而迟迟不出兵啊!"

张承胤总兵见再说也无用,看着眼前这个不懂军事的巡抚,又说道:"这成千上万的兵马,不能说走就走了,何况缺这少那的,你李大人总得讲理罢,要给俺一点时间,俺要组织一下才行。"

"这个自然,这个自然。只要张大人答应出兵,咱就放心了!"

李维翰说完,便告辞出来。张承胤送出府门之外,看着巡抚大人上马以后,才忧心忡忡地走回府中。

次日,广宁府总兵官张承胤与颇廷相、蒲世芳的兵马会合一起,一万余人,向抚顺城进发。

再说努尔哈赤攻破抚顺城以后,又攻破东州城、马根丹城,以及周围五百座台堡,以骑兵横排百里,洗掠一空,竟然俘获人畜三十万。这是自兴兵以来从未有过的一次大胜利。他心里说:"明朝这个庞然大物,并没有什么了不起!"

努尔哈赤欢喜得心花怒放,心想:俺建立后金国不到三年,刚刚称汗,初打明朝,就得到如此胜利,也叫那朱皇帝知道俺八旗军的厉害,知道俺努尔哈赤不再当他的龙虎将军了!如今俺粮饷已足,度过这个灾荒年已不成问题了。咱先班师,等明年再说。

努尔哈赤又与范文程商议一下,遂打定主意,传令班师,回赫图阿拉去了。

兵马刚走不远,探马来报说:"广宁城总兵张承胤联合辽阳副将颇廷相、海州参将蒲世芳,领兵一万余众,从后面追来。"

努尔哈赤听了,不免一惊,忙对范文程说:"范先生,这广宁总兵张承胤、颇廷相、蒲世芳等,谋略怎么样?"

范文程赶忙答道:"明朝张承胤等三人,骁勇异常,不可轻敌。

陛下在抚顺关时,他们不敢挡咱大军的锐气,所以按兵不动。这时候,咱们大军奏凯班师了,他们又来追我们的后路,使我们不及备战。陛下可传令三军,前队做后队,后队做前队;再命令一支兵马,差一位贝勒往……"说到这里,范文程伸着脖子,在努尔哈赤的耳边轻轻说了几句。努尔哈赤非常高兴,拍着巴掌说:"范先生妙计!"

话音刚落,后面喊声渐近,隐隐约约可以看见军队的旗帜在飘摇摆动,距离也不过八九里光景。

努尔哈赤连忙传下命令:"各旗兵马做好战斗准备,不得有误!"

他又在大贝勒、次子代善耳边,说了几句,代善便领着一支兵马去了。

努尔哈赤对范文程说:"俺以为明朝的军队,不是真想和咱们打仗,只是为了报告他们的上司,已经把咱的军队驱逐出边了。他的目的很清楚,是为了做个样子,欺骗他们的皇上罢了。"

范文程说道:"还不能那样断定呢!不信的话,你看……"

话音未落,只见明朝的兵马,已漫山遍野地冲来。当前一面大旗,迎风飘扬,现出一个斗大的"张"字来。

努尔哈赤一见,将手中的御鞭一指,后金国的兵马,奋勇当先,拼杀上去。

这时候,张承胤见到后金的兵马如蜂拥一般杀上来,便分三处据山守险,并命令挖掘战壕,布列大炮,安置营盘。

张承胤在这临战之时,采取三营分列的战法,阵脚不稳,军心不定。他见后金兵马集团式冲锋,遂指挥大炮手立即开炮。

忽听得"轰!轰!轰!……"一连几炮,一时间,两军阵前,炮火连天,烟尘滚滚。

在大炮轰击下,后金兵马成批地倒下去,眼看着伤亡不少,不由得退了回去。

当时,天色已晚,双方各自收兵回营。

次日,张承胤、颇廷相、蒲世芳等率领兵马,出营挑战。

努尔哈赤也带着众贝勒、大臣们领着兵马来到阵前。

张承胤指着努尔哈赤说道:"努尔哈赤,你这个叛逆!朝廷待你不薄,为什么要兴兵作乱?"

努尔哈赤拍马上前,说道:"胡说八道!朝廷跟俺有杀父害祖之仇,无端起衅边陲,杀害无辜,还说不薄!"

"一派胡言!你祖父与父亲是被王台、尼堪外兰所杀,与朝廷何干?三十多年来,你玩弄两面派手法,欺骗朝廷,暗中发展势力,表面装得老实、忠顺,骨子里时刻梦想着作乱、犯上,真是罪恶滔天!"张承胤越说越气,手举长枪,就准备刺向努尔哈赤。

努尔哈赤第八子皇太极,急忙拍马上前,说道:"明朝皇帝荒淫无道,早该被推翻了。你们明朝的官吏,全是一群窝囊废,要你们何用?俗话说:皇帝轮流做,今日到俺家。俺劝你早早下马投降,免得一死。若再糊里糊涂保那昏庸朝廷,有啥好处?到头来,不过是竹篮子打水———一场空!"

张承胤听了,直气得吹胡子瞪眼睛,举起长枪,喊道:"少废话!看枪!"

皇太极不慌不忙,侧身躲过,举刀砍去。二人战到一处。

明营里的颇廷相也拍马过来,后金国的三贝勒阿拜举刀迎将上去。二人也不答话,杀到一处。

努尔哈赤第五子莽古尔泰也催马上前,与皇太极一起,双战张承胤。

明营的蒲世芳,急忙出阵,截着莽古尔泰厮杀。

这时候,两军阵前,喊杀震天,鼓声、角号声,响成一片。

双方斗到三十多个回合,努尔哈赤担心皇子们有失,遂让鸣金收军。

张承胤愈战愈勇,正想活捉皇太极之时,见后金国主动收军。心想:罢了,今天放你们回去,明天让俺再施展功夫,斩它几个,让努尔哈赤也知道俺的厉害。

于是明军也收兵回营。张承胤、颇廷相、蒲世芳等回到营里,三人商议破敌计策。蒲世芳说:"咱们的大炮,一定要让它发挥威力。鞑子兵马,最怕的就是大炮。"

颇廷相说:"明日出阵前,先往他阵中放几炮,然后乘势掩杀过去。"

张承胤听了二人的意见,有相同感受,计议已定,各自休息。

再说后金收兵回营后,努尔哈赤召集众贝勒、各大臣商议说:"咱们要发挥自己的所长,用威势猛烈的骑兵,去冲击明营的步兵方阵,让它阵脚混乱,自相残杀。咱再掩杀,必将奏效。并能防止他们放炮。"

大家听了,个个信服,遂各自休息。

次日,双方都摆开阵势,准备厮杀。这时,明营的炮手已就位,正等一声令下,炮弹就腾空飞去。

后金阵中的精锐骑兵,也已整肃待命。只要一声令下,他们就会如离弦的箭,奔驰而出,冲向明营。

说来也巧,明营的大炮刚才鸣响,努尔哈赤的骑兵也已冲出。于是两军阵前,猛然之间,如天塌地陷一般,炮声隆隆,硝烟弥漫、战马奔出,喊杀连天。双方混战一块,眨眼之间,死伤无数。那些未死的伤兵,被人马践踏着,血肉模糊。

两军从早上厮杀开始,直斗到太阳西坠,杀得尸积成堆,血流成河,才各自收兵。两下里互有死伤。

当日夜里,后金国汗努尔哈赤接受范文程建议,偷袭明营。约在三更时分,努尔哈赤派出众贝勒、各大臣,领着兵马,悄无声息地来到明营前面。突然一声喊叫,顿时火光四起,战马昂首嘶鸣,冲入明营。

再说张承胤等,经过一天的拼杀,回营以后,一再提醒众将士,要提高警觉,防止后金夜间偷袭。所以,努尔哈赤的兵马刚刚出营,明营的将士也已做好准备。不一会儿,大炮鸣响,在后金兵马中炸响。两军又厮杀在一块。

经过一阵拼杀,后金军明显占上风。努尔哈赤对八旗兵要求甚严，兵士们齐心合力，有进无退。他曾经明文规定：每个八旗将士，"只以敢进者为功，退缩者为罪；面带枪伤者为上功"。每次战后，"赏不逾日，罚不还面"。并能认真按功行赏，依罪惩罚。对有功者，赏之以军兵，或奴婢、牛马、财物；对有罪的将士，或杀，或囚，或夺其军兵，或夺其妻妾、奴婢、家财，或贯耳，或射胁下。因此，八旗兵卒打起仗来，只有前进，没有后退的。

两天前，后金军队攻打抚顺城时，跑在前面的士卒竖梯登城，后面的人没有跟上，先上的人被射死。努尔哈赤得此报告以后，命令把后面没有跟上的伊赖，削掉鼻子，罚为奴隶。

在攻打抚顺城的前一天，八旗中苏克达的苏赛牛录中的阿奇，擅离兵营，去营外杀鸡烧着吃，另有四个士卒和阿奇一起吃烧鸡。被发现后，均被处死。努尔哈赤命令：割取他们尸身上的肉，分给各牛录传观，以儆效尤。

尽管八旗军的军纪严酷，但士兵因参战能获得丰厚的物质利益，仍把每次出征视同节日。"出兵之时，无不欢跃，其妻子亦皆喜乐，惟以多得财物为愿。如军卒家有四五人，皆争往赴，专为财物故也。"因此，诱之以利，绳之以法，这是努尔哈赤统辖八旗军队的两项措施。

且说两军拼杀得厉害，由于八旗兵士奋不顾身，有进无退，明营兵马显然处于劣势。

那张承胤等虽然骁勇，也自禁不住，忙乱了手脚，连炮也来不及放了。

战不多时，后金兵马将明军三大营兵马层层围困起来，张承胤等已四面受敌。

这时候，明军右营游击刘遇节首先临阵脱逃，不久，各营相继逃亡。于是阵脚大乱，纷纷溃退。努尔哈赤指挥八旗兵马，随后追杀。明军死伤无数，尸横相枕。

张承胤等见抵挡不住，只得率领残余人马，突围逃跑。正行走着，突然之间，一声呐喊，一支兵马拦住去路，当先一员大将大声喝道:"大金国贝勒代善在此!"

原来范文程对努尔哈赤附耳说的几句话,就是命令代善贝勒领一支兵马,绕出明军后面埋伏起来,以夹攻明军。

张承胤见腹背受敌,兵士们吓得四处逃生,自己也无心恋战,只得杀条血路,率兵退去。

这时天色昏暗,方向不辨,后面后金兵马如狂风疾雨般追来,惹得张承胤性起,便立住脚,圆睁两眼,嘴里的牙齿咬得格格发响。他对颇廷相、蒲世芳二将说道:"俺用兵以来,从未有过这样的失败。今天看来,战是死,不战也是死;与其不战而死,倒不如与他们拼死一战!即使战死了,也不负皇恩,也不失为大明朝的忠臣。你们可不怕死吗?"

颇廷相、蒲世芳二将见主帅如此,也被激起忠愤,便同声喊道:"大丈夫能够死在疆场之上,也是人生的幸事!"

于是,三人又领着剩余兵马,复转身杀来。张承胤见到后金将领,随即大声呼喊道:"贼将休要猖狂,本帅誓与你们拼个死活!"

说罢,挺起手中钢枪,左冲右突,逢人便杀,如砍瓜切菜一般。

颇、蒲二将,也随在后面,一齐掩杀过来。不一会儿工夫,后金兵马被杀数百名,其余人马眼看就要败退下来。

这时,忽听角螺齐响,后金军里万箭齐放,如飞蝗般地向明军射来。可怜广宁总兵张承胤与颇廷相、蒲世芳和游击梁汝贵等五十余员战将,全死于乱箭之下。

明军主帅张承胤等战死以后,一万多士兵仅剩下二三百人,向四面山上逃去。后金兵马在后面追杀,一直追了四十余里。这时,天已微明,天上的红霞与地上的碧血,相互映照,红光闪人眼目。

这一仗,明军败得惨重。丢失战马九千多匹,抛弃盔甲七千多副,火器、刀枪等损失惨重。

战斗结束以后,努尔哈赤与范文程骑了马,到战场四周巡视一遍。看见满地死伤,那大明朝的旗帜横倒在地上,努尔哈赤对范文程说道:"此战大胜,全亏先生的妙计!"

范文程听了,急忙说道:"这一仗能打胜,全靠天意。俺诚心诚意祝愿陛下洪福齐天,早定中原!"

努尔哈赤听了,禁不住哈哈大笑起来。遂吩咐凯旋班师,努尔哈赤再次论功行赏,一连乐了好几天。

在这一年的四月二十六日,在努尔哈赤授意下,后金兵马将抚顺等处的窖谷,全部挖掘出来,集中一起,随同俘获兵马,一同押运回都城赫图阿拉。

第十六章

买人头高悬万金赏
彰天讨轻分四路兵

二十多年不曾临朝理政,万历皇帝对朝中大臣的面孔都觉得很陌生了。他翻了一眼那奏本的大臣,阴沉着脸问道:"努尔哈赤是什么东西?一个区区的建州胡虏,也值得朕用如此重赏来买他的人头?"

明朝万历皇帝朱翊钧,二十多年不上朝理政,整日在宫里恣情快活。这日忽然得到消息说:"抚顺、东州、马根丹三城以及周围台堡,全被建州努尔哈赤攻破。抚顺关游击李永芳投降,张承胤、颇廷相、蒲世芳等五十多员将领,全部战死。"

万历皇帝大为震惊,京城内外,一片慌乱。二十多年不理朝政的万历皇帝,立刻升殿,召见群臣,问道:"京师内外,有何将帅能够击败建州的努尔哈赤,为朕分忧?"

皇帝问了好长时间,殿下的文武大臣,一个个张口结舌,没有一个敢说话的。

万历皇帝非常恼怒,只见他眉头紧皱,正要发作,忽见殿下闪出一人,奏道:"臣大学士方以哲,启奏陛下:想那建州胡人,入犯俺天朝大国,都因为这些年来关外兵备失修,那努尔哈赤精明狡猾,以致失去许多关隘城堡。为今之计,非要痛剿他一下不可。但出军关外,非寻常战争可比,必定要熟悉关外人情地理,才可前去。据臣所知,有兵部侍郎杨镐,曾任过辽东巡抚,当过朝鲜经略。此人深明关外情形,请陛下再委任他官职。"

万历皇帝一听,心里感到宽慰起来,立即召见那杨镐,当殿加封为辽东经略使,赐尚方宝剑一柄,并宣布道:"如有不服从命令,或是临阵脱逃的将官,即使是皇亲国戚,也可以先斩后奏,绝不宽恕。"

万历皇帝的意思，给杨镐这样重的权力，是希望他感激皇恩，去奋不顾身地杀敌。哪知杨镐这人是个朽才，他曾任金都御史、朝鲜经略等职，曾奉命带领几万人马援救朝鲜，谁知竟吃了败仗，弄得无颜见江东父老。后来他恐怕皇帝怪罪于他，想出一个法子来。派兵到民间掳掠一些东西，说是打了胜仗缴获来的"战利品"，一路唱着凯歌回朝。

当时有人知道这事情的真相，想去告发他。无奈怕他背后有人撑腰，未敢惹他。那皇帝也就被蒙在鼓里了，如何知道？

后来他又被调往辽东当巡抚，平日只知掠财，不问政事，弄得边民怨愤，被御史参奏，才调回京师挂职。这次又复任边防，试问如何能取得胜利？

这一天，杨镐骑上高头大马，来到教场。刘綎早在将台边上候着，当场委任刘綎为先锋官，其他将领各有任职。

一切准备停当，于是，炮声一响，大军发动，出了京城，便直向关外去了。到了沈阳，人马驻扎下来，这且不提。

且说努尔哈赤在攻占抚顺等城以后，面临着一个严重的问题，就是急需安定内部。他在军事上积极备战，防止明朝军队来进剿；在外交上则缓和与朝鲜王朝的关系，以消除后顾之忧。

努尔哈赤对明朝也采取缓兵之计，表面上为与朝廷讲和，放回了明朝东厂差役张儒绅等四人，让他们带回《七大恨》多份，以求消除朝廷内部的主战情绪，来争取时间，以把主要精力放在稳定内部上面。

为了稳定汉族民心，努尔哈赤采取了一系列措施。在抚顺等城堡获得的牛马、财货、粮食，除去大部分搬运回赫图阿拉以外，对于汉族降将，以优厚的物质待遇和联姻的办法，进行笼络。抚顺游击李永芳，努尔哈赤想以他做诱饵，来瓦解明朝边将，特任命他为副将，对他尽力厚待，并把七皇子阿马泰的女儿喇迷拉嫁给李永芳为妻。

这一年的闰四月初八日,后金为李永芳举行了婚礼。努尔哈赤与众贝勒、各大臣,齐集一堂,大开宴席,热闹非常。

努尔哈赤对待李永芳,确实用心良苦,他对李永芳的优厚待遇,给明朝的边城显示了姿态,做出了模式。

在李永芳之后,的确吸引了不少汉人官员主动向后金投降,如佟养真、佟养性、石廷柱、李思忠、金永和等。

明朝万历皇帝为了配合杨镐的出兵,又诏告天下说:"有能斩努尔哈赤的头来献者,赏金千两,并赐给世袭爵位。"

与此同时,抚顺等城失陷后,举朝震骇,群臣神经极度紧张。于是刑科给事中姚若水向皇帝奏请道:"罢内市,慎启闭,清占役,禁穿朝。"并给宫监各发木牌,出入凭牌查验,以防止努尔哈赤的奸细混入大内。

一天深夜,赫图阿拉内城楼上,灯火通明,远处不时传来清脆的报更声。

这些日子里,由于明朝皇帝出皇榜悬赏捉拿努尔哈赤,赫图阿拉的警戒加强了。不仅白天对出入内城人员严加盘查外,夜晚的守卫更是严密。

努尔哈赤派遣五大臣之一的费英东的儿子费格拉哈担任警卫队长。此人自小随父亲学得一身好武功,为人耿直厚道,品德端方,酷肖其父,深得努尔哈赤的信任。

这天夜里,他带着随从,先对内城各处的明岗暗哨检查一遍,然后来到东门楼上坐下。约在三更时分,忽听门外喊道:"谁?"

费格拉哈急忙走出楼门,见不远处的城墙上,有一守城士兵突然倒地。他脑海里马上闪出"有刺客"的信息。

这时候,城上的士兵连声喊着:

"有刺客!""快来捉刺客呀!……"

一瞬间,喊声四起,锣鼓齐鸣。城上士兵高举火把,还有的人提着灯笼,在四下寻找。

费格拉哈手提朴刀,正在搜索。忽听耳畔有风声袭来,忙将头一低，来个鱼跃转身。只见几步以外，有一个虬须黑脸的大汉，正舞着大砍刀，向他杀来。

费格拉哈挥刀前去，使了个"长虹贯日"，向那大汉脸上砍去。

那大汉忙用大砍刀横里一挡，刀与刀相碰，火星四迸。

这时候，费格拉哈感到虎口直发麻。那大汉也一惊，看看自己刀上，竟发现有一大缺口。他勃然大怒，又向费格拉哈拦腰一个"斩断蛇腰"。

费格拉哈身形一闪，迅若闪电。

那大汉自恃力大，武功却是平平，一招落空，不由往后退了几步。

费格拉哈一抖手，一支短剑向大汉刺去。这费格拉哈在赫图阿拉是有名的短剑手，从无虚发。那大汉慌忙用刀来拨，动作稍慢一点，被短剑刺中小腿，大叫一声，差点栽倒。只见那大汉身子一晃，趁势一跃，跳上城墙。

费格拉哈不慌不忙，也纵身一跳，上了城墙，尾随那大汉而去。

这时，那大汉已逃入内外城之间。各城门上的守卫人员，听到喊声，都紧闭城门，捉拿刺客。

原来赫图阿拉是建在一座自然突起的高台上，城的东、南、北三面有门，西面为悬崖。

再说那大汉正往外城东门逃去，突然被一队守门士兵拦住，并将其围在中间。大汉舞动大刀，左劈右刺，兵卒却越逼越紧。

费格拉哈追到这里，正想上前，只见大汉猛地一跺脚，身子飞起，大刀使了一个"寒鸦展翅"，将一名士兵刺倒，又是一个纵身，跳出人圈，来到外城墙边上。

这时，费格拉哈也一个纵身，跳到墙边上，大声喊道："哪里来的强盗，快快投降！不然的话，俺叫你人头落地！"

大汉也不搭话，一横大刀，来个"秋风扫落叶"，拦腰砍来。

费格拉哈身子一闪，躲过那刀，正要反击，黑压压一队士兵蜂拥着，围了上来。

忽然士兵身后大乱，只见一人冲入士兵群中，手中刀上下翻飞，如砍瓜切菜一般，士兵们纷纷倒下，那人上去拉着大汉便往城楼飞跑。

费格拉哈忙喊道："快放箭！快放箭！"

那城墙只有七尺多高，二人跑上城墙，纵身向下跳去。士兵们忙对城下放箭，一连射了几十箭，也不见动静。

费格拉哈心想：这刺客还有接应的人，说不定城下还有人接应。这时，天虽已四更，却仍是黑咕隆咚的，也就未组织人马去追。

天亮以后，努尔哈赤才得知消息，费格拉哈说道："那大汉腿已被俺刺伤，因为有人接应，当时未让人去追。"

努尔哈赤说道："以后城外的几个路口，另设暗哨，形成联防。一旦有事，鸣锣为号，让他有来无回。"

费格拉哈听了，点了点头，走了出去。他带了几个头目，到城外去勘察地形。在每个路口上，修了暗堡，昼夜值班，防卫能力进一步加强了。

从这以后，努尔哈赤深居简出，夜晚更少出来，内城的警戒更加严密。

由于刺客的出现，努尔哈赤对明廷更加恼恨，便实行蚕食的方针，即实行试探性的不断向前推进的方针。

同年五月十九日，努尔哈赤派次子代善领兵三千，攻取抚安堡、花豹冲。又派第五子莽古尔泰带兵五千人，一举攻克三岔儿大小十一堡。二十日，又招服了崔三屯及其周围的四堡。总计攻下十七个堡，并将掠夺来的人、畜、财物、窖谷都运往都城赫图阿拉。对明朝边境的田间禾谷，都纵马牧放，使之颗粒无收。

鉴于明朝调将和集兵的缓慢，努尔哈赤立刻进行重大的军事行动，推进占领辽沈的总方针——夺取清河城。

清河城是努尔哈赤的眼中钉、肉中刺，使他时刻感到是个威胁。

四年前,明朝巡抚山东都御史翟凤翀曾经说过:"努尔哈赤最贪的是清河、抚顺两个市场贸易之利,最害怕的是抚顺、清河两处官军的围剿。"

这话讲得有道理,因为抚顺、清河两城是后金通向辽沈的门户,离赫图阿拉最近,路途也比较方便。这自然对后金是个最大的威胁,使努尔哈赤时刻不能安枕。

清河城,位置在赫图阿拉"城西南一百六十里,周围四里零一百八十步,东、南、西、北四门"。战前,辽东经略杨镐曾来视察过,清河城守将邹储贤等陪同,他们登上周围高山,认真观察地形,曾制定了一个清河城的防守作战方案。

辽东经略杨镐说:"清河城地势险要,易守难攻。它四面高山,左近沈阳,右邻叆阳,南面是辽阳,北边是宽甸。这里只有正东一条路通向鸦鹘关(今辽宁省新宾县西南三道关)。因此,鸦鹘关是清河城的屏障。"

邹储贤说道:"鸦鹘关在清河与赫图阿拉之间,但是它距离赫图阿拉较近,此关易攻难守。"

杨镐一听,马上说道:"能派一员上将守住鸦鹘关,清河城就能安然无恙;一旦鸦鹘失守,清河城就变为海中的孤岛,飘摇危险了。"

但邹储贤有他自己的看法,他说道:"当前,清河城守兵不到一万人马,再派重兵到鸦鹘关去,势必分散兵力……"

杨镐听了,很不耐烦地说道:"鸦鹘关守住,清河城才有易守难攻的地利;一旦鸦鹘关失陷,清河城就变为易攻难守了。地利的优势,将转变为劣势了。"

但是,邹储贤却固执己见。此人作战勇猛,是一员难得的猛将,为人耿直,但任起性来,却又有些刚愎自用。他认定了哪条路,九头牛也拉不回来的。

杨镐临走前,又叮咛再三:

"若是孤守清河城,将面临绝境;若是在鸦鹘关以重兵防守,与敌作战，清河城万无一失。"

但是邹储贤不以为然。杨镐走后，他用四个月时间，对清河城进行认真修筑。在清河城上，布列火炮、枪、铅子、铁弹子等武器。

杨镐离开清河前，还嘱咐他：

"敌人若来侵犯，还应设伏于城外的山径小路，或是山间之地，以牵制敌兵，万万不可以拥兵于城内，束手待毙。"

邹储贤将杨镐的指令置之脑后，给努尔哈赤造成了有利的形势。

七月二十日，努尔哈赤率领众贝勒、各大臣，统兵马二万余人向清河城进发。当天就把鸦鹘关围困起来，然后兵马直抵清河城下。

努尔哈赤对部下说道："明朝的皇帝派这样的人来守城，岂能不败？"

范文程听了，笑了笑说道："这邹储贤都说他是一员猛将，现在看来，他徒有虚名。他若是把鸦鹘关以重兵把守，咱的军队插翅也难飞过。或是在清河城外埋伏一支兵马，对咱也极为不利……"

努尔哈赤大笑不止，遂说道："在明朝将领中，像范先生这样的人才，能有几人？"

范文程听了，脸上腾地红了起来，低下头去，不再说话了。

努尔哈赤又说道："话又说回来，明朝皇帝能像朱元璋那样，范先生这样的人才怎么会到俺大金国来？俺的势力也不能发展得这么快，这么壮大呀！"

大家谈历史，摆现实，热热闹闹，欢欢喜喜，不觉天色已晚，遂各自休息。这且不提。

再说清河城守将邹储贤看到努尔哈赤的军队围困了鸦鹘关之后，大军沿路西下，直抵清河城下，遂命令关闭城门，准备死守。

邹储贤的副将张旆与守堡官张云程私下里议论说："鸦鹘关且不说，若在城外山间小路上，埋伏两支兵马，拦腰攻击后金军队，使他们措手不及,定能取得胜利。这样好的地利却不用,俺真不理解。"

后金兵马刚到清河城下,张旆向邹储贤请求带兵出城迎战,张旆说:"努尔哈赤兵马刚到,在他们立脚未稳之时,出其不意,会取得胜利的。"

邹储贤听了,拒不听从,不准出战。

张云程又竭力相劝,说道:"兵法上说:'敌驻,扰之也。'张副将的请求是对的,应该让他出城去打一下。"

但是,邹储贤仍然不予采纳。甚至连出城砍草的军卒,听到后金兵马来了,急忙奔回城下。邹储贤也拒不开城门,不让他们进城。结果数百名士兵无路可走,只得四散奔逃,大部分被后金兵马捉住,砍杀了。

邹储贤率领守军六千余人,利用城上设置的一千多门大炮,以及大量的滚木、礌石等武器,据城设防,决心死守清河城。

万历四十六年、天命三年七月二十一日清晨,努尔哈赤传令各旗兵马,将清河城包围起来。霎时间,一座偌大的清河城被围得水泄不通。

努尔哈赤命令士兵喊话,让邹储贤出城说话。喊了好长时间,邹储贤不予理睬。最后,他立在城头上,对努尔哈赤说道:"咱们水火不相容,誓不两立,有什么好谈的!你想要俺投降,痴心妄想!"

努尔哈赤说道:"俗话说:识时务者为俊杰。明朝的气数已尽,你还保它,不是死路一条吗?"

邹储贤听了,嘴一撇说道:"你是什么东西?俺是泱泱天朝的大将,能向你个野人胡儿屈膝?俺誓与清河城共存亡,你就死了这条心罢!"

努尔哈赤气得满脸涨红,下令立刻攻城。

刹那之间,角螺齐鸣,八旗将士争先恐后,有的冲到城下竖云梯,有的放箭,喊声如雷,在山谷间回响。

邹储贤亲自指挥守城将士,据险守城,并吩咐开炮。于是千炮轰鸣,滚木、礌石一齐打下。石块、箭矢,如暴雨一样,打在后金军中。特别是那千门大炮,一齐燃放出去,威力真不简单。炮弹在八旗兵将当中爆炸,一倒一大片,炸得血肉横飞。

由于努尔哈赤的督战,八旗将士冒死冲出,那些士兵一向是有进无退的,结果死伤惨重。努尔哈赤看得分明,只得收兵。第一次猛攻失败。

努尔哈赤首战吃了败仗之后,回到营里,同众贝勒、各位大臣们商议,觉得城防甚严密,一味强攻,只能造成重大伤亡。于是命令全军退出城下,改近攻为远围。

努尔哈赤命李永芳到城下劝降,不想邹储贤不但不允降,反而弯弓搭箭要射曾是同僚的李永芳,还破口大骂道:"你李永芳贪生怕死,叛国投敌,是民族的败类,将遗臭万年!遗臭万年!"

努尔哈赤见李永芳招降不成,非常生气地说道:"邹储贤这人真不识抬举!看来,他是不到黄河心不死啊!"

皇太极接口说道:"他是大粪坑里的石头——又臭又硬啊!"

后金的各贝勒、大臣都十分气愤,纷纷要求再次攻城,并建议环城猛攻。

努尔哈赤一声令下,八旗士兵奋不顾身地冲去,在隆隆炮火中竖起云梯。前边的人倒下去了,后面的士兵又跟上去。城上的抵抗,也非常顽强,炮声震天,火光闪闪,八旗士兵成批地倒下。城下的尸首,满地都是,后金兵马死伤太多,努尔哈赤见此情景,只得再次命令:"全军退兵,暂时停止攻城!"

努尔哈赤再次命令退兵,心里多少有些沮丧。这时,范文程说道:"邹储贤之所以能够暂时阻止咱们的进攻,他倚仗的并不是大炮、弓箭、礌石和滚木,他靠的是那一圈城墙!依臣之见,咱趁着夜色掩护,把那城墙弄开一个缺口,他能挡得住咱八旗健儿的冲击吗?"

努尔哈赤听了,一拍脑门,兴奋地说道:"范先生可真高明!

只要把城墙弄开,咱那旋风般的八旗兵马,一下子就冲进去了!"

努尔哈赤的八皇子皇太极,头脑聪敏,文武全才,深得努尔哈赤的喜爱。他又提出了简便可行的方案。他说道:"俺用木板顶在头上,既可挡箭矢、滚木、礌石,也可避大炮的铅子,到城墙脚下,把墙根挖出来,或是掏洞,何愁城墙不倒?"

当夜三更多天,努尔哈赤命令八旗兵马,选出精干士卒,从城的东北角开始挖城墙。因为这里地势平坦、开阔,便于行动,也利于兵马驰骋。

再说城里的将士,虽然邹储贤一再动员,以至宣誓,表示了决心,但一天的顽强抵抗,也确实疲劳了。见上半夜后金兵马没有攻城,也就麻痹起来,有的竟然睡大觉了。这就给了八旗兵将良好的机会。他们借着木板的掩护,趁着夜色,悄悄地来到东北角城墙下面,开始了挖掘。他们挖呀,挖呀……

大约在四更多天,后金兵士终于把东北角的城墙根部挖通了,随即一齐用力,竟然把那一片城墙推倒了。只听"轰"一声巨响,东北角的城墙倒下多大一片!

这一下可惊坏了城上的守卫将士,他们慌忙阻止,已经来不及了。

努尔哈赤指挥八旗健儿,闪电般地冲进城去!他们的战马,如狂飙,似巨风,从城墙缺口冲进城去!谁能阻止得住?他们手举大刀,一阵乱砍乱杀,城上的守卫士卒,慌乱之中,被砍杀得四下奔逃,溃不成军……

这时候,邹储贤知道再守也没有希望了,随即跑回城里,将衙门点起火来,连同房屋、妻子等,一火焚之。然后又亲自披甲上阵,杀入冲进城里的八旗士兵中。

再说邹储贤一路砍杀过去,八旗士兵被他杀得纷纷倒地。突然,他见到李永芳也在举刀砍杀,又破口大骂道:"你这叛臣贼子,必将遗臭万年!……"

大贝勒代善见了,遂命令兵士放箭,邹储贤终于寡不敌众,死于乱箭之下。

守城副将张旆,也在与八旗兵马的厮杀中,战死城上。守堡官张云程,领着残余士卒,在与后金兵马拼杀中丧生。

二十二日清晨,清河城被攻破。此时,城内尚有明朝官兵四千多人,居民五百多家。八旗兵入城后,又展开了巷战,直杀得尸积塞道,血流满街。全城被杀军民近万人。而八旗士兵伤亡也有七八千人。

为了防止明朝军队再次占领清河城,努尔哈赤发布命令说:把清河城全部拆毁。

把三岔堡到孤山堡一带所有的房屋尽行焚毁。

把一堵墙、碱场二城拆毁。

由于努尔哈赤采取这种拆毁、焚烧的政策,从清河城到抚顺关一带,明朝军队再无存身之地。努尔哈赤又命收取各地窖中谷物,全部运回都城赫图阿拉。凡是田中青苗,都纵马放牧,以致五六十里之内,不见人烟。

清河城一战,是后金与明朝军队攻守战中第一次激战。

尽管努尔哈赤出动了八旗劲旅,仍然损失惨重;明朝军队所表现出来的战斗力,使努尔哈赤及其部下众贝勒、大臣们极为震惊,特别是在八旗士卒中产生了重大影响。

清河明军守城有法,官兵抗战志坚,竟没有一兵一卒投降。连后金一般的八旗士卒也由衷称赞。

且说努尔哈赤攻占抚顺、清河二城以后,全辽东震动,京师也惊吓异常。这时明廷的征兵尽管缓慢,但也初具规模了。为了鼓舞士气,征伐后金,万历皇帝不惜以二十万金,犒赏官兵。为了配合出征之师,又提高赏格,明廷大行悬赏捉拿活动。万历皇帝诏告天下说:若有能生擒努尔哈赤或斩头来献的,赏给白银万两,晋升为都指挥。

对于努尔哈赤的亲子、亲孙等,所谓八十个总管,有能擒、斩的,赏给白银两千两,并晋升为指挥。

对于努尔哈赤伯、叔、弟、侄等所谓十二亲属,有能擒、斩的,赏给白银一千两,并晋升为指挥同知。

对于其中军、前锋、书记等,所谓领兵十二个大头目,有能擒、斩的,赏给白银七百两,并晋升为指挥佥事。

对于努尔哈赤的亲信,中外用事的人,所谓八十名小头目,有能擒、斩的,赏给白银六百两,并晋升为正千户。以上各官都世袭不替。

凡是降附后金的明朝官员,李永芳、佟养性等,若能绑架献出努尔哈赤或作为内应的,免去死罪,并酌情升赏。

努尔哈赤也更加谨慎,他已看到万历皇帝提高了赏格的悬赏"诏书",他笑着对大家说:"看来,朕的头已够值钱了!万历朱翊钧不惜用万两白银悬赏,难怪一次又一次有刺客光临,'重赏之下必有勇夫'嘛!"

这一席话,众贝勒、大臣们听了,都不禁笑了起来。

停了一下,努尔哈赤又说道:"各位也得当心啊!从朕以下,皇子皇孙、各大臣、大小将领等,人人有份啊!那朱翊钧妄想用这种卑鄙的暗杀手段,来得到他在战场上所得不到的东西,到头来也不过是黄粱美梦一场空呀!"

大臣费英东说道:"俗话说:'吃饭防噎,走路防跌。'还是让人事事谨慎为上。警惕性高些,就会万事顺利。"

自此以后,对努尔哈赤的保卫更加强了,赫图阿拉城不仅白天警卫森严,夜里又增多了巡逻队伍。皇太极负责白天警戒,费格拉哈整夜不休息,在内城里值班。努尔哈赤的行动更加隐蔽了。

为了加强治安,防止明朝奸细、刺客入境,努尔哈赤颁布命令:

严令国中,不许任何人私自外出或与外界人员擅自往来;不许泄露消息;未经允许,不准出入国界等。

这命令发布之后,努尔哈赤又派皇太极带领专人,分头到后金国各地方的屯寨等处,认真清查,对所有可疑人员,全部关押审讯,决计不让明朝奸细、刺客等有藏身之地。对那些无业游民,也采取集中管理，编户入籍。不愿入籍的人，限期出境，或押送出界。

命令发布之后，又经过短期整顿，内部安定了，努尔哈赤再一次把目光投向明朝，积极备战，准备迎击明朝军队的"天讨"。

努尔哈赤破抚顺、拔清河后，胆愈壮，气愈粗。他曾经将一名被掳的汉人，割去双耳，令其鲜血淋漓地送信与明朝皇帝。

在这封词令强硬的信中，他说："……若以俺为非礼，可约定战期出边，或十日，或半月，攻战，决战；若以俺为合理，可纳金帛，以图息事！……"

万历皇帝看到信以后，给努尔哈赤的回答是：

"调兵遣将，犁庭扫穴。"

另一方面，以努尔哈赤为代表的后金国统治集团对明廷的备战，也积极准备迎接。双方的战争气氛日益紧张，战争的乌云越积越浓。

腐朽的明朝虽然积极主战，但行动起来，就不那么容易了。他们全部的备战过程，几乎都被努尔哈赤牵着鼻子走。

最初，明廷将出师日期定在万历四十六年（1618年，天命三年）六月，但因为兵饷不济，将不出关，兵不听调，无法如期出师。

万历皇帝旨令说："总兵官以下若有不从命的，可按军法从事，立即处斩。"

同年七月，努尔哈赤统率大军攻破清河城，全辽震动。这一消息很快传到京师，皇帝再次震怒，下旨严责督臣说："清河被陷，敌势猖狂，各总兵官仍逗留关内，不肯先驱赴敌，所谓御敌之忠心究竟哪里去了？"

在努尔哈赤蚕食辽边，不断向辽左腹地推进的情况下，明廷将出师期限定在八九月间。

但是，等到八月期满时，总兵官杜松仍然没有出关，出师的日期仍无消息。

根据兵部八月份报告：援辽兵马只有宣大、山西两路已经起程,其他各路兵马都没有筹办。

四个月以后,即万历四十六年十二月,各路兵马才稍集。可是新的问题又出现了。所集结的官军,经过杨镐查点,报告给皇帝的结果是:各地所调的兵马,仅仅马林所部经过了挑选,其他各路都是老弱不堪的兵卒,根本不能参战。

根据调兵情况,万历帝不得不再下严旨:

"命令各地督抚各官,必须严令各镇、道等官员,务必挑选精兵良马,指定由现任官员统领,按期抵达辽边。如果仍然像以前那样以老弱充数,不经选拔,且逗留不进的话,将从重处置。"

万历四十七年(公元1619年、天命四年)二月,明朝各路兵马,经过一年多的筹办,终于相继到关了。

经略杨镐、蓟辽总督汪可受、巡抚周永春、巡按陈玉庭等,共同商定出师日期。初定各镇、道官员于二月十一日到达辽阳演武场集中,酌定兵马,分为四路。

西路,即抚顺路,以山海关总兵官杜松为主将,率保定总兵王宣、总兵赵梦林、都司刘遇节、参将龚念遂等官兵两万余人,以分巡兵备副使张铨为监军,由沈阳出抚顺关,沿浑河右岸(北岸),入苏克素浒河谷,从西面进攻赫图阿拉。

南路,即清河路,以辽东总兵官李如柏为主将,率管辽阳副总兵事参将贺世贤、都司张应昌、管义州参将事副总兵李怀忠、游击尤世功等官兵二万余人,以分守兵备参议阎明泰为监军,推官郑之范为赞理,由清河出鸦鹘关,从南面进攻赫图阿拉。

北路,即开原路,以总兵官马林为主将,率开原管副总兵事游击麻岩、都司郑国良、游击丁碧、游击葛世凤等官兵二万余人,以开原兵备道佥事潘宗颜为监军,岫岩通判董尔利为赞理。开原路由清安堡出,趋开原、铁岭,从北面进攻赫图阿拉。

东路,即宽甸路,以总兵官刘綎为主将,率管宽甸游击事都司祖天定、南京六营都司姚国辅、山东管都司事周文、浙兵劳备御周翼明等官兵一万余人,以海盖兵备副使康应乾为监军,同知黄宗周为赞理。

同时，明朝胁迫朝鲜国王李珲，派都元帅姜宏立、副元帅金景瑞领兵一万三千人，受总兵官刘綎节制，并以管镇江游击事都司乔一琦为监军。宽甸路由凉马佃出，会合朝鲜军，从东面进攻赫图阿拉。

辽阳和广宁为明朝辽东的根本重镇，派原任总兵官前府佥书官秉忠，辽东都司张承基领兵驻守辽阳；又派总兵官李光荣戍守广宁，以防蒙古贵族旗兵。并以管屯都司王治勋总管督运各路粮草。

明朝四路兵马，合计八万多人，加上朝鲜援兵，共十万多人马。

明军各路官兵部署就绪，经略杨镐宣布军纪、军令如下：

若有迟误军期或逗留不进的，大将以下者论斩；

官军有临战不前的，立即斩首；

各军兵卒以冲锋陷阵、破敌立功为主；

不许临阵争割首级；

当敌人败走以后，准许割取敌人首级报功；

若是敌军未败，就先行争割首级的，无论官兵，立即处斩；等等。

共申明军令、军纪十四项，官兵有违令者，立即斩首。

为了杀一儆百，以振军威，杨镐拿出尚方宝剑，命令道："将那个在抚顺关失守时，临阵脱逃的指挥——白云龙枭首示众！"

这时候，在演武场的东南角上，有一个断头台，刽子手把白云龙绑在柱子上，只见那刽子手大刀一挥，白云龙的人头便骨碌碌滚到断头台下边去了。一个传令的兵士，急急忙忙走上前，把白云龙的人头挂在柱子上。

演武场上的官兵们，亲眼目睹了这一场面，那鲜血淋淋的人头，令在场的每一个官兵惊警。

杨镐又带领全体将领祭告天地，只是在宰杀牛马时，那屠牛刀竟然不锋利，一连割了三次，气管才被割断，弄得全场官兵非常扫兴。

杨镐又派他的副将刘招生,在演武场驰马试槊,以振雄风。

可是,当刘招生驰马转了一圈,舞动那混天槊时,由于这槊长年不用,保管又不慎,那槊的木柄已被蠹朽了。只见刘招生挥舞了也不过三两下,木柄突然断了,槊头"咄"的一声,落在地上。全场官兵又是一个扫兴!

且说明廷得到经略杨镐的奏报以后,知道征调的四路大军已经云集辽阳。朝廷的文武百官以为作战方案已经决定,军中的立功赏格已经宣布,恐怕拖延太久,会师老财匮。因此,大学士方从哲不断地移文辽东督促出师。

万历皇帝也下决心说道:"庶几灭虏安边,在此一举。"

经略杨镐鉴于各路官兵已经誓师,都在整装待发,也觉得胜利在握,视后金兵不在话下。

杨镐竟公开扬言说:"鞑子如要与官军相抗,势必以卵击石,如飞蛾之投火也。"

明军辽阳誓师以后,决定二月二十一日开始,各路大军先后出边。

不巧,天公不作美,天色突变,乌云密布,纷纷扬扬飘下漫天的鹅毛大雪。东北的大地上,一夜之间,换上了银装。

这时候,面对着茫茫白雪,银山起伏,寒风凛冽,明军按计划出兵进剿,已有困难。

在各路将领请求下,经略杨镐不得不紧急写表上奏,恳请改期。于是,出师的日期又往后推到二十五日。

尽管明军的出师日期一拖再拖,仍然是困难重重,军事准备工作一直拖着后腿。总兵官刘綎曾经在四川任事,很得川兵的信赖。他对川、贵士兵的战斗力,极有信心。因此屡次申请征调川兵。然而兵部总是置之不理,不予急办,致使刘綎迟迟不能出关。

为此,刘綎公开说道:"要俺出关,必须等待川兵,若是有川兵二三万人,俺可以独挡努尔哈赤的军队,不用其他路军助战。"

经略杨镐,身为全军统帅,面对有如此信心的将领,对合理易行的建议,充耳不闻。他庸懦昏聩,又骄躁寡谋,盲目地乐观,主观上以为"天兵"一到,就可以一鼓而下,后金军队将土崩瓦解了。他只一味地催促进兵,置天时、地利、人和于不顾。刘𫄢的合理意见,他拒绝听取,根本不容刘𫄢等待川兵,强行督促全军进剿。

兵法云:知彼知己,百战百胜。杨镐作为全军总指挥,自己不察敌情,不听谏言,也不熟悉地理,又不亲临战阵,远在沈阳坐台点将,又怎能将战争引向胜利呢?

第十七章
杜太师急进如电掣
马秀士速溃学兔脱

被努尔哈赤称作杜太师的总兵官杜松对副将的劝阻，置之一笑，轻蔑地说："天兵义旗东指，谁敢抗颜？当今之计，只有衔枚疾进，又有什么师期可谈！"说罢，连盔甲也不穿戴，便一马当先跃进了浑河……

且说杜松军先在沈阳集中。二月二十八日，出师日期刚一到，他就急速指挥军队前进。第二天中午，全军到达抚顺城宿营。

杜松是榆林人，原任山海关总兵，为人耿直、勇敢、廉洁，身上的刀痕、箭瘢如疹，从不贪财惜命，颇有古代名将的风度。

由于杜松身不畏敌，心欲立功，求战心切。二月二十九日晚，杜松将军又下令从抚顺起程，兵士手持火把，星夜急速进军，以日行百里的速度，越过五岭关，直抵浑河岸边。

再说杜松将军之所以进军这样急，这其中还另有缘故。杜松本是一位耿直的武将，对于这次出兵所定的出师日期持有异议，他认为朝廷兵饷不足，士卒未经过训练，彼此又不熟悉，将领之间的关系也不协调，根本不便于大规模的兴兵。

杜松将自己的意见写成奏章，派专人暗中到京城送表。谁知杜松的所作所为，全被李如柏侦查清楚。这李如柏原是广宁府总兵，嫉妒杜松之功，便拉拢杨镐，排挤杜松。

再说李如柏发觉杜松派人去京城上奏，遂派兵拦截，又立即向杨镐报告，引起杨镐更大不满。李如柏把送信人带到经略府里，杨镐向那送信人大声喝道："谁让你去送信的？"

"杜将军！"

"你知道自己犯了什么罪？"

"杜将军派俺去送信，俺是他的下级，能不去吗？"

杨镐听了，更加恼火，把那封信一扬说道："你知道吗？这封信是反对本帅的，你和杜松有什么关系？"

"俺是杜松将军的部下。你们将领间的事情，俺怎么知道？杜将军也不会跟俺讲。"

"还嘴硬！给俺重责十军棍。撵他滚回去！"

那送信的兵士被重打十军棍，信也被没收了，才被放回到杜松军里去。

自此以后，杨镐更不喜欢杜松了。

杜松将军的合理意见不被采纳，又迫于军令不得不赴战。二月十一日，在辽阳誓师的时候，李如柏在酒宴上佯敬杜将军一杯酒，嘴里却说道："俺把头等功让给你！"

杜松本是个正直的汉子，经他一激，便矢心不移，举杯一饮而尽，随口说道："好！俺一定不负阁下之望，决心争立头功。"

出师以后，李如柏又派人在杜松军中暗地里造谣说："清河路的李如柏将军已经进军，努尔哈赤很快就要被擒住了……"

杜松一听说，更加着急了，便命令部队加速行进。在经过五岭关时，遇到后金的两个村寨。由于努尔哈赤早已实行坚壁清野，将粮食等全部埋藏于山谷之中，村寨里空空如也。杜松指挥军队，横扫过去，活捉了十四名女真人，别无所获。杜松将他们捆绑起来，送到沈阳杨经略处报功去了。

杜松昼夜行军，不顾士兵疲劳，当夜三更多天，军队已到达浑河岸边。

监军张铨向杜松建议说："今天夜幕当头，士兵连续昼夜急行军，已经很疲劳，师期还未到，是否就地驻营？等到明日清晨再渡河东进，也还不迟。"

这张铨是读书人，为人庄重、多谋，作风很正派。他这时劝阻杜松，既是持重之言，可以防止冒进，误入敌方险境，同时也反映了他内心的想法。

根据出师前后的一系列事件，他对朝廷这次兴师动众"大彰天讨"能否如愿以偿，很有怀疑。

张铨以为，努尔哈赤的后金精兵至少也有三四万人，人人能战。但是，明军能够与他们进行搏斗的，仅仅是各个将领部下的家丁。每个将领部下一般有家丁数百人，其他的兵卒都是"五合六聚之众"，加上野战是后金军的长处，官军的短处。如今官军以劳赴逸，以客挡主，很难取胜。

都司刘遇节听了张铨的话，也说道："张监军的话，很有道理。此夜半三更渡河，一旦敌兵袭来，将首尾不顾。"

但是，杜松对二人的劝阻，置之一笑，轻蔑地说："天兵义旗东指，谁敢抗颜？当今之计，只有乘胜前进，有什么师期可谈！"

杜松说罢，命令手下兵卒试探浑河水势，选择渡河地点，不多时探马前来报告说："河水不深，仅及马腹，河中还有小船几十只哩！"

杜松听了以后，非常兴奋，他一边举杯痛饮，一边对众将说："这真是天人齐助啊！"

于是，杜松将军弃船不坐，身不披甲，策马大呼而进，一边又催军卒一齐渡河。

这时候，杜将军手下的将士们见他身上没有披甲，急忙喊道："请杜将军慢走，披上盔甲再进！"

杜松听了，大笑不止，并且大声咋呼道："置身战阵，披上坚甲，岂是大丈夫所为！老夫束发从军以来，不知甲重几何？今日，你们众人想以盔甲苦累老夫不成？"

谈笑之间，杜松与众军兵已经涉水到河中间。当时进入河中的有杜松本部亲兵，以及都司刘遇节的五千骑兵，人、马、车营近万名。

努尔哈赤在明朝军队辽阳誓师后的第四天，即二月十五日，派大贝勒代善率领一万五千步兵，前往界凡山（今辽宁省抚顺西北铁背山上），名为筑城，实际是设伏防守，另有四百骑兵出没，游击于界凡山周围,时而入于山谷,时而出现在密林之中。

努尔哈赤在攻取抚顺城以后,已派人在浑河上游筑坝拦水,准备重演关云长水淹七军故事,并派第六子塔拜带领五百人马在附近守候。也是二月十五日,努尔哈赤亲自去浑河上游察看,见河水已被蓄了几丈高的水头,再三嘱咐塔拜如此这般地进行,他才放心地回赫图阿拉去。

再说杜松带领兵马从浑河中涉水时,刚到河中段,忽见上游几丈高的水头咆哮而下,向杜松猛扑过来。

此时总兵官赵梦林看见水势猛涨,感觉势头不对,向杜松大声喊道:"杜将军!要立即停止过河。上游有人放水,小心中了敌人的埋伏!……"

但是,杜松毫不理会,坚持徒步涉水。这时候,车营的将领也来向杜松恳求回师,杜松更是不理。

这时,浑河水位猛然升高几尺,河水流速加快,河中的人有的已被淹死,许多人各自逃命去了。过河的兵卒被淹死一千多人,后面的大炮等重火器都被阻于河岸。

这时正是早春二月,夜里还有些冷,河水更凉。那些争渡过了河的兵卒,在夜风吹拂下,浸湿的衣服扒在身上,更感到寒气逼人,冻得兵卒们直打寒颤。于是,军不成军,队不成队,乱作一团。

正当杜松的过河兵卒背水受冻时,忽听角螺齐鸣,鼓声大作,那满山遍野的伏兵,一下子冲将过来,向杜松军发起了攻击。一万多只火把,映红了半个天空,喊杀声震撼山谷。

"活捉杜松啊!休让杜松跑了呀!……"

这喊声在浑河水面回响,在山谷中回荡。

此时,杜松才如大梦初醒,知道自己已经是背水陷伏,处于十分危险的境地。他心里明白:若不当机立断,必然背水作战,难以脱身。

于是,这位身经百战的杜将军,急中生智,马上下令全军集结起来，迎战敌人。他翻身上马，亲自带领家丁和渡河军卒，以及朝鲜王国的近百名铳手，主动向后金军冲杀过去。

且说后金国的伏兵，首战杜松的是大将哈都。杜松一见，挺长枪便刺，二人打了十几个回合，哈都败阵而走。

两军混战在一起，喊杀声震天动地。杜松虽然年老，但英勇不减当年。只见他奋力厮杀，勇气倍增。他时而抡动手中的长枪，时而抽出腰间的大刀，使后金军纷纷败阵。

正当杜松冲出重围，哈都又过来相战。杜松一见，分外眼红，大喊一声："贼将看刀！"

二人正在一来一往，厮杀得难解难分之时，只见杜松将手中枪一拧，把哈都的枪挡住，右手抽出大刀，对准哈都的头部砍去。那哈都看见刀光一闪，知道不好，急忙往右一歪身子，只听"咔嚓"一声，哈都的左臂被砍了下来。哈都疼得大叫着，拍马逃走了。

杜松在后面又大喝道："贼将，往哪里逃！"

杜松遂在后面紧紧追着，直赶至界凡山下。杜松毕竟是身经百战的老将，他能紧紧地把握战机，向兵卒下令道："阵势要严守不乱！对敌兵继续放铳、放炮，目标尽量要做到稳准狠！"

由于发挥了火炮的威力，后金军损失不小，伤亡惨重。

且说哈都兵马被杜松杀退，哈都本人也负重伤，丢了一只胳膊逃走了。杜松便乘机向吉林崖冲击，奋力争夺山头。

但是，他部下有些人误以为胜局已定，便目无军纪，不听号令，各自争功，无心奋战了。敌兵一人倒下去，竟有十几人下马争割首级，使全军的战斗力大为减弱。杜松发现后，连砍几人，方使兵卒猛醒过来，但是，已经失去了良好的战机。

杜松带领亲兵和朝鲜王国的火铳手，正向吉林崖上冲击，后金军也冲了上来，在争夺吉林崖中，朝鲜的火铳手多数阵亡，明军也阵亡好几千人，战斗力进一步减弱了。

三月初一日，东路刘綎军虽于二月二十五日出宽甸，但因在凉马佃会合朝鲜军，尚在马家口一带行进中。

北路马林军二月二十九日出铁岭,由于道路被后金砍树堵塞,行军受到阻滞,尚在途中。

南路李如柏军,在三月初一日这一天,刚刚出了清河、鸦鹘关,且行动迟缓,意在拖延行军时间。

只有莽勇喜功的杜松孤军突出,日夜兼行,夜涉浑河时,被分兵为二——一部在萨尔浒山下扎营;另一部则由他亲自带领,突围后攻打吉林崖。

也是三月一日这一天,努尔哈赤命令大贝勒代善率领众贝勒、各位大臣和城中兵西征,去接应浑河岸边包围杜松兵马的后金兵将。

努尔哈赤清楚,明军虽然四路进攻,实际上,杜松一路为进军主力。杜松是明军中的有名将领,努尔哈赤一向敬畏杜总兵,口称"太师"。

过去杜松守陕西时,曾与胡人交锋一百余战,无不克捷,使敌人闻风丧胆,都叫他"杜太师",却没有人叫他的名字。

一次,杜松奉皇帝诏还回京时,经过潞河。有个朋友说道:"听说杜将军身上伤疤多得像疹子一般,能否一看?"

杜松一听,不觉大声笑着,脱去衣衫,光着脊背让大家看,果真如此,全身伤疤累叠,一个连着一个,人们看了,不禁流下泪来。

杜松哈哈笑着,说道:"俺杜松不识字,所以才不像一些读书人那样怕死!"

万历四十三年(1615年)三月,努尔哈赤最后一次往北京朝贡,路过山海关时,曾受到杜松的热情招待。酒后,杜松曾带领努尔哈赤登上山海关城楼,背倚万里长城,面对汹涌澎湃的大海,发思古之幽情。二人谈得非常投契,至今回忆起来,还历历在目。如今两个人兵戈相见,已成战场上的对手了。想到此,努尔哈赤不禁嗟叹几声。

后金国大贝勒代善、二贝勒阿敏、三贝勒莽古尔泰、四贝勒皇太极带领八旗兵马,以迅雷不及掩耳之势,赶到战场时,杜松正在率兵争夺吉林崖界凡山城,想控制那制高点。两方战斗激烈。

由于后金军居高临下,占据着有利地势,明朝军队死伤惨重,朝鲜王国的火铳手,几乎全部战死了。杜松处在欲攻而不能得,想退也不可能的境地。

四大贝勒立刻派兵一千人登山,协助山上守军向下冲击。又派右翼四旗兵,配合山上兵夹攻杜松军,以左翼四旗监视萨尔浒明军大营。

不多时,努尔哈赤亲自率领后继部队匆匆赶到。他了解情况以后,向众贝勒说道:"你们这种打法,固然能削弱敌方兵力,但打的是消耗战,所花时间也很长,一旦明军再有援军赶到,咱们将处于不利地位。何况,这一仗打下去,并不能动摇明朝军队的根本,更不能乱其军心。因此,必须改变攻击方向,更换战略部署。"

努尔哈赤说到这里,停下来看看大家,然后才说道:"现在让右翼二旗兵,增援左翼四旗兵,先将萨尔浒大营攻破,将其吃掉。这样,吉林崖下的杜松军,自然丧胆。"

努尔哈赤说到这里,皇太极接着说道:"攻破萨尔浒营之后,再让右翼两白旗军监视吉林崖的杜松的兵马,待吉林崖上兵马冲下之时,再前后夹击。就可以活捉杜松了。"

俗话说:"姜还是老的辣。"努尔哈赤在这关键时刻,做出这一决定战争命运的重大决策,加速了两军的作战进程。

这时候,努尔哈赤亲自率领不少于六旗的精锐兵马,约四万五千人;而当时明军的萨尔浒大营仅有一万五千人左右。以两倍以上的优势兵力进行围攻,后金军队掌握了战争的主动权。

明军的萨尔浒大营由总兵王宣、赵梦林等主持,他们用战车环阵,并在外面挖堑树栅,再外面布列着铳炮,用旗鼓壮威,准备与后金军进行一场厮杀。

开始,努尔哈赤命令先锋军冲杀。明军立即施放火铳,燃放大炮。眨眼之间,炸弹爆发,血肉横飞,八旗兵仰面扣射,万矢如雨,纷纷落下。那铁甲骑兵,奋力拼杀,反复冲击,锐不可当。

在震撼山岳的呐喊声中，八旗兵疾如风暴，猛似雷霆，狂扑明军的萨尔浒大营。

王宣、赵梦林等，紧守营门，指挥兵卒与八旗兵激战。由于八旗兵凶悍异常，那种有进无退的战斗作风，令明军士兵胆寒，特别是那铁骑，只突破一点，逐渐扩大，然后再攻陷方阵，突破战线，粉碎联队，驱散步兵，最后使全军瓦解。这是八旗雄风的威力。王宣说道："如今杜将军那边消息不通，咱的火铳手、炮手已伤亡不少。这八旗兵马的纵横驰突，一旦冲垮咱的方阵，后果不堪设想。"

赵梦林听了，不无忧虑地说道："咱们的步兵可以编成梯队，去迎击骑兵，并在方阵周围装上绊马绳索，一旦援兵赶到，就可以里外夹攻了。"

二人正在商讨对策，侍卫进来报告：

"努尔哈赤的骑兵又冲来了。"

二人急忙从营里走出来，只见后金国的骑兵，如汹涌的波涛，铺天盖地，席卷而来。

由于八旗兵马人数众多，他们纵横驰突，越堑破栅，战车怎能阻挡住！尽管明朝的军队反击很猛，但是在狂奔而来的铁骑冲击下，阵脚已乱，有被刀砍死的，有被马蹄踩死的，人马死伤无数。

双方拼杀不多时，萨尔浒大营的明兵就土崩瓦解，溃不成军了，纷纷逃窜。

攻下萨尔浒大营的八旗兵马，又挥师去增援吉林崖。

话说杜松所率领的军队，虽然暂时在吉林崖下获得了喘息机会，但是听到萨尔浒大营被攻陷的消息，军心已动摇。又遭到从吉林崖上冲下来的八旗士兵的进攻，士气更加低落。但是总兵杜松仍带领兵卒冲杀十几阵，还想占领山头。不料背后林中又有两支白旗军冲击过来，杜松将军又抡动长枪迎战。这时天已正午，两军对垒鏖战，彼此混杀一团。

此时，努尔哈赤站在远远的山坡上，看得分明。只见那杜松将军，光着脊背，手中的长枪挥舞得上下翻飞，左右逢源，八旗士卒成批地倒在他的周围，没有敢近身的。

努尔哈赤看得呆了。俗话说："惺惺惜惺惺。"他心里说：真是一员猛将啊！此人若能降过来，比俘虏一万兵马还强呢！……

努尔哈赤向众贝勒发布命令道："先放弃杜松军的余部，集中兵力围困杜松，要不惜一切代价！"

努尔哈赤一声令下，八旗士兵从河畔与丛林、山崖与谷地中冲出，以数倍于杜松的兵力，向杜松合围过来，把其重重围困，势如铁桶一般。

此时，杜松已得知萨尔浒大营的兵卒已经溃散，等待援军的希望已成泡影，便想率领残余人马，奋力杀出重围。

但是八旗兵已经集中全部兵力，团团围住，杜松将军即使长出翅膀，也难以飞出重围。

杜松将军虽然膂力过人，老当益壮，但是，从正午一直杀到傍晚，他带领少数亲兵，砍杀好几里路，到得坎钦山仍不能脱身。只见杜松两眼发出火光，左右冲杀，终于精疲力竭，突然面中一矢，遂落马而死。

跟随的士兵，有的幸运逃脱了，有的跳崖而死，还有的隐蔽在山石间或伏匿于死尸下，只有少数人投降。

战斗结束了，平原、山冈、河谷、树林，全被溃军塞满了，杜松军尸横遍野，后金军血流成河，明朝杜松军全军覆没，努尔哈赤的八旗兵获得了全胜。

努尔哈赤的八旗兵击败杜松军以后，哨探又来报告说："明朝的北路军，开原总兵官马林等，率领兵马二万余人，从三岔口出边，正往赫图阿拉开来。"

努尔哈赤听报以后，把防守开原、铁岭的兵力与攻击杜松军的兵力合为一处，向马林军杀来。

开原总兵官马林，宣城人，人称"马秀士"，平日喜好诗文，交游名士，图虚名，无将才。

经略杨镐原先决定：马林等率领人马，从三岔口（今铁岭东南三岔子）出边。三月二日必须赶到二道关与杜松军会师，再向后金都城赫图阿拉前进。

可是，总兵官马林对于出边的地点很有意见，坚持要从靖安堡（今辽宁省开原东尚阳堡）出边。

当时，监军潘宗颜向经略杨镐说道："马林庸懦无能，难于共事。他不愿意走近路三岔口出边，却要绕北而行，走远路，从靖安堡出边。这是马林退缩不前的表现。这样的人只能当个副手。开原、铁岭这北路军若让马当主帅，不仅误了军机大事，咱们这些人也将自身难保。"

对于这样一个十分严肃的问题，经略杨镐置之不理，竟说道："马林文武全才，现有大学士方大人的保荐书信在此。你无须饶舌。"

马林于二月二十八日，率领一万五千多士兵出发了。由于没有按照他自己的意见从靖安堡，而是从铁岭三岔口出边，所以马林一踏上征途，行军速度就十分缓慢。

按照规定，北路军——开原、铁岭兵马应当与杜松军在二道关会师，可是已经出兵到第四天头晌，即三月二日中午了，他仍然驻营于三岔口外的稗子谷，不肯前进。

后来，他听说杜松军已经提前一天到达浑河，这才号令兵马向二道关方向赶去。可是，这时杜松军已全部被歼了。

三月初二日夜间，马林带领开、铁兵马，到达五岭附近，得知杜松已经全军覆没，马林吓得浑身打颤，士兵们个个惊慌失措，以致全军震动，军心不稳。

马林，一个文人雅士，根本不懂军旅之事，出兵前也不知派哨探前去侦察军情，兵马到了前线，马林作为统帅，却对敌方情况一无所知，这种瞎子摸鱼似的打仗法，怎能把战争引向胜利？

初三日清晨，马林听说努尔哈赤已带领八旗兵向开、铁路军攻来，惊恐万分，急忙避开敌锋，转攻为守，将人马带至尚间崖（今辽宁省抚顺县哈达附近），依山结成方阵，环绕营房挖三层壕，壕外排列骑兵，骑兵外布枪炮、火器，外再设骑兵，壕内布列精兵。

龚念遂、丁碧等率领少数兵力，集结在斡珲鄂谟瓦湖木（今辽宁省抚顺大伙房水库中）。

监军潘宗颜率领几千人马集中在距离尚间崖三里远的裴芬山一带。

分营驻扎以后，马林得意地说："咱这牛头阵，既能互相救助，又能以战车壕堑阻遏后金骑兵的驱驰，并能以炮铳和火箭来制服夷贼的弓矢。"

监军潘宗颜听了，却说道："这种消极防御、兵力分散的列阵方法，使各营孤立起来，也容易形成被动挨打的局面。"

马林听了，不再说话。

三月初三日拂晓，努尔哈赤令大贝勒代善率兵马一千人，先到尚间崖牵制并观察马林兵马动向。

努尔哈赤尽管有三倍于明军的兵力，却没有分兵围攻明军的三个营，而是集中兵力，先砍马林"牛头阵"的一只犄角——龚念遂营。

当时，龚念遂营也是用战车屯营，四面挖壕沟，然后排列枪炮，严密防守。

努尔哈赤派遣四贝勒皇太极先到了龚念遂营地斡珲鄂谟瓦湖木，造成对明军的分割局面。

他自己亲自带领一千人马，向龚念遂营发起了攻击。八旗兵猛冲进去，推倒战车，突破一个缺口。于是，八旗兵像洪水似的从缺口涌进龚念遂营，骑兵踩着死人和活人，一路冲突、砍削、狂奔、踩躏……

龚念遂营仅有几千人，兵力太弱，战不多时，全军覆没。龚念遂与所属官兵都战死在疆场。

此时，努尔哈赤极有兴味地看着四贝勒皇太极率领军队追杀明军的情景。忽然探卒前来报告说："尚间崖的明军大营，似有所动。"

努尔哈赤便亲临尚间崖，他看到马林已在尚间崖挖了三道战壕,并布列了火器。

他对大贝勒代善说:"你带兵去先占领山头,率领兵马向下冲击,明军必然大败。"

大贝勒代善刚要下命令,见马林军壕内壕外已经合兵,努尔哈赤又及时传令:

"马林的兵马将要出战,可以停止登山,快让士兵下马步战!"

这时候,马林军的前队已经逼近,大贝勒代善没有下马步战,就带领军队,策马冲入马林军中去了。

努尔哈赤见代善领着人马已陷入马林军中,担心有失,遂命令二贝勒阿敏、三贝勒莽古尔泰道:"你们赶快冲杀进去!防止代善孤军深入!"

于是,阿敏和莽古尔泰各率兵马好几千人,奋勇急进,冲向马林营中。

马林立即命令士兵发鸟枪,放巨炮,但是"火未及发,刃而加颈"。两军短兵相接,混杀一场。八旗骑兵横驰纵冲,利刃飞舞。

由于明军顽强抵抗,后金军死伤惨重。勇将扬古利"裹创系腕",率领兵马驰击,兵马齐拥激战。

两军酣战之际,马林吓得不得了,先策马逃跑。副将麻岩见马林逃跑,赶快组织军队继续抵抗。但是军心已乱,前队溃散,纷纷退后。内部一乱,八旗兵趁势攻入,麻岩被杀,丁碧等将领也相继战死。

这一仗,总兵官马林坐镇尚间崖大营,当前锋营开战不久,稍一失利,他便率领后军先逃跑了。其后,他的部属近万人狼狈地跟随着他,一直逃到张家楼子,才收住脚步。

由于统帅马林畏敌如虎,开始在出边地点的选择上计较再三,迟疑坐困,贻误军机,使杜松军失去援助。后来听到杜松败亡的消息,军心又动摇,在八旗兵的冲击下,一触即溃,结局果不出潘宗颜所料。

斐芬山的潘宗颜,将部分战车放到阵地前边,枪、炮布列左右,形成野战之城。

努尔哈赤指挥八旗,是重甲兵在前,轻甲兵在后,另有轻骑兵在远处待战。

三月二日中午,后金八旗兵发起攻击,明军枪炮齐发,双方相互对攻,矢飞如雨,战斗十分激烈。

潘宗颜"奋呼冲击,胆气弥厉"。由于明军居高临下,主帅潘宗颜又冲杀在前,军士虽少,斗志却旺,使后金八旗兵"死者枕藉"。

潘宗颜率领部属越战越勇,破坏了八旗兵速战速决的战略意图。

后来,由于马林的尚间崖大营溃败,战场上的形势急转直下,努尔哈赤与代善大贝勒等,移兵于斐芬山。后金兵力陡然增加一两倍,将斐芬山重重围困起来,造成潘宗颜一军四面受敌。

明朝军队在潘宗颜的指挥下,一再组织反击,拼命砍杀。终因寡不敌众,最后也只有招架之功,没有还手之力了。

在努尔哈赤亲自督战下,八旗兵顶冒矢石,仰山而攻,终于突破明军的营阵。两军又混战一起。此时,潘宗颜大呼道:"兄弟们,冲啊!誓死不投降!……"

两军交手厮杀,炮队迎步兵,铁骑冲炮队,蜿蜒动荡,血肉横飞。

终于马林的"牛头阵"的另一只犄角,也被砍掉了。潘宗颜由于精疲力竭,背中一箭,壮烈战死。其部下江万春等也都相继阵亡。

努尔哈赤指挥八旗兵,如秋风扫落叶一般,攻占了斐芬山,全歼了明军,横扫西部战场。

且说努尔哈赤已打败明朝北、西两路兵马,声势更大了。后金虽损失一万多人马,但是,收降了明军两万多降兵,掳得兵械等马匹、旗帜、盔甲等,不计其数。并抢来美女十数名,个个是天姿国色,美貌如花。

在斐芬山上,努尔哈赤连续盘桓几日。一天,范文程进来奏道:"咱们虽破了明朝二路兵马,只恐那南路东路的明军要攻兴京——赫图阿拉。请陛下快快回军，防护国都要紧。"

努尔哈赤准奏，即日便整顿八旗军队，准备回赫图阿拉。

忽然，探马进来报说："明朝总兵刘綎，会合朝鲜军队，又同辽东总兵李如柏两路兵，由辽阳出宽甸，已离此不远了。"

努尔哈赤听了，说道："俺还是那句老话：'任尔几路来，俺只一路去！'"

大家听了以后，哄笑起来。努尔哈赤说道："大将扈尔汉、二贝勒、三贝勒、四贝勒，各带一千人马，昼夜兼程回去，保护都城。"

努尔哈赤自己带着大贝勒代善，以及文武官员和掳来的明朝美女，离了斐芬山，回到界凡山，大开庆宴，行了凯旋礼，杀了十几头牛，祭了天地，个个吃得酒气熏人，唱着得胜歌，跟着努尔哈赤回銮。

努尔哈赤回到兴京，来到宫里，乌拉氏领头行了跪拜礼。一时间，环珮叮当，花花绿绿地跪了一地。努尔哈赤笑吟吟地受礼。

于是，宫中摆下接风酒。乌拉氏双手捧了一杯酒，敬贺皇上凯旋。努尔哈赤接过来一饮而尽。忙回头向侍卫道："带回的明女哪去了？赶快召来侍酒。"

侍卫听了，连忙答应，忙出宫去宣召。不一会儿工夫，十几个蛮腰细足的明女，姗姗进来。

那些明女看见宫中气象庄严，富丽堂皇，都吓得不敢抬头，木人般地站在一旁。

经过侍卫的吆喝，她们先举右手礼，后行跪拜礼。努尔哈赤左顾右盼，觉得这南朝金粉和北地胭脂，确有不同，各具风韵。

停了一会儿，谁知这些明女都皱着柳眉，弯着细腰，那一双莲钩似的小脚，似乎站立不住。

努尔哈赤忙着问道："没有人虐待你们，为什么那么一副样子？"

那些女子忍受不了疼痛，不得不奏道："脚疼得厉害。"

皇上听了，赶忙赐坐两边。那些妃子、公主们见了这裙子下边的小脚，都十分诧异，围住了她们，量长论短，把明女们羞得红飞双颊，抬不起头来。

散了酒席，皇上就让宫女领那些明女去梳洗、沐浴。这一夜，努尔哈赤留下了八名侍寝，又送了两个给范文程享受。

那二贝勒阿敏，是个色中饿鬼，把皇上拣下来的几个明女，一起弄去了。

次日早上，范文程和阿敏到宫内来谢恩，努尔哈赤便与范文程商议国事。

一会儿工夫，大将扈尔汉来报告说："现在明朝的两路兵马，已从宽甸进董鄂路，离都城仅几十里远，请皇上下令，快发大兵前去迎敌！"

努尔哈赤听了，遂发布命令说："大贝勒代善、三贝勒莽古尔泰、四贝勒皇太极，各带五千人马，前往董鄂路迎敌。"又派扈尔汉大将领五千人马，在后策应。

却说努尔哈赤大败西路抚顺、开铁两路明军，取得初战胜利后，头脑十分冷静，仍然不采取分兵对付两路的战法，还是集中主要兵力会战明军一路。

这个"用一个拳头打人"的方针，已经构成萨尔浒大战中各个战场作战的特点，即集中优势兵力，以众击寡，分别缓急，各个击破。

努尔哈赤命令留下四千守城兵卒，以防止明朝清河路兵的进犯，其他八旗兵马全力东进，去迎击刘綎军。

却说明朝总兵官刘綎号称勇将，为明朝西南地区的名将。他从少年时期起，就立有战功，在明朝军队中享有盛名。

刘将军手持镔铁大刀，重达一百二十斤，力大无穷，马上抡动大刀，如飞轮旋转，人们都称他为"刘大刀"。他在四川任事多年，手下有川、贵苗族精兵数万，十分骁勇，每战必胜，战绩辉煌。

刘将军弓马纯熟，百发百中。他曾经让人取大门板一块，用墨笔在板上错落乱点，然后，他站在百步之外，用袖箭射之，箭箭中那黑点。

平日，刘将军爱护战马，也喜欢训练战马。面对几十匹战马，他一声大喝，忽前进，忽后退，那马嘶鸣跳跃，非常听话，见者无不称奇。

万历皇帝命令刘綎将军星夜赴京。刘綎接到圣旨后，不敢急慢，带领儿子刘结、刘佐，以及昔日随征人员刘招孙等，还有家丁七百三十六名、战马八百多匹，另有陆续集结的数百人，共一千多人。又带佛郎机、百子排号、鸟铳、火炮等器械，另有军船一艘。

刘綎将军恳求：待运船到后，川、贵兵稍集，便立刻出关。

经略杨镐最初不想征调外省兵，对于刘将军迟迟不出关，请调川、贵兵十分不满，拒绝督办。

恰在这时，即万历四十六年（1618年，天命三年）七月，努尔哈赤亲自统领大军攻下了清河城，京师震动，辽东人心惶惶。

经略杨镐与刘綎素来不睦，就逼令刘綎出关戍守东部亮马甸子。此时亮马甸子正是雪深数尺，马无食、人无粮的绝境。

刘綎迫于军令，只得率军驻防，情绪十分沮丧。他对朝鲜王国元帅姜宏立说："兵家的胜算不过是得天时，得地利，以顺人心罢了。现在的天气甚是寒冷，这次出兵不能说得到天时啊！道路这样艰难，到处是险石丛莽，也是没有地利啊！俺又不得兵权，更是没有人和啊！"

姜宏立元帅听了，又劝慰说："刘将军也不要太悲观，能够跟随你这样的名将一起出征，也是俺的幸运！"

"谢谢姜元帅的鼓励和信任。俺以为关外的春天来得迟，这出兵的日期能推迟两个月，就好了。"

"俺也有同样感受，这冰天雪地，增加了行军困难，四五月份比较适宜。"

二人有了共同语言，谈得也比较投契。刘綎出身于将门之后，他是江西南昌人，是名将刘显之子，在明朝将领中是与杜松齐名的勇将。

二十年前，朝鲜曾遭受倭寇侵犯，当时担任朝鲜经略的杨镐，打了败仗，却向皇上谎报说他打了胜仗。这事在明朝将领中没有不知道的，刘綎在一次宴会上碰到了杨镐，当众奚落过他，刘将军当时曾说道："自古以来，武将有杀身成仁的，但没有打了败仗反谎报军情，说是打了胜仗的。这真是玷污了武将的名声。"

自此以后，刘綎得罪了杨镐，这次杨镐倚仗手中的大权，压制并强迫刘将军出师，并非偶然，而是对二十年前往事的报复！

更令刘将军难忍的是，杨镐竟派他的两名亲信，小小的守备官于承恩等，手持红旗到东路军中去督战，还密令游击将军乔一奇说："若是刘綎逗留不进，你可以夺取他的指挥大权，继续督率东路大军前进。"

由此可见杨镐的狭隘心胸、卑劣的心理素质。这人品与手中的军权，是极不相称的。

那乔一奇自己就不是个好东西，他靠拍马溜须的本领，得到杨镐信任。他来到刘綎军中，目中无人，逢人便讲经略杨镐与刘綎之间素不和睦的事情，并且狂妄地说："四路军中的主将，除杜松勇而无谋之外，其他的都是平庸之辈！"

且说刘綎将军在杨镐的一再督催之下，于二月二十五日，率领东路军由宽甸出师了。行军的路上十分艰难。"风雪大作，三军不得开眼"，加上山谷昏暗，对面不能相辨。有时晴空万里，却寒气逼人，有的军卒竟冻死在冰天雪地中。

刘綎出师前还未得到他请求的川、贵兵马，只带着家丁和已经到来的几千川兵。这一些又分别由各将带领，杨镐说有明军二万四千人，实际不过一万五千人，可谓兵力"极为单弱"。

一天，姜宏立元帅问刘綎说："为什么东路兵如此孤弱？刘将军你作为主将，怎么不请求多发些兵来？"

刘綎一听，按捺不住气愤的情绪，生气地说道："杨镐素来与俺不相和好，这次必欲置俺于死地，俺受国家的厚恩多年，这次决定以死相许。现在俺担忧的是两个儿子（刘结、刘佐）没有食禄,都留在宽甸了。"

且说努尔哈赤派人在刘𬘘将要进兵的董鄂路,砍断大树,设置三道大路障,并分兵埋伏,等待刘𬘘军到来。

这一日,刘𬘘的东路军来到了牛毛寨。这牛毛寨是努尔哈赤阻止东路军的第一道防线。这里古树参天,山岭险峻,道路曲折、狭隘。努尔哈赤派兵砍伐巨树为路障,加强了防守,减慢了东路军前进的速度。

且说刘𬘘的兵马,由于翻山越岭,又是冰天雪地,劳累异常,将士们请求休息一会儿。

刘𬘘说道:"这里山高路险,容易埋伏,还是早走为好。"

说罢,又催促行军,才走一会儿,有探马来报:"前面有不少满洲军拦住去路。"

刘𬘘听说以后,急忙传令安营,然后亲自爬上山去察看,见前面不远处,满洲的旗帜迎风飘扬,急忙下山领一支兵马前去迎敌。

这时,天色已晚,刘𬘘令各军点齐人马,准备迎敌。并命令各军齐点火把,把个山林照耀得如同白昼。

刘𬘘手提镔铁大刀,立马阵前,对着满洲营里喝道:"有不怕死的,来尝尝俺刘大刀的厉害!"

"刘𬘘匹夫,你休要猖狂,看俺取你首级!"这来将正是大贝勒代善,二人拍马上前,杀在一起。

那刘𬘘的大刀,舞得如车轮飞转,上下挥动,左右盘旋,代善哪是对手。约战了五六个回合,代善便汗流浃背,气喘吁吁了。

刘𬘘的镔铁刀,重达一百二十斤重,他的刀砍下来,一般人是架不住,挡不了的,躲起来也不是易事。所以代善几个回合就要败下来了。

三贝勒莽古尔泰,一向以力大著称,他见代善不是刘𬘘的对手,若再斗下去,非把命送掉不可!于是,拍马上前,换下代善,与刘𬘘又战到一处。

再说刘𬘘将军,正准备结果那代善的性命,不料又来一个黑脸大汉，把他换下去了。他心里想：这黑大汉看样子有些气力，俺得让他尝尝厉害才行！

且说莽古尔泰使的是枪，与刘綎的镔铁刀，碰得叮叮当当，二人一来一往，大约斗了十几个回合，眼看那莽古尔泰又不行了。

刘綎的大刀越舞越快，莽古尔泰只有招架之功，没有还手之力了。

只见刘綎的镔铁刀高高举起，狠命砍下去。这时候，莽古尔泰看得分明，若不能架过去，那刀砍下来，必有性命危险。他心里想着，随即用力使枪去架，只听"咔嚓"一声，莽古尔泰的大枪，被削去半截！

这一下可吓坏了代善和皇太极，二人慌忙上前迎住刘綎，莽古尔泰才得以脱逃出来。

这时候，明军中刘招孙也纵马上前，与刘綎一起，跟代善、皇太极战到一起。

代善一看势头不对，急忙向皇太极使个眼色，二人虚晃一招，勒转马头，就往营里跑去。

刘綎见二人逃跑，随即大声喊道："追呀！……"

明军举起大刀、长矛，在后面紧追不舍，满洲军士见主将败下阵来，便立不住阵脚了，随着三位主将，一起没命地逃去了。

第十八章
乔明将刘大刀被斩
困中营朝鲜兵请降

刘綎越战越勇，一百二十斤重的镔铁刀，上下翻飞，刀光闪闪。大贝勒与四贝勒以二敌一，仍是汗流浃背，气喘吁吁。这时，一员明将飞马驰来，喝道："刘将军，我来助你！"手起刀落，竟砍向刘大刀！

刘綎的东路军冲破努尔哈赤的第一道防线——牛毛寨，于二十九日启程北上。但是朝鲜王国的三个营兵士全部断粮，只能从刘綎军中借来充饥。

从牛毛寨启程之时，刘綎命令乔一奇等率领本部兵马作先锋，在前先行进发。

一路四十里程，所经过的部落，刘綎命令一律焚毁，见到女真人，或杀或俘，急驰向前。

当东路军来到马家寨口时，努尔哈赤的伏兵四起，向明军冲击，喊杀声震天。

刘綎带领将士向前，一阵厮杀，由于伏兵力量单弱，抵不住明军的攻击砍杀，有八十五人被明军砍杀，八十八人被俘。

三月一日，刘綎军进入马家寨。这时候，杜松将军正与八旗兵在吉林崖拼杀，可惜东西两路军不通消息，又怎能做到"分兵合击"呢？

三月二日中午，东路军到达深河，这里是努尔哈赤的重点防守区。

刘綎军刚到深河时，努尔哈赤的伏兵就向明军发起了冲击。

后金军分两路。一路由努尔哈赤的第三子阿拜率领一千人马，占据制高点，从后边牵制明军。

刘綎派勇将刘龙吉前去攻击制高点上的后金军。他自己带领乔一奇等，去打击前面的后金军。努尔哈赤的这一路人马，由牛录额真托宝、额尔纳、额里三人率领，从正面阻止明军。

两军战斗开始了，托宝先已结好阵，坐等明军到来厮杀。

且说刘龙吉带领一千人马，去攻打制高点上的阿拜。那制高点上滚木、礌石准备得特别多。努尔哈赤交给阿拜的主要任务，是拖住明朝军队。

刘龙吉先领着士兵攻一下，制高点上的礌石、滚木，如雨似雹，连续打来，使明军前进不得。

刘龙吉登上高处察看周围地形，决定用声东击西战法。他派二百人先从侧面爬登上去，从后金军的侧后、后面进行攻击。他自己再从正面展开攻击。

不一会儿，听到制高点上喊杀声起，刘龙吉知道迂回上去的人已接近了敌人，打起来了，于是，他亲自带领士兵从正面冲击。

谁知制高点上的敌人众多，由侧后面上去的明军，刚一打响，就被后金军一个反击，把那二百人围在中间，然后一齐放箭，二百人只逃回来十几人，其余的全部被射死。

再说刘龙吉带领士兵，从正面攻击，他们顶着滚木、礌石，奋勇上前，谁想刘龙吉不幸被礌石击中头部，当即阵亡。

再说前边的堵截情况，明军的先锋乔一奇，带领军队冲击托宝军的阵营，二人在营前拼杀起来。大约斗了七八个回合，托宝战败，逃回营中。乔一奇带兵追去，托宝据险防守，矢发如雨，仍未攻下来。

两军一直战到天黑，由于众寡悬殊，托宝的兵马死伤惨重，终于领着余下人马，突围逃走。

托宝军的任务是拖住明军，同阿拜的意图一致。深河这一仗，使明军半天不能前进，有力地配合了西部战场，使努尔哈赤能全力率部攻马林军。

深河之役后金死伤两千多人，明军损失也不少，勇将刘龙吉战死。

努尔哈赤得到马家寨、深河之役兵败的消息，立即召开军事会议，认真对待刘𫄙的东路军问题。

代善首先说道："刘𫄙果然名不虚传，那大刀一百多斤重，很难招架。若是跟他硬拼，咱都不是他的对手，只能靠智取了。"

托宝说道："此人也很谨慎。他行军时，让那姓乔的将领当先锋，在前面开道；他自己带领主力人马居中，让朝鲜军队殿后；安营时，用鹿角枝绕成营城，像一座城的样子，咱的骑兵不能突入，冲不进去。他在鹿角枝营外设立火器，使咱的骑兵不能冲入营中，又很难接近明军。他们自己或出营征战，或回营休整，可以轮番出战，来去自如。"

皇太极听了以后，说道："对刘𫄙这样的战将，不宜近战！咱们可以用远攻的方法，将他引入伏击地点，用弓箭治他，就可以奏效了。"

努尔哈赤说道："俗话说：磨道里逮鸡——多转两圈子。刘𫄙是当代名将，当然不好对付。不过，咱们可以用智取，引他上钩呀！关键问题，是用什么办法让他上钩？大家就这方面多想点子。"

范文程走到努尔哈赤面前，向他耳语了一会儿，只见努尔哈赤笑着说："高！高！范先生真是俺的智囊啊！……这叫做虚虚实实，以假乱真啊！"

努尔哈赤叫过大贝勒代善，向代善耳语了几句，代善便高高兴兴出去了。

他又吩咐道："二贝勒阿敏带一千人马，在阿布达里冈左面埋伏；三贝勒莽古尔泰带人马一千，于阿布达里冈右边埋伏。你们二人听到角螺声响，一齐杀出，少近战，多远攻，用弓箭。"

阿敏和莽古尔泰分别带兵埋伏去了。

努尔哈赤又向四贝勒皇太极说："你带一千人马，埋伏在阿布达里冈的正面。刘𫄙领军上了冈以后，即迎面冲杀上去，与扈尔汉合兵一处，不能放跑一人。"

"是！"

皇太极答应一声，就领着兵马出发了。

努尔哈赤又向扈尔汉说："你领一千兵马，先到富察埋伏起来，等刘綎军的前锋来到，给予迎头痛击。若能消灭他，更好；若是不能，就佯败，逃向阿布达里冈，再回头跟他打，并让士兵吹响角螺号，争取活捉刘大刀，切记，切记。"

"是！"

扈尔汉答应一声，带领人马向富察而去。

努尔哈赤分派以后，遂向内侍说道："传朕的命令：宰杀二十头牛，以及酒、菜、果品等，准备召开庆功会，吃庆功宴席。"

却说阿布达里冈，距离后金都城赫图阿拉约七十里。在满语里，"阿布达里"是"冈"的意思。它的位置在今拉法河、加哈河分水岭处的老道沟岭，地形复杂，易于埋伏。

再说范文程对努尔哈赤附耳的那几句话，就是为了诱使刘綎军深入重围，以挫伤明军斗志，进而歼灭之。

努尔哈赤派大贝勒代善，前去利用杜松落败时缴获的杜松令箭，从西路杜松的败军中，找出一名浙江兵，让他冒充杜将军的"材官"，到刘綎军中干"以假乱真"的勾当。

且说那"材官"来到刘綎军前，假装告急地说道："杜将军托刘将军的威名，十分幸运，已经深入敌境，抵达后金都城赫图阿拉。现在是担忧将军的东路大军不能同时并进，故差卑职前来，敬请将军急速起营，以备共同夹攻破城。"

刘綎听了，有些怀疑地反问道："俺与你们杜总兵地位相当，怎么传令箭给俺呢？以为俺是他的裨将不成？"

那"材官"随机应变地说道："报告刘将军，那令箭虽然是号令偏裨将领的，实际上也不常用，只是因为事急，以它取信罢了。"

刘綎听了，对"材官"的话未加深究，便信口开河地说道："出师的时候，各路大军相约，以传炮为号。今日师抵城下，为什

333

么没有听见你们的炮声?"

听到刘綎这么说,"材官"这才知道,各路大军相互联络的暗号,是以炮声为准。于是,那"材官"便应付着说道:"这里距离努尔哈赤的都城——赫图阿拉,也仅仅五十里,若三里传一炮,还不如骑上一匹马,跑来的快呢!"

刘綎把那假"材官"的一片谎言当做真话,答应传炮进军。

其实,那假"材官"的话,破绽百出,刘綎却未深思,也没有熟虑,便信以为真。刘綎未免太失之轻率了,令人为之扼腕!

再说那"材官"回到赫图阿拉,向努尔哈赤报告说:"那炮声是明朝四路大军的暗号,刘将军听到炮声,他才肯进军呢。"

努尔哈赤吩咐侍卫道:"将缴获的明朝大炮抬一门来,再让明朝的炮手来一个……"

"轰!"一声炮响,努尔哈赤高兴地笑了,他让侍卫快送信到富察去,到阿布达里冈去。

努尔哈赤又叫来侍卫,对他耳语了一会儿,那侍卫去了不久,提着一颗人头来了,就是那"材官"。

于是"材官"的人头被挂到了大竹竿上示众,说他逃跑到东路军里去送信。

其实,刘綎被急功冒进的魔影蒙住了眼,看那假"材官"走后,刘綎没有听见炮声就动心了。他唯恐杜松将军独占军功,先命令士卒拔营火速前进。

在刘綎大军接近富察之野的时候,果然听见炮响三声,这时的刘綎将军更是坚信不疑了。

尽管道路难走,周围重峦叠嶂,路险林深,人马不能成列前进,队伍混乱不堪。刘綎却大声命令道:"兵马成单列前进!"

却说刘綎将军一再催促大军火速赶路,又走了二十多里,忽听炮声连连传来,并且一阵紧似一阵,刘将军心里想道:"这是杜松将军在催促咱们快走呢!"

于是,他心急如焚,命令士兵丢弃掉鹿角枝,轻装向赫图阿拉迅速前进。

刘𬘩急功冒进,不顾士兵的疲劳,不顾路途的险恶,一味坚持急行军,这种做法就是常说的"强弩之末势不能穿鲁缟",所以兵法上忌讳这种做法,认为这一定会使主帅失败。

刘𬘩将军的前锋乔一奇率部先抵达富察。突然间,伏兵四起,前锋军很快陷入重围。

后金国大将扈尔汉带领一队人马,猛扑过来,只见扈尔汉横枪端坐马上,拦住去路,大声喝道:"呔!大将扈尔汉在此!来将报上名来,俺枪下不死无名之鬼!"

乔一奇听了,十分恼怒,大声说道:"那黑脸贼听清了,俺是沈阳府游击将军乔一奇!"

扈尔汉笑道:"什么'瞧稀奇'?都快要死了,还瞧什么稀奇!"

"少废话,看刀!"

乔一奇不再跟他扯狗皮,举起刀来,朝扈尔汉顶门劈来。

二人你一枪,我一刀,来来往往,斗到十几个回合,不分胜败。

明军中的于承恩,见乔一奇不能取胜,遂手舞双刀,催马上前,与乔一奇齐战扈尔汉。

扈尔汉一见又上来一个,便大声喊道:"你们现在不上,还等几时?"

声音未落,只听"哗啦"一下,扈尔汉身后的兵马便一齐拥上来。

乔一奇先锋营里只有五百人,怎能经得扈尔汉一千兵马的冲击,一下子被冲散了,士卒们有的被马撞死了,有的被踩死了,有些幸存者也不敢恋战,慌忙逃向山中去。

乔一奇、于承恩见身后的士卒溃散了,也不敢再打下去,勒转马头就向刘𬘩所在的中军逃去。

扈尔汉见明军逃跑,也不追赶,便收兵往回走。

刘𬘩将军见乔一奇与于承恩的前锋营被消灭了,才如梦方醒,但为时已晚,他的东路军已进入努尔哈赤的伏击圈了。大贝勒代善、二贝勒阿敏、四贝勒皇太极等，率领三万多兵马，从瓦尔喀什密林中杀出。

刘綎将军手提镔铁大刀，两眼环睁，怒视着奔向前来的大贝勒代善、四贝勒皇太极，嘴里骂道："你两个娃娃是俺的手下败将，赶快滚回去，让努尔哈赤来跟俺斗三百回合！"

大贝勒代善听了，说道："刘将军！你不要执迷不悟了，你已经中了咱的埋伏，还是早下马投降吧！"

刘綎一听，气得肺都快炸了，立即说道："呸！俺刘大刀虽然是个武人，也略知君臣大义。俺生是明朝的人，死是明朝的鬼！怎能弯腰降你那境外的胡人？"

皇太极向代善说道："大阿哥！别跟这老匹夫磨嘴皮子了，咱们将他活捉了，送到父王那里领赏去！"

代善还未来得及说话，刘綎的镔铁大刀已经挥起，只觉耳畔一阵凉风吹来，那刀冲他顶门劈将过来。

大贝勒知道那刀的分量，不敢用刀硬架，急忙来个镫里藏身，躲过那一刀。

四贝勒皇太极也急忙舞刀，与大阿哥一起，双战刘綎将军。

三人战到二十多个回合，那刘綎越战越勇，一百二十斤重的镔铁刀，舞得上下翻飞，刀光闪闪。大贝勒与四贝勒虽然两人战刘綎一人，仍累得汗流浃背、气喘吁吁。因为刘綎那刀太重，二人都不敢用刀去碰它，多半是以躲为妙。再者，那刀又来得迅猛异常，稍有疏忽，一旦被它劈着，准是两半分开，这精神一紧张，就显得更累了。

三人正斗到紧处，刘綎心里想："后军为什么不接战上来？"忽然，西北角上一彪军马杀到，喊杀连天，风驰电掣，从火光中望去，但见大旗上现出一个斗大的"杜"字来，那兵士盔甲完全是明朝装束。

刘綎又惊又喜，大声喊道："来将莫非杜松将军吗？"

刘将军话音未落，一员将领已到马前，头戴金盔，身穿铁甲，正是一员猛将。只是脸面长而黑,却不是杜松将军。

刘綎不觉一愣,刚按刀想问,不料那来将已手起一刀,劈刘綎于马下。

这时,明军中刘招孙军,急来相救,已经来不及了。

再说那杀刘綎的"明军将领",逢人便砍,他专杀明朝军队,弄得明军昏头昏脑,不辨真伪,自相屠戮。

不一会儿,刘綎的兵马被杀得干干净净。原来后金军杀败杜松时,得到了杜军的盔甲、旗帜,拿来教军士改装。那冒充杜松的将领,便是努尔哈赤的大将扈尔汉。在刘綎与大贝勒等交战时,他已将自己带的五千兵马统统换了明军的装束,绕道把刘綎的后路兵马包围,杀死一半,招降一半,刘綎又怎么盼得到后军的援助?

这一条"以假乱真"的妙计,还是范文程想出来、努尔哈赤命令扈尔汉执行的,活活把刘綎将军和他的一万多人马,统统送到鬼门关去了。

且说努尔哈赤的八旗兵,消灭了东路军中的明朝军队以后,又全力向朝鲜王国的姜宏立的三营朝鲜兵,发动攻击。

八旗兵由大贝勒代善、四贝勒皇太极带领,兵分两路,远远地环围而至,先将左营包围。

左营将领赵德廉,带领兵马,冲出围阵,大贝勒代善从后面追上来了。

二人见面,未及搭话,便杀到一处。赵德廉使枪,代善使刀,一刀一枪,往来砍杀,约战十几回合,皇太极见赵德廉枪法纯熟,大贝勒一时不能取胜,遂拍马上前,双战赵德廉。又杀了十几回合,赵德廉见中军和右营的兵不来援助,心中不免着急,手中的枪不由慢了起来,稍一疏忽,便被砍下马来。可怜朝鲜的一员名将,眨眼之间,死于异国他乡。

大贝勒、四贝勒结果赵德廉性命之后,便挥兵将左营朝鲜兵一阵乱砍乱杀。

这时，后金的骑兵又连续冲击右营，那疾如骤雨一样的铁骑，横冲直撞，右营也很快被摧毁了。

朝鲜王国左、右两营被消灭以后，大贝勒代善带领八旗兵，漫山遍野，向姜宏立的中军围过来。姜宏立派遣旗牌官传令中军将士，鼓励士卒，奋战一场，争取死里求生。

代善虽然包围了朝鲜的中央营，目的却是逼他们投降，因为后金缴获的明军大炮、鸟铳等火器，自己不会放，想收降朝鲜兵卒，为后金军当炮手。

最后双方派出代表，终于共立盟誓，以求和好。代善要求姜宏立元帅带领全军，开赴赫图阿拉，面见后金国汗王努尔哈赤。

初六日中午，朝鲜王国都元帅姜宏立、副元帅金景瑞等，带领余部四千人，到达赫图阿拉。大贝勒代善带姜宏立、金景瑞去拜见努尔哈赤。

大堂正中，努尔哈赤持弓端坐。堂下排列着众多甲士，努尔哈赤左右两边站着四大贝勒和文武大臣。

这时候，姜宏立、金景瑞入见，登阶行揖而拜。努尔哈赤见了，非常生气地说道："两个蛮朝的降将，为什么见了朕不行大礼？"

姜宏立高声说道："俺们不是降将。贵国大贝勒代善与俺共同盟誓，永结友好。"

两帅坚决不答应，努尔哈赤只好让朝鲜两帅在阶之东侧，以红毡铺地，设交椅落座。

明朝南路军主帅李如柏，带了两万人马，三月一日出清河、鸦鹘关，由于出师晚，行动慢，三月三日，会师的日期已过，仍然迟迟不进，逗留观望。

忽然，探马来报说："抚顺路杜松将军全军覆没！"

李如柏一听，吓得面色如土，连话也说不出来，向探马挥挥手，意思是："去罢！"

过了半天，探马又来报告说："开原、铁岭路全军被努尔哈赤打败，马林逃跑了，潘宗颜等将领战死……"

李如柏听了，吓得两腿乱颤，连手也举不起来了，只得对探马努一下嘴，意思是："走罢！"

三月四日早上，副将贺世贤来向李如柏建议说："咱们南路军可以偏师策应，增援东路，杀入重围，救出刘铤将军。"

李如柏听了，却说道："过两天再说。"

俗话说："救兵如救火。"李如柏还要"过两天再说"。又过了一天，探马来报说："东路军刘铤兵败被杀，朝鲜兵也败了。"

李如柏听了，吓得魂不附体，浑身抖个不停，几乎都坐不住板凳了。

过了好一会儿，李如柏才镇静下来，心里说："哎呀，俺的妈！如再进军，也是白送性命。幸亏没听贺世贤的话！"

这时候，李如柏真想回军，又害怕杨镐的尚方宝剑厉害，真是欲进不敢，欲退不能，忧愁得茶饭不思，寝卧不安。

试问：李如柏身为辽东总兵，真是如此怕死、怯懦？

辽东人民有一歌谣可以作答：

"奴酋女婿做镇守，未知辽东落谁手？"这其中还有一段香火情呢。

原来李如柏在广宁任总兵官时，努尔哈赤为搞好关系，将其弟舒尔哈齐的闺女娥喇佳嫁给李如柏为妻。这样一来，他们便成了翁婿关系，两下来往也密切起来。

万历四十三年（1615年）三月，努尔哈赤第八次赴京朝贡，也是他最后一次进京送贡品。当时，李如柏已调为辽东总兵官，驻辽阳时，努尔哈赤去京来回都要在辽阳住一段时间。

在一次酒后谈心时，努尔哈赤说道："有朝一日，咱翁婿之间若是兵戈相见，你怎么打算？"

李如柏听了，不加思索地回答道："俺将不战而退，以此报答岳翁。"

却说辽东经略杨镐，见四路兵已有三路兵败将亡，败局已定，只得发令箭到清河，召李如柏的南路军回师。

清河路李如柏正在逗留观望，接到令箭，如得到赦令一般，急急忙忙回师，其狼狈相有如丧家之犬。

俗话说："无巧不成书。"一天中午，努尔哈赤派二十名哨探，到虎拦山周围探听军情。他们在山上看见李如柏的军队，如残兵败将一般，一路上队不成列，排不成行，稀稀落落，实在不像样子。

这时候，哨探的头目武理堪灵机一动，让部下吹起螺号，喊杀声骤起，一时间山鸣谷应，恰似临阵对敌的声音。

李如柏一听，以为中了埋伏，顿时吓得心胆俱裂，魂灵儿出了泥丸宫，也不敢停下来应战，忙传令道："急速回师沈阳！"

那些士兵一见主帅惊慌，以为真是八旗兵马杀来了，就忙不迭地往回跑，哪还考虑什么。

那武理堪一见，便带领二十名哨探，呐喊着冲下山来，杀入明军队伍中去。

他们肆意砍杀逃窜的明军，共杀死四十人，缴获战马五十匹。

经过武理堪这一起哄，李如柏的南路军更不成样子，一口气逃回沈阳城去了。

萨尔浒之战结束了。

萨尔浒之战以后金军的胜利和明军的溃败而告结束。这次战役，明朝军队损失重大，据统计：明军文武将吏死亡三百一十余人，士兵死亡四万五千八百七十多人，失去马、骡、骆驼共二万八千六百多匹。

萨尔浒之战，使明朝国势更加削弱，后金国更加强盛。从此，明朝和后金互换了位置：明朝由进攻转为防御，后金由防御转为进攻。

萨尔浒之战，是后金和明朝兴衰史上的转折点。

努尔哈赤于万历四十七年（1619年，天命四年）三月初，取得萨尔浒之战的全面胜利，经过两个多月的厉兵秣马之后，在五月下旬，召开军事会议，讨论攻打开原的战略。

在努尔哈赤亲自主持下，参加会议的人员有四大贝勒、五大臣、部分将领，近三十人。

汗王努尔哈赤首先说道："开原是一座古城。它是明朝离蒙古、建州最近的城市，它不但是一个经济交流的重要场所，也是明朝皇帝镇压蒙古和咱女真人的前哨堡垒。咱们若要进攻辽沈，必须先占领开原。攻打开原的战术，咱们还是老办法——强攻与智取相结合。大家就如何智取这个问题，发表意见。"

范文程说道："开原形势险要，它'跨龙冈，临大漠，边靠咽喉之路'。它东边是建州，西边是蒙古，北边是叶赫。开原是砖砌城墙，四个城门，四个角楼。明朝在开原设道，由推事官郑之范管理开原道的事情。"

努尔哈赤派人去叫来李永芳，让他讲讲开原城郑之范的情况。李永芳说："郑之范是开原城的首富，家资巨万，但是这些钱财全是贪赃受贿得来。由于郑之范异常贪暴，开原老百姓人人痛恨。"

四贝勒皇太极说道："先派细作到开原，试着做郑之范的工作——此人贪财，就送些给他。看情况变化，争取里应外合。"

努尔哈赤心想：可以先让人去做郑之范的工作，然后再作进一步讨论。他说道："大家回去以后，考虑一下：如何强攻？如何智取？抽时间再讨论。"

次日，努尔哈赤派人找来何和理、苟得利，研究派人进开原，去做郑之范的工作，并了解城里的兵备情况。这且不提。

再说开原城道官韩原善，为人刚直不阿，不徇私情，不贪小利，对上不谄，对下不压，为开原城民所称道的好官。

开原城还有一个推事官郑之范，为人狡诈阴险，平日见钱眼开，贪污行贿，上扒下压，无所不为。因为李成梁是他妻子吴树兰的表叔，由这关系，他才当上开原城的推事官。

开原城是明朝在辽东地区与蒙古、女真进行经济交流的中心，城里所有的交易场所，全由郑之范一人把持。此人贪财成癖，在各个场所巧立名目，捞取大量金钱。开原城民说郑之范"赃资巨万"。

由于郑之范的重利盘剥,来开原经商的外地商人和当地百姓,无不叫苦连天。

韩原善为此事训斥过郑之范,当时他唯唯诺诺,不哼不哈。事过之后,用重金贿赂朝廷命官,把韩原善挤走。

从此,郑之范这个小小的推事官,便主持开原道的大小事务。

开原城民知道郑之范爱财如命,每逢找他办事,都要给他送红包;或是想办法去找他妻子吴树兰。因为郑之范是出名的怕老婆,没吴树兰的关系,李成梁当年怎能提拔他!

再说吴树兰的弟弟吴三流子,是郑之范推事府的总管,仗着他姐夫的钱势,横行开原城。城里的百姓有段顺口溜说:

"有事想求郑之范,
不若去找吴树兰。
要是认识三流子,
什么事情都好办。"

正因为吴三流子有如此神通,来开原办事的人,都千方百计地想结识吴三流子。

一次,开原城守城军队的把总朱梦祥,去到推事府里领钱粮。找了半天,也未找到郑之范。一直到晚上才见到,郑之范说:"哪里有钱粮?皇帝不发给俺,俺哪有钱发给你!"

其实,钱粮全被他贪污了。他竟然对朱梦祥说道:"你们也要想办法找生财之道,那些腰缠万贯的生意人,就是你们的钱粮仓库!"

还有一次,朱梦祥来向郑之范领取军马的草、豆等物。他说道:"哪里有什么草、豆?人家努尔哈赤的军马,从不喂料,只是野地牧放,却能打胜仗,你们为什么不学学?"

其实,他的仓库里,上级发来的草、豆等,已经霉烂了。还有许多军衣等物品,由于存放时间过长,管理不当,早已变质。

由于郑之范的贪污聚财,城中守兵毫无斗志,马无草料,人缺粮饷,一日倒死二百四十九匹战马。

且说开原总兵马林,从萨尔浒之战中逃回开原,把守城的希望寄托在西部蒙古宰赛、煖兔等部的二十四营方面。为此,曾多次派使者去蒙古联络、交涉。

实际上,宰赛、煖兔各部不仅无意帮助明军,反而被努尔哈赤收买,与马林假意周旋,暗中向努尔哈赤递送情报,配合后金军的进攻。

马林不明真相,一意孤行,以为有了蒙古二十四营作依靠,因而在萨尔浒战后一两月时间内,不积极设防。

城内其他的守城官员,副将于化龙、参将高贞、游击王守志、备官何毛中等,都住在开原城中,却无专人负责开原的城防。

且说何和理、苟得利在努尔哈赤的授意下,派胡里带了五十名细作,分七八批陆续进了开原城。

胡里与细作兀佳,扮成做珍珠生意的蒙古人,直接去拜访郑之范。

在推事府里,胡里与郑之范见面时,将一大包珍珠放在桌子上。

郑之范一见那么多珍珠,高兴得眉开眼笑,忙向胡里说道:"二位到开原城里来,要郑某办什么事,请提出来,就直话直说吧!"

胡里笑了笑说道:"咱们是做珍珠生意的,十天以后,王爷亲自带着骆驼队来。想请推事老爷替俺选择一个大的住处。"

"容易办,这事好办。"

郑之范说完,让人出去把吴三流子叫来了。胡里一看,吴三流子高挑个子,长得小头小脑,瘦得像个猴儿,脸色蜡黄,活像个大烟鬼。

开原城里把那些游手好闲、不干正经事的人,统称作"二流子"。这吴树兰的兄弟从小起名叫吴小山,后来成人后不务正业,倚仗姐夫郑之范有钱又有势，常在赌场、妓院、酒馆出入，比那些"二流子"还坏上七八分，所以干脆称他"三流子"。

再说吴三流子被他姐夫郑之范叫来，经过介绍，说明情况后，他咧着个大嘴，露出了一嘴的黄牙，点着头说道："这房子有的是，到底要高级的，还是一般的；是在闹区，还是静区；是……"

那三流子还未说完，郑之范说："你先带他们自己去看，人家是蒙古的王爷，是个有钱的主儿，怎能住一般的地方。要选个好所在，不能弄个窝窝囊囊的地方！"

"那好办，现在就走吧！"

吴三流子带着胡里、兀佳去找房子，后来半买半抢地盘下了一家"兴隆客栈"。胡里、兀佳二人陆续把后金的细作接去住下，这且不提。

第十九章
守家园百姓能喋血
泄怨恨八旗竟屠城

后金军攻占开原之后，努尔哈赤纵兵大肆烧杀掳掠。范文程担心士卒杀人过多，激起民变，遂向汗王进言。不料烂醉如泥的努尔哈赤却两眼一瞪："我军攻城死伤无数，杀几个蛮子解解气又有什么？"

开原城里的百姓们，自萨尔浒战后，人心浮动，许多人家举家远逃。

对形势老百姓也看得清楚，明朝军队打不过努尔哈赤。后金军队在抚顺、清河的劫掠行为，使他们心惊胆寒。

然而，即使在这种情况下，敢于反抗的人还是大有人在。

且说开原城里，东门附近，有一户人家，单门独户一个大庄院。在一丈多高的院墙外面，绕着一沟绿水，沟埂上长着好几棵合抱粗的大柳树。进了大门，到正厅前面，偌大的一个院子，两边有几十副枪架，明晃晃地都插满了各种各样的兵器。

这户人家姓高，据说高家的祖上是唐朝一个大官，不知何时，搬到这里来。

高家户主高老头有子五人，依次是高天民、高天富、高天国、高天才、高天强，合在一起，便是"民富国才强"。

高老头虽然年逾古稀，年轻时读过书，练过武，身板儿硬朗，耳不聋，眼不花，满口的牙，整整齐齐。

因为是官宦后代，又是祖传的武功，每在农闲冬休时节，高老头便带着五个儿子，在院子里使枪练棒，切磋武艺，日子过得倒也平静、安乐。

但是，努尔哈赤攻破抚顺、清河城以后，特别是焚烧房屋、劫掠财产、屠杀汉人等残暴行为,使高家再也平静不下来。

他们看到朝廷官吏腐败,武备不修,军队不能打仗,深感忧虑。

高家五个儿子,在开原城里各自都有三朋四友,这年春节初三日,正是高老头的七十三寿辰。按汉人风俗,要垫"缺子",也就是由闺女给老人买两条鲤鱼,对老人表示一番孝心,祝愿老人健康长寿。

因为高老头膝下只有五个儿子,没有闺女,只能由儿子买了。后来儿子的朋友知道了,也都提着鲤鱼,还有的拿着点心,送到高家大院,为老人祝寿。

初三日那天,高家可热闹了,一下子来了好几百人,共摆下五十余桌酒席。大家欢欢乐乐地团聚了一整日。

高家五子中,高天民武艺高强,且性格沉稳,比较有心计。平日,不多言多语,能吃苦耐劳,在兄弟中间威信较高。

那天喝完酒,大家闲话时,高天民带着深沉的口吻,说道:"今年,开原城未必能平静到年底。"

听他这么一说,大家马上想到了抚顺、清河的事情,有人当即说道:"到时候,咱们就跟他们拼了算了!"

"不拼也是死,拼死几个,也不吃亏!"

"不要乱说话,咱们听听大哥的意见!"

"对!听大哥说,大哥讲怎么办,咱都听!"

……

高天民被众兄弟簇拥着,遂说道:"古人说:'天下兴亡,匹夫有责!'当今皇上无能,宦官当权,官吏腐败。堂堂的大明王朝,打不过一个小小的建州。当年的一个龙虎将军,而今已面南称朕了。古人说:'国乱显忠臣。'前年抚顺城刚被围,李永芳便投降了。咱们都是普普通通的老百姓,但是,咱们是大明的臣民,宁肯死了,咱们也不干屈节的事。所以,咱们应该有个准备,一旦打到开原城下,咱们就提刀上马,协助官军一起守城。如今,城里不少人说:皇帝正在调兵遣将,要师发建州。咱们也应该团结起来，平日练练武艺。如果兄弟们有意的话，请来高家大院，咱们一起练吧！"

大家听了，当时都很激愤，表示愿来参加。有的人还激动地说："这是保家卫国的事情，稍有一点热血的人，都应该积极参加。"

自此以后，高家大院里每天都有几百人在操练武艺。

萨尔浒战后，消息传来，高家大院里一片哭声。

高天民说道："多则三五个月，少则十天半个月，开原就会有战事了。请兄弟们及早做好准备。明天，俺想去推事府里问问情况。咱们去的人不宜太多，三五人足矣。"

后来，大家推举了四个人出来，与高天民一起去推事府，他们是王化扬、张六柱、赵兴友、邱应金。

次日早上，高天民等五人，吃过早饭，早早地来到推事府前。

高天民让把门人向推事大人传话说："东门高家大院长子高天民求见。"

郑之范听了，向侍卫问道："他来有什么事？"

那守门侍卫说："他未说有什么事，一共五个人。"

郑之范想了一想，"让他们进来吧！"

当年，李成梁在抚顺时，每次来开原，都要去高家坐坐，吃两顿酒才走。郑之范也曾经跟着李成梁去过高家大院。李成梁死后，他一门心事搜刮钱财，就未去过高家。

再说高天民带着四个兄弟，见到郑之范以后，先寒暄几句，接着说道："萨尔浒战争过去一个多月了，不知大人对开原的城防工作是如何安排的？"

"这事情总兵大人马林已同蒙古二十四营联络得差不多了，蒙古表示：一旦努尔哈赤进兵开原，他们将出兵援助我们。"

"那蒙古人是靠不住的。去年抚顺城破前，就是蒙古人先出兵以讨赏为名，实际上是为了牵制抚顺的兵力，等于帮了努尔哈赤的大忙。咱们自己也该……"

这时候，旁边坐着的吴三流子说话了：

"推事大人用不着你来教训，何况守城是朝廷机密，不需要你来关心，一个小小老百姓，你瞎操什么心？"

高天民听了，立即说道："俺来是向推事大人请教事情的，你又插什么话？何况开原城每个老百姓都该关心城防，俺怎么是瞎操心？"

"你操心顶什么用！你能去带兵打仗？……"

"推事大人若能同意，俺就打算去带兵守城。"

"你是喝凉水，说大话，反正不会觉得塞牙！你带兵去守城？你也撒泡尿去照一下自己，看看你的长相！"

"请你放尊重些！再说一遍，俺不是来找你说话的。"

郑之范看了一下吴三流子，说道："你去吧，不要在这里胡说八道。"

郑之范见吴三流子走了，才说道："他是信口胡说惯了，请高大少爷不必介意。"

"这倒没什么，道理越说越明嘛！"

"高大少爷的一片热忱，本大人心领了。这守城的事得慢慢来，要钱，要兵，要兵器。当今皇上，什么也不给，让俺怎么去防？去守？常言道：做官才知做官难。俺是老鼠钻到风箱里——两头受气。你大少爷是明白人，总该体谅俺吧？"

"看样子，努尔哈赤对开原用兵不会长久了。这守城的事，望大人及早操心。无论哪一天，需要俺时，咱高家兄弟五人，还有一帮侠义弟兄，一定会拿起刀枪，登城御敌！"

"谢谢！高大少爷爱国爱城的精神，十分可敬。本大人还有要事急待处理，恕俺不能奉陪了。"

高天民知道这是逐客令，只好告辞出来，自去操练义民，准备抗击后金兵马。此且不提。

且说努尔哈赤于五月下旬，收到胡里从开原城里送出来的情报。得知进城的细作，已住在开原东门里面的兴隆客栈；并与城里的推事官员郑之范拉上关系，届时可以利用他的小舅子吴三流子赚开东城门。并得知城里守备松懈，将领之间互不联系，互不支持与信任；由于兵饷紧缺，兵无斗志，士兵逃跑现象严重。由于马无草料，每日有数百名士兵驱赶军马，出城到野外牧放，很晚才回城。在城防方面，主要官员单纯依靠蒙古二十四营来支援，据说马林总兵官已同宰赛订立盟约，所以开原城至今不设防备。

根据以上情报，努尔哈赤于五月底又召开四大贝勒、五大臣以及范文程等参加的军事会议。

在会上，范文程首先讲话。他说道："根据情报得知，开原城防至今无人过问，他们依赖蒙古二十四营届时支援。咱们进军时来一个佯攻沈阳，仍是麻痹明军，然后趁夜色突袭开原城，又可里应外合。"

代善大贝勒说道："进兵前夕，派一支兵把开原城外放牧的马匹截获下来，放马的明军全部俘获，用其服装，让八旗军穿上，当晚混进城去……"

皇太极说道："城里已有细作做内线，不必再用八旗兵士混进城去了，免得打草惊蛇。"

努尔哈赤听取大家的意见后，决定于六月十日出兵。

在进军的一切准备工作完成后，六月十日那天，却下起雨来了。

有的将领说："天公不作美，建议汗王改期吧！"

努尔哈赤听说后，立即召开出师前的全体将领会议，他在会上大声疾呼："咱们大金国的一切行动，老天爷都是支持的。今天出兵去打沈阳，又下雨了，这是天洗兵，是吉祥的征兆，是胜利的征兆！当前，正是炎热的夏季，下雨不是好事？咱们应该利用这好天时，积极行动，迅速、果断、勇敢地去冲锋陷阵，不容丝毫的犹豫！希望将领们将朕的讲话，及时传达给八旗士兵，不准拖延！"

会后，努尔哈赤冒雨跨上白龙马，亲自率领四万八旗士兵，由靖安堡深入明朝境内。

且说大军进发时，天雨纷纷，道路泥泞，河水上涨，行军十分不便。

为了躲避雨淋，又不走漏消息，努尔哈赤佯令兵士向沈阳进军，另派小股部队，去沈阳以东的村庄进行掳掠，以吸引明朝军队的注意力。

努尔哈赤又派代善大贝勒，亲自带领士兵去测量开原河水深度，以备士兵涉河前进。

再说兴隆客栈被胡里等人占据以后，后金细作出出进进。那吴三流子每天都到里面喝酒，与胡里等打得火热。

一天，邱应金向高天民说："俺在南城门处，发现一个人描绘城门楼火炮安放的位置图。以后尾随他走到东门，见他进到兴隆客栈去了。"

高天民把这一情况向父亲作了汇报，大家又联系以前情况，怀疑是后金派来的细作。

次日开始，高天民派专人对兴隆客栈进行侦察。

为了防备万一，高天民经父亲同意后，把兄弟五人的妻室儿女让五弟高天强用马车送往关内居住。

为了查清兴隆客栈的真实情况，高天民准备夜探客栈。

晚上二更多天，高天民带着王化扬、邱应金等六名弟兄，他们都穿上夜行服，别了短刀、短剑等兵器，趁着夜色的掩护，从后院墙翻入院里。

然而楼门紧闭，窗子也关得严严的，无法进去。他们在院里隐伏着，突然楼内出来一人小便。

这时候，高天民向弟兄们打暗号，猛然蹿到背后，将那人按倒，捂上嘴巴，像捆猪一样，背回高家大院。

经过再三审问，那人才承认是后金的细作，并承认不久后金将来攻打开原，届时，他们里应外合。

次日上午，高天民与几位弟兄一起，把那人押往推事府里。

起初，郑之范不相信，经过询问，那人供认不讳。他才不得不相信。

高天民向推事郑之范建议说："依俺的建议，可将兴隆客栈的所有人员，全部拘押起来，不使一人漏网。"

郑之范却不以为然，他说："你这么做，等于逼着鞑子来攻打开原城，为他们攻城提供了借口。"

高天民又说道："鞑子迟早要来攻打，这只是个时间问题。让他们这些人在城内自由行动，等于放虎归山。"

郑之范听得很不耐烦，轻蔑地说："你说话的口气，好像是俺的上司，俺能由你来指挥吗？……"

最后，郑之范派吴三流子带二十个士兵，暗中监视兴隆客栈的活动。

其实，派吴三流子去，等于是让他去替那些人打掩护，起了纵虎归山的作用。

高天民气得没有办法了，只得回高家庄院，与父亲、众弟兄商量后，决定派弟兄们轮流值班，负责兴隆客栈的监督任务。

此后，郑之范仍没有引起重视，对城防仍然不闻不问。

他的一个理由就是：如果抓了城防，反而会引起努尔哈赤的愤怒，发兵攻打开原。

郑之范等开原守将这种怯战怕死的心理，给努尔哈赤攻占开原，提供了良好的机会。

六月十日深夜，努尔哈赤的四万大军，兵临开原城下。

得知后金军已到城下的消息，高天民遂带领四十多个弟兄，手执兵器，赶到兴隆客栈。可是，他们已来得迟了，客栈里仅有二十多人，其余的细作，早已散布在城里各个大街小巷。他们把那二十多人关押起来，就以客栈作为他们的据点，并向郑之范提出：

"东城门交给咱们防守，愿意用生命立下军令状！"

但是，郑之范却不同意。他固执地说："你们不是官军，没有守城的资格。你们只能充当后备……"

高天民气愤地说道："咱们报国无门，守家无路，是让咱们坐等八旗的铁骑前来蹂躏不成？"

努尔哈赤命令大贝勒代善带领一万人马攻南门；命令二贝勒阿敏带领一万人马攻西门；命令三贝勒莽古尔泰带领一万人马攻北门；他自己与四贝勒皇太极带领一万人马佯攻东门，等待城内细作"开城门做内应"。

再说城内马林、郑之范等，见后金兵马已抵达开原城下，蒙古二十四营并无来援的迹象，知已上当，又来不及布防，只得登城守御，并慌忙向四门增兵，匆忙应战。

再说高天民等众弟兄，回到高家大院与父亲商量后，决定将人员分派四门。

高天民带领邱应金等守东门，高天富与王化扬等守南门，高天国与张六柱等守西门，高天才与赵兴友等守北门。

高天民等兄弟还在四门里面设立了几处"守城保家鼓动站"。他们手执铜锣，在城里大街小巷喊道："乡亲们！后金的兵马已抵城下，为了守城保家，咱们必须团结一致。凡有作战能力的人员，应该自动前去鼓动站登记，不要再观望犹豫了……"

经过这样一鼓动，全城居民警觉起来，好多青壮年都去鼓动站登记报名，连许多六十多岁的老年人和十四五岁的孩子，也自动去报名了，合计近万人自动前来报名。因为只有两天时间，现在还在陆续登记。

高天民等将登记人员按老、中、少编队组织，并让专人负责领队。由邱应金、王化扬、张六柱、赵兴友等给予指导、训练。让他们自己准备兵器，刀、枪、剑，以至棍棒等，凡能致死人命的，均可使用。

且说努尔哈赤的兵马于六月十日深夜抵达开原城下，十一日开始攻城。

攻城战斗先从南、西、北三门开始，东门虽然布置重兵，仅是佯攻。

先说南门情况，大贝勒代善带领一万兵马，来到城下。守将于化龙，锦州人氏，父亲于京国，是明朝老将。于化龙自担任开原副将以来，与监军道推事郑之范意见不合。在萨尔浒战后，于化龙提出城垣备防事宜，遭郑之范否定，气得不出门。

游击官王守志登门找他，于化龙气愤地说道："咱们为将的，战死沙场，自古有之。可是，让全城百姓陷入敌手，横死于铁蹄之下，于心何忍！"

王守志也有同感，说道："像郑之范这样的人，对于金钱似乎有一种癖好。岂不想想，当城破人亡之时，那些金钱财宝还能归己吗？……"

于化龙这次上城前，对妻子说："俺从今日上城开始，直战斗到城破，不再回家。若听到城破时，就是俺战死之时。你们也自寻死法，绝不要活着去见敌人。"

因此，于化龙是抱着必死的决心登城的。来到守城士兵当中，他向大家表明心志说："作为一名军人，能为守卫城土而壮烈赴死，是一种幸事；若是被敌人捉住，引颈受戮时，那是可悲的；若是被敌人围困，自杀而死的，那却是可鄙的。"

说完之后，他慷慨激昂地说道："那三种死法，俺看不起后两种死法，敬慕第一种死法。因此，俺将奋力拼杀，直战斗到死，也决无怨言。"

他要求那些守城士兵，个个英勇杀敌，做一名战死沙场的勇士。

于是，南门城楼上下，都在互表决心，立下誓言，准备与敌人拼杀到底。

且说代善指挥八旗兵士攻城，让士兵用战车在前面开路，后面的兵士抬着云梯，往城上架去。再后面的兵士往城上弯弓射箭，以掩护前面的士兵。

因为城上抵抗顽强，滚木、礌石纷纷打下来，并且箭落如雨，代善尽管发起一次次攻击，都以失败告终。

在后金兵马攻城间歇，于化龙让王化扬带领群众，搬运砖石，往城上送，以充礌石之用。

于化龙对王化扬说道:"动员居民,主动拆毁破旧危房,将房梁、石块,尽量运往城上。"

代善领着八旗兵马,连续发动攻城,都被打退,士兵伤亡惨重。

代善见攻城不下,遂与众将商议,决定夜里再行强攻,白天只由少数人,以小股兵力吸引城头守兵,使其疲劳。这且不提。

再说西门战事,二贝勒阿敏带领一万兵马,从上午开始猛攻,由于城上滚木、礌石、箭矢,一齐打下,使八旗士兵送不上云梯,近不得城下,只能在城下远射弓箭,以致后金兵马伤亡不少,效果也不大。

西门守将王守志,安排高天富、张六柱等,帮助守城士兵运送砖石,增加礌石数量,使八旗士兵不能靠近,减小了攻城威力。

由于火炮使用及时,杀伤力加大,使阿敏的连续进攻都告失败。

再说三贝勒莽古尔泰,带着一万人马,直抵北门城下,指挥士兵猛烈攻城。

由于城上火炮发挥威力,使八旗兵马冲锋损失惨重。原来那炮弹里面,全装着碎铁块。一旦炸开,一发炮弹变成无数颗子弹,所以此炮弹杀伤力极大。

那八旗兵马固然厉害,但在攻城硬战中发挥不了威力。平原作战时,八旗铁骑横冲直撞,再坚固的阵势,也经受不住那狂风般的席卷之势。他们来回冲击,左砍右劈,那速度如不及掩耳之迅雷,什么战车、营帐,全都不顶事,经受不住它的冲撞践踏。即使威力大的火炮,也难以阻挡。因为炮手还未来得及装药,那疾风式的铁骑,便驰驱过来,将炮手的脑袋削掉了。

如在攻城战斗中,城墙被冲开一个缺口,或是倒下一片,八旗兵马就能发挥作用了。所谓一马当先,万夫挡不住!

一年前,努尔哈赤攻打清河城时,即屡攻不下,一方面是因为城墙坚固,另外,城上防守严密,尽管八旗士兵连续冲锋,仍是攻不下来，反丢下成堆的尸体。

后来，努尔哈赤利用智谋，趁着夜色的掩护，派士兵摸到城墙下面，用挖墙根的办法，使城墙倒下一个缺口。努尔哈赤看时机已到，遂命令八旗兵马从那缺口一下冲了进去，后面的铁骑如潮水汹涌，奔腾而入。那么坚固的清河城，被一举攻破，完全是归功于"挖墙脚"的策略。

莽古尔泰与众将领研究，准备再猛攻一次，如果还攻不下来，就去请示汗王，晚上动手"挖墙脚"。

再说北门守将高贞，沈阳人，也是将门之后。其父高宏友，亦为明朝的名将，在北歼蒙古的战斗中阵亡。

高贞是开原城守军的参将。抚顺城陷落以后，他也像开原其他将领一样，想及早备防，很想为守开原出一番力，即使献出生命，也在所不惜。

但是，马林、郑之范却刚愎自用，又懦弱无能，反说他多事、瞎操心等，他们完全寄希望于蒙古宰赛的二十四营。

因此，高贞名为参将，却成了"不参不将"的人了。

这次他负责防守北门，刚到城楼上，就立即布置防守事项，并号召士兵们奋勇杀敌，不做投降派！

他见高天才等积极忙于守城，带领群众运砖块、石头、木头等，从心底发出赞扬之情。他说："开原城的守将、士兵，都能像你们这样，开原将固若金汤。"

且说东门守将郑之范，他见努尔哈赤只攻南、西、北三门，留下东门不攻，心中万分庆幸。他想：你不攻，咱也不守。趁空子回家收拾细软，让妻子先回关中去，将金银财宝安顿好，俺也就放心了。万一城破，俺能逃得脱，那是最好；一旦走不脱，就投降他们，只要给碗饭吃，也就行了。俗话说：好死不如赖活着，这才是聪明人的哲学。

郑之范想到这里，将守城的事交给了吴三流子，自己不声不响地回推事府去了。

再说高天民等见努尔哈赤兵临开原城下,只派兵攻打南门、西门和北门,却留下东门不攻打。他与邱应金等商量,以为这是努尔哈赤运用智谋,使的是"明修栈道,暗度陈仓"的计策。

开原将领们都知道,后金已派好多细作,进了开原城。一旦东门防守空虚,那些细作乘虚打开城门,努尔哈赤的八旗兵马,还不长驱直入吗?

他们想到这里,便打算将此想法告知东门守将郑之范,好让他及早做准备,以防止出现防备上的疏忽大意!

高天民带着他的一帮弟兄,来到东门城楼,抬头一看,郑之范不在,只有吴三流子神气活现地跷着二郎腿,坐在那里吞云吐雾呢!

未等高天民说话,那吴三流子却阴阳怪气地说道:"这是守城的重地,你们能随便来闲逛吗?"

高天民等听了,虽然不高兴,但是仍压住火气,还是心平气和地说道:"俺们没有闲逛,俺们是来找郑大人的。"

吴三流子一听,吊起三角眼,撇着嘴,从鼻子里哼了一声,说道:"郑大人有郑大人的事,你们别找他瞎嚷嚷!这东门的事,是老子负责!你们有屁,到远处放去,别在这里惹老子心烦!"

高天民实在气不过,心里想,郑大人的事不就是守城吗?可现在,他不在城上,你守什么城!敌人兵临城下,那三个门打得热火朝天,杀得人仰马翻,血流满地,这里却如此轻松,这城能守住吗?

他越想越气,三步并作两步,走到吴三流子跟前,伸手抓住他的衣领,把他提过来,朝拐角一撂,说道:"你立马去把郑大人给俺找来!否则,俺要抽你的筋,扒你的皮!"

那吴三流子通过几次与高天民打交道,知道他功夫了得,心里有些怵他。刚才,这一惊可不小,他真担心高天民会把他摔死!

但是,他毕竟是吴三流子!他仗着郑之范给他撑腰;今天又是郑之范叫他在这里负责守城,更加有恃无恐了!

于是他气急败坏地说道:"你们胆大包天!郑大人叫俺在这里

负责守城，你们来打了俺，差点把俺摔死！还要抽俺的筋，扒俺的皮。你们……你们比那努尔哈赤还厉害呢！"

说完，吴三流子头也不回地下城楼去了。

这时候，那些守城的士兵，一齐哄笑起来，对高天民说道："你们来得好，他刚才还要俺们去给他买酒买肉呢！……"

高天民向士兵们说道："现在，大敌当前，咱们肩上的担子可不轻啊！那三个城门处的将士们在流血牺牲，奋力拼杀，咱们怎能袖手旁观、无动于衷呢？咱们一定要加强警戒，看好城，守好城，让东门成为埋葬努尔哈赤的陷阱！"

高天民刚讲完话，他父亲高老头来了。高天民把刚才发生的事情向父亲讲了一遍，高老头说道："古人说：'泰山崩于前，不动色；大海啸于后，不动声。'这是赞扬那些大智大勇的人，能够临危不乱，遇事不慌的良好风度。今天，你这样做，还是克制得不够啊！"

高天民沉默了一会儿，向父亲说道："今天俺实在气不过，当时真想一拳把他废了！"

"那就更不好喽！大敌当前，还应顾全大局。即使他另有所图，也要有真凭实据，让他心服口服，那时再治他也不迟！"

高老头正在教训高天民，只见郑之范气呼呼地走了进来。

高老头只得迎了过去，深表歉意地说："刚才老朽才来，听说以后，正在教训天民，还望大人海涵！"

"那好，老将军你也来了，你那少爷倒像是俺的上司，这里还有王法吗？……"

郑之范气得脸红脖子粗地咋呼着，一点也不给高老头的面子了。

俗话说："姜还是老的辣。"高老头见郑之范想把这事扩大化，马上说道："老朽这儿子虽然不能到处给俺搂钱财，但是他赤胆忠心，他不会临阵畏缩的。当前兵临城下，他关心的是东城门的安全，城防会议已做了决议，让他来协助郑大人守好东门，他没有离开这东城门楼一步。那三个城门到处喊杀震天，将士们在拼杀，俺这里守将不在，把守城大事随便交给一个无身份的无赖，若是追究起来，恐怕郑大人也要负些责任罢！"

高老头这一段侃侃激昂的言辞，真像锋利的小刀，刺得郑之范热汗直流，他不得不佩服老头的气魄，立即满脸堆笑，说道："请老将军不要误会，都是为了守城这个大目标，咱们有话好说……"

高老头余怒未息，接着说道："要真是为了守城这个大目标，就不会生出这些枝节来了。还有一点，老朽一直想请教郑大人，关于兴隆客栈的事情，跑掉的那些人都散在城里，据说他们跟吴三流子还有往来，还经常在一块喝酒，不知大人知道不知道？"

"这个……不会吧？"

邱应金接着说道："昨天晚上，他们还在'得月楼酒家'喝酒呢？"

"果有此事吗？……是不是看错了？"

"没有看错。以后咱再看到，将他们一起拿来，让大人亲眼看看。"

高老头激愤地说道："努尔哈赤为何不攻东门？不知郑大人如何看待这事？"

"这事，本官还未得及考虑。"

"郑大人作为东门的主要守将，不考虑此事，到底在忙些什么事呢？老朽已是快入土的人了，本不该来过问这事，但是，俺是有良心的大明臣民，俺也不忍看着满城的男女老少全被努尔哈赤杀死，房子全要烧掉，钱财全部抢走……"

老人讲到这里，由于激愤的缘故，几乎倒了下去，幸亏高天民抢步上前，一把抱住，老头才没有倒下去。

郑大人一见，慌忙上前说道："老将军息怒，老将军息怒，本官这就去布置，这就去布置……"

郑之范刚走出门，迎面碰上一群人上楼，仔细一看，前面绑着三个人，一个是吴三流子，另两个是那两个"蒙古人"。

那群人嘴里不停地说："请郑大人处理吧！请郑大人处理吧！……"

"这是怎么一回事？"

郑之范紧跟着那一群人，上了楼，嘴里还不停地问着。

来到楼里面，高天民一看，心里明白了。那吴三流子进了屋，看着郑之范喊道："姐夫！俺实在冤枉，这些人诬陷俺！"

"谁诬陷你？咱这些人都诬陷你？……"

"怎么一回事？有话好好说，捆着干什么？"

那群人中，有一个年龄大些的，约有四十岁的样子，他站出来说道："吴三流子与那两个鞑子的奸细一起喝酒，约定今夜四更天打开东门，让努尔哈赤的军队进城。"说到这里，他从口袋里掏出十根黄亮亮的金条，放到桌子上。

另一个人说道："俺是得月楼酒家的老板，他三人在俺那里喝了五次酒，每次都讲开城门的事。请郑大人到俺酒店里询问去！"

郑之范情急之中，禁不住脱口问两个"蒙古人"说道："你二人不是'蒙古人'吗？"

那两个"蒙古人"一声也不吭了，高天民插上来说道："你若说出老实话，还可以考虑放你们回去，再顽固下去，就是死路一条！"

"俺说，俺说老实话。"

胡里说着，扑通一声跪下来，说道："俺两人都是女真人，是被汗王派来做内应的。俺见吴三流子想要钱，就给他十根金条，他答应今夜四更天为俺打开东城门……"

原来吴三流子从城楼上下去，回到推事府里，将高天民如何打他、骂他，还骂郑之范等，添油加醋说了一遍，气得郑之范鼻子都翘起来了。二人一起往东门走来。

半路上，胡里和兀佳在十字街口给他打个手势，吴三流子便退下来，与胡里、兀佳去得月楼喝酒了。当时，郑之范只顾气呼呼地走路，未注意吴三流子退下去了。

郑之范听到这里，觉得再不动手，事情会更多，麻烦会更大，不如——

他想到这里，对身边侍卫说："把那两个女真人拉去砍了！"

高天民急忙上前说道:"郑大人,现在不能杀他们,还有些事没有搞清楚,还有些女真奸细未捉住,杀了以后,线索还不断了?"

"当前形势紧迫,管不了那么多了。"

说完之后,郑之范转脸对侍卫说道:"还不快去执行!"

高老头已休息过来,缓口气说道:"你暂时不能杀他们,那吴三流子怎么处置?"

"念他初犯,放了他……他吧!"

那一群人首先喊着说:"他是汉奸,里通外国分子,怎能放了他?"

邱应金等也接着说道:"放了他,还有王法吗?"

郑之范转脸看着高老头,意思希望这位老人家能帮助讲两句话,留下吴三流子一条命。

高老头戎马大半生,经历的事情可不少,什么样的人未见过,怎能听他指挥?何况吴三流子是个什么人,他早已清楚。所谓"放走了一个恶人,等于残害众多的好人"!

高老头立即说道:"老朽替大人着想,还是不要留他吧!"

郑之范听了以后,把手一挥,侍卫们一齐上前,架着吴三流子往外就走,只听那家伙没命地喊道:"姐夫!你救救俺呀!……"

这时候,守城士兵进来报告说:"北门被努尔哈赤打开了,快上城吧……"

大家一听,急忙拔出腰刀,登上城头一看,北门那边喊杀声震天动地。不一会儿,只见后金的八旗军沿城冲杀,城上的守军固然英勇,怎奈八旗兵士人多势众,杀得城上守军抵挡不住。

就在这时,忽听城门处喊杀声起,原来是城里的后金细作,见胡里、兀佳不知去向,又见北门已被打开,遂集合起来,拥上东门,准备强行开门。

高天民等率领众弟兄,协助守门士卒,与那些后金的细作拼杀在一起。

原先由胡里带进开原的后金细作有五十多人,后来被高天民从兴隆客栈逮走二十多人,现在杀上东门的是剩下那二三十人。

且说这二三十名细作,怎能顶得住守军和高天民等人的击杀,不一会儿,全部被杀死。

高天民等人刚返身登上城墙,见城里已乱得厉害,不少人跑着,喊着:

"努尔哈赤杀进城了!快抄家伙跟他们拼啊!……誓死不当亡国奴啊!……"

再说北门守将高贞正在城上指挥守军,不料被莽古尔泰的兵马一箭射中面门,一跤摔倒,当即毙命。

守军见主将阵亡,正在一时慌乱之时,莽古尔泰乘势猛攻,登上城头。

由于后金兵马众多,城上士兵终被杀得溃散。北门一破,八旗兵马遂如潮水,涌进城里,逢人便杀,分别杀向西门、北门和东门。

俗话说:兵败如山倒。北门已失,另外三门也就难保了。八旗兵马首先杀向城门,南门的于化龙将军,西门王守志游击,均在与八旗军拼杀中死去。那总兵官马林马秀士,早已跑得不见踪影了。

八旗士兵集中拥向东门,郑之范早已不知去向,高老头与高天民父子俩,组织东门守军以及百十个群众,与八旗军拼杀,不一会儿工夫,全部战死。

这些后金士兵见四门守军全已消灭,心想可以进城劫掠了。

谁知这开原的百姓与抚顺、清河不同,八旗士兵挨家搜掠时,几乎都受到抵抗,不少人死于群众的菜刀之下。

城内街道上,巷子里,院子里,屋子里,到处是拼杀的战场。

有人说"开原城里多节义之人"。这句话可说对了!有的全家与八旗士兵拼杀,全部战死。有的老弱妇女无拼杀能力,就自缢而死。反正不愿意活着去见努尔哈赤。

因此,八旗士兵也非常恼火,他们逢人便杀,反抗的一个不留,全被杀死。

后金军攻占开原之后,努尔哈赤"志骄气满,夜醉如泥",让八旗士兵"纵掠三日,满载而归"。范文程担心士卒杀人过多,激起民变,遂向努尔哈赤进言,谁料努尔哈赤却说:"我军攻城死伤无数,杀几个人解解气又有什么?"

次日早上,努尔哈赤登上开原城,坐南楼,后又巡视各营,听各军报告掠获情况。他举目四眺,阅览形胜,不禁感到心旷神怡,快慰无穷。

第二十章

叠死兵为梯攻铁岭
斩逃将作样慑军心

月色昏暗，八旗兵卒正按照努尔哈赤的命令，把白天战死同伴的尸体向铁岭城下搬运。一具、两具……一个更次过去，随着尸体不断堆积，铁岭城外竟出现了一座座由阵亡将士遗体筑成的人梯！

在开原城，努尔哈赤及其八旗兵马，驻扎三天，从容分财、分俘，最后弃城而归。

回到赫图阿拉的第二天，努尔哈赤即召开四大贝勒、五大臣，以及范文程、李永芳参加的军事会议。

努尔哈赤首先讲话，他说："明朝在辽河以东有四大镇，开原、铁岭、沈阳、辽阳。占有四城，等于占有辽东。如今开原已被咱攻破，铁岭距离咱们最近。怎样去攻取铁岭，请诸位发表意见。"

"前次的萨尔浒之战，咱们打的就是算定战、舍命战、明白战。而明朝的经略杨镐，他打的却是糊涂战。"

五大臣之一的何和理是分管谍报工作的，他向大家说道："据侦探的可靠消息说：铁岭城内将领之间矛盾重重，城防无人过问，基本是空虚的。如今是一个名叫丁碧的参将主持铁岭的工作，他与游击喻成名、李克泰等有意见，彼此不和。"

抚顺降将李永芳说道："铁岭城原来的守将是李如桢，此人是李成梁的第三个儿子。虽是将门之后，却不懂军事。他在铁岭时间不长，杨镐就调他去沈阳驻守了。他走时，让丁碧主持铁岭城防。此人文过饰非，无大能耐，喜欢说大话。"

莽古尔泰又说道："在俺的俘虏当中，有一个人名叫王朝新，他说是铁岭守将丁碧的表弟，此人是否可以利用，让他去做丁碧的工作，动员他投顺俺大金国？"

努尔哈赤听了，点了点头说道："这倒是一个可以利用的人。"

他说完之后，立即向何和理说道："这得由你来做他的工作了。"

何和理说道："好的，散会以后，俺就把他领来，问问他的情况再说吧！"

努尔哈赤又向大家说道："当前，草木茂盛，天气又凉爽，正是练兵牧马的好季节，希望抓住这大好时机，来个厉兵秣马，养精蓄锐吧！"

抚顺、清河的失守，特别是萨尔浒之战明军大败，对铁岭城震动很大，有些富商大户，纷纷外逃，人心混乱。

将领中怯战心理也比较严重。督判游击李克泰多次建议布防问题，丁碧迟迟不予重视。

一次，李克泰邀约缘事游击喻成名、新兵游击吴贡卿等，一起赴丁碧家，促其研究城防。他们当场做了分工，四人分别负责一门。

李克泰负责东门防守。他先将东门外近城小堡的军民收入城中，安排好他们的生活以后，即组织士兵半天训练，半天搬运礌石、滚木，加强城头防卫能力。

喻成名与吴贡卿也学着李克泰的样子，认真做了整顿，加强了训练，又搬运许多礌石、滚木，增强了防卫力量。因此南门、西门也紧张起来了。

但是北门的丁碧，仍无动于衷。喻成名、吴贡卿找到李克泰说道："这四个城门，有一门疏漏，将全城尽失。"

三个人一起又来到丁碧家中，李克泰说道："北门无人过问，呈现混乱状态。请丁参将抓紧上城，这是刻不容缓的大事！"

丁碧立即说道："俺现在患病在身，举步维艰，又怎能去上城呢？"

三人无奈，回来后商议一下，便去找新兵游击王文鼎，让他出来主持北门守城的工作。

王文鼎去了北门，虽然抓得不够紧张，总算有将领在北门了。大家这才安定下来。

且说赫图阿拉城里，正在积极备战，准备随时出兵去攻打铁岭城。四大贝勒忙于操练，努尔哈赤带着范文程，在训练场上巡视。自从攻下抚顺、清河城，又在萨尔浒击败明军，不久前又攻破了开原城，后金兵力更加强大。

再说何和理把王朝新领去，向他问道："你跟丁碧是什么关系？"

"丁碧是俺表兄，他父亲是俺舅。"

"平日，丁碧对你怎样？"

"俺从小在舅舅家长大，表兄待俺像亲弟弟一样，表兄最喜欢俺了。"

何和理听了以后，想了想，又说道："王朝新，你来到大金以后，这边的人没有杀你，也未虐待你，你自己是怎么想的？"

王朝新立即说道："只要有机会，俺一定报答不杀之恩。"

原来王朝新被俘获之后，登记的时候，他主动说出自己是铁岭城守将丁碧的表弟，所以受到优待，这是努尔哈赤用人政策——不放过一个有用之人——的体现。

何和理进一步启发王朝新说："如果汗王给你一个报答的机会，你怎样去完成任务？"

王朝新当即说道："俺当努力完成任务，否则，不成功，便成仁，以死相报！"

何和理接着问道："你那表嫂对你怎样？"

王朝新立即兴奋起来，笑眯眯地说道："俺那表嫂对俺最好了！近一年多来，表兄在外面被一个妓女迷住了，经常不回来，俺表嫂说他也不听。如今——"

王朝新说到这里，突然打住，看了看何和理，又接着说下去：

"俺跟你说，你可别笑话俺啊！如今，俺表嫂也想开了！只要表哥不回来，她就让俺去陪她，表嫂把整个身子都给了俺，俺还能有啥说的？"

"啊！是这么回事！你们两个在一块好上了，你表哥知道了，能饶你吗？"

"没关系！他不会知道的。"

"如果汗王派你回铁岭去，你愿意去吗？"

王朝新一听说放他回铁岭去，马上高兴得站起来，慌忙说道："汗王真是放俺回去，俺将说服表兄，让他来投降，或是打开城门，让八旗兵马进城。"

何和理紧跟着问道："你表兄能听你的吗？他愿意来投降吗？"

"俺估计他会愿意投降的。万一他真不愿意的话，俺就杀了他，自己去打开城门！"

何和理接着说道："其实，让你表兄来投顺，这对他也有好处。到这边来，仍然做官。你已经看到了，大金国在汗王的领导下，一天天地强大起来。那小小的铁岭城怎能挡住咱八旗士兵？不久，俺还要打辽阳、攻沈阳，并且打进关内去，把姓朱的皇帝拉下马，让俺的汗王去做皇帝。到了那一天，你和你表兄都能混个一官半职，何乐不为呢？"

王朝新越听越兴奋起来，忙说道："放心罢！只要汗王一声令下，让俺回去，俺一定不辱使命，让俺表兄打开城门，让汗王不费一兵一卒，把铁岭夺过来！"

后金国汗王努尔哈赤听了何和理的汇报，对王朝新的态度比较满意，遂对何和理指示说："对丁碧这个人，要送重金给他，争取不费一兵一卒拿下铁岭城。万一不行，也要尽量减少损失。"

随后，何和理又派了两个细作尤利也和喀拉夫，充当王朝新的侍卫，让他们化装成商人，进了铁岭城。

来到丁碧府里，表兄弟俩见面以后，亲热得很。王朝新把后金国的方方面面说得天花乱坠，并对表兄说："临回铁岭时，大金国汗王努尔哈赤亲自接见了俺，并让俺给你捎些礼物来。"

他说着，就将那礼单送到丁碧手里，又说道："礼物已送到府里，由表嫂收管起来了。"

丁碧一听说努尔哈赤给他礼物，先是一愣，后来接过礼单，看了一下，禁不住说道："这么重的礼品！"

原来礼单上写着：黄金二百两，白银一千两，东珠五十颗，貂皮袄两件，人参一百斤，熊掌二十对。

王朝新见表兄有些震动，遂说道："汗王十分珍惜人才，他听说表兄在铁岭城威望很高，就让俺……"

"让你来劝俺投降，是不？"

王朝新突然振奋起来，说道："汗王是让俺劝你弃暗投明。其实铁岭能守得住吗？抚顺、清河、开原，都被八旗军攻破了城，特别是萨尔浒一仗，明朝的败局已定，这只是时间早晚的问题。那明朝从皇帝往下数，谁不腐败？"

"别讲了，让俺再想想——"

"还想什么！铁岭城怎么守？要钱没有钱，要粮没有粮，要人没有人。以致士兵无饷，没有饭吃，怎能不逃跑？军马没有草料，只能到城外去放牧。这个仗怎么打？再说，那李永芳现在直接参加汗王召开的高级军事会议，还当他原来的官，又是汗王的额驸——就是咱们说的驸马爷！比过去还威风呢！"

王朝新的话还真有吸引力哩！丁碧带着相当严肃的口吻对表弟说："你不能如此大喊大叫的，这事可不是闹着玩的，一旦被别人听见，咱们的性命都将难保。你得小心啊！"

"咱在屋里说话，碍什么事。"

"俗话说：'隔墙有耳。'这事要相当隐秘，还要从长计议，不是像你说的那样简单。"

"铁岭城还不是你说了算吗？"

"俺说了算又怎么样？这事复杂着呢！这么办吧，这事你就不要管了，全由俺来办。"

且说李克泰等，见丁碧对城防事不闻不问，很是不满，若写奏表参他一本，又觉肉脸对肉脸，原来没有什么矛盾，实在不好意思。

喻成名说道:"咱们再去府里找他,若再不问事,就去沈阳一趟。似这般吃着皇帝的俸禄,不干事,还占着个茅坑干什么?"

几个人带着侍卫,不一会儿工夫,来到丁碧府里。正巧,丁碧也才回来,与王朝新在说话哩。

丁碧见几个守城的将领全来了,遂吩咐家人准备酒菜。他向大家说道:"这一阵子丁某身染疾病,未能上城,全是仰仗各位辛苦,心里过意不去,特备酒菜,权作感激之忱,务望诸位赏光。"

李克泰说道:"恭敬不如从命,咱们都不走了。"

不一会儿,酒菜备好,大家围起来喝酒。

喻成名说道:"据说,努尔哈赤正在厉兵秣马,准备来攻俺铁岭城。"

李克泰接着说:"兵来将挡,水来土掩。俺是军人,这是效命的时候。现已七月上旬,正是秋高气爽、草壮马肥之时,努尔哈赤又快要行动了,咱们应该做好准备,千秋成败,在此一搏了。"

听了二人的讲话,丁碧说道:"萨尔浒一战,咱们的军队兵分四路,本意是想分进合击,造成后金顾此失彼,疲于奔命,最后将其消灭。

"但是杨镐等人既不知己,也不知彼,指挥无能,将心不一,相互倾轧。

"结果杜松将军孤军冒进,总兵官马林畏缩不前,李如柏逗留观望,刘綎将军含怨率领弱卒冒雪进军。

"于是各军分而不合,相互不顾,正中努尔哈赤的战略意图,即集中优势兵力,一路出击,各个击破,造成全军溃败。

"这一仗过去半年了,杨镐未受到处理,李如柏反受到表扬,杜松、刘綎战败身亡,却受到指责,这怎能不令俺这些带兵的将领心寒!"

喻成名听了丁碧的话,觉得话里有音,遂说道:"处理不处理,是皇上的事,咱就不必操这份心了。作为一个军人,是以服从为天职。守城拒敌,是咱们当前的中心任务。任何的旁骛他顾,都是失职的表现。"

这些话丁碧听了,心里自然不快活,只得向大家说道:"今天王文鼎将军未来,明天俺去找他,将北门的守卫问题再研究、落实下去。请各位放心,俺丁碧一定不会拖大家的后腿。"

酒席散后,李克泰、喻成名等各自回去。丁碧与尤利也、喀拉夫见了面,让他俩安心住在府里,不要在城里乱跑,免得惊动他人,打草惊蛇。

次日早上,丁碧来到新兵游击王文鼎家中。这王文鼎的舅父是辽东经略杨镐的侄孙。通过杨镐的关系,花了三千两银子,买了一个游击官员的衔,被分到铁岭任新兵游击。

丁碧与王文鼎谈了一些守城的事情,临走时,他丢下五百两银子,对王文鼎说道:"听说将军手头拮据,俺家里有现成的银子,你就留着用吧!"

王文鼎为了买这个游击官员,差点搞得倾家荡产,这时候,正是缺钱用时,见丁碧给他这么多银子,自然感激万分,真是千恩万谢。

送丁碧出门时,王文鼎说道:"丁大人以后有用得着俺王文鼎的时候,请尽管吩咐就是了。"

丁碧听了,也很高兴,心里说:俺就等你这句话呢。但他嘴上却说道:"以后手头有困难,俺还可以支援你,可不要见外哟!"

丁碧走了之后,王文鼎回到家里,看那五百两白银,对家里人说:"这可是雪中送炭啊!丁大人的恩情,俺终身不能忘!"

且说丁碧回到府里,把尤利也、喀拉夫找来,对二人说道:"事情基本上已办妥了,你们二人谁先回去送个信儿,让汗王放心。"

尤利也说:"俺留下来,让喀拉夫回去送信吧!"

丁碧又对喀拉夫说道:"只能用口头传达,不能用书面文字,一旦被搜出来,前功尽弃。只要用一句话即可,那就是:事情已经办成。多说也没有用,只不过是说大话罢了!"

喀拉夫问道:"到时候,可需要暗号联络?"

丁碧说道："到那时，俺可以及时射出箭信，让他们留心就好了。"

喀拉夫回到赫图阿拉，何和理带他向汗王努尔哈赤汇报以后，汗王说道："铁岭城易守难攻，他们又有火炮，若无内应，咱们攻进去会有很多伤亡的。现在行了，北门是丁碧和王文鼎负责。那个王文鼎该不会有变化吧？"

喀拉夫赶忙回答道："不会的。王文鼎第一次受了丁碧五百两银子。俺离开铁岭时，丁碧还准备给他再送去五百两。"

努尔哈赤听了，很高兴地说道："丁碧这人很有本事，不把金钱看得太重。他能主动把送给他的钱，又拿出来去为大金国办事，这就不容易做到。可见是一个人才啊！难得，难得！人才难得啊！"

万历四十七年（1619年，天命四年）七月二十三日，后金国汗王努尔哈赤，亲自率领四大贝勒、诸位大臣、将领等五六万兵马，向铁岭进发。

后金兵马到达三岔堡，入老边十四五里时，铁岭守将李克泰接到探马报告说："努尔哈赤带兵近十万，来攻铁岭城，兵已到老边了。"

李克泰听完报告，又立即派侍卫骑上快马，去沈阳报信，并请求急发救兵，前来支援。

沈阳总兵官李如桢得报后，顾虑重重，又畏缩不前，本来一昼夜的时间就可以到达铁岭，他却徘徊观望。他的副将张章建议道："这救兵如救火，如此慢慢吞吞，等俺到达铁岭，努尔哈赤早把城攻下来了。"

李如桢听了，竟说道："你操的心太多了，管的事也太宽了！"

直到二十五日，李如桢的军队还在途中，不愿前去支援。

再说铁岭城里，李克泰、喻成名等，急忙通知守门士卒，将城门紧闭，加强防备，以待迎击后金兵马。

借着后金兵马未到之时，李克泰与喻成名商议一下，东、南、西三门的守备力量都得到了增强，最不放心的就是北门。

李克泰对喻成名说："有人向俺报告，丁碧府里有两个女真人，俺也不便去问，更不好去查。难道他想……"

喻成名说道："人心隔肚皮，虎心隔毛衣。这个人难说啊！那个王文鼎跟他怪紧的，说不定他们之间会有什么不可告人的关系？这样吧，俺这里有一个人名叫汤山，为人很有心计，武功也不错，让他到北门去，协助王文鼎守城。"

说完之后，喻成名又小声告诉他说："汤山去北门两个任务，一是督促守城；另一个任务是，发现有人开城门投降，立即杀死，不问是什么人。要让他与守城士兵同甘共苦，一致对敌。"

且说丁碧听到王文鼎派来侍卫的报告，知道后金兵马已经进发了，遂带了尤利也一起来到北门城头。

走前，丁碧对尤利也说道："关键时刻，看俺的眼色行事，行动要迅速，防身兵器要准备好……"

二人来到北门城楼，见王文鼎在同一个五大三粗的人谈话。

王文鼎指着汤山对丁碧说道："此人名叫汤山，是李、喻二将军派来帮俺守北门的。"

丁碧听了，心里很不高兴，说道："这北门已有将领负责，不需要他们关心了。咱们各自负责也就行了，何劳他们挂心！"

说罢，他扭过脸来，对汤山说道："你可以回去了，这里由本官在此负责。你转告二位将军：北门不需他们操心，各人守住自己的城门就行了。"

汤山听完之后，没有走，却说道："俺是李、喻二将军派来的。大人若让俺回去，请大人自己向他们说去。俺在这里不便擅离职守，请大人原谅。"

丁碧见他话里有话，不便硬叫他走，心里说：你也不过是"阴沟里的泥鳅——翻不起大浪的"。也就不再说什么。

且说努尔哈赤的兵马，昼夜兼行，至二十四日深夜，进抵铁岭城下。

正当后金兵马停下，各旗安营之时，忽听喊杀声骤起。

原来城内李克泰、喻成名、吴贡卿三人商议，当后金兵马立脚未稳之时，三将各带兵马一千人，前去劫营，先挫努尔哈赤的锐气。

这时候，城里兵马在李克泰等带领下，冲击后金的八旗军队。八旗人马由于事前没有准备，加上行军劳苦，伤亡不少。有的甚至来不及上马，就死于明军的刀下。

努尔哈赤得到消息后，立即命令各军上马迎击，但是已经迟了，李克泰等已将八旗军冲得乱七八糟，杀得尸横满地。

天将亮时，城内兵马早已撤进铁岭城里了，努尔哈赤非常生气，查点人数后，死伤数千人。

再说李克泰等回到城里，喻成名兴奋地说："这一仗给努尔哈赤一个下马威！这也说明努尔哈赤是可以打败的，八旗军队也是可以消灭的。"

李克泰说道："这叫做以攻为守，先打掉努尔哈赤的锐气，咱们以后还要瞅机会，再去袭击它。"

为了报复城里的偷营行动，二十五日早饭后，努尔哈赤就命令兵马开始攻城。

努尔哈赤接受前次攻打开原时，全面展开攻城的教训，这次他命令先集中兵力攻打东门。

八旗兵士奋勇上前，抬着云梯，蜂拥而上。城上守将李克泰指挥守城士卒，将礌石、滚木、箭矢，一齐打下；又让炮手发炮。

双方战斗激烈，尽管八旗兵士连续攻击，且攻势凌厉，由于明军炮火极强的威力，使后金兵马损失严重，伤亡人数急剧增加。

再说北门的丁碧见东门战斗激烈，忙吩咐王文鼎与汤山说："这里由本官在此负责，你们快去东门迎敌。一旦东门失守，全城将陷。"

王文鼎正准备赴东门去，汤山阻止说：

"咱们去了东门，如果后金再来攻打北门，咱们再回来不成？何况东门有东门的守将，还是不动为好。"

王文鼎听了，看看丁碧，说道："这话也有道理，还是不去了吧！"

丁碧满肚子不高兴，也不便发作，只得耐心等待机会。

忽然，城楼下面城门处吵嚷声起，汤山急忙过去询问，原来是尤利也在城门前窜来窜去，守门士卒盘问他，被他毒打，引起其他士卒的不满，大家群起围攻，所以吵嚷声传到城楼上面。

不一会儿，守门士卒将尤利也捆绑着，带到城楼上。丁碧一见，忙说道："他是俺的亲戚，跟俺来的，把他放了。"

汤山走过来说："此人外表长得像女真人，又到城门处绕来绕去，似有可疑之处。暂时不能放，等打退后金的攻城军队以后再说吧！"

丁碧实在听不下去了，遂说道："你也太目无尊长了！他是俺的亲戚，你偏说他长得像女真人，难道对俺怀疑不成！……"

王文鼎见丁碧发怒，遂向守城士卒说："放了他，再不让他乱跑了。"

丁碧与尤利也走进城楼里面去了，见身边无人，遂向尤利也说道："你不要性急，弄不好反而让他们生疑心。等天黑以后再说罢！"

正说着汤山进来了，二人随即闭口，不言语了。丁碧心里说："这人想跟俺作对了，天黑以后，得先把他干掉，搬走这块绊脚石，才好行事。"

再说东门拼杀厉害，由于城上明军反击及时，加上炮火发挥了威力，八旗士兵死伤严重。

努尔哈赤向何和理说道："北门为什么还不行动？难道有什么情况变化不成？"

何和理随即答道："等天黑了再说，丁碧沉稳老练，不会有异常事件发生的。"

于是，努尔哈赤又与四大贝勒研究，决定天黑前全面出击，对四门展开全面攻击，争取夜里攻下全城。

汗王一声令下，四大贝勒分别带兵攻向四门。一时之间，喊杀声如春雷滚滚,震动得山鸣谷应。

攻城战斗打得火热。眼看夕阳西下,天色渐渐暗了下来。

趁着士兵吃饭的工夫,皇太极来到汗王跟前,说道:"铁岭城墙坚固,城上守兵抵抗顽强,不如借着夜色,咱们还用挖墙脚的办法吧!"

这时,大贝勒代善来了,他建议说:"挖墙脚的办法太慢了,俺想利用夜色掩护,把尸体堆积起来,作为梯子,然后登城拼杀,反正咱们人多势众,还是可以收效的。"

努尔哈赤听了两个儿子的建议,略一思索,向他们说道:"挖墙脚的办法暂时不要进行,堆尸体做梯子的方法可以试试。另外,北门丁碧夜里也许要行动了,要派专人注意动向。届时,城门一开,兵马立刻冲进城去。"

且说城里东门守将李克泰,整整一天鏖战,他与士兵都累得够呛,但是,在这生命攸关的时刻,怎能疏忽大意呢?

他让守城士兵分批休息。见天色已暗下来,他将夜里值班的士兵分好班,反复讲明夜里后金偷袭攻城的可能,要求全体守城士兵,兵器不离身,盔甲不离身,人不离开岗位,做到随时能参加战斗,随时能杀伤来犯敌兵。

他鼓励士兵们说:"今夜能平安过去,明天沈阳的救兵就要到了。咱们可以内外夹击,把后金兵马打败。"

在李克泰的鼓舞下,守城士兵士气高昂,斗志更坚,决心也更大。

南门与西门只在午后发生战事,努尔哈赤虽然投入大量兵力,由于城上反击得厉害,始终未能得手,却丢下成百上千尸体,退回去了。

再说北门丁碧急得如热锅上的蚂蚁,转来转去,摆脱不掉汤山的盯梢。也对王文鼎的不敏感、不得力深感愤怒。

午后,当北门攻战激烈时,他有意让王文鼎放松一点,八旗兵便登城了。可是王文鼎却命令炮手"轰轰"连续几炮,攻城的八旗士兵成群地倒下，终于打退了进攻。

利用解大便的机会，他对尤利也说：

"你只有向汤山下手，俺才有机会打开城门，否则，今夜也难有方便之时了。"

当夜幕降临，城上城下暂时稳定之时，丁碧有意将汤山引来说话。此时，尤利也借着夜色的掩护，悄悄走近汤山身后，对准他的肋下，猛扎一刀。

汤山大叫一声，猛然弹起，一拳打出，正中尤利也的面门，尤利也当即倒地毙命。

只见汤山打了一个跟跄，仰面倒在地上。由于事情发生的突然，周围几个士兵吓愣了。丁碧见汤山倒地，遂大步走到他身旁，准备去摸摸他可还有气。当他刚一伸手，不料汤山顺手抓住他的手腕，两脚对准丁碧的小腹，用力一蹬。

只听丁碧"唉哟"一声，被汤山连蹬带甩，腾空飞起五尺多高，摔下来时，正落在城墙的堞垛上，只听"扑通"一声，掉到城外去了。

这时候，汤山又一个鹞子翻身，稳稳地站在那里。士兵们围上来，问长问短，只听汤山微笑着说道："他俩是想把俺治死，好去打开城门，让努尔哈赤进城的。却未料到俺早有防备。"

说着，汤山捋起衣襟，露出明亮的护身铁甲。士兵们个个佩服，都说汤山武功不凡，要是旁人，早就被尤利也攮死了。

王文鼎来了，问明情况以后，他叹息着说："真是知人知面不知心哩！"

乘此机会，汤山向士兵们说道："刚才是大浪淘沙。如今咱们没有后顾之忧了，大家可以一心一意地守好城，跟八旗兵马拼个高低！"

士兵们的劲又被鼓起来了，汤山走到王文鼎面前，二人小声地议论着夜里的守城事情。

且说后金汗王努尔哈赤，夜里一直等到二更多天，也不见北门有什么动静，知道丁碧可能出事了，遂下达了攻城命令。

四大贝勒带领八旗兵马，借着夜色掩护，悄悄来到城下，将云梯靠上城墙，慢慢朝城上爬去。城上的守城士兵突然发现，大声喊道："攻城了！努尔哈赤攻城了！八旗兵杀来了！"

这一喊，城上的守城士兵全都振奋起来，于是双方的拼杀又开始了。

转眼之间，城上城下，一片喊杀声。这时，火把也点起来了，照得城头有如白昼。

八旗兵马冒着如雨的箭矢，加上礌石滚木的打击，顽强地登上云梯，前面的人倒下去，后面的跟上来，真是前赴后继，永不停息。

在八旗兵士凌厉的攻势下，加上夜色的原因，炮火的威力明显地减小了。后金军人多势众，尽管死伤惨重，但是靠着有进无退的八旗作风，越战越勇，毫不退缩。

城上的守军，死伤也很严重，终因人少势弱，抵抗力明显降低。

再说东门守将李克泰指挥守军奋力抵抗，由于拼杀了一天，两千守军已死伤过半，加上疲劳饥渴，渐渐地力有不支了。

在那蜂拥而上的八旗兵的攻势面前，稍一松劲，他们便跃上城头，沿城冲杀起来。

东门已破，八旗的骑兵从城门一泄而入。疾如狂风般的铁骑，进入城中真像蛟龙入海、虎入平川一般，纵横驰突，右劈左砍，杀得人头乱滚，血流成渠。

城上的守军退下城来，与城里的居民一起，又与八旗兵马开始了巷战。因为抵抗的顽强，更激起后金军的仇视，他们见人便杀，无论老幼男女。

守城将领李克泰、喻成名、吴贡卿等先后战死。那武功高强的汤山，在杀死好几十个八旗士兵以后，也中箭身亡。

全城战死军丁计五千余人，城内居民男女被杀、被俘的近一万余人。

铁岭城被攻破以后，明沈阳总兵李如桢带着兵马姗姗而来。

后金汗王努尔哈赤得知李如桢带兵来援的消息，整队准备迎击。

李如桢却畏敌如虎，在距城十五里以外扎营，不敢靠近铁岭城。

为了回去邀功领赏，李如桢竟命令士兵在攻打铁岭城战死的八旗士兵的死尸上，割取首级一百七十多颗后，慌忙地溜走了。

李如桢的怯阵无能，在后金八旗军中传为笑谈。

努尔哈赤攻克铁岭后，明朝在关外尽管还有七万多人，但对后金国的进攻，仍是阻挡不力。努尔哈赤的兵马一到，沿边各城军民都望风奔溃，辽东一带城堡相继陷落。

明朝政府无法认识和改变腐败的现实，而只能将丢城败阵的罪错，扣在边将的头上。

万历皇帝下令逮捕杨镐，处以死刑。但拖了七八年，才斩首处决了。李如柏还没等判决，就畏罪自杀了。

为了收拾辽东败局，许多大臣推荐熊廷弼主持辽东军事。

这熊廷弼，字飞百，是湖北江夏（今武昌）人。万历二十六年（1598年）进士，后任御史、兵部侍郎。他身高七尺，有精湛武功，能左右开弓射箭。为人忠厚耿直，有胆有识，颇知军事。作风雷厉风行，严明有度。

万历皇帝接受大臣的推荐，便封熊廷弼为辽东经略使，主持辽东军事，并赐给尚方宝剑，准许他先斩后奏。

熊廷弼奉了朝命，不敢怠慢，第二天就点齐了兵马，校阅了一遍。他见兵马衰弱得不成样子，心中不免叹息。

熊廷弼尚未赴任，又传来开原失守的消息，局势变得非常严重。他心中更觉悲伤，恨那满朝的文武大臣，只知明争暗斗，享乐腐化，却不知满洲的强弱，也不了解自己的兵马毫无战斗力，任意主战，以致弄得如此糟糕。

熊廷弼心想：自己这一番出兵，总要挣回国家的威风和本人的面子。遂连夜写了一本奏章，呈上皇帝。并在这一夜的五更时候，带了十八万兵马，向山海关进发。

熊廷弼的奏章写道:"臣闻辽东好比是北京的肩臂,要保住京师,决不能放弃辽东。河东(指辽河以东地区)是辽东的腹心,开原则是辽东的根本。现在,开原失守,铁岭等城居民都逃难已尽,唯独剩下辽阳、沈阳两座孤城,在民逃、兵逃的情况下,辽、沈怎能防守呢?但是,守不住辽沈,就保不住辽东;不恢复开原,一定保不住辽沈。总观形势,开原、辽阳、沈阳和北京是一条紧密相连的锁链。既要顾及整体,也要照料局部。"

有胆有识的熊廷弼,在这套以防御为主的作战计划里,说得言词恳切。可是这份奏章却落在太监的手里,不送给皇帝去看。任凭你熊廷弼有天大的本事,万历皇帝也难以晓得一点。

且说熊廷弼领了兵马,一路上辛辛苦苦,幸亏他对待士兵温厚和平,常常问寒嘘暖,丝毫没有一点做官的习气,所以士兵们吃着苦,也毫无怨言。

熊廷弼在辽东很有威望,他到辽东的消息一传开,逃跑逃难的开始减少,人心也开始得到了安定。

八月,熊廷弼抵达明朝在辽东的首府——辽阳。他看到驻扎的军队零落不整,腐败得不成样子,顿时气得火冒三丈。

熊廷弼决心挽回明军的败局,于是采取了一系列措施。首先,他将总兵叫来,申斥了一番,命令他连夜整治军队,违命立刻斩首。

为了整肃军纪,将临阵脱逃的将领和逃兵带来。这些人跪在熊经略面前,张着口只是说不出话来。熊廷弼一见,怒上加怒,喊道:"都是胆小鬼!不杀不能平民愤!"

熊廷弼说着,遂请出尚方宝剑,喝道:"拉出去斩了!"

第二十一章
忤阉竖临阵黜良将
慢强寇出战失坚城

阅兵大员姚宗文斜了一眼熊廷弼："这礼单上的物品可是九千岁点了名要的，熊大人还是照办的好，否则……"熊廷弼心中狠狠骂道："魏忠贤你这误国惑君的阉竖！俺做的又不是你九千岁的官！"

第二天，熊廷弼用辽东经略使的名义发出布告，晓谕居民百姓安心生产，照常经营，不要惊慌。如有私造谣言、扰乱人心的，一经查到，立刻斩首。

这时，满城军民人等，人人慑服，个人感恩，混乱的局面基本改观。

接着，熊廷弼又着手整顿了防务，当即督率士兵到教场，日日操练；制造战车火炮，修理火器；增加和加固城墙。在辽阳、沈阳等城外面，挖掘深沟壕堑，以阻挡后金骑兵靠近城墙。他又派出将官到各处检查、督促，并慰问守城的广大将士。

开原道佥事韩原善本来奉命去沈阳慰问守城的广大将士，可是他害怕后金兵，不敢去。

熊廷弼又改派佥事阎鸣太前去，谁知阎鸣太刚走到虎皮驿，听说努尔哈赤来了，竟吓得大哭而回。

熊廷弼便不再派人，亲自去视察各处。他先到了虎皮驿，略停以后，便又去沈阳，视察完毕，就在一个风雪的夜里，前往抚顺。

总兵官贺世贤极力劝阻，说道："抚顺离敌人很近，你亲自去那里，危险太大了。一旦出了事，很不值得。"

熊廷弼却不以为然地说道："现在是冰雪满地，努尔哈赤不会想到俺会去抚顺的。在某种情况下，愈危险的地方，才愈安全。"

熊廷弼带领将官等数百人，大摇大摆地进了抚顺城。这里原是辽东的繁荣之地，几经战争的浩劫，已成一片废墟，周围数百里内已无人迹。

到了抚顺城里，熊廷弼命令摆下祭坛，为死难将士致哀。他在祭坛前说道："你们为了捍卫大明江山，远离自己的故乡，却把尸骨抛于塞外荒郊，令人心痛！……"

离开抚顺后，熊廷弼又率大队人马，到奉集炫耀武力。目的一是给后金看，使之有所顾忌；一是给自己人看，以增强他们的信心。

熊廷弼每到一地，就召集流散的难民百姓，说服他们安居下来。他亲自检查防御工事是否坚固，防守是否得法。根据现场考察，重新部署兵马。

熊廷弼这一系列行动，果断而迅速，短短几个月已见成效，完全恢复了明军的防御能力。尤其重要的是，人心、军心稳定下来，提高了他们战斗的信心和勇气。

熊廷弼在辽东与众将官同甘共苦，爱护部下。他的军令虽严，可是人们都心服口服，官兵关系处理得比较好。

为了激励士气，他集官兵于教场，宰牛数百头，置酒数千坛，蒸饼数十万个，连飨军士四天，还歃血共盟，立下誓言，决心同舟共济。明朝的官员称赞说：

"熊经略把辽东冰消瓦解的局面，改变成了珠联璧合的形势。"

在熊廷弼实行"步步为营，渐进渐逼"的策略的时候，后金国汗王努尔哈赤的兵锋也由辽南转向辽沈腹地。

努尔哈赤认为，只要取得了辽沈，辽东诸地便可以唾手而得。因此，他除派出小股部队，频繁袭扰明边，掠夺粮食以外，有时也派出大部队向辽沈冲击。天命五年六月十二日，努尔哈赤亲自统率大军，兵分两路，一路集结轻骑五万，从抚顺关进入明朝边境，直趋沈阳；一路一万多骑兵，由东州沙地冲入明朝边境，直抵奉集堡。

努尔哈赤率领抚顺路军，袭击大小村堡四十多所，掠获男女数千口，直到距离沈阳城五里才停止前进。

初战时，明军坚守沈阳城不出战。努尔哈赤原以为招降沈阳守军易如反掌，但不料辽沈在熊廷弼的经营下，明军军纪整肃，官兵合力，士卒同心，人人肯于搏战。

总兵李怀信领兵四万坐守沈阳；总兵官贺世贤带兵迎战于沈阳东二十里，与八旗军兵战于浑河沿岸；柴国柱率兵与八旗兵战于沈东三十里的小夹山。

前有坚城，后有追兵，努尔哈赤不得不后退十五里。

可是明军又改变战术，贺、柴两军一南一北向努尔哈赤的大营首尾夹击而来，同时，沈阳四万大军又从西边平推逼近。

努尔哈赤这次出兵的目的是孤悬沈阳，所以他注意的只是破坏边台小堡，夺取谷物，加上有轻敌思想，没有决战准备，更没有料到熊廷弼将辽沈整顿得如此有成效。

所以在熊廷弼初战力挫八旗兵锐气，又三面逼近、摆出决战架势的时候，努尔哈赤来不及部署，八旗兵纷纷退却。

十五日，扈尔汉领兵一万转到沈阳北境。十六日，皇太极率兵八百，再掠沈阳以东居民一千多口。

同年八月，努尔哈赤又两次向懿路、蒲河进军。莽古尔泰、额亦都等还统兵与明军战于沈阳东南，掠取人口与谷物而回。

汗王努尔哈赤，虽然频繁地派兵袭击辽沈，但多是小股，小胜或小败，一直没有大的军事行动，其中主要的障碍，是熊廷弼严守边防，使其不得发展。

由于熊廷弼卓有成效地整顿防务，使努尔哈赤改变了原来攻下开铁之后，乘胜取辽沈的设想，在富有胆识的熊廷弼这个强手面前，他不能不谨慎从事。

努尔哈赤发动的小规模的试探性进攻，没有占到便宜。他深知熊廷弼用兵有方，防御坚固，便不得不等待时机，来达到自己的战略目标。

正当熊廷弼整顿辽东收效显著的时候，忽然接到探报说：

"皇帝派遣大员前来阅兵。"

熊廷弼不得已只得亲自出城迎接。过了好长时间，那阅兵大员坐了一顶暖轿，前呼后拥，耀武扬威而来。

熊廷弼迎上前去一看，原来是吏部给事中姚宗文。他心想：这姚宗文是一个白面书生，只因善于拍马逢迎，巴结上阉党魏忠贤，整日里替九千岁出谋划策，坏事干了不少。他来此干什么？心里便有几分不快活。

再说熊廷弼陪着姚宗文进城，又谈了一会儿话。第二天，只得亲自陪着阅兵大员校阅兵队。一连住了几日。

一天晚上，姚宗文派他的副将李加树前来传话说：

"出京前，九千岁曾关照说：请熊经略操办黑貂皮十张，东珠五十颗，人参一百支。望熊经略届时办齐。"

熊廷弼听了这话，心中无名火起，只是不好发作，便说道："请将军稍停片刻，同俺见姚将军再说。"

熊廷弼便同李副将并辔而行，同赴姚将军行辕。见了姚宗文，熊廷弼劈头说道："俺熊廷弼自来辽东一年有余，整日忙于整顿、督练兵马，增设防务，催征粮饷，食不甘味，寝不成寐，才使人心安定，军心振奋，那后金兵马不敢再来骚扰。俺为官多年，一向廉洁自律，克己奉公，只知上报国恩，下亲百姓，非一般克扣军饷、搜刮百姓的腰缠万贯者可比。现在，将军传来九千岁钧旨，要俺操办那些珍品，俺即使卖掉妻子儿女，也买不起呀！"

说罢，气呼呼地走出门去。这里姚宗文、李加树也弄得大眼翻小眼，忍着一肚子气。姚宗文说道："此人不识相！真是一根肠子贯到头，一点弯儿也没有。"

李加树笑了笑，说道："这种人明知山有虎，偏向虎山行。咱们回去如实传给九千岁，由他处置吧！"

一夜无语，次日早上，姚宗文传令回京。熊廷弼护送十里，才回到城里。回来后忙令贴身侍卫：

"快将俺的东西准备好，回家种田去吧！"

当夜，熊廷弼将一切苦衷写成一篇奏章，请求辞职归乡。但是，这篇奏章还未发出，京城里的紧急圣旨已经下来，把熊廷弼革职，说他按兵不进，又派袁应泰担任了辽东经略使。

熊廷弼接了圣旨，只得卸了兵权，匆匆回京复命。明知是得罪了阉党魏忠贤，也只好叹口气，便回乡种田去了。

且说新任辽东经略袁应泰，本是进士出身，曾经担任过巡抚，为人也很机警。对上既忠，对下又和，只是他是一个文官出身，兵法武备不是个能手，怎能跟那文韬武略的熊廷弼相比？

再说袁应泰到辽阳赴任以后，一改熊廷弼的部署，撤换将领，导致军心混乱。当初，熊廷弼治军严，他则宽纵，无法令约束，军纪很快松弛下来。不管条件是否成熟，他竟改变熊廷弼以守为主、渐逼渐进的策略，制定了谋取抚顺的计划。于是熊廷弼刚刚稳定下来的辽东局势，又被搞得乱了套。

可是朝廷里一群官吏不明辽东真相，反说袁应泰抱有进取之心，不像熊廷弼任辽一年多，没有收复辽东一城一地，竟敬佩袁应泰颇有壮志。

这时蒙古地区正闹饥荒，那些饥民，成群结队入塞乞食。袁应泰见饥民可怜，准许他们在境内乞食，并收编蒙古人为兵卒，以充实军队数量。这为努尔哈赤派遣"奸细"混入明朝军队，提供了方便条件。

同时，辽沈东西，赤地千里，军粮严重缺乏。袁应泰这种收编蒙古军的做法，严重地增加了边城的危险和困难。

且说后金汗王努尔哈赤，一听说袁应泰担任辽东经略使，拍着手说道："熊廷弼去职，这个袁应泰不足惧怕了。"

努尔哈赤遂召开军事会议，讨论、制定攻打辽沈的战略决策。

范文程先在会上发言，他说道："大凡到过辽东的人都知道，沈阳、奉节堡和虎皮驿三地成鼎立之势。若想占领沈阳，必须先攻占奉节堡；若想占领奉节堡，又必须攻占虎皮驿。因此三地互为犄角之势。若把虎皮驿、奉节堡拿下来，沈阳便成为孤悬之城。"

四贝勒皇太极说道:"范先生分析得透彻,俺先用两股兵力,分别攻打奉节堡和虎皮驿,这是试探虚实的打法,然后再用兵沈阳,可保万无一失。"

会后,努尔哈赤做了充分准备,命令大造攻城用的铁钩、云梯,制造战车,储备粮草。又把行宫从界凡迁到萨尔浒,并在那里大兴土木,建城池,营造军民房舍。努尔哈赤向贝勒、大臣们说道:"萨尔浒离沈阳不过百余里,这里山势险峻,道路崎岖,易守难攻。进攻沈阳时,这里既有利于指挥,也有利于部队的调动。"

天启元年(1621年,天命六年)二月十一日,后金汗王努尔哈赤统率诸贝勒、大臣,领兵四万,兵分八路,进攻奉节堡,揭开了辽沈大战的序幕。

因为奉节堡地处沈阳与辽阳之间,位置相当重要。熊廷弼到辽东后,把奉节堡作为沈阳的犄角,屯驻重兵,派猛将防守。

努尔哈赤首先攻打奉集堡,目的就是为了扫除沈阳外围的据点,为进攻沈阳清除障碍。

明军守奉节堡的将领名叫李秉成,他得到后金将要攻城的消息,立即率领三千骑兵出城六里安营,准备迎战。

后金左翼四旗兵由三贝勒、四贝勒带领,作为前锋军,首先与奉集堡守将李秉成相遇。

李秉成心想:乘敌方阵脚未稳,先去冲击一下。于是他率三千骑兵,一声呐喊,杀入阵中。

开始,八旗兵没有准备,奉节骑兵骤然冲击过来,被砍杀了不少兵马。

莽古尔泰和皇太极急忙传下命令:"立即包围奉节骑兵,不许放走一人!"

李秉成被莽古尔泰迎住厮杀,皇太极也拍马前来,双战李秉成。

后金的战马膘肥体壮,八旗战士也骁勇剽悍,明军的骑兵怎是对手?

战不多久，奉节骑兵被杀得大败而逃，李秉成抵挡不住，只得率领残余兵马，急忙逃跑。

后金兵马在后面紧紧追赶，一直追到离奉集城不远的一道大壕边上。

城上的明军看得分明，连续发炮，轰击紧紧追赶上来的后金兵马。

追赶在前边的后金参将吉布哈达和一些士兵，当即被炸死。

这时，汗王努尔哈赤已到了离城三里的地方，站在一个高岗上指挥。他立即派人传令给三、四贝勒说：

"奉节堡的虚实已明，不必再攻，可以收兵。"

二月十六日，努尔哈赤又派小股兵力，进攻虎皮驿。

二月十八日，他又派一支军队进攻王大人屯。

通过以上军事行动，努尔哈赤完成了军事试探，掌握了明军的虚实，也迷惑了辽东的将官，使他们摸不清努尔哈赤何日大举进兵。

三月初十日，后金国汗王努尔哈赤亲自率领雄兵猛将，倾全国之师十万余人，直扑沈阳。

他将攻城必须使用的木板、云梯、战车等，装载于船上，顺浑河而下，还有陆上骑兵与水路并进。

十一日，明军的哨兵才发现后金兵的军事行动，于是建在各山顶上和高处的烽火台，开始施放浓烟。到了晚上，各台点起火来，在漆黑的夜幕下，显得格外明亮耀眼。

镇守沈阳的总兵官贺世贤和尤世功，到晚上才得到准确的报告，不禁大惊失色。于是分一万兵丁，加强沈阳城的防守。

在明代，沈阳虽然不如辽阳重要，但也是辽东重镇之一。它被作为辽阳的"藩蔽"而受到重视。这里城高池深，明朝把它称为"坚城"。

为了保住沈阳，使之发挥对辽阳的护卫作用，明朝边将曾精心构筑了一套体系完备的防御工事：

在城外挖深壕，用大木头立为栅栏。在靠近城墙的地方，挖壕二道，各宽五丈，深二丈，壕底插有尖桩。在壕的内侧，即接近城墙的一侧，再构筑马墙一道，间留炮眼，排列战车、枪炮。在大壕外边，挖了一道道沟堑，设下陷阱，阱底插上尖木桩，上面铺上秫秸，掩上土。

这套庞大的工事，专用来对付后金骑兵冲锋，并阻止步兵扛抬攻城器械接近城下。

十二日早晨，后金国大军进抵沈阳城郊。汗王努尔哈赤从侦探口里，已经知道沈阳城防卫甚严，就没有轻举妄动，让军队驻扎在城东七里的地方，用板栅为营。

三贝勒莽古尔泰前来请战，他说：

"咱大兵十万有余，凭借父王声威，又有八旗的神勇，还怕攻不破小小的沈阳城？"

努尔哈赤心里说：这个愣小子光知道拼杀，就不知道用智谋。便说道："你又忘了'攻城为下'的妙论，只会想着去蛮干，就不懂得'上兵伐谋'！"

汗王说完，便命令大贝勒代善带领五百兵马，前往沈阳城下，借侦察为名，诱兵出城。他嘱咐代善说道："只许战败，不许打胜。"

代善带着人马，来到沈阳城外，将士兵化整为零，分头对城外的布防情况进行侦察，目的是诱明朝兵出城作战。

三月十二日晚上，沈阳守将尤世功找到贺世贤，二人将白天的情况研究一下，尤世功说：

"咱们的防备严密，鞑子不敢轻率攻城，当前不宜出战。努尔哈赤是在诱使咱们出城，他仗着人多势众，俺就不出城决战。过个十天八天，他们人无粮，马无草时，自己就要撤退了。"

"俺以为努尔哈赤是怯战，不敢攻城。俺想出城去与他们拼杀一番。"

贺世贤总兵好饮酒，今晚又喝多了，尤世功不同意这种意见，只好说：

389

"最好不出战,免得中他的诱兵计。一旦出城去打,也要速战速决,快去快回,免得上当。因为鞑子有十多万兵马,俺不过万人多点。这寡不敌众,也是实际问题。"

"看来,尤总兵是被努尔哈赤吓破胆了!"

尤世功听了,只是微微一笑。他知道贺总兵喝多了,"八老爷不当家了,是九(酒)老爷在当家"。这酒醉之人,与他争个啥?

遂各自回到城上去,这且不提。

后金的贝勒、众大臣们摩拳擦掌要攻城。但是,汗王努尔哈赤不动声色,不提攻城的事情。

努尔哈赤只是派小股兵力,到城下挑衅,想诱使城内出兵,然后再聚而歼之。

为了诱使明兵出城,努尔哈赤又派一支精兵,渡到浑河南岸,去屯寨进行掠劫活动。城里仍然无动于衷。不久,那支兵便返回来了。

且说贺世贤见努尔哈赤迟迟不来攻城,就轻视对方,把努尔哈赤的诱战认为是怯弱,便轻率出城对敌。

当时,部下竭力劝阻他道:"鞑子兵多势众,还是不出城为好。"

但是贺世贤一向勇而无谋,竟不听良言相劝,却大声喊道:"拿酒来!"

贺世贤一气喝了七八杯酒后,率领一千多亲兵,发誓道:"俺一定要杀尽敌人再回来!"

说罢,打开沈阳城南门,一马冲出。

后金汗王努尔哈赤正苦于求战不能、诱战不出之时,忽见贺世贤领兵冲出城来,不禁喜出望外。遂命令一哨兵马迎击上去,并令他们且战且退。

贺世贤盲目追赶,离城越来越远。

努尔哈赤急忙命令大贝勒代善、二贝勒阿敏各领一千人马,前去包围贺世贤。

不久,贺世贤被团团围在中间,他已意识到自己中计,可是,已经迟了。

勇猛的八旗兵将他围在中间,使他脱身不得。

贺世贤确实骁勇异常,只见他挥舞铁鞭,翻飞如游龙,后金骑兵不敢上前。

这时候,贺世贤只想冲出重围,退回城里去。于是他且战且退。

后金汗王努尔哈赤看得分明,遂命令士兵对准贺世贤放箭。

贺世贤虽然率领上千的勇士,手舞铁鞭,杀死许多八旗士兵,终归是寡不敌众,一千亲兵所剩不多,他自己累得力竭精疲,身上又连中四箭。

部下见贺世贤中箭负伤,遂劝他道:"现在回到城里去已很困难,不如退往辽阳,反倒容易脱身。"

可是,贺世贤却固执地说道:"身为大将,不能守住城池,有何颜面去见俺的上级!"

贺世贤拒绝听从部下建议,又与众亲兵转战到沈阳城的西门外。

汗王努尔哈赤见贺世贤已退至西门外,担心他退回城里去。又大声命令道:"快放箭!快放箭!"

于是如雨的箭矢飞向贺世贤,那铁鞭挥舞得再快,也挡不住飞来的箭矢,他又连连被射中。再想突围,已不可能,终于坠落马下,被后金兵杀死。

再说副总兵尤世功,见贺世贤被围,就领着兵马出城营救。

汗王努尔哈赤早已妙算在胸,命令四贝勒皇太极带领兵马等着呢!

尤世功及其兵马一出西门,就被骤风疾雨般的八旗铁骑冲散了,并将尤世功紧紧地围在中心。

耍着两把大刀,尤世功把全身的武功都使出来了。只见他左砍右劈,八旗兵一个个倒下去,一批批倒下去……

皇太极看在眼里,心里说:

"好一员勇将啊!"

且说汗王努尔哈赤只以小部分兵力围攻贺世贤和尤世功,一边指挥大部分八旗士卒全力进攻沈阳城。

八旗士兵用毡被裹身，推着四轮战车前进，让精锐骑兵在后，竭尽全力进攻东门。

城上的明军炮火齐发，滚木、礌石一齐打下，八旗士卒虽然成片地倒下，成批地死亡，但他们仍然冒死前进，挖土填沟，相继越过城外三道壕沟，直逼城下。

开始，明军的炮火发挥了威力，给后金士卒以重大挫伤。但连续发炮以后，那火炮就不灵验了。由于连续发射，炮身炽热，一装上火药，马上喷射出去，不得不等炮身降低温度后再装弹药发射。后金兵卒利用这个间歇，扛着云梯，推着战车，向城下逼近，以闪电般的速度，猛扑城下。

不久，壕沟已被填平，那八旗士卒有如潮涌，奔过壕沟，直达城下，猛攻城门。

再说尤世功的兵马被八旗铁骑冲散后，皇太极指挥士兵将他团团围住。虽然他是武举出身，膂力过人，但是"龙入浅水遭虾戏，虎落平川被犬欺"，上千的八旗士卒，一层层地将他围住，使他脱身不得，再有能耐的人，也有劳累的时候，何况如蝗的箭矢向他射去，三支五支能躲得掉，几十支、上百支箭，怎能不被射中？尤世功终于倒下，倒在数百个八旗士卒的尸体中间……

攻城战斗仍在紧张地进行。多谋善断的后金汗王努尔哈赤，看到贺世贤、尤世功双双战死，遂命令士兵向城上喊道："城上的明军兄弟们：你们的贺总兵、尤总兵都已战死，你们赶快投降吧！……"

八旗士兵一边喊着，一边将贺世贤、尤世功的人头，用竹竿高高地挑起。

城上的守军开始听到时，并不相信两位总兵会死，特别是一身武功的尤世功，两膀有千钧之力，能力敌万人，八旗士卒怎能奈他何？

可是，眼前两颗鲜血淋淋的人头，那不是假的！

突然之间，守城兵卒心慌了，意乱了，虽然还在奋力抵抗，动作已缓慢得多。

就在这时，忽然有一群人站在城头上，用刀斧砍断桥绳，放下吊桥，后金兵卒不顾一切地冲上桥去，砸开东门，一拥而入。

原来，砍桥绳，放吊桥，是城内人干的。这些人早已投降后金，后金汗王努尔哈赤指令他们与难民一起，混入沈阳城里。

所以努尔哈赤进攻沈阳前，对城内兵力部署和工事情况，都了如指掌。

沈阳城就这样被后金国兵马攻克了。

沈阳之战，总兵贺世贤以下，尤世功等道吏、副将、参将、游击、千总、百总等共战死三十多人，兵卒除少数逃散外，一部分战死，大部分投降了后金。

当沈阳城被围之时，经略袁应泰、巡按大臣张钧早已部署了各路援军，以沈阳为犄角，命川浙总兵童仲揆、陈策从黄山来增援。

虎皮驿、武靖营总兵朱万良、姜弼率兵三万，也向沈阳方向增援。

奉节堡李秉成也带领兵马正向沈阳集结。

陈策带领兵马来到浑河桥南头，听说沈阳城已经失守，便想下令回师。

这时裨将周敦吉说道："现在乘后金兵立脚未稳，可以打过去。"

副总兵秦邦屏也说道："咱们为救沈阳而来，不能前去一战，还让俺长途跋涉，干什么呢？"

陈策等有感于众将领的报国之心，随即下令：将明军分为两大营，命令周敦吉、秦邦屏先渡浑河，在北岸安营扎寨，摆下阵势。

且说后金国汗王努尔哈赤得知明朝援兵已到，急速派兵向正在渡河的明朝援兵猛扑过去。

周敦吉等领兵刚刚登上浑河北岸，兵分两营，还未站稳脚跟，努尔哈赤派来的右翼兵马已经围了上来。与此同时，努尔哈赤又派一支兵截断了浑河桥通道，阻止南岸童正揆、陈策等带领的部队过河。

努尔哈赤以五万的兵力，围攻河北岸的明朝援军。初战时，后金仅以白旗士兵冲阵，认为明军全是弱卒，不经打的，往往是一经战阵便溃不成军。万没有想到，援军能奋力拼杀。

原来，这支来自四川的明朝援军，特能战斗，他们拼杀顽强，行动矫健，两军交战不多时，白旗军没能顶住川军的冲杀，被迫败下阵来。

努尔哈赤随即派黄旗军接着厮杀。只见川军已杀红了眼，主将周敦吉等率先拼杀。

副总兵秦邦屏向士兵们喊道："奋力拼杀吧，咱们报效国家的时刻到了！"

由于川兵的英勇顽强，黄旗兵又被杀退。汗王努尔哈赤也看得触目惊心，遂派红旗军接着厮杀，并与白旗、黄旗的士卒一起汇聚起来，将川军四面包围。

经过一阵厮杀、激战以后，两军伤亡相当，前后三进三退，八旗士兵死伤三千多人。

拼杀已久的川军，既没有援军，又饥饿疲劳，仍能坚持战斗，作风顽强，实为难能可贵。

最后，努尔哈赤当机立断，派李永芳前去收买明朝军队里的炮手，把沈阳城上的大炮搬来，向川兵老营开炮，并派八旗铁骑从西翼夹击。

这时，川军中周敦吉、秦邦屏等先后战死，只有周世禄等率领少数人，退到浑河南五里的浙营驻地。不久努尔哈赤亲自统率军队，乘胜追击，迅速渡过浑河，将浙营兵也重重包围起来。

当浙营与川营合兵一处，与八旗兵对阵时，尽管四面受敌，两营兵卒斗志仍很旺盛。

再说明朝武靖堡、虎皮驿总兵朱万良、姜弼领着三万大军，奉节堡总兵李秉成领本部兵会合在白塔铺。两军合在一起有四万余人，也正向沈阳进发。

后金汗王努尔哈赤接到探报说：

"明朝又有四万援军集结在白塔铺，不久将向咱大营开来。"

汗王与贝勒、大臣们听到这一消息，都有些惊骇。因为攻城战斗结束不久，又与劲敌川军激战，如今川、浙两营合兵一块在前，这四万大军若是从后赶上来，大有腹背受敌的危险。

努尔哈赤智慧过人，多谋善断，立即派大贝勒代善，统领右翼旗兵与被围困的川、浙两营兵马激战，汗王对代善说道："这一仗，事关重大，要速战速决，只许胜，不许败！"

努尔哈赤又对李永芳说道："你先带领精锐骑兵二百人，前往明朝援军阵前，与他们谈判，劝说他们投降。若能谈成功，朕给你记大功。"

李永芳立即双膝跪地，说道："陛下放心，罪臣务必用心竭力，效犬马之劳，也要说服明将前来投降。"

李永芳说完，又给汗王磕了几个头，站起身，领着二百骑兵去了。

这时，汗王努尔哈赤亲自与四贝勒皇太极、岳托等率领左翼军马，向着白塔铺方向，奔驰而去。

且说李永芳带着二百骑兵，来到白塔铺明朝援军大营前，立住马头，对兵士说道："请向总兵大人朱万良、姜弼、李秉成传话说，大金国大臣李永芳请三位大人出营说话。"

等了好一会儿工夫，明营里呼啦啦出来一队士兵，分列大营外面，后面又走出七八位带兵的将领，其中三位年长者，着总兵服装，李永芳心想：此三人该是朱万良、姜弼、李秉成总兵了。

李永芳在马上，拱手施礼说：

"总兵大人在上，李永芳这边有礼了！"

朱万良遂说道："你已投降鞑子，要与俺说些什么，快快讲来，别磨磨蹭蹭的了。"

李永芳红着脸儿，张口说道："俺投降大金，并非兵败技穷，而是看到朝廷腐败无能，官贪民怨……"

姜弼打断李永芳的话，厉声说道："你别来炫耀你那当汉奸的丑史，现在你要跟咱们说些什么，别扯远了！"

李永芳只得硬着头皮说：

"汗王努尔哈赤让俺传话给三位总兵大人，如今沈阳已破，贺世贤、尤世功均已身死，前来的川军、浙军均被打败，劝你们及早醒悟，走投降光明之路。"

听了李永芳的劝降，李秉成说道："你自己当汉奸，遗臭万年，还要来拉咱们去给你当垫背的，真是痴心妄想！告诉你吧，咱们战死沙场，也是明朝的忠臣，永远不会当乱臣贼子的。"

姜弼也很不耐烦地说道："快快滚回去向你干爹努尔哈赤报个信儿，俺们要跟他拼杀到底！"

李永芳讪讪说道："你们这样不识时务，不辨真假，只能是自寻死路！"

汗王努尔哈赤听了李永芳的报告，很是生气。他大声说道："他们不投降，就叫他们灭亡！"

说完，便向四贝勒皇太极盼咐道："你带领五千骑兵，冲击他的营阵，朕随后就领着兵马前去接应！"

皇太极立即答应一声"是"，便领着五千骑兵，向着白塔铺方向驰去。

不久，明军的大营已在眼前，皇太极手举大刀，嘴里喊道："向着明军大营——冲啊！"

那些骑兵像离弦的箭，冲向明军大营。那些战车、木栅，如何能挡住铁骑的冲击。

明朝的援军尽管兵多将多，但是他们怯战怕死，怎能经得住这些铁骑的来回驰突践踏！四万兵马眨眼之间，四散奔逃，溃不成军。

这时，汗王努尔哈赤带着大队人马，也赶来与皇太极会合一起，又乘胜追杀四十多里，沿途毙伤明军三千多人。

三位总兵看到这般情形，再也不敢言战，各自领着残余人马回去了。

努尔哈赤乘机急速回军,全力去围攻那浙川二营,与大贝勒代善合兵一处,与二营的兵卒拼杀起来。

这浑河桥南之战,比桥北之战更加激烈。后金汗王努尔哈赤督兵猛攻,明军凭借火器的威力,顽强抵抗,奋力激战。

后金的八旗士卒,在明军的炮火攻击下,纷纷落马,积尸相枕,仅坠下马的士卒就有三千多人。但是历来有进无退的八旗士卒,在强敌面前,从来不怯战,一直战到明军炮火用尽,无炮可发之时,两军短兵相接,展开肉搏拼杀。

此时,明军中的将领陈策首先战死。童仲揆被迫杀出重围,派部将刘洪急驰辽阳请求发救兵。

刘洪见了经略袁应泰等,放声大哭道:"请大人快发兵马前去救援,若是迟误,恐怕全军覆没!"

袁应泰经略对刘洪道:"早在沈阳被困时,本官已派参将王世科带兵马五千前去沈阳救援。谁知努尔哈赤狡诈异常,他们在辽阳与沈阳之间的胡马峪埋伏了精兵,把王世科的五千人马全部歼灭了。如今不能再派兵了,敌兵人多势众,若再派援兵去,还会重蹈覆辙。"

巡按张钧也在座,他说道:"俗话说:'救兵如救火'。怎能见死不救呢?不能因为怕中敌人的埋伏,就不派援兵。"

"俺再说一遍:援军是不能再派了!这等于是去送死!"

张钧听了,非常生气,说道:"那么,你就睁眼看着童仲揆他们被鞑子兵马围着,一个个被杀死?"

袁应泰经略听而不闻,干脆走了出去,最终还是没有发救兵。

童仲揆盼望辽阳发救兵,但是望援不至。只得挥舞大刀,杀开一条血路,终于杀出重围。当时心里想:走吧,再战下去,必死无疑,正准备离开战场。

突然有人喊道:"童将军!"

他回头一看,见是副将戚金。童仲揆说:

"咱们一同走吧！何必死在这里？"

戚金听童仲揆说要离开战场，就对他说：

"不知童将军想过没有？咱们拼杀到现在，一旦离开战场，不就成了临阵脱逃了吗？即使跑了出去，也活不成，还落个临阵逃跑的罪名。将受到千人骂，万人唾！同是一死，何不与建州贼寇再拼杀一番？……"

童仲揆听了，不觉点了点头，二人手挥大刀，一同杀人重围，一直奋战到死。

再说汗王努尔哈赤，亲率八旗士卒，奋勇拼搏，一直杀到明兵溃不成军，除了参将周世禄率领的少数明兵突围以外，全部被歼。

这浑河南北之战，是辽沈战役中最激烈的一仗。

这一仗对作战双方都产生了极大的影响。

后金国汗王努尔哈赤，统率十万大军，与明军川、浙六七千士卒，进行了如此艰苦的战斗，最后把明军歼灭了。但两军死伤的人数却差不多，实在是他对明朝开战以来所不多见的。

战后，汗王努尔哈赤命令在沈阳城里屯兵五天，并论功行赏，慰劳全军。

浑河南北激战中八旗士卒死伤许多。为了安慰广大兵将，稳定军心，汗王努尔哈赤亲自带领四大贝勒、大臣们，大行祭奠阵亡将士，以慰亡魂。

第二十二章

武状元赴难拼一死
文御史报国不独生

一名兵卒来报："禀汗王：刚才那个被救醒的大明巡按御史张钧，回到衙署以后，又一次悬梁自缢！"努尔哈赤不禁喟然长叹道："大明如果都是这样的文臣武将，我大金几时才能打进山海关？"

在攻陷沈阳，击败明朝两路援军之后的第五天，即天启元年（天命六年，1621年）三月十八日，后金国汗王努尔哈赤向各位贝勒、大臣们说道："沈阳城已被咱们占领，明朝的军队被咱们打败了。咱们应该率领大军，乘胜前进，直捣辽阳城。等城破之日，朕与各位再痛饮吧！"

当天，八旗兵分八路，齐头并进，到虎皮驿扎下营盘。

后金军的行动已被明朝的探马查探清楚，向驻守辽阳的经略袁应泰报告：

"鞑子大军正向辽阳推进，旌旗蔽日，漫山遍野，不见首尾。"

袁应泰等没有估计到后金兵马如此之多，来攻打辽阳如此之快，听到这消息，不禁大吃一惊。

袁应泰立即采取应急措施，下令打开闸门，把太子河水放入护城壕，在壕的内侧排列火器，城上布满士兵，严阵以待。

为了加强辽阳的防守，尽撤威宁营等地守军，全部集中到辽阳。

这辽阳城，是明朝在东北首屈一指的重镇，是明朝统治辽东的政治与文化中心。

明朝经略等官一向驻扎辽阳，以镇守辽东。他们认为，守卫辽东的根本，在于坚守辽阳城。因此，明朝重视保卫辽阳，更胜于保卫沈阳。

前经略熊廷弼,为保卫辽阳曾采取许多有力的措施,专门绘制了城防图。在城的外围,先后环城挖了四道城壕。这些护城壕既宽又深,主要是为了阻遏后金的骑兵。

且说明朝天启皇帝,接到巡按御史张钧关于辽沈战场形势的奏告以后,急得大发雷霆地责问:

"辽阳万分危急,在职文武各官,都负有封疆大任,为什么玩忽职守?援辽的将领拥兵集结,不肯前去救应,难道要坐视辽阳城陷吗?朕要这些将领干什么?……"

俗话说:"皇上动动嘴,大臣跑断腿。"一班文武大臣吓得屁滚尿流,急忙送信给辽东经略袁应泰,让他调整部署,守好辽阳城。

袁应泰不敢怠慢,连夜安排部署,把原来守卫辽阳的总兵刘孔胤部与剩下的川兵合营。

又调宽甸、瑷阳总兵胡嘉栋、副总兵刘光祚的青州兵相配合,两部合起来,有两三万人,共守辽阳城。

袁应泰又撤奉节堡、威宁营的兵马前来助守。总兵官朱万良、姜弼等,在援助沈阳时,临阵退缩,观望不前,责令他们立功自赎。

袁应泰还把自己的家丁,组成虎旅军,让他们帮助守城。

为了阻止后金军前进,袁应泰又命令姜弼、侯世禄、朱万良等领兵马,在辽阳西北武靖方向,以太子河为屏障,列阵驻守,以堵截八旗兵渡河。

三月十八日晚上,后金汗王努尔哈赤召开会议,研究攻辽阳方略。

参加会议的有四大贝勒、各位大臣、将领,还有范文程、李永芳、何和理等。

范文程首先发言说:

"根据细作报来的辽阳城防图来看,辽阳城设防甚严密,外面那四道护城壕,对咱骑兵的驱驰不利,直接攻城可能有些困难。"

大贝勒代善说：

"咱们攻打沈阳时消耗兵力太大，士兵过于疲劳，这几天的休整时间太短。如今辽阳的城防严密，守城军队数量很大，俺以为，不如暂时退兵，过一段时间再来攻打辽阳城。"

三贝勒莽古尔泰也说道："大阿哥的话有些道理，俺也赞成暂时退兵，等休整后再攻也不迟。"

汗王听了以后，非常生气，但又不好发作，只得平静地说道："自古兵书有句话说：气可鼓，不可泄；兵可壮，不可抑。城防那么坚固的沈阳城，被咱一鼓攻下。辽阳城防固然严密，咱们为什么不可以避实就虚？明军守城的人数固然不少，但精兵不多，能像川兵、浙兵的有多少？何况攻城展开以后，咱派进城内的细作，能躺在城内睡大觉不成？

"如今，将要兵临城下，有人却自丧锐气，真让朕痛心！不过，朕意已决。谁再要退兵，就先把朕杀了，然后你们再退！"

汗王努尔哈赤说到这里，气得脸红脖子粗，嘴里直喘气儿。

四贝勒皇太极急忙上前，跪在努尔哈赤面前，说道："请父王不必生气，恐碍龙体。俺以为，可以设谋将辽阳城里的兵马调出来，在野战中将其消灭，以扫除攻城的阻力，这将是万无一失的办法。"

汗王努尔哈赤听了皇太极的话以后，眉头才舒展开来，脸色也恢复了平静。他心里说：

"这才是朕的儿子！"

这时，哨探进来报告说：

"在辽阳城西北武靖门方向，有明军驻扎，可能是为了阻截咱大军渡河的。"

努尔哈赤听完报告，拿过辽阳城地图仔细察看着，忽然笑颜一展说道："常言道：海阔凭鱼跃，天高任鸟飞。他们能在辽阳西北方向拦截咱的兵马，咱们不能从辽阳城的东南方向过河吗？咱们有腿、有脚，天下这么大，他们能阻拦得住吗？"

三月十九日清晨,汗王努尔哈赤发布命令:"从辽阳城东南方向的太子河东岸渡河!"

后金兵马迅速前进,他们躲开了辽阳城西北武靖门方向的明军,很快赶到目的地。中午时分,全军渡过太子河。

这时,四大贝勒前来请示:"是否立即包围辽阳城?"

努尔哈赤大声说道:"大军向山海关进发,准备攻打北京!"

听了汗王的命令,四大贝勒愣住了。大贝勒代善不敢相信自己的耳朵,又急忙问道:"辽阳未占领,怎能去打山海关?……"

只见努尔哈赤把脸色一变,镇定地说:

"大军向山海关进发,刻不容缓!"

四贝勒皇太极似有所悟,立即说道:"快走!服从命令听指挥。"

后金兵马,按照汗王努尔哈赤的命令,沿着千山(在今辽阳西南),奔山海关大路而去。

再说辽阳城里,经略袁应泰与巡按张钧等,以炮声传谕全城居民,并命令士卒严守城池。突然探马来报告说:

"鞑子兵马从虎皮驿出发,从辽阳城西南开过去,听说是去攻打山海关的。"

经略袁应泰听了,急忙与张钧等登上城楼,亲自观察敌情。

他们看见后金兵马,置辽阳城不攻,指挥军队向山海关方向疾驰而去。

顿时,袁应泰慌了手脚,乱了胸中的成局,不知如何是好了。

他与张钧等说道:"鞑子兵马一旦打到山海关下,皇上一定会怪罪于俺的。"

怎么办呢?想来想去,终于决定把驻守在太子河边的朱万良、姜弼、侯世禄等调回,加上总兵李秉成、梁仲善、周世禄等统率的兵马,合起来约有五万之众,出城到辽阳城西摆下阵式。

袁应泰又命令宽甸、瑷阳总兵胡嘉栋、副总兵刘光祚领带的青州兵,从后面尾追后金兵马,希望与山海关方向的兵马形成对后金的前后夹击之势。

再说汗王努尔哈赤，正领着兵马往山海关方向驱马前进之时，探马突然前来报告说：

"明朝有一支兵马，尾随在咱大军后面，距离很近。咱走，他们也走；咱停，他们也停。"

未等努尔哈赤说话，又有探马前来报告：

"辽阳城里的大股兵力，约有四五万人出城，在辽阳城西结阵。"

汗王听了，不禁哈哈大笑起来。说道："如今，蛇已出洞，开始决战吧！"

汗王说罢，遂命令兵马立刻停止前进，并向大贝勒代善说道："你统率红旗军，去迎击尾随咱大军后面的明军，只许胜，不许败，争取彻底歼灭他们，不可放走一人。"

大贝勒代善带领红旗军，一声呐喊，冲入青州军中。

这青州兵，平日未曾训练，又不习战阵，怎能经得起红旗铁骑的冲击。他们见后金骑兵，如狂风一般，呼啸着杀来，又是砍杀，又是踩踏，很快便溃不成军。

代善领着兵马，追赶着劈杀，早把青州军杀得落花流水，尸横满地。

汗王又命令其余的七旗兵马，分成七队，与明军对阵。

努尔哈赤见明朝兵马严阵以待，遂命四贝勒皇太极带领黄旗兵首先出战。

皇太极领黄旗兵先冲击明军左翼朱万良兵营。朱万良是戴罪参战，再不敢临阵退缩，便率领兵马，奋力厮杀。初战不久，朱万良部士气旺盛，由于主将带头拼杀，终于顶住黄旗兵的冲击。皇太极抵挡不住，终于败北。

朱万良一见黄旗兵败，立即引兵追杀过去。努尔哈赤临战不惧，又派二贝勒阿敏率领白旗兵前去助阵，双方展开激烈的战斗，两军势均力敌，随后蓝旗军由莽古尔泰领着，也一拥而上。

这一仗打得激烈，朱万良部力敌黄、白、蓝三旗兵，从午时一直杀到傍晚，总兵朱万良战死在疆场，士卒溃散，后金兵马追着砍杀，朱万良的兵马几乎全军覆没。

当明军的左营朱万良部遭黄旗兵冲击时，中营、右营兵马仍按兵不动，不知主动协助，眼睁睁看着朱万良部被三旗兵马追杀。

不久，白旗兵突然冲入，将明军中、右营兵马一截为二，蓝旗兵在后，黄旗兵在前，形成包围夹攻之势。

明军终因寡不敌众，被杀得溃败而逃。四贝勒皇太极领着兵马，随后追杀，一直追杀六十余里，直到鞍山，才收军回营。

当晚，努尔哈赤分兵为四营，进抵辽阳城下。右翼四旗兵马围攻东城，左翼四旗兵马围攻西城，双方在辽阳城小西门，首次展开争夺战。

第二天，三月二十日，经略袁应泰亲自率领虎旅军，冲出平夷门（即东门），扎营在辽阳城外的东山上。

袁经略将兵马扎营为三，并布列枪炮三层，与后金军相互攻打，用以牵制努尔哈赤攻城的兵力。

但是后金军力众多，努尔哈赤一方面命令左右各四旗兵攻城，一边不断地抽调兵力与东山袁经略的虎旅军进行野战。

努尔哈赤先派出红护军（即红旗兵中的护卫兵卒、精兵）二百名，对东山明军进行冲击，见效果不佳；又命令一千名白旗兵前来助战，由部分白护军随后，不断地增加精锐兵马进战。

尽管明军以炮火轰击，袁应泰指挥虎旅军奋力拼搏，终因人少势弱，抵挡不住后金骑兵的反复冲击，渐渐支撑不住。

袁应泰在炮火的掩护下，随同虎旅军逃回城去，其余的兵马随后溃散。许多士兵逃回城时，过护城河落水淹死。

且说后金的右翼兵马，攻打城东门时，遇到明军大炮、火箭的袭击，伤亡惨重。由于城外护城壕水宽且深，兵马不得近战，攻城受挫。

忽然，大将扈尔汉前来向努尔哈赤报告说：

"护城壕的水是从东向西流，东门是入水口，西门是闸门。若是将东门水口堵住，扒开西门的闸门，壕内的水便会流走。"

努尔哈赤随后又去考察一遍，当机立断，命令四贝勒皇太极带领四旗兵，冒着明军的箭矢和猛烈的炮火，指挥兵卒运石担土，堵塞水口。

这时候，努尔哈赤亲自坐在东门外，直接指挥。城上的明军见到，慌忙开炮，燃放火箭，投掷火罐，各种火器，纷纷落下来。有的兵卒登上房顶，跨脊放箭，矢如雨注。

由于八旗士兵奋勇争先，人多势众，东门护城壕的水口终被堵住。

努尔哈赤急令左翼兵马，立即扒开闸口，不一会儿工夫，壕内水势渐浅，有的地方竟然干涸见底。

为了抓住有利战机，努尔哈赤命令左右两翼兵马，奋力攻城。城上明军慌忙放炮，奋力抵抗。双方拼杀激烈，互有伤亡。

且说后金汗王努尔哈赤，正指挥左右两营兵马攻城，突然探马来报说：

"从广宁来一队明朝军马，约有两千余人，现已渡过太子河，正往辽阳逼进。"

努尔哈赤一听，不禁内心吃惊，忙向二贝勒阿敏命令道："快领二千人马迎战，务必顶住，不能放他进来。"

阿敏答应一声，便领兵迎上前去。

原来这支兵马并不是由广宁城派来，而是从北京来的。

这带兵的将领姓张名神武，是万历三十八年时的一位武状元。张神武是四川成都人，是袁应泰的外甥。中了武状元之后，他先被皇帝授为四川都司佥书，以后又任过游击、参将、副将等职。

辽东发生战事以后，他多次上书请求去辽东御敌，未被批准。这次是张神武应舅父袁应泰荐举，自带家丁三百余人，从四川到北京，然后出山海关前来。沿途他收留了不少散兵逃卒，合计不下两千人。

由于长途跋涉，风雨隔阻，到达广宁时，后金军已开始攻打辽阳。于是，他星夜兼程，过了辽河以后，直扑辽阳。

再说张神武领两千多人马,到达首山,离辽阳仅十七里路,扎下营盘,埋锅造饭。

张神武吩咐伙夫说:

"把余下粮食全部做成饭菜,不留一粒。"

当士卒们饱餐以后,张神武高声说道:"人活百年,总有一死,但要死得其所,死得壮烈。今天,后金士兵破俺城池,毁俺家园,杀俺同胞,辱俺姐妹,是可忍,孰不可忍!堂堂华夏,怎容铁蹄蹂躏;泱泱神州,不许夷人侵吞!俺张神武要与诸位兄弟同赴国难,共杀仇敌。若能攻进辽阳城,咱再与各位痛饮庆功酒;谁若退后,咱这大刀可不认人!"

说罢,张神武让伙夫砸烂锅灶、碗碟。带领两千余名士卒,斗志昂扬,精神振奋,启程上路,刚走了五里多路,与后金二贝勒阿敏带来的两千兵马迎头碰上。

此时,张神武一见后金兵马,不由得二目圆睁,大声喊道:"随俺一起——杀啊!"

张神武一边高喊,一边举起大砍刀,拍马上前,率先杀入后金兵马当中。

只见张神武挥动大砍刀,左劈右刺。八旗士兵纷纷落马,直向两边退去。

他身后的士卒,也随后奋勇拼杀。两军顿时展开搏战。

二贝勒阿敏急忙过来,与张神武杀到一处,二马盘旋,杀得难分胜负。大约战了二十多个回合,阿敏渐渐感到体力不支,只得勒转马头逃去。

两千八旗兵马见主将败逃,也不敢恋战,随后跟着逃去。

张神武大刀一举,嘴里喊道:"追呀!杀它个片甲不留!"

阿敏一边往回跑,一边心里想:哪里来的这野人,如此勇猛,俺平生第一次遇到哩!

且说努尔哈赤正在指挥兵卒攻城,心里总感到不甚踏实,不一会儿,探马来报告说:

"二贝勒的兵马被明军战败,那支明军离此仅二里多路。"

汗王听了,大吃一惊,遂命令三贝勒莽古尔泰说:

"你带三千人马前去,务必将他们包围,就地歼灭!"

莽古尔泰答应一声,急忙领着三千人马迎了上去。

努尔哈赤又对扈尔汉说:

"你再带二百强弓箭手,先将其主将射倒,然后再乘势掩杀。"

且说三贝勒莽古尔泰,带领三千人马,走不多远,就迎面接着二贝勒阿敏。于是两支人马合在一起,转过头来,迎了上去。

张神武带着人马追到后金军前,便又拼杀起来,尽管张神武武艺高强,勇冠三军,眨眼之间被他杀死的八旗人马成百上千,但是后金兵马太多。杀退一批,又围上来一批。四面围得水泄不通,任凭张神武本领再强,也难以冲出重围。

不久,扈尔汉又带着弓箭手冲了上来。如雨的箭矢飞向张神武,可怜一员猛将,终于没有突破八旗兵马的包围圈,含恨战死!

阿敏、莽古尔泰、扈尔汉带领人马,将残余的明军追杀一阵,才领兵回去。

在回军途中,阿敏对二人说道:"与明朝开战以来,未遇到如此勇猛的战将和兵卒。俺领来两千人马,竟损失了一千多人,也是从未有过的。"

且说努尔哈赤见护城壕里的水已放尽,遂命令绵甲兵排列战车进攻。

城上明军用枪炮射击,迫使后金军士不敢立在车内,都跳出车外,喊叫着前进。

双方鏖战,一批批后金兵奋勇杀来,明朝的骑兵抵挡不住,开始败走。步兵见骑兵退却,无心再战,也沿城逃走。

经过激烈争夺,后金军又夺取了西门桥。明兵顽强狙击,有的从墙缝里放枪、放箭,城上守军施放火箭、火炮,喊杀声、兵器撞击声和枪炮的轰鸣声混杂在一起,惊天动地,令人肝胆俱裂。

努尔哈赤不惜一切代价,指挥士兵竖云梯,抢登城西门。他急忙调来攻北门的兵马，集中攻击西门，想从西门打开突破口。

明朝军队再也阻挡不住后金兵的猛烈攻势。那些文武官吏眼睁睁地看着后金兵如洪水般的凶猛攻势，急得团团乱转。但是明军仍在顽强地抵抗，力图控制着自己的阵地，双方激战进行了一整夜。

三月二十一日天大亮时，明军又出动战车参战，互相进行面对面的搏杀，明军仍然被杀得丢盔解甲，败退下去。

突然之间，西门的火药库起火，连续发出轰轰巨响，震得山动地摇。那冲天的大火烧及城上和各军的窝铺。

原来是后金战前潜进辽阳的细作们动手了，他们不仅炸了明军的火药库，还杀死西门的守军将领，又打开城门，挑出一面旗帜，上书：

"欢迎汗王进城！"

一千多名后金细作，手持兵器，返身杀上城头，对着守军，大声喊道："俺们是大金军队，你们立即放下兵器投降，还能饶你们活命；谁若顽抗，死路一条！"

那些守城士兵都朝守将监军道牛维曜、户部司官傅国等看去，这些将领见守城无望，便纷纷坠城逃走。那些士卒见将领逃走，也就随着四散逃去。

且说攻打西门的后金兵马，见城门大开，又有欢迎横幅，知是城内自家细作接应，遂一拥而入。

后金兵马趁势登城，八旗合为一处，沿城追杀明朝守军，喊杀声响彻云天。

经略袁应泰正在辽阳城东北角的镇远楼督战，见城已破，知道大势已去，急写遗书交给亲兵，命令他们逃出城去。

这时，巡按御史张铨，涨红着脸，气喘喘地跑上镇远楼。

袁应泰见了张铨，满眼流泪，说道："俺身为经略，上不能报皇恩，下不能顾民命。如今，守土已失，城不能保，唯有一死以谢朝廷。阁下乃文官，无守土之责，你迅速躲避起来，还能保住性命。如能退守河西，招集残部，还可以再图后举。"

张钧说道："大人知道报答皇恩，俺难道不懂得吗？"

袁应泰不好再说什么，只得连连点头。

此时，楼外喊杀连天，袁应泰将印剑挂起，西望朝廷，又叩头拜辞，然后解带悬梁，自缢而死。

见经略已死，分守道何廷魁携带妻子等，投井而死。监军崔儒秀、巡按御史张钧等也自缢身亡。

这时，后金兵马已全部进城，汗王努尔哈赤命令搜查主将。

且说八旗士兵涌到镇远楼，见几个主将全都挂在梁上，就急忙解将下来抬到汗王面前。

努尔哈赤见了，非常吃惊地说道："啊呀！真是忠臣良将！可敬，可敬！"

一句话未了，那张钧的两只眼睛，陡然活动起来，士兵上前看看，原来还有气息。

努尔哈赤忙派士兵用药灌救，张钧居然醒来。他向上望去，见上面坐着一位威风凛凛的老头儿，估计是那后金国的汗王努尔哈赤，便大声说道："胡贼！为什么不杀俺？"

努尔哈赤向旁边的李永芳努努嘴，李永芳走到张钧跟前，表白道："当初，俺投降大金的时候，也是出于不得已……"

张钧听了，知道他就是李永芳，遂高声说：

"屁话！你甘心当汉奸，还表白个啥？"

李永芳碰了钉子，就去向努尔哈赤回报。努尔哈赤派人把张钧请到自己面前。

只见张钧面不改色，立在那里，汗王说道："你既被朕捉住，为什么不跪拜？"

张钧慷慨激昂地说道："俺是明朝天子的重臣，你只不过是区区一个龙虎将军，怎能向你跪拜？"

汗王又耐心地劝他投降，许他高官厚禄、八抬大轿等。张钧厉声说道："俺生为明臣，死为明鬼。"

努尔哈赤又劝说道:"人生百年,转眼而过。你看人家李永芳,就能看得远,想得开,你又何必……"

张钧不等汗王说完,便喊着说:

"俺只求早死,决不屈服!"

汗王非常生气,命令刀斧手道:"把这个想早死的家伙拉出去——宰了!"

那张钧听了,面无惧色,反哈哈连声大笑不止,并将头伸着,说道:"来吧!俺张钧能以一死报效皇恩,也是人生的一大幸事!"

努尔哈赤说道:"忠臣,忠臣,朕实在不忍心杀他!"

汗王又以好言劝他,转脸对士兵说:

"让他回到他的衙署去,要好好照看他。"

努尔哈赤以大局为重,对明朝的重臣、大将,都尽力争取,想以此笼络民心,吸引更多的明臣、明将投降后金。

再说张钧在回衙署路上,士兵让他坐车,他不上;请他骑马,他也不从。回到衙署以后,张钧朝北拜了几拜,谢了圣恩;朝东拜了几拜,谢了父母;又朝南拜了几拜,辞别了妻子。最后解下带子,自缢身亡。

有人向努尔哈赤报告说:

"张钧又自缢了。"

汗王听了,感慨地说:

"真是忠臣啊!"

于是,他命令李永芳等,用上等棺木埋葬了袁应泰、张钧等明朝官员、大将。

三月二十二日,后金举行盛大的入城式。

在一声声礼炮声中,后金汗王努尔哈赤乘坐轿子,进了辽阳城。这时候,人们恭恭敬敬地跪伏在地,迎接这位新主人进城,原辽东经略衙门,就成了努尔哈赤的临时行宫。

后金夺占辽阳以后,形势急转直下,辽阳周围地区,以及辽东南部,如金州、海州、复州、盖州等都在几天之内,传檄而定,大小共七十余城堡都投降了后金。

这次辽沈之战,加上中间休战的五天,才用了十来天时间,后金获得空前的胜利,这在后金的发展史上具有划时代的意义。

后金夺取辽沈之后,努尔哈赤不再毁弃城池,而是将它作为继续前进的基地。他向大臣们说道:"这是兴王肇基之所。"

努尔哈赤的意思,是指这次辽沈之战的胜利,与满清的兴起,是连在一起的。

话说熊廷弼被革去辽东经略,回到湖北江夏老家,妻子王氏笑看说:

"你出去做官,俺心里总不安稳。老是担心你那直筒子脾气,深怕得罪了人,惹出事来。你回来了,俺心里也就踏实了。"

一天,熊廷弼与王氏坐在院子里一边说闲话,一边看着两个孩子在练功。

忽然一声门响,大门被推开了,连珠串似的走进一队人来,领头的一位官员,手中捧着黄绫包的圣旨,口中高呼:

"熊廷弼接旨。"

熊廷弼连忙摆设了香案,面朝北跪下来。

那官员口中念道:"奉天承运皇帝诏曰:熊廷弼经略辽东一载,威慑边廷,力保辽东危城,功绩累累。后因他人诽谤,朝中大臣又未能及时向朕剖析,令朕蒙蔽,让熊将军蒙冤,后来不久朕便后悔。如今沈阳、辽阳两大重镇相继沦陷,全辽形势万分危急,辽西存亡迫在眉睫。经过臣下勘奏,朕已再三考虑,挽救辽西危局,非熊将军莫属。特旨复熊廷弼辽东经略兼兵部右侍郎职务。并速速回京就命。钦此。"

熊廷弼听完,连声说道:"遵旨!"

他又连磕了几个头,爬起身来,招呼那官员进屋喝茶。那官员说道:"王命在身,不敢久停。希望熊将军整顿行装,抓紧上路吧!"

那熊廷弼不敢怠慢,急忙招呼妻子王氏进屋。他向王氏说道:

"你快去替俺收拾行李、衣服等。"

不多时,王氏已将行李准备好,见到廷弼与儿子难分难舍的情景,就站在门外,没有去打扰他们。

这时那官员又在催着说道:"抓紧时间上路吧,熊将军!"

熊廷弼与妻子拱了拱手,说道:"保重,保重,多保重!"

王氏说道:"祝你马到成功!"

熊廷弼转过身来,又搂住两个儿子,分别亲了一下,说道:"要听话,不要淘气,认真学本事!"

说完,熊廷弼遂昂首挺胸,走了出去。

第二十三章

旧经略重出山海关
假巡抚单丢广宁城

靠着卖身投靠魏忠贤以假进士身份在官场青云直上的广宁巡抚王化贞，看着气势汹汹攻到城下的八旗兵马，出征时的豪情顿时化为飞烟："大丈夫不与建酋争一日之短长，本抚还是快跑吧！"

且说朝廷在决定重新起用熊廷弼的同时，对于原来弹劾熊廷弼的御史冯三元、张修德各给予降职两级的处分，并调出京城。

当时去辽东阅兵的大臣姚宗文，为人阴险，有意陷害熊廷弼，散布流言，随意给熊廷弼罗织罪状，导致熊廷弼被斥罢官，误了大事，给予削职为民处置、送回原籍。

尽管明朝皇帝希图重整旗鼓，在关外积极备战，但是任务艰巨，险象环生。辽东的国土已经丧失，辽西又残破不堪。边关的将吏又积恶难改，局面极为困难。皇帝说：

"辽东原来有兵七万，额饷七十多万两。新兵十三万，岁饷五百多万两。已经不算少了。但是，去年饷银二百多万两，军士没有得到一文钱，文武官员却填满私囊。辽沈地区失守以后，辽阳军资都被后金夺走了，再发银两有什么用处！"

从皇帝这段话里，可以看出：一个王朝在败落的时候，其官吏腐败是个顽症，很难整治。而朝廷又不能放任不管，只好硬着头皮备战。

且说努尔哈赤攻下辽阳，并不满足已经取得的胜利，也不为辽阳的繁华所吸引。

他曾说过：

"既然开始攻打明朝，岂能半途而废？"

当八旗将士兴高采烈地接收战利品时，他已把目光转向辽河西岸的广宁城，开始为夺取这座重镇而进行准备。

他派出扈尔汉等人，去广泛收集现有船只，并制造新船，以备步骑兵渡河之用。

他选取的进军路线是：

自辽阳往南，一路军走水路，从太子河顺流而下，到牛庄；一路军走陆路，经鞍山，到海州，会于牛庄。然后合兵渡辽河，直取广宁。

从牛庄到广宁，约有二百余里，地势低洼，春夏秋三季泥泞不堪。这里四面无山，田野与天混成一色。浩浩荡荡，陆地成舟，如乘船大海之中。

唐朝时，称这一带为"辽泽"，想从这里通过，也非用船不可。

努尔哈赤在准备船只的同时，一面派出游动骑兵，沿辽河东岸巡逻，注视明军动静；一面秘密派遣大批细作，潜进广宁城，甚至深入北京，千方百计窃取辽西明军兵力部署的情报。

努尔哈赤惯于使用细作，这是他用兵的一大特点，沈阳、辽阳等重镇迅速被拿下，细作发挥了相当大的作用。

明朝已从中得到严重教训，对后金的细作活动开始有所警惕。先后在广宁、北京等地破获了努尔哈赤派遣的部分细作，并立即处死，但多数细作还是无法破获。

后金细作无孔不入的活动，使明朝将吏非常恐慌，大有草木皆兵之感。

兵部向天启皇帝报告说：

"广宁城里奸细无处不有，内地奸细无处不有。"

一次天启皇帝指示兵部派一名高级官员到关外传达对辽西防御的谕旨，兵部唯恐被后金探去，一再说服皇帝不要派人去，此事只好作罢。可见，明朝惧怕后金细作已经达到何等严重的程度！

且说熊廷弼接到圣旨以后，从家乡起程，火速进京。他到京前，就对辽西的战守问题作了充分考虑。

熊廷弼有才有识，到京城才几天，就制定了一套固守辽西、以图恢复的战略防御方案，这便是著名的"三方布置策"。

所谓三方布置，即陆上以广宁为中心，重点设防，部署马步大军，沿河防守，造成有利的军事态势，迎击后金主力；在天津、登州、莱州三处各置舟师，从海上进行牵制；在山海关设经略，统辖三方。

当各路援军集结完毕，海上舟师齐备，然后三方并举，实行反攻。

天启皇帝看了这一积极防御的计划，马上批准实施，并提升熊廷弼任兵部尚书，驻守山海关。同时提升王化贞为广宁巡抚，驻守广宁。

再说熊廷弼谢了圣恩，于天启元年（1621年，天命六年）七月，离京赴山海关上任。不久，他到广宁视察，满城文武都出城迎接，熊廷弼一一与他们见面。

忽然侍兵递上一名刺，上写"辽东巡抚王化贞"。

熊廷弼见是巡抚，忙请相见，寒暄几句，便同赴行辕。

这王化贞是河间府肃宁县人，与阉竖魏忠贤是同乡，还拐弯抹角地攀上了亲戚。

一开始，王化贞在魏忠贤的锦衣卫里听差。

半年后，魏忠贤见王化贞办事机敏，处事灵活，遂派人为他办齐了一整套假功名手续，并于当年秋闱参加了考试，中了进士。

皇榜公布以后，考生私下里议论纷纷：从哪里冒出来这个王化贞？……

在那个腐败的朝代，人们见怪不怪，习以为常了。王化贞由户部主事，历右参议，分守广宁，在辽沈沦陷以后，为了削弱熊廷弼兵权，达到"制熊"目的，魏忠贤怂恿天启皇帝，提升王化贞为广宁巡抚，驻守广宁。

且说广宁巡抚王化贞，陪着熊廷弼进入府里，准备了接风酒，席间共同商谈战守问题。

谁知刚谈几句,二人对守战各持异议,严重对立,并且互不相让。

对付后金国,熊廷弼主守,按照他的方针,明朝军队应取守势,积极防御,守住以后,才能进攻。

王化贞的意见正好相反,他主战,强烈反对熊廷弼的防御方针。于是两人激烈地辩论起来。熊廷弼说:

"守,是为战。如今,人饥马疲,连防守都十分困难,怎么去攻?"

王化贞反驳说:

"正因为不足守,所以应当进攻,这叫做以攻为守嘛!"

熊廷弼说:

"常言道:兵马未动,粮草先行,眼下运输如此艰难,既然进兵,应该先考虑运粮的办法。"

王化贞却很有把握地说道:"咱们的兵马一过河,海州的粮仓都为俺有,怕什么,还能饿着你吗?"

熊廷弼又提出问题说:

"咱的军队如要过河,就应该考虑如何守法,一旦出现危险情况,怎么支援?"

王化贞很轻松地回答:

"俺一取下牛庄,那里必然响应,就会有人抓住叛将献给俺!"

两人唇枪舌剑,相持不下,下边将吏因而无所适从。

当时,朝廷大权掌握在宦官手中,王化贞是魏忠贤的代理人,他们当然偏袒王化贞,竭力排斥熊廷弼。

本来,熊廷弼身任全军统帅,有权决定前线的战守方针大计。但是魏忠贤处处刁难,把兵马都交给王化贞指挥,只留五千兵马归熊廷弼掌握,使他徒有经略之名。

魏忠贤甚至于对王化贞说道:"你可以自行其事,别听姓熊的那一套!"

那王化贞根本不懂军事,但平时他却喜欢说大话,吹牛皮。现在，他又有魏忠贤的支持和怂恿，更加盛气凌人。他公开说：

"俺以六万兵马，就可以荡平赫图阿拉，活捉努尔哈赤！"

王化贞还大言不惭地向朝廷许下诺言：

"到中秋八月，皇上可以高枕而听捷报传来。"

王化贞破坏熊廷弼集中兵力于广宁的部署，擅自分兵，沿辽河西岸一线布防，又于西平诸堡镇驻兵，做出要渡辽河进攻的架势，因而极大地削弱了广宁的防御。

熊廷弼看到这种情况，气得不得了。此人刚直不阿，性格倔强，好发脾气，对朝廷里的权贵毫无逢迎的习惯，在忍无可忍的情况下，熊廷弼又写了一份奏表申诉朝廷说：

"俺是一个东南西北都想来杀的人。如今，俺正处在关键时刻，朝廷大臣若能以国事为重，就让俺效命疆场，给俺实权。若是以党派、门户量人，干脆放俺回乡种田去罢，何必内借阁部之名，外借抚臣之力，让俺徒有经略虚名？"

天启皇帝见了奏表，也乱了方寸，没有主张了。就把熊廷弼的奏表交给大臣们去讨论决定。

那些权贵们多是阿谀奉承之徒，谁敢反对阉党魏忠贤？且对熊廷弼本来就看不顺眼，便在会上攻击他说：

"熊廷弼自以为了不起，目空一切，他认为没有他，辽西就会丢失，大明王朝就要完蛋了？咱们就让他解甲归田，看看天可会坍下来？！"

正当大臣们在决定熊廷弼去留问题时，关外传来消息说：

"努尔哈赤即将率领大批人马，进攻广宁城！"

听到这个消息，那些权臣立即又吓得两腿乱颤，面露惊慌，一句话也说不出来了。

有两个胆子稍微大的，才嗫嚅着说：

"现在，大……大敌当……当前，轻易主……主帅，恐……恐怕乱了……军心。"

于是，会议一致决定，让熊廷弼留下来，并奏闻皇上，下圣旨，约定二人"功罪一体"。

一天，差官带着一队人马到来，只听那差官喊道："熊廷弼、王化贞接旨！"

二人慌忙摆设香案，面朝北跪下。

那差官高声念道："奉天承运，皇帝诏曰：如今大敌当前，辽西危急之时，熊廷弼、王化贞应以大局为重，同心协力，共赴国难，尽快消释前嫌，团结对敌。功成之日，二将有功同赏，有罪同罚，勿谓言之不预也！钦此！"

熊廷弼、王化贞连忙叩头，连声喊道："遵旨！"

差官走后，王化贞向熊廷弼撇了撇嘴，又挤挤眼，说道："咱俩是拴在一根绳上的两个蚂蚱，谁也离不开谁，就这么干吧？"

熊廷弼无精打采地"嗯"了一声。他早已料定：这二出山海关，恐怕是凶多吉少，万难再回江夏了！

一日，努尔哈赤正在辽阳城中处理军务，忽有快马从赫图阿拉来报，大将费英东于今晨病逝了！

努尔哈赤听罢，大叫一声，昏倒在地。

额亦都急忙上前扶着，范文程叫侍卫，大家七手八脚，把努尔哈赤抬进卧室。

过了好一会儿工夫，汗王才苏醒过来，范文程劝说道："陛下要节哀自重。自古以来，死生有命。费将军已病很长时间，久药不治，现已升天而去，不可挽回，望陛下珍重龙体。"

努尔哈赤坐在那里，只是流泪不止，过了好长时间，才说道："朕要厚葬他！……"

次日，努尔哈赤留下族弟铎弼、贝和齐及额驸沙津和苏巴海等统兵守辽阳，带着诸贝勒大臣，部分八旗士卒，回赫图阿拉。

努尔哈赤回到赫图阿拉，仍然哭得几次发昏，范文程等劝说道："人之生死，自有分定，怎能痛丧不已？何况陛下攻明大事也不能半途而废，还要以龙体为重。"

努尔哈赤哭罢，便教人用香汤为费英东沐浴尸身，裁制寿衣，备设灵堂。一面打造内棺外椁，选了吉日，盛放在正厅之上。

灵帏正中，设个神主，上写道："大金国大臣费英东之灵位"。

后金国自努尔哈赤以下，全都戴孝，举哀祭奠，并让喇嘛庙里的喇嘛前来做功德，超度英灵等。一连过了七日，将其葬在赫图阿拉都城旁边的鸡鸣山上，坟前立下大石碑，上写：

"大金国大臣费英东之墓"。

努尔哈赤带领众贝勒、大臣、将领们再行祭奠后，才无限依恋地离开坟墓，回到赫图阿拉。又过了两天，重新回到辽阳城里。

天启二年（1622年，天命七年）正月十八日，努尔哈赤亲率诸贝勒大臣，领兵十万余人，向辽河以西进发。十九日，大军在东昌堡（牛庄附近）宿营。二十日，前哨兵挺进到辽河岸边。

再说广宁巡抚王化贞，一天，正与部下议论熊廷弼的坏话，忽有探马前来报告说：

"努尔哈赤亲领十几万人马，正往广宁开来。"

王化贞不觉大惊失色，说道："这么快就来攻俺广宁了！"

于是，仓促之间，立即布兵防守。王化贞派总兵刘渠领兵二万守镇武。总兵刘利寿领兵一万守闾阳。分南北两路，与广宁成掎角之势。

又派副总兵罗一贯，率三千人守西平堡。在镇宁也派兵把守。

王化贞自己带领两三万人，守广宁，企图以四堡屏障广宁，阻击后金军的进犯。

这样分散兵力的布防，熊廷弼是不赞成的。但是王化贞有阉党魏忠贤支持，对熊廷弼根本不予理会。

谁知努尔哈赤的十万大军，不直接攻广宁，却先去攻打广宁的前哨西平堡。其战略意图，是为了引诱广宁的驻军出城来援，到旷野的地方，在大规模的运动战中，将其歼灭。这样，可以减轻后金兵在攻打广宁城时的困难。

当天，后金主力开始渡河。王化贞部署的防河兵，见后金军来势凶猛，掉头就跑。

后金军猛追二十里，一直追到西平堡。

西平堡守将是副总兵罗一贯，仅有兵三千人。此人性格忠厚，为人耿直，办事认真，是湖南长沙郊区人。

罗一贯出生不久，父亲去世，全靠寡母抚养，自小尝够生活的艰辛，后来发奋练功，才得中武举。

他辗转来到辽东，这次被派到西平堡来，他已抱定必死的决心。他多次向部下说：

"俺一定要与西平堡共存亡！"

因此，西平堡虽然只有三千人，面对十几倍的后金兵力，罗一贯却毫无惧色。他命令士兵们说：

"从现在开始，紧闭城门，充分准备好滚木、礌石，要将炮火放在适当位置上，争取大量杀伤敌人。"

二十日下午，后金兵开始攻城。参将黑云鹤不听劝阻，率兵出战，被杀得大败而回。

二十一日，后金兵如潮水般涌来，几万人马将西平堡层层包围。但是黑云鹤不接受教训，再次出战，刚一交锋，就败下阵来。

后来，黑云鹤逃到城门前，被莽古尔泰赶上，手起刀落，斩于马下。

于是后金兵卒乘势涌到城下，把战车、云梯、铁钩等攻城器具，推到阵前，准备大举攻城。

这时，努尔哈赤见守城将领坚持抗战，遂派李永芳前来劝降。

李永芳来到城下，向守城士卒喊道："请总兵罗一贯前来说话！"

不久，罗一贯出现在城头上，只听李永芳大声喊道："俺知道罗将军是条好汉，但是，明朝已经腐败透顶，气数已尽，再保也没有用了！罗将军明智过人，不要干糊涂事。赶快献出西平堡，还可以当一个大金国的开国功臣！"

罗一贯在城上听得气愤异常，他骂道："逆贼！朝廷何曾亏待过你？为什么要叛变？你是要遗臭万年的！有道是'家贫出孝子，乱世显忠臣'。当此乱世,俺要为国尽忠。想要俺跟你一样去当狗,永远办不到!"

罗一贯说到这里,也招呼李永芳投降,说:

"逆贼!你现在降过来,还可以免你一死;时间长了,连你的祖坟都找不到了!"

汗王努尔哈赤听说以后,十分愤怒,遂下达命令说:

"立即攻城!罗一贯不投降,就坚决消灭他!"

于是,后金的步骑兵,从四面八方一拥而上。宛如巨浪,猛烈地冲击着这座单薄的孤城。

罗一贯指挥若定,凭城固守,发礌石、滚木,并发炮轰击。

那些擅长弓箭、刀枪的后金兵,密布在城周围,成为城上炮火袭击的目标。每一发炮弹落地,随着一声震天动地的轰鸣,后金兵便倒下一片。那些冲到城墙下的,也纷纷被礌石、滚木击中。后金兵死伤累累,城下的尸体,几乎与城墙一般高。

双方激战正在进行。

突然,一矢飞来,正中罗一贯的右眼睛。忍着疼痛,他伸手抓住箭杆,使劲一拽,右眼整个儿被带了出来。

立刻,鲜血如注,从眼眶里往外流着……

眨眼之间,罗一贯变成了一个血人!

周围的士卒,许多人都流泪了。

深仇大恨,化作一股强大的力量。士卒们各自为战,没有将领指挥,仍然是炮火轰鸣,矢石齐下,打得城下的八旗士兵,尸积如山。

中午时分,援军仍然不至。城上的火药已尽,矢石已尽,但是守城士卒的豪气未尽!他们仍然顽强地抵抗着。

此时,善于捕捉战机的努尔哈赤,发现城上炮火不响了,滚木不滚了,礌石不打了。

立刻命令道:"城上炮火、矢石已尽,赶快攻城!"

突然之间,喊杀连天,八旗兵士们,推出战车,竖起云梯,争着登城。

罗一贯自知不行,遂挣扎着站起来,脸朝北拜了一拜,不胜悲愤地说:

"臣力枯竭,西平堡失守了!"

说完,他举起佩剑,自刎而死。

罗一贯身旁的两名副将,带领守城士卒,与登城的后金兵混战一处。

一时间,城墙上,巷子里,到处是杀声不绝,血肉横飞,尸积成堆。

守城的三千明军,全部战死,后金的伤亡更严重,约有六七千人之多。

努尔哈赤以惨重的代价,夺下了广宁城的重要前哨阵地——西平堡。

当西平堡被围时,经略熊廷弼催促王化贞派兵去西平堡援助。他蜷缩城里,不敢出击。熊廷弼激他说道:"王巡抚平日的大话,如今都哪里去了?"

于是,他轻率地采纳了游击孙得功的建议,撤了广宁、闾阳和镇武的兵马,前去西平。

这样做,就舍弃了广宁的根本重地,也舍弃了明军的炮火所长,去就野战之短。真正是长了后金的威风,灭了自己的锐气。

再说汗王努尔哈赤得到探马报告说:

"广宁巡抚已调出广宁兵、闾阳兵、镇武兵,一齐来援助西平堡。"

努尔哈赤听后,哈哈哈连笑数声,说:

"这样的蠢货也能用兵!"

说罢,他立刻派遣出大贝勒代善、四贝勒皇太极带领三万人马,去迎战援兵,并围而歼之,不准放走一人。

两军相遇于西平堡北边的沙岭。

狡猾的孙得功让总兵刘渠先出战,他自己在后面助阵。双方兵戈相接，拼杀才开始，孙得功突然喊道："明军打败了！快逃啊！……"

明兵见主将先逃，再也无心恋战，遂一哄而散，四面逃去。

代善、皇太极一见明军后队乱了，纷纷逃跑，知道有异，遂乘势指挥三万大军，随后追杀。并把明军分割包围，聚而歼之。

在双方兵卒混战中，刘渠的马蹶倒，把他掀翻在地，死于后金兵的乱刀之下。

参将刘利寿身中两刀三矢，幸被家丁救起，扶上马，冲出包围，行至中途，伤重而死。

镇武的副将刘征，在冲杀中，身中一箭，跌下马来，为乱兵所杀。

另一将领刘式章，也中一箭。此箭用力甚大，从臀部穿过，把他牢牢地钉在鞍上……

这场血战，非常惨烈。明朝的三万援军，全部抛尸沙岭。再加上金军的伤亡，不知有多少人丧失了生命。

直到数十年以后，沙岭地方还到处是白骨纵横，隐没在沙草之间。到了夜晚，这里阴风怒号，磷火闪烁，令人顿生寒气。

这时候，后金的细作在广宁城里到处散布说：

"明兵打败了，后金兵快到广宁了！"

于是广宁城里一片混乱。老百姓、士兵纷纷出城逃跑。一夜之间，广宁城几乎变成了一座空城。

此时，巡抚王化贞还蒙在鼓里，对外面的事，一无所知。

当天夜里，他还搂着小老婆在睡觉，做着巫山梦呢。

次日早晨，他起床后，就找来军报阅读。突然，他的亲信、参将江朝栋推门而入。见到江的行动鲁莽，王化贞正要发火。江朝栋上前一把拉住他，气喘吁吁地说道："情况非常危险，快走！快走！"

这时，王化贞已吓得抖作一团，半天说不出一句话来。

江朝栋也顾不得巡抚的高贵身份，伸出胳膊，把王化贞挟起来，直奔马厩跑去。

谁知马已没有了。幸亏还有几个心腹，急速为他牵来马匹。江朝栋又将他抱上马去，一路小跑，跑出城门。

再说王化贞这一行人，逃到大凌河城时，恰巧遇到熊廷弼的援军。

王化贞一见到熊廷弼，不禁大哭起来。

只见熊廷弼冷笑一声，说：

"你想用六万兵，一举荡平赫图阿拉，现在怎么样？"

王化贞听了，羞愧难当，不能回答了。

略停了一会儿，王化贞又提出去守宁远、前屯等地。熊廷弼听了，没有好气地说：

"哼！都晚了。如果你不上当出战，不撤广宁兵，也不至于有如此大败。现在正是兵溃之时，谁还肯为你固守？唯一可做的，就是保护百万老百姓进关，使他们不被后金掳去。"

熊廷弼说完，就把自己带的五千人马，交给王化贞指挥，自己殿后，掩护他领着老百姓进关。

在撤退中，熊廷弼下令清野，将沿路各城镇中带不走的仓库物资都烧掉。

逃难的辽民有数十万之众，他们携妻抱子，向关内撤退。啼哭之声，惊天动地。

且说王化贞逃跑后，后金的细作完全控制了广宁城。他们派人去西平堡送信，迎接汗王努尔哈赤进广宁。

不久，辽西的镇静堡、平洋桥堡等四十余堡，纷纷归顺后金。

后金汗王努尔哈赤，不战而取辽西战略重镇——广宁之后，又招降了这一地区各城堡的明朝军队和百姓，缴获了明朝大量的粮饷、兵器等军用物资，不计其数。

这一胜利，是继辽沈决战之后的又一巨大胜利。

努尔哈赤掩饰不住内心的激动和兴奋，向众贝勒、大臣们说道："快去请后妃们和诸王、大臣的妻妾一起来广宁，观赏这一胜利的辉煌成果，共同分享这胜利的喜悦。"

二月十四日，努尔哈赤举行盛大宴会。

宴会开始的时候，乌拉大妃率领众后妃，在铺设红地毯的衙门里，向坐在衙署正堂的后金汗王努尔哈赤叩贺道："天眷佑汗，占领了广宁……"

随后，依次行庆贺礼，鼓乐齐鸣，歌舞欢畅，笑语喧哗，热闹非凡。

二月十七日，后金汗王努尔哈赤，在众后妃的陪同下，离开广宁，回到辽阳。

且说熊廷弼、王化贞带领五千人马，护着辽西百万老百姓进关。

正走之间，探马前来报告说：

"锦州、大小凌河、松山、杏山等城，都已被努尔哈赤攻陷。"

王化贞听了，跺着脚哭道："完了！完了！"

熊廷弼说道："不听俺的劝告，才有今日的失败。六万兵一朝覆没。大小城堡全已失陷，今后怎么办？"

语未说完，忽听山内角号齐鸣，一彪兵马杀出，正是后金的三贝勒莽古尔泰，率领一万人马，冲杀过来。

熊廷弼的五千军，如何能抵挡得住？早被杀得落花流水，尸横满地。

熊廷弼、王化贞夹在败兵里，逃进关内。

再说广宁兵败的消息传到北京，满朝文武吓得心胆俱落。天启皇帝也极为恼怒。

于是，皇帝下圣旨将熊廷弼、王化贞逮捕下狱，交刑部议罪。

阉党魏忠贤趁机把罪名全加在熊廷弼头上，以"失陷封疆"的大罪首先处死。

天启五年（1625年，天命十年）八月，熊廷弼慷慨赴市，衔冤而死。

魏忠贤亲自出面，对王化贞百般袒护，但是，王化贞的罪过确实不小，无法平息朝廷内外舆论，也被迫处死。

魏忠贤指挥锦衣卫，将熊廷弼暴尸街头，不准安葬，并割下首级示众。

再说后金汗王努尔哈赤，于天启元年（1621年，天命六年）三月，攻占辽阳以后，召集众贝勒、大臣、将领开会，拟议迁都问题。努尔哈赤在会议开始，先说：

"老天爷保佑大金国，把辽阳城送给俺了。现在，是把国都迁到辽阳呢，还是仍然回到赫图阿拉去？请大家发表意见。"

大贝勒代善首先发言：

"赫图阿拉是咱大金国的根本，那里是女真人聚居的区域。辽阳虽大，它是汉人的城市，咱不能丢弃根本，舍近求远呀！"

三贝勒莽古尔泰接着说道："俗话说：梁园虽好，非久恋之家。这辽阳比赫图阿拉大，也漂亮得多。但是，俺是女真人，怎能居住在汉人当中？"

二贝勒阿敏说：

"俺女真的风俗习惯与汉人不同，从赫图阿拉搬到辽阳，有许多不方便的地方。俺以为还是不迁为好。"

四贝勒皇太极说道："俺是这么想的：如果咱们不想进关，不再向明朝开战，大金国不再发展，那就不需要迁都，还在赫图阿拉就可以；如果咱们还想发展，要进关，要打到北京去，推翻明朝，迁到辽阳就有利。"

努尔哈赤看着范文程说道："范先生讲讲你的意见。"

范文程清了清嗓子，说道："俺以为四贝勒的话有道理。这辽阳城是辽东的古城和重镇，人口众多，财货丰富，是明朝在辽东的政治、经济、文化和商业的中心。咱大金长期苦于没有盐吃，得了辽阳城，就控制了辽东的枢纽，不光有盐吃，还有利于争取朝鲜，有利于同明朝对抗，去夺取明朝的江山。因此，不迁都，仍在赫图阿拉，是近利；把国都迁到辽阳，是远谋。"

大臣额亦都、安费扬古、何和理等，都发表了意见，他们认为范文程的话有道理。

最后，努尔哈赤说道："对于一个国家来说，最重要的是土地和人民。现在，如果咱们撤兵，回赫图阿拉去，敌人必然再来。他们占领沈阳辽阳等地，设险固守，周围的土地、人民，就不再属于咱们了。抛弃已经得到的疆土，撤兵而还，以后再来征讨，这是劳民伤财的，是不明智的措施。

"另外，辽阳是全辽的中心，此地还是与明朝、朝鲜和蒙古接壤的战略要地。如今，天意既然把它给了咱们，如果再不占领，岂不是违背了天意吗？

"何况，咱们的人口不断增加，土地日益扩大，骑兵更加强大，国力空前强盛，咱们的军政中心，也应该相应地转移。请大家回忆一下，咱们从萨尔浒之战以后，实际上都城早已从赫图阿拉迁出了……"

努尔哈赤这最后一句话，真的勾起了大家的回忆……

赫图阿拉是努尔哈赤的第一个根据地。

万历十五年（1587年），努尔哈赤二十九岁，当时他已起兵五年，杀了尼堪外兰，报了父祖之仇，统一了建州本部。

为了求得进一步发展、壮大，努尔哈赤决定在赫图阿拉建城。

赫图阿拉城，共筑三层，又兴建了衙门、楼台，并设堂祭天。

赫图阿拉城东依鸡鸣山，南靠喀尔萨山，西邻烟筒山，北临苏克素浒河。它的位置，是在苏克素浒河的支流——加哈河与首里口河之间三角形河谷平原的台地上，交通比较方便。

努尔哈赤开始在这里"定国政"，成为当时建州的第一个政治中心。

努尔哈赤在赫图阿拉居住了十六年，在统一建州八部之后，又吞并了哈达，创建了军队，创制了满文。

万历三十一年（1603年），努尔哈赤四十五岁，为了扩大势力，以及统一女真各族的需要，他又在虎拉哈达南冈，苏克素浒河与加哈河之间的山冈上，建成了赫图阿拉城。

赫图阿拉是努尔哈赤的第一个都城，他在这里也居住了十六年。其间，灭了辉发，吞并了乌拉，创建了八旗军队，实行了屯田制，又征抚了东海女真，收降了萨哈连部，发布了《七大恨》誓师，取得了萨尔浒大战的胜利。

从此，后金与明朝互换了位置——后金由防御转入进攻，明朝由进攻转为防御。在此基础上，建立了后金国，努尔哈赤开始了建元称汗，又强化了汗权，为他的"射天之志"——夺取明朝的天下，奠定了稳定的基础。

因此，赫图阿拉又被称为"兴京"。

但是，努尔哈赤不因循守旧，总是执著地追求，又放弃了赫图阿拉，将都城迁往界凡。

万历四十七年（1619年，天命四年）二月，努尔哈赤又在赫图阿拉城西一百二十里的界凡筑城。

界凡位置在苏克素浒河与浑河之间，地势极为险要。在萨尔浒战役取得胜利之后，努尔哈赤决意将后金的政治重心西移。于是，在界凡建衙门，修行宫，屯田牧马，寻找机会攻打明朝。当时努尔哈赤六十一岁。

从赫图阿拉迁往界凡之前，由于诸贝勒、大臣不理解努尔哈赤的政治抱负和军事意图，曾一度阻挠迁都。但是努尔哈赤力排众议，决计迁往界凡。

不久，努尔哈赤从界凡率领八旗士卒出征，两月之间，攻陷了铁岭，灭亡了叶赫，为向辽沈进军打下了良好基础。

因此，界凡城，是努尔哈赤向明朝发动大规模进攻的前哨阵地。

努尔哈赤在界凡城居住了一年零三个月之后，又移居于萨尔浒山城。

萨尔浒城在界凡西边十里处，努尔哈赤在这里居住不到半年，就攻陷了沈阳、辽阳。

辽沈之战刚结束，努尔哈赤就决定迁都辽阳。当他征询诸贝勒、大臣们的意见时，这些因循保守、满足于抢掠、不图进取的将领们，都表示不愿意迁都。

当时，努尔哈赤以其远见卓识、苦口婆心，终于说服了他们，把都城迁到了辽阳。

不久，那些贝勒、大臣、将领的家属，也都来到辽阳，后金的军民也都一批批地迁来辽沈地区。

一年之后，努尔哈赤感到辽阳城年久失修，城墙倒塌严重，而且此城过大，不宜防守。因此，又决定在辽阳城以东的太子河畔，另筑新城，当做都城，被称做东京。

一向深谋远虑的努尔哈赤，通过实地考察与观察，发现沈阳的战略地位比辽阳更优越。于是，他又当机立断，决定将都城迁到沈阳。

天启五年（1625年，天命十年）三月，努尔哈赤将再次迁都的想法，告诉了诸贝勒、大臣们。他们对此很不理解，认为放弃正在修建的东京城很可惜。当时，以大贝勒代善为首的诸王、大臣纷纷劝阻说：

"再次迁都，必然花费更多的人力、物力，老百姓怎么承受得了？"

努尔哈赤向大家解释说：

"沈阳交通便利，是个四通八达的地方。如果从沈阳出兵攻打明朝，从都尔鼻（今辽宁彰武）渡辽河，路直又近。若向北攻打蒙古，不过两三天的路程。若是向南攻打朝鲜，从清河路走，非常便利。

"根据以上有利条件，朕再三考虑，国都仍应迁到沈阳更为合适。"

其实，从当时的形势看，后金国占有的土地成倍地扩大，南至鸭绿江，与朝鲜相邻；北到嫩江，与蒙古接壤；西过辽河，与明朝对峙。因此，后金正处于这三股势力的包围之中。

既然努尔哈赤把夺取明朝的天下，作为自己的"射天之志"，那么沈阳便理所当然地成为实现这一远大政治目标的形胜之地了。

于是，努尔哈赤决心不惜"一时之劳"，"唯远大是图"，再次迁都。天启五年（1625年，天命十年）三月，努尔哈赤迁都沈阳，后来又改称盛京。他让八旗士卒都驻扎在沈阳城里，又招募良工巧匠，对沈阳城重加修筑，建造宫殿，把沈阳城开了四门：中置大政殿，又名笃恭殿。前殿名崇政殿，后殿名清宁宫；东有翔凤楼，西有飞龙阁。又盖了十王亭等，楼台掩映，金碧辉煌，虽是塞外都城，不亚大明京阙。

不久，努尔哈赤带着六宫后妃、满朝文武，一齐来到沈阳，住进宫里，便终日与乌拉、纳喇氏饮酒作乐。大贝勒代善与众弟兄十几个，不是打猎，便是练武。但这只不过是表象，实际上，后金君臣没有一刻停止南下的军事准备，山雨欲来风满楼啊！

第二十四章
强剃发逼百姓造反
暗宿娼使四王受责

众百姓定睛看时,只见降了后金的辽阳通判黄衣,剃掉头发,光着前额,披了大红蟒衣,手里敲一面铜锣,沿街边走边喊:"大金汗王有令:留头不留发,留发不留头!剃头当顺民喽!"

广宁失守之后,明朝上下一片惊慌,恐惧更甚于丧失辽、沈之时。

天启皇帝做梦也没有想到他的军队败得如此之惨!似乎他已感到那龙椅已受到强烈的震动!

不过俗话说:瘦死的骆驼比马大。明朝毕竟已立国二百多年,它的根基仍是牢固着呢。

皇帝一声令下,很快地又能从各地集结起庞大的军队,战略物资也会源源不断地运来。

经过文武大臣共议,决定征调各地兵马,对山海关进行全力固守。

那辽东经略使一职,几经筛选,后经大臣们集体推荐,任王在晋为兵部尚书,经略辽东。

且说王在晋到山海关上任后,拿不出像样的方略,却又老调重弹,提出"堵隘抚赏"的战略方针。

所谓"堵隘",就是在山海关外,再修一座关城,以此护卫山海关。

所谓"抚赏",就是让明朝皇帝拿出大把的金银,来收买蒙古,指望用蒙古的力量,来对抗后金。

但是,王在晋的方案一提出,立即遭到他的部将袁崇焕和孙元化等人的坚决反对。袁崇焕说:

"自大明建立以后,蒙古一直与我朝对立,常年处于战争状态。双方好时,只是谈和,关系很不稳定。想利用蒙古去打后金,等于嘴上抹石灰——白说!"

孙元化说得更有力:

"当年马林守开原时,收买过蒙古的宰赛等,还签了约哩。结果,后金军队来打开原时,他们却帮助后金。还有王化贞防守广宁时,也曾用这办法,结果完全落空,等于画饼充饥!"

袁崇焕对"堵隘"也有独到意见,他说:

"在山海关外,再修一座城,还要筑一道几十里长的墙把它连起来,使关外有关,墙外有墙,用以保障山海关的安全,这也是行不通的。修筑这道关城,既耗费大量金银,又要费工、费时。一旦修筑期间后金前来攻打,又怎么办呢!"

王在晋固执己见,不听两位部下的意见。后来传到天启皇帝耳里,皇帝也是举棋不定。

这时,分管兵部事情的大学士孙承宗说:

"请求皇上准臣到辽东去实地考察一番。"

天启皇帝准奏,派孙承宗到关外去考察。

这个孙承宗是高阳人,长得相貌奇伟,满脸络腮胡子,活像打鬼的钟馗。说起话来,声若洪钟,似乎能把墙壁震倒。

孙承宗是万历三十二年的进士,起初担任编修的官职,天启帝继位以后,孙承宗以左庶子充任日讲官。担任大学士分管兵部事后,更加留心辽东战事,经常向老兵询问辽东形势。

孙承宗来到山海关外,经过一番实地考察,对王在晋修筑重关的计划很不赞成。于是,他对王在晋说道:"这是事倍功半的做法,绝对不可取!"

王在晋却固执地坚持说:

"你有你的看法,俺有俺的主张。你的意见不能说服俺,更不能把你的意见强加于俺!"

孙承宗回到北京后,向天启皇帝提出:

"重建宁远城的意见可取,建重关的计划,万万不可以执行。王在晋偏激固执,不能胜任,必须尽快调离。"

天启皇帝随即下圣旨,把王在晋免职。

但是,满朝文武官员,一听说辽东事,便都缩着头,不吭一声。皇上说:

"谁去接任辽东经略呢?"

皇上连问了几遍,无人敢承担,也没有人出来举荐别人。天启皇帝气得两手乱颤地说:

"这满朝的文武,难道都是白吃皇粮的吗?你们领了俸禄,不感到羞愧吗?……"

这时候,孙承宗毛遂自荐地说道:"皇上若信得过微臣,就让臣去吧!"

皇上当即封孙承宗为兵部尚书,并经略辽东,又赐尚方宝剑一把。

这时,孙承宗说道:"能得到皇上的信任,这是臣最大的荣耀!即使到了辽东,上刀山,下火海,臣也心甘情愿!只是有一点,臣想说出来,又担心皇上听了生气,因此不敢说。"

天启皇帝立即说道:"你说罢!朕不生气,也不怪你。"

"臣在辽东任事,一定会竭忠尽智,效犬马之劳,以报答皇上对臣的恩情。只求皇上明察秋毫,不要听信挑拨臣君臣关系的言辞。"

天启皇帝听了,脸上觉得热辣辣的,心里也有些不大快活。但是,当前是危急存亡之秋,弄不好,江山会倒,朱姓王朝很有可能败坏在自己手里。所以不能发火,还要指望孙承宗这样的人去执干戈以卫社稷呢!

于是,皇上点了点头说:

"你放心大胆地干吧!等你打败了后金,收复了辽东,朕还要重重地赏你呢!"

第二天,天启皇帝亲自送孙承宗到城外,手捧御酒,为他饯行。

且说孙承宗上任后,重用宁前兵备佥事袁崇焕。两人密切合作，共筑宁锦防线。

这个袁崇焕，广东东莞人。父亲原是明朝的一个将领，回乡后以养花自娱，兼教儿子武艺。

长到六岁时，袁崇焕便一边读书，一边练武，日子过得紧张、勤奋。

万历四十七年（1619年，天命四年），袁崇焕考中进士，在福建邵武任知县。人们都说他为人慷慨，心雄胆壮，富有谋略。

天启二年（1622年，天命七年）正月，广宁失守，袁崇焕进京朝见皇帝，被人推荐，破格提升为兵部职方司主事。

不久，他亲自到山海关考察。回到京城，他向皇帝表示：

"若能给臣兵马钱粮，臣一人足以守关。"

当时，朝野上下，一片惊慌失措，南逃之风，在广大官民中间盛行。袁崇焕的豪言壮语，给人们带来了很大的希望。

天启皇帝十分赏识他，提拔他担任山东按察司佥事山海关监军的职务。

他在王在晋麾下任职，由于尽心尽职，政绩突出，又被提升为宁前兵备佥事。

孙承宗到任后，二人志同道合，谈得投契，整日忙于练兵备战，有时在一起切磋武艺，谈兵论武，大有相见恨晚之感。

再说后金攻下辽阳之后，下命令说：

"城内所有汉民，一律剃去额前头发，以示归顺；有不听从命令者，一经查到，格杀勿论。勿谓言之不预也！"

第二天，原辽阳通判黄衣，剃掉头发，光着前额，披着大红蟒衣，骑上一头又高又大的骡子，手里敲着铜锣，沿街走着，边走边喊道："凡是自动剃掉头发的，都是大金的顺民；不剃发的人，要被砍头！"

于是辽阳城里沸沸扬扬起来，不少人都乖乖地剃了头发，当了大金的顺民。浑河路上，几乎都剃了头发。

俗话说：十个指头还不是一般长哩。还有不少的辽民，激于民族的义愤和气节，纷纷起来反抗，宁死不肯剃发。

当黄衣的游行队伍来到辽南街时，有一群孩子站在街道边上，向黄衣投掷石块，并齐声喊着：

"汉奸卖国贼！汉奸卖国贼！……"

有些妇女沿街站着，一齐向黄衣身上吐唾沫，乱哄哄地骂着：

"汉奸不要脸！汉奸该死！……"

突然，在辽南街的正中段，一下窜出三个年轻男子，一把将黄衣拉下马来，先是一顿拳打脚踢，后来竟割去黄衣的两只耳朵，围观的人越聚越多，齐声叫好……

当后面的后金士兵赶来时，黄衣早被打得鼻青脸肿，躺在地上，不能再骑马了。由于两耳被割，血流不止，弄得满身是血，大红蟒衣也被撕成一条条、一缕缕的。

在混乱中，那三个年轻人早跑得没影儿了，上哪里去找？

这事很快传到汗王努尔哈赤那里，他气得好长时间没有说话。又过了一会儿，努尔哈赤向范文程说道："范先生，你看这事怎么办？"

范文程说：

"古人有言：'治乱世，用重典。'对那些胆敢对抗大金法令的人，必须严惩不贷！否则，咱大金怎能在这广阔的两辽地区立足？"

努尔哈赤听了，赞成地点了点头，说道："咱就从剃发开始吧！"

次日早上，努尔哈赤派一个名叫赍达的小头目，带领一百名士卒，坐守辽阳城西门。对来往行人一个一个地检查，凡是发现没有剃发的，一律杀头。

半天时间，有一百多个没有剃发的百姓被杀。消息很快传遍辽阳城，那些没有剃发，准备逃出后金管辖区的辽民，都吓得躲藏起来。

且说辽南街有一户人家，父子六人，老人名叫邱成金，也是将门之后，因看不惯明朝官吏的腐败，不愿意出来做事，就在家门口开了一个中药店，借以糊口。

这邱成金自小学得一身武艺，早晚亲自教授五个儿子练武，辽南街上谁也不敢小看他们。

邱老人性格温厚，为人端方，约束五个儿子规规矩矩，从不欺小压弱，以致辽南街上人人钦敬。

邱成金的长子邱应山、次子邱应川，都比较忠厚老实，像父亲一样为人和善。

三个小儿子性格活跃，比较顽皮，名叫应广、应通、应和。那天，他们把黄衣拉下马来，痛打一顿，又割下双耳，幸亏街上群众齐来掩护，三兄弟才得以逃脱。

回到家里，被父亲训斥一顿，老人说：

"你们的心情，俺能理解。但不能莽撞，遇事要冷静，不能蛮干！"

接着，邱老人对五个儿子说：

"夷贼要杀不肯归顺的辽民，俺们生死是小事，一旦剃了头，成了鞑子；改日明朝官军杀回来，真假鞑子难辨，还是一律被杀掉。咱们岂不是屈死鬼嘛！"

次子邱应川说：

"这样在家躲着也不是事儿，早晚被他们发现，也还是活不成。得想办法逃出去！"

三个小儿子齐声说：

"咱们拿起家伙跟他们拼了算了！拼一个够本，拼两个，赚一个！"

老人瞪了他们一眼说：

"你们只知道拼，就不知道想想办法。跟他们硬拼，是最蠢的。人家人多势众，还怕你去硬拼吗？"

长子邱应山说道："辽南矿离这儿不远，俺表兄在矿工中威信又高，咱去那里再说！"

邱老人听了，点头说：

"这倒是一条出路，只是不容易出城啊！"

邱应山说：

"这倒不难！听说西门负责检查的军队，只有百十个人，咱今晚去街上联络一下,明早一齐涌去,杀它个措手不及,一哄出城,等他们军队调出城时,咱快到矿山了……"

老人说:

"这事要做得隐秘一些,别走露了风声。"

说罢,父子六人分头行动,辽南一条街,五百余家,都在悄悄地准备行装,并预备了拼斗的兵器,只待天亮以后一齐行动。

次日早上,邱家父子六人,怀揣利器,走在前边,辽南街上的居民,三三两两,齐向西门走去。

且说贲达在辽阳西门,对出入行人检查一天,杀了一百多人,这事情在辽阳城里震动很大,许多人说:

"努尔哈赤令无虚发,说到做到,这头发虽是父母所给,现在形势所逼,不得不剃了!"

"这头发与性命相比,还是性命重要,剃了罢,别留着惹事了!"

于是,城里剃发的人又多了起来。

努尔哈赤听到这些情况,心里也很高兴,他对范文程说:

"俗话说:万事开头难。这剃发的事,要不了多久,便会正常的。俺就不相信,竟有人把头发看得比性命还重要吗?……"

于是,努尔哈赤让贲达第二天继续在西门检查,又奖赏他几两银子,嘱咐他一定要认真负责,不能放走一个留发的辽民。

这贲达受宠若惊,得了赏银,心里高兴,次日一大早,又带着一百士卒,来到西门。

且说邱家父子来到西门附近,放慢了脚步,有意等候尾随他们而来的辽南街的群众。

等到接近城门时,身后已有黑压压的二百多人,父子六人遂快步来到贲达面前,未等贲达说话,邱应川便一步上前,一把抓住贲达的后领,另一只手里的尖刀便顶着他的后心说道:"快让你的士卒闪开,要是反抗马上就把你捅死!"

邱应山立即将贲达手中的刀夺去,那些后金士兵刚想反抗,被邱成金父子几人一刀一个,连续捅死十几个,其他的士卒便一哄而散。

那些辽民一见，蜂拥而出，邱成金在前面引着，大家直奔辽南矿山跑去。

眨眼之间，从西门逃出五六百辽民。当四贝勒皇太极带领五百人马，来到西门的时候，只见贲达被捆了个"四马攒蹄"，躺在城门的角落里，嘴里还塞了一团泥巴。逃出的辽民已不见踪影，皇太极只好领着人马，快快返回。

努尔哈赤听说以后，心中十分气愤，他说："真有不怕死的，那咱们就一不做，二不休。"

又将范文程找来，研究制定出几项法令。

按照规定，大户富室，每人只许留下衣服九件；中等人家，准许留下五件；下等人家，准许留下衣服三件。每户其他的财物，一律交出。

于是，八旗士卒从各户收集来的衣服财物等，齐集在辽阳教场，堆得像山一样高。准备供给后金的大小头目以及蒙古的贵族们分取。

还有一项规定，辽阳城的官民全部住到城的北半部，把城的南半部空出来，留给努尔哈赤、众贝勒、大臣以及女真的军户居住。

这两项规定一公布，在辽阳城内又掀起一场更大的骚动。

说来也巧，李永芳的儿女亲家马汝龙、马承林父子，都住在辽阳城的南半部。当后金兵马攻打辽阳时，马家父子在城里充当过细作、内应。

这些人自恃是攻占辽阳的功臣，又是李永芳的亲戚，便拒不听从法令的规定，不愿意往城北搬家。

负责那条街搬迁的是二贝勒阿敏，他听士卒们反映以后，便亲自来到马家门前。

马承林一边派家人去向李永芳报告，一边出门与阿敏周旋。

但是，马承林说得再多，也是没有用。阿敏厉声对他说：

"少废话，快走！若再不走，俺就不客气了！"

阿敏说罢，随即命令士兵进屋捆人，马家五十余人，全部被捆绑起来。

阿敏押着马家老少，往南走去，忽听后面有人喊道："请二贝勒留步！"

阿敏回头一看，见是李永芳骑马赶来。

随即问李永芳道："你来干什么？"

"二贝勒有所不知，这马家是大金国的有功之人，前次攻打辽阳城……"

未等李永芳说完，阿敏很不耐烦地说：

"俺问你，他们是不是汉人？"

阿敏用大刀指着马家人等向李永芳质问，他只得答道："他们是有功于大金的汉人！"

"别咬文嚼字了！你有权力指挥俺吗？"

"请二贝勒……"

"不要再说了！你别以为俺不敢杀你，你是什么东西？"

李永芳不敢再多说了，只得回去向努尔哈赤报告。汗王考虑了一会儿，才让侍卫把阿敏叫回来，对他说：

"还让他们住在那里吧！"

阿敏听了，满肚子不高兴，只得服从命令，他对李永芳瞪了一眼骂道："臭蛮奴！"

李永芳听了，只得忍气吞声，不敢说一句话。

且说马承林回到家里，气得一连喝了三天的闷酒，总是咽不下这口气。

第四天夜里三更天时分，他悄悄走出门去，在城里南半部分八个水井里都投下毒药。

次日，那八个水井周围的八旗将士及其亲属，都不同程度地中了毒。

幸亏抢救及时，只有老人、孩子抵抗力较弱，终未抢救过来，竟死了一千多人。

努尔哈赤知道以后,一方面派八旗士卒昼夜值班巡逻,加强防范,一边带着宫眷、众贝勒、大臣搬入沈阳新落成的宫里居住。派一支兵马驻扎在刚建成的东京——新辽阳城,这老辽阳城就交给李永芳管理了。

且说邱成金父子领着辽南街几百居民,来到铁山矿,找到他的亲戚赵家林,将辽阳城里后金公布的剃发和其他法令一讲,赵家林与矿工们听到,都非常气愤。

这赵家林从小失去父母,在姑父邱成金家长大,与邱家感情很深。从小也跟着姑父学得一身武艺,在矿山又能乐于助人,喜欢行侠仗义,深得矿工们的信赖。

经过一番策划,矿工们一齐推举赵家林为首领,以不剃发为号召,掀起轰轰烈烈的抗金斗争。

赵家林在姑父邱成金协助下,将矿工编成了军队,在铁山矿周围修筑了防御工事,准备了弓箭、滚木、礌石等,又打造了刀、枪等兵器。

他们在旗帜上写着"抗金保明"四个大字,又派人前往离铁山矿不远的辽南四卫——金、复、海、盖四州,请求他们联合抗金。一时之间,抗金浪潮,席卷辽南。

且说汗王努尔哈赤,正与范文程在沈阳新落成的皇宫里议论治辽方案,忽有探马报告:

"辽南铁山矿以赵家林为首的矿工,挑起'抗金保明'的旗帜,联合辽南金、复、海、盖四卫,共同抗金,声势不小。"

努尔哈赤一听,不由得暗吃一惊,忙向范文程问道:"这铁山矿是怎么一回事?"

范文程慌忙答道:"这铁山矿是明朝设在辽东的大铁矿,有矿工一千人以上。它若与辽南四卫联合起来,不可轻视,必须尽早除掉。"

努尔哈赤又说道:"请你讲具体些。"

范文程立刻答道:"铁山靠近复州,这里是辽南出海的交通要道和门户；有良田沃土，是辽南仓廪基地。若能夺取金、复、盖、海四卫，就可以解决大金的粮食供应。另外，这辽南四卫还有铜、铁、铅、银等矿，有利于发展各种手工业。"

努尔哈赤说道："依你这么说，夺取复州，征服铁山，是咱大金的当务之急喽？"

范文程兴奋地说道："一点不错！这是燃眉之急呀！"

努尔哈赤听了，点点头，说道："好吧！"

次日，努尔哈赤派遣额驸、副将乌尔古岱、李永芳等，率领三千人马，前去铁山进行镇压。

这乌尔古岱身高一丈，面如锅底，压耳的毫毛足有三寸多长，手使一根大铁棍，足有百十斤重。威风凛凛，杀气腾腾。

辽阳离铁山本不多远，不到中午，兵马便来到铁山脚下。

乌尔古岱与李永芳抬眼望去，这铁山高耸突兀，屹立在平地之上，山坡陡峭，那矿就建在山上，四周是围墙，和城墙差不多少。

李永芳心想，这地方易守难攻，真有"一夫当关，万夫莫开"的形势。他看了看乌尔古岱说：

"将军看怎么攻打，请吩咐吧！"

乌尔古岱说道："咱先叫阵，让他们出阵，然后再消灭他们。"

说罢，大声喊道："呔！让你们姓赵的头子出来说话。"

赵家林与邱家父子六人，早在上面布置停当，严阵以待了。赵家林在上面问道："你叫俺有什么话要讲。"

乌尔古岱大铁棍一指说道："俺劝你快些投降，不然的话，俺的兵马将踏平矿山，将你碎尸万段！"

这时候，邱成金对赵家林说道："旁边的那个人，可能就是李永芳。"

赵家林于是说道："你这话吓唬李永芳可以，他是一条没有脊梁骨的癞皮狗。对俺没有用，俺是一个顶天立地的汉子。"

李永芳听了，心里十分气愤，只得说道："乌尔古岱将军的话是良言，你若不听，会后悔的。"

"什么良言？让他的良言见鬼去吧！俺要当一个响当当的大明臣民，不能像李永芳那样，过着狗一样的生活！"

李永芳再也听不下去，遂命令士卒立刻攻上去。因为山势陡峭，后金兵马只能向上仰攻。

赵家林与邱家父子领着矿工们，凭险拒守，他们开弓放箭，投下滚木、礌石。还有的竟手掷石块，打得后金兵马纷纷退下。

连续几天的激战，后金兵死伤惨重。努尔哈赤又从辽阳调来八千人，命令每人携带一个月的口粮，再次围攻铁山。

双方经过多次血战，后金军仍然攻不上去，反而战死数以千计的八旗士卒。

正在双方相持不下之时，镇江堡的老百姓也奋起响应，反抗后金的声势更大了。

努尔哈赤又把李永芳等派遣到镇江堡，去镇压镇江堡那边的反金暴动。

铁山矿的反金浪潮波及镇江堡，这让汗王努尔哈赤非常生气，他正与范文程研究对策，忽见大贝勒代善、四贝勒皇太极兄弟二人匆匆进来。

努尔哈赤知道他们有事，遂问道："又发生了什么事？"

大贝勒代善说道："咱们在前方拼杀，他们在家里尽情享乐，也太不像话了！"

努尔哈赤听得莫名其妙，急道："说的什么无头话，让人听得不明白！"

四贝勒皇太极说道："济尔哈朗几个人，把库里的财物拿出去，随便送人，招来几个女人在一块鬼混。"

"有这样的事吗？……"

"现有牛录额真乌尔拉齐在外面，请父王让他进来说罢！"

努尔哈赤点点头，意思是让他进来。

代善随即走出去，叫来乌尔拉齐。

努尔哈赤对乌尔拉齐说：

"什么事，你说罢！"

乌尔拉齐向汗王说道："济尔哈朗与巴布泰、赖慕布、多铎四个贝勒要俺……"

原来济尔哈朗与乌尔拉齐负责看管国库。这济尔哈朗是努尔哈赤的三弟穆尔哈齐的儿子，为人比较老实。他与乌尔拉齐共同守护国库，从赫图阿拉搬来沈阳，从未出过差错。

不久前的一天，巴布泰来找济尔哈朗去喝酒。先是济尔哈朗不愿意去，后来被他缠急了，就跟他去了。

济尔哈朗回来时，醉得很厉害。第二天跟乌尔拉齐说道："巴布泰和赖慕布两人在城里都找到了女朋友，都是汉人，太漂亮了！"

又过了一天，巴布泰与赖慕布一起来，叫济尔哈朗与乌尔拉齐一起去。后来济尔哈朗去了，乌尔拉齐未去。

以后他们便经常出去喝酒。一次，济尔哈朗喝醉了回来，对乌尔拉齐说：

"玩得真痛快！四个人每人一个……"

济尔哈朗酒醒后，告诉乌尔拉齐：他们又把多铎也叫了去，四个人一块喝酒，有四个女人陪着。

从那以后，乌尔拉齐渐渐发现济尔哈朗背着他拿库里的银子，有时也拿珍珠、玉器什么的。

有一次，他竟拿了五百两银子，被乌尔拉齐看见，他竟说道："这是巴布泰他们让俺拿的，你可不要乱说！"

有一次，巴布泰对乌尔拉齐说：

"这大金国全是俺家的，俺花两个有什么不可？你不要多管闲事！"

乌尔拉齐说："直到今天俺见了大贝勒、四贝勒才敢讲出来。这事俺也有罪，请皇上处置吧！"

努尔哈赤听到这儿，气得头一蒙，差一点晕了过去。他急忙镇定了一下，稳住身子，定了定神，说道："你没有跟着干，是对的；但是，你未及时来报告，是你失职的表现。这次朕就饶了你的死罪，以后永远记住：没有朕的命令，谁去也不能让他拿走一钱银子！记住了吗？"

乌尔拉齐急忙说道："俺记住了！谢皇上不杀之恩！"

努尔哈赤立即向身边的侍卫说道："带几个人去，将济尔哈朗、巴布泰、赖慕布、多铎四人抓起来，关进监狱。"

他又对皇太极说：

"告诉五大臣，让他们对这四个人立案调查，一定要冲破任何阻力，将事情查清。并对那四个女人也要弄清她们的身份、来历，必要的话，可以关起来审查！"

这时，努尔哈赤又向范文程问道："范先生，你看这国库如何能管理得严密一些，以防止再出现类似事件？"

范文程立即答道："俗话说：一人为私，二人为公。这库房的大门，不能只用一把锁。要两个人同时去才能开门，所以要用两把锁。为了防止万一，再派一个监督人员，此人负责在门上贴封条。要三人一齐到场，才能开库房大门，少一人不行。"

努尔哈赤听范文程讲了这些，说道："这第三个人也很重要，可以防止拿钥匙的两人合伙干坏事。他起了监督作用。还是范先生想得周到，那就按范先生讲的去办吧！"

汗王转脸对侍卫说：

"你把范先生刚才讲的这些办法，通知有关人员，抓紧办好，过两天朕去检查。"

次日，努尔哈赤派第十二子阿济格去国库掌封条，作为监督人员。又从皇太极的镶白旗里选一个名叫霍吕雄夫的牛录额真，与原先的乌尔拉齐各拿一把钥匙。

过了几天，五大臣将案情调查清楚，经过四大贝勒审议过，送到汗王努尔哈赤处。

那四个女人原是沈阳城里"销魂坊"的妓女，四个贝勒共盗走国库白银一千多两，还有各种玉器、珍珠等，价值近一千两白银。

努尔哈赤看完后，心里说：

"这一群不肖子孙啊！"

这时候，汗王努尔哈赤不禁思绪万千，心潮滚滚，再也平静不下来了。

如今，自己还健在，这些不肖子孙就敢公开盗窃国库财物，去到外面乱搞女人；一旦将来……

这时候，他忽然想起古人说过的一句名言：

"创业难，守成不易。"

为了防微杜渐，汗王努尔哈赤准备要认真处理这次盗窃国库财物案。

次日，正是五天一次例会的日期，汗王努尔哈赤向到会的众贝勒、大臣、以及将领们说：

"济尔哈朗、巴布泰、赖慕布、多铎四个贝勒，公开将国库财物盗窃出去，嫖宿妓女。这种罪行，论律当杀。但是大金国的法律，对他们四个人又可以宽大处理，不判他们死刑。俗话说：死罪可赦，活罪难免。对这四个人不能轻易放过。朕的意见是：监禁三年，并打四十军棍！诸位若是没有什么意见，就可以立即执行。"

一会儿，济尔哈朗、巴布泰、赖慕布、多铎全已带来。

努尔哈赤又狠狠训斥了他们一顿，之后，又将判决意见向他们宣布一遍，便把这四个贝勒拉到台阶下面，当众重打四十军棍。

再说这每人四十军棍打后，他们的臀部全已皮开肉绽，行动不得了。那多铎年龄尚小，打得几乎奄奄待毙了。

努尔哈赤看后，又有些不忍，忙派人送进监狱，让医生去给他们敷药疗治。

这时候，努尔哈赤正准备说话时，突然，有一名侍卫慌忙进来报告说：

"总兵官大臣额亦都之子伍廷邪前来报丧，正在大殿外等候召见！"

努尔哈赤一听，立即号啕大哭起来，嘴里断断续续地说着：

"他也走了，为什么要先朕而去呢？……"

一等大臣总兵官额亦都，终因积劳成病，不治而死，终年六十岁。

他是努尔哈赤最亲近的朋友、部下。从少年时代起,额亦都就追随努尔哈赤左右。在今天众多的大臣、将领中间,唯有额亦都参加了努尔哈赤二十五岁起兵的第一次攻城战斗。当时,额亦都是二十二岁,在那次攻打图伦城的战斗中,是额亦都奋勇争先,第一个登上城头。

四十多年来,额亦都身经百战,屡被重创,遍体伤痕。他俩患难与共,年轻时额亦都一直小心地护卫着努尔哈赤,甚至夜间和努尔哈赤互换床铺,以防他遭暗算。

如今,额亦都已离他而去,怎能不令他心痛如裂?

为了表彰额亦都的功绩,为了纪念这位亲密的战友、好兄弟,努尔哈赤让范文程把额亦都的英雄事迹,编成文字,再派画师配上图,挂在大殿墙壁上,供将领们瞻仰、学习。

在额亦都去世后的这段日子里,汗王努尔哈赤经常一个人流泪。

想当年,他和额亦都在统一建州之初,由几十人逐渐壮大,一个部落一个部落地吃掉敌人,终于发展成为今天这么强大。这其间,额亦都流了多少汗,淌了多少血啊!……

范文程与众贝勒一齐过来解劝,但是这位六十三岁的八旗统帅、后金国的汗王——努尔哈赤总是泪水涟涟,思念不止!

且说镇江堡南郊,有一个缪家寨,全寨五千多口人,都姓缪。寨主缪晓轩,一生乐善好施,济困扶弱,被称为缪大善人,活到七十多岁,在后金攻占开原时死去。

缪大善人死后,留下五个儿子。他们是缪立仁、缪立义、缪立礼、缪立智、缪立信。

俗话说:龙生龙,凤生凤。缪家五个儿子,继承了父亲的家风,平日学拳练武,周济贫弱,深受全寨人的信赖,连镇江城里都知道缪家寨的仁、义、礼、智、信兄弟五人。

当后金军队攻占沈阳、辽阳之后,镇江原来的明朝官吏,也随着辽南四卫——金州、复州、盖州、海州的官员一起,投降了后金。以后,努尔哈赤派来了一个游击官员,名叫佟养真。他原是商人,投降努尔哈赤较早。

努尔哈赤在辽阳宣布剃发命令,很快传到镇江,缪氏五兄弟决心对抗,誓死不剃发。

一天,缪立仁出面,将缪家寨中有头面的人一齐请到家中。酒宴当中,缪立仁让家人抬出白银一万两,向众人说:

"这头发乃父母所赐,怎能随便剃掉?为了对抗这个剃发的命令,咱们要充分地准备一下。咱家这一万银子,是父亲一生的积蓄,咱兄弟五人已经商议好了,要献出来作为活动费用。一方面组织军队,一方面到外地请来有武功的豪杰之士,帮助咱们起事。请在座的父老乡亲发表意见。"

有一个名叫缪家驹的年轻人站起来说:

"俺的师父吴华人,是'长白四侠'中的老大,他的武功精湛,拳术高明,被称为擎天手。不久前,他在海州。若能找到他,那三侠也可以找到。是否俺去一趟海州看看。"

缪立仁当即表态说:

"那太好了!俺早听说'长白四侠'的功夫不凡,若能将他们请来,对俺大有帮助。那就请你明天去海州吧。"

有个老人站起来说:

"盖州西门里面有一家姓满的父子,有一身的拳脚功夫,父子两人长得奇矮。老头名叫满小脚,儿子名叫满小手。可以派人去请他们来。"

"俺去请满家父子!"

一个名叫缪小星的中年人站起来说:

"那小脚是俺师父,他儿子满小手为人厚道,功夫也不差,跟俺关系很好,俺能把他请来。只是俺那小脚师父有一个毛病,喜欢搞年轻女人。别看他身材矮小,精神可好呢。"

大家一听,都哄笑起来。缪立仁说:

"那就请你去把满小手请来,不用请你那小脚师父了,免得来了误事。"

这时候,缪立义站起来说道:"据说复州城里有个武举,名叫陶瑞安,辞官回复州为父亲服丧。如今丧期已满,辽阳已被后金攻占,无任可上,在家闲着。此人原是辽阳守军的教头呢,若能将他请来,咱军队的训练有人抓了。"

他说完之后,老大缪立仁说:

"不知哪位乡亲能前去复州一趟?"

有个白胡子老头说道:"这个陶瑞安是有些名气,他为人正直。他在复州为父亲服丧期间,在他父亲墓旁盖了两间草屋,吃住在那草屋里,三年未离开坟场,一次家未回过。复州城里家喻户晓,都知道他是大孝子。俺看,你自己去一趟吧!"

缪立仁说:

"若没有合适的人去,俺只得自己去走一趟。不过家里的事情太多,要组织护寨队伍,要打造兵器,要购买医药,要准备粮食……"

那白胡子老头说道:"这些事由咱们来分头办理,还有立义他们兄弟四人,你就亲自去一趟吧!"

缪立仁又说道:"三爷说得对。家里这些事请您老人家多操心,催着他们抓紧办。俺明天就往复州去。"

大家又议论一会儿,各自分头行动,散了。老大缪立仁又与四个弟弟交代一番,随即回房休息,一夜无话。

第二十五章

陶教头相助缪家寨
吴侠客大闹镇江城

"咱要是不下去，岂不是让你小瞧了咱？"那人一边说着，一边猫腰从地上薅了几把草，捆成几个草把儿，往水里一扔。然后一纵身，双脚踩着草把，嚓！嚓！嚓！就从水上面漂过来了……

话说第二天早上，缪家寨里几个人各自行动。缪家驹往海州，去找师父擎天手——吴华人；缪小星前往盖州去请满小手，暂且不表。

单说缪家长子缪立仁，准备好行装，告别四个弟弟，又嘱咐他们一番，一个人往奔复州而去。

一路之上，饥餐渴饮，晓行夜宿，不止一日，来到复州地界。

这一天，走到中午，见前边一道大河拦住去路。这条河很宽，又没有桥梁可过。

缪立仁正在着急，心里想：附近哪儿有渡船呢？他手搭凉棚往河面上察看。

就在这工夫，突然顺风传来一阵荒腔野调的渔歌声。歌中唱道：

> 烈日炎炎照九州，
> 一叶扁舟河上游。
> 大江鱼肥大江去，
> 小河虾多小河收。
> 大江小河无鱼打，
> 山村野岭度春秋。
> 南风吹得渔人醉，
> 强似封个万户侯。

缪立仁顺这声音看去,只见从河旁一人多深的芦苇丛中,荡荡悠悠撑出一只舢板小船。

小船上两个人,都是渔人的装束。在船头上坐着的一位,中等身材,肤色黝黑,年纪三十开外。头戴斗笠,身上短衣襟,小打扮儿。后边摇船的是个年轻人,头上没有帽子,长长的头发挽到顶上,用个竹簪别着。上身穿着凉背心儿,下边灯笼裤子,光着脚,手里摇着橹,不紧不慢,随着身子的来回晃动,嘴里哼着渔歌,显得非常悠闲自在。

缪立仁一看,可有了船了。他急忙冲那摇船的一抬手,口里喊道:"喂——船家!"

那船距离岸边不算远,摇船的听见喊声,扭头冲缪立仁问道:"做什么?"

"船家辛苦了,请你把船摇过来,渡俺过河。"

年轻的艄公把缪立仁上下一打量,笑道:"过河呀?你另找船吧,咱们是渔船,不摆渡!"

说完,他继续摇着小船,往河心方向去了。缪立仁一看,急忙招手说:

"哎!哎!船家师傅先别走呀,咱们商量商量不行吗?"

"商量什么?"

"俺有急事要过河去,这附近一没桥梁二无渡船,你叫俺找谁去呀?"

"嘿嘿,真是笑话!你愿意找谁就找谁去,你有没有急事,与俺有什么相干?"

"师傅说哪里话,请你帮个忙吧!"

"这兵荒马乱的,谁帮谁去?"

缪立仁只得说道:"常言说:在家千般好,出门一时难。请师傅帮个忙,你就只当行个方便了。俺也不会让你白受累,船钱你要多少,俺就给多少,还不行吗?"

没有等年轻人说行还是不行,船头坐着的那个岁数大点儿的说话了：

"老二，俺看——要不咱就耽误会子工夫，把这个人渡过去吧，你看他直说好的，再说他出门在外的也不容易。"

"大哥，你是说咱送他过河？"

"是呀，送他过去吧！"

其实，这两人就是冲着缪立仁来的。

他们是这一带水上专干抢劫"生意"的贼人。那个年纪大的叫韩广顺，摇船的叫庞宏坤。这一带水域被他们霸占着，不然的话，怎么连一条船也没有呢！本来，这里的渡口也有船儿，后来这俩人一来，把他们赶走了。

这韩广顺、庞宏坤在这一带独霸一方。要是赶上人多了过河，他们就漫天要价；若是遇见单独的旅客，就要被他们整死了，来个图财害命。

刚才这两人是故意卖关子，一唱一和，做出来迷惑缪立仁的。

现在那划船的庞宏坤说：

"好罢，大哥既然说话了，送他过去吧！"

他一边说话，一边把船头掉转过来，划到岸边上。韩广顺把缪立仁上下一打量，看他的穿戴，浑身衣服都比较华丽，像个有钱的少爷。

这边韩广顺还在打量着呢，缪立仁纵身一个箭步，跳到船上来了。因为船小，他一跳上来，那小船儿不由得一歪，只听那庞宏坤喊道："嗨！嗨！你慢着点儿，小心掉下河去，你忙的什么呢！"

缪立仁忙笑着说：

"不碍的，俺掉不下去，咱们走吧！"

韩广顺一看，缪立仁身后背一个皮包，里面似乎怪沉的样子，大概全是银子。他冲庞宏坤一努嘴说：

"咱们走罢！"

于是，庞宏坤这才搬棹摇橹，压浪催舟，小船儿直向河心箭一般地窜去了。

455

不大工夫，船到河心了。韩广顺说话了：

"这位客人，常言道'船家不打过河钱'，这是老规矩，你得给船钱哪！"

缪立仁一听，笑了，说道："唔，还有这么个说法，那好吧，反正迟早要给的，早给了早利索，请师傅讲价吧！"

韩广顺说：

"那可是无尽无休。说多就多，说少就少！"

缪立仁一听他这口气，心里想：这人大概是想多讹俺几个钱吧！可又一想，就让他们多讹几个吧！若不是人家，还过不了这河哩。他想到这儿，随即说道："师傅，请你讲吧，不论多少没关系，只要你有价，俺就掏钱！"

"行！听你这么一说，看得出你是个痛快人，那俺干脆就说了。你背后的小包里有多少钱？"

缪立仁听了，不由一怔：

"怎么，难道说你还想给俺都拿去吗？"

"不错！有多少全丢下！多了哩，俺也不欢喜；少了呢，俺也不烦恼。"

说完，他的两只眼睛死死地盯着缪立仁。

缪立仁这时才明白：俺今天上了贼船了！转而一想：嘿！你们瞎了狗眼！你也不看看船上是谁，想要俺的钱也不容易。

于是，他大大方方地说道："你要这点儿钱够用吗？等俺回家去给你多送点来不更好吗？……"

在他们搭话的这工夫，摇船的庞宏坤早就停下手中的橹。只见他一伸手，从船舱底下抽出一口单刀，喊道："大哥，哪有那么多工夫跟他磨牙！"

他冲缪立仁说道："小子！咱明白地告诉你，爷爷就是干这个的，今天不但要你的钱，捎带着还要你的命哩！"

缪立仁心想：这俩东西心也太狠了！今天你遇上俺，就算是你们撞到枪口上了。想到这儿，他故意笑着说：

"二位师傅,俗话说:山在西,水在东,山水流汇到处通,五湖四海皆兄弟,大家见面是宾朋。世上只有没见过面的朋友,还有没见过面的冤家吗?"

庞宏坤听得不耐烦了,他嘴里骂道:"少废话!俺现在只要钱,不认人!"

他嘴里骂骂咧咧地,一个箭步跳上前来,挥刀照着缪立仁搂头就剁。

缪立仁一看,这家伙真够野的,心里说,俺不客气了。

只见缪立仁略一闪身,庞宏坤的刀便砍空了。缪立仁抬起右腿,对准庞宏坤的软肋就是一脚。

这一脚踢得好快啊,船上的地方又小,庞宏坤没地方可躲,他斜身一个猛子,只听"扑通"一声,他竟跳到河里去了。

那韩广顺见兄弟下水了,他一猫腰从舱底抄起一柄鱼叉,抖鱼叉直奔缪立仁的颈嗓刺来。

那鱼叉的头上是三个尖儿,上边的倒须钩锋利无比,被日光一照,明亮亮夺人双目。

缪立仁一见鱼叉刺来了,急忙蹲身下来,那叉从他头顶上划过。

缪立仁就势使了个掏心拳,一拳打向韩广顺的胸口。

韩广顺未等拳到,遂喊了一声:"厉害!"

就扔了鱼叉,"咚"!——也翻身跳进河里。

缪立仁见此情景,冷笑道:"哼!这等的鼠辈,居然也敢出来劫道,真是太可笑了!"

如今两个使船的都被打下水去,船上就剩下他自己了。那小船儿正顺流而下,缪立仁心想:自己又不会使船,这不麻烦了吗?若是这么顺着水流去,将被冲到哪儿去呀?刚才只顾打,把他们都打到河里去了,早知留下一个划船就好了。

正当缪立仁后悔不迭的时候,忽然见船旁不远处的水面上冒出来一个脑袋,正是那个年纪大些的。

那韩广顺在水里一晃身子,上半身几乎全露出水面。只见他

一捋脸上的水,说:

"好小子!你也真厉害啊!"

缪立仁笑着说道:"怎么样,师傅?上船来和俺交个朋友吧!"

"谁跟你交朋友?你别太得意,船上的地方太小,施展不开。你瞧这河里多宽绰,有种的你下来!"

缪立仁心里说:俺才不下去哩!俺只会那两下子狗刨,能是他的对手吗?他说道:"喂!你要不服,你现在把俺送到岸上,咱们好好地分个高低!"

韩广顺听了,说:

"嘻嘻,想得倒美!俺还把你送到岸上?俺要把你送到龙宫里去喂王八!小子,俺数一二三,你就得下来,你信吗?"

缪立仁说:"俺不信。"

"好!这回俺就让你信!你站稳当了,好好听着,一,二,三!"

韩广顺这个"三"字刚一出口,那只小船突然左右摇晃起来,越摇越厉害。缪立仁立脚不稳,一栽身,"咕咚"——就掉进河里。

原来乘缪立仁未注意,那庞宏坤在船尾处露出头来,他听韩广顺数到三,两手搬着船板,死命地左右摇晃,缪立仁怎能稳站在船上?

再说缪立仁一掉进河里,他可是一点辙也没有了。只见他在水里扑腾好一阵,也没有前进多少,反呛了一鼻孔的水。

韩广顺和庞宏坤一看,就知道他是一个"旱鸭子"。两个人心里可乐坏了,庞宏坤拍着巴掌笑着,对韩广顺说道:"大哥!让他喝个饱吧!"

边说着,边往水里一坐身,潜水下去,直奔缪立仁。

此时,缪立仁还在玩命地扑腾着呢?突然感觉脚脖子被人拽住了,这下子他可慌了:

"哎!不能——"

他刚喊了这么一声,就被庞宏坤拉下水里去了。这时,韩广顺也游过来了,上前用手扳住缪立仁的两肩头,直往水里摁。

缪立仁这时候可吃苦头了！上边摁，下边拽，一张嘴，咕嘟——喝了一大口水。一着急，鼻子也呛水了。一连几下，头脑也蒙了，两手急得乱划水，眼看就没命了。

就在这危急关头，突然，从岸边飞来一颗石子，"啪"地一下，正打中韩广顺的肩头，疼得他"哎呀"一声。

紧接着，听岸上传来一声呐喊：

"唉！那是谁呀，竟在大白天里害人！"

韩广顺半拉膀子又酸又麻，他向岸上看去。这时，庞宏坤也放开了缪立仁，钻出了水面。

只见岸上站着一个人，年纪约在五十岁左右，身材怪壮实。两人见是一个人，就未放在心上，那庞宏坤头一昂，冲岸上吼道："喂！你想找死啊！赶快滚开！别来管大爷的事，再嚷嚷，就要你的狗命！"

岸上的人搭茬了，他说道："你说什么？要俺的命！你还真是胆子不小！"

韩广顺挨了一石子，更气，就说：

"你是不是活腻歪了？要找死，你就下来！"

趁着他们说话的工夫，缪立仁三扑腾两扑腾，够着那只小船儿，手把着船帮才缓过来一口气儿。

这时，庞宏坤说：

"大哥，别理他，咱还干咱们的！"

说罢，他一晃身子，又向缪立仁扑来。

此时，缪立仁手把船帮，正想要上船。那庞宏坤已游过来了，伸手就去抓缪立仁的大腿。

就在庞宏坤一伸手的工夫，岸上的那人一抖手，"嗖"的一声，又飞出一颗石子，正打在庞宏坤的手背上，疼得这小子赶紧把手又缩了回来。

岸上的人说话了：

"哎！光兴动嘴儿，不兴动手儿。哪个人动，俺就打哪个；哪只手动,俺就打哪只手。不信的话,你就瞧着吧!"

说罢,他两手一扬,两手里还攥着两大把石子呢!

一时间,吓得两人真不敢再伸手了。

他们做梦也没有想到,今天的"买卖"会这么不顺当,竟会砸在一个人手里。

韩广顺虽然不知道这人是谁,但他猜测到这人大概不是个善茬儿!

庞宏坤还是有点初生牛犊不怕虎的劲头,总觉得有些不服气。就冲着那人喊道:"你也不过只会打几块石子,没有什么真能耐,有本事你敢下来?"

"哈哈哈!哈哈哈!咱下去你就要吃苦头了!"

"别吹!俺看,你是瘸子打架——光会坐着喊,你下来试试!"

那人说道:"好吧,咱就下去给你看看……哎呀,不行!这一下去,鞋子不就湿了吗?"

庞宏坤听了,啊?他还要穿鞋子下来!说不定,他的水性也不咋样!

那人又在自言自语地说:

"唉!咱要是不下去,岂不是让你小瞧了咱?今天,俺非得下去不可!"

那人一边说着,一边一猫腰从地上薅了几把草,捆成几个草把儿,唰!唰!唰!往水里一扔。只见他一纵身,双脚踩着草把,从水上面,嚓!嚓!嚓!就过来了。

韩广顺和庞宏坤一看,心里说:哎哟,妈呀!这人真有功夫,他竟然能在水面儿上走,像走平地似的,咱们还泡在水里,等着去挨他的揍啊!于是,互相使了一个眼色,连船也不要了,立即往水下一钻,连续倒几个猛子,往芦苇丛中逃去了。

且说缪立仁趁着他们说话的工夫,爬上了小船。岸上那人方才施展的是轻功,他知道那叫"登萍渡水",在轻功里要算是高超的技艺了!可是,自己却没有那功夫。

这时候,岸上那人已经一步登上小船。那船儿被他踩得一晃悠一晃悠的,缪立仁又差一点没摔下水去。

那人说道:"哎——别那么乱抓乱舞的,你就在那儿安安生生地坐着吧!现在,咱先送你过河去,有话到岸上再说罢!"

缪立仁赶忙说道:"那就有劳你的大驾了!"

那人听了,不耐烦地说:

"别说那些虚情假意的套话了,俺有屁的'大驾',俺只会'打架'!"

缪立仁一听,觉得这人的脾气怪倔呀。上岸以后,只见那人一脚把船推开,说:

"哎——去吧!去找你的贼主人去吧!"

说后,他又冲着那芦苇丛喊道:"喂!两个小蟊贼儿!你们藏在那里,早被俺瞧见了,俺是不想理你们,才没去揍你们。因为俺是正派人,这次饶了你们,把船拉回去罢!往后要干点正经的营生。要是还不学好,下回再让咱碰见,咱可就不客气了!"

那韩广顺和庞宏坤真的都在芦苇丛中瞅着哩!听了那人的话,韩广顺手抓住芦苇伸出头来喊道:"喂!'雁过留声,人过留名',请你也报个名!"

那人说:

"哎——你不就是问俺的名吗?俺倒没有多大的名气,俺就是复州城的武举陶瑞安!"

韩广顺和庞宏坤一听说是陶瑞安,吓得脸上变了颜色,二话也未敢说,拉着他们的小船,抱头鼠窜了。

原来这陶瑞安在复州城里,是个有名的侠肝义胆之人。为他父亲服丧期满,辽阳城已被后金攻占了。他就在复州城里住着,救人急难,捉偷擒盗,名声早已响遍复州城内外。所以韩广顺、庞宏坤一听说是他,就跑了。

这一阵子,陶瑞安听说这一片河沿上,有两个强人借摆渡为名,在这里抢劫杀人,弄得周围百姓不敢过河。今天他是来实地看看的,正碰上缪立仁在小船上与他们打斗,后来见那两人想把缪立仁淹死在河里,才掷去石子救他。

现在,缪立仁听说这人就是陶瑞安,遂慌忙向他施礼说:

"俺有眼不识泰山!不知救俺性命的正是陶教头,俺缪立仁这边有礼了!"

"啊——不忙,你是谁?叫啥名字?"

"俺是镇江堡缪家寨的缪立仁。"

"啊!你就是那个缪大善人的长子缪立仁吗?"

"在下正是缪立仁,家父已于半年前亡故了。"

"啊,久闻令尊的大名,你们兄弟五人的名声也不小啊!这复州城不少人都知道。"

陶瑞安说着,一边走上前去,拉着缪立仁的手。缪立仁感激地看着他,又说道:"今天,若不是陶教头救助,俺早已进龙宫报到去了。"

"哈哈哈!真是一场虚惊呀!"

缪立仁立即说道:"陶教头,俺这次正是为请你而来的。"

陶瑞安不解地说:

"请俺干啥?"

缪立仁向周围看了一下,然后压低声音说:

"鞑子占领辽沈之后,那剃发的命令一宣布,谁不剃发就杀谁,俺准备……"

说到这里,他附在陶瑞安耳上,小声地说了一会儿,然后扑通一声跪在陶瑞安面前,说:

"俺这次是专程前来请陶教头去镇江缪家寨替俺教练兵马,参与起事的。"

未等他说完,陶瑞安急忙把他拉起来说:

"你这是干啥?俺若不愿去,你跪几天也没有用。这事俺得回去把家里安顿好。"

陶瑞安一边说着,一边指着复州城说:

"快到家了,咱们晚上再好好叙一叙。"

来到陶瑞安家里,晚饭后,二人又小声议论起来。缪立仁说道:"俗话说:'人活一世,草长一秋。'这剃发的事情,被杀的汉人已成千上万了。咱不能再袖手旁观,老天爷赐给俺这一张人皮,俺要让它发出五彩光环。你看俺讲的可有道理?"

"古人有言:'天下兴亡,匹夫有责。'这大明江山,咱不能眼睁睁地看着它让努尔哈赤给吞了。只是俺的力量太弱了,这辽东、辽西的人都能像咱们这样,鞑子也打不进来!"

"这问题俺也考虑过了,只要咱们在镇江堡起事,振臂一呼,这应者不会没有的。俺还可以派人去联络,争取让金州、复州、盖州、海州等地,一齐起事,力量不就大了吗……"

二人一直谈到深夜,陶瑞安同意前去缪家寨。缪立仁兴奋地拉着陶瑞安的手说:

"十分感谢!俺这次总算没有白来!虽然喝了几口水,也是值得的!"

陶瑞安听了,又哈哈哈地笑起来了。

二人遂各自休息,一夜无话。

次日,陶瑞安与缪立仁一起回镇江堡,路过那渡口时,陶瑞安对韩广顺、庞宏坤说:

"你俩不要在这里打鱼、摆渡了,跟咱们去干大事吧。"

二人一听,高兴地说:

"那太好了!"

就将船交给家里人,随着陶瑞安、缪立仁,四人一起上路。

不几日工夫,他们回到缪家寨。同时缪小星也将满小手请来。缪立仁非常高兴,遂摆下接风酒宴。

第二天,缪立仁与陶瑞安、韩广顺、庞宏坤一起来到教场,现有士卒七百余人。

缪立仁对陶瑞安说:

"就让韩广顺、庞宏坤二位兄弟跟着你搞操练吧?"

陶瑞安点点头，说道："可以，就让他们在这儿，咱们之间有缘分。"

自此，陶瑞安带着韩广顺、庞宏坤，每天来教场操练兵士，忙得不可开交。

且说缪立仁与满小手、缪小星商量，让他们二人到镇江城里，了解游击佟养真的情况。

满小手与缪小星刚走，缪立义带着辽南铁山派来的人进来，要求联手暴动，缪立仁非常高兴，让二弟立义好好招待，并让来人传话给矿上的赵家林首领：

"近日之内，必将响应。"

当晚，缪家驹也回来了，说他师父吴华人后天即可与另外三人来缪家寨。

缪立仁听了非常高兴地说：

"'长白四侠'武功非凡，来了之后，咱的实力更加强了，不愁大事不成。"

次日，缪家兄弟五人、陶瑞安、韩广顺、庞宏坤、满小手等，商议起事，陶瑞安说：

"俺以为应以镇江为基地，攻守都比较有利。对那佟养真游击，尽力争取他参与咱们起事。他若死心踏地向着后金，跟俺作对，就是他自寻死路，不怪咱无情了。"

大家认为陶教头的话有道理，又进一步研究夺取镇江的策略。

次日，陶瑞安从士卒中挑选了二百名精干人员，都怀揣利器，化装成各色人员，混进镇江城里。

缪立仁兄弟五人，陶瑞安与满小手、韩广顺等，一同进城，来到游击府前。

缪立仁让守门兵传话说：

"缪家寨缪立仁前来拜会游击大人。"

这佟养真，原是辽东商人，努尔哈赤第二次进京朝贡时，在沈阳与他邂逅相识，以后往来逐渐频繁，并为努尔哈赤提供各种情报。

天启元年（1621年，天命六年）三月，帮助后金攻陷沈阳，努尔哈赤以其对后金有功，便封他为镇江游击。

最近，由于辽沈地区反抗剃发命令，到处出现抗金浪潮，特别是铁山矿工人暴动，对金、复、盖、海影响较大，镇江处在这四卫的咽喉地带，他深怕出了问题。

此时，他正在苦思良策，忽然侍卫前来报告说：

"缪家寨缪立仁前来求见。"

佟游击对缪家寨的情况已有所闻，遂对贴身侍卫吴容说：

"要有准备，缪家全是有功夫的人，防止突然袭击。"

这吴容是佟养真的贴身保镖，有很高的武功，听游击一说，遂将卫队布列客厅内外。

不一会儿，缪立仁带着陶瑞安等十多人，一起来到客厅。

佟养真向缪立仁等问道："缪大爷莅临本府，有什么事吗？"

缪立仁开门见山，直接问道："鞑子的剃发命令，已遭到全辽人民的反抗，不知游击大人对镇江地区怎么安排？"

"剃发是大金国的法令，任何人都要遵守，这是刻不容缓的。"

佟养真回答得很干脆，又接着说：

"不久，镇江堡也准备监督执行这一法令。"

缪立仁说道："当年，建州女真是明朝的一个卫，努尔哈赤的龙虎将军还是皇帝封的。但是，明朝并没有强迫女真人改变生活习俗，要让他们与汉人一样。这是不同民族之间的不同习俗，为什么要强求一律，改变民族习惯呢？……"

"缪大爷讲这些给本游击听，没有用处。彼一时，此一时，今昔怎能相提并论。本游击只知道执行大金汗王命令，其他无可奉告。"

"游击大人也是汉人出身，总应念及宗族亲情，不能置祖宗血缘于不顾，而一心投靠……"

缪立仁说到这里，佟养真突然站立起来，生气地说：

"不用再说了，送客！"

说罢拂袖而去。

陶瑞安纵身一跳,拦住佟养真说道:"数典忘祖,必遭报应!"

这时候,吴容两手一拍,隐蔽在客厅内外的士卒,手持大刀冲了出来。

佟养真立即笑着说:

"误会,误会!君子动口不动手。别伤了和气,别伤了和气。"

陶瑞安看了看吴容等,说道:"别张牙舞爪的,有时间咱陪你们玩玩!"

说罢,他对缪立仁等说道:"人家不欢迎,咱还不走吗?"

缪立仁等随着陶瑞安走出游击府,在回缪家寨途中,迎面走来了缪家驹和他的师父擎天手——吴华人。

回到缪家寨,缪立仁才知道陶瑞安与吴华人早已熟识,只听吴华人说道:"俺那三个兄弟因事不能前来,请缪大公子见谅。"

缪立仁见三路豪杰会齐,立即命人摆酒。不大工夫,酒菜齐备,遂坐下喝酒。

缪立仁手端酒杯,向大家说道:"今天,各路豪杰不辞辛苦,光临缪家寨,俺们兄弟五人以这杯薄酒,表示对各位壮士的欢迎与感谢!"

之后,缪立仁又端起酒杯说道:"在反对剃发令这一共同目标召唤下,咱们一起走到这里,为了未来的胜利,请各位兄弟喝下这第二杯酒。"

缪立仁又说道:"俗话说:鸟无头不飞,蛇无头不行。咱们举大事,定大计,没有领头人是不行的。请各位侠义英雄,共同推选出两位首领,以便于今后开展工作。"

缪立仁刚说完,陶瑞安说道:"咱们来到缪家寨,全是奔你们兄弟五人来的。还要选谁,你缪立仁就是咱们的首领。"

吴华人、满小手等,齐声赞成,都说缪大少爷是当然的首领。

这时,缪家老二立义站起来说道:"感谢各位壮士对家兄的信任,不过,在略军布阵、领兵打仗方面,还需要推选一位能够运筹帷幄之中，决胜于千里之外的帅才，对咱们的大事会更有利。"

擎天手吴华人说道："二少爷说得也有道理，这样一位帅才，非陶教头莫属了。"

大家听了，一齐拍手赞成，陶瑞安说道："既然各位信任，俺就直言不讳。这行军打仗，是有命令的。俗话说：军令如山。不能讲温良恭俭让。到时候，可不能说俺不讲交情啊！"

缪立仁、吴华人等齐声说道："请陶教头放心大胆地干，咱们一定支持，坚决服从命令听指挥！"

酒宴过后，陶瑞安说道："俺做事不喜欢拖拖拉拉，前天铁山矿已派人来联络，再不响应，就不妥当了。今天去会了那佟游击，看样子，已难争取过来，依俺说，趁势打铁，给他一个快节奏，免得夜长梦多。请诸位发表看法。"

缪立仁等说道："听凭陶教头吩咐。"

陶瑞安遂严肃地向大家说道："这粮草筹集、兵器供应等后勤杂务，全由缪立仁负责。军情的侦探等事，由满小手、缪小星负责。其余人员，全在帐前听候调动。今天夜里，俺和吴华人、韩广顺三人前往游击府里。明日天亮前，缪家兄弟五人、庞宏坤等带领五百士卒，前往镇江城里，准备接管镇江堡。"

陶瑞安布置完，各自行动。只有吴华人、韩广顺留下来。三人合计一下，各带兵器，便向镇江奔去。

再说佟养真游击，自缪家寨的人走后，心情一直不安。他心里说：缪家寨的人来意不善啊！他和吴容一起，对镇江城的守卫做了安排，回到府里，要求吴容布置夜里巡逻值班，加强警戒，然后才回去休息。

且说三更时分，镇江城里，一片沉寂，只有半轮残月，撒下朦胧的月光。几声清脆的梆声，从远处传来。

这时，从西北角上有三条人影，如飞般急奔而来。他们步履轻捷，行动神速，转眼之间便到了游击衙门的高墙下。

三人中那个稍胖的人，四下凝神窥视了一下，然后一纵身飞上了一丈多高的墙头。

他将手一招,另两个人也纵身跳上。此时,有两个巡更的兵卒,提着灯笼从墙边走过。他们赶快伏下身子,等士兵走过以后,便轻轻跳下。

三人沿着墙根快步疾行,几乎听不到声音。走到一处院落,见院子里堆着干草枯枝,知是伙房。三人遂躲进柴草堆里窃听动静。

这三条人影,那稍胖的人正是陶瑞安,还有吴华人、韩广顺。忽听伙房里有一个人说道:"这深更半夜的,还要吃面条,真是烦人!"

另一个马上说:

"别嚷嚷,这是佟大人的命令,从今晚起,要全夜巡逻,主要担心缪家寨的人来行刺!"

"以后,每夜都要这样,咱们怎能受得住?唉!这么折腾,咱们可倒了霉。"

"别唠叨个没完,俺送饭去了。"

只见一个人提着个食盒子,从伙房里走了出来。

陶瑞安拉了一下吴华人,三人蹑手蹑脚地跟在后面。那伙夫绕过了一个大院,来到一处楼房前。随即清楚地听到脚踩楼梯的咚咚声。

陶瑞安让吴华人、韩广顺在下面等着,只见他轻轻走到廊下,纵身一跃,一个紫燕上梁,跳到二楼的围栏上。

这时,二楼的窗户透着灯光,屋里似乎有说话的声音。陶瑞安走到窗前,用舌头轻轻舔破窗纸,觑眼朝里观看,只见佟养真的那个贴身侍卫,正和两个巡更的士卒讲话,伙夫提着食盒站在一边。

陶瑞安立即跳下楼,来到吴华人面前说:

"你在此等着那个侍卫,他若下来就盯着他,别让他跑了。俺和韩广顺到后面去找姓佟的,事情办完到这里会齐。"

吴华人听了,点点头,陶瑞安与韩广顺往后面走去。

他俩来到后院,见那向南的三间大房子里有灯光。他们正想往前走时,忽然从门前蹿出两条黑狗,"汪汪汪"地叫了起来。

韩广顺慌忙抽出朴刀，陶瑞安向他摆摆手，示意他不要动手。陶瑞安迅速从口袋里掏出两块黑糊糊的东西，向两条黑狗扔去，只见那畜生叼着就走，不再叫了。

这时，陶瑞安拉了韩广顺一下，纵身蹿上房顶，韩广顺也跟着上去了。

他俩在房顶轻轻揭下几块屋瓦，借着那烛光，朝下面一看。陶瑞安急忙抬起头来，向韩广顺做了一个鬼脸，轻声地说：

"晦气！两个人正干那事哩！还来个颠鸾倒凤！"

只见陶瑞安从口袋里摸了一把，右手一抖，一颗石子正砸在佟养真的脑门上，只听"哎呀"一声。

那女子吓得尖叫一声，滚到床下去了。

陶瑞安对韩广顺轻声说：

"下去将他——"陶瑞安说着，右手一挥。于是韩广顺把屋瓦又揭了两块，将那房笆朝两边扒开一些，两脚伸进去，将身子往下轻轻一跳。

韩广顺正落在床边上，他见佟养真脑门上一个血泡，足有鸡蛋大！还在昏迷状态中。

韩广顺心里说：就这样把他杀死，也太便宜了他！于是，他用那朴刀的背，对准佟养真的膝盖敲了两下，经这一击，佟养真倒真醒过来了。

那佟养真睁开眼来，一看面前立着一个手提大刀的人，吓得翻身坐起，嘴里的牙齿打得呱哒响，一句话也说不出来。

韩广顺对他说：

"你是一个十恶不赦的汉奸，被你害死的汉人不计其数。今天，俺是替他们向你索命来了！"

说罢，韩广顺那朴刀一挥，佟养真一声未喊，头就滚了下来！

这时，陶瑞安在房顶喊道："还未解决？"

韩广顺答应一声：

"解决了！请你将绳子放下来。"

469

话音刚落,陶瑞安从那房顶洞里,丢下一根绳头。韩广顺抓住绳子,"唰唰唰",很快爬到洞口。陶瑞安伸手拉他一把,上去了。

二人向前院走去。

来到楼下,见吴华人还在那里蹲着呢。他小声向二人问道:"结果了吗?"

韩广顺点点头。

吴华人小声与陶瑞安讲了几句话,就站了起来,向楼梯大步走去。

忽听那屋里问道:"谁?"

吴华人大声答道:"你大爷来了!"

这时,"哗啦"一声响,那吴容手提一柄大刀,从屋里蹿了出来。

吴华人见他出来,就说道:"咱们到下面去!"

一边说着,一边越过栏杆,纵身跳了下来。

吴容也随着跳了下来,用刀一指,问道:"你是谁?黉夜到此,干什么的?"

吴华人笑眯眯地说道:"你那汉奸主子已被杀了。你若识相,就快些放下刀来,老老实实投降,还不失英雄的气魄。俺告诉你,'长白四侠'中的老大就是俺!"

吴容一听,冷笑一声,说道:"你就是那擎天手——吴华人,是不是?"

吴华人笑着说:

"正是本人。"

"名声虽不小,未必有啥真本事。俺想向你领教一下,怎样?"

吴华人微微一笑,说:

"很好,俺也想奉陪几招。"

只见吴容将刀一撂,说:

"俺想先领教你的拳脚功夫。"

吴华人也把剑丢下,说:"请!"便叉拳过式,交上手了。

吴容使"黑虎掏心",扑将过来。吴华人用"老君封门",摆开架势。

吴容又以"双凤贯耳"袭来,吴华人用"枯树盘根"闪过。

吴容又用"迎面三不过",上面双掌一晃,下边进右腿来锁吴华人的双腿。

这时,吴华人心里想:跟他在这儿磨什么?不如速战速决罢!

只见他急闪身,跟着反臂一掌,"啪"的一声,正打在吴容的软肋上。

这一掌,吴华人并未用十成的力,所以打得不算重。就这样,那吴容已站立不稳了。他身子一斜,栽了下去。

吴容从地上爬起来,说道:"这一场你胜了。"

吴华人立即说道:"咱们以武会友,谈不到输赢。"

"说得好!方才俺领教了你的拳脚功夫;现在,俺还想再领教一下你的剑法!"

"行!"

吴华人遂弯腰拾起那把宝剑。

吴容挥刀向吴华人的面门劈来,擎天手闪身避开,用剑去迎吴容的手腕子。

那吴容赶忙抽回手,使了个"裹脑缠头",一刀横砍了过来。

吴华人纵身跃起,同时挥剑直取吴容的颈项……

两个人的手段、身法快如闪电,眨眼之间,就是四五个照面。

吴容的大刀,离不开削、扎、抹、砍、扇、劈、剁、撩;吴华人的宝剑,走的是安冠定势,击刺奔袭。

二人刀来剑往,战不出胜负。吴容心想:干脆俺砸他宝剑一下,试试吧!如果两件兵器的钢口差不多的话,俺刀的分量重,他的剑单细,俺砸下去的力量又重,就兴许能损坏他的宝剑。

他这么想着,又见吴华人的宝剑,向自己的左侧刺来,突然一个转身,猛地挥刀背向宝剑砸去!

这时,吴华人立即明白了他的意图,急忙往回撤剑,一旋身子，剑随身转，一个"拨草寻蛇"，向吴容的软肋刺来。

由于这一剑的招数来得太快了。吴容只顾挥刀去砸那宝剑，现在再想抽刀已来不及，想闪身也办不到了，眼睁睁看着吴华人的剑扎了过来。

但是，吴华人的剑走到半截儿可就收住了，并没有直刺下来。只见他轻轻一弹，跳出圈外。

吴容也收住刀，说道："俺输了！"

"你何止输了，若不是吴大侠剑下留情，你的命也难保哟！"

这时，陶瑞安走了过来，这么说了一句，又接着对他说：

"现在，你还有一个立功的机会，佟养真已经死了，你立即把城里的兵卒集中起来，等天亮时由咱们安排。"

吴容只得照办，不敢违拗。

于是镇江也掀起了以反抗剃发为中心的抗金暴动，他们修城设防，派人到金州、复州、盖州、海州、凤城等地联络，与铁山矿的工人暴动，遥相呼应。

第二十六章
丧股肱痛哭五大臣
泄机密暗下七步倒

秋风瑟瑟，黄叶飘零。白发蓬松的努尔哈赤，一边用颤抖的双手轻轻抚摸开国五大臣的灵牌，一边老泪纵横地哀号着："扈尔汉、安费扬古，你们一个个都走了，朕的宏图大业靠谁来实现？"

且说辽阳失守之时，都司毛文龙率领部分兵卒，从三岔河入海，占据沿海各岛屿。

铁山矿工、镇江暴动以后，毛文龙也派人到金州、复州、盖州、海州去进行策反工作。

不久，复州守将单尽忠，在毛文龙的策动下，也举行暴动，重新投降明朝。

再说努尔哈赤得到镇江人民暴动的消息，震怒异常。因为镇江与盖州、复州互为表里，是兵家必争之地。

努尔哈赤与其部下，全都知道镇江是辽南四卫的门户，是扼守后金通往朝鲜的陆路咽喉。

在镇江暴动后不久，后金汗王努尔哈赤立即派遣四贝勒皇太极带兵五千人，前往镇压。又将李永芳从铁山矿调往镇江。

努尔哈赤在给镇江人民的公开信中说：

"你们镇江民众杀害了大金国派驻镇江的游击官员佟养真，公然背叛大金，又投降了明朝。这是大逆不道的。但是，只要你们将策划暴动的缪氏兄弟等交出来，其他人一律剃发，事情就可以了结了……"

在陶瑞安、缪氏兄弟领导下，镇江人民坚持对抗，他们依城固守，狠狠打击了后金军。

四贝勒皇太极带领八旗士卒，运用辽沈之战中缴获的大炮，终于将城墙轰开缺口。双方展开巷战，镇江人民死伤无数。

陶瑞安等终于寡不敌众，带领少数兵卒，保护三万多镇江居民，渡江避入朝鲜。

后金三贝勒莽古尔泰与扈尔汉带领三千人马，攻进复州城，经过激烈的巷战之后，复州居民多数被杀害，但是大将扈尔汉受重伤。

努尔哈赤对辽民的错误政策，终于激起反抗的怒火，从辽阳到金州，自广宁至镇江，在城镇、村庄、矿山，辽民用逃亡、投毒、暴动等形式，进行反对后金统治的斗争。这场斗争的结果，既削弱了后金的国力，又教育了宁远的军民——为了免遭八旗将士铁骑的蹂躏，只有拼死抵御后金军的南犯。

且说扈尔汉在复州负伤后，回到沈阳，后金汗王努尔哈赤亲临慰问，又派赛华佗——神医绰尔济为他治伤，但是，总不见好。

原来扈尔汉是中了满小脚的铁砂毒掌。

这满小脚有一个表妹在复州城里，两个年轻时候，就关系暧昧，暗中来往过。不久前，他听说表妹婿已死，便又勾起旧日情怀，就专程来到复州。

正当两个老相好重叙旧情、缠绵快活之时，后金三贝勒莽古尔泰、大将扈尔汉带领三千人马，围住了复州城。

由于城墙年久失修，经不住八旗士卒的强攻，他们用战车在前，很快撞倒城墙。八旗的铁骑，像狂风一样，冲进城去，一阵乱砍乱杀，守军溃散了。

在巷战中，满小脚本想逃脱，但是被大将扈尔汉拦住去路。

扈尔汉身材高大，又骑在马上，满小脚人矮瘦小，相互厮杀起来，很不协调。

两三个照面之后，扈尔汉的马腿就被满小脚的大刀砍断，不得不下马步战。

此时满小脚已年近花甲，长年的淫欲伤身，功夫早已减退。战不多久，扈尔汉已占上风。

突然，扈尔汉在举枪刺来的同时，脚下一个“枯树盘根”腿扫去，把个满小脚踢个仰面朝天，跌倒在地。

满小脚毕竟是有功夫的人，随着一个"鲤鱼打挺"，骤然站起，丢掉了大砍刀，伸手向怀中一拍，双掌相对一磨，一个纵身，蹿到扈尔汉身后，向其背部猛地一掌击去，只听"啪、啪"两声，扈尔汉顿觉胸口闷热，口中发腥，胃气上逆，口中连吐几口鲜血，身子直打踉跄。幸亏士兵及时上前扶住。那满小脚趁这空子逃跑了。

一旦被这铁砂毒掌击中，很难治愈。尽管神医绰尔济使出浑身解数，大将扈尔汉终于死去，年仅四十八岁。

努尔哈赤得到噩耗时，虽已就寝，却又穿上衣服，亲临遗体旁号哭。

扈尔汉是后金的五大臣之一，十三岁时追随努尔哈赤，被他收为养子。以后，跟着努尔哈赤战乌拉，伐渥集，攻打虎尔哈路，并吞萨哈连部，参加了萨尔浒战役，击毙明朝大将刘綎，攻取沈阳，攻陷辽阳，都立下赫赫战功。

正当努尔哈赤痛伤不已之时，大将安费扬古因积劳成疾，也去世了，享年六十四岁。

这真是雪上又加霜。安费扬古自万历十一年（1583年），努尔哈赤二十五岁起兵，他就跟随他转战南北，屡立战功。

四十年来，安费扬古随着努尔哈赤追杀尼堪外兰，攻打图伦城。以后努尔哈赤多次遇险，都依赖安费扬古或出奇制敌，或突骑斩敌，以致转危为安。

在古勒山战役中，他奋勇杀敌；讨伐萨哈连部落时，他率师渡江取胜。在历次战役中，他破敌击营，攻城夺门，身先士卒，战功卓著。

五大臣之一的安费扬古，自二十五岁开始追随他，一直转战到六十四岁的白首将军，身历百战。努尔哈赤说道："他战则居前，退却殿后，屡受重创，多树勋伐。"

因此，这些天以来，努尔哈赤哭得饮食俱废，寝卧不安，身子渐渐消瘦起来。

且说毛文龙从辽阳撤退时，由于走得匆忙，丢下妻子和二子一女。后金军进城后，查出是都司毛文龙家属，努尔哈赤遂交给大臣何和理负责监管。

当时，毛文龙正在东江收编辽沈溃散的明兵，与后金对抗。

努尔哈赤一贯深谋远虑，对明朝被俘的官吏，一向给以优待。对何和理说：

"要派遣适当人去照顾毛文龙的家属，争取对毛文龙的感召机会……"

一等大臣何和理一直负责后金对明朝的策反、谍报工作。

努尔哈赤让何和理监护毛文龙亲属，也是用意深远的。何和理当然心领神会，经过认真考虑，让他两个心爱的小妾去做这项工作。

她们是叶琳娜、乌丽莎，叶琳娜原是叶赫部清佳努的女儿，乌丽莎是叶赫部将领那代的女儿。她们是在叶赫部被吞并时掳来的，这两个女人长得都很漂亮，努尔哈赤把她们赏给了何和理。

何和理与这两个女人之间相处甚好，感情甚笃。他让二人去毛文龙亲属那里，借帮助做些家务为幌子，真正目的是对其进行笼络、软化，争取有朝一日，毛文龙来投降。

可是这个毛夫人，性格很坚强，还有牢固的正统思想。半年多来，叶琳娜、乌丽莎通过一起生活，觉得想用感化的手段，只能是白日做梦。过中秋节时，努尔哈赤分给她们丰富的食品，叶琳娜随口说道："大金对你们的待遇，比对一般将领还好，赏给的东西比他们的多一倍。"

毛夫人听了，把嘴一撇，不屑地说：

"这算什么，比大明皇上对俺差多了！……"

还有一次，三个孩子在学习满文，毛夫人训他们说：

"咱们是大明的臣民，应该多学习汉文，不能忘掉祖宗，更不能忘掉皇上给俺的好处。"

叶琳娜、乌丽莎将这些情况报告给何和理，后来何和理指示她们说：

"你们也诉诉委屈,讲讲当年叶赫的好处,不就有共同语言了吗?"

于是,两个女人有时也当着毛夫人的面,流露出对后金的不满,表示对叶赫部的怀念。

久而久之,毛夫人逐渐对她们亲近起来,不再有所戒备了。

一次,毛夫人生病了,二人对她百般照看,煎汤熬药,送茶递水,倍加关心,终于讨得毛夫人的欢心。

病好后,毛夫人主动提出拜干姐妹,二人欣然答应。自此,三人之间以姐妹相称。毛夫人稍大,叶琳娜次之,乌丽莎最小。彼此间的距离更加缩短了。

当毛文龙从镇江、复州等地退入海岛后,他不断地派遣人员到金、复、盖、海等地,挑动辽民对抗后金。

在毛文龙的煽动下,有的汉人常在后金军民居住区的水井里投放毒药,有时在猪肉、盐、粮食中,也掺入毒药。

一次,努尔哈赤到海州视察的时候,竟有八个汉人往井中投放毒药,后被当场抓住,努尔哈赤才幸免于难。

此后,毛文龙居然带领少量的精锐士卒,深入到东部腹地一千多里,短时间内,竟斩杀后金臣民近千人。

有一天,毛夫人收到从门外塞进来的一封信,是毛文龙袭击暧阳后派人送来的,内容只是一般的问候信。

但毛夫人却非常高兴,全家庆贺一番。叶琳娜、乌丽莎装着十分高兴的样子,表示非常同情与怜悯,希望他们能早日团圆。

有一天晚上,毛夫人长吁短叹,表现出异样的表情,二人问道:"姐姐有什么事情,尽管说出来,咱们三人已亲如同胞,不必有什么顾虑了。"

经过再三询问,毛夫人才说出真情:

"今早有人送信来,要俺将长子送到耀州去,文龙将于近日夜袭耀州。这事怎么办呢?"

叶琳娜与乌丽莎听了,心中非常吃惊。这时,叶琳娜当即说道:"姐姐不能亲自送去,一旦消息泄露出去,后果不堪设想。若是信得过的话,让俺和乌丽莎送去吧!一方面咱们能骑马,另外,咱们去了,也不会被人注意……"

毛夫人一想,也只有这么办。当即决定:

"次日准备马匹等行装,第三天出发。"

叶琳娜让乌丽莎回去向何和理报告,何和理又与汗王努尔哈赤商议,努尔哈赤说道:"不能当咱的朋友,就是敌人。对付敌人只有一种办法——坚决消灭他!"

何和理将这一决定派人送给叶琳娜、乌丽莎。她们怀揣利器,于次日凌晨,以打猎的名义,带着毛文龙十五岁的儿子毛一中,匆匆上路,奔耀州而去。

由于路程不远,快马一天的行程,当晚即到耀州。

按照信中约定,她们将于三更时分,在耀州东门外三里塘边上等候。

那晚是个黑夜头加上夹阴天,真是伸手不见五指,到处是漆黑一片。

果然,到了三更时分,来了好几百兵士,有两个人要把毛一中领去。

叶琳娜问毛一中:

"这两个人你认识吗?"

毛一中说道:"俺不认识这两个人。"

叶琳娜转脸对那两人说:

"俺怎能把孩子让不认识的人带走?"

乌丽莎说:

"咱们与毛夫人,虽是结拜的干姐妹,却亲如同胞。若是不信任俺,能让俺把孩子送到这里来?"

其实,毛文龙就在她们附近。于是出来见面,父子俩久别重逢,恍如隔世。

他们来到附近一所屋子里,毛文龙又向两个女人道谢,毛一中对父亲说：

"这两个姨妈，就像俺的亲妈妈一般，是难得的好人。"

毛文龙自然深信不疑。当时正是炎热的夏天，士卒搬来几个西瓜，给他们解暑。

叶琳娜一见，便对他们父子说：

"你们爷俩好好叙叙，咱们来切西瓜给你们解渴。"

说着，遂与乌丽莎一起来切西瓜。

这时候，屋里只有他们四人，叶琳娜切开西瓜，顺手从衣袋里摸出"七步倒"的药包，迅速把药粉倒在两半个西瓜瓢子上，说：

"这个西瓜瓢子最好，你们爷儿俩一人一半，咱们再切一个吃。"

乌丽莎又搬一个，叶琳娜切开后，见他们父子俩已开始大口大口地吞吃着那西瓜，她们也立即吞吃起来。

原来那毒药"七步倒"，人若吃下肚子，不出两分钟，准要昏睡过去，不久便僵直死亡了。

两个女人见毛文龙父子吃着吃着，便伏在桌子上昏过去了。她们不敢停留，相互示意，悄悄走出屋子，对外面的兵士说：

"他们父子俩哭累了，在屋里休息哩！咱们去有点事，等一会儿就回来。"

于是，牵过马来，翻身跨上，顺着大道，往辽阳飞奔而去。

士兵们在外面等啊，等啊，一直等了半个时辰，见两个女人未回来，走进屋子一看，不由得惊呼起来：

"啊？他父子俩……怎么啦？"

这一声喊，惊动了屋外的士兵，大家跑进屋子一看，毛文龙父子直挺挺地躺在地上，嘴里、鼻孔里、眼睛里、耳朵里，都在往外流血……

大家这才恍然大悟，原来这两个女人……

想去追，已经来不及了，又深更半夜，黑灯瞎火的，往哪去追呀！

后金没有派一兵一卒，由两个女人把叱咤沿海一带的毛文龙杀死了，连同他十五岁的儿子——毛一中。

且说叶琳娜、乌丽莎二人，沿着去辽阳的大道，奋力驰驱。天亮以后，她们已顺利地回到了辽阳城。

努尔哈赤得到这消息以后，欢喜得跳了起来，情不自禁地说道："真是巾帼不让须眉！谁说女子不如男？"

努尔哈赤对何和理说道："朕要立即接见这两位女英雄！"

何和理带着她们来到努尔哈赤面前，汗王一见，兴奋地对她们说：

"千军万马也不如你们干得干脆利落啊！"

遂封她们二人为"女备御"，赏各种丝绸二十疋、白银二百两、珍珠二十颗。

且说孙承宗上任后，重用宁前兵备佥事袁崇焕，两人密切合作。

后金自得广宁后，也没有派兵长期驻守辽西地区。努尔哈赤感到兵力不足，目前无力占据这一广大地区。

明朝的军队也都撤回到山海关之内，于是该地一时成为无主之地。双方不断派出游骑侦察，捕捉对方人员。

袁崇焕向孙承宗建议说：

"一定要派兵守住宁远城，这是攻守两备的军事要地。守住它，山海关则平安无事；凭借它，就可以在适当时机去恢复已失去的疆土。"

孙承宗听了这一意见之后，眼前顿时出现这样的情境：

宁远位置的重要性，在于它是山海关一个很理想的前卫。它西面紧靠连绵起伏的热河丘陵，南面对着滔滔渤海。城南百丈之遥，有山海关通往沈阳的一条大道。再往南十余里就是大海，有觉华岛（今菊花岛）耸峙海中，可以驻兵屯粮，与宁远城遥相呼应。

于是孙承宗说道："宁远位置的重要，是说它正处在辽西走廊的中间。守住它，也就扼住了这条走廊的咽喉，在西南二百里之外的山海关，就不会受到惊扰了，京师也就安全无虞了。"

袁崇焕说：

"大人说得太好了！咱们就开始干罢，当前努尔哈赤被辽民反剃发运动搞得精疲力尽，无力南进，正是咱筑城的大好时机。机不可失，时不再来呀！"

孙承宗便答应了袁崇焕的请求，派遣祖大寿负责修筑宁远城。

但是祖大寿到了宁远，却对部下们说：

"又是劳民伤财！皇上哪有心思长守这地方？满朝文武只教守住山海关。"

于是，他吊儿郎当，没有认真筑城，按照要求，只完成了任务的十分之一，而且质量还相当地差。

一天，孙承宗与袁崇焕等前去察看，大家非常不满意。祖大寿却又弹起"劳民伤财"的滥调，孙承宗禁不住训斥道："真是鼠目寸光之论！"

他当即对袁崇焕说道："还是你自己领着干吧！"

在这种情况下，袁崇焕又重新设计了新图纸，定制城墙高三丈二尺，雉高六尺，城墙底部宽三丈，顶部二丈四尺。

新的宁远城竣工后，孙承宗又亲临察看。孙承宗兴致勃勃地与袁崇焕一起，精心布防了一条新防线——宁锦防线。

这条新的防线，是指从锦州、松山、杏山，到右屯、大小凌河等地，不仅遣将率兵把守，还修缮城郭，进驻军队，认真设防。

俗话说："一分耕耘，一分收获。"经过孙承宗、袁崇焕等人的大力整顿，初步建成了以宁远、锦州为中心的"宁锦防线"。

于是整个辽东形势也稳定下来。"边亭有相望之旌旗，岛屿有相连之舸舰，分合俱备，水陆兼施"，一时之间，警报不传，烽火熄灭，逃难的百姓陆续返回家园，开垦屯种，一度沉寂的辽西大地，又变得生机盎然。

再说后金汗王努尔哈赤，看见孙承宗与袁崇焕将帅一心，又筑宁远城，建宁锦防线，一时无懈可击，不好兴兵南来。另外，内部也急需整顿，毛文龙虽死，辽南抗金风暴仍时有发生，女真士兵经常被杀，搅得汗王心烦意乱。

近日,又发生汉文师傅图沙杀人案,牵涉面甚大,负责这一案件的一等大臣何和理,又卧病不起,众多事情一齐压来,搅得他手忙脚乱,深感力不从心了。

这图沙原是达海的学生,在改制满文中,他充当达海的助手。满文改制完成后,达海因与努尔哈赤的侧妃纳泽通奸,被判终生拘禁。图沙一边帮助努尔哈赤处理一些文字工作,一边教授众贝勒、大臣及主要将领的儿子、孙子们学习汉文。

但是,图沙还有一手绝活,他能制配一种闷香。这闷香若在屋子里燃着,不要多长时间,全屋里人都将昏迷不醒。

当夜静更深,人们都已熟睡之时,他像幽灵一样,蹿墙过院,从门缝、窗孔,使用闷香,将人致昏后,然后进屋翻箱倒柜,盗窃珠宝、金银。

天长日久,家中的金银珠宝聚集成堆,他就开始利用闷香,去干寻花问柳、奸污妇女的勾当。

又过些时日,他对那些已婚妇女玩腻了,又开始将黑手伸向那些未婚的少女。

在赫图阿拉时,就有许多人反映这件事,由于努尔哈赤忙于征战,将领们整日戎马倥偬,出生入死,谁有工夫管这些小事?

至于珠宝金银被盗,一则量小;再者各家对此来得也容易,每次战后,都能分到数量可观的珠宝金银,对少量的丢失也就不放在心上了。

直到那些黄花闺女被奸,有的身遭摧残影响健康时,此事才逐渐引起人们的关注。

一次,大将扬古利的闺女妮丽兀,年仅十四岁,被奸后流血太多,用医生的话说是大出血。幸亏医生及时抢救,让她喝了"救命丹",才止住血。总算捡得一条性命。

后来,扬古利回到家里,听说了这件事,气得暴跳如雷。一连几夜,他在住宅区里转悠,什么也没有发现,又上战场拼杀去了。

那图沙也十分狡猾。他不是每夜都出来,中间隔三五天,出来一次；或是隔七八天，才出来一次。这种间断性的行动，谁也无法掌握他的规律。

且说农业大臣雅希禅有三个闺女未出嫁，大的还不到二十岁，小的才十五岁。

每天夜里，雅希禅让两个妻子轮流守夜，坐在女儿房门口看着。

都城搬到沈阳以后，图沙将黑手伸向汉民居住区。但是汉人养狗的人家多，狗一叫起来，他不敢久停。

一次，他在一家汉人院里，被三条狗围住，裤子被咬破了，脚上的鞋子跑掉了一只，吓得好长时间不敢再干了。

俗话说："狗改不了吃屎。"过了一阵子，图沙又干了。不过他身上带了宝剑，防止再被狗围住。

对雅希禅家的三个闺女，图沙早就垂涎了。这天夜里，他又摸到这位农业大臣家院子里。

图沙见屋里有灯光，但没有人守夜，便放心地点燃了闷香，然后从窗子里爬了进去。

正当他揭起被子，准备向三个女孩子动手之时，忽听对面屋子里有人喊道："捉鬼啊！鬼进了屋子了！……"

图沙慌忙从窗子里跳了出来，与雅希禅的妻子撞了个对面。

为了逃生，他抽出宝剑捅了她一下，只听那女人"啊呀"一声，扑倒在地。

这时候，雅希禅也急急忙忙跑了出来，见院墙下有个人影正准备翻越墙头，他一边喊着，一边提着木棍，向前走去。

图沙心想：不先下手，恐难逃脱。

他慌忙躲过打来的木棍，挥剑砍去。这一剑正砍在雅希禅的颈动脉上，顿时血流如注，昏厥过去。

当雅希禅的第二个妻子抱住他，问他那鬼是谁时，只听他嘴里断断续续地说：

"图……图……图……"

雅希禅只说了一个"图"字，话未说完，便断了气。

雅希禅和他妻子的死，终于引起努尔哈赤的注意，他对范文程说：

"范先生，依朕看来，这凶手不是汉人，一定是雅希禅认识的女真人。不然，他就不会说出那三个'图'字了。"

范文程说道："陛下想得对，俺也这样看。"

经过查找，后金将领中没有一个人的名字头一个字是"图"字的，查来查去，只有汉文师傅叫图沙的。努尔哈赤说：

"这图沙一贯老实巴交的，总不会是他吧！"为了查清事实，就派柯汝洞暗中监视。

过了半个多月，图沙见雅希禅的事情平息下去，便又行动起来。

这天夜里二更多天，图沙刚走出门去，柯汝洞便在后面跟上了。见他鬼鬼祟祟地，东张张，西望望，又向雅希禅家摸去。

当他燃起闷香，跳进屋子的一刹那间，柯汝洞大喝一声：

"畜生！你装得挺正经，原来是条披着人皮的豺狼！"

图沙被逮住以后，经过审讯，被他奸淫过的妇女不下一二百人。

神医绰尔济听说他会制闷药，去找他请教配制方法。

图沙说：

"若能免去俺的死罪，情愿将配制方法贡献出来。"

绰尔济气愤地说：

"你造下的罪孽已是罄竹难书，即使有十个图沙的性命，也难以抵上！你若贡献出那闷药的制法，也算是你对罪孽的一点补偿。别想逃脱你的死罪了！……"

直至被处死之前，图沙也没有将那配制闷药的方法贡献出来。

努尔哈赤对绰尔济说：

"那闷药失传了，也好呀，免得将来被坏人用去，又有多少无辜的人遭害呢！"

这时候，侍卫进来报告说：

"何连山有急事要见陛下！"

努尔哈赤不由心内一惊，忙说道："快请他进来！"

何连山是一等大臣何和理的儿子,对汉文有很深的了解,又会绘图。后金使用的作战地图,全由他一人绘制。攻占辽阳之前,他曾去关内绕了一个大圈子。以旅游为名,到处侦察地形地貌,无论山川河谷、雄关险隘、人文地理,有时绘图,有时记录文字,为后金的军事行动,提供了大量翔实的资料。

汗王努尔哈赤一听说何连山来,便有一种不祥的预感,昨天夜里的那个梦境,又展现开来……

在一片蓝天白云之下,绿草如茵,又青又嫩的绿草丛中,开放着艳丽的鲜花。

忽然,天空响起悠扬的乐曲声,这时候,在万朵祥云的缝隙中,飞来了一只花花绿绿的凤鸟。在它后面,又飞来五只白如棉絮般的大天鹅。

五只天鹅围着那凤鸟,一边"嘎嘎嘎"地叫个不停,一边展开它那白云似的翅膀,轻轻地拍击着绿草红花,跳着不知名的舞蹈。那珍贵的凤鸟,也昂起它那骄傲的头,睁开凤目,眺望着四周的景色。

与此同时,天空又传来阵阵哨声,一群群鸟儿,飘飘荡荡,齐集在凤鸟、天鹅的四周。那些五光十色、娇艳无比的鸟羽,衬着空中的万朵彩云,天上人间,构成一幅色彩斑斓的风景画。

其实,这就是人们常说的万鸟朝凤,其声势之宏伟,场景之壮观,实为人间罕见!

但是好景不长,突然,从东南方向刮来一阵狂风,紧随风后,窜出五只吊睛白额的猛虎。它们张开血盆似的大口,呼啸着,吼叫着,舞着碗口大的前爪,扑向鸟群。

那些鸟儿在惊吓之中,扑棱棱、扑棱棱地飞向天空,那端庄华贵的凤鸟,也在众鸟啼叫中,冉冉飞上天去。

只有五只天鹅,伸着长长的脖颈,大声喊着,催促那些吓昏了头的鸟儿,让它们赶快离去。

可是,那五只猛虎正以迅雷不及掩耳之势,扑向天鹅。正当它们张开宽大的翅膀,将要飞离草地之时,已有四只被猛虎扑打下来,尽管天鹅在挣扎、腾跃,怎能逃脱猛虎的利爪?

这时候,还有一只天鹅被猛虎追逐着。它的一只翅膀已经负伤,耷拉着,扑腾着向前,拼命地向前,可是,终究逃不脱那猛虎的魔爪,只听"嘎!嘎!嘎!"地连叫几声,天鹅竟被猛虎扑倒……

汗王努尔哈赤大喊一声,醒了。他摸了摸额头,汗水涔涔,心里还在怦怦乱跳,这才意识到:是一场梦!

他一翻身坐起,说道:"快去叫范文程来!"

工夫不大,范文程来了,努尔哈赤便将梦中情景叙述一遍,向范文程问道:"这恐怕不是吉祥之兆!你说呢,范先生?"

范文程只得闪烁其词地敷衍着:

"所谓梦,只是人们日之所思,夜之所想,属于可信可不信的一种现象……"

"这一年多来,朕的五大臣已走了四个,第五个又卧病床榻之上。那五只天鹅……"

由于绰尔济来谈图沙闷药之事,打断了他们的议论,现在何连山前来求见,使他联想到梦中的情景,心里顿时紧张起来。

何连山跪在汗王面前说:

"臣父已气息奄奄,请求陛下前去做最后永诀,不知陛下能否恩准……"

未等何连山说完,努尔哈赤忙对他说:

"朕这就跟你前去。"

原来何和理自染病以来,高烧不退,饮食都不能进,尽管绰尔济精心疗治,病情却渐渐沉重起来。

这何和理自知病入膏肓,又想起费英东、额亦都、安费扬古、扈尔汉四人,免不得痛哭流涕,病情越发加重。

由于两眼昏花,眼珠发胀,以致厌见侍从之人,连家人也被撵走。

一天晚上,忽然一阵风吹来,烛光摇了几摇,差点灭掉。他睁眼一看，却见到灯影之下，站着几个人。一时之间，他很气愤，说道："俺心情烦躁，叫你们不要在这里，怎么又来了？"

但是，讲完之后，似乎觉得那几个人还在那里，根本未走。于是，何和理索性坐起来，想看看到底是谁，为什么不走开？

何和理仔细一看，啊呀！不是别人，却是额亦都、费英东、扈尔汉、安费扬古四人！

他不由得一惊，说道："你们至今还健在，可想死俺了！"

额亦都说道："咱四人已死多时了，只是因为咱们同生死，共患难，一起战斗三十多年，相处感情深厚，舍不得让你一个人留在人世间受罪，好在咱们兄弟会面的时间已不远了……"

他伸手去拉四人，差点跌下床来，忽然惊醒，才知道是自己在做梦。

他叫来儿子何连山一问，这时正是三更夜半时分。遂对儿子说："你父亲快要离你而去了！"

说罢，遂让何连山去请求汗王能否来此一会，以做永世之别。

当努尔哈赤来到，何和理却进入昏睡状态。经汗王再三呼喊，他才醒来，流着泪说道："俺与额亦都、费英东、安费扬古、扈尔汉跟随你三十多年，虽然建立大金，迁都沈阳，但未能打进关去，让你坐上龙椅，这是俺的终生憾事。如今，俺也要……要离你……而去，恳望保重……龙体，好自……为之！"

说完，何和理头一耷拉，没有气了。

努尔哈赤伏在他身上哭了好长时间，经何连山等再三劝慰，才止住哭泣。

现在，五大臣全已离他而去，他一想起来，就伤心落泪。

这何和理自祖父克彻巴颜起，便是董鄂部部长。后来何和理代其兄担任部长期间，是董鄂部最强盛之时。

万历十六年（1588年），努尔哈赤派额亦都前往董鄂部，不久，何和理率全部人马前来归附。当时，努尔哈赤以其长女冬果公主嫁给他做妻子，从此，他们便成翁婿关系。

三十多年来，何和理随着努尔哈赤，统一建州，征虎哈尔部，灭乌拉，参与萨尔浒战斗。以后帮助他组织细作，深入抚顺、开原、辽阳等地，为攻占这些城市作出了杰出贡献。

正如努尔哈赤说的：

"没有何和理，就没有大金的谍报组织；攻占这些城市，不知要死去多少大金的兵马呢？"

何和理平日以"性格宽和、识量宏远"闻名于后金将领中间，这就更使努尔哈赤伤心难过。

他情不自禁地喟然长叹说：

"五大臣走了，朕失去了'股肱之臣'，失去了左右手啊！"

天启五年（1625年，天命十年）正月的一天，宦官魏忠贤召集亲信顾秉谦、张广微、高第等秘密开会，魏忠贤先说：

"孙承宗在辽东守边三年，功高权重，拥兵十万以上，咱们不能放弃这股力量，要设法拉到咱们这边。各位发表意见。"

顾秉谦首先说道："此人生性耿直，不苟言笑，遇事有独到见解，一般人很难说得进去话。"

张广微说道："此人原在兵部时，很少与人往来，摆着一副正人君子模样。"

魏忠贤听了顾、张二人的讲话，很不以为然，他不耐烦地说：

"依你们的看法，孙承宗是一个没有七情六欲、不食人间烟火的怪物了！俺就不信，他孙承宗不爱金银财宝？那些废话不要讲了。你们看，派谁去山海关一趟，送点东西给他，先来个投石问路。"

高第说道："应坤能说会道，又能见机行事，就派他去山海关，试探一下吧！"

"那就先派应坤去探探路，听听他的口风，适当时候表明咱们的意图。俺就不见应坤了，你把这些情况向他谈谈，明天起程，办成之后，本千岁给他重赏。"

魏忠贤向高第做了布置，接着又说道："等会儿从府里领二万银子，去二百名锦衣卫护送着，最好让崔呈秀领着去。"

这崔呈秀是锦衣卫的总指挥,武艺出众,是魏忠贤的看门打手。

次日,应坤带着白银二万两,领着崔呈秀等二百名锦衣卫,骑上快马,沿着去山海关的大道,奔驰而去。

且说孙承宗刚从宁远城袁崇焕处回到山海关,有侍卫前来报告说:

"九千岁派应坤前来慰劳大人,现在馆舍休息。"

孙承宗听了,心中犯了嘀咕,这魏忠贤派人来慰劳俺干什么?恐怕是"夜猫子进宅——不是好兆头"!

他正在考虑:去见呢,还是不去?……

侍卫又进来报告说:

"九千岁的特使应坤前来拜见大人,现在府衙门外。"

孙承宗只得说道:"请他进来吧!"

出于礼节,他也不得不整理一下官服,走到二门外去迎接一下。

应坤进了大门,老远看见孙承宗迎接出来,心中不由得一喜,这个老古板能迎到二门,对俺已是出格的礼节了。

于是,应坤急忙趋前几步,给孙承宗施礼之后,亮开嗓门说道:"大人守边辛劳,功盖九鼎,九千岁派下官前来慰问。"

孙承宗一看,原来这应坤是替魏忠贤牵马坠镫、脱靴戴帽的马弁,算什么特使,又几时封了官,当了"大人"?

他一边想着,一边嘴里说道:"感谢九千岁关照,请到里面喝茶。"

孙承宗说完,转过身来,陪着应坤走进了客厅。宾主落座后,应坤说道:"九千岁一向关心朝廷大事,爱护封疆大吏,他老人家看到大人戍边辛苦,特让下官送来白银二万两,请大人收下。"

应坤说完,向大厅外的崔呈秀一挥手,崔呈秀立即让两名锦衣卫抬着一箱东西进了客厅。

应坤走上前去,揭开封盖,露出白花花的银两。对着孙承宗笑眯眯地说道:"这银子虽少,却是九千岁的心意,正是礼轻情义重啊!希望大人不要辜负九千岁的厚望。"

孙承宗听了，脸色一变说：

"俺守边辛苦，这是为朝廷办事，俺心甘情愿，朝廷已发给俺俸禄，足够用了。何劳九千岁送来银子？另外，九千岁若是真为守边着想，皇上允发给俺的二十四万白银的兴师军饷，请立即发下来，才是对封疆大吏的真心支持。"

应坤急忙说道："那二十四万白银的兴师军饷，与九千岁不相干，而是兵、工两部的问题。请你不要误会了千岁他老人家。"

孙承宗十分恼火，气愤地说：

"与他不相干？这军饷发不下来，就是他魏忠贤从中作梗！他操纵权柄，故意使兵、工二部移文往来，拖延时间，导致饷费久久不能到关。试问：士卒不吃饭，怎能打仗？不穿衣服，光着腚吗？没有兵器，都用木棍吗？"

听了孙承宗这段话，应坤只得说道："请大人冷静，不要听信挑拨。这可能是东林余党散布的不实之词……"

"别扯淡了！俺不管它东林西林的，俺只知道为朝廷守边，这饷银发不下来，就是他魏忠贤的阻拦。这是事实！"

孙承宗越说越气，最后，干脆说道："这两万两银子你带回去！俺孙承宗不稀罕这'慰劳品'！请你回去转告魏忠贤，皇上亲自批发给俺的饷银，他为什么阻止不按时发下来？这是他真心爱护封疆大吏吗？"

孙承宗说罢，拂袖而去。

应坤被弄得十分尴尬，只得让锦衣卫把两万两银子抬回北京，交还给魏忠贤。

再说这九千岁听了应坤的回报，立刻发出一阵狂笑，心里说：

"俺就不信泥鳅能在阴沟里掀起大浪，他孙承宗也不过是秋后的蚂蚱，神气不了几天了。"

魏忠贤立即叫来崔呈秀，对他小声布置一番，又到皇上面前伺机说孙承宗的坏话去了。

应坤走后，孙承宗心里很不高兴。他知道得罪了魏忠贤，会对自己很危险的，但是他这人就是这个脾气，"明知山有虎，偏向虎山行"。

到了晚上，一个人喝了不少闷酒，晕晕糊糊地躺在床上，竟然睡着了。

蒙眬之中，忽然听到屋顶上有踏瓦之声，孙承宗毕竟是学过武功的，便立即起身，走近窗口，从窗缝向外窥望：

在月色朦胧之中，只见对面屋顶上，有一蒙面人，身影矫捷如飞，向前蹿跃而来。

孙承宗急忙从墙上摘下宝剑，心说：

"此人是为自己而来吗？"

这时，那人已从房上跳入院中。

孙承宗把门拉开，大喝一声：

"什么人，敢夜闯府衙？"

那人也不搭话，一抖长剑，向孙承宗面门刺来。他将身子往后一仰，用剑向上一挡，只听当一声，两剑相碰，发出闪烁的火星。

蒙面人一连三剑之后，便将身子一纵，轻轻落在墙外的空地上，喊道："有胆量的下来！"

孙承宗遂纵身一跳，来一个"平沙落雁"，轻轻落在地上，喝道："哪里来的强盗，快报上名来？"

他的话音刚落，"刷"的一声，一下子围上来七八条大汉，全都是蒙面，穿一身黑色夜行服装。

其中一个蒙面人大声喊道："给俺一齐上！"

于是那些人一齐挥舞大刀，向孙承宗头上、身上砍来。他也一挺宝剑，左右飞舞，护住身子。

这时，府里的侍卫一齐手拿兵器围了上来。那些人一见，一声尖厉的口哨响起，随即向外逃去。由于夜色漆黑，眨眼之间，便逃得踪迹全无。

孙承宗手提宝剑回到屋里，心里想：来到任上快三年了，从未发生过这种情况，这蒙面人是谁派来的呢——

第二十七章

怀二心为奸佞游说
锁九门阻忠良进言

孙承宗已到通州的消息，好似一声惊雷，吓得魏忠贤面色如土。一向养尊处优惯了的他，顾不得已是午夜，急急忙忙亲自叮嘱京城九门守官："谁敢放辽东经略孙承宗进城，我杀他的全家！"

这些蒙面人，是受魏忠贤唆使，由崔呈秀带来，想乘孙承宗熟睡之机，将其杀死。由于魏忠贤用二万银子来笼络孙承宗未达到目的，因而妄图借用刺杀手段，来消除异己。谁知孙承宗警觉性较高，又有些武功，他们未能得手。

高第向魏忠贤说道："这种手段对有功夫的人，作用不大；一旦被他们捉住一个，麻烦更多。若是闹到朝廷之上，咱们会更加被动。"

魏忠贤听了，也觉有理，便一门心思在皇上面前说孙承宗拥兵太重，担心会有异心等。

一天，张广微前来对魏忠贤说：

"九千岁可记得苏杭织造李寔？"

魏忠贤想了一会儿，笑着说：

"可是那个最先替俺建生祠的李寔？"

"对！九千岁真是好记性。据说，那个李寔与孙承宗同是高阳人，还有些亲戚关系。俺想让李寔去说说，也许会有用的。"

"这倒是一条路子。不过，这两人一南一北，如何让他们很快能见上一面？"

张广微笑着说：

"这事不难。九千岁可以矫传一旨，让那李寔回乡探亲，不就万事大吉了吗？"

这一句提醒，可把魏忠贤乐坏了，说道："是啊，这区区小事咋能难住俺九千岁呢！那你就亲自带着圣旨去一趟苏杭吧，将这利害向李寔说清楚，事情办成之日，也就是他李寔飞黄腾达之时！"

次日，张广微带着魏忠贤的"圣旨"，往苏杭进发。一路上，尽管江南景色迷人，他也不敢流连观赏，匆匆忙忙赶到李寔的织造府。

这李寔本来就是一善于逢迎谄谀之人，一听张广微的来意，更是喜出望外，心想：这次可算找到孝敬九千岁的机会了。遂满口答应：

"当年，俺和孙承宗同在私塾读书，以后又同榜中了进士。不过，此人脾气古怪，表面对人严肃，内心里可像一个火炉呢！他的妻子是俺妻子的姨姐姐，好歹咱们还是连襟呢！"

听了李寔的话，张广微内心里也窃喜异常。他也有一个"小九九"：这事情若能办成，那魏忠贤还能少了俺的好处吗？想到此，便说：

"你将这事办成，九千岁准会重赏于你的，希望你尽心竭力去办。"

李寔手拍胸脯说道："这事就包在咱身上了。俺一去，他准会听俺的，你就放宽心吧！"

他们不敢怠慢，第二天便起程北上。

且说后金汗王努尔哈赤，见辽民的暴动都被镇压下去，后方的局势渐趋稳定之后，又想派兵南下。但是，他知道孙承宗与袁崇焕这两人相互支持，配合得很默契，不仅重修了宁远城，还在锦州等地都驻了军，加强了防守。

与军师范文程商议后，决定派少量部队去进行试探性的攻击。

努尔哈赤一贯雷厉风行，虽然年事已高，但他仍然心高气盛，不改当年的气魄。遂命令大贝勒代善率领三千精锐铁骑，前去攻打锦州。

努尔哈赤嘱咐代善说：

"打得赢,就打;打不赢,就走。千万别被围住,脱身不得。"

代善领了三千人马,往锦州出发。

且说锦州守将马世龙,宁夏人,由武举出身,历任游击、副总兵。

孙承宗来山海关后,对马世龙非常信任,向皇帝举荐他当了总兵。

在宁锦防线措置中,孙承宗派马世龙去守锦州,这是这条防线的最前线,可见对马世龙的重视。

为了报答知遇之恩,马世龙到锦州后,也非常效力。他先修补了城墙,在认真训练士卒的同时,城上的火炮也已配置妥当,运来大量的滚木、礌石,并准备了充足的粮草,还加强了军情的刺探,建立了完整的情报组织。

再说后金大贝勒代善的骑兵一出发,就引起锦州探马的警觉了,一边让人继续监视骑兵的动向,一边向马士龙报告。

得到消息以后,马世龙就急忙登城,沿城布置守卫,命令守军严阵以待。

不久,探马来报告说:

"鞑子一支骑兵约三千人马,正往锦州方向赶来,并带有攻城器械。"

马世龙立即命令:

"点燃烽火报警,立即关闭城门,城上守军进入临战状态。"

这烽火台报警,是古代传下来的边防报警方式。往往是在城上再筑一高台,将晒干的狼粪点燃起来。那狼粪燃烧以后,不起火头,只是冒出浓浓的烟柱,风吹不散,雨淋不灭,人们老远就看见了。因此,边境若有外敌入侵之时,就点燃狼粪。

这是闲话。再说马世龙命令守军在烽火台上点燃狼粪报警以后,转瞬之间,从锦州到宁远,直至山海关,所有的烽火台全都燃起来了。

这时候,侍卫向袁崇焕报告说:

"锦州方面已有烽火报警了，鞑子出动兵马前往锦州了。"

袁崇焕立即派遣副将左辅、朱梅二人，带领两千人马迅速驰援锦州。

他又派两名侍卫分别驰往松山、杏山二城，让他们也派少量人马前去援助。

且说大贝勒代善带领兵马，来到锦州城下，稍微休息一会儿，即命令士兵攻城。

攻城开始了，代善指挥士兵先用战车在前开路，后面是弓箭手，其后是步兵抬着云梯爬城。八旗士卒奋勇前进，喊杀声响彻云天。

城上马世龙亲自督战，指挥炮手点燃大炮，那一颗颗炮弹，落在攻城的八旗士兵中间，"轰"的一声巨响，炸倒一片。

城上的滚木、礌石纷纷打下来，但是骁勇的八旗士兵无所畏惧，仍然拼命地抬着云梯，一排排地登城拼杀。

眼看城墙有被战车撞塌的可能，忽听城南方向喊杀声骤起。

原来松山、杏山离锦州甚近，两地守将一见锦州报警，立即派遣兵马前来援助。

此时，城上马世龙见有援军到来，斗志更旺，遂鼓励守军说道："咱的援军到了，要狠狠地打！……"

且说大贝勒代善，眼看就可以把锦州城攻打下来了。不料城南来了救兵，举目望去，黑压压的一片，只听喊声如雷，也不知到底来了多少人马，心中不免慌乱。

八旗兵士虽然勇悍无比，但是在炮火轰击下，在滚木、礌石打击下，也死伤不少。现在又见来了明朝的援军，攻城的劲头明显小了很多。

再说松山、杏山的援军一到，便冲向后金军的背后。马世龙在城头一见，立即带领人马，也从城里冲杀出来了。

这时，代善已感到情况不妙，在腹背受敌的形势下，只得命令停止攻城，与前后冲杀过来的明军拼杀在一起。

双方混战在一块，这且不提。

再说汗王努尔哈赤，自大贝勒领兵走后，总觉心神不宁，后来又派遣四贝勒皇太极带领三千人马，前去接应，以防代善有失。

那皇太极正往锦州方向急驰时，忽有探马回来报告说："锦州城有援军到来，大贝勒的人马已经腹背受敌，形势很不利。"

听到这一消息，皇太极就命令士兵加快行军速度，那铁骑奔驰起来，犹如一阵狂风，直扑锦州城而来。

再说宁远城的援军，在"救兵如救火"的思想指导下，也很快地赶到锦州城下。

左辅、朱梅二将，一见后金军已在城下腹背受敌，遂迅速指挥士卒包抄过去，想把后金兵马围起来全部消灭。

大贝勒代善正指挥八旗士兵与明军拼杀的时候，忽见城南又派来一支兵马，并已包抄过来，再不冲杀出去，将有被围的可能。

于是，他利用八旗铁骑冲击力极强的优势，命令冲杀出去。只见代善一马当先，手举大刀，左劈右砍，杀向明军。

八旗士兵随着大贝勒一齐往外冲击，尽管明朝援军一批批地阻拦，在潮水般的八旗铁骑的冲击下，只得一批批地后退下来。

不一会儿，大贝勒代善领着残余人马，杀开一条血路，往北逃窜。

马世龙等领着兵马，随后追杀，一直赶了十来里，才被四贝勒接应的兵马堵住。双方又进行了一番厮杀，直到天色将晚，两下才各自收军。

且说大贝勒代善、四贝勒皇太极带领兵马退回沈阳，一查点人数，代善的兵马竟损失了一千多，皇太极的兵马只伤亡百十人。

汗王努尔哈赤一见代善无精打采的样子，就笑着安慰儿子说道："胜败乃兵家常事。别丧气，更不能丧志！人贵有志，兵贵有气。有了志气，军队就可以无往而不胜！"

但是，努尔哈赤心里也有了谱儿，深深感到孙承宗、袁崇焕可不像杨镐、袁应泰那样好对付了！今后，可得谨慎从事，不可大意！

再说孙承宗在锦州反击战之后，立即来到宁远城，带着袁崇焕，一齐赶到锦州城里，让侍从把带来的慰劳品，分发给城上守军。

他又召集松山、杏山、右屯及大小凌河的守将，齐聚一堂。在庆功宴席上，孙承宗说：

"锦州反击战的胜利，告诉咱们两条经验：一是证明努尔哈赤的八旗铁骑是可以打败的，它并不是神兵天将；二是证明只要咱们同心协力，相互支持，攥成一个拳头打击敌人，就可以战胜强大的敌人，取得战争的主动权。"

袁崇焕也说道："这次反击战是对咱们宁锦防线的一次考验，显示出宁锦防线的威力。当年杨镐四路出师，分散了兵力，被努尔哈赤各个击败，是历史的教训。"

马世龙说："在松山、杏山的援军到来前夕，咱在城上也捏着一把汗呢！眼看着城墙要被他们撞塌了，幸亏援军及时赶到，俺才喘过一口气来。眼下，俺打算一方面加固城墙，另外，城外再挖护城河，以增强防守能力。"

马世龙说罢，向大家敬酒，又说道："俺代表锦州城全体守军将士，向各位大人、将军表示由衷感谢和崇高的敬意！若没有你们及时的援助，后果是不堪设想的。"

孙承宗接着说：

"好！让咱们为了'攥成一个拳头打击敌人'共同干杯！"

袁崇焕又说道："努尔哈赤还会来的。这是一次试探性质的进攻战，派来的兵力不多，咱们可不能松懈、麻痹，古人说：骄兵必败呀！"

酒宴后孙承宗写了奏表，向皇上报捷，但是，魏忠贤将报捷奏章压着不报，深居皇宫的天启皇帝怎能知道？

这次反击后金军的胜利，鼓舞了明朝军队的士气，使他们增强了战斗意志和信心。尽管皇帝没有嘉奖，朝廷无人犒劳，这次胜利的影响意义还是巨大的。

且说张广微、李寔二人一路匆匆赶路,来到北京,张广微对他说:

"你直接去山海关见孙承宗,事情办成之后再去拜见九千岁,他老人家天天忙于公务,未必有时间见你。"

李寔听了,也说道:"好,好,好!等俺把事情办妥,算是送给九千岁他老人家的见面礼罢!"

再说李寔,来到山海关,见到孙承宗,李寔稍作寒暄之后,就说道:"兄长还是当年的黄牛性格,整日埋头拉车,苦干实干,精神可敬,懿范感人!"

"诗圣有两句诗说:'北向朝廷终不改,西山寇盗莫相侵。'这就是俺难移的本性。"

李寔听了孙承宗引用杜甫的这两句诗,摇了摇头,不得不问道:"这'西山寇盗'在老兄心目中是指谁?"

"还能有谁?皇上批给俺二十四万两饷银,是他扣着不发;锦州反击战的报捷奏章,是他压着不报,这到底是为什么?"

"也有两句诗,老兄怎么会忘了?"

孙承宗立即吟道:"山重水复疑无路。"

李寔连忙读出下一句:"柳暗花明又一村。"

孙承宗立刻"哈哈哈"冷笑几声,随口吟道:"宁做泥中藕,不为水上萍。"

李寔苦笑着,又朗声诵道:"近水楼台先得月,向阳花木好为春。"

孙承宗脸色一变,向李寔问道:"看来这次你到山海关来是充当说客的?"

李寔只得直言相告:

"还不是为了老兄的锦绣前程!"

"说得好听!到底你是为了俺的锦绣前程,还是你自己想巴结那个不伦不类的畜生?"

孙承宗的质问，似匕首，直刺李寔的要害，令他十分难堪，一时难以回答。

等了好一会儿，李寔又劝道："你又何必呢？如今魏忠贤已掌握朝廷内外大权，左副都御史杨涟、吏部尚书赵南星、三都御史高攀龙、金都御史左光斗等，全都下狱，或被拷打而死，或餐刀锯而亡。他现在内结宫闱以自固，外纳朝臣而淫威，贬斥东林，控制阁部，提督东厂，广布特务。难道你一人又能独撑大厦？岂能是他的对手？"

孙承宗早听得不耐烦了，便说：

"难怪你挖空心思，为他建造生人祠，千方百计替他搽脂抹粉，极尽奴颜婢膝之能事，你那内心的肮脏又怎能掩盖得住？"

李寔实在听不下去，也坐不住了，马上站起来说道："兄长若是不听俺这肺腑之言，终有后悔之日，那将是注定无疑的了。"

"谁愿意当狗，尽管自己去当；反正俺只愿意做一个普普通通的人！这便是俺对你的答复，别的，无可奉告！"

孙承宗说完，带着侍卫去宁远城了。

李寔只好回到北京，魏忠贤听说没有劝说成功，借口公务繁冗，也未见他，让他回去了。

话说后金汗王努尔哈赤，自锦州代善领兵败回，一直在伺机派兵报复，苦无良策。

一天，降将李永芳前来献计，他说：

"在锦州与松山之间，有一座北石山，这山有三百多米高，方圆四五里路大。在山的南部是松山城，北部是锦州城，东面是大凌河，西边是高桥镇。这里地势险峻，易守难攻，能防能退。山下有一条很深很长的山沟，可藏兵十万之众。若能派兵以攻取锦州为名，先占据此山，则锦州、松山将唾手可得，也可以截断孙承宗、袁崇焕的所谓'宁锦防线'了。然后再攻打宁远城，也有利得多。"

听了李永芳的建议，努尔哈赤仔细地查看着地图，觉得这意见有利有弊。若能速战速决，将能一举多得；一旦兵力被困，将有全军覆没的危险。于是，他对李永芳说：

"你先回去，让朕再想想你这建议。"

李永芳走后，汗王让侍卫叫来范文程军师，他将李的建议向范文程说了一遍，然后问道：

"范先生，你看这建议可行吗？"

那范文程也看了一会儿地图，考虑一下，摇头晃脑地对努尔哈赤说：

"这个建议好是好，不过有点冒险。先占领北石山，就切断了明朝的宁锦防线。再攻锦州，就可以一鼓而下，因为南来的援军已被阻于北石山下。不妨一试。"

次日，汗王努尔哈赤又召开众贝勒、大臣、全体将领会议，研究这一方案。大家对前次锦州兵败很不服气，因此大都同意进兵。

经过几天准备之后，汗王毅然决定派兵。

在出师前夕，汗王努尔哈赤佯言要攻打锦州。暗中对大贝勒代善、二贝勒阿敏说：

"你们二人领兵一万，作为先头部队，直接向锦州进发。"

努尔哈赤与三贝勒莽古尔泰、四贝勒皇太极带领兵马四万人，在后面进军，然后突然占领北石山。

再说孙承宗在山海关对李寔下了逐客令以后，即带领几名侍卫，拍马往宁远而来。

刚进宁远城，迎头碰见袁崇焕，二人边走边谈。袁崇焕说：

"据探马报告，鞑子正准备兴兵再攻锦州。这次，努尔哈赤可能要亲自带兵来了。"

孙承宗听了，笑着说：

"那也好，咱们能有机会见见这位当年的龙虎将军，也是难得呀！"

两位一路说说笑笑，来到府衙，刚落座，就有探马前来报告说：

"努尔哈赤带兵四万，前来攻打锦州。前锋是大贝勒和二贝勒，他们的兵马离锦州也不过二十里路。"

这个探马刚走不久，又来一探马，说：

"鞑子军队分两部分进军，前队约有一万人马，已接近锦州城。后队人马多，约有三万左右，似乎另有目标，请大人考虑。"

袁崇焕当即问道："你怎么知道它'另有目标'呢？"

那探马立即答道："前次攻锦州，他们只有三四千人马。若不是援军赶到，锦州很可能会被攻下。这后面的大队人马，俺认为它只是来打援的，或是来攻打松山城的。"

袁崇焕和孙承宗听了这个探马的分析，相互看了看，又问了他的姓名，他说："俺叫赵有智。"

孙承宗笑着说：

"果真有些才智，等这一仗打完，一定重赏于你！"那探马听了，高兴地再探消息去了。

袁崇焕对孙承宗说：

"在松山与锦州之间，有一座北石山，山下有一个很大的山沟。俺想带一支兵马去那里埋伏，这宁远就请大人代守。这意见怎样？请大人明示！"

孙承宗立即说道："努尔哈赤若是真来打松山呢？"

袁崇焕说：

"咱就带兵入松山城，协助孙元化守城！"

"就这么办！"

孙承宗说罢，袁崇焕遂告辞出来，领五千兵马往松山方向奔去。

且说马世龙这天以来，忙得起早歇晚，对城墙进行了加固，又挖了护城沟，还搬运了大量的滚木、礌石，赶造了很多弓箭。

一天，他正在城上布防，忽有探马来报：

"努尔哈赤带兵四万人，前来攻打锦州城，前锋离城不到二十里了。"

马世龙心里不由得一惊，来这么多！小小的锦州城，能经得起四万人马的攻击？他想到这里，对探马说道："再去打探，将情况探具体些。"

马世龙立即走上城头,命令守军都做好临战准备,并让烽火台立即点火报警。

不久,只见通往辽沈的大道上,尘土飞扬。马世龙命令守军将城门关牢,并将护城沟上的吊桥高高吊起。

且说大贝勒代善、二贝勒阿敏,带着一万兵马,将锦州城围得水泄不通。因为天色已晚,便命令埋锅造饭。

再说后金汗王努尔哈赤,见代善、阿敏的兵马已将锦州包围起来,立即命令道:"向北石山前进!"

那四万兵马,浩浩荡荡,旗帜如海,远远望去,宛如汹涌的海潮,奔腾而来。

这时,探马早已去向袁崇焕报告,他当即派遣左辅带领兵马两千,埋伏于松山城东树林中,并对他耳边小声说了几句话,左辅就带领两千人马去了。

袁崇焕又命令朱梅带兵两千人,埋伏于松山城两山谷中,也对他附耳说了几句话,朱梅也领着两千人马走了。

他自己带着一千人马,回到松山城里,与孙元化合兵一起,共一万多兵卒,共同研究布署守城方案,这且不提。

再说孙承宗担心锦州兵力单薄,遂派人回山海关,让参将祖大寿带兵五千,从海上坐船北上,援助锦州。

汗王努尔哈赤带领大队人马,直抵北石山下,遂命令将军队隐藏在大沟里,自己领着三贝勒莽古尔泰、四贝勒皇太极等,登上北石山顶。

他们站在山顶上,见松山城虽不算大,但城墙较高。听探马报告,袁崇焕来到松山城里。

努尔哈赤心里说:这一仗要好好打,争取活捉袁蛮子。

他正在想着,突然前锋大将扬古利进来说:

"松山城四门大开,城上没有一面旗帜,城门附近有一二十个老百姓在打扫街道。可能是袁崇焕听说咱大军前来攻城,吓得逃跑了。"

努尔哈赤听了扬古利的报告,笑了笑,不大相信,遂带着三贝勒、四贝勒以及众将领,来到前面,对城上一看,果真是那样情况。

努尔哈赤心里想着:四十年来,身经百战,未遇到这样的场面。难道这袁蛮子已设下埋伏?

汗王立即转身回营,命令道:"以后军作前锋,前锋作后军,将兵马退往锦州去。"

四贝勒皇太极上前说道:"这可能是袁蛮子仿效诸葛亮的空城计,没有什么了不起,父王为什么还要退兵呢?"

努尔哈赤说道:"这袁蛮子诡计多端,城门大开,肯定有埋伏。若不撤退,必然中他的奸计。"

于是众将领分别到各自所在兵马中,安排撤退。那沟虽不小,但是四万兵马集中在里面,加上战车、云梯等,已挤得满满的了。

这撤退的命令一下,沟里便乱起来了,人喊马叫,乱糟糟的。

突然,"轰!轰!轰!"三声炮响,从松山城里一下涌出一万多兵马,喊杀声震荡着山谷,他们挥舞着长枪、大刀,一齐杀向后金军。

那山沟里的八旗兵马正在撤退,一听到喊杀声起,不由得一惊,遂慌忙应战。

这时候,松山城东西两处埋伏的人马,听到炮声,也杀了出来。

大、小凌河派来的救兵,也向后金兵马冲杀过来。还有杏山、高桥镇的救兵,听到炮声,也冲杀起来。

这时候,汗王努尔哈赤冷静地命令道:"各旗兵马立即应战,冲出包围,向锦州城撤退。"

双方拼杀得厉害,后金兵马虽多,但仓促应战,又处在撤退之中,伤亡不少。原先带来的一些攻城器械,丢弃很多。

且说锦州城下,早已是炮声隆隆,喊杀连天。由于城外新挖了护城沟,后金兵马被阻,不得不抬土填沟,这就给明军的大炮提供了非常好的靶子。一炮打在抬土填沟的人群中，立即倒下一片。

但是，八旗兵马历来是奋勇剽悍，他们推着战车前进，抬着云梯上城，冒着如雨的矢石，前赴后继。

正当攻城战斗打得激烈之时，努尔哈赤带领兵马撤退回来，那些攻城的士卒不由得慌乱起来了，以为是那边兵败，又见明朝的军队在后面追杀，便放慢了攻城的速度。

突然之间，锦州城东门处，又来了一支明军，与攻城的八旗兵马杀到一处。

这支明军，正是祖大寿率领的五千士卒，坐船从海上过来，支援马世龙的。

努尔哈赤见后面明军追杀，锦州城强攻不下，又有海上援军赶来厮杀，不由叹息。

皇太极问父亲：

"父王为什么叹息？"

努尔哈赤说道："孙承宗、袁崇焕果然用兵不凡，不像杨镐、袁应泰那么容易对付了。"

皇太极说道："胜败是兵家常遇的事情，他们暂时依仗着宁锦防线，跟咱对抗。不如收兵回去，等到适当机会，再兴兵前来。"

努尔哈赤听儿子说得有道理，遂宣布退兵。

且说马世龙在城头看见后金兵马停止攻城，大队人马已开始撤退，立即整顿守城士卒，出城追杀。

袁崇焕指挥几路兵马，从北石山下，沿途追杀，一直赶到锦州城下。

后金军队且战且退，努尔哈赤命令大贝勒代善与二贝勒阿敏领兵断后。

马世龙领着城内士卒与袁崇焕兵马合在一处，一直追杀十余里，方才收兵。

再说孙承宗得知后金兵马退回沈阳，遂赶到松山城，向袁崇焕问道："听说你用空城计吓退了努尔哈赤，到底是怎么一回事？"

袁崇焕看了看孙元化，二人笑了笑，袁崇焕对孙承宗说道："松山城虽不大，城墙一丈五六尺高，城外山石嶙峋，道路崎岖，难以攻取。俺估计努尔哈赤一向老奸巨猾，绝不敢贸然进城。城外埋伏了两支人马，大部分守军都在城内，他若进城，就用关门打狗策略，消灭他们。果然努尔哈赤担心中俺的埋伏，随即退兵，俺才乘势杀出城去，与城外埋伏的两支人马，合兵一处，一直追杀到锦州以北十余里方回。"

孙承宗笑着说：

"诸葛孔明当年误用马谡，丢失了街亭要地，身边只有两千五百名士卒，又无大将，在不得已的情况下，才用空城计，吓跑了司马懿，得以安全退军。你没有丢一城一地，也吓跑了努尔哈赤，比当年的诸葛孔明先生还高明呢！"

大家在说笑声中，总结了这次反击战的成绩，收捡后金兵马丢失的甲杖、攻城器械好几千件，鼓舞了全体将士的斗志。

孙承宗与袁崇焕又到锦州城里，见守城兵士斗志旺盛，士气高涨，孙承宗说：

"要保持清醒头脑，密切注意鞑子动向，随时准备迎击来犯的敌人。你们是宁锦防线的前哨阵地，责任重大啊！"

再说努尔哈赤回到沈阳，计点兵马，损失了两千多人马，又丢掉攻城器械、甲杖等，他对众贝勒大臣们说：

"这点损失换来一个教训，也是好事。今后还要加紧训练兵马，相机而动。"

自此，努尔哈赤坐镇沈阳，一方面认真训练兵马，一方面整顿内部，准备养精蓄锐，静观明朝上层变化，伺机再次兴兵，暂且不提。

且说孙承宗连续两次击败后金军的南犯，但报捷奏表由于魏忠贤压着不报，皇上深居宫中，怎能知晓。

一天，天启皇帝忽然向魏忠贤问道："辽东战事有无进展？"

魏忠贤立即说道："孙承宗拥军十万之众，不思报效朝廷皇恩，却在山海关上游山玩水，吃喝享受，能有什么进展？"

皇帝听了，很不高兴。但是，他也是随便问问，过一会儿也就忘了。只要能守住山海关，只要京城安定，也就行了。至于收复辽东等地，他本没有雄心壮志，问过之后，他又寻开心去了，还管什么辽东辽西的！

天启五年的下半年，孙承宗因为皇上批发的二十四万两饷银，被魏忠贤扣着不发，收复辽东失地的计划不能实现，便想借着西巡蓟辽路过北京的机会，面见皇上，陈述详情。

孙承宗打算在十一月中旬，再去京城，兼贺万寿节，以便奏明皇上。

走前，他对监军纪文华说：

"俺去蓟辽巡察，顺道去北京，亲向皇上讨那二十四万两饷银，你在府里照应着，下面各城堡俺已关照过了。"

孙承宗说罢，即带着几名侍卫，骑上快马，往蓟辽而去。

这纪文华看孙承宗走远了，急忙回到府里，把贴身侍卫纪升叫来，对他小声说：

"你立即回北京，对俺舅父说：孙承宗巡视蓟辽以后，准备顺道去北京向皇上告九千岁的状，让他及早准备。这事可不能向任何人说出去。办完后，迅速回来。"

纪升遂骑上快马，往京城驰去。

这监军纪文华是张广微的外甥。当初孙承宗来山海关上任不久，魏忠贤就派他来当监军，其用心很清楚，实际上是让纪文华来监视孙承宗的行动。一心守边的孙承宗，怎么会知道那九千岁的险恶用心。

原来纪文华也不是张广微的亲外甥，他母亲吴淑兰原是北京妓院"藏娇楼"里的一名妓女，被张广微用银子买出来，放在外室养着，有事无事便去和她鬼混。

后来，吴淑兰年老色衰，张广微将她给了表弟纪世通做了妻子，生下儿子纪文华。

为了能缠住张广微,那吴淑兰一口咬定,说纪文华是张广微的亲生儿子。成人后,张广微把纪文华引荐给魏忠贤,与那应坤等,成为九千岁的贴身侍卫。

俗话说:"一人飞升,仙及鸡犬。"魏忠贤把持朝政后,原先跟随他的人,不问青红皂白,牛溲马便,全都升了官,发了财,成为九千岁府里的座上宾,大明朝廷的红人。

这是闲话,且说纪升来到京城,一头钻进张广微的府第,将纪文华教给他的那些话,从头学说一遍。张广微说:

"这话你已经跟俺说了,就让它烂在肚里罢,可不能向任何人说。你若把这话传扬出去,你的命就保不住了!"

纪升连忙说道:"不敢,不敢!俺永远不会说的。"

张广微满意地说:

"这就好,这就好。"

纪升便告辞出来,骑上马回山海关了。

这纪升是吴淑兰跟纪世通生的儿子,纪文华来山海关任监军后,将他带来充当贴身侍卫。

回到关上,纪升向纪文华复命,纪文华又再三嘱咐他不能说出去。

谁知没过三天,纪升与侍卫们一起喝酒,在酒桌上便吐露了真言,把他回京城的前前后后,一股脑儿全说了出来。侍卫们听到,都气得咬牙切齿,为孙承宗不平。有人说:

"孙大人对朝廷一片忠心,可昭日月,你们狼狈为奸,暗害忠臣,良心何在?"

但这些人敢怒而不敢言,只得忍气吞声等着孙承宗回来。

且说张广微得到这消息,如获至宝似的,他心里说:这次一定要向他讨个重赏了!

这张广微,原也是个进士出身,只是好色成性。他在襄阳当府官的时候,他下面那些官员的妻子,只要是长得漂亮的,他都要弄到手。

509

在这方面，他还有一个非常巧妙的方法。

平日，他发现谁的妻子长得漂亮，便让侍从去对她说：

"咱们府官太太请你去有事。"

那些下属官员的妻子，听说府官太太叫自己去有事，谁敢不去呢？平日想巴结还没有机会呢。于是，急忙梳洗打扮，匆匆去了府中。

谁知张广微早已安排妥当，派一名侍从在大门里面等着，一见那女的进来，便将她领入专门房间。

那房间里设备齐全，特制了一张大床，还有隔音装置。

那些女人，来到这么一间屋子里，反抗也没有用，只有老老实实地屈服在他的淫威之下。

当时，有个姓韩的官员，妻子高氏长得很美。初来乍到，张广微就故伎重演，派侍卫去传唤了。

姓韩的两口子已清楚了张广微的意图。可是，若是不去，他一定要罗织罪名；去了，准会受辱。迫于无奈，高氏对丈夫说：

"当今是清平世界，难道他真敢做这种伤风败俗的事吗？"

说完，她咬一下嘴唇，捋了捋头发，昂然进到府里去。

当她被领进那间屋子里以后，府官真的来了。他一见高氏，嘴里不停地叫着：

"美人！美人！俺好想你！……"

说着，就上来拉她。

这时，那高氏就故意大声喊叫说：

"这哪里是府官老爷！府官老爷能干出这种事吗？这一定是个家奴！"

她一边喊，一边脱下一只鞋，拼命去打府官的头。又用双手去抓他的脸，抓得他满面流血。

高氏终于逃脱出来，回到自己家里。

次日，府官满面伤痕，自然不好意思出来办公，不过姓韩的还是不敢怠慢，每天到府里去参候，不敢离开。府官也不敢拿他怎么样。

一天，府官终于出来了。等他坐到椅子上以后，姓韩的立即上前谢罪。

当时，府官满脸通红，一副惭愧的样子。姓韩的怕他一时下不了台，赶紧出来了。

那些曾被府官糟蹋过、忍气吞声的官员的妻子，听说了这件事，既觉得高兴，也不免有些羞愧。

以后，张广微巴结上了魏忠贤，成为这位九千岁的心腹、智囊。

魏忠贤有位妃子，名叫阿香，长得婀娜艳丽，胜似天仙。她身上有一种奇香，属于特异功能，所以名叫阿香。

张广微在千岁府里，多次邂逅，都不得接近，想得他经常失眠。总想找个机会，能替九千岁作出些贡献，立个大功，才能得到大赏。

且说张广微急忙将这消息报告了魏忠贤。

俗话说：做贼心虚。魏忠贤听到这消息，大为惶恐，他心里说：那二十四万两饷银，是皇上亲自批发的，拖了两三年不给。皇上知道这事，就麻烦了。还有这两次反击战，报捷奏章被俺压着，皇上还蒙在鼓里，一旦抖出来，不光皇上不满，一般大臣也会起哄，对俺就更不利了。

魏忠贤连忙召来张广微、顾秉谦、高第、崔呈秀等亲信，商讨对策。

顾秉谦说：

"孙承宗是皇上信任的人，这事弄不好会惹出麻烦来的。"

"皇上信任的人，俺就不能动他了？他要跟九千岁作对，咱能由着他？"

张广微这话是说给魏忠贤听的，所以魏忠贤听了，立即说道："俺要想办法让皇上不信任他！你胆子越来越小了，怕什么？天塌下来，由老子顶着！"

顾秉谦赶忙说道："那就奏他一本，说他是东林余党，不就完了吗?"

崔呈秀说:

"不能那么简单化,至少要让皇上信俺的,认为咱们才是忠臣!"

张广微觉得自己该讲话了,他说:

"孙承宗拥兵十万之众,他来京城干什么?那叫做'挟兵震主',是想'祖护东林党',是要'清君侧'。就这几条,皇上准信,孙承宗也就吃不了兜着走了。"

魏忠贤听了张广微的话,欢喜得眉飞色舞,将右手伸出来,大拇指一翘,说:

"还是俺的智囊有水平!这三条,每一条都是一道血口子,像三把刀,砍在姓孙的身上,疼在皇上的心里。有这三条,皇上还能相信他姓孙的?"

张广微有些受宠若惊了,他又说:

"这次要把舆论造透,一定要把孙承宗弄臭!把他从皇上的心窝里抹掉,看他还敢反对九千岁吗?这也是杀鸡儆猴呀!"

魏忠贤由于高兴,不由得说道:"俺有一句终生信条:'谁让俺一时不快活,俺就要让他一辈子不快活'!俺已是一人之下,千万人之上,本不愿意再去干那伤天害理的事了。但是,有些人逼着俺去干!为了保住俺已经得到的荣华富贵,俺还要去干,并且一直干下去!"

之后,魏忠贤指使御史李藩、崔呈秀等,写表弹劾孙承宗。他自己又亲自到皇帝面前说孙承宗"挟兵震主",妄图为东林党翻案等。

开始,皇上不大理睬,就到御床上睡觉去了。这时候,魏忠贤绕着御床哭,连续绕了三四圈子,哭着说:

"孙承宗一旦阴谋得逞,皇上啊,到那时后悔也不及的……"

皇上终于被魏忠贤的眼泪感动了。立即翻身坐起,又从御床上下来,大声说道:"让阁部的次辅顾秉谦来拟写圣旨!"

那顾秉谦正愁着没有表现忠于魏忠贤的机会呢,现在契机来

了,于是,他洋洋洒洒,一挥而就。那圣旨是这样写的:

奉天承运皇帝诏曰:
　　孙承宗身负守边大任,干系甚重,不能擅离职守。
历有祖宗遗制,边将一旦远离信守戍地,当法不宽宥。
　　　　　　　　　　　　　　　　　钦此

　　魏忠贤手捧圣旨,派传旨官员连夜送往山海关。不得有误。
　　同时,魏忠贤又让兵部连续三次派飞骑驰往山海关,阻止孙承宗进京入觐。
　　又听人说,孙承宗已到了通州。这消息好似一声惊雷,吓得魏忠贤面色如土。当时,尽管是午夜了,他又急急忙忙,假传圣旨,亲自跑遍京城九门,命令守门宦官说:
　　"孙承宗若是回京城,到这里就把他捆上,送到俺府里去!谁若放他进城,就杀他全家!"

第二十八章
笑恶奴出手不如犬
恨蠢材缩头恰似龟

听到孙承宗被罢免、辽东经略换人的消息，后金举国欢庆："这下汗王可以睡个踏实觉了！高第那个蠢材，既不能文又不能武，手握重兵却只知道缩起头来当乌龟！大明，你不完蛋还等什么？"

且说孙承宗确实已到通州，当他听说消息以后，气得一时说不出话来，只得返回山海关。

孙承宗左思右想："为什么阻止俺赴京入觐？难道皇上又在怀疑俺了不成？"

在孙承宗的侍卫中，有一个名叫郑方良的，他对纪文华的做法很气愤，见孙大人回到关上，一副无精打采的样子，他内心很难受！

郑方良心想：孙大人是好人，俺要把实情告诉他，让他有个思想准备。

当天晚上，郑方良便把纪升酒后讲的那些话，全都学了一遍。

孙承宗问他：

"还有哪些人在场？"

郑方良回答道："咱侍卫全在场，共十六个人。"

孙承宗又去找来几个侍卫，便问他们说：

"那天喝酒时，纪升讲了些什么？"

这些人说的，与郑方良告诉他的，完全一致。孙承宗心里安定了，他找到了原因。

如何处置呢？

那天夜里，孙承宗想了很久，忽然他想到了蒙面刺客，看来，这都与魏忠贤有关系。

想到刺客,他不觉眼睛一亮:你们既对俺无情,也别怪俺对你们无义了!

当时,已是四更多天,孙承宗手提宝剑出了房门。来到院里,只见他一个纵身,蹿上房顶,又轻轻跳了下去。

沿着墙脚,工夫不大,孙承宗来到监军院子里。他推了推纪升的房门,见没有拴上,遂径直走了进去,将灯烛点上。

见纪升躺在床上,睡得正香呢!

孙承宗来到床前,伸手一把抓住纪升的头发,将他拎了下来。

纪升一看是孙大人,立即双膝跪下,孙承宗问道:"你去京城干什么?老老实实向俺说清楚。"

纪升看到孙大人凛然不可犯的神情,只得来个竹筒倒豆子——一点不剩地全倒出来了。

之后,孙承宗用一根麻绳将他捆牢,塞住嘴,然后走了出去。来到纪文华门前,那门也没有拴上,他走了进去,点燃了灯烛,见纪文华睡得很熟。

孙承宗心里说:

你倒能睡得着,却害得俺睡不安,坐不宁。今晚要让你尝尝俺的厉害。

只见他一伸手,把那大木床掀起来,纪文华从床上滚了下来。

纪文华睁眼一看,是孙承宗,急忙说道:"大人到这时还未休息?"

"俺能睡得着嘛!"

见到孙承宗一脸的怒容,他已觉得不妙。但是,困兽犹斗,纪文华立刻装出笑容说:"大人有啥话,明早再跟俺讲吧。"

"明天?还有明天吗?——俺要你讲!你让纪升去京城干什么?"

纪文华以为孙承宗不知详情,这不过是诈他。于是不动声色地说:

"纪升去京城办的是私事,你问这干啥?"

"私事?不说实话,俺要你的命!"

孙承宗说着,用宝剑往他大腿上刺了一下。只听纪文华疼得"哎哟"一声,说道:"俺是朝廷命官,孙大人怎么能这样?你要考虑后果呀!"

"你是朝廷命官,就可以任意诬陷好人?"

"请大人息怒,别听信坏人的挑唆吧!"

孙承宗迅速走到隔壁,像老鹰抓小鸡似的,将纪升提到纪文华面前,对纪文华说:

"他已经老实交代了,你还能装下去吗?"

纪文华狠狠地瞪着纪升,一句话也说不出来。他又看了看孙承宗,突然双膝跪下说:

"请大人饶了我们,以后再也不敢了!"

孙承宗鼻子里"哼"了一声,不再讲什么,遂返身出门,把门扣上,然后将房子点着,不一会儿,房子被熊熊的大火吞噬着,纪文华与纪升在屋子里拼命叫唤,他们砸门、砸窗,最后没有声音了……

在房子着火的时候,侍卫们都起来了,当他们看到孙承宗在那里站着时,已明白发生了什么,便不再上前,都不声不响地回去睡觉了。在他们心目中,孙大人是人世间最好的人,纪文华和纪升的下场,是罪有应得!

次日早晨,郑方良带着几个侍卫,来到孙承宗面前,对他说:

"昨天夜里,纪监军与纪升一起喝酒,因为酒后失火,二人已被烧死。"

孙承宗听了之后,看着大家,眼里含着泪花,向着侍卫们点了点头,说道:"谢谢大家!"

侍卫们走了之后,孙承宗写了请求罢职回家的表章。他心里说:

俺来守边近四年了,坚持"厚积储,勤备战,为百姓,报皇恩"的方针,两次打退了南犯的鞑子军队。俺是问心无愧呀!

俗话说:"福不双至,祸不单行。"在孙承宗被罢职之前,又发生了"柳河事件",这就给魏忠贤以可乘之机,迫使孙承宗退职回籍。

柳河事件发生在天启五年（1625年，天命十年）。马世龙误听了刘伯强的话，派鲁之甲、李承先率小股士卒，去夜袭耀州。结果兵败柳河，死伤四百余人，弃甲胄六百副。

这本不是一件兵戎大事，偷袭失利，乃兵家常事。但是，魏忠贤得知消息，却大肆张扬，唆使他的死党数十人，纷纷上表，弹劾孙承宗，闹得朝议汹汹。魏忠贤向皇上哭奏道："若再不撤换孙承宗，山海关不保，京师也将岌岌可危了。"

皇上听了，说道："孙承宗在任四年，朕也安稳四年，你们却说他不行，到底谁能比他更好呢？"

文武大臣大部分是魏忠贤的死党，有几个虽然同情孙承宗，但怯于魏忠贤的权势，只顾保命，也不敢随便说话，心里想：独木难撑大厦，何必去自找麻烦！

张广微出班奏道："兵部尚书高第文武全才，熟谙韬略，胜过孙承宗十倍。此人若去代替孙承宗，努尔哈赤再不敢兴兵南下了。"

皇上也只想早些下朝，遂说道："孙承宗不是请求退职回乡吗？那就准他回家去吧。让高第代为经略，主持辽东军事。"

魏忠贤可高兴了，终于去除了心头之患。他一边备酒为高第饯行，一边向崔呈秀布置夜袭孙承宗的任务。这且不提。

再说高第本是洛阳人氏，父亲高华冲，是府里一个文职小官，膝下只有高第一个儿子。

俗话说：富家出娇子。从小娇生惯养的高第，养成了游手好闲的习惯，读书不用功，学武怕苦累，竟成了个寻花问柳、不务正业的浪荡公子。

再说顾秉谦曾在洛阳任过府官，高华冲见儿子整日吊儿郎当，便在顾秉谦身上花了不少银钱，自己退下来，让高第顶父职，跟着顾秉谦跑跑腿，混了几年。

魏忠贤得势后，顾秉谦被九千岁看中，提拔到阁部，因为高第平日会阿谀奉承，便把高第也带了去。

魏忠贤见高第眼皮子活,善于见风转舵,便把他安排到吏部。

这次,孙承宗罢职回乡,刚提升为吏部尚书的高第,摇身一跳,便去山海关代行辽东经略的职务。

再说孙承宗接到罢职回乡的圣旨以后,便立刻准备离开山海关。可是,袁崇焕、马世龙等一班部下,再三挽留,非要他留下过两三天不可。

大家一起喝了两天的闷酒,才让他走。孙承宗原先的十五名侍卫,坚持跟随他回乡,袁崇焕说道:"可以,你们跟去了,俺也放心了,这一路难说没有暗算的人。"

袁崇焕一直送了十里路,才将身边那只名叫阿宝的猎犬唤过来,指着孙承宗说:

"阿宝!你就跟孙大人去罢!要听大人的话,保卫大人的安全!"

他双手搂住阿宝的脖颈,一次次地摩挲着阿宝的脑袋,再次说道:"去罢!一定要听从孙大人的指挥,做一个孙大人喜欢的好猎手!"

孙承宗也不推辞,就搂住阿宝亲热一番,对袁崇焕说:

"谢谢你的关照!俺希望你在宁远建树功勋,狠狠地开炮!"

且说崔呈秀接受了魏忠贤的手令,带了十名锦衣卫,埋伏在北京去山海关的要道——碣石山下,等着击杀孙承宗。

这十名锦衣卫是崔呈秀从五千名锦衣卫中挑选出来的,拳脚功夫过硬,准备一举将孙承宗置于死地。

崔呈秀原是和尚出身,是江南华藏寺的行者,名叫虚空。只因不守清规,被寺长老逐出。

从此,这虚空和尚便云游南北,也不知干了多少坏事。他打听到崇仁寺屋宇宽敞,又是一座有名的古刹——据说它建筑在五代时期,寺院四周清幽整洁,虽不打扫,却一尘不染。

这个恶和尚看中了这块圣地。一日傍晚,他以挂单为名,借住在寺里,乘机用匕首刺死寺里的住持和尚。自此,他凭着一身的好武功，自立为住持，寺里的和尚见他凶狠，只得忍气吞声。他时常剪径抢劫，为非作歹，闹得崇仁寺周围鸡犬不宁。

魏忠贤擅权以后，到处网罗打手，听说崇仁寺的虚空本领高强，便派王化贞前来游说。虚空还俗后，跟随王化贞投奔九千岁，成为锦衣卫的教头，名为崔呈秀。

他在魏忠贤的引荐下，深得皇上的信任，被提升为御史，进了阁部。

一年前，又在魏忠贤指使下，以蒙面人的身份，赴山海关，夜刺孙承宗，未能得手。

这次，他领了十名锦衣卫，在碣石山下树林里已隐藏两天两夜了。因为袁崇焕、马世龙的挽留，孙承宗在山海关多住了两天。

这是第三天的上午，崔呈秀在林子里正等得有些不耐烦之时，突然从西边大道边的树林里传来长长的哨声，他立刻警觉：目标出现！

崔呈秀带着锦衣卫，从林子里如飞一般，往大道上跑来。

再说孙承宗一行人，正飞马疾驰，突然那路边的山林深处，发出一声长长的哨音。由于那哨音尖厉、冗长，尤其是在这寂静的山林里，显得格外恐怖。

当那哨音刚刚响起之时，阿宝立即支棱起双耳，向着树林吠了几声，并立即向林子里蹿去。

这时，孙承宗知道林子里有人，可能要有举动，便立即喊道："阿宝，回来！回来！"

正在飞跑的阿宝，一听到孙大人的喊声，骤然停下，很不情愿地回到孙承宗身边。

孙承宗已翻身下马，轻声对侍卫们说：

"做好准备，林子里有人！"

正在说话的工夫，只听林子里"唰！唰！"一下子蹿出一伙人来，将大道拦着。

孙承宗抬头一看，一共十一个人，个个黑布蒙面，手执大刀，杀气腾腾。

其中一人阴阳怪气笑着说：

"哈哈哈哈！孙承宗，咱们已等候你多时了！今天，你的死期到了！"

孙承宗把阿宝的牵绳交给身边的郑方良，对着那些蒙面人说：

"看来今天不动手是办不到了。依俺的本意，是本不打算与你们动手的。既然是逼到了这步，也无可奈何了。常言说得好：当场不让步！"

崔呈秀立刻接下去说：

"举手不留情！"

孙承宗斜身擦臂，从背后拉出龙阙宝刀——"呛啷"！那宝刀一出鞘，便有龙吟虎啸之声！在阳光的照耀下，这口刀寒光闪闪，冷气森森，令人见了毛发悚然。

崔呈秀一见，倒吸了一口冷气，心中不由想到：过去只是听人说孙承宗手里有一口宝刀，前次夜里交手时，他用的是一把宝剑。今天一见，果然不差。等会儿交手时，倒要多加些小心了。

崔呈秀想到这里，将手中的九节钢鞭一抖，"嚯啷啷"一声响，说道："请！"

孙承宗手握宝刀，也说道："请！"

只听"哗啦"一响，崔呈秀的九节鞭直奔孙承宗的面门砸来。

孙承宗立刻撤步，斜身躲过，顺势刀头一晃，一刀向崔呈秀劈去。

崔呈秀闪过这一刀，甩起九节鞭，来个"流星赶月"，又向孙承宗的头顶砸来。

孙承宗旋转身驱，那九节鞭落空。他挥宝刀使了个"顺水推舟"，向崔呈秀的腰间斩去。

就这样二人你来我往，刀劈鞭击，战了十几个回合。

这时，孙承宗已瞧准了崔呈秀的九节鞭的路数，尽管他甩动起来，极其灵活。

那崔呈秀也在注意对方的宝刀使法，他深感孙承宗功底深厚。

战了三十几个回合，突然崔呈秀虚打了一鞭，借着转身的机会，由袋子里取出一把小东西，两手分拿。

只见崔呈秀猛然回身，大喝道："看打！"

他右手食指一弹，一个铁珠约有莲子大小，直奔孙承宗的面门打来。

孙承宗早已看出他的行动有异，这时略一偏身，那小铁珠儿便"嗖"地一下，带着风声，从眼前飞过。幸亏孙承宗警觉性高，要是粗心大意一点，非给打着不可！

这时，孙承宗一个纵跳，把宝刀收住，说：

"你是谁派来的强盗，既不敢露面，又用暗器伤人，真是蛇蝎心肠！"

崔呈秀笑着说：

"孙承宗，别发火！俺不想陪你窜来跳去，这太浪费时间了。你来看，俺这里共有九颗珠子，刚才你躲开一颗，俺手里还有八颗，俺就用这八颗珠子要你的性命，你要小心了！"

原来这铁珠子是一种罕见的暗器。往外打，靠的是指力弹射出去。

崔呈秀的铁珠子发射熟练，技艺高超。他两只手可以同时发射，或是交替发射，弹射力又非常强，十步之内，百发百中。

这珠子发射出去，专打眼睛。那珠子很小，令人难躲难防。

孙承宗从他发射来的那颗铁珠子，就知道此人手毒心狠！现在，对方要用八颗铁珠子来置他于死地。孙承宗手提宝刀，冷笑一声，说：

"强盗！你明着来，还是暗着来，随你的便！至于说能不能够打着俺，那就得看你的手段了！最好将你全身的本事都亮出来！"

崔呈秀说道："孙承宗，你可不能后悔呀！俺这八颗珠子，将要送你去西天！你听着没有？"

孙承宗笑着说：

"强盗！俺就站在这儿给你当个活靶子！慢说八颗珠子，就是十八颗，八十颗，尽管冲俺这里打就是了！"

崔呈秀说道："别把话说绝了！既然你愿意让俺打，你可要小心谨慎了！"

他一边说着，一边将两手里的珠子在掌中来回地滚动，"嚯啷啷"地直响。

崔呈秀饿鹰般的眼睛，死死地盯住了孙承宗。孙承宗还是那么坦然自若，丁字步站在距离崔呈秀一丈远的地方，上身不摇，下身不动，显得心平气和。身后的侍卫们全都屏息宁神地看着，不知这一番较量后果将会如何。

大家再看崔呈秀的两只手，同时向上一抬，说了声：

"招打！"

随着他的话音，他两手中指同时一弹，就听"当啷"一声！人们以为铁珠子打出来了，其实什么也没有，这叫虚晃一招儿。

孙承宗站在他的对面，还是纹丝儿没动，并没有被他的虚招儿所左右。

崔呈秀从这一点就看出来了孙承宗的两只眼很有功夫。自己虚晃招儿，在孙承宗面前根本不起作用。

于是他左手指一卷，随着胳膊勾前甩动，食指同时弹了出来。

这个动作就仿佛是用食指指点什么似的，他指的是孙承宗的右眼，"打！""嗖"——一只铁珠直向孙承宗的右眼飞来。

孙承宗看得真切，铁珠出手的速度好快，疾如流星，快似闪电！他向左一歪头，躲过了。

可是，就在孙承宗一歪头的工夫，崔呈秀右手里的珠子，也跟着打来一颗，直取他的左眼，这叫"流星赶月"！

只见孙承宗一个蹲式儿，两颗珠子先后从头顶飞过。就在他刚蹲下的时候，崔呈秀两手同时又发出两只弹丸，还是来打孙承宗的两眼。

这一次真不好躲了。躲左边儿的，右边就得挨打；躲右边儿的，左边就得挨上。再想往下蹲，已无法再蹲下去。

孙承宗觉得实在是躲不开了，他只好一横宝刀遮住脸，只听"噔！噔！"两声响，两颗珠子打在刀片儿上，弹落在地。

这时，孙承宗才挺直身躯。崔呈秀现在已是六颗珠子落地了，又接着发出第七、第八颗。

原来这两颗换了位置了，准备一颗打孙承宗的咽喉，另一颗打天灵盖。

但是，孙承宗却不躲闪，他突然猛一挥刀，只听"锵！锵！"两声响，这一回孙承宗大大地露了一手，用龙阙宝刀去削那飞着的两粒珠子，结果都是迎刃而解！

郑方良等侍卫们齐喊了一声：

"好！"

他们上前捡起那四瓣儿的铁珠子，有人说：

"呀！削的怎么这样齐刷，都是从正中间被切开的！"

他们看着，议论着，把那破开的珠子往锦衣卫中间一扔，郑方良说：

"瞧！四瓣儿一般大，不信你拿秤称去！"

那十名锦衣卫一看这情形，全都目瞪口呆！崔呈秀看到孙承宗最后这一手，他也暗暗吃惊！

崔呈秀心想：这真是好眼力！手眼相配合，反应能力有多快呀！那手头又有多准！

想到这里，崔呈秀的嫉妒之火又燃烧起来了。就冲这一手儿，也不能容他在世了。

于是他向身后的锦衣卫大喝一声：

"现在不动手，更待何时？"

话音未落，又将那九节钢鞭一抖，"哗啷啷"一声响，对准孙承宗的头顶砸将下来，这叫做"力劈华山"！

孙承宗不慌不忙，抡起宝刀迎上去，二人又重新战将起来。

这边侍卫一见锦衣卫挥刀上来，他们也手持兵器迎了上去。

郑方良把阿宝颈上的套子一卸，只见它狂吠一声，扑向锦衣卫中去了。

那些锦衣卫只顾挥刀拼杀，不承想那阿宝的速度像闪电一般，一下扑来。

这阿宝是袁崇焕训练多年的猛犬！从刚满月开始，他就让阿宝去扑咬草人，专门咬人的脖颈。它那又长又锋利的牙齿，上去一口咬住谁的颈脖，都会立刻毙命。

此时，在阿宝的袭击下，那些锦衣卫防不胜防，已有两三个人倒下。他们为了防备阿宝扑咬，一不注意又被孙承宗的侍卫砍倒。那阿宝灵活的身躯，蹿来跳去，不一会儿，那十名锦衣卫，已全部丧命。

崔呈秀一见，不觉心慌。那阿宝从背后猛地扑来，他急忙闪身躲过。

孙承宗指挥着众侍卫，把崔呈秀围在当中，崔呈秀一看形势不利，立即纵身一跳，顺手打倒一个侍卫，向林中逃去。

未等孙承宗发出追击的命令，阿宝一下就蹿过去，随后就追。

崔呈秀原以为孙承宗会去追他的，他还留下最毒辣的一招儿。他那十颗铁珠子，如今已打出去九颗了，还有最后一颗在右手里攥着呢！

他想等孙承宗来追，在纵身逃脱的一瞬间，再去打出这最后一颗珠子。到那时，孙承宗的身体腾空，没有半点防备，再打他眼睛，就将万无一失了。

但是，他万万没想到，孙承宗没有追他，那个厉害无比的阿宝却追来了！

崔呈秀心里烦透了阿宝，他知道，若不是阿宝前去撕咬，十名锦衣卫怎么会全部死掉。

于是，他拿定了主意：干脆，剩下的这颗就赏给它吧！

只见崔呈秀一甩手，"嗖"，这颗珠子向阿宝弹射了过来，打向阿宝右边的那只眼睛。

这时候,那颗铁珠离阿宝不过一尺远的距离。在这千钧一发的危急关头,跟在阿宝后面的孙承宗,突然挥起宝刀,扁着向外一扇,就听"当"的一声,那刀头正扇在珠子上,将那珠子弹了回去。它回去的劲头跟弹出来的时候可大不一样,无论是力量和速度,都比原先增加了几倍,说来也巧,崔呈秀做梦也不曾想到珠子会被弹回来,一大意儿,正打在右手腕子上。

这个亏可吃得太大了!崔呈秀疼得一声惨叫,将手中的九节钢鞭跌落在地上,又打了一个踉跄,差点儿摔倒。此时,阿宝已窜到他身后,上去一口,咬住屁股,崔呈秀不敢怠慢,往前一纵,只听"刺啦"一声,连布带肉被阿宝撕下来一块!

崔呈秀忍着剧痛,逃进林子深处去了。他的右手腕被珠子打断,裤子被阿宝撕烂,右半个屁股被阿宝咬掉一块肉,顺着裤子往外流血哩!

孙承宗对侍卫们说:

"不用追了!让他活着去向九千岁交差吧!"

说罢,孙承宗弯下腰来,搂着阿宝的颈项,轻声地说:

"好一条义犬!"

十五名侍卫,只有一人受伤。孙承宗向他们说道:"俺现在要回老家高阳去。你们要回家的,发给路费;愿意去高阳的,咱们一起走。"

孙承宗与几名侍卫,背着那受伤的,带着阿宝,一起回高阳去了。

且说高第以兵部尚书经略蓟辽,驻山海关。他一到任,就因为柳河新败,心怀畏惧,认为关外必不可守。

于是,高第准备将山海关外的驻兵全部撤进关内,完全采取不谋进取、只图守关的消极防御策略。

袁崇焕向高第建议说:

"兵法书上说:有进无退。锦州、右屯一带,既安设兵将,藏卸粮料,又部署厅官,怎能不加防守就撤退下来呢?自古以来,万万没有这个道理,更没有这种做法!一旦从一地撤防,将影响全局,这等于公开地向鞑子示弱。"

马世龙也说道:"柳河兵败,是俺误听了消息,这是俺的罪责。锦州、右屯、大凌河三城是关外的要塞,如果仓皇撤防,不仅使刚兴工修建的城堡毁弃了,而且等于把关外的四百里封疆,拱手送给后金国。"

袁崇焕见高第无动于衷,又坚持说道:"锦州两次、松山一次反击战的胜利,看不到;柳河一次小的兵败,却盯着不放。这叫做因小失大,只见树木,不见森林。总之,兵不能撤,城不可弃,古人说:一失足,遂成千古恨。……"

但是,高第凭借着皇帝赐给的尚方宝剑,又有魏忠贤的鼎力支持,他力排众议,坚持对山海关总兵马世龙说:

"不仅要撤除锦州、右屯、大凌河的守军,宁远、前屯的军队也要撤!谁若不听从命令,有尚方宝剑在此!"

于是,锦州、右屯、大凌河及松山、杏山、塔山的守城兵卒、器械全被撤下来。

高第不战而退的策略,闹得军心不振,民怨沸腾,死亡塞路,哭声震野。并且丢弃米粟十余万石,造成军无战心,士气低落。

高第又催袁崇焕撤军,遭到袁崇焕的坚决反抗,他对高第说:

"锦州、古屯等城已撤兵了,宁远、前屯若再撤兵,山海关将完全暴露在鞑子面前,关内也将受到震动,没有保障了。"

高第仍然不答应,执意要袁崇焕撤军。他挥着御赐的尚方宝剑说:

"俺是蓟辽经略,谁不听俺的命令,俺就有权制裁他!"

袁崇焕见高第动辄以尚方宝剑压人,遂愤怒地说道:"俺是皇上派来的宁前道!官在宁、前,俺袁崇焕即使战死在宁、前,也不当孬种,退后一步!"

高第听了袁崇焕的话,脸上一阵红,一阵白。知道皇上比较信任袁崇焕,魏忠贤还想拉拢他袁崇焕,而自己心里又怀着不可告人的目的,所以,高第只得让步,不再坚持要袁崇焕尽撤宁、前的驻军了。

但是,高第用心险恶,他将宁远、前屯以外的其他各城、堡统统进行撤防,使宁远城变成一座孤城,如海中的孤岛一样。

由此可以看出,明朝末年,朝政腐败,宦官专权,用人不当,竟将高第这样的庸人——无赖加流氓,委以封疆大任,其后果必然是不堪设想。

且说后金汗王努尔哈赤,在占领广宁之后的四年之间,虽然派兵夺取旅顺,但未曾大举进攻明朝。这固然是因为后金汗王努尔哈赤忙于巩固其对辽沈地区的统治:整顿内部,移民运粮,训练军队,发展生产,施行社会改革,镇压汉民反抗。同时,更由于孙承宗、袁崇焕等边防工作井然有序,无懈可击。因此,努尔哈赤蛰伏不动,等待时机。

善于待机而动的努尔哈赤,曾乘熊廷弼下台之机,夺占辽沈;这次又得到孙承宗罢职还乡,高第撤军关内、宁远孤守的哨报,决定派兵攻打宁远,进攻袁崇焕。

且说崔呈秀负伤后,回到京城,见到魏忠贤,那九千岁见到崔呈秀的狼狈相,真是气不打一处来,竟训斥他说:

"前次去夜刺的时候,连孙承宗的一根毫毛未动掉;这次,不仅丢掉俺十余条锦衣卫的性命,连你自己也负了重伤。真是偷鸡不成,反失一把大米!"

崔呈秀只得说道:"那孙承宗的武功,确实厉害;他还有一条很厉害的狗……"

魏忠贤越听越不耐烦了:

"孙承宗的武功厉害,他的狗也厉害,俺的锦衣卫还不如孙承宗的一条狗厉害,连你这个锦衣卫的教师爷,也没有那条狗厉害?这简直是屎壳郎打喷嚏——满嘴喷粪!"

崔呈秀没有再说什么,停了一会儿,才嗫嗫嚅嚅地说道:"九千岁要是……要是没什么事,俺……俺回去……休息了。"

正在这时,张广微走了进来,他一见崔呈秀这般模样,不禁愣住了。等了一会儿,说道:"怎么败……败得这么惨?……"

崔呈秀只是咧了咧嘴,一拐一瘸地走了出去。

那九千岁正在不高兴的时候,见张广微来了,遂问道:"有什么事吗?"

张广微只得说道:"没有什么大事?俺只是想……"

"你想什么?"

张广微嘴里怎么也说不出口,他是想九千岁的那个阿香!但是,自己替他出了那么大力,想出了那么好的点子,才把孙承宗堵住,才救了他九千岁的驾,他还亲口说过要重赏俺,怎么现在倒忘了不成?于是,他鼓足了勇气,说:

"千岁爷曾讲过,要重赏俺的。现在俺是来……来讨赏的!"

"噢!你要俺赏你什么呀?"

魏忠贤满肚子不高兴,还是压住火气,问了他一句。

张广微见九千岁态度好一些了,又在问他,胆子也就壮起来,便说道:"俺别的什么都不要,只是想……想要那个……那个阿香!"

魏忠贤气得火冒三丈六尺高,真想去扇他几个耳刮子。但是,他还是忍住了,没有去动手。只是非常厌恶地朝他挥了挥手,意思是:

"去罢……"

话说努尔哈赤用兵,一向见机行事,一天探马来报说:

"明朝辽东经略孙承宗被罢职回乡,新任经略高第,将锦州、右屯、大凌河等城的军队全撤回山海关去了。关外只剩宁远一座孤城了。"

汗王努尔哈赤听了,十分高兴地说:

"朕四年来未犯明朝边界,都因为孙承宗这个人厉害。如今,他已被罢职,俺放心大胆了。"便对侍卫说:

"快去叫军师范文程来!"

侍卫走后,乌拉氏忙上前来,一边服侍丈夫,一边问道:"陛下又要出兵打谁去?可要臣妾陪着一块儿去?"

努尔哈赤道:"朕准备去打明朝,要打进山海关,去看看中原的景致。但是,打仗十分怕人,你去不得。"

乌拉氏是努尔哈赤最宠爱的妃子,在宫中行卧不离,这时听说要出兵离开她,便一头倒在汗王怀里,说:

"妾要跟陛下一块儿去,不好吗?"

汗王一手摸着她的粉脸,低头吻着她的嘴唇说:

"宝贝,你好好在宫里,等朕把明朝打下来,再带你去中原游玩。"

正说话时候,宫女前来跪奏道:"军师范文程在宫门外等候陛下接见。"

汗王立即将乌拉氏推过去,说:

"让范文程进来。"

汗王让范文程坐下后,对他问道:"新任辽东经略高第怎样?"

范文程赶忙答道:"高第是洛阳人,年轻时是个无赖,后来通过张广微的介绍,巴结上了魏忠贤。这位九千岁替他弄个进士,提拔他做兵部尚书。此人胸无文墨,不懂军事。"

努尔哈赤听了介绍,又问道:"范先生,依你看现在可是攻打明朝的极好机会?"

范文程答道:"这个高第是魏忠贤的人,与袁崇焕不会合作得很好。他们不能团结一致,正是咱们利用这良机,坐收渔人之利的时候啊!"

努尔哈赤兴奋地说:

"对!咱们不能只是坐山观虎斗,应该坐收渔利。为了稳扎稳打,还是老办法,先让朕那愣小子去试探一下再说。"

范文程知道,他那"愣小子"是指三贝勒莽古尔泰。此人生性鲁莽,作战勇敢,但缺乏谋略。

努尔哈赤立即喊道:"叫三贝勒来!"

工夫不大，莽古尔泰来了，汗王对他说：

"你带一千人马，到锦州、松山一带去看看，了解一下他们的防守情况。行动要迅速，不要被他们逮住啊！"

莽古尔泰走后，努尔哈赤总感到心里不踏实，于是在天启六年，即天命十一年（1626年）正月初十日，努尔哈赤带领众贝勒、大臣们，在五千人马的簇拥下，从十方堡出边，前去广宁附近地方打围。

这次打围的目的，是为了实地考察明朝的防御能力，了解一下高第到任后辽东的形势，为不久之后大举兴兵做好准备。

打围回沈阳后，当即命令各牛录并降将，每官预备牛车三十辆，爬犁三十张，每个士兵准备靰鞡鞋三双。对将士的妻子也有要求，每个女真妇女要准备炒米三斗。

在做好后勤的准备之后，努尔哈赤又召开各贝勒、大臣、将领们参加的军事会议。

同时，三贝勒莽古尔泰已经收兵回沈阳。汗王努尔哈赤说道："先让三贝勒介绍锦州、松山那边的情况。"

莽古尔泰向大家说：

"从锦州到宁远，明朝的驻军都撤回到山海关以内去了，只剩下宁远一座孤城。什么松山、杏山、大凌河等，几乎都成了空城。如今若不是宁远城在中间挡着，咱的兵马可以一下开到山海关前。"

努尔哈赤说道："咱们已息兵四年，如今孙承宗已经去职。高第不懂军事，关外只有宁远一座孤城，军队全撤到关内去了。这是攻明朝的极好时机，请大家发表意见。"

李永芳说：

"宁远城虽然是重新修建的，城里驻军不过一两万人，任凭袁崇焕有再大本事，这孤城是难以守住的，咱的八旗兵马一到，宁远城将土崩瓦解。"

刚投降不久的汉官张孝诚说：

"先攻下宁远城，再设兵置器，诱攻山海关，从一片石入关，出其不意，攻其不备，收掠通州的谷物，直抵明朝的京城。这样，明朝的天下、财物尽归大金了。"

大贝勒代善说：

"明朝军队的怯懦怕战情绪是一贯的。大家该记得吧，萨尔浒之战中，总兵官李如柏带着两万人马，被咱们的武里堪带着二十名哨探，吓得屁滚尿流，抱头鼠窜而去。这个袁蛮子也没有啥了不起，他仗着宁远城是新修的，想挡住俺八旗兵马，他是坐在'旗杆上吹喇叭——响（想）得高！'"

二贝勒阿敏说：

"如今，宁锦防线已不存在，高第把兵力撤回关内，是他怯战心理的反映。当前出兵对俺有百利，只有一害，那就是天寒地冻，若能在两月之后，大地回春、天气暖和时，将更为有利。"

四贝勒皇太极说：

"明朝军队中有怯战心理，但是有几场恶战大家也不要忘记。那西平堡一战，打得够激烈的。还有不久前的攻锦州、打松山的两仗，明军的反抗都很强烈。因此，不能有轻敌思想，对那袁崇焕，不可小看。"

汗王努尔哈赤说道："当前是攻打明朝的有利时机。俗话说：机不可失，时不再来。尽管是天寒地冻，咱们也要兴兵去打。这次兴兵的目标是打进关去，占领北京，推翻朱姓王朝。这宁远城，只是咱们进军道路上的一块绊脚石。说句大话，咱们用'靴尖'踢倒宁远之后，直取山海关。只要诸位同心合力，明朝军队想挡住八旗兵马的前进步伐那是不可能的！"

经过充分酝酿、准备，天启六年（1626年，天命十一年）正月十四日，汗王努尔哈赤从沈阳统率大军十三万，号称二十万，向明朝发动新的大规模进攻。

后金军于十六日到达东昌堡，十七日渡过辽河以后，汗王努尔哈赤在旷野布兵，南到大海，北越广宁大路，浩浩荡荡，不见首尾，剑戟如林，显示出经过充分准备的八旗军队的雄姿盛容。

当后金军到达西平堡时，捕获了几个明军的游动探马，经过审问得知：

明军没有大部队防守，仅右屯卫守兵一千人，大凌河城守兵五百，锦州守兵三千。后金兵马一到，右屯卫守城参将周守廉、锦州游击肖盛、中军张贤、都司吕忠、松山参将左辅、中军毛凤义和大小凌河、杏山、塔山等处军民，按照袁崇焕的布置，实行坚壁清野，焚烧房屋，运走谷物粮食，毫无反抗，纷纷逃走，故意显示出畏敌如虎的逃跑姿态。

这样，后金兵马如入无人之境，毫无阻挡地开进了不设防的右屯、锦州、松山、杏山、塔山、大小凌河各城。

三贝勒莽古尔泰说道："这次攻明，好像游山玩水一样，敌人已望风而逃，大明灭亡之日已为期不远了，咱们大家一齐努力吧！"

努尔哈赤也感到心情格外舒畅，心里想：

朕已戎马四十余年，目标就是为了叩关攻明，打进中原去，眼下已是胜利在握了。朕已六十八岁，在有生之年还可以登上北京的龙廷，面南称孤，做几年中原的皇帝。

自己还清楚地记得，这一生共八次去北京朝贡。那北京的繁华比沈阳胜过十倍；北京的皇宫，富丽堂皇，规模宏大，比沈阳的皇宫，还不知要超过多少倍呢！……

汗王努尔哈赤在马上想着，回忆着，忽然四贝勒皇太极向他报告说：

"前面就是宁远城了！"

努尔哈赤举目一看，那城墙又宽又高，煞是巍峨壮观。特别是那三层高的鼓楼，飞檐层叠，凌空欲飞，真是气象万千！

在兵抵宁远城之后，努尔哈赤又命令：

"越城五里，兵驻七大营。"

这目的很显然，后金兵马已截断宁远通往山海关的大道，既能阻挡山海关方面的援军，又可以遏止宁远城内的军队往山海关方面逃跑。从这里可以看出汗王努尔哈赤用兵之深谋远虑,用心之良苦。

再说宁远城的袁崇焕,当后金兵马渡过辽河以前,他已经得到消息,便与总兵满桂认真商议,对守城做了严密部署:

袁崇焕叫来参将姚抚民、胡一宁、金冠,游击季善、张国青等,对他们说:

"立即把龙宫寺的囤粮运入觉华岛,并率水师四大营,战船两千多艘,兵将、商民近三万多人,进行守卫。"

总兵满桂说:

"如今已是天寒地冻,为了防止后金兵马履冰侵入岛上,可以命令士兵凿冰十五里。"

这宁远城是袁崇焕亲自设计、督修的,城墙底部用大石块砌成,墙基入地深达五尺,墙高三丈开外。

战前,袁崇焕在城内将领会议上,宣读了"宁远守略",这是他与总兵满桂精心研究、制定出来的,那"守略"上说:

根据宁远面临的形势——前有强敌,后无援兵,汲取抚顺、清河、开原、铁岭、沈阳、辽阳失守的惨痛教训,宁远的守城要略,应该凭城固守,拼死坚守。敌诱不出城,敌激不出战。

宁远城兵将不足三万,袁崇焕决心用"一个拳头打人的策略",迎战后金兵。

首先,他将兵力集中于宁远城内,撤中左所、右屯等处的明兵,连同西洋大炮,全部入城防守。在军事上,明确分工,集中指挥。他命令同知程维模稽查城内奸细,通判金启宗负责供应饮食,总兵满桂守城东,副将左辅守城西,参将祖大寿守城南,副总兵朱梅守城北,袁崇焕总督全局。

在组织军队防守的同时,袁崇焕还动员全城百姓参战。为了激发他们的抵抗热情,他手持佩刀,自刺皮肉,用鲜血写成血书:

"誓死保卫宁远!"

在全体将领面前,袁崇焕屈身下拜,郑重要求他们不惜牺牲,守住宁远。他说：

"为了宁远父老兄弟姐妹不受八旗铁蹄的蹂躏，为了捍卫大明江山，俺袁崇焕愿与大家一起和宁远城共存亡！"

在袁崇焕的牺牲精神的感召下，全城军民深为感动，立即行动起来，身强力壮的登城防守；不能打仗的，参加后勤；连读书人也走出书房，巡守巷口，提防奸细。

宁远全城军民，众志成城，严阵以待。

袁崇焕在给朝廷的报告中，表达了他和宁远城军民的战斗决心——誓死守卫宁远城！

魏忠贤却向皇帝说：

"袁崇焕骄傲自大，不接受高第的劝告，不听从命令，连皇上赐给高第的尚方宝剑，也不放在眼里，真是目空一切！"

朝廷上的一班大臣，也不相信宁远城能守得住，又无法解救宁远，在一筹莫展的情况下，只得静观宁远失守。

身为经略的高第，拥兵山海关，却在幸灾乐祸地坐视宁远危急而不救。

第二十九章
阻孤城汗王尝败绩
娶残花御弟鸣不平

袁崇焕指挥士卒，把柴草和芦花被褥浇上油撒上火药丢下城去，再丢下火把。顿时，城下一片火海，烧得攻城的后金兵扭头就跑。明军乘机发炮，正击中努尔哈赤，只听他大叫一声，昏死过去……

天启六年（1626年，天命十一年）正月十四日，后金汗王努尔哈赤亲率大军十三万，号称二十万，从辽阳起兵，二十三日，抵达宁远城郊。转眼之间，八旗士兵从四面八方，将宁远城围得水泄不通。

鉴于山海关外只有一座宁远孤城，汗王努尔哈赤向众贝勒大臣们说：

"可以先用招降的办法，争取不战而得，岂不更好？"

于是，他便派遣从锦州俘获的一名汉人进城，给袁崇焕带去一封信，信中写道："俺以二十万大军攻打宁远城，你们能守得住吗？你们若是明智的话，应该放下兵器，及早献城投降，俺将以高官厚禄封赐于你……"

再说袁崇焕正与几名幕僚闲谈之间，忽有侍卫前来报告说：

"鞑子派人送信来了。"

袁崇焕镇定地说：

"让他进来！"

他接过书信一看，冷笑一声，遂取过笔墨，一挥而就。那回信中说：

"……你们为什么要向宁锦一带派兵？这里本是你抛弃了的地方，俺已恢复了，就有义务守住它，岂有投降之理？信中说你们来大军二十万之众，这不过是虚夸之数，其实你们的兵力是十三万，难道还要以此数为少,还要加以夸大?至于高官厚禄云云,俺平生不慕高官,不恋富贵,只愿做一个不事二主的大明臣民!"

袁崇焕断然拒绝了努尔哈赤的武力威胁和高官厚禄的引诱,表示了与宁远城共存亡的雄心壮志。

众贝勒见招降遭到袁崇焕的拒绝,纷纷请求攻城。大贝勒代善说:

"别把袁崇焕估计过高了,依俺看,说不定也是杨镐一类的人。你们看,那城上既听不见鼓声,连旗帜也不敢竖了!这是看到咱们大军到来,他们吓破了胆!"

努尔哈赤听了,不耐烦地说:

"你太无知了!这是袁崇焕使的疑兵之计,你竟上当了!"

莽古尔泰说道:"管它什么疑兵不疑兵,咱只要大刀一挥,一个冲锋,登上城头,割下袁蛮子的猪头,就完成了任务。"

努尔哈赤瞪了他一眼,说:

"怪不得孔夫子说:'暴虎冯河,死而无悔者,吾不与也!'真是一个愣头儿青!"

汗王努尔哈赤看到众贝勒摩拳擦掌,便向全军发起攻城的命令:
"袁崇焕不投降,就叫他灭亡!杀啊⋯⋯"

宁远城外,后金国十三万人马,一起呐喊:
"袁崇焕不投降,就叫他灭亡!⋯⋯"

这喊声,如春雷滚滚,震撼着山谷田野。

汗王努尔哈赤,这位高龄的后金国三军统帅,在凛冽的寒风中,亲自指挥他的八旗子弟,奋力攻城。

十三万八旗兵士,在宁远城外,四面散开,骑兵、步兵、楯车、钩梯,很有秩序地一拥而上,仿佛大海的怒涛,滚滚而来。

往日,在旷野打仗时,努尔哈赤多采取战车与步骑相结合的"结阵"方法。就是在阵前排列楯车,车前挡上五六寸厚的木板,上面裹上生牛皮。这种战车是为了专门对付明朝军队里的火器而设的。

在楯车后面是弓箭手,再后是一排小车,专载泥土,用以填塞明兵挖掘的沟堑,铺平道路。

最后一层,才是八旗的铁骑。人马都披重铠甲,号称"铁头子"。

明朝的军队,在发动进攻前,往往先发射火器,炸伤对方后再冲锋。

但是,后金兵先推出楯车抵挡,因此伤亡很少。等明兵装药续发第二次炮弹的间歇之时,楯车后面的弓箭手,万箭齐发,紧接着,骑兵又以闪电般的速度冲击,张开左右两翼,向明兵猛扑,霎时就把明兵冲得七零八落。

后金军进入辽沈以来,采取这种战术,每每奏效。

如今,面对宁远的坚城利炮,努尔哈赤并没有意识到要改变战法。

只见后金兵又推出战车,后边是骑兵、步兵,一边前进,一边射出弓箭。那箭矢如飞蝗一般飞向城头,落满城堞。

然而后金军的猛烈进攻,却失去了往日的效果。明兵凭借坚城守卫,既不怕骑兵冲击,又不怕箭矢射击,处于有利的地位。

再说袁崇焕坐在高大的钟楼之上,指挥全城反击作战。

当后金军攻城时,袁崇焕对守城将领说:"不要早放炮,要等对方兵士靠近城下,进入射击线时,再还击。"

当后金八旗兵士蜂拥而来的时候,城上十一门大炮同时发射,只听一声声巨响,有如山崩地裂,威力强大的重型炮弹,在后金兵中爆炸。于是,土石飞扬,炸得地上布满了尸体。连楯车也抵挡不住,只要被击中,便被炸得粉碎。

城上的几个放炮手,孙元化、罗立、彭簪右等人,全是经过葡萄牙人专门训练的,有熟练的装弹、放炮技能,目标相当准确。城上的大炮,全由他们分别指挥操纵。每颗炮弹,命中率相当高,都准确地在后金军中爆炸。

在汗王努尔哈赤督战下,后金兵不顾重大死伤,踏着尸体拼命向城下推进。一些战车已进抵城墙脚下,猛烈撞击城墙。

539

这次，在车的顶部又加了一层厚板，来遮挡城上投放的礌石、滚木。后金兵士在厚板下边用斧头凿城，有三四处城墙竟被凿了几个大窟窿。幸亏天寒土冻，城墙才没有坠塌。

这时，袁崇焕在钟楼得知消息，立即奔赴城头，指挥作战。

城下的后金兵仍在拼命凿城，大炮打不到城墙脚下。滚木、礌石也无济于事，情况非常危急。

通判金启倧急中生智，试验把火药均匀地撒在芦花褥子上和被单上，然后卷成一捆，用火点着，火腾地一下，熊熊燃烧起来。只要一个火药星子飞溅到身上，全身就会立即燃起大火，想救也来不及，转眼之间便被烧死。

袁崇焕在城头身先士卒，不幸左臂中箭，他立即撕裂战袍，裹上伤口，继续指挥作战。在他的带动下，城上守兵，更加奋力，争先射杀敌人。

袁崇焕发现金启倧的做法对敌杀伤力很大，立即传令城上守将如法炮制，把城里居民献出的被褥、被单，卷成一捆捆，投掷城下。

那些拼命攻城的士兵中间，突然坠下成捆的被褥、被单，经火把一燃，火药便腾地燃烧起来。眨眼之间，火势飞腾，蹿起一人多高。

八旗士卒惊慌地扑打身上的火苗，不料越扑打火势越旺，许多凿城的兵士，就这样被活活地烧死。

且说二十四日上午，后金兵以主力攻击明兵防守较弱的城西南角，遭到重大伤亡。又集中兵力转攻城南。仍是采取以战车掩护的办法，冲击到城下，再用斧镐等攻城。

袁崇焕又想出一个新办法，让兵士取来柴草，扎成一捆捆，在上面浇油，再掺上些火药。用铁索垂挂下去，靠在城下的楯车和板车顶棚上，然后投下火把。

于是，城下立刻烧成一片火海，凿城的士兵想跑也来不及。身上烧了火苗，跑到那里也要被烧死，因为到处都有火药。

汗王努尔哈赤决心攻下宁远城。他向众贝勒、大臣们说：

"这小小的宁远城，若是攻不下来，怎么去打山海关……"

在努尔哈赤的督战下，八旗士卒冒死不退。城上举火，纷纷把火球、火把投下。一时之间，城上城下，如同白日。

在火光中，不时看到后金人马被炮弹炸得腾空而起。后金军伤亡增加，攻城却无进展。在死伤人数急剧增多之时，众贝勒、大臣们也束手无策，努尔哈赤只得命令停止攻城。

趁这工夫，袁崇焕迅速组织一百名敢死壮士。命令他们携带棉花、火药，用绳索坠下城去，把后金军遗留下来的战车，通通烧着，全部烧毁。

经过一天激战，双方都在总结经验教训，准备再战。

且说袁崇焕挂着负伤的左臂，绕城慰问守城将士。当他来到城东满桂防区，正迎着一队士卒押着李小芳、柯汝州往城上走来。

见到袁崇焕，满桂说：

"俺正想找你，这两个人如何处置？"

袁崇焕说：

"咱不必以牙还牙，杀他们也无益，不如放他们回去算了。"

"也好。不过，你让他们带封书信回去，让努尔哈赤清醒一些。"

"好！就这么办吧，俺这就来写信。"

袁崇焕说罢，提笔在手，一挥而就，那信上说道："……老将横行天下，今日败在小子之手，岂非天数呀！……"

二十五日清晨，满桂把袁崇焕给努尔哈赤的信，交给李小芳、柯汝州二人，让他们手持礼物，怀揣信件，出城去见努尔哈赤。

努尔哈赤毕竟是一代天骄，读了书信，表现得非常镇定，又派人以良马一匹作为回礼，并让送马人传话说：

"此战未必你赢，将再次攻城！"

二十五日，努尔哈赤对兵力做了调整，让降将李永芳攻打东门，派佟养性带兵攻打西门。把八旗士卒分成百队，集中南、北两门强攻。

双方激战，喊杀声、炮声同北风的呼啸声，交织在一起。攻城从上午直到下午，后金兵吃尽了苦头。

袁崇焕镇定自若，在城上指挥士卒，用柴草、芦花被褥，浇上油，撒上火药，丢下城去，再丢下火把。顿时，城下一片火海，烧得攻城的后金兵扭头就跑。尽管八旗将领挥着大刀，在后面督战，但士兵们一到城下，便逃命去了。

这时，明军在城上看得分明，他们乘机猛烈地发炮轰击。汗王努尔哈赤正在奋力督战，突然被炮火击中，额角炸伤一块，昏倒在地，不省人事。

大贝勒代善也被炸得头脑发昏，知道父王也在阵中，便挣扎着起来，到各处寻找。但是遍地是尸体，都是焦头烂额、断手折腿，也看不出谁是小兵，谁是汗王。

正在着急，前面四贝勒慌忙前来，满面泪痕地问大贝勒道："大阿哥，见到父王了吗？"

代善说：

"俺正在找呢！"

说着，弟兄两个在尸体中翻找着。炮声仍在响着，败回来的兵士惊慌失措。忽见败兵内夹着三贝勒莽古尔泰，周身满是尘土。

莽古尔泰一见代善和皇太极，眼泪就下来了，急忙喊道："快来救父王啊！"

兄弟二人忙向前跑去，果见父王睡在尸丛里，一动也不动。

大贝勒代善急忙救起父王，上马逃回大营。

且说汗王努尔哈赤被儿子救回营去，清醒过来，觉得头晕目眩，浑身疼痛。

经过医生诊视，说是额角擦伤，为弹片所划，实是不幸中的大幸！至于昏厥的原因，主要是年事已高，偶受惊吓，以致内积热火，外感风寒，冷热相攻，造成眩晕。

医生又嘱说：

"静下心来，休息几天，等血脉周转随和了，身体也就康复了。"

但是，汗王努尔哈赤正心急如火呢！两军阵前，怎容得卧床休息？

二十五日当晚，汗王躺在床上怎么也睡不着，他心里想：

自二十五岁起兵，俺经历了大小数十百战，战无不胜，攻无不克，辛苦大半生，终于创下这关外的基业。正想攻进关去，推翻朱姓王朝。不料攻这小小的宁远城，遇见这个袁蛮子，遭此大败，险些丢了这条老命，实在是可恨可恼！

想到这里，他一跃而起。忽觉腿疼腰酸，两眼直冒金星。这才意识到年岁不饶人，所谓心有余而力不足了。

再看众贝勒、大臣将领们的意思，都想撤军，若再打下去，损失将更加惨重！

这两天来，第三子阿拜被打死，孙子宫达受重伤后，今早也死了。还死伤了一些游击、牛录等将领。八旗士卒死伤更多，至今越过万数了……

努尔哈赤左思思，右想想，就此撤军也太便宜袁蛮子！

忽然，他的眼睛一亮，心里说：

那觉华岛不是袁蛮子存放粮草的地方吗？

当前，正是冰天雪地、海湾结冻的时刻，何不去攻袭一下？

于是，他更睡不着了！遂大声喊道："来人！"

侍卫进来了。汗王问他：

"现在是什么时候了？"

"已是四更多天。"

"很好，快去叫大贝勒和武纳格来！"

工夫不大，代善与蒙古人武纳格来了。

努尔哈赤指着墙上的地图说：

"觉华岛离此二十多里地，代善带领一千精锐骑兵，武纳格带领蒙古八旗三千骑兵，从冰山过去，袭击岛上守军。在消灭明兵之后，将粮草尽行烧毁，不得有误！"

二人领命出去，带领骑兵直扑觉华岛而去。

代善和武纳格带兵走后,努尔哈赤才迷迷糊糊地睡去,直到天大亮,他才醒来。

早饭后,努尔哈赤命令继续攻城。他振奋一下精神,率领众贝勒、大臣及将领们,来到宁远城东门外,让侍卫前去喊话:

"大金国汗王要与袁崇焕说话!"

城上守将是满桂。他手拿喇叭筒,站在城头堞楼旁,向城下说道:"俺是总兵满桂,有啥话也可以跟俺讲。"

努尔哈赤大声说道:"你们都是堂堂明朝的大将,只是龟缩在城里,算什么好汉!有勇气的话,把军队拉出城,咱们摆开阵式,正模正样地打两仗,比个高下,老这样下去,你们不觉得窝火吗?"

满桂听了努尔哈赤的激词说:

"你这话讲得太外行了吧?战争有野外作战,有攻城略地等,何况攻城略地不也是你的拿手好戏吗?告诉你,这宁远不是抚顺、开原,也不是沈阳、辽阳!再打下去,恐怕你那条老命都会搭上的!"

城上城下正说着,袁崇焕来了,他接过满桂手里的喇叭筒,对着城下喊道:"听说你找袁崇焕,现在俺来了,不知有什么话要说?"

努尔哈赤在城下说道:"俺想找你约个时间,让两军摆开阵式,正正规规地打两仗,怎么样?"

袁崇焕说:

"你已经打了两天了,为什么没有攻下来?再约个时间,你败得更惨!别以为你的八旗子弟天下无敌,自命为常胜将军,你就忘了'天外有天,人外有人'这句话!你原先是怎么说的?难道你就忘了吗?"

努尔哈赤越听越气,四贝勒皇太极过来说:

"别跟他啰嗦了,攻城吧!"

努尔哈赤觉得再讲下去,也只能是自讨没趣,不如打罢,说不定今天能攻下来呢!

于是,他又下达了攻城命令。

袁崇焕在城上说道:"赶快走开!俺的大炮可不长眼!"

话音刚落，大炮便轰轰地炸开了，皇太极等急忙护着努尔哈赤远避而去。那炮弹就在他们身后不远的地方爆炸。

后金兵在将领的指挥下，还是先用战车开道，步兵、骑兵陆续上前。

袁崇焕不断发射西洋大炮轰击，八旗兵已知道大炮厉害，他们也不敢靠近城下。死伤的兵士无数，活着的人就把同伴的尸体抢回来，运到城西门外瓦窑，拆下民舍木头，举火焚化。

双方打得激烈，后金军攻城仍无进展。努尔哈赤猛攻宁远城，三天不下，损失惨重，他被迫下令退到城西南的龙宫寺扎营。

且说觉华岛悬于辽东湾，西距宁远城二里余。岛呈两头宽，中间狭，像个不规则的葫芦形状，孤悬海中。

觉华岛历来为明朝军队在辽东的屯粮之所，现有存粮八万两千余石，驻兵七千余人。这支军队除护卫粮料，还同宁远互为支援。

这时正值隆冬，海水结冰，冰上可以行人。岛上明兵营房，多驻于冰上。营房外围用战车圈起，形状像城郭。

在后金攻打宁远前，袁崇焕便将城西南龙宫寺的屯粮运往觉华岛，并派参将姚抚民、胡一宁、金冠、游击季善、张国青等登岛守卫。

为了防止努尔哈赤派兵袭击，袁崇焕对姚抚民布置说：

"后金一旦包围宁远城，就有可能会攻袭觉华岛，以断绝咱的粮草来源。你们可以把靠近海岸的冰凿开，凿得越宽越好……"

但是，天气异常寒冷，冰刚被凿开，很快又冻上了，而且冰层不断地加厚。

再说后金大贝勒代善与武纳格带领军队，来到海边，一看冰层很厚，他们高兴万分。代善说道："这是老天爷相助呢！"

于是，代善、武纳格分兵十二路，履冰入岛。岛上守卒身无盔甲，多数都是水手，不善于战阵，又无险可守。后金的骑兵往来冲杀，战车被毁，阵势大乱，岛上守兵纷纷溃败。

岛上的明兵全部战死，商民全部被杀，驻岛设施和运不走的物资，都被后金军点火烧毁。

二十六日午时，袁崇焕还坐镇城中享受胜利的喜悦，突然发现觉华岛方向黄烟腾空，才意识到觉华岛的粮草被后金兵焚毁了。

满桂向袁崇焕说：

"努尔哈赤攻城三天，未捞到油水。攻袭觉华岛，也算是从失败中得到了一点补偿，他总算是也捞到了几根稻草罢！"

袁崇焕说：

"看来，他快要撤兵了，咱们也写表申奏朝廷吧！"

二十七日，就在攻下觉华岛的第二天，后金汗王努尔哈赤下令撤围。此时，他心情不快，责备李永芳说：

"当初，你说宁远城易破，为什么这样难攻？差点让老子送掉性命，你到底安的是什么心啊！"

李永芳嗫嚅着说：

"俺也不知道这……这城里有西洋大……大炮，请饶……饶恕俺……"

努尔哈赤又想起了马承林，说道："还有那个马承林，竟然不愿意去宁远城。他若去找满桂，说不定能办成呢！你们这些汉人，还是不可信！"

努尔哈赤心里很是恼恨。他望着高大的宁远城，兴叹不止。宁远之战三天当中，他使尽一切进攻的手段，但在这个"袁蛮子"的坚城和大炮面前，连续碰壁。他感到攻城再无成功的希望。

努尔哈赤带着十分沮丧的心情，率领八旗子弟，缓缓撤退，返回沈阳。

宁远之战是明朝军队继锦州、松山之战后又一次胜利的保卫战。

当袁崇焕的特使怀揣奏表，缒城到了北京报捷，皇帝闻报，大感欣慰，表示"朕心嘉悦"，特命户部、兵部发帑金十万两，犒赏宁远城将士。

此外，皇上又特赏袁崇焕白银一千两，升职为辽东经略，仍旧镇守宁远城。满桂、左辅、朱梅等，都受到了提升和重赏。

于是，朝廷上下，文武各官，都一齐盛赞袁崇焕的功绩。魏忠贤心里很不是滋味，又连忙派张广微作为特使，带着礼物，亲到宁远城去慰问，想暗中拉拢袁崇焕。

袁崇焕对张广微说：

"请你传话给九千岁，俺袁崇焕没有升官发财的私欲，只有为保卫大明江山的铁胆忠心！以后，也请九千岁时时、事事以大明江山为重。"

张广微灰溜溜地回到京师，魏忠贤听到"传话"内容，冷笑一声说：

"袁崇焕的命，俺已替他算定了：他未必能比熊廷弼的下场好多少，说不定，能像孙承宗那样，留条活命，也就不差了！"

后金汗王努尔哈赤，在宁远兵败之后，回到沈阳，心情异常沮丧。

这是努尔哈赤有生以来最惨重的一次失败。他自万历十一年，二十五岁起兵，四十多年来，身经百战，旌旗所指，无不披靡。

回顾战斗历程，努尔哈赤的统治权力，从赫图阿拉逐渐地移到沈阳，其间经历了关于汗位及汗位继承的激烈斗争。

为了加强汗权，努尔哈赤曾经同自己的同胞兄弟舒尔哈齐，发生了权力之争。

舒尔哈齐是努尔哈赤的同母兄弟。早在努尔哈赤以"十三副遗甲"起兵之初，就与他一起驰骋疆场，冲锋陷阵，屡建功勋。

由于舒尔哈齐英勇善战，曾被努尔哈赤赐名为"达尔汗巴图鲁"，意思是为首的勇士。

当时，在明朝的官书中，努尔哈赤称都督，舒尔哈齐也称都督，两人地位相等。

努尔哈赤与舒尔哈齐都以建州卫都督的身份，多次进京"朝贡"。

随着女真的统一及军事、经济力量的增长，努尔哈赤的权力急剧膨胀，他随时警惕着周围那些觊觎他地位和权力的人。

与此同时，舒尔哈齐的权力也在扩大。为了巩固和加强各自的地位和权力,兄弟二人的矛盾由小到大,由潜在的发展为公开的,逐渐演变为不可调和的生死斗争。

且说舒尔哈齐有三个心腹爱将,他们是常书、纳奇布、武尔坤,都有万夫不当之勇。

舒尔哈齐还有两个贴身侍卫,一个名叫兀西拉,一个名叫火列来,他们都有极深的武功。

儿子阿布什,也是能征惯战,战场上也是舒尔哈齐的助手。

因此,努尔哈赤对舒尔哈齐早有戒备的心理。

万历十五年(1587年),努尔哈赤基本统一建州后,为了兴基立业,巩固权位,同时在其内部,开始出现以努尔哈赤及其弟舒尔哈齐为首的新的女真军事贵族,其地位、等级、权势、利益等,都发生了变化,需要兴建与之相适应的都城。这就是被后人称做旧老城的赫图阿拉。

这赫图阿拉城,分为三重:

第一重为栅城,是努尔哈赤行使权力和住居之所。城内有神殿、鼓楼、客厅、楼宇、行廊等建筑。

第二重为内城,由努尔哈赤"亲近族类居之"。

第三重为外城,由努尔哈赤"诸将及族属居之"。

外城外的住户,是军人、工匠等。

对这样的分配,舒尔哈齐很有意见。他的心腹将领常书在会上向努尔哈赤说:

"舒尔哈齐也该进栅城里面居住,不应该住在内城里。"

大将额亦都说:

"那怎么行?俗话说:'天无二日,国无二君'呀!这应该分出等级来。"

武尔坤说:

"明朝的皇帝称他们兄弟二人都是都督,没有等级的差别。"

努尔哈赤听了这话,满心不高兴,表面却不动声色。事后,他带着大小福晋,搬进栅城。舒尔哈齐虽然住在内城,心里却不服气。

接着,努尔哈赤在赫图阿拉"自中称王",同时建立了一支纪律严明的军队,称其弟舒尔哈齐为"船将"。

为了显示威严,努尔哈赤还制定了初具规模的礼仪。当努尔哈赤出入栅城时,在城门设下乐队,届时吹打奏乐。

努尔哈赤接见客人时,他自己坐在中厅的一把黑漆椅子上,舒尔哈齐和其他将领一样,佩剑侍立在他的两边。

这些显示出的尊卑等级,使舒尔哈齐在内心深处感到不满、不平。

万历十七年(1589年),努尔哈赤派兵攻打兆佳城。他让舒尔哈齐担任前锋,带五千人。他自己殿后,带一万人。

这兆佳城主名叫宁古亲,他有一个女儿名叫瓜尔佳,是当地出了名的美女。

据说她的头发又黑又长,黑得像天上的乌云,长得拖到地面。因此走起路来,不得不用手挽着。

她的皮肤比马奶还白,润滑无比,芳香馥郁。面似桃花,一笑起来,红红的嘴唇,活像花骨朵儿,又娇又艳。

行军路上,常书对舒尔哈齐说:

"咱先打进城去,把瓜尔佳找到,带回赫图阿拉,给你做个三福晋吧!"

"俺不一定能有那个艳福!若是被他知道了,你就别想见到她的面了!"

舒尔哈齐讲的"他",就是指努尔哈赤。

再说舒尔哈齐领着五千人马,来到兆佳城下,派武尔坤前去讨战。

兆佳城主宁古亲,仗着武艺高强,带着三千人马,出城与武尔坤对阵。

二人并未搭话,便厮杀起来。宁古亲虽然五十开外,一把大刀挥舞得上下翻飞,左砍右劈,非常厉害。

战到十几个回合,武尔坤虚晃一枪,拨马便逃。宁古亲怎肯甘休,随后便追。

这边舒尔哈齐看得清楚,立即指挥人马,与常书、纳奇布、兀西拉、火列来一齐杀入敌阵,宁古亲的三千人马,哪里经受得住舒尔哈齐等人的冲杀,遂四散奔逃。

建州的兵马尾随着城里的逃兵,一下子冲进城去,兆佳城便被攻下来了。

宁古亲正追赶武尔坤时,突然发现城已被占领了,立即勒马回看,稍不留神,被武尔坤一箭射下马来,当即毙命。

再说舒尔哈齐等,领着人马,在城里追杀逃兵。常书领着数十人往宁古亲府里杀去,此时府里已乱糟糟的。

常书手提大刀往城府后院走去,忽见两个女人在水池边上啼哭。

常书正要挥刀砍去,突然觉得眼前一道白光闪过,睁眼细看,原来其中一个年轻女子,面白如玉,在阳光下闪着熠熠的白光。

常书马上收刀问道:"你们是什么人?"

年龄大的妇人说:

"俺们是城主的妻子、女儿。"

常书恍然问道:"是不是宁古亲的女儿——瓜尔佳?"

那年轻的说道:"俺是瓜尔佳。"

常书走近一看,那瓜尔佳果真是玉肌花貌,如同天上的神妃仙女一般。

遂说道:"你们快跟俺来!"

常书带着二人往前厅走去,不巧得很,迎面碰上努尔哈赤带着一班侍卫进来。

"你不到城里追杀敌人,跑到这里带着两个女人往哪里去?"

努尔哈赤一边问,一边二目睃巡着瓜尔佳的俊秀面庞。

"俺是奉舒尔哈齐将军的命令,前来……"

努尔哈赤未等常书的话说完,就发火了:

"胡说!他能让你到这里来找女人?还不赶快出去追杀敌人!"

常书不敢再说什么,只得丢下瓜尔佳,急急忙忙去找舒尔哈齐回报去了。

这里努尔哈赤来到宁古亲的住房,问了瓜尔佳的情况,对侍卫说:

"不经俺允许,不要放任何人进来,俺要好好地睡上一觉!"

侍卫们带着瓜尔佳的母亲,关上房门,出去了。努尔哈赤走近瓜尔佳说:

"你来陪俺睡觉好不好?"

瓜尔佳十七岁了,面对这种情况,只得走到努尔哈赤跟前。

直到第二天中午,努尔哈赤才走出那所府第。

侍卫告诉他说:

"舒尔哈齐已带着兵马,自己回赫图阿拉去了。"

努尔哈赤心想:怎能这样?若是海西四部的人得到消息,派兵来攻,俺岂不成了俘虏?

遂带着瓜尔佳,回赫图阿拉去。

他向舒尔哈齐问道:"怎么可以不通知俺一声,就随便撤兵了?"

"你不让任何人去见你,俺有啥办法通知你?"

舒尔哈齐带着气,走了。

努尔哈赤又找来常书,问明情况后,才知道舒尔哈齐是为了瓜尔佳在生气呢!

为了顾全大局,努尔哈赤只得忍痛割爱,派人把瓜尔佳送给了舒尔哈齐。

他心里想,只要弟弟能与俺同心协力,奋力杀敌,再美的女人都可以给他!

第三十章
褫兵权露兄汗心臆
审弓箭察弟王肝肠

辰时光景，只见努尔哈赤骑在白龙马上，后面跟着四名侍卫，正信马由缰，缓缓而来。突然，弓弦一响，"嗖"地一箭射来。努尔哈赤听见弓弦声响，便知林中藏有刺客，急忙伏身马背，拍马疾驰……

见了瓜尔佳，舒尔哈齐气消了一半。尽管她已不是处女，初夜权已被哥哥夺去了，但是，瓜尔佳长得太美了，果真名不虚传。

舒尔哈齐躺在床上，看着身边的瓜尔佳，心里说：跟这么标致的女人睡在一起，别的女人连看也不想看了。

不久，瓜尔佳怀孕了，十月分娩，产下一个女孩。越长越大，舒尔哈齐却越看越不像自己。

原来，努尔哈赤与舒尔哈齐兄弟俩，虽是一母同胞，但努尔哈赤的肤色较黑，像他父亲塔克世；舒尔哈齐肤色较白，像他的母亲。兄弟俩都是高鼻梁，长方脸，身高肩阔，说话声音洪亮，中气挺足，只是在肤色上稍有不同。

那女孩随努尔哈赤的肤色，是个黑小丫。舒尔哈齐向他哥哥说："那孩子是你的骨血，还是由你抚养她吧！"

努尔哈赤没有再说什么，就去领回来，放在宫里抚养，算做养女吧！

万历四十五年（1617年，天命二年），努尔哈赤把这个养女嫁给蒙古内喀尔喀巴岳特部达尔汉贝勒子恩格德尔为妻。

在古勒山战役之后，乌拉部的布占泰被俘，在赫图阿拉被软禁了三年，回到乌拉后，布占泰为了与努尔哈赤结交，借以抬高自己的声望，于万历二十四年（1596年）十二月，亲自送妹妹滹奈到建州，给舒尔哈齐做妻子，以续友好情谊。

万历二十六年（1598年）十二月，布占泰又率领三百多人前来朝见努尔哈赤。

为了进一步搞好关系，努尔哈赤对舒尔哈齐说：

"俺想让你将女儿额实泰许配给布占泰为妃，你看怎么样？"

舒尔哈齐很不高兴，立即说道："这太不像话了！前年，他才将妹妹滹奈嫁给俺做妻子，俺如今怎能将女儿嫁给他做妃子，这岂不是乱了辈分吗？不管怎么讲，从感情上俺接受不了。"

"感情算什么？感情也要为军国大事服务。就不必再争论了，你回去同额实泰说一下，俺明天就向布占泰讲。"

舒尔哈齐思想上怎么也想不通，他心里说：为什么你不让自己的女儿去呢？

俗话说："胳膊扭不过大腿。"不久，额实泰被送往乌拉部，与布占泰成婚。

万历二十九年（1601年）一月，布占泰送他侄女阿巴亥到赫图阿拉，给努尔哈赤做妻子。

这个阿巴亥就是大妃乌拉纳喇氏，当时她年仅十二岁，比努尔哈赤小三十一岁。

布占泰向努尔哈赤要求说：

"请大王再许配一个女儿给俺为妻。"

努尔哈赤又答应将舒尔哈齐的另一个女儿娥恩哲给他，舒尔哈齐当即说道："你自己的女儿那么多，为什么不让她们去乌拉？"

努尔哈赤不想与他争吵，只是说：

"就这么定了，你别想得那么多。"

那布占泰本想娶努尔哈赤的女儿为妻，结果这两个女人，全是舒尔哈齐的女儿。一怒之下，布占泰多次扬言要用鸣镝穿射她们。

额实泰、娥恩哲送信到赫图阿拉，舒尔哈齐对努尔哈赤更加不满。

万历二十七年（1599年）九月，努尔哈赤带兵征讨哈达部。

舒尔哈齐自请为先锋，领兵一千作前队。兵抵哈达城下。

哈达部长（贝勒）孟格布禄，带兵出城迎战。舒尔哈齐见哈达有了准备，城坚兵盛，就不敢贸然攻城，遂按兵不动。

努尔哈赤带着大队人马来到以后，努尔哈赤问道："兵马已到城下半天了，为什么不攻城？"

舒尔哈齐答道："哈达已有了准备，孟格布禄又带兵出城了，不好再攻城了。"

努尔哈赤十分生气地说：

"咱们这次出兵，难道是因为哈达没有准备才来的吗？……"

说罢，努尔哈赤亲自带兵沿城环攻，经过昼夜进击，终于攻破哈达城，并吞了哈达部。

自此以后，兄弟二人的矛盾加深了，裂痕加大了。

从哈达回赫图阿拉以后，舒尔哈齐与常书、纳奇布、武尔坤，以及兀西拉、火列来一起商议对策。

常书说：

"他没有容人之量，咱们再尽心竭力，为他卖命，也未必能得到信任；弄不好，稍有一点差错，便会受到重责，甚至会招来杀身之祸！"

武尔坤说：

"乌拉布占泰在赫图阿拉时，你对他很好，万一不行，咱们就去乌拉部！"

火列来说："不如去跟他们联络一下，来个里应外合，咱也不怕他。"

舒尔哈齐说："现在不能那么干，他还没有逼得俺到走投无路的时候。"

常书说："万事都要未雨绸缪，及早防备，有两手准备比一手准备好得多。"

舒尔哈齐勇猛过人，但遇事少谋，优柔寡断，难成大事。

万历三十五年（1607年），斐优臣首领策穆特赫来降求援，努尔哈赤派遣舒尔哈齐同褚英、代善等领兵前往援救。

出发时，夜黑天阴，忽然军旗上白光闪烁，众将官无不惊异。

舒尔哈齐说："俺从小打仗，从未见过这种怪事，想必是凶兆！"

舒尔哈齐的话，得到其他将领的响应，都说："这是不祥之兆！"

舒尔哈齐接着说："干脆不用去，退兵罢！"

褚英说："这次进兵是父亲的命令，违抗了，要受军法处置的。"

代善说："作为军人，是以服从命令为天职的，怎能随意违抗，不能退兵。"

褚英见舒尔哈齐还在犹豫，便说道："你要退兵的话，你自己回去。咱们走。"

在这种情况下，舒尔哈齐只好勉强领兵前往。

乌碣岩大战开始，褚英、代善等带兵英勇冲杀，大败乌拉兵，并斩杀乌拉主将博克多贝勒父子。

舒尔哈齐带领五百人马，同常书、纳奇布等止于山下，逗留不进。

乌碣岩战斗结束，他们回到赫图阿拉。

当晚，褚英、代善将舒尔哈齐的临战表现一一作了回报，努尔哈赤听了，怒气填膺。

次日，努尔哈赤召开会议，对乌碣岩大战严行赏罚。

他批评了舒尔哈齐一军作战不力，命令说：

"为了严肃军纪，将常书、纳奇布拉出去处死！"

舒尔哈齐急忙说道："俺是带军将领，不能诿罪于他们，请处置俺就是了！"

努尔哈赤怒气不减，又说道："罚常书白银一百两，撤去纳奇布牛录一职。"

自此，努尔哈赤不再派遣舒尔哈齐将兵，借此剥夺了他的兵权。

一天，努尔哈赤召集军师张一化、大将额亦都、安费扬古、扈尔汉、费英东、何和理，以及长子褚英、次子代善，一起研究舒尔哈齐的问题。

努尔哈赤先说道:"表面上看,舒尔哈齐的问题是俺的家事;实质上,这是公事,半年多来,没有派他带兵出去,听说他有不少怨言,请诸位来谈谈,讲讲各自的意见。"

褚英说:"叔父这个人本不坏,都是他手下的那几个将领把他教坏了,特别是常书这家伙太坏,一肚子的坏点子。"

军师张一化说:

"你们兄弟之间,实际是君臣之间的上下级关系。他作战不力容易处置,少派他或是不派他去带兵打仗,也就行了。棘手的,是他会不会有不轨的行为,比如有政治野心之类。"

何和理说道:"早在十多年前的万历二十三年,俺曾经陪同朝鲜的特使申忠一,到舒尔哈齐家里赴宴,他对申忠一说道:'你来了,咱兄弟俩都请你来赴宴,以后你们朝鲜国给咱们兄弟俩送礼物,要送一样的,不应该有高下之分。因为咱兄弟俩的身份都是建州的都督。'这件事,俺那时便有看法,认为他对已获取的权位与财产是不满的,他要与你平分秋色才满意。"

额亦都也说:

"从旧城搬迁时,他对住在内城不满,想与你一同住进栅城,也是他对所获取的地位有不满的表现。"

扈尔汉说:

"在乌碣岩大战时,他所以作战不力,是不是因为他与布占泰之间,是翁婿的关系?"

听了大家的议论,努尔哈赤向张一化问道:"兄弟之间由于争权夺利,引起互相残杀的事例,古代有没有?"

张一化答:

"有哇!最典型的是唐朝初年,李世民兄弟三人,也就是历史上说的'玄武门之变'。"

努尔哈赤沉吟半晌,叹口气说道:"李世民是在被逼得万般无奈的情况下,才开始进行反击的……"

这次会后,对舒尔哈齐的行动,努尔哈赤没有限制,也未派人监视。只不过夺下了舒尔哈齐的兵权。

但是,舒尔哈齐却感到非常气愤,后悔没有听从常书等人的建议。

长子阿布什向父亲舒尔哈齐说:

"趁着他们没有对你采取什么行动,悄悄搬到黑扯木去。那里距离乌拉、叶赫都不远,也好暗中与他们联络一下。"

常书建议说:

"最好是向他提出请求,在他答应以后再搬去,所谓礼多人不怪嘛!"

次日,舒尔哈齐去向努尔哈赤说道:"在这里住得厌烦了,想搬到黑扯木去住,那里山林多,可以经常去打打猎,散散心。"

努尔哈赤看着自己的弟弟,说道:"你到黑扯木去住,俺也没有意见。只是有一条俺不放心。你那几个心腹部下,不是好东西,俺担心他们把你引上邪路,会把你的命葬送掉。这一点,你要当心啊!"

舒尔哈齐听了,不大愉快,就说:

"他们不像你讲的那么坏!过去,他们都为你出过力,卖过命。至今,他们也没有反对你,何必将他们一棍子打死呢?"

听了舒尔哈齐为部下辩解的话,努尔哈赤冷笑一声,说:

"过去,他们出过力、卖过命,俺都是论功行赏的。如今,他们不愿意出力、卖命,俺当然饶不了他们!至于反对俺,那就更不准许了,谁也不行!"

舒尔哈齐听出了弦外之音,就不再说什么,站起来也不告辞,就走了出去。

移居黑扯木后,常书、纳奇布偷偷去了乌拉,想借助布占泰的力量,兴兵攻打努尔哈赤。但是,布占泰回到乌拉时间不长,兵力不足。眼前,他正与努尔哈赤打得火热,来往频繁,他不愿意卷入这个兄弟反目的旋涡中去。

常书、纳奇布暂时留在乌拉,他们担心回来以后,努尔哈赤不会放过他们的。"

舒尔哈齐移居黑扯木后,褚英、代善都有意见,他们一齐来见努尔哈赤。褚英说:

"让他们去了黑扯木,岂不是放虎归山了吗?那黑扯木距离乌拉、叶赫,比距离赫图阿拉还近呢!万一他们联络起来,就麻烦了。"

努尔哈赤说:

"他还不至于那么下贱吧!即使他们联络在一起,也没有什么了不起!九部之师俺都不怕,一个乌拉,又能怎么样?"

第二天,努尔哈赤派何和理去黑扯木,让常书、纳奇布回赫图阿拉。

舒尔哈齐对何和理说:

"常书、纳奇布被撤了职,生活无着落,连吃饭也成了问题。他们二人走了,俺也不知道他俩到哪去了。"

努尔哈赤得知常书、纳奇布走了,十分生气,立刻派代善前往靠近乌拉、叶赫的边界,布置边境守军,不准任何女真人离境去乌拉或是叶赫。

再说舒尔哈齐移居黑扯木,长子阿布什仍住在赫图阿拉,武尔坤也在,二人准备刺杀努尔哈赤,但是苦于没有下手的机会。

一天,武尔坤回来对阿布什说:

"听说明天他去喇嘛庙,参加大喇嘛干禄打儿罕囊素的八十寿诞庆贺活动。咱们可以在路上伺机截杀。"

阿布什说:

"途中不好下手,他有众多侍卫,不如在喇嘛庙外的林子里动手。咱们躲到树上去,用弓箭射他。"

二人又商议了一些细节问题,早早休息了。约在四更多天,武尔坤与阿布什悄悄起来,准备停当,从外城上爬了出去。

在赫图阿拉去喇嘛庙的中途,有一片槐树林,那槐树枝干稠密,叶片繁茂,人躲在上面,若不细心观察,是发现不了的。

两人选好地点,分别藏身在路两边的大树杈上,将弓箭预备好,耐心等着。

约在辰时光景,便听到从赫图阿拉方向传来的銮铃声响。二人精神顿时紧张起来,手拿着弓箭,两眼觑着路上。

不一会儿工夫,只见努尔哈赤骑在白龙马上,后面跟着四名侍卫,正往槐树林走来,信马由缰,缓缓而来。

突然,弓弦一响,"嗖"地一箭射来。

努尔哈赤毕竟是久经沙场的战将,一听到弓弦声响,知道树林里有刺客,立即拍马前奔,把身子伏在马背上。

就在努尔哈赤一弯腰的工夫,头上的黑貂皮帽子被射了下来。

后面的四名侍卫拼命赶去,想护着努尔哈赤逃出槐树林。

眨眼之间,前面又"嗖"的一声,飞来一箭。那白龙马速度挺快,第二支箭从努尔哈赤的脑后飞过,正中一名侍卫的耳门上。

那侍卫被射中以后,一头栽下马来,再也不动了。

原来武尔坤与阿布什计议,由武尔坤在前面先射,阿布什随后再射,两人一前一后,互相配合。

当努尔哈赤驰出林子,发现少了一人,便停下马来,向侍卫说:

"留一人跟俺到喇嘛庙去,两人去林里把弓箭找到!"

且说武尔坤、阿布什见没有射中努尔哈赤,立即收好弓箭,从树上爬下来,又悄悄溜回城里,回到府中。

武尔坤说道:"俺的那支箭未找到,就怕他们会认出来。"

阿布什说:

"那箭上也没有写俺的名字,他们怎么断定是咱们干的呢?"

武尔坤说:

"那箭是赫图阿拉兵器场制的,他们会怀疑是俺干的。"

阿布什无所谓地说:

"只要未抓住俺,总不能硬往咱头上栽吧!"

"不像你讲的那么简单,他们会监视咱们的行动,以后不能粗心,要谨慎一些。"

阿布什听了武尔坤的提醒后,又说:

"咱们一不做,二不休,想办法去弄些毒药来,在栅城的水井里给下上,也许老天有眼,能把他毒死!"

经阿布什一提醒,武尔坤突然想到赫图阿拉的北边,有个瑚里寨,他认识寨里的老猎人玛垅塔,他会制一种慢性毒药,人畜服下以后,半月之内才死。

于是,武尔坤稍作准备,便去瑚里寨了。

且说努尔哈赤从喇嘛庙回来,即叫来张一化、何和理、费英东,还有儿子褚英、代善等,研究被刺事件。

努尔哈赤说道:"有几点值得研究,看情况是两个人,那弓箭还是咱自己造的,去喇嘛庙的消息他们是怎么知道的?……"

这时候,在努尔哈赤面前的桌案上,放着一支羽箭,还有那顶被射穿了的黑貂皮帽子。大家看着这两件东西,各自沉思。

何和理站起来说:

"俺到城门口去问一下情况,你们先谈着。"

努尔哈赤对代善说:

"你到外城门去,要守门的严格检查,必要的话可以搜身,发现可疑现象,来不及报告,就发出警报。"

张一化问道:"你去喇嘛庙,俺都不知道,是谁传出去的?你自己回忆一下。"

努尔哈赤让褚英去叫贴身侍卫乌虎。工夫不大,乌虎来了。努尔哈赤问他:

"你去马房布置他们准备马匹时,有没有讲过俺要去喇嘛庙?"

乌虎吓得说不出话来。张一化替他端来一杯水,对他说:

"别害怕,喝杯水舒舒气,慢慢想一下。"

乌虎想了一会儿,吞吞吐吐地说:

"当时,马房里没有人,只……只有老哈西一人在……在喂马。他随便问……问了一句:'又不出征,汗王上哪去呀?'俺就告诉他：'去喇……喇嘛庙。'以后，俺就走了。"

"当时有别人在吗？"

努尔哈赤又问了一句。

乌虎说："只有俺和老……老哈西，没有其他人在……在那儿。"

费英东教训乌虎说：

"你当了几年侍卫，不懂这规矩吗？怎么能将汗王出行的时间、地点乱说出去呢？"

乌虎急忙双膝跪下，流着泪说：

"俺一时大意，也觉得老哈西不是外人，就随口讲了出去。俺愿意接受处罚！……"

这时，他突然又高声说道："俺想起来了，俺临走时，才发现老哈西的床上，似乎睡着一个人……"

费英东站起来，走到努尔哈赤面前，在他耳边讲了几句话，然后匆匆走了出去。

这时，何和理与代善一起走了进来。何和理看着大家，说道："昨天中午，有两人分别看到武尔坤与阿布什从城外回来。"

努尔哈赤忙又问道："二人有没有骑马？可带弓箭吗？"

何和理说：

"据说两人都未骑马，也没有带弓箭。"

张一化说：

"要是他们干的，弓箭一定丢在那里了，他们也不会身背弓箭，大摇大摆地回城的。"

正在这时候，费英东回来了，说：

"床上睡的人，是武尔坤。"

大家听了，互相看了看，都望着努尔哈赤。褚英猛然站了起来，说道："不用说了，这是阿布什他们干的，俺去把他们宰了，还研究啥？"

努尔哈赤急忙挥了挥手，说：

"别急嘛！是他们干的，也跑不了！不过，是否有人指使他们？还要进一步追查！"

何和理看了一眼费英东，对努尔哈赤说：

"让俺俩去问他们一下，听他们怎么说。"

努尔哈赤说：

"你们别去了，俺派人叫他们来，由你们二人出面问他。怎么样？"

褚英说：

"假若他们不来呢？不如俺去把二人捆来，免得夜长梦多。"

努尔哈赤看了看大家说：

"还不到时候吧？……根据这些迹象看，事情快明朗化了。"

大家正说话间，有一侍卫进来说：

"外城守门兵士将武尔坤绑着送来了，从他身上搜出毒药一包。"

努尔哈赤看着何和理说：

"你们几人分开问吧。"

何和理立即会意，他向努尔哈赤说道："俺与费英东问武尔坤，让额亦都与安费扬古问阿布什，行吧？"

努尔哈赤点了点头，说：

"咱们坐等你们的消息吧！"

屋里只有努尔哈赤与张一化两人了。他不由得叹了口气，显得无可奈何地说：

"看来，这一场斗争是不可避免的了。"

张一化说：

"古人说：'树欲静而风不止。'人世间，好多事情不依个人的意志为转移。那李建成、李元吉二人，无智，无谋，又无人，硬是要和李世民较量，到头来落得家败人亡，这岂不是自找的吗？"

努尔哈赤说道："这场斗争，如今转移到咱们家里来了。本来，有一段时间，故意不让他带兵，是想让他闭门思过。往日，他老是以为离开他俺就不行了。俺是想让他清醒一下头脑，睁开眼看看，离开他，什么事都能办成，俺照样能打胜仗！未承想，他竟然用移居来要挟俺！这俺也可以不计较，但是他越走越远了，竟让常书、纳奇布出走，到哪去了？去干什么了？俺真是怀疑，是派他们到乌拉或叶赫去了？果真这样，岂不是背叛自己的亲人，去投靠咱们的敌人吗？现在可好，儿子与部下又来刺杀俺，这让俺怎么办？……"

张一化见努尔哈赤动了感情，忙劝道："别想那么多！水到转弯自然直，看事情发展到哪一步，到时候再说！"

努尔哈赤又长叹一声，说：

"现在也只能由着他吧，看他到底能走多远。不过，俺等着他能有幡然悔悟的一天！"

这里努尔哈赤与张一化谈心，暂且不提。

且说何和理与费英东走进屋子，见武尔坤被捆着，忙上去替他松了绑绳，说道："你与守卫士兵怎么发生了冲突？"

武尔坤说道："他们无端地对俺进行搜身，说俺买毒药是为了毒人。这是恶意陷害！俺根本没有买什么毒药，是他们拿了毒药，借着搜身的机会，装作是从俺衣袋里拿出来的，这不是栽赃、陷害，又是什么？"

何和理听了武尔坤的话，说：

"这没什么，如果那毒药不是你的，暂时就别管它。咱们随便聊点别的吧！"

费英东接着说道："你与阿布什在这里生活不方便，为什么不一起到黑扯木去？"

"俺留下来，是与阿布什作伴的。他留下来是看家的。"

武尔坤说完，何和理问道："难怪你急着往城外跑，整日无事，谁也急得受不住啊！"

武尔坤听了何和理的话，接着说：

"是呀！俺今天就是到城外遛遛，散散心，这却惹了祸，遭了难！"

费英东跟着问他：

"昨天你出城了吗？"

"没有，俺一天都在家里，没有出城！"

武尔坤又是摆手，又是摇头地否定。

何和理与费英东交换一下眼色，说：

"咱俩是汗王派来跟你谈话的，你说话可要慎重啊！俺问你，刚才你说：昨天没有出城，你再想想，是不是记错了？……"

武尔坤不由一怔，听何和理说话的口气，似乎已经对昨天的事情有了证据。但是，不管怎么样，反正不能承认，又未当场抓住谁，无凭无据的，看他们有什么办法！他想到这里，遂干脆地说道："昨天的事，俺怎能记错！俺和阿布什全在屋里，连大门都未出。不信的话，你们可以去问阿布什？"

费英东说：

"你没有说实话，昨天你出去了。阿布什已经承认，你还瞒着干什么？"

何和理见武尔坤正在发愣，又说：

"出城不出城，本不是什么大事，你却不说实话。阿布什都说昨天你们出城了，你还要俺找他问去，这样说假话，是不老实的。"

武尔坤让他们问糊涂了，又听他们说阿布什已承认昨天出城了。难道这是真的吗？他俩已商议过，决不承认……武尔坤决定坚持原先的说法，不能上何和理、费英东的当。于是，武尔坤坚持说：

"你既然说出城不出城，不是大事，为什么还老是盯着问？俺再说一遍：昨天，俺确实没有出城！"

何和理又问武尔坤：

"你的弓箭哪去了？"

"俺不打仗了，还要弓箭干什么？丢了。"

"什么时候丢的？"

"早就丢了！"

何和理又向武尔坤说道："又在扯谎，不是早就丢了，是昨天中午才丢的,是不是?"

武尔坤说:"俺讲的你不信,还问俺做什么?"

"不!要问,这是口供!你扯谎,不说实话,说明你态度不老实,处理得就重。"

何和理说完,费英东接着说:

"老实告诉你,昨天你们干的事,俺都清楚了。试想一下:本是两人干的事,其中一人都承认了,另一人还矢口否认,能行吗?"

何和理见武尔坤不言语,又说:

"把事情说清楚,本没有什么大事。因为你们是被利用的,又不是主谋!汗王又是宽宏大量的人,会从宽处置的。怎么样?还犹豫什么?老老实实说罢!"

武尔坤心中更加明白了,即使说出来,他们也不会完全相信的,他们还要追主谋,目的不是很清楚吗?

武尔坤想到这里,就说道:"俺讲的都是实话。俺不懂什么'主谋'!你们把这些脏水,硬往俺身上泼,也未必能达到目的。汗王若是有容人之量,就不会让你们来逼俺了!"

何和理与费英东交换了眼色,费英东说:

"昨天,在槐树林里发生的事,是你们干的,有人看见的。俗话说:若要人不知,除非己莫为。再狡辩下去,只能加重自己的罪行,对自己不会有好处的。"

何和理说:

"你还年轻,要珍惜青春,爱护生命。路走错了,可以回来,重新走;话说出去了,收不回来的,正像那覆水难收一样!"

不管他们二人怎么说,武尔坤总是不吭气、不吱声,所谓抱住葫芦不开口,由着你们去说罢,反正俺就是这么着了!

何和理与费英东觉得,再谈下去,也无益了,就对他说:

"俺们今天讲的事情,你回去好好想想,想通了,咱们再来谈,也还不迟!"

武尔坤站起来要走,门外有侍卫拦住说:"哪里也别想去了,就在这屋里蹲着,好好想想吧。对抗下去,不会有好结果的。"

于是,何和理、费英东走了出去,向努尔哈赤汇报情况去了,这且不提。

再说额亦都、安费扬古二人,见到阿布什以后,向他问道:"你认识咱俩吗?"

阿布什看看他们,只是点了点头,未说话。

额亦都说:

"咱俩与你父亲十几年来,跟着汗王打天下,南征北战,出生入死。你是在咱们眼皮底下长大的,今天找你来谈话,你可不要说假话哟!"

阿布什对二人说:

"你们都是汗王的红人,汗王对你们比对他的亲兄弟还亲呢!"

安费扬古说:

"汗王对咱们亲,咱们也对汗王亲!这是以心换心的结果呀!"

"俺父亲不行了!他拼杀了十几年,等于白拼,流了十几年的血汗,等于白流了!他不会做人,他不会做汗王需要的那种人!"

额亦都说:

"你对汗王的气不小呢?是不是向咱们说说。你到底对他有些什么意见?"

"谁敢对汗王有意见?他不想活了?"

额亦都、安费扬古听了,都直摇头,觉得阿布什小小的年纪,说话够刻薄的啊!

见二人不吱声,阿布什问道:"不知汗王找俺来有什么事?"

额亦都向阿布什反问道:"你应该知道有什么事,怎能说不知道?"

"这样吧,你们在这里坐一会儿,俺去找汗王问问,到底有啥事找俺?"

阿布什一边说着,一边站起身来,就往门外走。谁知,他刚走出门槛,就被侍卫拦住,对他说道:"不准走,快回屋里去!"

"怎么？凭啥不准俺出去！俺要找汗王问清楚，俺到底怎么？……"

阿布什站在门口，大声地喊着，与侍卫僵持着，不愿意进屋。

安费扬古站起来，走到阿布什身边，对他说：

"汗王有公事要办，派咱俩来跟你谈话，你就不用去找了。"

阿布什冷笑几声，说道："汗王有啥公事要办？他白天想着整人、杀人，夜里搂着女人睡觉。办什么公事？扯蛋！"

额亦都与安费扬古实在气不过，一齐说：

"不准胡说！小小年纪，怎么不讲道理？"

"谁不讲道理？为什么找俺来，又不同俺见面，这才是不讲道理！"

额亦都生气地说：

"刚才已经跟你说了，是汗王派咱俩来与你谈话的，不必去找汗王了。"

阿布什将脖子一梗，大声说：

"不行！俺不跟你们说。老实说，你们也不配跟俺讲话，你们……"

安费扬古实在气愤不过，质问他：

"你说，咱俩为什么不配跟你说话？"

"俺说出来，你们可不要气死了。"

额亦都、安费扬古齐声说道："你说罢，俺们不生气，也不怪你！"

阿布什死死地瞅着他们俩，带着十分鄙夷的口气说道："你们俩是汗王豢养的一对忠实走狗，怎么能跟俺说话？……"

额亦都立即站起身来，拉着安费扬古，往外就走。在他们身后传来几声笑声。

二人见了努尔哈赤，将情况大致说了一遍。努尔哈赤生气地说道："俺去见他，看他有啥蹶子尥！"

当时，莽古尔泰在座，就拦住努尔哈赤，高声说道："杀鸡焉用牛刀！让俺去见他。"

莽古尔泰与阿布什的年龄差不多大,他们小时候,经常在一块玩。

阿布什见莽古尔泰来了,对他说道:"你来做什么?汗王叫俺来,俺只同汗王说话。别人来,俺不理他。"

莽古尔泰说道:"怎么?你不愿意同俺说话,是俺辱没了你?还是有其他什么缘由?"

"你真要俺讲,俺就讲了。"

莽古尔泰大声地说:

"你讲吧!"

阿布什说道:"咱们是堂兄弟,从小又是好朋友。如今你父亲不顾兄弟、子侄之情,硬要置俺于死地,还要整死俺父亲,甚至俺全家,这让俺怎能不仇视他。俺实在不想因为你父亲的关系而伤害了咱们之间的兄弟之情。希望你能理解俺的心情。在俺死后,你能常常记住俺,俺就感到非常满足了。"

说完之后,阿布什哭了起来,泪水涟涟。莽古尔泰也情不自禁地陪着哭了一会儿,才悒悒不乐地走了。

莽古尔泰向努尔哈赤建议道:"阿布什已经得了神经病,满嘴胡言乱语,放了他罢!"

努尔哈赤带着张一化,二人一起进了阿布什的屋子。看着阿布什,问道:"听说你要找俺说话,有什么话就说罢。"

"是你把俺从家里叫来,不知为了什么事,俺想找你问个明白!"

阿布什的话,努尔哈赤听了很生气,问道:"你真的不明白,还是有意装糊涂?"

"俺的头脑清醒,为什么要装糊涂?你把亲兄弟看成仇人,才是真糊涂呢!"

"俺并没有把亲兄弟当成仇人,你却动手刺杀你的亲大爷了!"

"这叫做以眼还眼,以牙还牙!"

"你胆大包天!你刺杀的是建州女真的汗王,这罪可不小呢!"

阿布什听了张一化的话,又看了一眼努尔哈赤,激动地喊道:

"他是建州女真的暴君！建州女真没有多少人拥护他！恨他的人倒不少。"

努尔哈赤只是冷笑着，又问他：

"谁让你刺杀俺的？只要你说出来，俺就放你。"

"你别绕弯子，想嫁祸于俺父亲，这事与他无关！你想杀他，别找借口，这是你一贯阴险狡诈的表现！……"

努尔哈赤义愤填膺，只得说道："看不出，你倒很有心计——"

"能有你的鬼点子多吗？你是搞阴谋的专家，整日就在算计着别人……"

"住口！你也真够猖狂的，把他吊起来！"

努尔哈赤实在气极了，坐在凳子上直喘粗气儿。两个侍卫把阿布什绳捆索绑，吊在门口的大树上。

这时，阿布什并没有住口，仍在声嘶力竭地叫着，喊着：

"你残暴、阴险、毒辣，你是魔鬼！

你无耻、卑鄙、野蛮，你是恶棍！

你忘恩负义，不讲良心，你是无赖！

你反复无常，狼心狗肺，你是畜生！"

张一化几次催促努尔哈赤说：

"咱们走，别计较他，这是一个疯子！跟这样的人生气，既不值得，也有失身份！"

努尔哈赤在阿布什的骂声中走了，他对侍卫们说：

"要吊他三天三夜！"

未等三天三夜，阿布什已奄奄待毙了，第二天夜里，便死了。

努尔哈赤回去以后，仍是怒不可遏。他命令代善领五千兵马，去黑扯木，把舒尔哈齐捉来。

又派人把武尔坤吊起来，下面放了木柴，他亲自去问武尔坤道："你为什么刺杀俺？"

武尔坤看他一眼，冷笑一声，一言不发。

努尔哈赤又问道："你若讲出是受谁指使的，俺立马就放你！"

武尔坤只是冷笑几声，对着努尔哈赤吐唾沫，仍是一言不发。

努尔哈赤命令点火，木柴燃着了，熊熊的火焰炙烧着武尔坤。只听他大声骂道："努尔哈赤！你不得好死！俺要化成厉鬼，向你索命！"

武尔坤被活活烧死了。

且说舒尔哈齐在黑扯木，这些日子总觉得心神不宁，尽管瓜尔佳百般体贴，他还是吃不下饭，睡不着觉，嘴里自言自语地说：

"难道要出什么事吗……"

说来也巧，第二天赫图阿拉家中便来了人，告诉舒尔哈齐说：

"阿布什与武尔坤都被汗王派人抓去了，说他二人阴谋刺杀汗王。"

听到这个消息，舒尔哈齐当即昏倒，过了好长时间，才苏醒过来，嘴里不停地说：

"阿布什完了，武尔坤完了，咱们都要快完了！完了，完了！"

又过了一天，赫图阿拉家里来人哭着说：

"阿布什被活活吊死！武尔坤被活活烧死！"

顿时，全家大哭起来，舒尔哈齐坐在那里，两眼发直，嘴里断断续续地说着：

"太残……残忍了！太……太残忍了！"

正当全家号啕大哭之时，突然，一个家人跌跌撞撞地闯了进来。看到两眼哭得通红的瓜尔佳，他急急忙忙地说道："快！告诉二王爷，军队快要来杀他！他必须立即藏起来！快藏！"

那家人又告诉瓜尔佳说：

"军队已经将黑扯木围起来了，俺是冒着生命危险，偷偷地越过防线，一点一点地爬着溜进来的。"

此时，瓜尔佳在屋子里发疯似的跑来跑去，惊慌地说：

"快穿好衣服！快！军队快要来了！"

她披头散发，那长长的黑发，在后面拖着，像孔雀的长尾巴。她一边跑着，一边喊叫着：

"快！军队快来了！……"

惊恐不安的气氛，笼罩了这个连续几天没有安稳的家庭。那只名叫黑豹的猎犬，似乎也感到了紧张气氛，猖猖地吠个不停。

舒尔哈齐静静地坐在椅子上，默默地想着：军队来了？为什么要杀俺？……

"开门！"

大门口传来高声叫门的声音。

"你们要干什么？"

家人们用力顶着大门，向外面发问。

"找舒尔哈齐！"

士兵们大声地叫嚷着，继续砸门。

门被推开了。

当舒尔哈齐听到院子里杂乱的脚步声时，身披盔甲的士兵很快就冲进了他的屋子。

他们手执明晃晃的大刀，指着椅子上的舒尔哈齐，把他团团包围起来。

"你们凭什么冲进俺家里来？"

舒尔哈齐把脸转向代善，厉声问道。

"俺是在执行命令，"代善说，"要把你带到赫图阿拉去！"

"谁的命令？"舒尔哈齐问。

"父王的命令。"

舒尔哈齐轻蔑地扫了代善一眼，缓缓地站起身来。他走到洗脸间，拿过毛巾擦了把脸，整了整衣服，随后走出大门，在军队的押送下，离开了黑扯木。

第三十一章

赐鸩药汗王杀胞弟
悬鸳帐皇子娶婶娘

阴暗潮湿的黑牢里，形容枯槁的舒尔哈齐叹一声道："汗王哥哥要我死，我又如何能活？只可怜我那娇妻，不知落在他们父子谁的手里了！"说罢，从大将何和理手中夺过浸满鸩药的馒头，大口吞咽……

代善遵照努尔哈赤的命令，把舒尔哈齐押到了一间特别的屋子里。铁门牢牢地关着，墙上只留两个小洞，是送饭食、倒便溺的进出口。

这屋子阴暗、潮湿，全部面积只有五六尺方圆。漆黑一团的屋子里，飞满了苍蝇和蚊子，蝙蝠附在房椽上，壁虎在墙上乱窜。

一张小小的铁床上，铺着一条草席，那上面生满了虱子和跳蚤。墙角里挖个小坑，那便是厕所了。

舒尔哈齐在小铁床上躺下，怎么也睡不着。他两眼看着墙上的两孔小洞，思潮滚滚，往事一件件、一桩桩地涌现出来……

舒尔哈齐的童年并不幸福。虽然出生在建州卫都督的家庭，但是母亲早死，兄弟三人过着苦难的生活。

他一娘同胞三人，努尔哈赤、舒尔哈齐、雅尔哈齐。母亲死时，他才八岁，努尔哈赤大他两岁，雅尔哈齐小他两岁。

由于后娘的虐待，他十三岁的时候，兄弟三人被赶出了家门。

那时的情景，舒尔哈齐还记得清清楚楚。他们兄弟三人，走了一天，后来到了一个三岔路口。兄弟三人坐下来，努尔哈赤掏出祖父给的银两，三人平均分了，又抱在一起大哭一场。

以后，三人各奔东西。舒尔哈齐先是在抚顺街上讨饭吃，一家饭店的老板收留了他。

在饭店里干了不到两年。一天，抚顺关的李成梁到这家饭店喝酒，走时匆忙，将银囊丢在店内。

舒尔哈齐拾到以后，就亲自送去交给李总兵。原来那银囊里不光有钱，还有一份重要的文件。这位李大人一时高兴，便将他留在身边。

由于舒尔哈齐吃苦耐劳，深得李成梁的喜欢，不久，便被提拔为亲兵的小头目。

后来，大哥努尔哈赤在佟家庄园入赘以后，到抚顺卖马，兄弟二人才得以见面。

不久，李成梁聘请努尔哈赤帮助训练兵马，兄弟一起吃住，共同得到李成梁的信任。

为了报父祖之仇，他们才离开抚顺，一同走上征战的历程。

从万历十一年，他们带兵攻打图伦城以后，兄弟二人，在统一建州的各个战场上，总是并肩战斗，出生入死，相互关照，关系是多么亲密啊！

可是，随着势力的强大，军队数量的增加，特别是在赫图阿拉"自中称王"之后，大哥努尔哈赤逐渐妄自尊大，独断专行，目中无人了。

从此，大哥再不把自己的亲弟弟当做助手，而是看做连一般将领都不如的奴仆了。

平日里带兵打仗，只给少量的兵马；稍有不满意，便横加训斥。对舒尔哈齐手下的几员将领，如常书、纳奇布、武尔坤，百般仇视，多方刁难。对他们大功小奖，小错重罚。

舒尔哈齐越想越气："俺搬到黑扯木，目的就是远避他，躲着他。未想到移居没有一年，就对俺开了杀戒，吊死阿布什，烧死武尔坤，如今又关了俺。这心肠也太狠了！"

舒尔哈齐怎么也想不通，大哥把俺看得比哈达的孟格布禄、乌拉的布占泰还危险。他们被俘以后，都放回去了，为什么硬要置俺于死地呢？……

575

在那阴森漆黑的小屋里,舒尔哈齐一连想了三天三夜,终于找到答案——

他是怕俺夺他的王权,争他的王位!

由此,舒尔哈齐也想到,他不会放自己活着出去了!他必欲置自己于死地,这是肯定无疑的了。

在那肮脏潮湿的小屋里,舒尔哈齐过着人世间最恶劣的生活。这且不提。

再说努尔哈赤吊死阿布什、烧死武尔坤之后,又派代善将舒尔哈齐关进那间小屋里,内心里也并不平静!

舒尔哈齐毕竟是自己的亲兄弟,二十多年来的浴血奋战,建州女真能有今天的辉煌,也有他的一份血汗!

但是,他太不自量力了!如今,才统一了建州各部,他就要与俺分庭抗礼了。将来,俺还要统一海西四部,统一东海女真、黑龙江女真等,还要攻占辽沈,打进关去,登上北京皇帝的龙庭。到那时,他会更加眼红,闹得更加厉害。说不定,他会来个取而代之,也未可预料。

努尔哈赤想到这里,不禁自言自语起来:

"这次绝不饶他!不能放虎归山!还要斩草除根,不留后患!"

于是,第二天早晨,他又下达了命令:

"收回舒尔哈齐的所有财产。"

他又命令代善说:

"你带领五千兵马,再去黑扯木,将他全家人全部杀死,一个人也不能放跑!"

代善就带领五千兵马,又去了黑扯木,这且不提。

再说黑扯木舒尔哈齐家里,大哭小喊,乱得一塌糊涂。

那天傍晚,舒尔哈齐的两个贴身侍卫兀西拉、火列来,放马回来。二人听说以后,立即就要骑马追赶代善的队伍,把舒尔哈齐救回来。

经过瓜尔佳再三劝阻,才未成行。

兀拉西与火列来商议，派人连夜去乌拉，要常书、纳奇布回来，组织家兵，与努尔哈赤对抗。

两天后，代善的军队已到。他们没有包围黑扯木，而是先扎下营盘，准备次日再去杀人。

当天夜里三更多天，兀西拉、火列来准备停当，带领黑扯木的兵马五百人，悄悄摸到代善的营前。

突然一声呐喊，他们杀了进去。

白天从赫图阿拉来得迟，路上走得急，晚上代善又多喝了几杯酒，睡得也比较熟。

正睡得香甜之时，忽听一片呐喊声，代善慌忙穿上衣服，绰刀在手，带着几名侍卫，正准备杀出去。

只见兀西拉、火列来二人，手执大刀，带着一群人，杀了进来。代善不禁喊道："兀西拉、火列来！你们要造反吗？"

兀西拉大笑一声，说道："不造反被你们杀死，不如跟你们拼了！"

说罢，大刀一挥，望代善顶门砍来。

代善举起大刀，迎了上去，二人厮杀一处。火列来领着五百家兵，在代善营里见人就杀。代善的士兵在熟睡中醒来，慌忙应战，有的衣服未穿好就被砍死了，有的匆忙应战，斗不多时，多被杀死。

那五千兵马，大部分逃跑了。代善与兀西拉杀了一会儿，见营里士兵渐渐少了，到处是尸体，不敢再恋战，遂瞅个空子，跳出圈外，逃出营去，找了一匹战马，急往赫图阿拉报信去了。

且说兀西拉、火列来二人在营中追杀，见代善逃走，便领着家兵回黑扯木去了。

火列来、兀西拉对瓜尔佳说：

"代善回去，还要带来大批兵马，常书、纳奇布未回，咱们与其在此等着被他们杀死，不如趁早逃走吧！"

瓜尔佳流着泪说道："往哪里逃呢？"

"咱们还是往乌拉逃,兴许常书他们正在路上朝这里走呢!"

于是,二人帮着瓜尔佳收拾行李,准备逃往乌拉去。

舒尔哈齐共有三子四女,阿布什是长子,两个大女儿已出嫁给布占泰了。家中还有二子二女。

工夫不大,收拾停当以后,兀西拉、火列来领着瓜尔佳等,一齐上马,往乌拉奔去。

且说代善一路奔驰,回到赫图阿拉,向努尔哈赤将情况叙述一遍,可把他的父王气坏了。

努尔哈赤指着代善骂道:"没用的东西,给你五千人马,去杀那几个人,却弄成光杆司令回来了。"

费英东、扈尔汉走了过来,说道:"让我们去吧?"

努尔哈赤赶忙说:

"你们二位去了,咱就放心了。他有两个贴身侍卫,兀西拉、火列来,作战骁勇,要谨慎对付。"

代善说道:"俺担心他们往乌拉逃去!"

努尔哈赤说道:"你就不用操心了!他们跑到天上,二位将军也会追去的。"

于是,费英东、扈尔汉又带领五千人马,往黑扯木赶去。途中,又收拢了代善那些跑散了的士兵。

费英东他们的兵马到达黑扯木以后,早有人对他们说:

"兀西拉、火列来等,已往乌拉逃去了。"

二人遂指挥军队,迅速赶去。

且说兀西拉、火列来二人指挥七八百家兵,保护着瓜尔佳与几个孩子,一起往乌拉驰去。正走之间,突然听到身后马蹄嗒嗒,知道是大队人马追上来了。

兀西拉对火列来说道:"你到前面保护他们,争取快走,俺在后面对付追兵。"

火列来说:

"你到前面去罢,俺在后面对付追兵。"

这时，追兵已接近，兀西拉忙说：

"别争了，你到前面去吧！若是再迟，就来不及了。"

火列来只得掉转马头，往前面去。

不久，费英东等已经赶上来了。兀西拉勒住马头，手执大刀，拦在路当中，说道："二位大将军，久违了！"

费英东、扈尔汉只得停住马，答道："彼此彼此。因为咱们是老朋友，不说假话。汗王派俺俩来，执行任务。你是明白人，赶快走吧，咱放你一马。"

兀西拉答道："此话说得不对！二王爷你们抓去了，阿布什也死了，剩下几个孩子太小，你们能忍心去杀他们？何必要赶尽杀绝呢！"

扈尔汉催马来到前面，说道："俺是奉命行事，其他情况一概不管，请你立刻让出道来，别伤了咱们的和气！"

兀西拉还想说话，扈尔汉已催马上前，兀西拉将刀拿起，说道："别忙！扈尔汉将军若能赢了这把大刀，你再过去不迟！"

于是二人就马上厮杀起来。费英东看着两人战斗，想起了那年攻打巴克达城时，他被敌兵围在中间，左冲右突，也杀不出去。正当危急之时，兀西拉忽然冲杀进来，救出了自己。

从那次以后，两人成了莫逆之交。

刚才，费英东是想放兀西拉逃走，报那次救命之恩。

这时，扈尔汉与兀西拉还杀得难分难解，不分上下。费英东拍马上前，来到扈尔汉跟前说：

"你到前面去，让俺来对付他！"

听了费英东的话，扈尔汉只得收了枪，拍马往前追去。

见扈尔汉走远了，费英东向兀西拉说：

"快走吧，老弟！何必要与汗王作对？南蒙北蒙，远走高飞去吧！……"

兀西拉听后，长叹一声，说：

"好罢！俺就听你的了！"

只见兀西拉在前面拼命策马逃去，费英东在后紧追不舍。二人联合起来，演了一出假追捕的双簧戏。

前面不远处，有一片山林，兀西拉勒转马头一看，只有费英东一人，随即翻身下马。

费英东来到树林边上，见兀西拉在林子里等他，立刻催马上前。兀西拉说：

"多谢将军指点。俺这一去，很可能终身不再回来，咱们之间的友情，只等来世续吧！"

说完，兀西拉情不自禁地落下泪来，费英东也有些动情，他忍住后，说道："大丈夫志在四方，何必为一时一地而计较呢！二王爷一家该绝了，这是天意！因为'天无二日'，建州怎能容下两个'王'？你又何必去违拗天意呢？……"

兀西拉还想说什么，费英东连忙挥手说：

"赶快上马！等会儿有人看到，对俺不利呀！"

听了费英东的话，兀西拉只得翻身上马，往林子深处驰去。

等到兀西拉的背影隐没以后，费英东才策马往回走。

且说莽古尔泰听说费英东与扈尔汉去黑扯木，就急急忙忙去见努尔哈赤，说道："俺想去黑扯木！"

"你去干啥？费英东与扈尔汉已走多时了。"

努尔哈赤见儿子一副着急的样子，又反问了一句，"你有什么事吗？"

莽古尔泰吞吞吐吐，只得说道："那瓜尔佳跟俺大小差不离，俺想……想要她！"

听了儿子的话，努尔哈赤内心里只想笑：这愣小子也想女人了！便说道："瓜尔佳年纪虽不大，已生下两个孩子，何必吃人家嚼过的馍呢？"

莽古尔泰仍是执意要去，努尔哈赤只得说："你去吧！说不定他们已将那女人杀了。"

莽古尔泰催马加鞭，直奔黑扯木驰去。

再说费英东放跑了兀西拉,迅速赶回军队,正遇见莽古尔泰飞马赶来,距离老远,莽古尔泰便喊道:"刀下留人!刀——下——留——人!"

来到费英东跟前,莽古尔泰翻身跳下马,焦急地问道:"瓜尔佳呢?瓜尔佳呢?……"

费英东不解地说:

"找瓜尔佳干什么?"

莽古尔泰慌忙解释道:"俺要她!父王已经答应了,俺要她!"

费英东这才听明白他话里的意思,忙说:

"她在前面,不知扈尔汉可把她杀了,咱们快去看看吧!"

原来,扈尔汉到前面追上火列来时,二人正要厮杀,瓜尔佳突然对火列来说:

"让俺跟他说几句话吧!"

火列来心里想,这扈尔汉是一个标准的牛汉,做起事来,板上钉铁钉,有一是一,有二是二,从没有缓和的余地。你去讲哑了嗓子,也是"瞎子点灯——白费蜡"!但是,也不便阻拦,只得说道:"好罢!你去讲讲看,他不一定会理你呢?"

瓜尔佳拍马上前,来到扈尔汉跟前,说:

"俺早听说大将军是一个正直的汉子,二王爷已被你们关起来了,还剩下俺和几个孩子,你又何必干这绝事呢?……"

不等瓜尔佳说完,扈尔汉一抖手中枪说:

"俺不跟你讲这些,俺只知道奉命执行任务!"

说罢,手中钢枪一挺,就向瓜尔佳的胸口刺去。说时迟,那时快,扈尔汉那枪头将要扎到之时,只听"当"的一声,那枪被隔开了。

原来,瓜尔佳与扈尔汉说话时,火列来已策马来到近前,知道扈尔汉会当场将她杀死。他看到扈尔汉的长枪扎向瓜尔佳时,便伸出刀去,把那长枪一隔,当场救了瓜尔佳一条性命。

火列来冷笑一声,说道:"别凶神恶煞似的,咱们来战!"

扈尔汉立即答道:"好啊!俺就奉陪到底!"

二人一枪一刀,来来往往,杀到一处。

正当他们二人酣战之时,费英东与莽古尔泰追了上来。他对莽古尔泰说:

"你真幸运!瓜尔佳未死,你到那边找她去罢!"

莽古尔泰举目一看,瓜尔佳与几个孩子一块,身边有一群士兵。他立即大喝一声:

"俺奉汗王之命,来带瓜尔佳,其他的人一律走开!不然,老子的大刀可不饶你们!"

那些士兵随即一哄而散,瓜尔佳立即搂住几个孩子,惊恐地看着莽古尔泰。

来到瓜尔佳对面,莽古尔泰翻身下马,他心里说:美人毕竟是美人!

他正要说话,突然间,从瓜尔佳身后蹿出一条浑身乌黑的猎犬,扑到他面前,"汪汪"地叫个不停。

莽古尔泰被吓了一跳,不由得往后退了两步,便想挥刀去砍。

瓜尔佳立即唤道:"黑豹!快过来,快过来!"

那猎犬便摇了摇尾巴,一溜小跑,回到主人身后伏下来。

莽古尔泰对瓜尔佳看了一会儿,说道:"父王答应俺娶你为妻,跟俺回去罢,俺会喜欢你,善待你的。"

瓜尔佳听了,立刻说道:"不能!这不能!俺不能与你们家两代人做夫妻!你把俺杀了吧!"

莽古尔泰连忙说道:"这有什么关系?只是俺喜欢你,就行了!父王都答应了,你何必拒绝俺呢?"

瓜尔佳想了想,又说道:"这几个孩子,都是俺的心头肉,你要真心娶俺,就不能杀他们。"

莽古尔泰心里说:只要答应给俺做妻子,什么条件都可以接受。何况这几个孩子,带回家里去,想什么时候杀他们,还不是手到擒来!于是,他痛快地说:

"行！你带着他们就是了。"

瓜尔佳又连忙说道："那个火列来，你去放了他，俺才愿意呢！"

莽古尔泰想了想，俺愿意放他，那两位大将不愿意咋办？只得说道："让俺去劝劝那两位将军，他们真不答应，俺也不能硬放！"

瓜尔佳心里想：看起来，这个莽古尔泰憨头憨脑的，身高马大，肯定是一身的好气力。到这份上，俺还坚持个啥？自古以来，女人都是男人手中的玩物。何况这几个孩子又能活下来了，俺就依了他，也落个后半生快活！

瓜尔佳已决定做莽古尔泰的妻子，这且不提。再说莽古尔泰来到扈尔汉与火列来拼杀的地方，见二人打得不分上下，遂一个箭步上前，用刀往中间一架，对二人说：

"请二位暂时歇手，俺有话对你们说。"

扈尔汉、火列来各收回兵器，站到一边去，莽古尔泰先清了清嗓子，说：

"父王已答应俺娶瓜尔佳为妻，瓜尔佳提出两个条件，要求俺不杀孩子，由她带着；还要俺放走火列来。俺都答应了，请两位大将军能成全俺。"

费英东听了，立即过来说道："汗王既然答应你娶瓜尔佳，赦了她的死罪，孩子又不杀了，火列来当然也可以放掉。俺没有意见，扈大将也不会反对的。"

扈尔汉本来是不愿意的，听费英东这么一说，也只得顺水推舟地说：

"俺也……也没有意见，那就放他走吧！"

火列来双手抱拳，向大家说道："后会有期！"

说罢，遂走到瓜尔佳面前，对她说：

"祝贺你另得新欢，又可以做一次新娘子了！"

说完，身子一摆，吐了口唾沫说：

"水性杨花的女人！"

然后，大踏步走了。

费英东立刻赶过去，喊道："别走，俺有句话要跟你说！"

火列来勒马站住了，转过头来。费英东来到他马前，轻声说："兀西拉往蒙古方向去了！"

"多谢大将军的关照！"

说罢，火列来头也不回地，也往南蒙、北蒙方向，打马加鞭，奔驰而去。

且说努尔哈赤在莽古尔泰走后，头脑里许多事情，一齐翻腾起来了。

瓜尔佳跟着舒尔哈齐，这许多年来，二人的感情相当融洽。如今，又嫁给莽古尔泰，会不会仍旧眷恋着他？……

另外，常书、纳奇布出逃，会不会来搭救他？……

再说他活着，只能是有百害而无一利！想到这些，就唤侍卫去请何和理来一下。

工夫不大，大将军何和理来了。

努尔哈赤摒去身边的侍卫，向他问道："他老是在那小屋里住着，也不行啊！得想个万全的办法，你看呢？"

何和理懂得努尔哈赤话里的"他"，是指他的弟弟舒尔哈齐。但是，这要俺如何说呢？何和理思索了一下，问道："听说莽古尔泰要娶瓜尔佳，你答应了？"

努尔哈赤点了点头。

何和理只得像淌水似的，慢慢往前试探着进行，自言自语地说："以后会不会增加麻烦，或是另生枝节呢？"

努尔哈赤两手一拍，附和着说：

"对呀！你说的一点不差，俺正为此顾虑呢！"

何和理听到这两句话，胆子壮了起来，便果断地说道："让他活着，他自己还受罪；死了呢，他自己倒解脱了，咱们大家都放心了。"

努尔哈赤接着说：

"这是两全的结局，请你看着办罢！"

何和理又追问了一句话：

"是用绳子，还是给他吃点东西呢？"

"也由你全权操办去罢！"

何和理想了一会儿，又向努尔哈赤问道："之前，你是否还去见他一面？"

努尔哈赤站起来，背着手，在屋里走了几个来回，还是拿不准是去见他，还是不去见他？

他心里说：若按兄弟之情，这最后一面也该去见他一下。但是，如今这兄弟之情，情已了矣！……还是不去为好！见了面，一旦他说什么，俺也不好答复。弄不好，他若骂俺，不是自讨没趣吗？

想到这里，他站到何和理面前，说：

"还是不去见了罢，免得——落个不愉快！另外，见了也没有多大的意义，又无话可说，就不多此一举了！"

何和理又考虑了一会儿，觉得没有什么话要问的了。他向努尔哈赤告辞时，又说：

"你不见他，俺要见他一面，你该不会反对的吧？"

努尔哈赤笑了一下，连忙答道："不——会，你去见他吧，俺怎会反对呢！"

又过了两天，何和理来到那小屋门口，对守门士兵说：

"将门上的铁锁打开！"

何和理走了进去，立刻，一股难闻的气味呛得他几乎呕吐出来。

他站了一会儿，才发现舒尔哈齐蜷缩在小铁床上。接着，他分明听出是舒尔哈齐的声音：

"你来了，何大将军！"

尽管那声音微弱，但是何和理立即能听得出来，那是他——舒尔哈齐，曾经与自己一同战斗过的"二王爷"的声音。

"你起来吧，汗王让俺来放你的。你先出去洗个澡，换套衣服，咱们一块去见汗王，怎么样？"

何和理尽量装作若无其事的样子，平静地跟他说。但是，舒尔哈齐并不相信有这一天，他已抱定必死的决心，知道他那位大哥是不会放他的。所以，他说：

"你别瞒俺了，俺早已不怕死了！……"

这时，何和理让守门士兵扶他起来。三人一起走到院子里去。

何和理让士兵将他的脚镣打开，并扶他到隔壁去洗澡。那里有一只特制的大木桶，里面的热水冒着蒸气，这是何和理派士兵们事先准备好的。

洗完澡，何和理走上前去，拉着舒尔哈齐一边走，一边说：

"这些事情，都是令兄——汗王安排好的，等咱俩喝完酒，再去见他。他要亲自放你！"

舒尔哈齐摇了摇头，说道："俺不相信。他既不会这样安排，更不会放俺的！俺是把他看透了！……"

二人坐在酒桌边，面对面地吃着，喝着，也谈着话儿。

舒尔哈齐说：

"俺所以能有今天的下场，就是因为是他的弟弟。换了旁人，也会是这个下场。再会做人的人，若是他的弟弟，也逃不脱这个结局！"

何和理尽力把他们的谈话引得远远的，并不时地给他添酒夹菜。

但是，舒尔哈齐还是三句话离不开那个主题，又说道："阿布什刺杀他的事情，俺确实不知道。不过，咱跟他换个位置，他的儿子也会这么干的！俗话说：'父仇大似天'啊！"

舒尔哈齐见何和理不吱声儿，又说：

"常书、纳奇布出走，就算是逃跑，也不能把账记到俺的头上。那是他逼的，削了俺的兵权，也夺了他们的饭碗。他们再不走，在这里活活饿死不成？

"就凭这些无凭无据的事情，将俺杀了，将俺全家杀了，谁能服呢?所谓欲加之罪,何患无词,真是一点不假!"

舒尔哈齐不停地说着,似乎满肚子都是话,三天三夜也说不完,诉不尽!

何和理只是静静地听着,有时"嗯、啊"地附和几声,或是为他添酒夹菜,提醒他多吃菜,少喝些酒。

但是,舒尔哈齐又说道:"这菜俺吃了,酒也喝了,身子也洗干净了,唯有话未说完,冤诉不尽啊!"

何和理还在劝他多吃一些,但是,舒尔哈齐又想起一件事,问他:

"俺的子女他一个也不会放过的,可是有一个人他不会杀,那就是瓜尔佳!他不是留着自己玩弄,就是送给别人!是吧?"

何和理只得说道:"他哪里会呢?你别胡思乱想了!"

何和理见他吃得差不多了,也喝得差不多了,就向侍卫使了个眼色,那侍卫用盘子捧着一个鸭蛋大小的白面馒头,放在桌子上。

何和理把那盘子放在舒尔哈齐面前,说:

"这白面馒头是用参汁和面蒸出来的,你吃了可以补补身子,走路就有力气了!请你快把它吃下!"

舒尔哈齐拿起那个馒头,端详了又端详,然后说道:"何大将军讲得对,俺吃了它,就有力气了,走路就走得动了,就能走到很远很远的地方去了。"

舒尔哈齐一边说着,一边大口大口地咬着,嚼着,嘴里还不停地说着……

何和理看着,听着,不由得流下了眼泪。真想上去一把夺下来,并且告诉他:

"不能吃!那馒头里有毒药!"

但是,他不能那么做。这是命令,是"命令"让他这么做的。

吃完那馒头,舒尔哈齐想站起来,但是怎么也站不起来了。那侍卫走过去,扶着他站起来,他向何和理点了点头,断断续续地说:

"谢谢！何——大——将——军！……"

还想说什么，但是，他已说不出话来，颓然地倒在那侍卫的怀里……

这时间，是万历三十九年（1611年）八月十九日，舒尔哈齐死了。时年四十八岁。

在万历三十七年（1609年）三月，舒尔哈齐被夺去了兵权。再过一年多一点，他就被关押在那间小屋里，直到死前。

再说莽古尔泰与费英东、扈尔汉一起，放了火列来以后，他对两位大将军说：

"你们先回去向父王复命，俺要带着瓜尔佳，在黑扯木过两天，然后回去。"

费英东与扈尔汉只得带着兵马，回赫图阿拉去了。

努尔哈赤得知消息以后，心里说：

"这小子性子这么急，连回来成亲都等不及了！"

几天后，莽古尔泰带着瓜尔佳及几个孩子，一起回到赫图阿拉。

从此，赫图阿拉再没有人提起舒尔哈齐及其一家的事情……

第三十二章
不肖子无良行淫事
新储君有意庇恶朋

安文子疾步上前,揭下新娘那红布盖头,色眯眯细看时,哪里是什么公主,正是前日被自己强奸后上吊自杀的扈米拉!只听扈米拉厉声喝道:"安文子,你这无耻的畜生,还俺的命来!"

万历三十九年(1611年)八月十九日舒尔哈齐被处死之后,汗位之争的焦点,移向努尔哈赤的长子褚英。

褚英是努尔哈赤的长子,跟随努尔哈赤南征北战,战功赫赫。

万历二十六年(1598年)褚英十八岁,率兵征讨安楚拉库,得胜归来,被努尔哈赤赐号洪巴图鲁(在满文里"洪巴图鲁"意为无敌的勇士)。

万历三十五年(1607年),在乌碣岩之战中立功,又被赐号阿尔哈图土门(在满语里,"阿尔哈图土门"为多谋、广略的意思)。

以后,又经历几场征战,屡建军功。

褚英统率过千军万马,在政治上也有抱负,想有朝一日做一国之王。

努尔哈赤在统一女真的战场上,连续取得一个又一个胜利。但是,他年岁已高,政事冗繁,时常感到精力不够了。

在这种情况下,努尔哈赤想找一个助手,也需要确定继承人。那时,建州没有立储以长的历史传统,但是,褚英战功卓著,努尔哈赤便决定选择褚英,授命他执掌国政,代替自己管理政务。

且说努尔哈赤曾替儿子请了一个武功师傅,名叫赛义德,是蒙古人。

原在赫图阿拉时,一次南蒙古科尔沁贝勒来结盟通好,努尔哈赤万分高兴,让将领们都来陪着喝酒,办了十桌酒席。

当酒菜上桌后,因为那天天气很热,有人建议说:

"咱们将酒席搬到院子里去吃罢,房子里太闷热了。喝起酒来,会更热的。"

努尔哈赤觉得这意见很好,就派侍卫来抬桌子,撤酒菜。

这时,科尔沁贝勒的随员中走出一人,说:

"别让他们撤了,那太麻烦了,让俺来端出去罢!"

那些桌子都是枣木做成的,料又大,本身就很沉重,再加上桌面上的酒菜杯筷等项,粗略估计一下,该有百十斤重吧!

由室内搬到院子里,起码五六丈远,一桌一桌地搬出去,真是不容易啊!

只见那蒙古人一掕衣襟,伸直两手,竟将一桌酒席,平举着端到院子里去了。

放下时,桌面上的汤和酒,一点也没溢出来。就这样,十桌酒席,那蒙古人硬是用两只手,平举着端到院子里去了。

在场的将领们,无不鼓掌叫绝,齐声说:

"大力士,真是大力士!"

酒席散后,努尔哈赤同那蒙古人谈得很投契,便对他说:

"俺有十多个儿子,想聘请你担任他们的武功师傅,好不好?"

那蒙古人便留了下来,便是赛义德。

平日,赛义德教孩子们练拳踢脚,有时与褚英一起去山林打猎,二人处得融洽,结成莫逆之交。

在练拳的空闲时间,赛义德就讲三国的故事给他们听,引得大家整日围着他转。

一天,褚英又邀赛义德去打猎。休息时,二人躺在草地上,晒着春天的太阳,浑身舒服极了。

赛义德说:

"英子,你要好好干啊!你是汗王家的长子,将来要继承王位的。"

褚英听了,很不以为然地说:

"不一定吧?父王早就说过了,建州没有长子承袭的传统。俺祖父兄弟五人，他排行老四。当时太爷爷认为他不光有武艺，还有谋略，就让俺祖父袭位了。"

赛义德又说道："要是兄弟几人都有武艺，又有谋略，你又是长子，岂不能优先吗？"

"那也要看父王的态度！能被他看中才行。"

"你又不傻，为什么不让你父王喜欢你呢？"

褚英两手一摊，觉得为难地说：

"父王是一个严肃的人，平日不苟言笑，对俺兄弟们十分严格，俺们都怕他呀！"

赛义德说：

"英子！你今年是十七岁了吧？论你的功夫，也可以上阵了。"

褚英说："父王不让俺去，说太小了，去了很危险。说不定，真去了还要别人照顾呢！"

赛义德又说："你一定要想办法让汗王喜欢你，信任你，认为你将来有出息。"

褚英立即说道："请师傅教俺，将来俺要是当了王，一定封你一个大官，重重地报答师傅的恩情！"

褚英说完，从草地上一个鱼跃，起来了，然后扑通一声跪在地上，连连给师傅叩头。

赛义德一见，急忙站起来，伸出双手，将褚英扶起，连声说："这又何必呢？俺既关心你，又怎能不替你想办法？不过，这得靠自己！俗话说：不经一番冰霜苦，怎得梅花放清香？"

褚英急着说道："请师傅说具体些，俺一定牢记心头！"

赛义德朗声说道："汗王是武将出身，他必然喜欢作战勇敢的人，古人云'惺惺惜惺惺'嘛！大将额亦都、安费扬古、费英东、扈尔汉等，都是你父王十分喜爱的勇将！你要学习他们，仿效他们，做他们那样的勇将，你父王一定会让你袭位的。"

褚英说：

"战场上作战英勇，轻者负伤，重者丧命。俺若战死沙场，不是什么也捞不到了吗？"

"英子，你尽说傻话！打起仗来，要有勇有谋，既要胆大，又要心细。不能乱冲乱撞，盲目地蛮干！另外，也要武艺高强，这是勇猛的基础，没有过得硬的本领，再勇敢，再胆大，也不过是敌人的靶子！"

褚英接着说道："师傅，从明天开始，你抽时间单独教俺一些武艺，怎么样？"

赛义德忙说：

"可以单独教你。只是白天不行，你那些弟弟看到了，不是有意见吗？你要不怕吃苦才行，就在夜里教吧！"

"可以，俺已下定决心，学好本领。就从今天夜里开始，可好？"

赛义德见褚英歪着脑袋，一脸正经地问他，心里特别高兴，觉得孺子可教。便说道："行！只要你能吃苦，肯学，俺一定认真教你。不过，有句话你听说没有：'师傅领进门，修行在个人！'关键在你勤学苦练！"

褚英高兴起来，一跃站起，兴致勃勃地说：

"走！俺这就回去，今夜就开始学！"

自此，褚英学习武艺非常刻苦，马上的刀枪功夫练得很熟。

一天夜里，努尔哈赤回来较迟，他听到前院有兵器撞击的声音，遂手提一把宝剑，往前院走来。

努尔哈赤走近一看，原来是赛义德在陪着褚英练武呢！

他也不吱声，悄悄站一旁观看，见褚英的武艺大有长进，心里非常高兴，就上前说道："快半夜了，还不休息？"

二人这才停下，赛义德上前说道："英子上进心很强，要俺天天夜里来教他，已经苦练几个月了。论他的本领，也可以跟你去战场走走，一般将领已不是他的对手了！"

努尔哈赤欣喜地说：

"那好啊！多亏师傅教得认真。好，咱父子俩走几个回合，看你的功夫到底如何？"

褚英忙说：

"俺怎敢与父王交手？俺的功夫还差得远呢！"

赛义德忙对褚英说：

"俗话说：'弄斧到班门，比武找高手。'正因为你差得远，才不要放弃这个学习的机会呀！"

努尔哈赤也笑着说：

"初生牛犊不怕虎呢！俺未必能胜你，来吧，别像大姑娘似的。"

褚英手提一杆钢枪，摆开架势，与父王战了起来。

儿子使枪，父亲使剑，枪来剑往，寒光闪闪，一连打了十几个回合。

努尔哈赤跳出圈外，说道："真可以走马上阵了！"

赛义德急忙说道："英子很有出息，不光练武认真，还要俺教他用兵布阵的谋略。"

努尔哈赤赞赏地点了点头，说：

"用兵不用谋，是个糊涂虫！孙子说：上兵伐谋。就是要有勇有谋嘛！"

赛义德笑着说：

"再学一阵子，俺就不是他的对手了！"

努尔哈赤不由得哈哈大笑起来，说：

"那还不至于吧？师傅也太抬高他了。好吧，过两天再出征，就让他也去，先练练胆子，再试试功夫。"

赛义德忙向褚英说：

"还不快去谢谢你父王！"

努尔哈赤笑着说道："算了吧！天也不早了，都该休息了，师傅也辛苦，整日被孩子们缠着，亏得你有耐心！"

赛义德说：

"辛苦点没啥，只要他们肯学，俺累点也愉快。今天，汗王亲眼看到了，俺这里已有收获了，而且是很大的收获！"

赛义德一边说着，一边用手指着褚英。

努尔哈赤笑得更开心,说道:"师傅真会说话,你的心血没有白费,你的勤奋耕耘,必然收获更大的硕果!"

褚英说道:"请父王与师傅都休息吧!俺再练一会儿,就回去了。"

努尔哈赤对赛义德一拱手,说:

"师傅也歇着吧!明天还要早起练功,不要累坏了身子!"

说罢,努尔哈赤往后院走去。

赛义德见努尔哈赤走远了,对褚英说:

"良好的开端,是成功的一半!这第一关已被你闯过来了。以后的路,还长着呢。要过关斩将,实现美好的愿望,你仍要踏实苦练本领,提高作战能力,争取达到智勇齐备,文武双全!"

褚英赶忙走到赛义德面前,说道:"感谢师傅教诲,俺英子决不负师傅的厚望,一定做一个顶天立地的男子汉!"

"好!师傅就等这句话呢!今晚就到这里吧,明天再接着练!"

从这以后,努尔哈赤见了褚英,总是笑眯眯的。一天,他当着赛义德的面,训导代善等小兄弟们说:

"你们要用心学,能像大阿哥那样,俺就放心了。"

然后,又让褚英表演了几套枪法,并亲自指点,说道:"功夫不负苦心人啊!作为一员武将,平时要多流汗,勤练功,打仗时就少流血,甚至不流血。"

不久,努尔哈赤真的带着褚英,打了几仗。在讨伐讷殷部时,褚英跟着大将额亦都,参加了攻城战斗,亲手杀伤了许多讷殷部民。

古勒山战役中,努尔哈赤将褚英带在身边。他亲眼看到了父王用谋略打败了狂妄的九部联军,受到了极大的教育。

从十八岁开始,褚英被他父王差遣,多次率兵出征,攻打安楚拉库路,参加乌碣岩之战,攻占乌拉的宜罕山城,等等,屡立战功,深受努尔哈赤的信任。

万历三十六年(1608年)的一天,努尔哈赤派侍卫叫来了赛义德,并向他问道:"俺战事频繁,无暇管理政务,想让褚英主持国政，师傅意见怎么样？"

"褚英今年二十八岁，就现在的表现来看，是可以胜任的。"

赛义德竭力保荐，心里说：只要他能接受意见，以诚待人，加上苦干实干，何愁干不好！

努尔哈赤对赛义德说：

"还得请师傅多给他指教，帮助他管理好政事，并能从中受到锻炼提高！"

赛义德说道："这就请汗王一百二十个放心了！不过俺的能力有限，又没有从政的经验，还得请你经常指点他。"

于是，努尔哈赤在四大贝勒、五大臣会上宣布了这个决定。从此，褚英便走上了太子的宝座，代替努尔哈赤管理政务。

褚英兴奋地对赛义德说：

"过去，羽毛未丰，不能高飞；如今，高飞之势已经形成，当奋翅凌空，一飞冲天而去！"

看到褚英那得意忘形的样子，赛义德真想泼他一瓢凉水，让他清醒一下。便说道："高空之中也有逆流，若不当心，便会翻断羽落，又怎能高飞？更不能冲天！"

"师傅！你不要扫俺的兴吧？"褚英一边说着，一边喊道："狄盖特！狄盖特！"

进来一个五大三粗的侍卫，对褚英说：

"你不是派狄盖特去请安文子了？"

"啊！对，对，对！俺倒忘了。那你去准备酒菜吧，尤一夫！"

这个尤一夫也生得膀大腰圆，与狄盖特二人，都是褚英的贴身侍卫。

工夫不大，安文子来了。他是大将安费扬古的长子，长得一表人才，白净面皮，衬着两只大眼睛，高挑个儿，显得很文雅，像个读书人似的。

褚英喜笑颜开地对安文子说：

"今天，咱们好好庆贺一番，让师傅喝个痛痛快快，咱俩也来个一醉方休!"

安文子笑眯眯地坐在椅子上,说:

"行啊!只要大哥一声令下,小弟敢不从命!就是上刀山,下火海,俺也不在乎的。"

这场酒,他们一直喝了一天,到傍晚才散。

再说褚英秉政以后,努尔哈赤解除了政务的冗扰,一心一意地着意于军事,负担真的减轻了许多。

当了小王爷的褚英,内心充满喜悦,整日乐呵呵的,踌躇满志,决定大干一番。

一天,赛义德向褚英说:

"安文子出纰漏了。他前天在山上打猎,遇到了扈尔汉的闺女,名叫扈米拉,安文子在山林里将扈米拉给强奸了。这事情五大臣正在调查,安文子已被他父亲安费扬古绑到牢里关起来了。"

这一惊可不小!褚英只觉头脑一阵晕眩,幸亏年轻力壮,能顶得住。若是老年人,早跌趴下了。

原来安文子早就爱慕扈米拉的美貌。由于两家住得门连门,安文子长扈米拉三岁,从小在一块长大。但安文子不求上进、喜欢玩弄女孩子的行为,早为扈米拉厌恶。

前天早晨,她与头天约好的大将何和理、扬古利几家的女孩子,一起去山林打猎。她们身背弓箭,骑着骏马,向南山驰去。

正是四月天气,温暖的阳光洒在林中的草地上,那些不知名的野花零星地开放在野草中间。红花,绿叶,浑然天成。林中的鸟儿叽叽喳喳,喇啾呜唪,组成优美的合唱。

几个女孩子打了五六只野兔、野鸡,将马拴在树上,然后躺在草地上,嬉戏喧闹,非常惬意。

扈米拉不光长得美丽动人,还能歌善舞。这时候,她带头唱起歌来,大家开始只是跟着她唱,唱着唱着,不由得跳起舞来。

歌声、笑声惊飞了周围树上的小鸟,却引来了一头小鹿。它伸着头,好奇地看着这群天真烂漫的女孩子。

正在跳舞的扈米拉首先发现了小鹿，立即拿起了箭，正想瞄准射击之时，心里又不忍射死它。便朝它的后腿射去，心想：射伤以后，捉回家去，留养着玩。

只听"嗖"的一声，一箭射去，正中小鹿的屁股。那鹿儿"咩"的叫了一声，便往林子跑去。

扈米拉立即赶了过去，心想：它已受伤，俺不用骑马，就能将它捉住。

谁知，那小鹿屁股带着箭，跑得更快。扈米拉在后面紧追不舍，追了一会儿，看看就要赶上了。

忽听"嗖"的一声，那小鹿一头栽倒，它被一箭射中头部，倒下就死了。

扈米拉抬头朝周围一看，一匹白马"唰"地一下子蹿到眼前，马上不是别人，正是她平时极为讨厌的安文子。

扈米拉没有搭话，转头就走。安文子将两腿一夹马肚子，那白马一下冲到扈米拉前面去，拦住她。安文子笑着说：

"今天，咱们有缘在林子里见面，也算是天赐的良机，怎么不说说话儿，就走了呢？"

扈米拉红着脸说：

"俺跟你没有好说的，快让开！"

安文子跳下马来，笑眯眯地说道："俺有许多话要向你说呢……"

安文子说着话儿，就想伸手去拉她，扈米拉忙把手一甩，躲开了。

安文子那天与褚英、赛义德喝完酒回家，父亲安费扬古让他去老家瑚济寨看望祖父。第二天他便骑马去了南山脚下的瑚济寨，在老家过了一晚，次日上午告别祖父，回赫图阿拉来。正要穿过这片山林，不意间看到一头小鹿，便拔箭射去。

事有凑巧，被安文子射死的小鹿，便是扈米拉射中屁股的那一头。二人不期而遇，扈米拉惊慌之间，只想及早离开。

安文子是个好色之徒，斐得利家的女儿辛格沙被他玩弄过，他还与死去的总管大臣洛寒的小妾暗中来往。

去年春节在喇嘛庙会上,扈米拉与安文子狭路相逢时,安文子用话挑逗她,遭到拒绝。因为几个女孩子及时赶到,她才得以脱身。

想到这里,扈米拉急得满脸涨红,香汗直流,却脱身不得。

安文子说道:"咱们的父亲同在汗王帐下,共列五大臣班内,正是门当户对的。咱俩若能结为百年之好,俺一定好好待你……"

扈米拉连忙说道:"你若真心爱俺,就回去让你父亲托人下聘,为什么要在这山林之中逼俺呢?"

安文子说:

"这正说明俺爱你爱得深,爱得急呀!既然你也愿意,迟早咱们都要干那事的,为什么不可以先让俺亲热一番呢?"

扈米拉说:

"不行!那边还有几个姑娘,一会她们会找来的。你快些让开,不然,俺要喊了!"

安文子笑着说:

"你喊也没有用,她们来了俺也不怕。今天,咱们在这里遇上,这就是缘分。你想走是不行了,咱们还是……"

安文子说着,就一步蹿过去,搂住扈米拉,几经反抗,扈米拉终被安文子压在身下,扒去了衣裙,强行奸污了。

事毕,安文子说:

"这事,你不说,俺不说,谁也不知道。说出去了,咱俩都不好看……"

未等安文子说完,林子不远处便传来呼喊的声音。安文子急忙整理好衣服,拉过马来,纵马驰去。

扈米拉哭成个泪人儿,真想往树上一头撞去,但是,那几个女友已找到她跟前了。

一见扈米拉那副样子,大家都明白了一切。于是,谁也不吱声了。

扈米拉回到家里，将事情的经过向父母哭诉一遍。扈尔汉听说后，虽然气得火冒三丈，但是，他对安费扬古非常敬重，平日他们处得不亚于同胞兄弟，内心斗争激烈，怎么办呢？

他和妻子商议说：

"你去问一下，她若愿意与那东西结婚，咱们就好办了。反正木已成舟，让俺怎么办？"

但是，扈米拉宁死也不愿意。扈尔汉只得去找额亦都，他说："这事让俺怎么办？"

额亦都说：

"最好的办法，还是劝说扈米拉，让他们成亲；安费扬古若是知道此事，非要杀他不可！他就这一个儿子……"

正当二人议论之时，扈尔汉的侍卫跑来说：

"夫人叫你快回去，扈米拉上吊了……"

扈尔汉听了，两脚一跺，叹了一口气，急忙看了一眼额亦都，就匆匆离去。

额亦都也随后跟了出去，刚来到扈尔汉家大门里面，便听后院传来了哭声。他急得直搓两手，在院里走来走去。

不一会儿工夫，大将何和理、费英东都来看望。听了额亦都的叙述，正在商议着，只见安费扬古也来了。他向大家问道："这是怎么一回事？……"

大家互相看了看，觉得不好给他讲，知道他不了解内情。何和理只得敷衍地对他说：

"咱们也才来，还不甚清楚……"

这时，大将扬古利突然从后院出来，说：

"俺去向汗王报告，不惩办这小东西俺决不答应！"

额亦都赶忙叫住他说：

"扬古利！你回来！"

扬古利急忙转过身来，当他看到安费扬古时，用手指着说：

"你也在这儿！看你儿子干的好事！"

安费扬古十分惊奇,连忙"啊"了一声,说:
"俺儿子干了什么事情?俺还不……"
扬古利瞪了他一眼,接着吼道:"你儿子奸污了……"
"啊!是……是这样……唉!"
安费扬古不满地看了一眼额亦都等,意思是:为什么不告诉俺?遂匆匆转过身,往大门走去……

额亦都、费英东、何和理也接着尾随而去,他们刚进大门,就听到安费扬古喊道:"把小孽畜给俺捆上!"

不一会儿,侍卫押着安文子来到客厅,只见安费扬古从墙角的兵器架上,"噌啷"一声,抽出一把朴刀,向绑着的安文子走去。

安费扬古一边走,嘴里一边骂道:"小孽畜!今天俺非杀你不可!"

他刚把朴刀举起,手臂突然让人拽住了。回头一看,见是额亦都、费英东、何和理三人,不由得流着泪说:
"俺只能这么办!俺……"
额亦都说:
"你不用杀他!他违法,由法律判他的罪,还是把他关起来,然后再处置吧!"

安费扬古想了想,说道:"也好,俺亲自把他送去!"

安文子被送进赫图阿拉监狱里,五大臣额亦都、何和理、费英东、安费扬古、扈尔汉开始调查这件案子,安费扬古、扈尔汉二人因为涉及自己的子女问题,便回避了。

且说褚英听说这事以后,忙把狄盖特喊来对他轻声吩咐一番,又派尤一夫立刻去准备一些食品,为安文子送去。

狄盖特找到监狱长高虎,对他说:
"安文子是小王爷的好朋友,请让他住条件好的监房,生活上给予照顾。"

高虎听了狄盖特的话,为难地说:
"这里所有监房条件都是一样的,让俺到哪里去找条件好的?

再说，生活上也无法照顾，俺实在无法办到！"

狄盖特又说：

"俺是传小王爷的话，你看着办就是了！"

高虎立即说：

"与其让俺照顾他，不如让小王爷把他领出去住，想怎么优待他都可以！"

狄盖特不高兴地说：

"你是存心想跟小王爷过不去，是吧？"

高虎仍然理直气壮地说：

"不要说是小王爷，就是汗王亲自来了，俺也无法做到那两条！"

狄盖特悻悻地回来，将高虎的话又添油加醋地学了一遍，气得褚英两眼直瞪，说：

"记下这笔账，将来到俺登基之日，第一个要杀的人，便是高虎！"

正在这时，尤一夫回来了，对褚英说：

"高虎不准送食品进去。他说'这是汗王的命令'，便让俺带回来了。"

褚英气得没有办法，只得说道："走！咱们看看去！"

高虎见褚英带着两个侍卫来了，脸上气呼呼的样子，只得说道："请小王爷谅解俺的难处，俺实在……"

"别说了！带俺去看看监房！"

高虎只得领着褚英挨着监房看去，来到安文子的监房，他停住了，转过头来对高虎说：

"打开锁，俺要进去看看！"

打开监门后，他又对高虎说：

"你到旁边去，俺要单独跟安文子讲几句话！"

高虎只得提醒：

"小王爷，这已经违反了汗王的规定，有了不良的后果你要负责任啊！"

褚英不耐烦地说：

"少啰嗦！你快到一边去！"

高虎没有办法，只得迈着沉重的步子，走了。

这时，褚英立即将安文子喊出来，对他说：

"无论谁审问，你都不要承认，只说调戏她，俺好想办法救你！记住啊！"

说罢，褚英让狄盖特将食品交给他，才离开监房。高虎又对他说：

"小王爷！俺要替你受过了，弄不好，汗王会砍俺的脑壳！"

褚英听了，却不以为然地说：

"你不怕俺也可能会砍下你的脑壳！"

高虎十分诚恳地对褚英说：

"小王爷，你这样做，汗王知道了，怎么办？"

褚英说：

"你不告诉汗王，他怎么会知道？俺警告你，若是说出去，俺也饶不了你！"

高虎立即说道："俺才不那么傻呢？俺自己讲出去，不是自己挖自己的墙脚吗？不过，若要人不知，除非己莫为呀！小王爷，别人讲出去，俺可没有办法了。这事，你也得提防着哟！"

再说安文子将褚英送来的食品，拿回监房以后，那监房里还有七八个犯人，他们大都是偷抢扒拿之类。一见到那些好吃的，他们便一哄而上，把食品抢得干干净净。安文子刚骂了一句，就被那些人围上来狠狠地打了一顿，并警告说：

"你若告诉监狱长，夜里就把你勒死！"

安文子不敢对高虎讲，但是心里想：有了小王爷的那句话，胆子就壮了。于是，食品被抢的不快感觉，一闪而过，夜里反而睡得很熟，很香甜，还做了一个梦：

……汗王病重了，小王爷已正式登上王位。小王爷让那些年龄大的臣子，全部下去，换上一班年轻的。自己被小王爷封做五大臣的头子,当了他的助手。

一天,小王爷说:

"安文子还没有妻子,这怎么行?俺把最小的妹妹聪古图公主嫁给你做妻子吧!"

赫图阿拉的人都知道,老汗王一生共有八个女儿,只有聪古图最漂亮。

安文子心里可高兴了,不仅娶到了一个最美丽的妻子,还是一个公主,又当了额驸!这真是二福齐至,双喜临门!

于是,在小汗王的操办下,婚事准备得非常隆重,整个赫图阿拉的人都来了,锣鼓齐鸣,鞭炮连响,喇叭吹得震天响。

在迎亲队伍的前头,自己穿一套崭新的大红绸子做的礼服,头上戴着一顶高高的黑貂皮帽,脚蹬一双黑缎子面的新靰鞡靴,胸前佩戴着一朵大红花,骑着一匹高大的枣红马。

走在赫图阿拉的街道上,两边的人群齐声喝彩,鼓掌道贺。

那聪古图公主身穿红底黄花的结婚礼服,头上戴着的金银珠玉闪闪发亮。面含微笑,正像盛开的桃花。她端坐在彩轿里,不时地掀起轿帘,向安文子送着媚眼。

后来,拜了天地,又拜了父母二老,夫妻又对拜,最后被送入洞房。

这时候,安文子心里真是高兴万分。忽然想起古人说的两句话:人生有两种快活事——洞房花烛夜,金榜题名时。

想到这里,便疾步上前,去揭那红布盖头。嘴里不禁说道:"公主,俺来揭下你这盖头,咱们就可以……"说到这里,那红盖头已被揭下,谁知不是那个如花似玉的聪古图公主,而是前日上吊自杀的扈米拉!只见她满脸鲜血,长长的舌头伸出口外,两眼直勾勾地瞪住自己,厉声喊道:"还俺的命来!还俺的命来!……"

那扈米拉一边喊,一边伸出两只手来,乱抓乱舞,吓得安文子想跑,两腿却抬不起来。只得用尽平生之力,猛一转身,只听"扑通"一声,栽下床来。

这时候,安文子才觉浑身被跌得疼痛难忍,方知刚才经历的是一场梦幻!

同监房的那几个小偷之类的犯人,都用惊奇的目光看着安文子,有人说道:"怎么啦,你?是不是梦中想逃跑?……"

次日天明,同监房的犯人对安文子说:

"你的脑门子上跌了一个大疙瘩!"

另一个犯人对他揶揄地说:

"本来你想在梦中碰一个好运气,结果,却在脑门上碰了一大疙瘩!"

这句话把大家引得哈哈大笑,安文子虽然笑不出来,但是,内心里也不得不承认这句话正是说得一点不差!

且说五大臣中的额亦都、费英东、何和理对安文子的案子,通过反复调查,又经过多次审问,尽管安文子不承认奸污扈米拉,只说对她进行了调戏,他们仍然定了死罪。

五大臣把案情向四大贝勒作了汇报,又将判决意见作了上报。这四大贝勒即是代善、阿敏、莽古尔泰、皇太极。

开始,四大贝勒中只有莽古尔泰不同意判死刑。他说:

"这样的事情咋能判死刑?又不是安文子杀了她,是她自己上吊死的,该她倒霉!干脆放了拉倒吧!"

以后,经过辩论,莽古尔泰说不过他们,只得说道:"随你们怎么处理吧,俺没有意见了。"

于是,维持五大臣判处死刑的判决。

由于政务上的事情交给了小王爷褚英管理,这最后的决定权便交给了褚英。

褚英想了两天两夜,决定找他们谈谈,做一下疏导工作。他先去找大将额亦都,说:

"安文子不承认强奸她,扈米拉又是自杀,不能判死刑吧?何况安费扬古就这一个儿子,放了安文子吧!"

额亦都说:

"是事实,不承认也可以照判!至于说,安费扬古仅这一个儿子,这理由更不能立住脚!"

褚英有些急躁地说:

"你们五大臣都有几个儿子,唯有安费扬古就这一个,你能忍心这么做?将心比心,高高手,他就过去了。做事,何必那么绝呢!为人,还是厚道一些为好!"

额亦都听了,真是哭笑不得。遂说道:"俺的小王爷,你不用再说了!你去找费英东、何和理去,他们没意见,俺也没意见了!"

褚英心想,行了,有了这句话俺就好办了。

他找到何和理以后,劈头就说:

"你有几个儿子?"

一句话问得何和理莫名其妙,心里说:怎么,查户口来了?只得答道:"三个儿子。"

"人家安费扬古不就是那一个儿子吗?你们硬是判安文子死刑,不是存心要人家绝后吗?"

"你这话说得不恰当吧?谁存心要人家绝后?安文子致死人命,他不负法律责任吗?这法令是汗王亲手制定的。俺有三个儿子,他们若是犯了法令,还不照样判刑?……"

褚英心想:这人能说会道,俺说不过他,得旁敲侧击才行。于是,他又说道:"这个案子是有些活动的余地,安文子不承认有那么一回事,扈米拉又是自杀;安费扬古是咱们的开国勋臣,他就这么一个儿子,这些问题缠在一块儿。不能草草率率地就定了,要多掂量掂量,额亦都已对俺表过态度了,只要你和费英东不坚持判他死刑,他没有意见。"

何和理立即说道:"他能这么说?俺不相信额亦都会这么说!你不能在中间乱传话!"

"你若不相信,就去问问他,他就是这么对俺说的,也就是他让俺来找你的!"

褚英这么一说,城府颇深的何和理也有些沉不住气了,遂说道:"别再找俺了,由他额亦都定吧!无论怎么定,即使放了安文子,俺也没意见!"

褚英又去找费英东,他以为:就这一个堡垒了,千方百计,也要把它攻破!

见了费英东,褚英说:

"安文子这案子伸缩性很大,俺已同额亦都、何和理都谈妥了,他们也说了,只要你不再坚持判他死刑,他们同意无罪释放!"

费英东气得脸红脖子粗地说:

"这成什么话!这案子从一开始俺就不同意判他死刑,他二人坚持要判。如今倒好,全推到俺头上来了。俺跟他们说去,这要是让安家知道,还不记恨俺一辈子吗?……"

费英东说道,站起来就要往外走。

褚英赶忙上前拦住,劝他说:

"别急嘛!他们讲他们的,俺自己心里明白,何必计较那一言半语呢?"

"这怎么行?事情很明显,这案子俺再也不问了,随便他们怎么办,俺都没意见。他们不是说了吗?即使放了安文子,他们也没有意见,俺也没有意见!"

褚英高兴得跳起来,都说没意见,俺真把他放了!于是,次日上午,他让狄盖特将额亦都、何和理、费英东三人找在一起,褚英说:

"根据案情的特殊性,你们三人都愿意将安文子释放,请各位签上自己的大名。"

三人也不再说什么,都想早点结束这个麻烦案子,遂各自签名走了。

出门以后,费英东叫住二人道:"请二位留步,到俺家有两句话请教。"

额亦都、何和理随着费英东来到家里。三人落座后,费向二人问道:"俺有一事不明,你们怎么跟褚英说,俺坚持要把安文子判死刑？"

二人惊愕地互相看了看，何和理将大腿一拍，像是大悟般地说道："咱们都上这小东西的当了！你想了没有，咱俩能那么跟他说？他在咱三人之间，胡编乱扯，戳戳捣捣，千方百计要咱们判安文子无罪，这手段也太损了！"

额亦都说：

"当年，俺与安费扬古随他父亲一起攻打图伦城时，他还在襁褓中；如今立储才几天，就不拿咱们当一回事，把咱们放在股掌上玩弄，真是太傲慢无礼了！这以后还怎么敢跟他共事？"

费英东又说：

"这案子开始俺就不主张判他死刑，你们坚持要判。现在干脆放了，这以后还能服众吗？以后再有案子，咱就别问了，由他一人说了算，咱也落个轻闲。"

何和理说：

"等汗王这次朝贡回来，跟他讲讲，不然的话，不说俺不负责任吗？"

三人谈了很长时间，方才散去。

再说褚英，拿到三位大臣的签名之后，他心里说：这四个贝勒都是自己兄弟，该不会有什么麻烦的。为了防止万一，他先去找了莽古尔泰，知道这位兄弟平时还听自己的，想把他当做一个缺口，于是，一见面他就说：

"安文子这个案子原先判得不当，三位大臣经过重审、重查，觉得安文子仅是调戏，又未构成事实，扈米拉又是自杀，怎能判死刑？如今他们经过慎重考虑，已决定无罪释放了。你一向坚持真理，对这案子的结局，不会有什么意见吧？"

莽古尔泰说道："俺是不主张判死罪的，安费扬古就这一根独苗苗，还能让他绝种吗？现在又放了，扈家会不会有意见？俺四人，就怕皇太极话难讲，俺是没意见的，你把他说好，就没事了。"

褚英听了莽古尔泰的话以后，便去找皇太极。他知道这位兄弟虽然年轻,但是聪敏过人。

见到皇太极,褚英问道:"安文子的案子,几个大臣已经改判了,你有什么看法?"

皇太极已听说过了,并了解了褚英探监前前后后的经过,但他故意装作不知道,问道:"不知怎么改判的?请大阿哥明说。"

褚英告诉他:

"改判成无罪释放了。你有意见吗?"

"俺听大阿哥的!小弟先听你的看法。"

皇太极眨着狡黠的两只小眼睛,看着褚英,等待着他的发言。

褚英只得说:

"这案子伸缩性大,主要有两个因素,一是安文子不承认有事实,只说有调戏行为;再一个是扈米拉是自杀。根据这两种情况,案情可轻可重。另外,安费扬古又是咱们的开国功臣,仅这一个儿子,能拉就拉过来,何必硬要推过去呢?俺是倾向放了好。你说呢?"

皇太极早就琢磨过了,你大阿哥怎么讲,俺也怎么讲的,绝不唱对台戏!于是说道:"大阿哥!你只管放心好了,俺是跟定你大阿哥了。你说怎么办,俺都依着。"

皇太极的态度,使褚英感到出乎意料之外。忽然,他想起了莽古尔泰的谈话,遂又说:

"听说你对这案子有些看法,所以俺先来听听你的意见。既然你如此爽快,俺也就放心了。明天上午,请你们四位到俺那里,把改判后的意见签署出来,怎么样?他们三人请你招呼一下一块去吧!"

皇太极爽快地答应了。

他送走褚英,回到屋里老是平静不下来,心里想:你立储时间不长,胆子就如此之大,无视父王的命令,在监牢里胡作非为,真是一条"得志便猖狂"的中山狼!

次日上午,四大贝勒来到褚英处,他直截了当地说道:"几位大臣对安文子一案，已做了改判，意见都签署在上面。请你们看了以后，也将自己的意见签署在上面。"

大家看了以后，代善和阿敏不清楚，事前不知道，感到有些奇怪。就问道："怎么一回事？为什么要改判？……"

未等褚英回答，莽古尔泰先说道："这案子一开始俺就以为不能判得那么重，现在事实证明，还是俺对了！"

莽古尔泰说着，两眼直瞅皇太极，意思是：怎么样？是你对，还是俺对？……

皇太极说道："大阿哥已经说过，几位大臣也签署了意见，咱们还能对大阿哥信不过？来吧，咱们也签个意见吧！"

随着皇太极的带头，阿敏等都签上"同意改判意见，立即释放"十个大字。

最后，褚英也签署了意见和姓名，然后让狄盖特、尤一夫去监狱把安文子接出来。

工夫不大，安文子随着两个侍卫来到褚英家里，对褚英深表谢意说：

"对褚大哥的救命之恩，俺当终生不忘！"

褚英说道："好了，好了！快去洗个澡，换身衣服，有话以后再讲！"

第三十三章
行笼络诱众弟盟誓
犯诅咒欲老父归天

太子褚英跪下去叩了几个响头，捧起一道写满咒语字的符，嘟嘟囔囔念了半天，在香烛上点着了撒向天空。然后又从香案下取出一个酷似努尔哈赤的小木人来，用银针恶狠狠地扎了上去！

再说额亦都、费英东、何和理三人，一起来到安费扬古家里。他们将安文子改判的情况，向安费扬古简单叙述一遍，不料安费扬古生气地说道："你们怎能这样做？这不是拿法令当儿戏吗？你们明知道：纵容恶人，就是坑害好人！褚英真是胆大包天，他拿感情代替法令，汗王回来，也饶不了他啊！"

额亦都却说道："放了安文子未必有多大的过失，关键是褚英使用的这种挑拨的手段，是非常恶劣的。"

说罢，额亦都又把褚英原先跟何和理、费英东他们三人讲的话，叙述给安费扬古听，他气愤地说道："这个小东西倒很会搞阴谋诡计呢！"

何和理又说道："你们不清楚，还有一件事呢！"

他又把褚英去监房给高虎施加压力等事叙述给大家听。费英东说：

"立储才有多久，就这么不知天高地厚，他将来真当了汗王，这个赫图阿拉是横不下他的了。"

安费扬古沉思地说：

"褚英容他，俺可不能容他！"

费英东连忙劝他说：

"你可不要干傻事！让他记取教训，也就是了。"

安费扬古流着泪说：

"俺这一个馒头也没有蒸熟，真惭愧呀！俺对不起扈尔汉！……"

额亦都三人劝说好长时间，安费扬古才安静下来。他们告辞出来，又去了扈尔汉家。

扈尔汉主动向三人说道："俺已听说安文子改判的消息，俺从内心里拥护这件事，俺家已经发生了一件不幸的事，何必让安家再发生一起不幸呢？何况他就这么一个独生儿子，俺能想得开！"

大家正说着话儿，扈家的侍卫进来报告说：

"安文子刚回到家里，两条腿就被他父亲打断了，如今正躺在院子里哭哩！"

由于两家住得近，四人一起来见安费扬古。见到安文子躺在地上流泪，额亦都对他们说：

"你们去劝劝，俺去找绰尔济医生来！"

安费扬古见了扈尔汉，立即奔上前去，行拥抱礼，哽咽着说道："俺养了一个不肖子，害了扈米拉，给你们全家造成巨大伤痛，俺实在觉得对不起你们全家……"

扈尔汉劝他说：

"事情已经过去了，就别提了吧！安文子既已回来，你就不该做这傻事。这岂不是痛上加痛吗？"

原来安文子在褚英家里洗完澡，换上一套褚英的干净衣服，褚英对他说：

"你先回家吧，老两口能不惦记着？过两天再来这里，咱们好好叙谈也不迟。"

谁知安文子刚进家门，安费扬古就举起一根木棍，对着他两腿打去，只听"哎哟"一声，安文子便倒在地上，再也爬不起来。

安费扬古气得脸色铁青，骂道："俺将你的两腿打断，让你一辈子躺在床上，看你还能再胡作非为吗？"

不久，额亦都请来了绰尔济医生。

经过检查，绰尔济说：

"这是硬伤，骨头断了，打上石膏，要不多久，腿就会好的。"

额亦都等这才放心,他们又劝了一会儿安费扬古,才离开安家,各自回去。

再说褚英这几日非常高兴,自从办成了安文子的事情之后,他心里想:古人说得一点不错,"一登龙门,则身价十倍"!俺不当这小王爷,他们能听吗?这小王爷的"权"既要用,也要及时地想办法巩固呀!

一天,他准备了一桌丰盛的酒菜,把四大贝勒——代善、阿敏、莽古尔泰、皇太极请来。

莽古尔泰进门一见那满桌酒菜,说道:"嗬!咱们的大阿哥今非昔比了!丰盛的宴席,是王爷的规格,俺们小小的贝勒是办不起的!"

褚英笑着说:

"俺这也是打肿脸充胖子,其实俺的收入还不如你们兄弟四人。就拿你莽古尔泰这次去修复哈达旧城来说,你从中捞到不少油水吧?"

莽古尔泰立即低下了头,轻声地说道:"小意思!捞不到几个,比他们去虎哈尔部的油水相比,俺那是少得可怜了!"

皇太极忙说道:"你别瞎说!从虎哈尔掠来的财物确实不少,你不了解,那是由父王论功行赏的,俺能分得多少呢?只不过是水过地皮湿呀!"

褚英急忙两手一挥,说道:"都别哭穷了,咱们还是喝酒吧!"

于是,兄弟五人觥筹交错,推杯换盏,喝得热热闹闹。

褚英借着酒意,向大家说:

"俺名为立储,实际上只是一个空架子。你们四人各为旗主贝勒,手握军队,拥有权势,又有雄厚的财帛,领着众多的部民,比俺富裕得多!今后,咱们兄弟五人应该有福同享,有事多在一块商量。"

莽古尔泰醉醺醺地说:

"大阿哥!你尽管放心,以后俺一定听你的。在俺心目中,除了父王，第二个就是你了！"

褚英立即向门外的狄盖特、尤一夫喊道："把香案摆上，俺兄弟五人来对天盟誓吧！"

皇太极立即向褚英问道："大阿哥！要咱们立什么誓呀！"

褚英看了看他，说道："等一下你就知道了！走，咱们到院里去！"

四人只得随着褚英，来到院中香案前。褚英跪下了，他们四人也挨着一溜儿跪下来。

褚英捻香对天祝告说：

"自今而后，俺褚英一定善待四个弟弟，信任四个弟弟，请老天爷为证吧！有朝一日，俺褚英接了王位，一定要将兄弟们的财产拿出来重新分配，体现出亲疏远近来。要杀死反对俺的人，没收他的财产。请老天爷支持俺的行动！"

褚英立誓之后，四个兄弟不知怎么立誓，皇太极问褚英说：

"大阿哥！咱们四人如何说，请你告诉俺。"

褚英走过来，对着四个兄弟说：

"这样吧，俺说一句，你们跟着说一句，好不好？"

莽古尔泰说：

"行！你大阿哥怎么说，俺也怎么说。"

只听四兄弟跟着褚英说道：请老天爷为证——

——请老天爷为证……

从今以后，大阿哥怎么说，咱就怎么办——

——从今以后，大阿哥怎么说，咱就怎么办……

一定听从大阿哥的指示——

——一定听从大阿哥的指示……

立誓结束，五兄弟又继续喝酒。

褚英又接着说道："父王老了，兄弟们有什么话，有什么事，不要去跟父王说，咱们自己商量着办就行了。该隐瞒的，一定要隐瞒，连父王也不能说！自古以来，都是一朝权在手，便把令来行！谁反对俺，俺绝不饶他！谁支持俺，俺忘不了他！"

这天酒席散后，四人心中都有些想法，特别是皇太极，他以为：这种背着父王向天发誓的行为，实有贰心之嫌！

不久，努尔哈赤第七次去北京朝贡归来。没有几天，安文子一案的详细情况，努尔哈赤全都知道了。

这时候，军师张一化因病卧床，努尔哈赤亲自登门看望。张军师说：

"俺来建州二十年了，变化可真大啊！遗憾的是俺不能再随你去打辽沈，叩关攻明了！你也年过半百，虽然雄心不减当年，但是，也应当意识到年岁不饶人，注意爱护自己之身体。"

努尔哈赤听着老人的嘱咐，不由得泪光闪闪地回忆着往事，想着这位张大爷曾经给自己多么大的帮助啊！

自从听到褚英这段日子的所作所为，努尔哈赤深感苦恼。觉得这首次的立储，很有可能是失败的。于是，他向老人说道："就当前形势看，内部的危机大于外部。从这立储来说，本想让他出来经受锻炼，考验一番，他却胡作非为，不走正道！使俺非常失望，也十分苦恼。"

张一化说：

"俺已听额亦都来说了。古人云：'创业难，守成更难'！确实是这样，如果秦始皇当年让扶苏做储君，也许秦朝不会灭亡得那么快！这立储之事不慎重不行啊！李渊若是早立李世民为太子，怎能发生骨肉相残的玄武门之变？'前事不忘，后世之师也'，这是有道理的。"

努尔哈赤不无忧虑地说：

"舒尔哈齐的事情刚刚过去，褚英的贰心又露端倪。这连续的王位风波，使俺伤透脑筋。俺越来越感觉到：那外部的攻城夺隘，反倒容易；这内部的争权夺利，更加棘手！"

张一化又劝说道："褚英还年轻，找他谈谈，也许能幡然省悟，改正罪错，也是好事。"

二人谈了好长时间，努尔哈赤才告辞出来。第二天，他叫来褚英，对他说道："今天俺给你讲一条为官之道——'公生明，廉生威'的道理。古人说：'吏不畏吾严，而畏吾廉；民不畏吾能，而畏吾公。公则民不敢慢，廉则吏不敢欺。'这几句话的意思是说：当官的想树立威信，不能光靠着严厉的法令，还要自己廉洁；自己光有本领不行，还要办事公道。这样，你的下级官吏就敬重你，老百姓也拥护你了。为什么呢？这是因为你办事公道了，老百姓就不敢懒惰了；你自己廉洁了，官吏也不敢欺骗你了。俗话说：打铁全靠自身硬，身正不怕影子歪。就是这个意思。希望你能记住。"

褚英说：

"父王讲的这些，俺记得了。"

努尔哈赤说道："记得了很好，还要在行动中做到。就拿监牢的制度来说，不能因为私人感情有意去违犯。办什么事情，都要公道。心术不正派的人，就不可能办事情公道。办事情不公道，部下不支持，百姓不拥护，上上下下都反对，你还能干下去吗？自然没有威信了。"

褚英当面唯唯诺诺，不声不吭儿，内心并不服气，回去以后与狄盖特、尤一夫说怪话，发牢骚，把怨气迁延到四个贝勒和五大臣身上，以为都是他们在父王面前说他的坏话所致。

他的师傅赛义德自那次与安文子在褚英那里喝酒之后，几乎很少来。后来见他为安文子的事到处张罗，便不来了。

褚英自被父亲教训之后，心里总是不快活。一天，他遇见莽古尔泰，遂问道："你怎背弃誓言，到父王面前说俺的坏话？"

莽古尔泰当即告诉他：

"那是皇太极、阿敏去讲的，俺没有讲你。"

褚英满脸气得通红，咬牙切齿地说：

"莽古尔泰！你好好听着，等俺登上王位，俺一定先杀他二人祭旗！"

没过两天，皇太极和阿敏便将这话告诉了努尔哈赤。汗王听了，冷笑几声，一言不发。

一次，阿拜、德格类等几个兄弟在褚英那儿，他又扬言说：

"别看皇太极、阿敏他们神气，仗着父王给他们撑腰。将来俺登了王位，一定将他们的财产拿出来分给你们。现在反对俺的大臣、贝勒，到那时全部将他们杀死。"

努尔哈赤听了阿拜、德格类的叙述，内心十分恼怒，但是，当着他们的面他隐而未发。

次日，努尔哈赤找来了五大臣，与他们谈到了褚英的问题。

费英东首先说道："这孩子心术不正，专干戳戳捣捣的事情。前次，他为给安文子改判，在咱们之间任意编造谎话，挑拨离间。若不是咱们相互了解，差点产生矛盾。将来谁敢跟他共事？"

何和理是专干情报工作的，掌握的材料更多，一套一套的，他说：

"褚英人小心大，为了达到个人目的，可以不择手段。前次，他到监狱里胡作非为，高虎不听，他竟说：'你怕汗王砍了你的头，不怕将来的汗王也会砍你的头？'这次改判事件，褚英做了精彩的表演，不能低估了他。说句重话，这孩子有野心，请汗王及早防备。"

努尔哈赤点了点头说：

"他为了达到目的，俺定的法令他任意违犯！对几个兄弟又常用威胁方式。"

额亦都说：

"这孩子在咱们眼皮子下面长大，咋变得这么傲慢？可以说句掏心的话：他不是理想的储君！不过，再等一段时间，也许他能有所悔悟。浪子回头金不换啊！"

安费扬古也说道："褚英与俺那小孽种是臭味相投。他曾经当着俺的面允诺过：'俺要当上汗王，一定重用安文子！'当时俺就警告他：'你若重用他，你的汗王就当不长了！'"

扈尔汉说：

"在乌碣岩大战时，他当着代善的面骂俺和费英东二人，说俺俩眼里只有汗王，没有他了。当时，代善制止他，说道：'你没有权力杀他们，他俩都是咱们建州的开国功臣。'褚英竟说：'管他是什么功臣，现在杀了，将来少两个反对俺的！'这话代善听到了，费英东也在。"

努尔哈赤越听，心里越窝着火儿，后悔当初考虑太仓促，未能广泛征求意见，造成立储的失败！

万历四十年（1612年）九月，努尔哈赤统领大军第一次征讨乌拉，褚英向父王请求出征，努尔哈赤说道："都城不留人监国怎么行？你留下来吧！"

这意味着父王不给他立功的机会，也就不能增加他的财物。

在当时的建州，每个人的生活必需品——粮食、牛羊、布疋、金银，以至部民等，全靠从战争掠取来的财物中获得。

每次战斗一结束，便论功行赏，凡参战者均能获得物质奖励。

褚英闷闷不乐，在家长吁短叹，生怕父王将他的储位取消。

他又想起叔父舒尔哈齐的下场，也是从不让他出征开始，渐渐夺去兵权，以致下狱、处死。想到这里，他内心更加恐慌与不安。

怎么办？俺该怎么办？他在屋里东走走，西遛遛，像一头困兽，焦躁不安。

这时候，侍卫狄盖特对他说：

"城门口有一个算卦的先生，据说能预知吉凶祸福，算得很准。小王爷不妨去打它一卦，也可以借此出去散散心。"

褚英听了，不觉眼睛一亮，去算一下未来的命运，也可以及早防范呀！

于是，随着狄盖特往城门口走去。

这算卦先生是蒙古人，原是蒙古王公府的一名管家。平时自称善卜未来，并精通巫蛊术，能咒人生死，非常灵验。后得罪王公，被凿瞎一只眼，赶出蒙古，来到建州，到处招摇。

来到赫图阿拉,因为他善于察言观色,见风使舵,又会吹捧奉承,满口胡言乱语,取得一些愚昧部民的相信,轰动一时。说他是"活菩萨""二神仙",相面、看卦的人络绎不绝。

这天,褚英随着狄盖特,来找那活菩萨。老远就看见那里围着许多人。当褚英来到近前时,算命的人中,有的小声说:

"小王爷来了,小王爷也来算命了!"

那算卦先生给人算命、相面时,虽然口中念念有词,却能眼观四路,耳听八方。

那人说话的声音尽管不大,算卦先生还是听到了。不一会儿,褚英站到他面前了。

那先生睨着一只独眼,面色虔诚地看着褚英,又从头到脚细看了装束,忽然,双膝跪在褚英面前,嘴里连声说道:"该死,该死!得罪,得罪!不知王爷驾到,有失远迎,特给王爷赔罪,赔罪!"

当时,褚英被弄得不知如何是好,连忙向他摇手。那算卦先生也确实乖巧,赶忙站起来,将褚英领进城墙下的茅屋里。

褚英在屋里刚一坐下,他又急忙跑到褚英面前,双膝跪下,说道:"王爷定当大福大贵!"

这一句话可把褚英乐坏了。他向算卦先生看了两眼,连声问道:"这大福大贵的日子什么时候才能到来?"

那算卦的瞎眼一翻,用那只好眼盯着褚英看了一会儿,沉思地说:

"不远,不远!这大福大贵的日子不远了!但是,眼前王爷还有些小麻烦,正是黑云压城头,滚雷响顶上的时候……"

说到这儿,算卦的突然停下不说了,像是卖个关子,又像在思索的样子。

褚英正想听他下面有什么话说,只得催促道:"快说下去呀!为什么不说呀?"

算卦的两手一拍,极神秘地轻声说道:"天机不可泄露!"

褚英以为他是想要银子,遂对狄盖特道:"把银子给他!快把银子给他！"

只见算卦先生将双手一拢，说道："你给俺再多的银子，俺也不敢接受！"

"为什么？"

"因为……因为王爷眼前还……还有血光之灾哩！"

算卦的说完之后，那只独眼瞅着褚英的反应。褚英听说"血光之灾"这四个字以后，不由得浑身一震，脸色陡然变黄了，心想："果真父王想对俺下毒手吗？"

想到这儿，褚英急忙问道："请问大师，这……这灾能避了吗？"

算卦的见这位小王爷先是变了脸色，现在又称他"大师"，心中有了谱儿，顺口说道："天变俺也变，地变俺也变，人变俺也变，万变不离其宗。事在人谋，谋到祸除！"

褚英听了这一段似懂非懂的话语，觉得这人还真有些功底，说的话里带有一股玄味，便更显急切地向他问道："请大师指点迷津，俺将重谢！"

算卦的听了，又说道："打卦相面，不求有赏，只想替人消灾免祸、逢凶化吉、铲邪除恶罢了！"

褚英朝前一扑，抬起头来说道："请问大师，是否要弟子参拜以后，再来帮助于俺？请指教。"

这时候，狄盖特凑到算卦的耳边，向他轻声说了一会儿，只见他高兴地说道："让俺略施小计，管叫他们一个个命归西天，那王位不就是小王爷的了？"

褚英兴奋得忘记了身份，急忙跪下连磕了几个头，说道："请大师帮助俺登上王位，将终生侍奉大师，以报答大师的恩德！"

这时，那算卦的先生才扶起褚英说：

"莫急，莫急！你明早派人来取，俺随后就为你准备！"

褚英站起来刚要走，他又忙轻声说：

"此事属于天机，不可泄露于他人；否则，不仅没有灵验，还将遭受灭顶之灾！"

褚英让狄盖特给那算卦的一百两银子,然后二人便回府了。

俗话说:"大路上讲话,草棵里有人。"褚英的这些举动,全被赛义德看在眼里。

这几天,赛义德见出征乌拉,汗王未让褚英随军,又见他心神不宁的样子,知道他遇到了麻烦。

今天早晨,他见褚英与狄盖特找那人去算卦,便躲在茅屋外面窃听。从他们的谈话中,他知道算卦的将用巫蛊术,来帮助褚英得到王位。

赛义德是蒙古人,他知道这是骗人的把戏。于是,当晚便去见褚英。二人说了一些闲话之后,赛义德说:

"城门口来了一个算卦的独眼先生,有人说他能预卜未来,并能帮助人除邪铲恶,避难呈祥。这都是欺人之谈,不可信的。"

褚英却说道:"据说这人有法术,还能咒人生死!"

赛义德说道:"太荒唐了!他真有这本领,汗王也不用带几万人马去攻打乌拉了,就让他去咒吧!"

褚英不以为然地说:

"俗话说:真人不露面!说不定那算卦的真有这个本领哩!"

赛义德说:

"你也相信这个?眼睛不亮,会上当的!"

说完,赛义德便走了,心里说:他已中了邪了,不久他会招祸的。这里俺今后不再来了。他心胸偏狭,气量又小,怎能承继王位啊!

次日,狄盖特去算卦先生那里,将那咒诅用的东西带回来,并按照算卦的嘱咐,全部安置完毕。

褚英心里仿佛掉下一块石头,顿时感到轻松多了。他心里想:果能将他们一网打尽,让他们命归西天,俺不就是汗王了吗?⋯⋯

褚英迷迷糊糊地想着,想着,不知道怎么竟骑上一匹大红马,飞一般驰骋而去,越过了山林,飞过了河川,然后那马停了下来。

褚英睁眼一看,见面前矗立着一处所在,仔细一看,见大门楣上书着四个大字：佟家庄园。他不觉心里咯噔一下，这不就是外祖父家吗？不由得心里一阵高兴，这是童年生活的地方！他心里又不禁想到：好多年随父出征，东奔西杀，真有些想念母亲了。如今，马已到了门前，该下马进去瞧看一下她老人家！

褚英径直走进小时候随母亲住的那三间上房，喊道："母亲！你儿子褚英来看你老人家了！"

随着叫声，一位头发花白的老妇人走了出来。褚英仔细一看，正是自己朝思暮想的母亲！

于是，他一头扑进母亲的怀里，嘴里不停地喊着：母亲，母亲！俺是褚英呀！……

母亲抚摸着褚英的头、脸、身子，嘴里絮絮叨叨地说道："都长这么大了！都长这么大了！"

褚英抬头一看，母亲的两眼全都瞎了！顿时，两行热泪流了下来，哽咽着问道："母亲！你的眼怎么……怎么看不见了？"

母亲用颤抖的手掌为褚英擦去眼泪，说：

"自从你们随父出征以后，俺在家日日盼，夜夜想，天长日久，这眼就有了毛病，以后就什么也看不见了。"

褚英禁不住又哭了，向母亲说：

"俺也十分想念母亲，只是鞍马劳碌，没有工夫回来看望母亲，孩儿真是不孝啊！"

母亲说："不能那么说，自古以来，家国不能两顾啊！"

母亲说着，忽然像想起了什么似的说道："你看，俺都高兴糊涂了。你吃饭了没有？"

母亲一边说，一边走进屋里，说道："你从小喜欢吃鸡蛋，俺去替你煮几个。"

褚英急忙上前，拉住母亲的手，说：

"俺吃过了，母亲，你先坐着，咱母子俩说说话吧！"

母亲重又回到椅子前坐下，问道："你父亲身体怎样？他今年五十四岁了！还能上马杀敌吗？"

"是的，父亲身体好着呢！他还能上马打仗。"

"俺也听说了，你父亲当了汗王，把你立了储。英子！要好好干！别惹你父亲生气，你父亲这一生可不易啊！从小吃了那么多的苦，到处流浪，到了这佟家庄园，他才立起了腰，过上了人的生活。你可不能让你父亲失望啊！"

母亲正说着，忽听院子里有人喊道："英子回来了吗？"

还未等褚英反应过来，母亲忙说：

"英子！是你父亲回来了！没错，是他的声音，快去看看！"

母子俩还未走出院子，只见努尔哈赤风尘仆仆地回来了。

老两口多年不见，紧紧地拥抱在一起，过了一会儿，父亲向褚英瞪了一眼说：

"你这个不讲良心的东西，竟然请巫师想咒死俺，真是狼子野心啊！"

母亲一听，急忙问道："什么？他请巫师咒你？果有这事？"

父亲气愤地对母亲说：

"俺还能赖他！你若不信，亲自问他去！"

母亲摸索着来到褚英跟前，用颤抖的声音向褚英问道："英子！你父亲说的，可是真的？……你说！跟母亲说！……"

褚英只是不吱声儿。

母亲拉着褚英，另一只手，哆哆嗦嗦地举起，"啪"地一掌，正打在褚英的脸上，他感到脸上热辣辣地疼痛……

这时，褚英一翻身，坐在床上，似乎觉得脸还在热辣辣地疼痛！仔细一想，啊，刚才经历的这一段情景，原是一场梦啊！

褚英醒来之后，心潮涌动，久久平静不下来。他只得走到香案前面，燃上一炷香，嘴里说道："母亲，请你老人家原谅儿子，俺也是不得不这样做，俺是被逼得万般无奈啊！"

焚香祝告以后，褚英似乎又觉得心情平静了，他以为这是母亲已经原谅他了……

当晚，征讨乌拉的大军凯旋归来，褚英只得强颜欢笑，去迎接父王努尔哈赤以及诸贝勒、将领们。

第二天，又召开了热热闹闹的庆功会，大家都高高兴兴地去领赏，褚英又陪着坐了大半天，心里说：你们高兴得太早了！到时候，有你们想哭却哭不出声来的时候！

不久，军师张一化病死，努尔哈赤为老人举行了隆重的葬礼。

赫图阿拉全城的人为老人举哀、戴孝，一连忙碌了七八天，将他葬在鸡鸣山上。

坟前一块高大的石碑上，镌刻着"懿范长存"四个大字。坟墓周围，栽上了成排的松柏。

努尔哈赤说道："让老人睡在松柏丛中，象征着老人一生的人品、精神，如长青的松柏，永不衰老！"

万历四十一年（1613年）正月，春节刚过，努尔哈赤又亲率八旗兵马，二次征伐乌拉。

出征前，褚英又找父王请求随军出征，努尔哈赤对他说：

"都城需要留人监国，你还是留下来吧！"

褚英无奈，只得服从。但是心里恨恨不已，他招呼狄盖特再去算卦先生处，问道："为什么至今不显灵，没有效验？"

算卦的说：

"别急！俺还有第二方案，这一次他注定难逃！"

说罢，那算卦的走到褚英跟前，在耳边轻声说了几句，褚英听着，点着头，说道："这一次该能奏效了吧？"

算卦的却说道："你未听说过：磨道里逮鸡，多转两圈子就是了，迟早是跑不脱的。"

褚英得了算卦的几句牙慧，便奉为金箍神咒，意气扬扬地往回走，忽然身后传来喊声：

"大阿哥，你也去打卦了？"

褚英扭头一看，原是德格类与几个小兄弟去南山打猎，便顺口说道："小心啊，可别被老虎吃了！"

"不会的，咱人多，又有兵器！"

说完,他们一夹马肚,那马四蹄蹬开,只听嗒嗒嗒,一股尘土飞起,奔驰走了。

再说褚英按照算卦的吩咐,为了不泄露天机,全府人等,只有他自己与狄盖特知道。

另一个贴身侍卫尤一夫,平日不会阿谀奉承,褚英本不喜欢他。这些日子,更不让尤一夫沾边,有时连屋子都不让进。

这样一来,尤一夫更感到不解,每天看到褚英与狄盖特背着他在一起嘀嘀咕咕,那鬼鬼祟祟的行动,使他顿生怀疑。

这一天的正午,温暖的阳光普照着大地,晒在人身上暖洋洋的,正是春光二月,尤一夫躺在房顶上,晒着太阳。

猛然间,他听到院子里有轻微的响声,夹杂着细小的说话声。他昂起头来,向院子里一瞅,只见褚英双膝跪在香案前面,先叩了几个头,拿着一张写满字的白纸,口中小声地念着,然后对天焚烧。之后,又叩了几个头,站起身来,像办完了一件大事,长长地出了一口气,对狄盖特道:"这一次让父王和他爱如心肝的四贝勒以及与他同甘共苦的五大臣们,一起见鬼去罢!"

狄盖特忙摆手示意,轻声说:

"别大声说话,尤一夫就在屋子后面。"

"怕什么?他不敢去报告的!"

褚英大大咧咧地说。

狄盖特小声地说道:"不能大意,这几天他老是觑着咱们!"

"噢!他若是跟咱不一条心,就先把他干了,免得碍手碍脚的!"

褚英的这句话,使尤一夫吓得心里一紧张,急忙把头缩回来,生怕被他俩发现。

这时,褚英又说道:"希望老天爷睁开眼,让俺来个扬眉吐气!这次出兵乌拉,最好是打个大败仗,能被打得全军覆没最好!到时候,咱就不让父王和弟弟们入城!……"

尤一夫听了这些话,吓得浑身抖作一团,心里说:这二人是想作乱造反哩!

当晚，尤一夫趁他们睡熟以后，便悄悄起来，跑到赛义德那儿，将白天的情况向他叙述一遍。

赛义德听了，心里也有些紧张，就对他说：

"你一定要沉住气，可不能冒失了，这可是人命关天的大事！自己也要当心，不要让他们怀疑你，弄不好会丢掉性命的！"

十天后，努尔哈赤率领大军胜利返回。出乎褚英的意料之外，他的父王这次出兵乌拉，大获全胜，安然返回赫图阿拉。

当晚，赛义德走进内宫，向努尔哈赤作了汇报，并建议去找两个人。一是城门口的算卦先生，一是褚英身边的尤一夫。

努尔哈赤听了不动声色，一方面派人将那算命先生抓来，又把尤一夫保护起来。另外派人暗中监视褚英和狄盖特的行动。

这案子先由管理行政和司法的十个都堂审理，然后上达五大臣；五大臣进一步核实，再上达四大贝勒；最后，上达努尔哈赤。

再说城门口那个算卦的先生，被抓来以后，老老实实地说出了事情的经过；狄盖特也不敢抵赖，做了证实；又从屋里地板下面的泥土里，掘出十几个木头人儿。其中最大的一个木头人是努尔哈赤，身上钉满钉儿、针儿之类的东西。还有四大贝勒、五大臣等，尽在中间。

努尔哈赤一看，怒不可遏，立即下命令说：

"将褚英监禁起来！"

这是万历四十一年（1613年）三月二十六日，褚英由于犯了诅咒罪，被他父王努尔哈赤监禁起来。

有很长一段时间，努尔哈赤为了褚英的事件，恼得茶水不想喝，饭食不想吃，寝卧不能安，美色不愿近。整日足不出户，独自一人在屋里走来走去……

努尔哈赤陷入了深深的苦思之中。在他众多子女里面唯有褚英、代善是他的第一妻子——佟氏春秀所生。努尔哈赤在众多妻妾面前，在戎马倥偬之间，从没有忘记对佟氏春秀的一片感激和怀念之情！

在努尔哈赤的眼里，佟氏春秀不仅是他的第一个妻子，也是他的救命恩人！

在内心深处，努尔哈赤埋藏着一句少为人知的话语：没有佟氏春秀，怎么能有俺努尔哈赤的今天！

因此，努尔哈赤对佟氏春秀生的两个儿子，褚英和代善，便爱有独钟，一切事情都优于那些庶母所生的儿子。

迁都赫图阿拉，那次分配财产，褚英和代善每人分得部民五千家，牧群八百，白银一万两，敕书八十道。其余子侄的分配数目，至多不超过褚英、代善的一半。

努尔哈赤从起兵的那一天开始，就决定以征战统一女真各部，用武力推翻明王朝的统治。但是，褚英目光短浅，胸无大志。他反对努尔哈赤四处征讨、积极主战的方针。

因此，父子二人的矛盾是根深蒂固的。

褚英立储后，由于心胸狭窄，处事不公，又与兄弟四大贝勒、五大臣发生矛盾。

努尔哈赤在权衡褚英与四贝勒、五大臣两方力量的对比之后，决定疏远褚英，两次出兵乌拉，故意不让褚英出征，意在观察褚英的动态。然而气量狭小的褚英，竟丧心病狂，妄图运用诅咒的巫蛊邪术达到目的，实现其早登王位的野心。结果，事情败泄，被幽禁于囚室之中。

且说安文子腿伤愈之后，父亲看管严格，不准他随意出门。但是安费扬古身任五大臣之一，忙于政务和军旅之事，怎能看得住他？

于是，父亲一出门，安文子便获得了自由，如鸟儿飞出牢笼，他又恢复了原来的安文子模样，整日与一帮小哥们嬉戏乐闹。

褚英被监禁以后，安文子急得如热锅上的蚂蚁——团团乱转。

他与那帮朋友中的几个铁哥们商议，没有其他解救的办法，只有去劫牢反狱。

至于后果，他们没有考虑多远，想着救出褚英以后，他们就逃往蒙古，远走高飞。

这些铁哥们中，有大将额亦都的次子龙辛伍，何和理的小儿子何其儿，扈尔汉的四子扈拉山，还有几个将领的儿子，他们是兀西、路约齐、正旦儿等，共十二人。

一天，他们开会商讨劫牢的办法，安文子说：

"这间囚室是过去关二王爷舒尔哈齐的地方，囚室虽不大，但坚固得很。囚室前面防守严密，有五六个士兵看守。后面无人看守，后墙有两丈高，难于攀援。"

何其儿说：

"那地方俺随父亲去过。后墙虽高，但是墙外是空地。若是深夜无人，爬梯子上去，从房顶将他救出，人不知，鬼不觉。"

龙辛伍说道："救出以后，怎么跑？这是不能马虎的。每人需要一匹马，还要带一些干粮，这都得事前准备停当。"

扈拉山说：

"马匹容易，军马棚里有俺的好朋友红雷四在那儿。咱先去跟他讲好，需要几匹牵几匹。那棚里几万匹军马，牵走十匹二十匹马，像苏子河里舀走几碗水，根本发现不了。

安文子笑着说：

"干粮的问题好解决，让正旦儿到奶酪场去偷两袋子，就解决问题了。"

龙辛伍又说道："内城墙不高，咱们可以翻出去。外城门经常不关，即使关了，也无人把守，容易出去。

最后，安文子与何其儿说定，一起去救褚英，后天夜里三更天行动，到外城北门外会齐，并约定：不齐不走。

且说褚英被囚禁在那小屋里，真是度日如年。他从小诞生在佟家庄园，也是娇生惯养。成人后，随同父亲南征北讨，历尽风霜之苦，但是，跟这小屋里的恶劣环境、粗糙的食物、窒息人的孤寂比较起来，仍有天堂地狱之差！

这些日子，褚英对自己三十多年短暂的人生足迹，作了认真的回顾。

佟家庄园的童年生活固然幸福，但养成了贪图享受、害怕艰苦生活的习惯。后来跟随父亲过上军旅生活，整日拼杀，逐渐对战争产生厌恶，渴望过安定的和平日子。

在统一建州之后，自己曾向父亲提出过罢兵休战的建议，当即受到他严厉的训斥，说道："要弃燕雀之小志，慕鸿鹄而高翔。不能鼠目寸光。咱们的小目标，是统一女真各部；大目标是打进关内去，推翻明朝天下。"

当时，俺表面上接受了父亲的训导，但是内心里却隐藏着不满，仍然对父亲的好战情绪有意见。

有一次，在攻打哈达途中，俺跟在父亲后面。徒涉兀伦河时，由于河水较深，父亲的盔甲里浸了水，谁知他盔甲里的虮虱成团地飘出来，在他身后的河面上，一团团、一片片地流过。当时，俺差点流出泪来。

这是他长年征战，甲不离身所造成的。涉河之后，俺又向父亲提出休战一段时间的建议。父亲压着火气，对俺说：

"咱们休战，敌人就有了准备的工夫。再去攻打，咱们的伤亡不是更大吗？吃点苦怕什么！没有苦中苦，哪来甜上甜呢！一个人不能吃苦，就没有出息呀……"

褚英想着那些难忘的往事，怎么也睡不着。他又想到叔父舒尔哈齐的死。在他被监禁期间，自己也曾向父亲建议过：

"把他放出来，他一无将，二无兵，又不能奈何咱？还显示出你气量大，能宽厚待人……"

未等俺说完，父亲就说：

"懦夫庸人之见！你现在还不懂，等你承继汗王之后就懂了。"

如今，这小屋——当年关押叔父的地方，又成了俺的囚室，父亲真的会处死俺吗？俗话说：虎毒不食子哩！难道他……

转而一想，俺也实在让父亲寒心，那诅咒之事，打击面也太大了！即使父亲原谅了俺，四贝勒、五大臣也不会饶了俺！

回想起来，自己也太幼稚，怎么能相信一个算卦的呢？当初真是鬼使神差，若不是那个该死的狄盖特，也不至于去打卦……

古人说："一失足成千古恨。"如今，大错铸成，身陷这间囚室，呼天不应，喊地不灵，只有等死罢了！

褚英躺在那间小监房里，整日坠入冥思苦想之中。他忽然想起安文子，如今，几个月过去了，他的腿伤该治好了吧？为了替他改判，俺得罪了五大臣，连四贝勒也不高兴俺！

褚英心里想：安文子的伤肯定未好，不然他会拼着命要来看俺的，或是想办法救俺。

这天夜里，褚英仍在胡思乱想，迷迷糊糊地似睡非睡。

忽然，他听到房上传来轻微的响声。于是，他翻身坐起，支起耳朵细听，是有人在房顶上揭瓦呢！

一时之间，他激动万分，心想：可能是安文子来搭救俺出监的！

可是，他又一想，即使把俺救出去，又怎么办？能躲到什么地方？到头来还不是被抓住，又关在这间囚室里？……

猛然间，房顶苇箔"刺啦"一声，打断了他的思绪，他借着室内微弱的灯光，举头望去，那苇箔已撕开一个大洞，从那洞里垂下一根绳子来。

这时，只听上面说道："小王爷！你抓牢绳子，上来吧！"

褚英也顾不得多想，随即站起身来，紧紧腰带，抓牢绳子，用上吃奶的气力，一截一截地往上爬去……

且说褚英被安文子、何其儿救出监房，来到外城北门处时，扈拉山也将几匹军马牵来了。

不一会儿，龙辛伍也陪着正旦儿，背着几口袋干奶酪等食品，匆匆赶来。

安文子一点数，八个人全到了，于是安文子当即对大家说：

"趁着离天亮的时间还早，咱们抓紧上马走吧！再耽搁时间，一旦被人发现，麻烦就大了。"

于是，各人翻身上马，沿着去蒙古的大道，疾驰而去。

且说看管监房的几个士兵,心想:过去关押二王爷时,从未出过差错。这小王爷刚开始关押时,天天哭,有时夜里也哭。如今,关服帖了,还怪安稳的,也就放心了。

于是,夜里也就自动取消了值班的规矩,几个人一觉睡到大天亮。

次日,他们起床后未去监房查铺,直到送早饭时,才发现囚室里褚英不见了。朝房顶上一看,漏出一个大口子!几个士兵当时吓瘫了!

努尔哈赤得到消息之后,立即召开四大贝勒、五大臣会议。

未等努尔哈赤说话,安费扬古就说道:"俺家的小孽种一夜未回家,这事肯定是他干的!"

额亦都、扈尔汉、何和理都说昨夜有一个儿子未回家。努尔哈赤听了,不由得笑了起来。他向大家说:

"别小看了褚英!他的能量还不小呢!被关进监狱里,居然还有这些人去救他。"

额亦都说:

"他们能往什么地方去呢?是不是派人去马棚问一下,看马匹少了没有?"

四贝勒皇太极说:

"他们不会往明朝方面跑的,可能去蒙古了。俺愿意带二百骑兵去追赶他们!"

努尔哈赤说:

"你与费英东一起去吧,最好不要杀他们,带他们回来再说!"

皇太极与费英东立即带领二百骑兵,向着蒙古方向,沿着大道,飞驰般地追去。

努尔哈赤又说道:"他们这一跑,倒给咱们敲响了一次警钟。咱们的外城门无人把守,都城与边境没有联络信号,这哪成?"

努尔哈赤说完之后,对何和理说:

"这事交给你了,把这两件事抓紧布置下去,越快越好。"

且说安文子等一行八人，飞马疾驰，那马蹄扬起的尘土，飞起有一丈多高。

褚英被关了半个多月，身体虽然消瘦了许多，但毕竟年轻力壮，加上刚被解救出狱，精神处在亢奋状态，以致马上颠簸，并未出现眩晕之感。

天亮时，他们离开赫图阿拉已经一百多里路了。前面有一个寨子，安文子对大家说：

"咱们下马吃点东西，喝点水，然后再走。"

于是大家在寨前的一个水井边停下马来，安文子对大家说：

"再往北不远，就到乌拉。过了乌拉就是南蒙的科尔沁，然后咱们再往北，就可以到达北蒙，能到北蒙，咱们就安全了。"

大家吃过饭，喝了水，又骑上马，继续奔驰。很显然，这支队伍的领头人，便是安文子了。只见他一马当先，在前面带路，又不时地回转身子同紧跟身后的褚英说话。

再说皇太极与费英东，二人领着两百骑兵，在后面一路追赶。途中，他们又下马向路上的行人打听，知道褚英等人正是往蒙古方向逃跑了。于是，紧催坐下马，向前拼命追赶。

俗话说："一顿饭，十里半。"这说的是步行，骑马跑起来，可就不止"十里半"了。就这一顿饭的工夫，他们之间的距离缩短了二三十里路！

安文子等已接近乌拉境内，这地方尘沙比较严重。那八匹马一路驰去，尘土冲天而起，老远便能看到。

快到中午时分，皇太极、费英东的追兵，已能见到那黄色的尘土，像一条长龙，往北窜去。

这时候，那战马似乎通了人性，跑得更加迅疾，眼看就要追上了。

皇太极向费英东丢了个眼色，二人各自亮出了兵器。他们身后的八旗士兵，也随着抽出了大刀。

且说安文子、褚英等，见后面的追兵赶上来了，便有些惊慌

失措,安文子问大家:

"追上来了,怎么办?"

褚英说道:"俺宁肯死在这里,也不回赫图阿拉了。"

安文子也说道:"俺也是这样想的。给你一把剑,俺还有一把,跟他拼死算了!"

他俩正在说话的工夫,皇太极已喊着追上来了。只听他喊道:"别跑了!父王让你们回去!"

由于皇太极的那匹名马跑得特别快,说话之间,他已冲到安文子、褚英的前头!

只见皇太极将马头一勒,拦住去路,手握大刀,厉声说道:"你们再不停下,俺就不客气了!"

这工夫,费英东也赶到前头。那些骑兵都是久经战阵的八旗精锐,哗啦一下子将八人围在中间。

安文子手举宝剑,喊道:"跟他们拼啊!"

他一边喊,一边举剑向皇太极砍去。二人便杀到一处。

褚英也不搭话,举剑劈向费英东,二人也战到一起。这褚英在那小屋里关了半个多月,又一路马上颠来,怎是费英东的对手?战不几合,只见费英东用刀一挡,把褚英的宝剑隔开。然后,轻舒猿臂,一把将褚英的腰带抓住,大声喝道:"还不给俺过来?"

费英东用力一提,褚英的身子便离开了战马,被费英东提了过来,往地上一撂,说道:"捆起来!"

他的话音未落,蹿上去三四个骑兵,七手八脚,很快把褚英捆上。

再说当安文子与褚英和皇太极、费英东拼杀时,龙辛伍等六人,未敢动手,他们只是骑在马上观战。

见到褚英被捆,龙辛伍、何其儿等,也翻身下马,来到褚英跟前。

且说皇太极与安文子拼杀,二人斗了七八回合,安文子知道自己不是对手,便虚晃一剑,急忙把宝剑收回来,往自己颈上抹去。

说时迟，那时快，只见费英东伸手取出短剑，向安文子的宝剑掷去。

只听当啷一声，安文子的宝剑便从手中跌落，掉到地上。

这时，那些骑兵抢上去几个，将安文子拉下马来，随手捆了。

皇太极向费英东问道："他们几个不用捆了吧？"

费英东点了点头，指挥二百名骑兵说道："先回去两人送信，要快马加鞭！其余的人护着他们，往回走！"

这时，太阳已经过午，照在身上暖洋洋的，非常惬意。可是，褚英和安文子等人，都已汗湿衣衫，热不可耐了。

至晚，才返回赫图阿拉。全城的男女老少都出来围观，大部分人都认识褚英。有的人说：

"你当了太子，还要蛊害父王，真是狼心狗肺！死有余辜！"

褚英、安文子等八人，被送进了监狱。

次日，努尔哈赤召集负责管理行政和司法的十位都堂，对他们说：

"抓紧审理这次劫牢反狱的事件，希望你们从重从快处理好这一案子。"

由于案犯全部抓回来了，案情也比较明朗，所以审理起来也比较容易，几天工夫，十位都堂便审理清楚，将判决意见逐层上报，最后，由努尔哈赤裁决。

他手拿判决文书，看上面写着：

褚英犯诅咒罪，又越狱逃跑，判死刑；

安文子策划、领导这次劫狱行动，判死刑；

龙辛伍、扈拉山、何其儿、兀西、路约齐、正旦儿，参与劫牢事件，又盗窃军马、奶酪，各人罚白银二百两。

另外，又判算卦先生和褚英的侍卫狄盖特也是死刑。

努尔哈赤手拿判决文书，深感这次劫狱事件的严重性。八个人全是大臣的后代，他们小小的年纪，竟目无法令，公然向自己的长辈挑战，真是胆大妄为！

老子们在前方浴血拼杀，后方的子女们缺乏教育。他们娇生惯养，贪图享受，甚至胡作非为。这一班年轻后代，将来怎么承继咱们用鲜血和生命换来的江山！

教育啊，需要及时地教育！

这次事件要让全城人受到教育，要公开审判他们！

于是努尔哈赤下达命令：

"召开公判大会，让全城军民都参加！"

万历四十三年（1615年），八月二十二日，赫图阿拉城内的教练场上，人山人海，高高的点将台的右侧，竖着高高的绞刑架，绞索无声地挂在架子下面。那圆形的套环，活像张开的虎口，随时准备着吞噬。

太阳升到半空中，开会的时刻到了，努尔哈赤率领着四大贝勒、五大臣，一起进入会场，登上台去。

大会开始以后，何和理宣读了判决文书，随着一声行刑命令，那绞索慢慢下滑。

褚英和安文子被带到绞架下面，两人的脸色苍白，两腿站不住，由行刑人员搀扶着，才没有倒下。

台上台下，气氛严肃，都在注视着绞架这边。努尔哈赤没有朝绞架这边看，他神情严峻、庄重，仰首望着无际的天空。

这时，绞环套住了褚英和安文子的脖子，然后，那绞绳慢慢拉紧，二人的脚渐渐离开地面……

赫图阿拉全体军民，亲眼目睹了这个令人毛骨悚然的行刑场面，给人们留下了深刻的印象。

根据努尔哈赤的命令，两具尸体悬示两天，以儆效尤。

这一年，褚英三十六岁，安文子三十五岁。

第三十四章
纵毒蛊纷争后妃宠
荡淫心秽乱母子伦

乌拉大妃手里捧了一大盘西瓜,袅袅走到大贝勒代善跟前,娇声道:"乖儿子,这是妈妈特意给你留的,快尝尝合你口味不?"说着,顺手把胸衣的纽扣又松了一个,半个肥硕的胸脯几乎递到了代善脸上……

努尔哈赤为了加强汗权,巩固自己的地位,果断地处死了弟弟舒尔哈齐和长子褚英。

经过这两场斗争,努尔哈赤更加集中了自己的权力,及时纠正了首次立储的失败。

但是,有汗位,就有激烈的争夺,有争夺,就有残酷的斗争。

在努尔哈赤的晚年,"立储"风波愈演愈烈。这主要发生在四大贝勒之中,尤其是代善和皇太极之间进行的明争与暗斗。

张一化死后,努尔哈赤失去了一个智囊人物。找五大臣商量,又人多嘴杂,有时不能畅所欲言,自己也担心走漏风声。

于是,努尔哈赤单独找来额亦都,对他说:

"有件事本来难以启齿,但是,形势所逼,又不能不考虑,只得找你来说一说。"

额亦都向他问道:"你说的是不是立储的事?"

努尔哈赤点了点头,心里说:生俺的是父母,知俺的还是额亦都啊!遂问道:"现在代善和皇太极各不相让,大有誓不两立之势,你看怎么办呢?"

额亦都说:

"请恕俺直言。就齿序而言,代善居长,皇太极是弟辈;以武力论,代善独掌二旗,皇太极只领一旗;从德才说,代善为人宽厚，得到大家信赖，皇太极性格威厉，好弄权术，为人所畏惮。你看呢？"

以后，努尔哈赤又分别找了安费扬古、费英东、何和理、扈尔汉谈了"立储"问题，四人都倾向于代善。

万历四十四年（1616年，天命元年）正月初一日，努尔哈赤建立后金国，年号天命，并同时宣布代善代政，协助汗王管理政务。

不久后的一天，努尔哈赤当着宫妃、众子侄许诺说：

"在朕百年之后，你们都得依靠代善负责照应呢！"

这是努尔哈赤公开将大妃乌拉氏及心肝幼子们托付给代善的表示，也就是预示代善日后将承袭汗位。

正如额亦都所说：代善性格宽柔，深孚众望，军功众多，权势甚大。自从协助努尔哈赤管理政务以后，凡努尔哈赤不在时，一些重大军机便先报告给他。

可是，代善只是一名武将，才气平庸，除了带兵打仗、冲锋陷阵、多立战功以外，在抚民理政、处置纠纷等方面，表现出优柔寡断，措置失当，甚至不能公平处理的弱点。

于是努尔哈赤感到很不得力，尤其在某些重大问题的决策上，代善与努尔哈赤的观点相悖，父子俩往往争执得相当厉害。

一年前，褚英被处死的诸多原因中，有一个重要的原因，就是他反对努尔哈赤积极主战、到处用兵的思想，主张停战休兵，过安定和平的日子。

代善也主张弃战讲和，反对努尔哈赤树敌过多的做法。

代善曾当面劝说他的汗父努尔哈赤说：

"既然要与明朝争天下，就应该集中力量，对付当前之敌；对背后的朝鲜王国，应该尽力讲和，以解除后顾之忧，又可避免前后受敌。"

努尔哈赤不以为然，他说：

"朝鲜王国与明朝关系深厚，和谈解决不了问题。必须用武力去征服朝鲜，才能割断它与明朝的关系。"

于是，父子俩各持一端，争执不休。

萨尔浒大战以后，代善在东部战场上，与朝鲜王国的都元帅——姜宏立等，对天盟誓说：

后金与朝鲜将永结盟好，两国间永不用兵，在后金与明朝发生冲突时，朝鲜王国不再出兵援助明朝等。

之后，代善将朝鲜的兵、将全部带到国都赫图阿拉。

当时，姜宏立、金景瑞两个元帅，因为拜见努尔哈赤时，只"行揖"而不跪。努尔哈赤大为震怒，扬言要杀他们。

代善当即向汗父建议说：

"俺已代表大金国，与他们对天盟誓，汗父要杀他们，这是背天不义的行为。恳望汗王信守盟约，不以小节为意。"

听了代善的言辞，努尔哈赤无可奈何，只得答应他的请求。

后来，发生了朝鲜士卒强奸女真妇女的事件。努尔哈赤又想借故杀害朝鲜的士卒，代善知道后，赶忙又向汗父劝说道："俗话说：一人做事一人当。谁犯了罪，就罚谁、杀谁，不能殃及无辜。"

努尔哈赤对此置之不理，竟下令一下子杀死了四五百名朝鲜士卒。

代善得知这一消息，十分气愤地说：

"俺悔不该在盟誓之后，将朝鲜兵将带到国都来。早知如此，就送他们出国界了。"

天启元年初，努尔哈赤在攻占开原、铁岭之后，又经过大半年的备战，召开了一次军事会议。讨论的中心议题，是先进军辽沈，还是攻打朝鲜王国之后，再回过头来打辽沈？

会上，争论激烈。四贝勒皇太极首先说：

"朝鲜王国历来是站在明朝一边，帮助明朝对付咱大金。先攻打朝鲜，等于打掉明朝的一个帮手，削弱了明朝的力量。"

莽古尔泰支持皇太极的意见，他说：

"朝鲜王国仅是弹丸之地，兵力又少，易于攻取。截断朝鲜国与明朝的关系，咱攻打辽沈时，也解除了后顾之忧。"

大贝勒代善持相反意见，他说：

"咱攻打朝鲜，明朝必然去救，或是来袭击咱的国都。咱要受前后之敌的夹击，能打胜吗？不如先与朝鲜讲和，然后再攻打辽沈，岂不是两全其美吗？"

扈尔汉支持代善的意见，他说：

"俺以为，先把朝鲜王国的兵将都放回去，与他们讲和，再攻打明朝的辽沈，这是万无一失的策略。"

皇太极当即反对说：

"放不放朝鲜王国的官兵，要看朝鲜王国的态度。它不主动臣属俺后金国，仍然不能放回他们的官兵。"

在两种意见各不相让的情况下，努尔哈赤采取折中的办法，决定先出兵辽沈，攻打明朝。同时，为了保障出兵时后方的安全，决定将朝鲜的兵将全部杀掉，以去除后顾之忧。

在对待朝鲜王国战与和、对待朝鲜兵将杀与放的问题上，代善与努尔哈赤始终意见相左，曾经发生多次争执。

早在万历四十八年（1620年，天命五年）的一天，努尔哈赤的小妃泰恩察，来向他报告说：

"大妃乌拉纳喇氏，连续两三次深夜出去，与大贝勒代善如何如何……"

努尔哈赤听了以后，也觉得前一段时间，大妃乌拉纳喇氏的形迹有些可疑，便立即指派达尔汗侍卫、额尔德尼巴克什、雅逊、孟阿图四位大臣，进行深入调查。

且说这小妃泰恩察，本是随叶赫纳喇氏嫁来的使女。当时，叶赫纳喇氏十四岁，泰恩察年仅八岁。

十四岁的叶赫纳喇氏，生得亭亭玉立，月貌花容，身材颀长，好像十七八岁的大姑娘。

最惹人神往的，是那对勾人的凤目，顾盼生辉，回眸一笑，百媚顿生。

努尔哈赤一见，怎能不称心如意。于是，朝朝暮暮，似漆如胶。几年后，生下一子，就是皇太极。

一个偶然的机会，努尔哈赤走进叶赫纳喇氏的屋子，突然看到一个长得俏丽的少女，在领着皇太极玩耍，便禁不住走上前去询问，才知道是叶赫氏的使女泰恩察。

努尔哈赤见叶赫纳喇氏不在，便走上前去搂住求欢，泰恩察半推半就，二人在叶赫的床上成就了好事。

正当二人整衣下床之时，叶赫正巧回来撞见。事后，泰恩察便成了努尔哈赤的小妃。

叶赫纳喇氏性格文静、善良，把泰恩察当做妹妹看待。皇太极自小随她长大，平日以姨娘呼之，二人建立了深厚的感情。

可是，好景不长，正当叶赫纳喇氏深受宠幸之时，努尔哈赤又与乌拉纳喇氏成亲。

这乌拉纳喇氏年方十二岁，却生得狐媚妖艳，风韵更胜过叶赫纳喇氏十倍！

努尔哈赤遂逐新欢，自然冷落了叶赫纳喇氏。不久，由于嫉妒、郁郁寡欢，以致忧虑成疾，不到两年，貌比天仙般的叶赫纳喇氏，竟死于非命，时年二十九岁。

再说乌拉纳喇氏，为努尔哈赤连生三个儿子：阿济格、多尔衮、多铎。

叶赫纳喇氏死时，皇太极已经十三岁了。在皇太极小小的心灵深处，早已埋下仇恨的种子。从感情上来讲，他对乌拉纳喇氏母子早有嫉恨，也是情理中的事。

一天晚上，努尔哈赤来到泰恩察房里，二人正在亲热之时，乌拉纳喇氏的使女尤拉菲进来传话说：

"大妃替汗王炖的'参茸大补汤'快凉了，请汗王过去饮用。"

努尔哈赤随后便去了。

当时，小妃泰恩察气得咬牙切齿地骂道："这个狐媚子真霸道！汗王就是她一个人的了？她把汗王拴到自己的身上了！"

原来，"狐媚子"的外号是有来历的。据说，乌拉纳喇氏刚生下来时，长着一身绒毛，颜色与狐毛无二。满月之后，毛渐退去。一身洁白的皮肤，质细如玉，润滑异常。

渐渐成人以后，不仅容貌美丽，而且伶俐聪明，生就一张巧嘴，能把死人说活，能将愁人说喜。于是，这"狐媚子"的外号便传开了。

且说泰恩察气得三天三夜都未吃好、睡好，思来想去，她要报复！

忽然，她眼睛一亮，想起了乌拉的使女尤拉菲曾经在自己面前诉委屈，说过乌拉纳喇氏的坏话。当时，尤拉菲说了一件事：

一天午后，她正在屋里歇晌，睡梦中猛然听得乌拉纳喇氏哎哟、哎哟地叫个不停，心说：

"准是她病了！得去看看。"

尤拉菲三脚两步，急忙往乌拉屋里跑去。一边跑，一边嘴里不停地问道："怎么了？怎么了？……"

当尤拉菲跑进屋子，一下子愣住了：

只见乌拉氏光着身子躺在床上，汗王也光着身子，在……

因为尤拉菲的突然闯入，乌拉氏停住了喊叫，昂起头来看她。汗王也转过头来，用惊奇的目光对她注视着。

尤拉菲终于明白过来这是怎么一回事！

她又急忙三脚两步跑出了屋子，背后传来汗王的声音：

"真扫兴！"

后来，乌拉纳喇氏抽了她两巴掌，又罚她跪了半天。然后问她：

"你以后还敢这么冒失吗？"

尤拉菲只得应道："再也不敢了！"

想到这里，泰恩察心里有了谱儿，一个报复乌拉氏的计策形成了。

从那以后，她主动接近尤拉菲。尤拉菲喜欢吃甜食，她就特地做了一些甜的食品送给她；尤拉菲喜欢绿色衣服，泰恩察就连续缝制了两条绿裙子送给她。

经过一段时间相处，尤拉菲也把泰恩察当做知心人。泰恩察趁此机会，提出要与她拜干姐妹，尤拉菲满口答应。

二人也像男子汉那样，摆上香案，双膝跪下，对天盟誓说：

"自今以后，姐妹二人，有福同享，有难同当，永生永世，不弃不忘！"

于是，泰恩察与尤拉菲真像亲姐妹一样。每到一起，搂头抱颈，嘻嘻哈哈，亲热得舍不得分开。一日不见，真像隔了三秋似的。

且说那八王子皇太极，虽说长大成人，在带兵打仗的空闲日子，有时也常来姨娘处走走。

自生母叶赫纳喇氏死后，他对这位抚养他长大的姨娘，打心里感激。

每次来了，两人都要叙叙过去，讲讲现在，不经意地便想到了叶赫氏生前的一些往事，二人都会流下怀念的泪水。

有一次，泰恩察正与尤拉菲说着话儿，皇太极猛然间走了进来。

不久，尤拉菲便走了。皇太极说道："跟她有什么好谈的？那乌拉氏不是东西！当年，若不是她狐媚惑住父王，俺母亲也不会抑郁而死！"

泰恩察听了皇太极的话，不禁神秘地一笑，她站起身子，走到八皇子跟前，在他耳边轻轻说了几句话。只听皇太极说道："俺姨娘虽不会打仗，却懂得'欲擒故纵'的计策哩！"

二人会心地同时笑起来。

尤拉菲一连几天未来了，泰恩察心里急得慌，自己又不便去看。

又过了两天，午后时候，她见尤拉菲来了，远远看去，见她走路似乎有些不大利索，不像以往那样轻盈。

尤拉菲走近了，泰恩察见她脸上现出病容。遂关切地问道："怎么，你生病了没有？"

尤拉菲苦笑着说：

"俺这病，才是快活出来的病呢！"

说完，她凑到泰恩察耳边，小声说了一会儿，脸上不由得红起来。泰恩察立即说道："这个狐媚子真坏！怎么能这么糟贱人呢？小小的年纪，哪能受得住他……"

尤拉菲向她的干姐姐说道："俺躺在床上，她还叫俺去做事呢！她这人就是心太狠了！"

泰恩察见尤拉菲在流泪，忙劝说道："别难过。你等着吧，咱们找个机会治治她！"

"她说了，有汗王给她撑腰，她谁也不怕！自从那次俺撞见了她和汗王干那事，她就变着法子整俺。这次，就是有意报复俺！"

"别怕她！要学会忍耐，过几天咱想法子治她，也要她尝尝咱的厉害！"

泰恩察说着，又拿出甜食品来，说：

"带回去慢慢吃，补养好身子，再想法子跟那狐媚子斗！"

尤拉菲走了，泰恩察看着她的背影，心里觉得：也真怪可怜的。

第二天，皇太极来了。他从口袋里掏出了一个小瓶子，交给泰恩察说：

"姨娘，你看着办吧！"

泰恩察接过瓶子，隔着玻璃一看，里面有两条红头蜈蚣，心里不由得有些紧张，随说：

"就怕尤拉菲害怕，俺再给她鼓些劲，也许没问题的。"

皇太极又轻声地嘱咐道："姨娘，这事关系重大，可不要大意啊！一旦父王知道，不会轻饶咱的！"

"你就放心罢！出了事，有俺呢！大不了，俺这条命搭上，也不能沾上你的！"

泰恩察一边果断地说着，一边送皇太极走出门去，转回身来，将那瓶子收藏好。

又过两天，尤拉菲来了。泰恩察问她：

"身子恢复好了吗？"

"好了，全好了！这几天，汗王一直在纳泽屋里过夜，可把狐

645

媚子急坏了！"

"这个小妖精，汗王一天不跟她睡，她就受不了！"

二人一句连一句地骂着乌拉纳喇氏，泰恩察突然向尤拉菲问道："你平时见过蜈蚣吗？"

尤拉菲急忙答道："见过。俺那乌拉山上蛇多，蜈蚣也多。小时候，俺还逮过呢？"

"哟！你不害怕？那东西可咬人呢！"

"不怕，无论是蛇，还是蜈蚣，只要砸破它的脑袋，它就不能活了。"

泰恩察走进屋子里，将那瓶子捧在手中，对尤拉菲说道："昨天，俺吓死了！这院子里跑出来两条。喏，你看看吧，都在里面呢！"

尤拉菲接瓶在手，看了一下，说：

"唉呀！这两条蜈蚣可不小呢！要是被它咬了，不及时治疗，也会伤命呢！"

泰恩察接着说道："这东西像那狐媚子一样，毒着哪！"

尤拉菲听了，格格地笑了起来，随便地说：

"她能被咬两下子，就好了！"

泰恩察看了看尤拉菲，试着说：

"咱们想个办法，让那狐媚子挨两口咬，也能泄一下你胸中的闷气呀！"

尤拉菲听了，像想起了什么似的，伸手拿起瓶子，走到泰恩察面前，轻声地说：

"让俺带回去吧！……"

二人又小声商议了一会儿，尤拉菲才走。

且说乌拉纳喇氏，这些日子见汗王在小妃纳泽那里，她两次让尤拉菲去叫他，都没有来。心中不免有些埋怨起来：真是痴心女子负心汉，一点也不假呀！

不由得心里胡思乱想起来：男人可以拥有众多女人，但女人就不可以有几个男人。这太不合理了！

她躺在被子里，无意间手碰到了自己的两个乳房，心里不觉一动，使她想起了一件事。

那是不久前的一次家宴上，努尔哈赤让她给四大贝勒敬酒时，当她走到大贝勒代善面前，提起酒壶，正要往他面前的酒碗里添酒。代善猛地站起来，说道："俺已喝……喝多了，再不能……"

他话还未说完，身子一个踉跄，倒了下去。这时候，乌拉氏右手提着酒壶，急忙伸出左手去扶他。不承想，代善的大手一下子拉住了她的手臂。另一只手突然往她的胸脯上抓了一把，正好抓住她的乳房，她不由得啊呀一声，立即用尽力气去扶代善。

这时，阿敏走过来，帮助她将身材高大的代善扶起来，他的手才从乌拉的胸脯上抽回去。

当晚，她把内衣脱了，发现自己的乳房红红的，还有些痛呢！

这件事每次想起来，她的心里就不平静。代善比乌拉氏还大五岁呢！

代善已经被立储了，汗王也说了，在他百年之后，要代善照应俺和儿子们。

如今，俺若能与代善……

乌拉氏想到这儿，浑身立即燥热起来，觉得能跟他好上，这后半生俺就不会孤单了。

她又想到代善那只有力的大手，牛一样壮实的身材，真令人神往啊！

想来想去，乌拉氏拿定了主意，心里说：

"你汗王不买俺的账，俺就去找代善，俺总不能老是守着活寡呀！"

于是，乌拉氏说干就干，她精心做了几个菜，叫来尤拉菲说：

"你把这些菜给大贝勒送去！就说是俺亲手做出来，留给他补养身子的。"

一天，代善来了，在门口问道："父王在这里吗？"

乌拉氏听出来是代善的声音，急忙走出来，笑着说道："哟！

647

是大贝勒呀,为啥不进屋子?是嫌俺屋子脏,还是乱?……"

那乌拉氏一边说着,一边走到门口,把代善拉进来了。嘴里又说道:"在大贝勒眼里,只有你的父王,哪有俺这大妃的位置呢!"

代善急忙说道:"你说到哪里去了,俺怎能忘了大妃的好处?你做的菜味道真好,谢谢你的一番好意!"

刚说到这儿,尤拉菲进来了,乌拉氏又说:

"好吃吗?那真是碰巧了!本来,俺做不好菜,只是看着大贝勒辛苦,东拼西杀的,吃不上,喝不上,连一个安稳觉也睡不上。俺将来还得依靠大贝勒照应呢!汗王已经说了,现在,俺只能做这一点事……"

代善听到这里,忙接过来说:

"父王的话俺敢不听!大妃,你就放宽心吧,只要有俺代善在,你就甭愁了!"

说完,代善就告辞出去了。

当晚,乌拉氏心里乐滋滋的,回味着代善的话,还有他那火辣辣的眼睛,真有点那个意思呢!

后来,她又想起与四贝勒皇太极的一次相遇情景。那是不久前的一天上午,她从庶务大臣那里回来,手里提着两条大鲤鱼,准备为汗王做人参鱼。

正走之时,迎面碰到四贝勒皇太极,未等她开口,皇太极急忙紧走几步,来到跟前,说:

"大妃,你太辛苦了!怎么自己拿呢?"

说着,便从她手里夺过那两条鱼,说:"俺帮大妃送去吧?"

当时,乌拉氏记得很清楚,皇太极握住她的手,把鱼夺过去了,还没有松呢!她心里想,难道这四贝勒也对俺有点意思吗?……

后来,乌拉氏又连做了几次菜,让尤拉菲分别送给了大贝勒和四贝勒。

且说尤拉菲把那个装着蜈蚣的瓶子带回以后,按照与泰恩察商议的意见，趁着乌拉氏不在家的工夫，倒出一条在乌拉氏的枕头下面，另一条倒在她的靰鞡靴子里面。

那一夜，她一直未睡好，等着听消息。可是，乌拉氏却安安稳稳地睡了一夜。

次日天一亮，尤拉菲就起来了，刚到院子里，突然就发现那两条蜈蚣全跑到院子里了。

慌乱之间，她大声喊道："呀！怎么跑来两条蜈蚣！……"

听到尤拉菲的喊声，乌拉氏连忙来到院子里。她一见到那两条红头大蜈蚣，吓得咋唬道："俺的老天爷！哪里爬出来这么大的两条蜈蚣！若是咬住了人，还得了吗？快把它打死！"

尤拉菲忙跑进屋里，拿出一个铁锤，对准蜈蚣的红头砸去，一连几下，那红头被砸得稀巴烂。但是，那身子仍在动，那密密麻麻的脚，也还在动哩！

俗话说：百足之虫，死而不僵。讲的正是这种情况吧！

原来，尤拉菲将蜈蚣一条放在乌拉氏的枕头下面，一条放进她的靰鞡靴里面。谁知乌拉氏平日喜欢用鹿茸精香料擦身，久而久之，床上的枕垫被褥，身上的衣服鞋袜，全都染上鹿茸的香味。鹿茸又是去毒的良药，蜈蚣一闻到它的气味，避之唯恐不及，随即从枕下、靴子里慌忙爬出来，跑到院子里。

尤拉菲来到泰恩察屋里，向她讲述了这一情况，泰恩察说：

"这一次算她命大！不过，躲得了初三，也躲不过初四，还有初五和初六呢！"

再说大贝勒代善，自褚英被处死，他被立储，特别是父王曾当着他的面，向大妃乌拉氏和众兄弟允诺过，在他百年之后，要自己去照应他们，他深感重任在肩，决心不负父王的托付，协助父王管理好政务，决不当第二个褚英！

这一阵子，大妃乌拉纳喇氏的亲近姿态，对代善确实有诱惑力。

乌拉纳喇氏的美貌，在父王的众多后妃中，是无人可比的。

那次在家宴上的酒醉失态，当时的情景他还有较深的印象。

649

他见乌拉氏鹅蛋形的脸盘,两道又黑又弯的眉毛,大小适中的鼻子,两面粉腮上的深深的酒窝,特别是那粉砌似的白玉脖颈,真使他看呆了,不由得魂灵儿早已飞出腔外,飘飘荡荡地不知如何是好。

当大妃提着酒壶来到面前,要给他添酒时。她那高耸的乳峰,胸前深深的一道乳沟,裸着雪白的脖颈,代善真恨不得趴上去亲上几口!

但是,酒精并未将他麻醉得完全失去理智,父王和众兄弟们都在注视着他。

这时,代善心中明白,自己一旦失礼、越轨,将在众兄弟面前丢丑,会失去往日的尊严与威信。说不定还会激怒父王,后果是不堪设想的。

可是,又不甘心坐失良机,便假装醉了,虚打个跟跄,引来大妃的弯腰搀扶。于是他趁势一把抓住她的双乳,略微使劲地拽了一下。仅这一下,他便觉得骨酥神摇,周身的血液膨胀,离那高唐梦雨已是近在咫尺了。

以后大妃又几次送来亲手烧成的饭菜,更使代善想入非非,不由得前去登门致谢,借以了解她的真意。

可是,未能深谈,便被尤拉菲扰乱了,只得怅怅地告辞。

代善想着,回忆着这些刚刚经历的事情,便决定二次去访。

这天午后,代善趁着人们歇晌的工夫,二次来到乌拉纳喇氏的院子里。

他先到几间下房里转了一遍,见一个人也不在。然后走进上房,见乌拉纳喇氏的门帘低垂,估计正在休息。

代善心想,现在不去,还等什么时候?

他轻轻挑起门帘一角,往里一看,见屋里正中一张大床上,躺着一个女人,那不是乌拉氏吗?

代善迟疑一下,如此贸然进去,她若翻起脸来,不好向父王交代的。

于是，他重又放下门帘，在外间屋里轻声咳了一下，给她报个信息。

其实，乌拉氏并未睡熟。她早已估计到大贝勒不久还会来的，一连盼了好几天。刚才她听到院子里的脚步声，已判断那不是汗王的，也不是尤拉菲的，因为前者声重，后者音轻。

凭着经验得知，那是大贝勒代善的。她也想到四贝勒皇太极，这小东西机灵得像只松鼠，他是不会来的。

前次家宴上代善的酒醉场面，至今她还历历在目。她越来越感觉到：那是代善故意借酒醉表演出来的，是送给自己的一个信号。

于是，她故意装着睡熟了。代善的咳声，她觉得是呼唤自己的信号，不能再错过机会了。

遂翻身坐起，伸了个懒腰，问道："谁在外间屋里？"

"大妃！俺是代善，是来看望你的。"

代善一边说，一边又掀起门帘，把头伸进帘内觑着。

乌拉纳喇氏立即从床上下来，对代善说：

"进来吧！家里也没有别人，屋里说话方便。"

代善正想进屋，听她这一说，便掀起门帘，侧身进来了。

代善进了她的卧室，乌拉纳喇氏心中便有了底儿，心里说：

"鱼儿快咬钩，猫儿要吃腥！"

遂借着出来拿西瓜的工夫，来到院里将大门拴上。然后手里捧一大盘西瓜片子，姗姗走进卧室。嘴里说道："快吃这西瓜，瓤子又沙又甜，还是新鲜的呢！是早刚摘下送来的！"

一边说，一边送一片给代善手里。转过身子，顺手把胸衣上面的纽扣又松了一个，故意坦着半个肥硕的胸脯。

只见代善一步过去，伸出双臂，将大妃乌拉纳喇氏搂在怀里……

过了好一会儿工夫，乌拉纳喇氏说：

"今天的事，你达到目的，心满意足了。以后要答应俺经常见面，不能让俺守活寡！"

说到这里，她把粉脸埋在代善那宽厚的胸脯上，喁喁私语道：

"这几年来,俺尝够了独守空房的难受滋味,往后,你可不能再让俺守活寡啊!"

听到这里,代善忙说道:"来这里见面不保险,咱们找个地方吧?"

乌拉大妃听了,高兴地说:

"来这里是不安全,被你父王撞见,那还得了?被那尤拉菲知道了,也不妙呀!"

代善想了一会儿,说道:"在栅城东南角有一个小阁楼,那是战争时供瞭望用的,里面有床铺什么的,很齐全。每三天,俺要查一次城,都是晚上。咱们去那里见面,好不好?"

乌拉纳喇氏点了点头。

自此以后,代善与乌拉纳喇氏每三天,晚上在那阁楼上幽会一次。

可是,天下事若要人不知,除非己莫为。日久天长,此事先是在四大贝勒、五大臣之间传扬;以后,在诸将领和代善的众兄弟当中,也纷纷议论开来。只是瞒住努尔哈赤一人!

第三十五章

无奈何行八王共治
有机谋思一马独先

努尔哈赤大手一挥:"八王共治是朕多年来苦思冥想想出的唯一办法,只有这样,我大金才能防止一人独断!"说着,他转向皇太极:"今后,若再发现你耍花招、弄权术,决不宽恕于你!"

再说代善和大妃乌拉纳喇氏幽会的事情,一传扬开来,最高兴的就是四贝勒皇太极和小妃泰恩察二人了。

早在褚英主政期间,四贝勒皇太极虽然年纪较轻,但是由于才智出众,作战勇敢,军功甚多,加上他是努尔哈赤众子侄中唯一认识汉字的人,便得到父王的信任,赋予重兵在手。

皇太极自己更是踌躇满志,早在觊觎那触手可及的储位了。褚英死后,代善主政,又占去了储位,皇太极心里更是不服气。

早在萨尔浒大战当中,西路战事刚一结束,大贝勒代善请令于努尔哈赤,不辞辛苦地转向东路战场。

皇太极闻讯后,生怕代善抢了头功,不顾努尔哈赤的多方劝阻,带领本旗兵马疾驰而去,终于抢先于大贝勒代善之前,冲上阿布达里冈,打败了刘綎军,取得了东部战场的决战功劳。

在努尔哈赤面前,皇太极处处都想胜大阿哥代善一筹,方肯罢休。

每次议论军情、讨论作战方案时,皇太极都在代善发言之后,迎合父王的心意,再发表看法,以显示他谋略过人,善于用兵,胜过代善,取悦于努尔哈赤。

如今,代善与大妃乌拉纳喇氏之间的事,已传得沸沸扬扬。

皇太极怎能让良机错过?一个是自己的政敌——争夺汗位的劲敌;一个是致死生母的仇敌。

于是，皇太极与泰恩察一起，经过周密策划，决定由泰恩察前去告发。

告发前夕，皇太极又施展权术，拉拢了莽古尔泰、阿敏两个贝勒，让他俩都站在自己一边，更加孤立了大贝勒代善。

皇太极这一箭双雕之举，果然奏效。

小妃泰恩察向努尔哈赤告发大贝勒代善与大妃乌拉纳喇氏之间如何如何之后，努尔哈赤吃了一惊，遂问道："这事不能信口胡说！你可有证据？"

泰恩察壮着胆子说道："每隔三天，他们就出去一次，直到深夜才回来。在这之前，她还多次送菜、送饭给大贝勒吃。"

努尔哈赤听到这些，说道："若只是你讲的这些情况，还成不了证据。俺派人去查，若无此事，饶不了你！"

泰恩察当即说道："俺向汗王说句老实话，在三大贝勒、五大臣、众将领、众王子当中，谁不知道这事？只是瞒住了你汗王一人！"

对小妃泰恩察的狂傲态度，努尔哈赤非常气愤，立即又问道："是谁指使你来告发的？不说老实话，非杀你不可！"

谁知这个泰恩察，早被足智多谋的皇太极打足了气，又打了预防针。对努尔哈赤的吓唬毫不在意，她竟说道："俺来检举坏事，汗王应该支持。俺若有半句假话，请求汗王砍俺的头！"

努尔哈赤只得派达尔汉侍卫（即扈尔汉）、额尔德尼巴克什、雅逊、孟阿图四位大臣，进行调查。

不久，四位大臣查明：泰恩察告发属实。

努尔哈赤看到调查的材料报告，一时费了斟酌，考虑了整整一夜，他既不愿加罪于儿子代善，又不能使家丑因此而外扬。

在一片鼓噪声中，努尔哈赤终于想出了一条妙计。他先把调查这一案件的四位大臣找来，对他们说：

"告发这案子的人动机不纯，背后有人在操纵、指使，以致蒙蔽了不少不明真相的人。希望你们不要把案情向外人乱说。谁说出去了，追查到谁，要受处理的。至于大妃乌拉纳喇氏，此人是有些问题,有人反映她私自隐藏金银绸缎等财帛。明天,你们休息一天,后天仍由你们四位大臣前去搜查。"

至此,大贝勒代善与大妃乌拉纳喇氏的案子,就算结案了。

且说四大臣对大妃乌拉纳喇氏,通过搜查,发现她隐匿大量的金银财帛。

努尔哈赤立即召集四大贝勒、五大臣和诸将领、众王子等开会,他在会上说:

"……这女人奸猾邪恶,欺诳盗窃,凡是人们所能有的坏主意,她都占遍了……"

接着,努尔哈赤又宣布"离弃这女人,并废之",算是给她留下了一条活命。

散会后,努尔哈赤留下那四位大臣,并对他们说道:"这女人如此坏,为什么不判她死刑呢?请大家想一下,若将她处死,她生的那几个孩子会哭成什么样?会给他们造成多大的痛苦?如今留着她,一旦孩子有了毛病什么的,她也可以前去照应……"

努尔哈赤是希望这四位大臣能理解他的苦衷,并将他的话向人们进行解释,以消除那些反对大妃乌拉纳喇氏的人的愤怒。

皇太极的一箭双雕,不仅废了大妃乌拉纳喇氏,也使大贝勒代善声名狼藉。

尤为重要的,是皇太极的这一招,已经离间了努尔哈赤与代善之间的父子之情。

尽管努尔哈赤出于种种原因,没有对代善加罪,但是,这毕竟使努尔哈赤对代善大失所望。由当初属意于代善,而变为积怨于代善了。

四贝勒皇太极的一箭双雕,是他与代善争夺王位斗争的第一个回合。这次胜利,打击和削弱了代善的势力,动摇了努尔哈赤信任代善的基础,为自己后来争取王位奠定了基础。

再说大妃乌拉纳喇氏和代善,被重重地打击一下之后,皇太极的权势更大,威望也更高了。

从此,代善便处在"泥菩萨过河——自身难保"的被动地位,当然无力与皇太极抗争了。

一天,皇太极拉着阿敏、莽古尔泰等人,来向努尔哈赤报告说:"萨尔浒城的贝勒府,建造得有大有小,这太不公道了。甚至,有个别人的宅院,建造得比汗王的宫室还大,还讲究。"

努尔哈赤听了他们的意见,知道是冲着代善的。当初,决定从界凡迁到萨尔浒城的时候,努尔哈赤曾经先到了萨尔浒城,进行一番视察并指定了众贝勒建造宅院的地址。

如今,各贝勒的宅院已基本上建筑完工,众贝勒发现代善及其长子岳托的住宅,修建得既宽绰又华丽,甚至比汗王的宫室还漂亮。

在皇太极的煽动下,众贝勒纷纷不满,他们一致提出:让汗王搬进大贝勒府里去住。

在众贝勒的请求下,努尔哈赤也只得前往萨尔浒城。

努尔哈赤观看了所有的贝勒宅院,发觉代善的屋子既宽大又华丽,确实比自己的汗王宫更讲究。

于是,众贝勒共同议定:汗王迁往大贝勒代善及其长子的宅院,而大贝勒代善与岳托迁往汗王宫。

努尔哈赤听从众贝勒的意见,立即迁到大贝勒代善及其长子岳托的宅院里,并以这新居作为众贝勒欢宴和集会的大衙门。

不久,众贝勒、大臣均已搬到新居里去了。而大贝勒代善及其长子却没有搬。

努尔哈赤派阿敏去动员代善搬家时,代善却诉起了委屈,他说:"汗王宫又小又窄,俺这些口人,怎能住得下?有的人趁机起哄,是什么意思?这样吧,俺不搬了,都留给皇太极住吧!"

阿敏回来了,将代善的话大致学了一遍,努尔哈赤心里骂道:"鼠目寸光!抓了芝麻,却丢了西瓜!"

努尔哈赤不再说什么,在无可奈何的情况下,不得不从大贝勒代善的宅院里搬出来,重新迁回汗王宫里去,以满足代善的需要。

虽然对代善做了让步,但是,努尔哈赤心里很不满意。认为代善目光短浅,贪图私欲,不能顾全大局,将来怎能服众?

由此,在王位的继承问题上,努尔哈赤从根本上发生了动摇。

有一段时期,努尔哈赤有意重用八子皇太极。因为他有智谋,作战勇敢,善于运用权术,所以深得努尔哈赤的偏爱。

经过实际考察,努尔哈赤发现,皇太极的思想,与代善相比,更接近于自己。

于是,在努尔哈赤心灵深处,已开始厌恶次子代善,喜欢八子皇太极。

到底由谁承继汗位,在努尔哈赤心中,已基本明确了。

但是,如何以皇太极取代次子代善,从而让皇太极顺利登上王位,当时对于努尔哈赤来说,也并不是轻而易举的事情。

一次,努尔哈赤向安费扬古问道:"这立储之事,缠得俺心神不宁。俺想以八子取代次子,你看怎样?"

安费扬古立即说道:"恕俺直言,这行不通!尽管皇太极文武双全,又有勇有谋,但是,他为人诡诈,对人尖刻,得不到民心。代善对人宽宥,处事平稳,深得众心。"

努尔哈赤听了,叹了口气,说道:"真难为死俺了!……"

后来,努尔哈赤又询问费英东:

"俺想以皇太极取代次子代善,你有什么看法?请直言。"

费英东不加思索地答复道:"俺以为,皇太极不是李世民,代善更不是李建成。若是废了代善,让皇太极主政,恐生后乱。"

这些意见,努尔哈赤仍然听不进去,因为对代善他已失去信任。

于是,努尔哈赤花了好大精力,谋划怎么让皇太极代替代善。

经过一段时间的深思熟虑之后,努尔哈赤决定扭转人心所向,又不失信于民,只有在暗中对代善的地位进行巧妙地否定。

天启元年(1621年,天命六年)正月十二日,努尔哈赤召集四大贝勒代善、阿敏、莽古尔泰、皇太极;四小贝勒德格类、济尔哈朗、阿济格、岳托。在香案前,努尔哈赤带头双膝跪下,大小贝勒也在后面跟着跪下。

努尔哈赤对天发誓说：

承蒙天父、地母的保佑，俺与强敌明朝进行战争，取得节节胜利。

如今，俺已基本统一女真族各部，并攻下了明朝的抚顺城、清河城、开原城、铁岭城，打败了明朝的四路大军，取得萨尔浒战役的巨大胜利！

当前，俺发现子孙中有品行恶劣、不善良之辈，俺诚恳地祈求：老天爷能命他立即死亡，而不需要俺来动刑，以开杀戮之端。

哪个人残忍，老天爷自然知道，一定不会让他的阴谋得逞。

若有想作乱的人，老天爷也会尽力开导他，使他头脑清醒，改邪归正。

今天，俺恳乞神灵，决心是：过去的事，就让它过去吧！不咎既往，惟鉴将来。

努尔哈赤在他的乞天祝辞里，大有追悔过去，以求将来的意思。

实际上，虽然是努尔哈赤的对天乞求，却正好表明大小八个贝勒之间，不善的人、残忍的人、作乱的人，是大有人在的。

为了平息立储风波，努尔哈赤希图借助于上天神灵的帮助，可见其用心之良苦。

天启元年（1621年，天命六年）二月，努尔哈赤在会上宣布说："以后四大贝勒按月分别执政。"

也就是"按月分值"，将国内的一切政务，总归值月的贝勒全面掌管，四个人轮番坐庄。

一天，皇太极请阿敏、莽古尔泰在一起喝酒，莽古尔泰问道："父王又实行这轮流坐庄，是什么意思？"

阿敏也接着说道："四个贝勒按月轮值，处理全部政务，还要他干什么？这不是将他架空了吗？"

皇太极听了二人的话，冷笑一声，说道："这样的轮流坐庄，实际上是否定了大阿哥原有的执政地位。"

莽古尔泰这一下听懂了，忙说道："大阿哥原先的主政权，等于分成了四份，由咱四个人分摊了，是不是？"

皇太极一边回答，一边意味深长地问他：

"你说得对！大阿哥的主政权被一分为四，你能懂得父王的用意吗？"

莽古尔泰恍然大悟似的咋唬道："这就等于取消了大阿哥的立储地位，跟咱一样了！"

"对！这是没有宣布废除的废除，他的'立储'已是徒有虚名，没有一点实际意义了。"

皇太极兴奋地说着，显示出幸灾乐祸的样子。

阿敏这时也说道："这一招真高明！前次，大妃事件未处置他，对他已够宽大了。论他的能力，带两旗兵马，已是力不从心，他不是当王的胚子！"

莽古尔泰看着皇太极说：

"将来这汗王的位置还是你的。"

阿敏接着说道："俺揣摩汗王的意思也是这样，这是过渡阶段，向大家暗示一下，代善的储位已名存实亡，等人们都明白过来，再宣布由皇太极主政。"

皇太极立即说道："人家是长子！又是嫡出，咱们都是庶出。"

莽古尔泰不屑地说道："那可不一定吧？褚英不是嫡出吗？何况咱建州是没有这个传统的。"

皇太极向二人说道："不过，代善当了王，咱们都会遭殃！他早已放出话了，要把反对褚英的人全杀死！你看他毒不毒？竟然还有人说代善宽厚、善良，这哪里有一点宽厚、善良的影子呢！"

阿敏和莽古尔泰同声问道："他真这样讲的吗？"

皇太极立即回答他们说：

"那还有假？他认为自己将来准能当王了，跟褚英一个腔调，怪道是亲兄弟呢！"

莽古尔泰腾地站起来，说道："若是这样的话，还不如及早动手,早把他杀了,免得将来找咱们的麻烦。"

阿敏听了,连忙制止道:"别那样说!要是被汗王知道,咱们可就吃不了兜着走了!这事可不能乱说!"

莽古尔泰两眼一瞪,吼道:"俺怕他个鸟!早晚有机会,也是俺把他宰了!父王也未必能向着他!"

皇太极见火候已到,忙劝他说:

"这事得从长计议。即使要杀他,也要干得利利索索,不留痕迹。"

皇太极说罢,凑到二人中间,小声对他们说了一会儿,三人会心地大笑起来……

天启元年(1621年)九月的一天,努尔哈赤与其堂兄弟、近身侍卫阿敦坐在堂上,他悄悄地向阿敦探问说:

"依你的看法,在俺的众多儿子中,哪一个可以接替俺的王位?"

平日一贯小心谨慎的阿敦微笑着说:

"古人说:知子莫如其父,旁人怎敢多嘴?何况这是承继王位的大事!"

努尔哈赤知道阿敦推诿,便向他连续示意,催他说:

"说说没关系,俺是想听听你的意见呢!"

阿敦无法,却又隐讳地说:

"汗王是个明智的君主,当然会把王位传给智勇双全、人皆称道的人。"

努尔哈赤听后,面带笑容,会意地说:

"你不明说,俺已知道你的意见了:是指八子皇太极!"

说完,二人不由得哈哈笑起来。

这一年,努尔哈赤已是六十三岁高龄。在立储问题上,他弃代善立皇太极的心意已定,并时时溢于言表了。

一次,努尔哈赤向何和理问道:"代善与皇太极两人,你喜欢哪一个?"

何和理说:

"两人俺都不喜欢！一个过于愚直，另一个锋芒太露。若能将二人放在一块调和一下，倒是理想的继承人！"

努尔哈赤听完之后，内心不觉一动。经过反复考虑，他觉得真让他们几个人共同执政，行得通吗？

正当努尔哈赤整日苦恼于立储之事时，一天晚上，大贝勒代善来了。进门就哭着说道："请父王救俺！"

努尔哈赤不由得一惊，忙问道："快说，是怎么一回事？"

"皇太极与莽古尔泰他们要杀俺！"

努尔哈赤急忙又问代善道："你听谁说的，他们两人要杀你？"

代善嗫嚅了好长时间。只得告诉父王说：

"是阿敦叔叔向俺说的……"

努尔哈赤心里非常不高兴，立即说道："他的话可靠吗？说不定他是要你们兄弟之间互相残杀，达到他个人的目的，你能够轻易相信吗？……"

代善继续向努尔哈赤请求道："阿敦叔叔不会编造出来的，是莽古尔泰亲口对阿敦叔说的……"

努尔哈赤心里说：这个阿敦也真是居心不良！为什么不先跟俺说，却要直接告诉代善？这里必有阴谋在里面……

这阿敦是努尔哈赤的大伯礼敦巴图鲁的儿子。早在努尔哈赤生母去世、后妈虐待他们兄弟三人之时，礼敦巴图鲁的妻子兀吉氏，也就是努尔哈赤的大妈，经常照顾他们，不断给他们送吃的，帮助他们缝补衣服等。

努尔哈赤在赫图阿拉称王时，因为礼敦巴图鲁早死，努尔哈赤便把兀吉氏接到自己家里，当做生母赡养，直到去世。

阿敦是礼敦巴图鲁唯一的儿子，努尔哈赤让他担任守城将领。

古勒山战役之前，当时的叶赫部长纳林布禄曾多次派细作到赫图阿拉刺探军情，了解赫图阿拉的防守情况，妄图带兵前来偷袭赫图阿拉城。

一次，阿敦在城门口遇到一个卖靰鞡靴子的商人。阿敦见靴子质量上乘，制工也很缜密，就买了几双。

当时，因为天色近晚，那商人说：

"这几双靴子俺送给将军了，请你给顿饭吃，再给俺找个地方住上一夜，就谢之不尽了。"

阿敦便将那商人领回家里，有酒有菜地招待他，并让他住了一夜。

次日走时，阿敦付靴子钱，那商人说啥也不要。阿敦无奈，只得让他走了。

过了一阵子，那商人又来了，并给阿敦的妻子、孩子带了几双靰鞡靴子。

晚上吃饭时，那商人拿出两瓶好酒，与阿敦对饮起来。

据商人自己介绍，他是叶赫部人，家中有妻子儿女，全家靠卖靰鞡靴子生活。

半月以后，那人又来了。晚上吃饭时，他又拿出两瓶好酒，二人又对饮起来。

后来，那人拿出一大包金银、珍珠，放在阿敦面前说：

"多次打扰，不胜感激，特备薄礼，请笑纳。"

阿敦坚辞不受，并说道："若要办啥事，只管提出来。俺当尽力帮助。但这金银、珍珠，俺不能受。"

这时，那商人借着酒意说道："俺见大哥为人忠厚，对人和善，不妨跟你直说了罢。俺是叶赫部长纳林布禄的侍卫队长，名叫罗旺子投儿。纳林布禄派俺来刺探军情，这点银子等，是俺部长让俺带来送给大哥的，请大哥一定收下。"

阿敦听说以后，内心不觉惊奇，随即不动声色地向他问道："俗话说：无功不受禄。俺不能无缘无故地收下你的这些银钱。这样吧，若要俺收下，请说个清楚明白。"

罗旺子投儿见阿敦没有反感的意思，便放下心来，大胆地说道："大哥是个明白人，俺叶赫部与建州早晚要打仗。如今，俺部长纳林布禄已联络了乌拉、哈达、辉发等八九个部落，不久，便要联合起来,共同打你们建州。俺想,小小的赫图阿拉怎能抵挡住几万大军的围攻,到那时,努尔哈赤是难逃活命的。俗话说:'狡兔有三窟,才能免其死耳。'像大哥这样明智的人,为什么不为自己的前程着想呢!"

他说到这里,故意停下来,观察一下阿敦的反应。见阿敦还是风雨不动,安如泰山,又接着说下去:

"常言道:种瓜得瓜,种豆得豆。俺那纳林布禄非常讲义气,绝对不会亏待大哥的。"

阿敦这时才说道:"请你明说,要俺做什么?"

罗旺子投儿不慌不忙,从怀里掏出一张纸来,往水盆里一放,那纸上清楚地出现几排字迹。它们是:

兵力多少?将领多少?骑兵多少?赫图阿拉城的防守情况等。

阿敦看后,便向罗旺子投儿说道:"有些数字俺知道得不确实,需要查询一下。赫图阿拉的防守情况,俺全掌握,那是俺亲自布置的。你若现在就要,还不行,等两天后就可以交给你一份满意的材料。"

"行!两天后俺来取,这就有劳大哥了!"

罗旺子投儿高兴地说过之后,二人又碰了杯。阿敦说:

"别客气了,今后,咱们是一家人了!"

二人又连碰了几杯,才各自休息。

次日,罗旺子投儿告辞说:

"俺要到哈达去一趟,后天回来,请大哥留步吧!"

等罗旺子投儿走后,阿敦把那包金银、珍珠重新包扎好,放在一个鹿皮袋里装着,往肩上一背,朝努尔哈赤的内宫走去。

见到努尔哈赤,阿敦将鹿皮袋子放下,把罗旺子投儿的情况,从头至尾,细说一遍。

努尔哈赤听了以后,笑着问道:"你打算怎么办?先谈谈你的意见。"

阿敦说道:"他要的那些数字,给他胡乱写一下,就完事了。

赫图阿拉城守情况如何写,得听你的意见。"

努尔哈赤说:

"可以填少些,给他们错觉越大越好。城守情况也说得马虎一些,让他们来吧!到时候,把他们消灭在半路上!"

阿敦又说道:"俺还有一个大胆的计划,争取将那个纳林布禄活捉住。"

他说到这里,走到努尔哈赤跟前,对他小声说了几句,只见努尔哈赤笑着说:

"好计,好计!只怕纳林布禄不上你的当!"

阿敦说:

"纳林布禄若是不来,他也要派兵将来的。反正要消灭他们一批有生力量!"

努尔哈赤笑着说:

"这倒是实话。看不出,你真有大将之才呢!你能把那个叶赫人哄住,也倒是不容易呢!"

阿敦听了,笑着说道:"俺这算什么才?这两招儿,还不都是跟你学来的!如今,'八'字还未见一撇呢,你倒夸起来了,真让俺不好意思。"

努尔哈赤忽然想起来一件事,忙说:

"那些银钱,你还带回去吧,留着贴补家用。这事儿办成之后,还要奖励你呢!"

阿敦忙说:

"俺再困难,也不用这银子!留在你这儿,交国库吧!也算作俺的一点小小贡献吧!"

努尔哈赤立即说道:"你说哪里话?你这贡献不小呢!"

阿敦听了之后,就告辞出来。

回到家里,阿敦把那罗旺子投儿需要的"材料",全部填齐,装在内衣口袋里。

再说罗旺子投儿从哈达回来,当天晚上,阿敦准备了一桌丰盛的菜肴，二人又痛饮起来。

喝了一会儿酒，阿敦把那"材料"交给他。罗旺子投儿看了之后，十分兴奋地说道："大哥已立下头一功！俺回去为你领赏银来。这一仗若能如愿，大哥将是建州女真的首领了。到那时，俺还要来与大哥一起饮庆功酒，咱们一定喝个尽欢而散！"

阿敦听了，也面露喜色，说道："行！俺等着听佳音就是了！"

又喝了一会儿，阿敦说道："俺有一个大胆的计划，不知你可愿意听？"

罗旺子投儿极感兴趣地说道："大哥请讲，小弟这边洗耳恭听！"

"三天后，努尔哈赤要到撒拉齐城去迎娶撒拉齐城主的女儿为妻，那撒拉齐城紧靠叶赫和哈达的边境。以前，俺去过那里，距离叶赫只有四五十里，离哈达稍远一些，也不过七八十里。俺想，你回去让纳林布禄带一支兵马，用偷袭方式，撒拉齐城一举可破，准能生擒努尔哈赤。这不是老天爷安排好的，让叶赫兴，努尔哈赤亡的良机吗？"

阿敦的话一讲完，罗旺子投儿兴奋得猛然站起来，急着问道："这消息若真可靠，那真是天从人愿了？"

阿敦严肃地说道："消息当然可靠！今天上午，努尔哈赤亲自找俺去，让俺带五百人马，保护他去撒拉齐城迎娶新嫁娘。你该相信了吧！"

罗旺子投儿十分高兴，只见他眉飞色舞地说：

"好，好！明天一大早俺就上路，三天后，争取在撒拉齐城相会！"

阿敦又说道："良机不可失，时不再来！这是天赐良机，把那个好色的努尔哈赤，活活捉住，不比兴动几万兵马，省时又省事吗？"

接着，二人又干了几杯，才回房休息。

且说第二天的夜里，努尔哈赤派额亦都、安费扬古二人，带领两千人马，协助阿敦，去撒拉齐城北面的狭山口埋伏，袭击叶赫和哈达的兵马。

出发时，阿敦建议道："所有将士，一律人衔枚，马勒口，轻装简从，准备迎接一场血战！"

天亮前，阿敦他们的队伍赶到了狭山口。原来这狭山口是哈达和叶赫通建州的必经之地，它耸立在两座山崖的下面。

由于山崖高不可攀，口里光线阴暗，道路又窄又不平整，兵马从狭口穿过时，不得不下马步行。

那狭口约有半里多路，历来是兵家设伏的最好场所。

再说罗旺子投儿回到叶赫部，见到纳林布禄，先交上阿敦填写的那份"材料"。

后来，罗旺子投儿把阿敦建议的偷袭讲出之后，纳林布禄非常高兴，立即赞成派兵前去偷袭。

第二天，纳林布禄把罗旺子投儿叫去，细致地又询问了一遍，说道："阿敦为什么要点名让俺带兵去偷袭呢？别人带兵去，不是也可以偷袭吗？俺担心此人有诈！"

听了纳林布禄的话以后，罗旺子投儿不大高兴，便说道："你这怀疑是没有根据的！如此疑神疑鬼，谁还愿意去冒这危险呢？这偷袭全是为了你，被偷袭的对象，又是你的仇敌，去不去还是由你自己定，咱们是局外人，本不该多说！"

纳林布禄听出罗旺子投儿的话里有牢骚，便扑哧一声笑了起来，说：

"俺不是那个意思。当然了，你也不容易，能不知道你辛苦吗？不过，战争中虚虚实实、将计就计的例子太多了，俺细心一些，也是自然的。"

罗旺子投儿又紧跟着问了一句：

"说了这一大堆话，到底你派不派兵去偷袭，应该定下来了吧？"

罗旺子投儿一心想到撒拉齐城去偷袭，他想把努尔哈赤亲手捉来，让纳林布禄看看，俺是不是谎报了消息，被人家骗了！

纳林布禄说道："派兵去，你就放心吧，俺一定派兵去偷袭！明天准备，后天出发，能把努尔哈赤打死，或是捉来，俺一定重

667

赏你!"

罗旺子投儿又说道:"俺不求得重赏,只要无过失,就心满意足了,也不枉你这位部长对俺的信任了!"

纳林布禄说道:"这偷袭的事就定下来了,你快去休息一下,后天还指望你去活捉努尔哈赤呢!"

且说叶赫部纳林布禄借口自己身体不适,派自己的儿子安佳努,与罗旺子投儿一起,带领两千人马,前往撒拉齐城。

临近中午时分,叶赫军来到狭山口前面。安佳努对罗旺子投儿说:

"今早出发前,父亲交给俺一个锦囊,让俺过狭山口前拆阅。"

说罢,安佳努掏出锦囊,拆开一看,上面清楚地写着两排字迹:

狭山口形险势恶,谨防敌军设伏!

罗旺子投儿看完之后,嘴一撇说道:"马后炮!"

安佳努遂向兵马宣布道:"丢下辎重,一律轻装,迅速通过狭口!"

一声令下,两千人马唰唰唰地往狭口里奔去。当他们全军进入狭口之后,罗旺子投儿抬头向两边山崖看去,只见峭石嶙峋,山崖壁陡,确实险恶,遂哈哈大笑道:"咱那部长也太多心了,努尔哈赤既不知俺派兵偷袭他,怎么会在这里设伏呢?"

谁知他的话音刚落,猛然之间,狭口里响起震天动地的喊杀声。

只见两边山崖上人头攒动,乱石纷纷砸下来。正在行进中的叶赫军队,受此惊吓,又被乱石砸得东倒西歪,顿时混乱起来。

罗旺子投儿与安佳努,急忙命令兵马,快速冲出狭口,往撒拉齐城进发。

谁知狭口出处被树枝层层堵塞,兵马无法通过。只得下马去搬运开,崖上的石块如雨般地落在士兵中间。大量的士兵不是被砸死,就是被砸伤。

正当叶赫军在狭口里急得团团乱转之时,山崖上的人马,如猛虎下山,冲下来了。

他们手执兵器,在叶赫军中乱砍乱劈。安佳努、罗旺子投儿喊破嗓子，也压不住阵脚，越喊乱得越厉害。

这时候，安佳努向罗旺子投儿建议说：

"撤军吧，不能再去了！"

罗旺子投儿连声喊道："往回撤，快往回撤！……"

他在混乱的队伍中喊着，忽听崖上有人喝道："看你往哪儿撤！"

此时，罗旺子投儿抬头一看，半崖上立着一个人，正左手握着弓，右手拿着箭，那不是阿敦大哥吗？心里说：俺上了当了！……

阿敦一边瞄准，一边喊道："你跑不掉了！俺再送你一箭吧！"

阿敦说着，一箭射去，正中罗旺子投儿的胸部，当即倒下。混乱不堪的叶赫军，前进不得，后退不能，两千人马，全被消灭在狭口里。

阿敦、额亦都、安费扬古，指挥着人马，打扫着战场，唱着凯旋歌儿，回赫图阿拉去了。

第三十六章

立储君实难甄优劣
征蒙古正宜示恩威

听阿敦这么一说，大贝勒代善没了主张，心慌意乱地问道："俺的处境到底有啥危险？"阿敦凑到代善面前，轻声但却一字一句地说道："为了争夺储君位置，皇太极、莽古尔泰、阿敏准备杀掉你！"

努尔哈赤带着贝勒、大臣们，到赫图阿拉郊外迎接阿敦、额亦都、安费扬古和他们凯旋而归的兵马。

努尔哈赤特意命人做了一个大花环为阿敦戴上，以庆贺他立了一次大功。

此后，努尔哈赤把阿敦调到自己的身边，担任近身侍卫队长，参与军国大事的计议，成为后金领导层之一。

阿敦并不是一个平庸之辈，他有自己的想法、抱负。努尔哈赤对他固然很好，像对同胞兄弟一样，有时也令他感动。可是，在阿敦内心深处，隐伏着一件长久积压的心事，时时让他不安。

他清楚地记得，他父亲礼敦巴图鲁兄弟五人，努尔哈赤的父亲塔克世位居第四。

只是因为他能说会道、深得祖父觉昌安的喜欢，便说他有勇有谋，硬是让他承袭了都督职位。

阿敦每次想到这些，对祖父难免产生埋怨之情，心里说：当初，若是自己的父亲礼敦巴图鲁承袭了建州都督职位，如今，建州女真的首领将不是努尔哈赤，而是俺阿敦了。

平日，在努尔哈赤身边，他谨慎小心地侍奉着。那些大臣、将领们，他都一视同仁地对待，与他们保持着良好的关系，并让大家对自己有一个良好的印象。

671

经过多年细心观察,在努尔哈赤的十六个儿子中,像他们的父亲那样,智勇双全,且有雄图大略的,一个也没有。

八子皇太极算是其中的佼佼者,但是他也是气量狭小,胸不能容人的。

在褚英死后,代善主政了。阿敦早已看到皇太极的争储野心,并已预料到他们兄弟阋于墙的必然趋势。

阿敦看得清楚,四大贝勒手握兵权,势力强大。但是阿敏是努尔哈赤的三弟雅尔哈齐的儿子,尽管这位三弟曾被明朝间谍误认为是努尔哈赤,将其刺死,努尔哈赤也不会立他为储的。能给阿敏一旗人马统率,已是很不容易得到的权势了。

莽古尔泰生性愚鲁,打起仗来只知一直往前冲杀,是个勇而无谋的匹夫。又曾经亲手杀死他的生母富察氏,没有勇气站出来争储,大臣们也不会推举他。

唯有代善与皇太极在明争暗斗,互不相让。阿敦心想:最好能让他们二人斗得双双败亡,努尔哈赤已老迈昏聩,其余的儿子又是无能的鼠辈,到那时候,也许自己可以一举取而代之。

阿敦想到这里,便决定开始行动了。他先到阿敏那里,从闲谈开始,逐渐引到他死去的父亲身上。阿敦说:

"那天,他若是不去参加喇嘛庙会,断不至于被害的。"

阿敏立即说道:"父亲不去参加庙会,汗王就可能遇难,当时父亲刚被刺倒,汗王也就来到庙会上。那刺客被抓到后,方知刺杀错了,十分懊悔地说:'太慌了!未能审视清楚……'先父他老人家等于代汗王去死呢!"

"你父亲与汗王长得太像了!真像孪生兄弟一样,不然的话,也不至于发生那样的事。"

"俺父亲与汗王两兄弟,长得像奶奶,舒尔哈齐叔叔长得像祖父。连他们的性格也如此。"

阿敦想了想,意味深长地说:

"你父亲也算对得起这位当汗王的大哥了。"

阿敏接着说道:"汗王也是一个重义气的人。父亲办丧事时,他哭得几次昏厥过去,情景也十分感人!"

阿敦与阿敏叙了一个晚上,见阿敏对汗王感激有加,找不到机会从中挑拨,便又把话题转到代善与皇太极身上去。他装作无意地问道:"近来,代善与皇太极的关系好一些吗?"

阿敏听了,连忙反问道:"怎么?你在汗王身边听到什么没有?"

阿敦不好从正面回答,只得说道:"他二人勾心斗角的事,谁不清楚?你们常在一块,知道得更多吧?"

阿敏只得讲出自己的心里话:

"俺信奉两句话:知足常乐,能忍自安。他们之间的争权夺利,俺不过问。俺情愿退到一边去,免得招来麻烦。"

阿敦却挑逗他说:

"不,你也是四大贝勒之一,现在实行的'四人轮流坐庄'制,你也与他们三人一样,平起平坐,执政一月。可以说,你也有承袭王位的机会,怎能这么悲观丧气呢?"

阿敏听了,笑了起来,急忙说道:"坐庄归坐庄,至于那王位,俺可没有那承袭的念头!汗王有那么多儿子,怎能轮到俺?俺多少还有一些自知之明,自动退出来好。比不自量力地去争,到头来落得名败身死,总要好得多吧?"

听了阿敏这一席话,阿敦心里也似有所动,似乎感到:难道阿敏知道了自己的心事?好像是针对自己说的……

但是,久积心头的愤懑和权欲,唆使着阿敦,他不能安心,仍要去搬弄是非,想坐山观虎斗,以图浑水之后,能捞上一条大鱼!

且说阿敦又去找莽古尔泰谈心,想在这个鲁莽汉身上下些功夫。

阿敦见了莽古尔泰后,遂问道:"这一阵子,汗王让你们四人轮流执政,有些什么体会?"

莽古尔泰说:

"经过这几次执政,依俺看,这汗王俺也能当,并没有啥了不起。不像有些人说的,只有大贝勒、四贝勒能当。"

"其实，汗王让你们四人轮换执政，每人一月，就是对你们四人进行考查，然后再从中选一个出来承袭王位。"

莽古尔泰听了阿敦的话，有些不以为然，便把皇太极的话放了出来：

"俺以为，父王不是你讲的那意思。你看，父王早就让大贝勒主政，现在又出新招，让俺四人轮流执政一月，是啥意思？这是父王要废除代善的储位，又要换人了。"

阿敦一听，忙问：

"这话你是听谁说的？"

莽古尔泰神秘地一笑，对阿敦说：

"这是皇太极说的。"

"那你也有希望承袭王位呀！"

"俺不行，不是当王的胚子。只要代善不当，谁当俺都没有意见！"

"你这么反对大贝勒，为什么呀？"

"他已经放出话来了：将来他当了王，就把反对褚英的人，全杀掉！"

"代善当着你的面说的吗？"

莽古尔泰是个直性子的人，经不住别人几问，便全说出来了。他对阿敦说：

"是皇太极听到的。你看这家伙有多毒！"

阿敦听到这些，便想进一步摸摸情况，他又深表关切地说道："代善若是真有这打算，你们也不得不防啊！俗话说：害人之心不可有，防人之心不可无呀！你和皇太极是怎么打算的？"

莽古尔泰说道："你在父王身边，俺跟你说了，你可不能向父王说啊！"

阿敦笑了笑说：

"你把俺当成什么人了，俺能乱说吗？"

莽古尔泰遂将他和皇太极、阿敏，在一起研究如何对付代善的办法,以及准备先动手杀掉代善,除去这个褚英第二!将这些话从头至尾,细说一遍。

阿敦从莽古尔泰这里了解了这一情况,心里觉得:若将这事向代善一讲,他可能要与皇太极拼杀一场,岂不是一箭双雕嘛!

这时,被权欲迷了心窍、丧失理智的阿敦,竟跑到代善那儿,径直对他说:

"大贝勒,你的处境太危险了,应该及早有所防备呀?"

代善是一个遇事无主张的人。他听阿敦这么一说,也不知自己将面临多大的灾难,便心慌意乱地问道:"请你明说,俺的处境有啥危险?"

阿敦随即凑到代善面前,轻声地告诉他:

"皇太极与莽古尔泰、阿敏在一起商议,准备伺机杀你!"

代善听了,顿时吓得面如死灰,惊慌地说:

"你听谁说的?这是真的吗?……"

阿敦忙说:

"你别问了,管它是谁说的,反正俺没有骗你。要有思想准备啊!"

阿敦说完,就告辞走了。

代善思想上乱极了,他想来想去,没有什么防备的好办法。他们为什么要杀俺?若是去找他问问,不是太冒失吗?当面他要翻脸怎么办?……

代善整整一夜没合眼,思来想去没有防备的办法。但是,总不能在家里等着他来杀俺呀?

后来,他实在无法,便决定去找父王,请求父王出面保护。

于是,便出现前面介绍的,代善哭着请求他的父王救他的场面。

努尔哈赤沉思了一会儿,对代善说:

"你先回去,让俺问问情况再说。"

代善又说道:"他们要是真去杀俺,怎么办?"

努尔哈赤生气地骂道:"他们吃了豹子胆了?俺就不相信他们敢

675

去杀你!听了几句谣言,看把你吓的,懦弱无能的东西!回去罢!"

代善走了之后,努尔哈赤心里非常不高兴,便派人将阿敦叫来。

努尔哈赤见阿敦来了,立即问道:"你听谁说的,皇太极、莽古尔泰、阿敏三人,准备杀代善?"

阿敦只得实话告诉他:

"是莽古尔泰亲口告诉俺的。"

"你既然知道这消息,怎么能又去告诉代善?这样做的后果,你想过没有?"

努尔哈赤的质问,使阿敦感觉到了分量的沉重,便说道:"俺担心他们兄弟相互残杀,想先告诉代善,让他有一个防备,免得措手不及!"

努尔哈赤立即逼视着他说:

"依你的意思,这样做还是好意呢?其实,谁也不会相信你的话,你有些聪明过头了!"

阿敦只得继续说道:"俺可以发誓,俺没有想挑动他们兄弟之间的关系……"

努尔哈赤气愤地打断阿敦的话,说道:"其实,你知道这消息以后,可以先跟俺说,你却背着俺,去火上加油,是什么企图?"

阿敦又辩解地说道:"俺没有那意思。何况他们兄弟之间早已有了矛盾,那也不是俺挑动的。"

努尔哈赤不想跟阿敦再讲这件事情,又从旁训斥道:"平日,俺对你怎么样?俺把你当做亲兄弟一样,未承想,你却以怨报德。你这样无情无义,居心不良,你母亲若在地下有知的话,也不会支持你这么做的。"

之后,努尔哈赤觉得阿敦另有所图,他是一个危险的人物。若是再留在身边,不仅会损害眼前的事业,也会成为身后之患。

不久,努尔哈赤便以阿敦离间诸子关系为借口,将阿敦囚禁起来。他向五大臣说:

"这等于清除了一个隐患!"

囚禁了阿敦之后，努尔哈赤找来了皇太极、阿敏和莽古尔泰，对他们说：

"俺知道那消息是阿敦编造出来的谣言，知道你们不会做那样的蠢事！希望你们以此事为鉴，时刻保持清醒的头脑，不要上别有用心人的当！……"

从此以后，努尔哈赤对立储问题，竟弄得骑虎难下。

由于及时囚禁了阿敦，努尔哈赤巧妙地掩盖了四大贝勒之间的权力之争，暂时平息了这场政治风暴。

对于代善、皇太极二人，究竟要哪个来接替自己的王位，执掌军政大权，他的态度也变得犹疑不决、莫知所从了。

天启二年（1622年，天命七年）正月一日，努尔哈赤向范文程问道："对立储这个问题，俺想进行改革，实行八王共治，这八王，就是四大贝勒、四小贝勒。不知范先生认为怎么样？"

范文程立即说道："俗话说：一个和尚挑水吃，两个和尚抬水吃，三个和尚买水吃。这八个王，群龙无首，谁说了算呢？"

努尔哈赤说道："八个王共同推选出一个新汗王。这新汗王既不是由先汗王指定的，也不是自封的，而是八王经过议论后，共同推举出来。"

范文程又向努尔哈赤问道："新汗王推举出来，与原来的八王共治还有没有关系呢？"

努尔哈赤说：

"新汗王被推举出来，不能独揽后金国大权，其权力受到很大限制。在决定军国大事时，新汗王主要和八王共同议决，集体裁决。"

范文程听了，高兴地说：

"这种集体裁决的制度，可以使八王操纵大金国军国大事的最高裁决权，能防止新汗王独断专行，恣意妄为。"

努尔哈赤说道："这新汗王若不听训言，不接受八王的规劝，一意悖理行事，八王可以对其处置，初则定罪；若是不改，就没收他的财物;假如再不改,就对他实行监禁。"

范文程又向努尔哈赤说道:"这种集体管理国政的制度,既能防止独裁行为的产生,又能集思广益,有效地调动大家的积极性……"

努尔哈赤又对范文程说:

"关于财物的分配,也是按'八份'分配。凡是大金掠获的财物,如金帛、牲畜等,全归八王所共有,也按八份进行分配,这种分配方法,可以避免因财富分配不均,而祸起萧墙,也可以防止新汗王一人垄断财物,使新汗王与八王在经济上享有同等的权利,以致对新汗王的经济权加以限制。"

范文程说:

"自古以来,帝王都把全国的财产看成他一人所有,以致任意挥霍,奢侈浪费毫不心疼。经过八王限制,新汗王与八王处同等地位,就可以避免了。"

努尔哈赤又说:

"有人违反了财物分配,必须受到处理。八王中,有人除按规定分得一份之外,若私自贪隐一次,将被革一次应得之一份;若贪隐两次,被革两次应得之一份;若贪隐三次,则永远革去其应得之一份。"

范文程听了,拍着手说道:"太好了!这种处理宽严结合,使违犯者心服口服,没有话讲。"

努尔哈赤又向范文程介绍了断理、诉讼的有关规定,他说道:"大金国审理诉讼的程序,分为三级:先由理事官初审,再由诸大臣复审,最后由八王定案。由于裁定权在八王那里,新汗王对生杀予夺之权,也受到限制。"

听了努尔哈赤的叙述,范文程附和着说:

"这已经够全面了,政治、经济、司法,以及处理、任用等全都有了。这种改革,已经破除立储的旧制,解决了择立汗王继任者的难题,确实是个好办法。"

努尔哈赤听了范文程的话,更加高兴,他深感自己年事已高,选立储君的计划一次又一次地失败,使他一直为立储之事苦思良策。如今八王共治的改革方案已成,努尔哈赤就在这一年——天启二年,即天命七年的三月三日,召集四大贝勒代善、阿敏、莽古尔泰、皇太极和四小贝勒德格类、济尔哈朗、阿济格、岳托,即八王开会。

在会上,努尔哈赤向"八王"说道:"……继俺之后,当汗王的人,不应该是盛气凌人的人。因为这种人狂傲自负,以力服人,不能服众,不能得人心。

"俗话说:众人拾柴火焰高。一人纵有知识,终不及众人之谋。你们八人,是八个王。对于军国大事,若是八人共议,就会很全面,不会有失的。

"当汗王的人,必须能兼听别人的意见。不要那种刚愎自用的人,拒绝八王共议的人不能要。即使选上了,他不实行善政,不接受八王共议,要撤换,重新选择能听从八王共议的人……"

从此,后金国汗王努尔哈赤,改革后金政体,实行八王共治国政的制度。

努尔哈赤把原来的君主集权,改革为八王共同治理国政,使其拥有汗王立废、军政议决、司法诉讼、官吏任免等重大权力。

因此,八王会议,就成为后金国的最高权力机关,成为约束新汗王的监督机构。

努尔哈赤试图通过"八王共治"国政的方式,在新汗王嗣位之后,改革君主专制,实行贵族共治。这在中国两千多年的封建社会历史中,是一项重大的创举,也是一次可贵的尝试。

可是,这个八王共治的政策,必须以努尔哈赤的健在为前提。努尔哈赤一旦死去,这个制度又将出现新的问题。

"八王"为了按照共同治国的方案行事,必须选择一个汗王出来。根据传统习俗,汗王是天之子,是诸贝勒、大臣之父,总归处于尊贵的地位。

"八王"当中,尤其是四大贝勒,他们中间的任何一个人,都不可能遵守共同治理国政的规定，而是时刻窥伺着汗王的地位，梦想着有一天，能登上汗王的宝座。

"八王共治"实行一年多来，努尔哈赤时刻留心，注意观察，发现八子皇太极总是处于主导的地位。他常常以宴请的方式，与阿敏、莽古尔泰两大贝勒，紧紧地拉扯在一起。有时，也与德格类、济尔哈朗相互交结。甚至，连代善的儿子岳托，也与他来往密切。

努尔哈赤发现，在四小贝勒中，只有阿济格为人还比较正派。但是，他与大贝勒代善一样，命运不佳，共同遭受皇太极的排挤与倾轧。

努尔哈赤终于得出了一个结论：飞扬跋扈的皇太极，把"八王共治"当做他发号施令的机器；有朝一日，他会利用这个机器，去达到他登上汗位的目的。

天启三年（1623年，天命八年）六月的一天，努尔哈赤叫来了皇太极，严厉地训斥他说：

"前次，你不顾父兄之情，到处攻击大阿哥，甚至联络阿敏、莽古尔泰，妄图刺杀他，这已是罪不容诛！如今，你又与德格类、济尔哈朗、岳托一起，鬼鬼祟祟，又要干什么伤天害理的勾当！今后，再发现你要花招，弄权术的行为，绝不宽恕！……"

在皇太极唯唯诺诺走了之后，努尔哈赤于次日，又叫来"八王"，共集一堂，听他训诫：

"……兄弟要相爱、互相尊重，不能以眼还眼，以牙还牙。处事要公平，待人要宽宏大量。你们当中，有的人总觉得自己超过别人，比众兄弟都有本事。其实，你离开众兄弟，将一事无成。"接着，努尔哈赤又将那一根筷子和一把筷子的故事，再讲一遍给他们听。

为了使他的众子侄间，避免相互残杀，努尔哈赤真是用心良苦，费尽了心机！

努尔哈赤对八王子皇太极，一方面赏识他的才干，知道他谋略超过诸子，并且志大心远。就这些长处看，皇太极是自己王位的理想继承人。在十六个儿子中，没有谁是比他更为适合的人选了。

但是，另一方面努尔哈赤又恨皇太极的"妄行傲慢"，在兄弟中间玩弄权术，野心勃勃地觊觎着汗王的宝座。

为了"立储"之事，努尔哈赤一直在苦思着良策，寻求理想的继承人。

话说宁远之战，历时三天，努尔哈赤以众击寡，却打了败仗。

这是努尔哈赤有生以来最惨重的一次失败。

他自二十五岁起兵，四十多年来，历经百战，兵锋所指，无不披靡。因此，有"常胜将军"的美称。

努尔哈赤一向以用兵多谋著称。但是，这位久经战阵的常胜将军，为什么会败给初上战场的明朝年轻将领袁崇焕呢？

兵书上说：骄兵必败。努尔哈赤自向明朝开战以来，不堪一击的明朝军队，屡次败北。努尔哈赤被一系列的胜利冲昏了头脑，产生了轻敌思想，他过低地估计了宁远城的抵抗能力，没有认真地制定进攻计划。

早在天启元年三月，努尔哈赤看准了有才干的熊廷弼被解职的机会，发兵攻打辽、沈，大获全胜。

这次宁远之战，努尔哈赤是想利用明朝的孙承宗被解职的机会，用"靴尖踢倒"宁远城，并率领大军直取山海关。实在是没有把宁远城放在眼里，可以说是轻敌到了极点。

当后金大军渡过辽河的时候，见右屯、锦州、大凌河的明军纷纷败退，没有看清这是袁崇焕等人设下的诱敌深入之计，因此更加轻视明朝的军队，甚至无所顾忌，率领八旗士卒，直抵宁远城下。

努尔哈赤的八旗士卒，只善于平原、旷野拼杀，不善于攻坚拔城。

战前，他又被袁崇焕"偃旗息鼓"的迷惑战术所蒙骗，认为宁远城防守松弛，明军胆怯。

而袁崇焕在"敌诱不出战"思想的指导下，实行"凭坚城，用大炮"的新战术，坚守城池，用威力强大的炮弹轰击，使后金兵马于东西南北四面受击，处于被动挨打的境地。

交战不久，努尔哈赤才醒悟过来，但为时已晚。以致兵马损伤惨重，连他自己也身负重伤。

由于轻敌而不察战机，不选择天时，又不顾天寒地冻，强行攻城，更增加了失败的因素。

后金攻下辽沈之后，努尔哈赤实行屠杀和奴役广大汉族人民的政策，在汉族人民心中播下了仇恨的种子。以致辽东汉民对后金政权，既怀着恐惧心理，又深藏着仇视情绪。

在这种情况下，袁崇焕振臂一呼，宁远城里老百姓衷心拥护。他们兵民一心，同仇敌忾，再加上袁崇焕指挥若定，临战不慌，又借助大炮的威力，使后金兵马攻城失败，努尔哈赤不得不退兵沈阳。

俗话说：胜败乃兵家之常事。但是，对于常打胜仗，并享有很高威望的努尔哈赤来说，宁远之败是不可容忍的事情。

大半生的战斗经历，一系列的胜利纪录，后金的迅猛发展，已在这位常胜将军的思想上，培植了一种不可战胜的信念，而一旦遭受意想不到的失败时，他就变得垂头丧气。

人马的损失，在努尔哈赤看来并不重要，最痛心的是一世的英名，由于宁远的失败而受到损害。

努尔哈赤感到自己不可侵犯的自尊心，受到一种不可名状的意外撞击。加上他在指挥攻城时，身负重伤，内心实在难以平静。

养伤三十多天，真是烦恼极了。他愤恨、懊丧，陷入长时间的苦闷之中。

这时，他对于自己所做过的事情，也大生怀疑，深深地陷入反躬自省当中。他思前想后，对自己提出了一连串的问题：

是俺贪图安逸、倦怠懒惰，不留心治国吗？

是国势安危、民情甘苦，俺不省察吗？

那些战功卓著、为人耿直的人，是俺没有对他们重用吗？

在自己众多的儿子中，真有像俺这样舍生忘死、尽心为国的吗？

大臣们都能吃苦耐劳、勤勉于政事吗？

努尔哈赤又想到了蒙古、明朝等周围各国的情形。各种问题，一时都涌上了心头，使他终日心绪不宁。昼思夜虑，却不得其解。

他希望能有一个启迪自己心灵的人，来开导自己，以排除内心的苦闷。

正当努尔哈赤思虑宁远兵败，反省治国得失时，忽然得到蒙古喀尔喀巴林部，背弃与后金的盟约，同明朝和好的消息。

于是，努尔哈赤为了转移和排解宁远兵败的苦闷，鼓舞士气，把广大将士的不满引向蒙古。便以巴林部背弃"若征明与之同征，和则与之同和"的盟誓，兴师问罪。

天启六年（1626年，天命十一年），四月初三日，努尔哈赤召集众贝勒、大臣们开会。他在会上向大家说：

"蒙古各部就像天上的云一样。云集聚起来，必然'致雨'。蒙古各部若是团结起来，形成一股力量，必然'成兵'。咱们要乘蒙古各部分散的时机，尽快消灭蒙古各部中反对咱的势力。为将来攻打明朝，消除身后之患。"

四贝勒皇太极说道："在蒙古的喀尔喀各部中，反对咱大金制度最坚决的是巴林部的囊奴克。先消灭了这个囊奴克，其他各部便可以各个击破。"

二贝勒阿敏说：

"他们以骑兵见长，应采取突袭办法，让他们想跑也来不及才好。"

军师范文程说道："陛下的伤势稍好一些，还是不要亲去蒙古吧？让几个大贝勒去，就可以了。"

努尔哈赤说道："伤已基本好了。俺不去，放不下心来，还是去吧！"

四月初四日，努尔哈赤不顾大臣们的劝阻，在伤势稍好一些的情况下，坚持亲自率领众贝勒，领了两万精锐骑兵，出征蒙古。

初五日，后金大军到达十方寺，悄悄地渡过辽河，安营扎寨。
初七日，分兵八路向囊奴克驻牧的地方急驰而去。

担任前锋的四贝勒皇太极、二贝勒阿敏以及阿济格、硕托等贝勒，带领队伍，猝然赶到囊奴克的寨子。

这囊奴克的寨子，其实只是用土垒个圈堤，怎能挡得住后金的骑兵？

囊奴克事先又不知消息，没有准备。一见如狼似虎的后金骑兵杀上来了，只得匆忙上马，率领少数亲兵逃走。

皇太极与阿敏等带领兵马，随后便追。囊奴克竭力打马奔驰，想摆脱后金追兵。但是后金骑兵紧追不舍，眼看就要追上。

再说努尔哈赤带领后继大队人马，赶到囊奴克寨，立即将其包围起来。寨里的牲畜、财物，全部夺来。男女牧民，一个也不放过，全部带走。

那囊奴克被追得无处藏身，只得且战且走。未曾料到四贝勒皇太极，领兵绕道，转到囊奴克的身后，突然向他放箭。囊奴克当即中箭，跌下马来，丧了命。

消灭了囊奴克，努尔哈赤又于四月初九日，命令大贝勒代善、二贝勒阿敏、四贝勒皇太极和济尔哈朗、阿济格、岳托、硕托、萨哈廉等，带领精锐骑兵一万，向西喇木伦河一带进军。

沿途，皇太极等把所遇到的各部蒙古的人、畜、财物，全部掠走。

与此同时，努尔哈赤又派遣三贝勒莽古尔泰与八旗将领，统率两千轻骑，随后增援，也到了西喇木伦河，把一路掠来的牲畜，全都驱赶到努尔哈赤的大营。

经过半个多月的征讨，努尔哈赤统率大军，胜利回师，返回沈阳。

在后金的兵威之下，五月初，原来古尔布什的属下，喀尔喀巴林部的首领拉班塔布囊和他的弟弟得尔格，率领一百多户部民，赶着牲畜，前来投靠后金。

经过查点，这次出兵蒙古，后金共掠取蒙古的牲畜、人口五万六千五百多，其他财物分别等级，分赏给众位将领和兵士。

这次出兵蒙古，努尔哈赤既挽回了宁远兵败的名声，重振了军威，也补充了财力方面的亏空，把喀尔喀部基本上征服了。

努尔哈赤对贝勒、大臣们说：

"物质上的收获能看得出来，这是明摆着的；还有一个更大的收获，那就是咱们清除了身后的隐患，对明朝作战的部分牵制没有了。"

不久，蒙古科尔沁诸贝勒的大首领奥巴，乘后金出兵囊奴克牧地、兵踏西喇木伦河大获全胜的机会，前来朝拜后金国汗王努尔哈赤。

后金对奥巴前来朝拜很重视，特派遣三贝勒莽古尔泰、四贝勒皇太极等，远迎至中固城，设大宴款待。一路上，双方共设大宴三次。

五月二十一日，努尔哈赤出沈阳城十里，设立大帐，盛情亲迎。

奥巴进入大帐，叩拜努尔哈赤，互相赠送礼物后，被迎入沈阳城。

一连十多日，努尔哈赤带领众贝勒、大臣们，每日宴请奥巴，并把图伦的女儿敦哲配给奥巴为妻，招为额驸。

努尔哈赤对奥巴说：

"如今，咱们身体都还好，能够欢聚一起，畅谈心里话，真幸运啊！"

六月初六日，努尔哈赤命令宰杀乌牛白马，与奥巴盟誓于浑河岸上。

二人各自对天盟誓，愿世世代代，永结和好，永不兴兵……

初七日，努尔哈赤又大宴奥巴。席间，众人欢歌曼舞，热闹异常。

在这次酒宴上，努尔哈赤赐给奥巴以汗号，名为土谢图汗。奥巴的哥哥图美为岱达尔汗，弟弟布尔塔齐为扎萨图都棱，和尔和岱为青单礼克图。

同时，努尔哈赤又各赐给盔甲、衣服、银器、雕鞍、绸缎、帛等。

初十日，奥巴告辞回蒙古科尔沁，努尔哈赤带领众贝勒、大臣长途相送，直到沈阳东北近四十里的蒲河。又命令大贝勒代善、二贝勒阿敏等，远送到铁岭城。

根据蒙古各部对后金的不同态度，努尔哈赤采取"有打有和"的政策，进一步奠定了后金政权对蒙古上层的基本政策，为攻打明朝时解除了后顾之忧。

六月二十四日，努尔哈赤将大小贝勒叫来，谆谆告诫他们说：

"你们一定要相互和睦。分配财物一定要坚持按八份分配，任何人不得擅自私取。一人有了过错，他人要直面提出来，不准迁就姑息。平日，应该勤理国政，八人必须协力同心。"

说罢，努尔哈赤又向八个贝勒讲述朱元璋创业的经历：

朱元璋是安徽凤阳人，出身贫苦，父母早死。为生活所迫，小时候便入皇觉寺当了和尚。

元朝末年，各地农民反抗压迫、剥削，纷纷起义，朱元璋也参加了郭子兴的起义队伍。

由于他作战勇敢，又谋略过人，得到郭子兴的信任，视为心腹，并将养女马氏嫁给他。

不久，郭子兴病死，朱元璋便当了这支起义队伍的首领。以后，朱元璋带着这支队伍，转战大江南北，身历百战，用了近二十年的时间，才推翻了元朝统治，并消灭了异己势力，建立了大明王朝。

这个和尚出身的明朝开国皇帝，他经历了那么多的苦难，才创下了大明江山。他的子孙后代怎么样呢？远的不说，不久前死去的万历皇帝朱翊钧，你们都是清楚的。他当皇帝不久，便不走正道了。二十多年不上朝，整日躲在后宫里寻欢作乐，过着荒淫无耻的生活。

努尔哈赤说到这里，又对八个贝勒训诫道："俺从二十五岁起兵，如今已六十八岁了，四十多年来，过了几天安稳舒心的日子，你们还不了解吗？给你们留下的这份产业，虽然不能与朱元璋相比，但是，它是俺用血汗换来的呀！是俺带领众大臣们经历了南征北讨，拼杀出来的呀！你们要珍惜这一份产业，知道它来之不易，才能更加用心地管理好这份产业。说句心里话，俺不希望你们当中，有朱翊钧这样的人！因此，继承俺这份产业的汗王，应该推举出这样的人：通达国事，洞悉民隐，勤谨秉政，笃行不苟。在你们当中，果能有这样人承继俺这份基业，国将受其福，民将得其乐。俺也就放心了。"

最后，努尔哈赤又以金世宗的话，教导八大贝勒要努力治国，严格遵守和执行已经制定的成法，坚持倍赏必罚的政策。

这时，努尔哈赤又以不安的心情，幻想有那么一天，不用自己亲自管理国事，坐观众贝勒治理国政，以享晚年之乐。

努尔哈赤对于八个贝勒的训谕，表露了他晚年不顺心的悲苦，但又留恋尘世，心情是相当复杂的。

对蒙古问题的处置，他比较满意，一度精神比较振奋。但是，宁远的惨败一直冲击着他的心扉，总是挥之不去。它像魔影一样，紧紧地跟着他，使他心神不宁，严重地损害了他的健康。

努尔哈赤对范文程说：

"也许是年事已高的缘故，身上近来总是感到不舒适，觉得很累。"

范文程只得说道："陛下确实已很劳累。你从宁远归来，伤势未全好，又带兵征伐蒙古，在马上颠了半个多月。回沈阳还未能休息，又陪着奥巴近两个月。这中间，有点时间又给贝勒们说话。这些频繁的活动，有政治的、军事的，还有外交的，能不耗费精力吗？望陛下珍惜龙体。"

努尔哈赤听了范文程的话，不禁感慨系之，叹了一口气，说道："这些事不干不行啊！对蒙古的'一打一和'，不仅解除了隐患,也扩大了兵源基地,增强了势力。这是王者之业啊!"

这时候,辽东又遇到百年未见过的大旱,后金社会呈现出一片不景气的景象。

不光是粮食缺乏,连人参、貂皮等特产,也没有地方出售。日用品又严重不足,民心涣散,民族关系紧张……

面对着这些难题,努尔哈赤怎么能心情舒畅呢?

于是,他忧郁、焦躁、心情不舒畅,以致食不甘味,寝不安眠,肝郁不舒,积愤成疾。

此时,这位六十八岁的老人得了痈疽症。大金汗王,已经到了垂暮时光了……

第三十七章
患痈疽更兼乱方寸 恶面目尤其坏心肠

德格类和皇太极互不相让,在汗王驾前争得脸红脖子粗。病体强撑的努尔哈赤心烦意乱,大喝道:"同胞手足之间非要闹到这个地步吗?你们怎么争吵都没用。谁能打进山海关,谁就是大金汗王!"

七月二十三日,努尔哈赤的病势加重,不得不到清河温泉去疗养。

临走时,努尔哈赤让二贝勒阿敏护送。

大贝勒代善与众兄弟以及后妃们,送走他们的父王努尔哈赤之后,各回自己的王府。

阿济格、多尔衮、多铎兄弟三人,随母亲乌拉纳喇氏一起回府。

努尔哈赤在养伤期间,又下诏让大妃乌拉纳喇氏回到自己身边,仍立她为大妃。

再说三贝勒莽古尔泰,见众兄弟与后妃们都回府里去,他径直去见皇太极。

莽古尔泰未坐下,就向他问道:"父王指名让阿敏去护送,为啥不让咱兄弟们去?"

皇太极笑了笑说:

"管它呢!阿敏去了,对俺也没什么妨碍的。"

莽古尔泰又说:

"父王的病不轻哩!可惜神医绰尔济大夫死了,若是他活着,父王的病就没问题了。"

皇太极听了,不以为然地说:

"你这话也不全对,有些病,不要说绰尔济治不好,就是真华佗在世,也不一定能治好。特别是老年人,这是没有办法的。"

莽古尔泰又继续说:

"刚才送父王走时,俺见大妃又转过头去,连看代善几眼,想是又要幽会不成?"

皇太极接着说:

"不错,俺也见到了。后来,她的三个宝贝儿子将她领走了,这次父王要是有个三长两短,他们俩胆子还不更大!"

莽古尔泰说:

"你不要小看这女人,她还有一个'聪颖异常'的多尔衮呢!他是父王特别喜欢的一个!"

皇太极听他一说,才又告诉他:

"本来,俺有心思想跟你说,怕你好饮酒,担心你喝醉以后,什么都讲出去了,反会招来麻烦。"

莽古尔泰立即说道:"你讲吧!俺以后不喝了,再也不喝酒了!"

皇太极看看他,似信非信地说:

"你能不喝酒?前次,你向阿敦说了些什么,你还记得吗?幸亏父王没有深究,否则,连阿敏一起,咱三人都要完蛋呀?想想看,二叔舒尔哈齐,还有褚英,他们的下场怎样?这可不是闹着玩的呀!"

莽古尔泰这次受到了震动,嘴里说:

"放心吧!以后俺戒酒了!等你做了汗王之后,俺再开戒!行了吗?"

皇太极听了他的话,有些哭笑不得,说:

"放心罢!俺有朝一日真当了汗王,也要让你坐在俺的旁边,来个'二一添作五,逢二进一十',行吧?"

莽古尔泰忙说道:"还有阿敏和代善呢!"

皇太极立即说道:"自然会有阿敏的。他嘛,那可不一定!"

莽古尔泰又赶忙问道:"刚才你要讲什么心里话?快说呀!"

皇太极只得说道:"那多尔衮虽然才十五岁,但是,他确实机灵得很,父王不止一次说他'聪颖异常'。在父王生病之时,又处六十八岁高龄,咱们不能不防啊!不过,父王已经定了'八王共治'的方案,到时候,无人推举他,即使父王说了,也不能让他当!"

莽古尔泰连忙问:

"若是父王有了遗言,让多尔衮当汗王,咱们怎么办?"

皇太极说道:"你真是直得一点弯儿也没有?那'八王共治'不是父王定的吗?咱就以这为依据,共同推举就是了!"

莽古尔泰立即应声说道:"行!你说咋办,俺一定跟着,这还不行吗?"

皇太极想了一下,又对他说:

"眼下有件事,急需你出来做工作。任何人都不行,只有你最合适!"

莽古尔泰连忙问道:"什么事?你快说出来,别绕弯子了。"

皇太极走到莽古尔泰面前,对着他耳边轻声地说了一会儿,问他:

"听懂了吗?这事你得立即去做!俗话说:防微杜渐,未雨绸缪。不能大意的,希望你辛苦一些。将来事成之后,俺一定会报答的。"

莽古尔泰点了点头说:

"别那样说!这也是俺自己的事,用得着你报答吗?俺这就去!"

这皇太极又是关切又是许愿地把莽古尔泰拢得紧紧的,让他服服帖帖地为自己所用。

刚才,皇太极在他身边轻声说的,是让他当说客,去游说四小贝勒,为将来推举新汗王做好舆论准备。

且说莽古尔泰先去找济尔哈朗。这济尔哈朗是大贝勒代善的长子,平日跟皇太极的关系很密切,对他的父亲代善却不怎么样。

两年前,济尔哈朗与皇太极在征讨东海瓦尔克部时,掳来一名少女，叫尼西卡。济尔哈朗见她长得标致，便想留做妻子。

皇太极当场答应，回到赫图阿拉之后，济尔哈朗把尼西卡领回府中。后来，代善竟强行把尼西卡给了他的次子岳托。代善对济尔哈朗说：

"你已有两房妻室，你弟弟岳托，至今未结婚，你把尼西卡给岳托吧！"

为了这件事，济尔哈朗对父亲很有意见，认为他有些偏心，袒护岳托。

且说莽古尔泰找到济尔哈朗，问道："在八王之中，你准备推举谁当汗王？"

济尔哈朗回答道："四贝勒皇太极！"

"你为啥不推举你父亲代善？"

济尔哈朗一时不好回答，只得说道："你问俺的是谁能当汗王？俺也没有考虑那么多。至于父亲，他不过是一个将才，只能将兵，不能将将。"

莽古尔泰灵机一动，又问道："当着你父亲的面，你未必敢这么说吧？"

济尔哈朗说：

"那也没有什么，在这一点上，父亲是有容人之量的，他的宽厚待人也是人所共知的，这正是他的一条优点。"

听了济尔哈朗的话，莽古尔泰也从内心里赞成。多少年来，自己与代善一起奋战沙场，代善总是吃苦在前，拼杀在前，从不贪财，从不矫功，像个大阿哥的样子。

想到这里，与皇太极比较起来，倒显得皇太极又奸又滑。平日，皇太极是寸利必争，寸权必夺，斤斤计较的。

武将脸面的代善，却天生了一副菩萨心肠，在政治斗争的风云变幻中，必然落得失败下场！

莽古尔泰从济尔哈朗那里走出来，想去找阿济格。但是，莽古尔泰不想去他家里。

原来这阿济格是乌拉纳喇氏的长子,下面还有多尔衮、多铎兄弟二人。

莽古尔泰回到自己府里,准备了几个菜,让侍卫去请阿济格。但是侍卫回来传阿济格的话说:

"近日身体不适,不能饮酒。"

莽古尔泰心里说:不来也好,皇太极不是让俺戒酒嘛,早晚见着他时再谈吧!

又过了两天,皇太极与莽古尔泰一起,同赴清河,表面上探望父王病情,实际是想与阿敏见面。

努尔哈赤见到莽古尔泰、皇太极以后,让他们与代善一起,管理好政事,不要挂念他的病情,就叫他们回沈阳去。

皇太极与莽古尔泰只得回沈阳,阿敏出来送他们时,皇太极说:"这里一切拜托你了!父王的病情若有变化,请及时通知咱们。为了方便起见,俺留下两名侍卫在这里。有事时,可以随时派他们向俺报信,这可以减少许多麻烦。"

阿敏告诉他俩说:

"这里有俺在此,你们也就放心罢!若是有什么事情,你们不是留下两个人吗,俺就让他们回去与你们联系。"

莽古尔泰对阿敏说:

"父王已是高龄,又在病中,望你不离左右,谨防他人靠近。若是代善来了,更得提防,注意他的行动。"

阿敏笑着说:

"代善已是落时的凤凰,在汗王心目中,早已失去昔日的印象。你们还担心他做什么?有一个人倒值得你们警惕……"

未等阿敏说完,皇太极接着问道:"你指的是大妃,是不?"

阿敏笑着点了点头,说:

"东山再起的大妃,倒还是你们潜在的对手!她那个'聪颖异常'的儿子,深受汗王的喜爱,你们得留神啊!"

说到这里,阿敏耳畔响起了两天前汗王与他的一次对话:

努尔哈赤向阿敏问道:"在俺众多的小儿子中,你看最有出息的是哪一个?"

"德格类遇事很有见地……"

努尔哈赤摇了摇头,表示不赞成。

这时候,阿敏忽然想起了一个人,忙说:

"多尔衮聪慧伶俐,小小年龄,打起仗来,倒有大将的气魄,该是他吧?"

努尔哈赤听到以后,高兴得连连点头,又不禁哈哈哈地笑了几声,说道:"这一次你可猜对了!俺这十四王子多尔衮,可不是一个凡夫俗子哟!他自小就聪颖异常。"

阿敏见努尔哈赤欢喜得眉飞色舞,接着,他又讲了一段多尔衮智赚强人的亲身经历:

那是四年前的一天,后金国刚打下辽阳不久,努尔哈赤让后妃们都搬到新的都城沈阳来住。

大妃乌拉纳喇氏因为走得匆忙,一盒首饰忘记带来。她想派侍卫去取,又担心侍卫会见财起意,中途逃跑,落得人财两空。

大妃就向努尔哈赤提出,请求派将领带兵马去萨尔浒城去取。

当时,后金刚进入辽沈地区,因为占领地区扩大,需派兵守卫,一时兵力紧张,努尔哈赤就劝大妃说道:"首饰不戴有啥要紧?如今兵力吃紧,怎能抽出人来专程去为你取首饰?还是将就一些吧,等些时日再说。"

大妃无奈,显出无精打采的样子。

这时候,十二岁的多尔衮对父王和大妃说:

"让俺回萨尔浒城,去取首饰罢!"

努尔哈赤看看十四王子多尔衮,当时他只有十二岁,但是已长成了一个大个子。由于从小练习骑马射箭,使拳弄棒,以至于小小年纪,马上功夫已很不错了。

可是,从沈阳到萨尔浒城,相距百十里路,中途还有几处荒山野岭,常有强盗出没,让一个孩子去取,实在是太冒险了。

努尔哈赤觉得：不能让孩子去冒这个险，太不值得了！便对多尔衮说道："孩子！你还是不能去，俺实在不放心！"

多尔衮又向父王请求道："没事，父王放心大胆地让俺去罢！俺会把那首饰全部带回来的。"

努尔哈赤从来反对娇惯孩子，主张将孩子放在艰苦的生活环境中去磨炼。这时候，只见努尔哈赤紧锁眉头，在屋里踱过来，踱过去，踱了好长时间，突然转过身子，看着多尔衮，对他说：

"好吧，孩子！俺拿定主意了，让你去试试看。俺把马棚里最好的马让你骑去！来，孩子，跟俺挑马去！"

多尔衮随着他的父王努尔哈赤，来到军马棚里。努尔哈赤把自己最好的马，一匹一匹地指给多尔衮看，任他挑选。

但是，多尔衮看了都不满意。最后，他来到一匹又老又瘦的马前，对他父王说：

"俺就要这匹马！"

"再挑挑看，"努尔哈赤对多尔衮说，"这匹老马不顶用，你应该骑上一匹快马！"

"不，不！"多尔衮说，"这匹马正合俺用。"

"那好吧，"努尔哈赤说，"你要当心啊！"

努尔哈赤让马夫们给那匹老马备好鞍子。多尔衮又从母亲那里要来个钱袋子，很快做好了准备，骑上马出发了。

再说多尔衮马不停蹄地赶路，中午时分，来到一个峡谷。那峡谷间是一条又长又窄的小路，两边密林遮天蔽日。当他来到谷底时，只见一个骑着乌黑发亮骏马的强盗，从一棵大树后面冲出来，喝问多尔衮说：

"喂，小孩！你从哪里来？到哪里去？"

多尔衮答道："俺从沈阳来，到萨尔浒城！"

强盗又问：

"去干什么？快说！"

"俺要去城里取钱，你让俺走吧！"强盗听说他去取钱，忙又问道:"你要老实告诉俺,去取多少钱?"

多尔衮告诉那强盗说:

"去取多少钱俺不知道,但是,俺知道钱的数量很大。不信,你瞧俺带的这两个大钱袋,俺想,钱是一定不会少的。"

强盗又问道:"你的主人知道路上有强盗,他怎么还派你去取那么多钱哩?"

"哦,俺不怕强盗!"

"你回沈阳还走这条路吗?"

"是的,"多尔衮说,"俺明天还按原路返回。"

"那好,你走吧!"

强盗遂让开路,放多尔衮走了。

天色将晚时,多尔衮赶到萨尔浒城。第二天一早,他吃过早饭,急忙收拾好行装,便跳上马出发了。

又是中午时分,多尔衮又来到那峡谷,只见那个强盗早已在那儿等着他了。

"好哇,小家伙,你回来了!你来得很准时啊!怎么样,钱拿来了没有?"

"拿到了,都在这里面呢!"

多尔衮一边说着,一边用手拍了拍他的钱袋。

强盗看着那两个钱袋,见里面装得满满的,心里说:乖乖,好多啊!这一下俺要发财了!

那强盗高兴地对多尔衮说:

"那好,俺送你出这峡谷吧!"

他们沿着山路走着,马蹄踩在石子上,发出嗒嗒的声响。崎岖的山路,越来越窄。

多尔衮骑着那匹老马,在前面慢吞吞地走着。强盗骑马紧跟在后面。

二人走了一段路,突然,强盗策马冲了上来,用匕首顶住多尔衮的脊梁,对他说:

"快把钱交出来!不然的话,俺就穿了你!"

"唉呀!"多尔衮说,"俺还以为你要把俺安全地送出峡谷呢!"

强盗听了,厉声说道:"别废话!你快把钱交出来吧!"

"好,"多尔衮说,"俺这就把钱交给你。"

他说着,便解开拴着钱袋的绳子。就在交递钱袋的时候,突然一转身,把两个钱袋都扔进身旁那深深的峡谷里。

这突然的变化,把那强盗惊得目瞪口呆。趁着强盗发愣的机会,多尔衮策马便跑。

等强盗反应过来,多尔衮已跑远了。他心里想:人也跑远了,钱已留下,何必去追呢?

强盗嘴里骂骂咧咧地下了马,到峡谷里去捡钱袋。

且说多尔衮在马上跑了一段,便勒住马,回过头来。他见那强盗已下到峡谷里去捡钱袋了,忙拍马跑了回来。

多尔衮回到刚才那地方,把自己那匹老马留下,跳上强盗那匹乌黑发亮的骏马。

只见多尔衮在那马屁股上,猛抽一鞭,那马立即四蹄蹬开,如飞一般狂奔起来……

回到沈阳,来到王宫里,努尔哈赤与大妃乌拉纳喇氏急忙迎了上去,迫不及待地问道:"首饰取回来没有?"

"哦!"多尔衮说,"所有的首饰全取回来了。"

接着,多尔衮把途中遇强盗的经过情况,详详细细叙述一遍。努尔哈赤问道:"那两只钱袋里,装的是些什么东西?"

多尔衮笑着说:

"全是破书、废纸!"

乌拉纳喇氏连忙问道:"俺的首饰呢?你放在哪儿了?"

多尔衮不慌不忙,笑眯眯地,从怀中取出那些首饰,说道:"俺总算是完璧归赵了吧?"

当时,努尔哈赤嘴里不说,心里想道:这孩子人小心大,是块难得的材料!

如今,两次立储,连遭失败,努尔哈赤思想上早已后悔不迭,特别是宁远败归以后,内心更加懊丧。当初,若立多尔衮为储,恐怕未必会走这么大的弯路!

努尔哈赤在阿敏面前,掩饰不住对多尔衮的喜爱。他向阿敏问道:"你知道秦始皇的故事吗?"

阿敏说:

"只知道秦始皇修筑长城,其他的事情就不大了解了。"

努尔哈赤向阿敏说道:"秦始皇接位时,年仅十三岁,由吕不韦和嫪毐专权。这位始皇帝英明过人,开始不动声色,表面上任凭二人独断专行,胡作非为。但是,暗中召大将桓奇,捉拿嫪毐,终于镇压了嫪毐的叛乱。"

阿敏不由得说道:"秦始皇十三岁接位,真不简单!"

努尔哈赤深有感触地说:

"俺那十四王子多尔衮,也够聪明的,他不是也才十三四岁吗?"

努尔哈赤不再讲下去,他陷入深深的思索之中。即使从那平静的面容上,也能看出他激动的内心世界。

阿敏知道,努尔哈赤立储连续失当,内心正在懊悔。他谴责自己,为什么那时不立多尔衮为储?造成今日的有始无终,全是过在自身!于是,他又陷入深深的自责之中。

当着皇太极、莽古尔泰的面,阿敏将努尔哈赤在立储问题上的思想情况,作了简要介绍,劝告他们要有思想准备,然后才又回到努尔哈赤身边去。

再说莽古尔泰、皇太极二人回到沈阳,皇太极对他说:

"父王病愈回沈阳,若是公开立多尔衮为储,咱们只能俯首听命,衷心拥戴。"

莽古尔泰说道:"若是凭遗言立储,咱们怎么办?"

皇太极说道:"事在人为嘛!咱们可以利用这个机会,让遗言为咱们效劳。这就靠咱俩的功夫,也要看阿敏的态度了。"

皇太极忽然想起了一件事,对莽古尔泰说:

"德格类是你的同胞兄弟，曾有一段时间，对俺意见不小。请你去找他谈谈，从中疏通一下，免得将来他出来打横炮，令咱们被动。你看可有必要？"

原来德格类为人耿直，重义气，好打抱不平。早在小妃泰恩察向努尔哈赤报告代善与大妃乌拉纳喇氏关系暧昧时，他就对皇太极不满，认为泰恩察就是皇太极教唆的。

一天，努尔哈赤召集众子侄开会。当时，代善、莽古尔泰、努尔哈赤未到，皇太极在众小贝勒当中公开议论大妃与代善之间如何如何时，德格类听到后非常不满，当即说道："有的人虽然披着一张人皮，却是一副白眼狼的嘴脸。整日凭着狼的嗅觉，到处追膻逐腥，这就是狼子野心！"

皇太极听了，知道德格类是在骂自己。但是，他也知道这位兄弟的个性，不敢正面去碰他，便旁敲侧击地说道："哟！德格类又在打抱不平了，当心呀，牢骚多了，肠子会断的！"

德格类怎能受得了他这两句话，当即说道："肠子断了，还能接上；你那空话讲多了，舌头要断了，就接不上了！"

皇太极恼羞成怒，突然站起身来，质问道："你放明白点！德格类，你在讲谁？"

德格类也猛然站起来，干脆地答道："你要清醒些！皇太极，俺就是讲你的，你就是一只白眼狼！"

正在这时，莽古尔泰进来了，见到自己的同胞兄弟与皇太极争吵，便不由分说地训斥德格类说：

"不识尊卑的东西，怎么能跟兄长这么讲话？父王知道了也饶不了你！"

平日，努尔哈赤最重视长幼尊卑的界限。每次散会时，弟弟们要把兄长送走之后，自己才能走。

谁若越过这礼节，被努尔哈赤当面撞见，非狠狠训斥不可！

至于不听从兄长教训，与长辈争吵者，他更是反感！一旦发现，当即责罚，毫不留情。

但是，皇太极先是当众攻击代善，所以德格类并不服气，便说道："皇太极能当众侮辱大阿哥，俺就可以当众揭穿他的真面目！要说错，也是他先错的！"

莽古尔泰见努尔哈赤和代善来了，也不好再说什么。但是德格类却不肯让步，他竟然向努尔哈赤说道："有人当着众兄弟的面，攻击大妃、大贝勒，难道说这是偶然的吗？其实，他自己就与那个告黑状的女人之间勾勾搭搭，鬼鬼祟祟的，俺是多次亲眼看见的……"

努尔哈赤对德格类瞪了两眼，他才停下来不说。当时，皇太极被弄得脸上红一阵，白一阵，非常尴尬。

努尔哈赤便不耐烦地说道："有些事情已经处置了，就不要再乱说了。俺已告诫你们，既往不咎了，为什么还要翻老账？若再如此，绝不宽恕！"

那次会议之后，努尔哈赤单独找来德格类，向他问道："那天是怎么一回事？"

德格类便将皇太极当时说的话，向父王叙述一遍，并且对皇太极进行了有力的攻击：

"他在众兄弟当中多次散布大贝勒与大妃之间的事情，其实未必像他说的那样。极有可能是放的烟幕，目的是攻击大贝勒，他争夺储位。至于他与泰恩察之间，俺多次见他俩在一起叽叽咕咕。很有可能，皇太极与她之间，才真有那些关系呢！"

这一次谈话对努尔哈赤触动很大。本来，在离开大妃乌拉纳喇氏之后，努尔哈赤将小妃泰恩察连提了几级，让她陪着吃饭，在一起共进饮食。

在努尔哈赤与德格类谈话之后，他就不让泰恩察留在自己身边了。

至于皇太极的立储问题，努尔哈赤也不再考虑，并多次训斥皇太极说：

"不要在兄弟中间拨弄是非，更不能玩弄权术。你应把自己的聪明才智，用来对付敌人，而不能用在兄弟们的身上！……"

因此，很长时间，皇太极与德格类之间对立比较厉害。莽古尔泰从中做了几次劝解，也未收到多大效果。

这次，莽古尔泰遵从皇太极的嘱托，又来找德格类。他开门见山地对德格类说：

"代善的立储早已是徒有虚名了，根据当前的形势看，能接替父王大业的人，非皇太极莫属了！你的看法怎样？"

德格类对这位胞兄提出的问题，暂时不作答复，他从另一角度对莽古尔泰说道："别看你如今对皇太极千方百计地帮助，一旦他当了汗王，第一个被他杀害的人，肯定是你！因为此人好猜忌，慕虚荣，阴险狡诈，没有容人之量。"

莽古尔泰说道："不至于罢？他能这么无情吗？"

德格类说：

"俗话说：两腮无肉，坏到骨头。皇太极长得猩眼鹰喙，所谓尖嘴猴腮，正是忘恩负义之徒的相貌。"

莽古尔泰心里想：俺被弄糊涂了。本来俺是来做他的工作的，结果反被他说服了，这算什么呀？于是，他又说道："人不能长前后眼，那预卜未来的事，毕竟玄而又玄！俺只要开诚待人，做到仁至义尽，只要他不以怨报德，也就够了！"

德格类说：

"恰恰如此！皇太极正是以怨报德的人！"

莽古尔泰说：

"在俺眼里，皇太极比代善要好得多！"

德格类笑着说：

"你是被他的甜言蜜语迷惑住了。以朝鲜人为例，他俩的不同态度，表现了他俩不同的心地，五六百朝鲜兵将，代善主张结盟后放了，皇太极主张全部杀了。请想一想，五六百人呀！谁嗜杀成性，谁宽厚待人，还不清楚吗？别被他的假相迷住了眼睛！"

这时候，莽古尔泰虽觉无话可说，但是他仍然坚持对他的同胞兄弟说：

"不管怎样,你得与俺站在一起,共同推举皇太极当汗王!"

德格类苦笑着,两肩一耸,说:

"他当了汗王,你是让俺和你一起被他杀掉!"

莽古尔泰只得半信半疑地说:

"不至于罢!这……这留以后再……再说!到那时候,他若真是那种人,咱就……就先把他给杀了!"

德格类苦笑了几声,无可奈何地说道:"这种人,他踩着咱的肩膀上去了,然后将咱一脚踢死!他就是这么一种人!"

莽古尔泰见德格类已经松口,也就不再与他争论。只是又关照一句:

"到时候,你可不能标新立异,打横炮啊!"

第三十八章
后金汗归天留大憾
皇太极矫旨殉遗孀

努尔哈赤背上痈疮疼得剜心般难受,浑身烧得滚烫,呼吸之气竟然炙手可热。努尔哈赤明白,这是自己最后的日子了。他形容可怖地喷出一口黑血,不甘地哀号道:"上苍,你就这样收走你的儿子吗?"

再说乌拉纳喇氏,自努尔哈赤又复立她为大妃之后,处处谨慎,时时小心,再不像往日那么恃宠跋扈了。

这次努尔哈赤在宁远负伤之后,由于她精心护理,伤势很快好转。只是由于努尔哈赤忧心国事,肝郁不舒,后来才又得了痈疽症。

自努尔哈赤去清河疗养后,乌拉纳喇氏心里一直忐忑不安。她心里一直在想,三个孩子尚小,长子阿济格十八岁,次子多尔衮十五岁,最小的多铎才十三岁。

尽管努尔哈赤喜欢多尔衮,说他"聪颖异常",认为他将来"有出息",但是,一旦他的父王不在,命运会怎样呢?

对代善,她早已失去往日的依恋之情了。她也意识到代善的立储地位,早已动摇。将来,最有希望的是皇太极了。

这一阵子,她常与三个儿子一起谈话。阿济格对皇太极的印象极差。那次,德格类与皇太极争吵时,他就在场。当时,一气之下,他真想一刀将皇太极捅了。

但是,冷静下来,他又觉得那样做有些过头,会增加父王的痛苦,从对父王的敬畏之情出发,他才没有那样做。

多尔衮与阿济格的个性不大一样。虽然他只有十五岁,不仅聪颖异常,而且处事灵活。也许是因为脑瓜子灵的缘故,在十六个兄弟当中,外加阿敏等堂兄弟,以及岳托、萨哈连等侄儿辈,他都处得来。

平日,多尔衮一副笑眯眯的样子,特别是他那眉清目秀的面容,满口雪白的牙齿,加上他那潇洒的风度,使众兄弟、侄儿们,深深为之倾倒!

有一次,他到皇太极府里去,不巧他的八皇兄不在。无意间竟邂逅到他的八王嫂——博尔济吉特氏。

二人一见面,相互直视了好长时间。这博尔济吉特氏,在努尔哈赤的子媳中,是长得最美的;而多尔衮,在努尔哈赤的子侄中,也是生得最漂亮的。

由于各人的美貌,都是早有所闻,只是未能见面。如今不期而遇,两人印象里似乎久已认识了。于是叔嫂二人相视良久,才如梦中醒来一般。那博尔济吉特氏莞尔一笑说道:"王子小弟今年十几岁了?"

"俺今年十五岁了。"

"哎呀,俺比小弟只大一岁呢!"

多尔衮一听,忙弯腰施礼说道:"大这一岁,才正是俺的王嫂呢!"

正当叔嫂二人说话之时,忽听院里传来皇太极的声音:

"听说俺的风流小弟来了?"

随着喊声,皇太极笑呵呵地走了进来。

多尔衮急忙上前施礼,说道:"八阿哥,你到哪里去了?"

皇太极对多尔衮说:

"父王不在沈阳,衙门里有些公事要处理,未能早些回来,实在抱歉。"

"八阿哥说到哪去了,俺是无事来与兄长叙叙话,又没有正经事儿。"

自那天阿敏向他提醒以后,皇太极对多尔衮不得不亲近起来。觉得这风流小弟深得父王宠信,说不定有朝一日真的成了汗王,还得在他身上早下一番功夫呢!

于是，皇太极向博尔济吉特氏说道："你去厨房通知一下，准备几个好菜，俺要与小弟喝上几杯！"

工夫不大，菜摆上了，酒端来了，兄弟二人边吃边喝，皇太极说：

"小弟，你比俺幸福得多，不仅母亲健在，而且有兄弟三人。俺就不能跟你相比了，母亲早死，还只有俺一人……"

皇太极说到这里，真动了感情，禁不住流下了几滴泪水。

多尔衮忙说道："八阿哥，你说到哪里去了！即使同胞兄弟，也未必处得多好；处得好的，也未必都是亲兄弟。别的不说，就说咱大金原来的五大臣，与咱父王之间，处得咋样？再说，那舒尔哈齐倒是咱父王的亲兄弟，又咋样？"

皇太极又笑着说道："小弟，你说的这两个例子，也真够典型的，极有代表性。"

多尔衮又说道："古人说：四海之内皆兄弟，何况咱们都是共着一个父王，还不应该亲吗？"

皇太极急忙说道："小弟，以后你有空就来，咱们要处得像亲兄弟一样，做到有福同享，有难同当，肝胆相照，互助互帮。"

多尔衮笑了起来，说道："行！八阿哥放心好了，咱一定常来看阿哥阿嫂。其实，咱们本来就是亲兄弟嘛！"

此时，站在一旁听兄弟二人说话的博尔济吉特氏，走过来说：

"俗话说：打虎要靠亲兄弟，上阵还是父子兵。你八阿哥是一棵独苗苗，正是山墙开门独家村。希望小弟以后常来走走，像亲兄弟一样，那该多好！"

多尔衮忙接着表示态度说：

"王嫂放心，今后小弟一定常来，只怕王嫂还有嫌烦的时候呢！"

皇太极接过去说：

"不会的！你王嫂倒是一个好人，她也希望俺有一个好兄弟在身边呀！"

多尔衮灵机一动，急忙站起来，双手捧着满满一杯酒，对博尔济吉特氏说道:"请王嫂喝下小弟这一杯酒!"

皇太极笑着对博尔济吉特氏说:

"喝吧!这是小弟敬你的酒。"

博尔济吉特氏只得接过来,一饮而尽。

多尔衮忙说道:"王嫂好酒量!来,王嫂,小弟陪你再碰两杯!"

于是,叔嫂二人又连碰两杯。皇太极非常高兴,他对多尔衮说:

"女人不会喝酒的不少,但是,一旦有会喝的,酒量都大得惊人。你王嫂的酒量也不小,俺平时与她一起喝,总是喝不过她!今天,咱兄弟俩一起跟她喝,看她到底能喝多少?"

听皇太极这么一说,博尔济吉特氏连忙站起来,笑着说:

"你们兄弟俩,想联合起来算计俺,俺才不上你们的当呢?"

说完,就想溜走。谁知皇太极早已伸出手去,拉住她的手说:

"想溜哪成!你先与小弟连碰四杯,再与俺连碰四杯,来个八仙过海,然后才能让你走。不然,咱兄弟俩就要罚你喝酒了!"

博尔济吉特氏只得重新坐下,说道:"你们已经罚过俺了,还要罚呢!真想让俺喝醉呀!"

多尔衮笑着说:

"王嫂是海量,咱兄弟俩也未必是你的对手,你是不会醉的,就放心大胆地喝罢!"

于是,博尔济吉特氏又喝了一个"八仙过海",仍没有事。她站起来对皇太极说:

"你陪着小弟喝吧,俺去准备一个床铺,让小弟喝完酒好去休息。"

多尔衮连忙说道:"王嫂别忙了,俺得回去休息。向兄嫂说句老实话,俺若不回去,母亲会一直等着。"

于是,三人又喝了一会儿,多尔衮站起身来告辞时,对兄嫂二人说:

"谢谢王兄、王嫂对俺的款待,有时间的话,小弟一定再来叨扰!小弟这就告辞了!"

说完，多尔衮弯下腰去，向兄嫂施礼。

多尔衮正要走，皇太极匆忙叫住，说：

"小弟，俺已派人去备马了，你还是骑马回去吧！"

正说着，侍卫拉着一匹枣红马来到院子里。皇太极对那侍卫说：

"你替十四王子牵着马，送他到了府前，你再牵马回来。听明白没有？"

那侍卫立即说道："俺知道了。"

多尔衮回府，暂且不提。

几天后，清河那边阿敏传来口信说：

"汗王想要大妃乌拉纳喇氏去清河……"

皇太极得到这个消息，他与莽古尔泰商议，决定将这命令暂时压下，不向别人说，更不让大妃乌拉纳喇氏知道。

再说努尔哈赤于天命十一年（1626年，天启六年）七月二十三日，到达清河后，仍觉背疮灼热难禁，烧得浑身疼痛。

八月一日，努尔哈赤派遣侄儿阿敏，代表自己，手拿祈词，祭拜堂子，乞求天神、祖宗保佑。那祭文说：

"天父、祖宗：你们的儿子——努尔哈赤，因为操劳过度，如今生病了。

"俺得给你们立像祭祀，请求你们发予慈悲，千万保佑俺的病快点好。因为俺还有许多大事要做，要走的路还长呢！

"俺康复以后，将在每个月的初一，祭祀你们一次，月月不断绝……"

之后，又杀牛，烧纸，祭祀神灵。

次日，努尔哈赤觉得背上热痛减轻，心中非常高兴，以为是天父显灵的征兆。

于是，他从病榻上起来，由阿敏搀扶，到院中走走。由于大树遮蔽着火热的阳光，虽是夏日炎炎，这里却凉爽宜人。

努尔哈赤在树荫下的软椅上坐着，与阿敏说着闲话。他看着阿敏，不由得说道："正是由于你父亲的早逝，俺才能多活这许多年；平日一想起这事，俺总觉得对不住他……"

说到此，努尔哈赤老泪滚落下来，泣不成声了。阿敏也陪着流了几滴眼泪，劝说道："这已是往事，不必再提了，免得难过。何况他也是死得其所，死得有意义呢！"

努尔哈赤不禁想起了童年的往事。他说：

"你父亲从小就憨厚，不像舒尔哈齐私心严重！记得有一次，你奶奶已去世两个月了，俺到北山去挖参不在家。你大奶奶，也就是死去的阿敦的母亲，见到他俩饿得走不动路，就送了一筐子玉米馍馍给他们吃。谁知舒尔哈齐藏起来一半，留着自己吃。你父亲只吃了两块，等俺从北山回来，他躺在床上，连说话的力气都没有了。当时俺吓坏了，忙用水拌着炒面，一勺子一勺子地喂他，才救过来。那次，俺气得要打舒尔哈齐，后来想想，觉得他也是饿呀，也是被逼无奈呀！……"

阿敏听着，只是劝他不要老讲这些了。努尔哈赤讲着讲着，又哭了起来。

阿敏心里想：老年人总好回忆往事，尤其是在病中，这大概是一种通病吧？

努尔哈赤又对阿敏说：

"你父亲若还活着，他今年该是六十四岁了！我们兄弟俩的感情最深，要是他还在，俺也有个说话的人，可是……"

他见阿敏对这些往事不感兴趣，也就不说了，后来，他提出要阿敏派人去叫大妃来。

努尔哈赤对阿敏说：

"大妃乌拉纳喇氏，在俺十六个后妃中，仅有她一人能像俺的结发福晋佟氏春秀那样，对俺体贴，是俺的知己呢！她做的每一个菜，都是俺喜欢吃的。她像俺肚里的知心虫，知道俺想吃什么。你快派人去叫她来！"

阿敏无法，这才让皇太极留下的侍卫，赶快回沈阳去报信。

再说皇太极得到消息之后，急忙与莽古尔泰商议，把这事隐瞒起来。他们既不通知大妃乌拉纳喇氏,让她到清河去,也不敢向代善等传达。只是一声不吭地隐瞒起来。

过了两天,皇太极越想越有些害怕起来,若是父王病愈回沈阳,问到此事时,怎么向他交代呢?岂不是犯下欺君之罪吗……

他赶忙去找莽古尔泰商议,谁知这位生性愚鲁的三贝勒,在关键时刻还真有主见呢?

莽古尔泰看着皇太极,笑着说:

"你一向足智多谋,怎么连这一件小事也失去了决断能力?你不能杀人灭口吗?到时候,咱俩一推六二五,那送信的侍卫失踪了,找谁去!"

皇太极听了莽古尔泰的主意之后,一拍脑门,说道:"这也不失为一条计策。如今,也只能这么办了!不过,无故杀一条人命,总是不好吧?"

莽古尔泰嘻嘻笑着说:

"怎么,你又变得仁慈起来了?你不是有句口头禅嘛:无毒不丈夫!你若犹豫,这事说不定会累及到咱俩!别婆婆妈妈了,这时候,怠慢不得呀!"

皇太极只得回去编造一个理由,将那侍卫杀了。这事刚办完,代善来了,他说:

"父王去清河好多天了,不知疗养得怎样,俺想去看看他老人家。衙门里的事你多操心点,你看好不好?"

皇太极心里不由得咯噔一下。不能让他去,遂赶忙对代善说:

"不行!俺也想去看看父王,但是,能走得脱吗?这事得找来莽古尔泰商议一下,整个大金国的大小政事,全由咱三人负责,走了你一个,如何议事?出了问题谁负责?"

代善忙说:

"你说得也太严重了!俺去了,也不过是一两天时间。头一天去,第二天就回来了!耽误不了多少事情的。"

皇太极坚持着,对代善说:

"那也不行！你可不能走，俺去派人叫莽古尔泰来，他要是让你去，俺没意见，行吗？"

代善急忙说道："算了罢，你不让俺去，就别叫他来了。他那脾气又倔，咋咋唬唬的，反弄得都不快活。只是有一条，父王那里咱们不闻不问，若是怪咱们，也不好交代呀！"

皇太极说道："父王也不会怪咱们的，有阿敏在他身边，也不至于有什么意外的。何况这是父王走前安排好的，由咱三人负责处理国事。你就安心吧，俺也不去叫莽古尔泰了。"

皇太极借口国事急需处理，代善只好取消去清河的打算。

再说努尔哈赤见大妃乌拉纳喇氏未来，心中不免着急了。他问阿敏道："你派人回去叫大妃来，过去两天了，怎么还没有来呀？"

阿敏知道是被皇太极和莽古尔泰挡住了。他只得说道："俺让侍卫回去向皇太极报告的，不知什么原因，至今未来。是不是大妃她有事走不开，还是什么原因……"

努尔哈赤有些生气地说道："大妃能有什么事，比来侍候俺还重要呢？俺以为大妃不知道，她是把俺放在第一位的。你应该让侍卫去找代善，皇太极这小子难道会把这事不放在心上？"

阿敏只得敷衍着，说道："该不会吧？"

努尔哈赤又对阿敏说：

"有件事俺想征求你的意见，但是，你必须给俺讲老实话，不许说假话。你能做得到吗？"

阿敏立即答道："俺一定说实话，请讲罢。"

努尔哈赤遂说道："俺想让多尔衮接替汗王位，由代善辅政，你看这样安排可以吗？"

阿敏听了，可真有些为难。说实话吧，就要站在汗王的反面，说不定，后果会不堪设想。轻者被夺去兵权，没收财产；重者，将被幽禁，甚至可能被处死。

若是说假话，这违心的话也难以说出口。一旦说了假话，以后又怎么收得回来！

正在左右为难之时，努尔哈赤又催着说：

"怎么，不好说吗？说真话好说，说假话难说。"

阿敏突然计上心来，他说道："若有人反对，或是暗中作乱，怎么办？"

努尔哈赤听了，立即问道："反对的人不会多的，只有一个人，你能猜到是谁吗？"

阿敏清楚，努尔哈赤指的那个人，便是皇太极，但是，他故意答道："俺猜不到这个人是谁。"

努尔哈赤说：

"在四大贝勒中，代善不会反对，何况还让他辅政。你不会反对吧？莽古尔泰要是反对，就是上了别人的贼船，受人唆使的缘故。"

他说到这里，停了一会儿，接着说道："只有皇太极可能反对，他自以为谋略过人，又勇冠三军，因而会不服气，以致会作乱、生事。不过，他也难以成事。下面的那些小贝勒，都不会反对的。"

阿敏听了，不得不佩服努尔哈赤预见的很准确，真是洞若观火！觉得不好再说什么，只得附和着说：

"十四王子是个聪明能干的人，美中不足的缺陷，只是年龄稍微小些……"

努尔哈赤立即说道："年龄也不小了，他今年十五岁，那统一六国的秦始皇，不是十三岁当国王的吗？"

阿敏不好再说什么，他只是在心里盘算着，要不要把这消息告诉给皇太极呢？一旦多尔衮继承了王位，自己站在哪一边呢？

他正在想着，努尔哈赤又说道："你再派人回去，让代善和大妃一起来清河。这次一定要派得力的人去！"

阿敏答应以后，便走了出去。他心里说：难题又来了，怎么办呢？若是再把努尔哈赤的命令送给皇太极，代善、乌拉纳喇氏再不来，努尔哈赤就会迁怒于自己，那后果将是十分糟糕的。他思来想去,最后决定,还是服从命令听指挥吧,派人直接找代善,让他明天就和大妃一起来。

至于谁来做汗王,阿敏也有一个"小九九",反正俺阿敏不过是当一个贝勒,如此而已。俺又何必冒这么大的危险,跟在皇太极后面跑呢?

且说努尔哈赤与阿敏谈话之后,感到心里十分爽快,并逐渐感到周身舒坦。当时,努尔哈赤误认为病体果真好转,快要康复了。

努尔哈赤对阿敏说:

"俺觉得背疮好得多了,不如先回沈阳去!"

阿敏劝阻道:"再过两天吧,俺已派人去告诉大贝勒、大妃了,等他们来了之后,再回沈阳也不迟!"

努尔哈赤想了一会儿,觉得这样也好,就对阿敏说道:"等他们来了之后,咱们一起走!"

谁知那送信的侍卫,回到沈阳之后,迎头就碰见皇太极。他便把那侍卫带到自己府里,又把他杀了。结果,代善与大妃仍然没有得到努尔哈赤要他们去清河的命令。

两天后,努尔哈赤见代善未来,大妃乌拉纳喇氏仍然没有来,气得暴跳如雷,大骂阿敏:

"好哇!阿敏你敢不传俺的命令,这是为什么?你说,快跟俺说!"

阿敏吓得一时说不出话来,嗳嚅了好一会儿工夫,才说道:"俺都派人去了,他们未来俺有什么办法?要么,俺自己回去一趟!"

努尔哈赤气得喊叫起来:

"这些混帐东西,俺还未死,就不问俺的事了!俺要回去,俺立马回沈阳!"

阿敏不敢劝阻,只得说道:"现在正是盛暑天气,坐车既颠又热,怎么办呢?"

努尔哈赤大声说道:"快去准备船只,咱们坐船回去!"

阿敏匆忙走出去准备船只,努尔哈赤越想越气,谁知背上的痈疽,又发作了,烧得浑身滚烫滚烫的。

于是,他只得躺下来休息,但是心里烦躁、激愤,怎么也平静不下来。头脑里昏昏沉沉,不觉竟晕在了床上。

阿敏准备好船只,回来见到努尔哈赤脸色苍白,形容憔悴,叫了好几声,努尔哈赤方醒来,急切地说道:"咱们回沈阳,你再派人先回去,让代善与大妃坐船来迎接。"

阿敏连声答应,急忙走出去派人去沈阳送信,并搀扶着努尔哈赤上船。

他们坐着船,沿着太子河,顺流而下,往沈阳去。

努尔哈赤在船上躺着,有时处在昏迷状态。背上痈疽一会儿疼得挖心般难受,一会儿烧得浑身滚烫。

这时候,努尔哈赤心中也还明白,自己是归天有日了。

看来,得赶紧立下遗诏,尤其是传位一事,这是有关大金国社稷的大事。

回顾自己的一生,努尔哈赤始终以为政绩赫赫。自二十五岁起兵,征南战北,先是统一建州女真,以后又征服海西四部女真,以及东海女真和黑龙江女真。

长期以来,女真各部之间互相争斗,彼此骨肉相残。努尔哈赤以为,只有他统一了整个女真各部,才能结束有史以来女真族的混乱局面。

自萨尔浒大战取得胜利,努尔哈赤总是以为明朝的军队不堪一击。于是,他率领八旗子弟,所向披靡,先后攻占了抚顺、清河、开原、铁岭,并占领了广大辽沈地区,最后建都沈阳。

想到这些,努尔哈赤感到非常兴奋。但是,宁远一战,兵败负伤,他一直怀恨在心。总想有朝一日,再率领八旗子弟,挥刀跃马,去叩关攻明。

可是,如今一病不起,背疮疼痛难忍,恐将不久于人世,真是心有余而力不济了!

努尔哈赤感到唯一遗憾的,是立储之事的不顺利。想到这里,他睁开双眼,问道:"阿敏!代善和大妃还未来吗?"

一直守候在他身边的阿敏,只得说道:"快了,估计他们快要来了。"

努尔哈赤不由得长叹一声:

"唉!悔不该到清河……"

话还未说完,只觉背疮如火烧一样疼痛,禁不住大叫一声:

"痛死俺了!"

接着,努尔哈赤便昏迷过去。过了一会儿,才苏醒过来,喘息着说:

"不知代善、大……大妃何时来到?只怕俺……俺等不到他们了!可以先立……诏书吧!"

阿敏听了,急忙拿来笔墨,努尔哈赤对他努一下嘴,意思是让他记下诏书。

努尔哈赤说道:"俺死后,传位于十四王子多尔衮,让次子代善辅政。"

阿敏记完,又送到努尔哈赤跟前,他看了一眼道:"好,好……"

阿敏又从努尔哈赤枕边拿过玉玺,盖上玺印,将它折叠好,放在努尔哈赤的枕下。

此时,只见努尔哈赤气息微弱,两眼黯然无光,渐渐昏迷过去。

八月十一日凌时,当走到沈阳东四十里的瑷鸡堡时,努尔哈赤终因背疮发作,与世长辞,终年六十八岁。

大妃乌拉纳喇氏,见努尔哈赤死去,她悲痛欲绝,泣不成声。

代善带着众兄弟,跪泣于浑河岸上,迎接努尔哈赤的尸骸。

皇太极与阿敏、莽古尔泰经过一番密议之后,三人去找代善,提出汗位继承问题。

莽古尔泰首先说道:"这不需要推选了,父王已留下遗诏。"

代善听了,虽然心中有些猜疑,也不好明说,只得说道:"父王既有遗诏,就可以召集众兄弟宣读,遵照遗诏办就行了。"

于是,在努尔哈赤众子侄面前,阿敏向大家宣读了"遗诏"内容:

"……传位于八王子皇太极,并让大妃乌拉纳喇氏,小妃泰恩察、金泰三人生殉。"

阿敏刚读完,殿内顿时一片骚动。德格类、阿济格几乎同时喊道:"这遗诏可是真的?"

阿敏拉着脸,看着大家说:

"这白纸黑字,玉玺分明,哪里能是假的!"

此时,三王子阿拜忽然叫道:"这遗诏既是真的,应该有时间、地点,由什么人执笔,在场有谁作证?"

皇太极扭头一看,见是阿拜。只听阿敏说:

"先汗王昨天夜里让俺代写,有侍卫昂赛克作证,谁若不信,去问他吧!"

德格类又大声说道:"往日父王从未提到过皇太极储位之事,这诏书实属意外,怎么能让人接受!"

十二王子阿济格更是慷慨陈词:"这诏书有诈,怎能服众!"

阿敏听了,不禁大怒,说道:"俺受先汗王重托,你们竟敢亵渎遗诏,蔑视先汗王,是违逆犯上,该当何罪!来人,将阿济格推出斩首!"

两旁近侍刚想上前,德格类突然站立起来,拔出腰刀,大喝一声:"看谁敢来绑他!"

阿济格冷笑道:"假若诏书无诈,阿敏又何必大发雷霆之怒?"

德格类又手挥宝剑,厉声说道:"俺早听说,父王在清河曾两次派人要大妃和大阿哥前往清河,是谁把父王的命令压下了?这又该当何罪?请阿敏向大家说清楚!"

阿济格又接着说道:"俺听说阿敏昨天深夜与两个人在密室里计议了好长时间。请问:你们商议了一些什么事情?能不能在这里公开呀?"

阿敏气得脸上骤然变色,既不好发作,又不能解释,何况内心也有些理亏。正当他左右为难，十分尴尬之时，皇太极却站起来了，说："父王在世之日，没有立俺为储，这是事实。但是，也没有说过不立俺为储的话。如今既有遗诏，蒙父王隆恩，传位于俺，俺内心深觉愧疚！眼下，父王尸骨未寒，难道因为这汗位之争，咱兄弟之间要骨肉相残吗？果真那样，父王在九泉下能心安吗？有鉴于此，请众兄弟们当以大金国社稷为重！"

此时，莽古尔泰在旁，早已忍耐不住，拔出剑来，厉声喝道："谁再敢违抗遗诏，刀剑无情！"

皇太极立即对莽古尔泰说道："圣殿之上，不得无礼！"

正说之间，那屋梁上竟然蹿出两只肥硕的老鼠，在追逐着奔跑，发出"吱吱"的叫声。在粗大的横梁上，两个家伙竟交配起来。

大家不由得愣神地看着，皇太极双眉一皱，不耐烦地说道："两个畜生，竟胆敢扰俺圣殿！"

说罢，从长筒靰鞡靴子里拔出短剑一把，对着那两只正在交配的老鼠，将手一扬，忽听惨叫两声，那短剑一下子穿透两只老鼠的肚子，牢牢地钉在梁木上。

众王子和大臣们见了，不由愕然。皇太极这个"杀鸡儆猴"之法，吓得众人鸦雀无声，他又假装关怀地说道："大家连日辛劳，暂且回去休息去罢！"

当晚，皇太极将大贝勒代善请到府里，又请来阿敏、莽古尔泰，四大贝勒在酒桌上谈妥了皇太极登基典礼事宜。

莽古尔泰说道："遗诏上关于大妃与两个小妃生殉事，什么时间进行？"

代善在这时候，也不好反对，只得任凭皇太极他们决定了。

次日，召开四大贝勒与四小贝勒会议，并召来大妃乌拉纳喇氏，小妃泰恩察、金泰。

三个女人一听说要她们生殉时，都不由得痛哭失声，并对生殉流露出不满情绪。

皇太极对她们说："这是先汗王的遗命，即使不答应，也是不可以的。有什么要求，尽管提出来，一定满足你们的愿望。"

大妃乌拉纳喇氏哭着对贝勒们说道："俺自十二岁来到先汗王身边，二十六年来，锦衣玉食，荣华富贵都已经历。如今，俺也不忍离开先汗王，只得相从于黄泉之下。唯所顾虑的，是俺的三个儿子，阿济格、多尔衮、多铎，特别是两个小的年纪尚幼，请诸位王子善待他们，勿使俺揪心于地下。"

说罢，大妃乌拉纳喇氏遂凄凄惨惨地自尽身亡，年仅三十七岁。

之后，两个小妃泰恩察、金泰也相继自尽。

且说皇太极继承了后金国汗王位，使后金进入了一个新的大发展的时期。

崇祯九年（1636年，崇德元年），皇太极去汗王称号，改称皇帝，改国号大金为大清，改族名女真为满洲。崇祯十七年（1644年，顺治元年）四月，清军入山海关；十月，在北京建立了封建中央政权——大清王朝。

皇太极即位后，一直在寻找安葬努尔哈赤的"吉壤"。

崇祯二年（1629年，天聪三年），终于选定沈阳城东二十里，浑河北岸，"川萦山拱、佳气郁葱"的石嘴头山，即现在的东陵，作为努尔哈赤的葬地，尊称"福陵"。

努尔哈赤后来被尊为清太祖高皇帝。